कुंतो

कुंतो

भीष्म साहनी

राजकमल प्रकाशन

ISBN : 978-81-267-1424-7

मूल्य : ₹895

पहला संस्करण : 1993
आठवाँ संस्करण : 2021

प्रकाशक : राजकमल प्रकाशन प्रा.लि.
1-बी, नेताजी सुभाष मार्ग, दरियागंज
नई दिल्ली-110 002

शाखाएँ : अशोक राजपथ, साइंस कॉलेज के सामने, पटना-800 006
पहली मंजिल, दरबारी बिल्डिंग, महात्मा गांधी मार्ग, प्रयागराज-211 001
36 ए, शेक्सपियर सरणी, कोलकाता-700 017

वेबसाइट : www.rajkamalprakashan.com
ई-मेल : info@rajkamalprakashan.com

मुद्रक : बी.के. ऑफसेट
नवीन शाहदरा, दिल्ली-110 032

KUNTO
Novel by Bhishma Sahni

प्रिय शीला को
सप्रेम, साभार

घर में से निकलने के बाद वे दोनों चौराहे तक चुपचाप चले आए थे। वहाँ से दो रास्ते विपरीत दिशाओं की ओर निकल गए थे। दाएँ हाथ को जानेवाला रास्ता शहर के बाहर खेतों की ओर चला गया था, जहाँ कुछेक छोटी-छोटी सड़कें लाँघ जाने पर सहसा ही परिदृश्य बदल जाता था, दूर-दूर तक फैले, लहलहाते खेत सामने आ जाते थे और उनके पीछे, सिर उठाए खड़ी पहाड़ों की शृंखला थी।

जहाँ दाएँ हाथ को जानेवाला रास्ता खेतों की ओर खुलता था, वहाँ यदि चौराहे पर से बाएँ हाथ को घूम जाओ तो एक लंबा बाज़ार लाँघ जाने के बाद एक चौड़ी सड़क आ जाती थी जो सीधी कैंटोनमेंट की ओर चली गई थी।

दोनों घूमने निकले थे। प्रोफ़ेस्साब को स्वभावतः खेतों की ओर जाना ज़्यादा पसंद था, जबकि उनका युवा शिष्य जयदेव कैंटोनमेंट में घूमना ज़्यादा पसंद करता था। कैंटोनमेंट में रौनक ज़्यादा रहती थी, गहमागहमी, साफ़-सुथरी सड़कें, जगमग करती दूकानें, अंग्रेज़ अथवा ऐंग्लो-इंडियन औरतें, क़दम मिलाकर चलते गोरे फ़ौजी अथवा बाँह में बाँह डाले प्रेमी युगल। प्रोफ़ेस्साब को प्राकृतिक स्थलों का शांत वायुमंडल और एकांत अधिक प्रिय थे, जबकि जयदेव उत्तेजना चाहता था। उत्तेजना और स्फूर्ति और कसमसाहट।

चौराहे पर पहुँचने से पहले ही जयदेव के मन में धुकधुकी-सी लग गई थी कि प्रोफ़ेस्साब किस ओर को घूमेंगे—खेतों की ओर या कैंटोनमेंट की ओर। प्रोफ़ेस्साब के साथ घूमने निकलो तो प्रोफ़ेस्साब इन दो रास्तों में से किसी एक रास्ते पर पड़ जाते थे, और अक्सर खेतों की ओर ही उनके क़दम उठते। आज भी ऐसा ही हुआ। जयदेव का मन खिन्न हो उठा, पर वह चुप रहा। कभी-कभी आग्रह करने पर प्रोफ़ेस्साब मान भी जाते थे और खेतों की ओर जाने के बजाय, कैंटोनमेंट को जानेवाले रास्ते पर घूम जाते थे, पर आज वह चुप रहा। यही गनीमत थी कि वह आज अकेला ही प्रोफ़ेस्साब के साथ घूमने निकला था, वरना कई बार तो पूरी की पूरी मित्र-मंडली प्रोफ़ेस्साब के साथ हो लेती थी और जयदेव को मौक़ा ही नहीं मिल पाता था कि प्रोफ़ेस्साब के साथ दो बातें कर सके। आज तो अकेले ही उनके साथ आने का उसे गौरव प्राप्त हुआ था। घर से चलते समय प्रोफ़ेस्साब ने कहा

था, "जल्दी निकल चलते हैं, लम्बा सैर तभी कर पाएँगे। अगर रुक गए तो मुमकिन है कुछ लोग घर पर आ जाएँ ···" जिसे सुनकर जयदेव को गहरा संतोष हुआ था। उसके अंदर उछाह-सा उठा था कि आज वह केवल मेरे साथ ही सैर करेंगे, मेरे साथ ही उनका वार्तालाप भी होगा, केवल मेरे साथ।

थोड़ी दूर तक चलते रहने के बाद उन्होंने 'गंदे नाले' पर की पुलिया पार की, फिर सेठों के बाग की लंबी दीवार के साथ-साथ चलते हुए वे उस लंबे-चौड़े मैदान की ओर जाने लगे जहाँ बैसाखी का मेला लगता था, और जिसके पार खेत और खुले मैदान शुरू हो जाते थे।

खेतों में घूमना, वीराने में घूमना था। पेड़ देख लो, खेत-खलिहान देख लो, दूर खड़े पहाड़ देख लो, प्रकृति का सौंदर्य तो था बेशक, पर ज़िंदगी की धड़कन तो नहीं थी, वह धड़कन जो कैंटोनमेंट में देखने को मिलती थी। ये खेत-खलिहान का सारा इलाका जयदेव अपनी साइकिल पर छान चुका था, दूर पहाड़ की चोटी तक चढ़ भी चुका था, जगह-जगह अपने साथियों के साथ पिकनिक कर चुका था। प्राकृतिक स्थलों को वह एक चुनौती की तरह देखता था, उन्हें लाँघ जाना, उनमें घूमते हुए कोई दुस्साहसिक कार्य करना, यही उसे प्रकृति की ओर आकृष्ट करता था, मूक एकांत में धीरे-धीरे चलना, उसके सौंदर्य का रस लेना, उसका मनन करना उसे नहीं रुचता था। और जिसे प्रोफ़ेस्साब प्रकृति का 'मौन संगीत' कहा करते थे, उसे सुनने की तो जयदेव को कभी इच्छा नहीं हुई थी। यों तो कैंटोनमेंट में भी प्राकृतिक स्थल थे। कैंटोनमेंट के एक सिरे पर ही बहुत बड़ा पार्क था, पर उसका चरित्र ही दूसरा था—वहाँ गोरे फ़ौजी, छुट्टी के दिन अपनी ऐंग्लो-इंडियन प्रेमिकाओं को लेकर पहुँच जाते, इस कारण कहीं पर बीयर की ख़ाली बोतलें, सार्डीन के खाली डिब्बे, सिगरेटों की ख़ाली डिब्बियाँ बिखरी पड़ी होतीं, कहीं-कहीं पर झाड़ियों पर लटकती थिगलियाँ उनकी उन्मत्त यौन-क्रियाओं का संकेत देती थीं। वहाँ पर घुड़सवारी के लिए भी कच्चा रास्ता बनाया गया था, जिस पर अंग्रेज़ अफ़सर और उनकी 'मेमें' बढ़िया घोड़ों पर सवार घुड़सवारी करते थे।

जयदेव को मुख्यतः कैंटोनमेंट की गहमागहमी आकृष्ट करती थी। सड़कों पर रौनक, सजी-सजाई दूकानें, सिनेमाघर, रेस्तराँ। वहाँ चहलक़दमी करने का अपना मज़ा था, वहाँ घूमो, कहीं पर बैठकर चाय पियो, सिनेमाघरों के चित्र देखो, दूकानों की सजावट देखो। बेशक, सड़कों पर चलते गोरे सिपाही कभी-कभी बदतमीज़ी करते थे—पास से गुज़रो तो कोई गाली बक देंगे, तुम साइकिल पर सवार हो और उनका रास्ता काटो तो तुम्हारी साइकिल पर अपना बेंत चला देंगे। जयदेव तो दो-एक बार उनसे उलझ भी चुका था। पर इस सबके बावजूद, कैंटोनमेंट में कुछ था जिसमें धड़कन थी, जो उत्तेजित करता था, प्राकृतिक स्थलों की तुलना में ही नहीं, उन सँकरी, नीम-अँधेरी गलियों की तुलना में भी, जिनका लंबा-चौड़ा जाल उन प्राकृतिक स्थलों और कैंटोनमेंट के बीच बिछा था जो शहर कहलाता था; जहाँ

पर नगर की अधिकांश आबादी बसी थी, और जिन गलियों में से निकलकर ये लोग सैर को निकले थे।

कभी-कभी जयदेव के मन में भी सवाल उठता था कि प्रोफ़ेस्साब क्यों इतने ज़्यादा एकांत-प्रेमी थे, क्यों भीड़ से दूर भागना चाहते थे। उनका ऐसा स्वभाव क्यों है ? प्रोफ़ेस्साब के भाइयों का भी ऐसा स्वभाव नहीं था; वे अव्वल तो लंबी सैरों के शौकीन ही नहीं थे, घर से निकलते भी थे तो ताँगे में बैठकर हवाखोरी करने के लिए, या किसी रेस्तराँ में बैठकर चाय पीने के लिए या किसी यार-दोस्त के घर जाकर गप्प-शप्प करने के लिए। एकांत में घूमने का शौक केवल प्रोफ़ेस्साब को ही था।

पर फिर, चरित्र का ऐसा निखार भी उनमें से किसी में नहीं था, जैसा प्रोफ़ेस्साब में। जयदेव को तो कभी-कभी लगता कि प्रोफ़ेस्साब के शरीर में से महक फूटती है। उनका गोरा-चिट्टा बदन, घुँघराले बाल, नाज़ुक, संवेदनशील चेहरा। उन्हें देखते हुए जयदेव को कभी-कभी यूनानी देवता एपाल्लो के चित्र का ध्यान हो आता था, या फिर लार्ड बायरन का जिसकी कविताएँ वह प्रोफ़ेस्साब की कक्षा में पढ़ता रहा था।

वे लोग सेठों के बाग़ को पीछे छोड़ आए थे, मेलेवाला मैदान भी पीछे छूट चुका था, सनातन स्कूल की इमारत भी पीछे रह गई थी और अब वे पेड़ों के उस झुरमुट की ओर जाने लगे थे जिसे शहरवाले तपोवन कहते थे और जिसे लाँघ चुकने के बाद खेतों का प्रसार शुरू हो जाता था। हवा में अभी से लाल मिट्टी की सोंधी-सोंधी गंध आने लगी थी। यहाँ छोटी-छोटी झाड़ियाँ थीं और कीकर और पलाश के पेड़ थे, और एक रहटवाला कुआँ जिस पर शहर के लोग प्रातः स्नान करने आते थे।

पेड़ों के झुरमुट को पार करते ही लाल मिट्टी के टीले शुरू हो जाते थे। अनगिनत टीले थे—दूर तक छितरे हुए, छोटे-बड़े, जिन्हें पार करने के लिए कोई बना-बनाया रास्ता नहीं था। रास्ता होता भी तो जयदेव उसे छोड़कर, पगडंडियों पर या सीधा टीलों पर से दौड़-दौड़कर चढ़ना-उतरना ज़्यादा पसंद करता। इन लाल मिट्टी के टीलों के बीच चलते हुए जयदेव को कभी-कभी लगता जैसे वह किन्हीं प्राचीन खंडहरों के बीच से गुज़र रहा है, उसकी कल्पना उड़ानें भरने लगती। वह सोचता, ज़रूर कोई पुराना शहर या बस्ती इन टीलों के नीचे दबी पड़ी होगी। साल-दर-साल बरसात की बौछारों के कारण इन टीलों पर दरारें पड़ गई थीं और जगह-जगह खोह बन गए थे जिस कारण जयदेव के कल्पनाशील मन को यह स्थल बड़ा रहस्यपूर्ण लगा करता था। इन टीलों के बीच ऊबड़-खाबड़ ज़मीन पर चलते हुए, कभी-कभी उसका मन करता कि किसी खोह में झाँककर देखे, किसी दरार को और ज़्यादा काट डाले, थोड़ी-सी खुदाई करे तो ज़रूर कोई मूर्ति या कोई खंडहर उसे नज़र आने लगेगा, किसी मूर्ति का भग्नावशेष, कोई शिला, किसी टूटे बर्तन का टुकड़ा। वह इसकी चर्चा प्रोफ़ेस्साब के साथ अक्सर करता भी था। आज भी

कहने लगा, "मुझे यकीन है इस ज़मीन के नीचे ज़रूर किसी प्राचीन नगर के खँडहर पाए जाते होंगे !"

इस पर प्रोफ़ेस्साब ने मुस्कुराकर सिर हिला दिया था, 'ये केवल टीले हैं, इससे ज़्यादा कुछ नहीं। अगर इनके आस-पास पेड़ होते तो ये इतने रुखड़े भी नहीं होते, और इनमें ये आकृतियाँ भी नहीं बनतीं। तुम निश्चित रहो, इन टीलों के नीचे कुछ नहीं है।" और प्रोफ़ेस्साब हँस दिए थे।

जयदेव चुप हो गया था। प्रोफ़ेस्साब ने कह दिया है तो निश्चय ही यहाँ कुछ नहीं होगा। इन्हें सब मालूम है, इनसे छिपा कुछ नहीं है। उनके मुँह से निकला एक-एक वाक्य जयदेव के लिए वेद-वाक्य के समान था। पर अगली बार यहाँ से गुज़रते हुए उसे फिर वैसा ही भास होने लगेगा कि ये टीले किसी खंडहर को छिपाए हुए हैं।

टीले लाँघ चुकने के बाद सहसा ही परिदृश्य अपनी पूरी विशालता में खुल गया था, सहसा ही लहलहाते खेतों का प्रसार दूर-दूर तक फैला हुआ, आँखों के सामने आ गया था, ऊपर नीले आकाश का असीम वितान जो दूर, उत्तर-पश्चिम में सैयदपुर की पहाड़ी पर झुका हुआ था। वातावरण की स्वच्छता के कारण पहाड़ी निखरी-निखरी-सी लग रही थी, यहाँ तक कि उसकी ढलानों पर छितरी पगडंडियों का जाल भी साफ़ दिखाई दे रहा था।

कुछ देर तक तो जयदेव भी स्तब्ध-सा उस दृश्य को देखता रह गया था। इस मनोरम दृश्य को देख पाने के लिए ही प्रोफ़ेस्साब इस ओर घूमने आते हैं। प्रोफ़ेस्साब भी, जिन्हें घूमते समय कोई-न-कोई किस्सा सुनाते रहना अच्छा लगता था, यहाँ पहुँचकर चुप हो गए थे, और देर तक इस दृश्य को निहारते रहे थे।

"वाह, खूब है !" उन्होंने कहा और स्नेह से जयदेव का हाथ दबा दिया।

> आँख जो कुछ देखती है, लब पे आ सकता नहीं
> महव-ए-हैरत हूँ कि दुनिया, क्या से क्या हो जाए है।

वह देर तक उस अनुपम छटा का रस लेते रहे, और फिर धीरे-धीरे एक चौड़ी-सी पगडंडी पर हो लिए जो बल खाती हुई एक झलार की ओर चली गई थी।

जयदेव जाड़े की छुट्टियों में घर आया था। पूरे दो साल तक वह प्रोफ़ेस्साब के चहेते विद्यार्थियों में रहा था, और प्रोफ़ेस्साब उसकी कुशाग्र बुद्धि, उसकी भलमनसाहत और रचनात्मक प्रतिभा से बड़े प्रभावित हुए थे। और, अपने स्वभावानुसार प्रोफ़ेस्साब अपनी प्रसन्नता बड़े उछाह और आत्मीयता से व्यक्त करते थे। चार वर्ष पहले जब जयदेव उनका छात्र था तो उसके काम से प्रसन्न होकर वह उसकी कापियों पर "शाबाश, बेटा !", "वाह, खूब !" "बहुत बढ़िया!" ऐसी-ऐसी टिप्पणियाँ और वाक्यांश लाल स्याही से लिख दिया करते थे। छोटे

शहर का अध्यापक यों भी अपने छात्रों के काम में अधिक रुचि लेता है, और प्रोफ़ेस्साब तो बड़े उत्साह से अपने छात्रों को पढ़ाते और उनके काम में दिलचस्पी लेते थे। और इससे छात्रों का उत्साह और आत्मविश्वास बल्लियों ऊपर उठ जाता था।

प्रोफ़ेस्साब अनुभवी थे, जयदेव से लगभग सोलह वर्ष बड़े थे, तीन बच्चों के बाप थे, ज़िंदगी के बारे में गहरी जानकारी रखते थे, जो बात कहते उसमें बड़ा वज़न होता। उसमें उनकी सूझ, उनके अनुभव, उनकी संतुलित दृष्टि और उनके दार्शनिक सारतत्व झलकते थे। वह जो भी बात कहते, बड़ी तन्मयता से, पर साथ-ही-साथ लगता जैसे जीवन का कोई खिलाड़ी नहीं, कोई दर्शक अपने निष्कर्ष सुना रहा है। अपने अध्यापन की लंबी कालावधि में उन्होंने अपने ही प्रयासों द्वारा एक निखरा-निखरा, सुंदर व्यक्तित्व ग्रहण कर लिया था, जीवन के प्रति एक स्थिर दार्शनिक दृष्टि भी प्राप्त कर ली थी जिसे वह 'संतुलित मध्यम वर्ग' की संज्ञा दिया करते थे और साथ-ही-साथ जीवन-यापन के अनेक नियम भी गढ़ लिए थे जिन पर वह दृढ़ता के आचरण करते थे।

दोनों के स्वभाव में बड़ा अंतर था। प्रोफ़ेस्साब में स्थिरता थी, जीवन में वह विवेक और 'मध्यम मार्ग' को प्राथमिकता देते थे, जबकि जयदेव अपने भावोद्वेगों के दबाव पर चलनेवाला जीव था। उसके स्वभाव में इतना धैर्य नहीं था, प्रकृति के साथ जुड़ने की इतनी लालसा भी नहीं थी। चिंतन-मनन के बजाय उसे दौड़ना, चट्टानें फाँदना ज़्यादा पसंद था। पर इस सबके रहते भी प्रोफ़ेस्साब के प्रति उसके मन में गहरी श्रद्धा, गहरा लगाव था, उनकी एक-एक बात दत्तचित्त होकर सुनता। प्रोफ़ेस्साब-जैसा शांतिप्रिय स्वभाव न रहते हुए भी, उनकी संगति में रहने, उनका विश्वासपात्र बने रहने में वह बड़े गौरव का अनुभव करता था।

वे देर तक खेतों के बीच घूमते रहे। कभी खुली सड़क पर आ जाते जो दूर पहाड़ की ओर चली गई थी और जिसके दोनों ओर शीशम के पेड़ों की लंबी पाँतें थीं, कभी उसे छोड़कर, वे फिर से खेतों की मेंड़ों पर चलने लगते या कोई दूसरा रास्ता अपना लेते।

और, सारा वक़्त प्रोफ़ेस्साब, किसी-न-किसी प्रसंग को लेकर बतियाते रहे थे। कभी जयदेव की पढ़ाई के बारे में चर्चा चल पड़ती—वह अपनी पढ़ाई के अंतिम वर्ष में था—कभी पढ़ाई समाप्त कर चुकने पर, भावी जीवन के उसके इरादों के बारे में पूछताछ करने लगते, कभी वह अपने ही परिवार और उसकी समस्याओं की चर्चा करने लगते—प्रोफ़ेस्साब एक बहुत बड़े संयुक्त परिवार के सदस्य थे जिसमें उनके चार भाई और उनके परिवार अपने पिता की छत्रछाया में रहते थे। कभी वह अपने उस भाई के बारे में बताने लगते जो उच्च शिक्षा प्राप्त कर शीघ्र ही सिंगापुर से लौट रहा था, जो गया तो पाँच साल के लिए था पर लौट सात साल के बाद रहा था, जिस दौरान उसकी पत्नी, संयुक्त परिवार में रहती हुई, सारा वक़्त

पलकें बिछाए उसकी राह देखती रही थी। कभी अपने उस कालिज की चर्चा करने लगते जिसमें वह वर्षों से पढ़ा रहे थे। और बीच-बीच में प्रोफ़ेस्साब, अपने अनुभवों की रोशनी में, जीवन-संबंधी अपने निष्कर्ष और दार्शनिक टिप्पणियाँ भी व्यक्त करते रहे थे।

साये लंबे होने लगे थे जब वे एक चबूतरे पर, एक पेड़ के नीचे, कुछ देर सुस्ताने के लिए बैठ गए। दिन की रोशनी में पीलिमा घुलने लगी थी, आस-पास के पेड़ों और इधर-उधर छितरे किसानों के घरों की दीवारों पर जैसे हल्की गुलाबी परत चढ़ आई थी। कुछ देर तक प्रोफ़ेस्साब मौन बैठे रहे, जयदेव को लगा जैसे उन्होंने प्रकृति के सन्नाटे पर कान लगा दिए हैं, और उस मौन संगीत को सुनने लगे हैं, जिसकी वह अक्सर चर्चा किया करते थे या प्रकृति के 'प्रभावों' को ग्रहण करने के लिए अपने हृदय के पट खोल दिए हैं, पर जिसे वह कभी भी समझ नहीं पाया था।

"अब क्या इरादे हैं, जयदेव ?" सहसा प्रोफ़ेस्साब बोले।

जयदेव चौंक-सा गया।

"जी ?"

"पढ़ाई खत्म कर चुकने पर क्या करोगे ?"

जयदेव मुस्कुरा दिया, "जी, अभी तो मैंने कुछ भी नहीं सोचा है। अभी तो इम्तहान की तैयारी कर रहा हूँ। मैंने दो-एक पेपरों को तो अभी तक छुआ भी नहीं है। नावल के पेपर को तो अभी हाथ तक नहीं लगाया।" जयदेव एक साँस में कह गया।

"कितने उपन्यासकार हैं तुम्हारे कोर्स में ?"

"तीन हैं ···"

"इन सभी के नावल अभी पढ़ोगे ?" प्रोफ़ेस्साब ने मुस्कुराकर कहा, "और इन तीन महीनों में ?"

जयदेव झेंप गया। प्रोफ़ेस्साब हँसने लगे थे। उनका बात समझाने का ऐसा ही ढंग था। दूसरे आदमी को स्वयं ही अपनी बेवकूफ़ी का एहसास होने लगता था। उनके साथ बैठने पर जयदेव को अपना उत्साह भी बचकाना-सा लगने लगता था।

"और कोई कविता लिखी ?" प्रोफ़ेस्साब पूछ रहे थे।

जयदेव के चेहरे पर लाली दौड़ गई। प्रोफ़ेस्साब को सचमुच जयदेव की कविताओं में साहित्यिक गुण नज़र आए थे। कुछ अर्सा पहले जयदेव ने, एक के बाद एक, तीन कविताएँ लिखी थीं, और प्रोफ़ेस्साब ने तीनों कविताओं में सुधार कर उन्हें कालिज की पत्रिका में छाप दिया था। तीनों अंग्रेज़ी में थीं।

प्रोफ़ेस्साब कुछ गुनगुनाने लगे थे जिसे सुनकर जयदेव के चेहरे पर और भी गहरी लाली दौड़ गई। ये पंक्तियाँ जयदेव की ही एक कविता की पंक्तियाँ थीं केवल छापने से पहले प्रोफ़ेस्साब ने उनमें अनेक स्थलों पर शब्द बदल दिए थे

उनके हाथ का किया एक-एक सुधार, जयदेव के हृदय-पटल पर अंकित हो गया था। इनसे कविताओं में निखार आ गया था।

जयदेव अभिभूत-सा महसूस करने लगा। प्रोफ़ेस्साब ने मेरी कविता को इस योग्य समझा कि उसे कंठस्थ कर लें।

"वाह, खूब है ! ब्रावो जयदेव ! मुझे तुम पर गर्व है।" और प्रोफ़ेस्साब ने जयदेव का कंधा थपथपा दिया।

जयदेव पुलकित हो उठा। "ऐसे अध्यापक हमें लाहौर में क्यों नहीं मिलते ? वहाँ तो कोई अध्यापक किसी विद्यार्थी के काम में दिलचस्पी नहीं लेता। क्लास में आते हैं, पढ़ाकर चले जाते हैं, वहाँ तो अध्यापकों को छात्रों के नाम भी मालूम नहीं होते, केवल रोल नंबर ही बुलाते हैं।" कहते हुए जयदेव को वे दिन याद हो आए जब वह प्रोफ़ेस्साब की कक्षाओं में अंग्रेज़ी साहित्य पढ़ा करता था और प्रोफ़ेस्साब उसके काम की प्रशंसा करते हुए उसकी कापियों में तरह-तरह की उत्साहवर्द्धक टिप्पणियाँ लिख दिया करते थे, जिन्हें पढ़कर वह झूम-झूम उठता था और कितने-कितने दिन नशे की-सी हालत में घूमता रहता था।

"वे कुछ भी समझाते नहीं, प्रोफ़ेस्साब, व्याख्या नहीं करते। हम पूछते हैं तो कहते हैं, एम.ए. के विद्यार्थियों को शब्दों के अर्थ नहीं समझाए जाते", जयदेव ने कहा।

"वे ठीक ही कहते हैं। एम.ए. के छात्रों को खुद ही पढ़ना होता है।"

"लेकिन, प्रोफ़ेस्साब, उनके लेक्चर सुनते हुए मन में कोई स्फूर्ति नहीं उठती, कोई प्रेरणा नहीं मिलती।"

जयदेव के अनुसार, प्रोफ़ेस्साब के अध्यापन में और लाहौर के प्रोफ़ेसरों के अध्यापन में बड़ा अंतर पाया जाता था। प्रोफ़ेस्साब कभी भी कोर्स खत्म कराने की दृष्टि से नहीं पढ़ाते थे, परीक्षा का तो उन्हें कभी ख़याल ही नहीं आया। प्रोफ़ेस्साब से पढ़ते हुए, कविता का सारतत्व ही नहीं, उसमें निहित जीवन का सारतत्व भी उभरकर सामने आ जाता था। वह न केवल कविता में छिपे रहस्यों का उद्घाटन करते, उनकी व्याख्याओं को सुनते हुए मनुष्य के दिल की धड़कनें तक सुनाई देने लगती थीं। जब उन्होंने O de to the Skylark पढ़ाया था तो दिल में महत्वाकांक्षाओं के ज्वार उठने लगे थे। लगता, लार्क पक्षी की ही भाँति नभ के असीम प्रसार में ऊँचा, और ऊँचा उड़ते जाएँ। लाहौर के विशाल शिक्षा क्षेत्र में पहुँच जाने पर भी वह प्रोफ़ेस्साब के जादुई घेरे में से निकल नहीं पाया था।

उसने सिर उठाकर प्रोफ़ेस्साब के चेहरे की ओर देखा। वह मुस्कुरा रहे थे, गहरे वात्सल्य का भाव उनके चेहरे पर आ गया था।

"एम.ए. पास करने के बाद तुम क्या करोगे जयदेव ? कुछ तो सोचा होगा ?"

"अभी तक तो इसके बारे में मैंने कुछ भी नहीं सोचा, प्रोफ़ेस्साब।"

"फिर भी, कुछ तो सोचा होगा।"

"मेरे पिताजी तो चाहते हैं कि मैं उनके व्यापार में हाथ बँटाऊँ।"

प्रोफ़ेस्साब चुप रहे। जयदेव ने उनके चेहरे की ओर प्रश्नसूचक दृष्टि से देखा। यदि प्रोफ़ेस्साब के चेहरे पर नकारात्मक भाव आया तो मुझे व्यापार नहीं करना चाहिए, यदि समर्थन का भाव आया तो मैं व्यापार ही करूँगा।

"बेहतर तो यही होगा कि तुम उनके व्यापार में हाथ बँटाओ।" प्रोफ़ेस्साब बोले, "व्यापार करोगे तो अपने माँ-बाप के साथ इसी शहर में तो बने रहोगे।"

"जी", जयदेव ने उत्साहित होकर कहा, "चलता व्यापार है, आप तो जानते हैं, ज़्यादा दौड़-धूप नहीं करनी पड़ेगी। मैं साथ-ही-साथ साहित्यिक काम भी कर पाऊँगा, नाटक भी खेलूँगा, इनका मुझे शौक है ··· "

प्रोफ़ेस्साब बड़ी दिलचस्पी से उसकी बात सुन रहे थे। प्रोफ़ेस्साब अभी उम्र के उस हिस्से में नहीं पहुँचे थे जहाँ से युवकों के उत्साह में बचकानापन नज़र आने लगता है, जहाँ युवकों के प्रति, बुजुर्ग की अनुभवी आँखों में विनोद और अनुकंपा, दोनों का मिलाजुला भाव झलकने लगता है। बल्कि वह ऐसी अवस्था में थे जहाँ युवकों के उछाह के प्रति तनिक ईर्ष्या का भाव मन में उठता है कि काश मैं भी वह सब कर पाता जो तुम करना चाहते हो। पर हाँ, अध्यापक होने के कारण, उन्होंने अपने ऊपर बुजुर्गी का जामा-सा, वक़्त से बहुत पहले ओढ़ लिया था। उम्र में बुजुर्गी नहीं आई थी पर बुजुर्गों की तरह व्यवहार ज़रूर करने लगे थे, इसीलिए अपने छात्रों को नसीहत करते समय उन्हें अपने दिल में उठनेवाले आवेगों को छिपाना भी पड़ता था और दबाना भी। और धीरे-धीरे उनकी स्थिति किसी हद तक उस अभिनेता-जैसी हो जाती थी जिससे अपेक्षा की जाती है कि जीवन में भी उसका व्यक्तित्व वैसा ही हो जैसा रंगमंच पर देखने को मिलता है। इसी में अध्यापक के जीवन की विडंबना भी पाई जाती है। अध्यापक, कक्षा में मूल्यों, आदर्शों की मात्र व्याख्या करता है, जबकि छात्र समझने लगते हैं कि अध्यापक उन आदर्शों का मूर्त रूप है। इसीलिए शायद धीरे-धीरे एक कुशल अध्यापक को एक आदर्श अध्यापक के साथ-साथ एक आदर्श व्यक्ति की भी भूमिका निभानी पड़ती है, जिसके फलस्वरूप वह अपनी सहजता और स्वाभाविकता खोने लगता है, और उसके स्वभाव में एक प्रकार की भीरुता आने लगती है।

यों, प्रोफ़ेस्साब खुलकर हँसते-बोलते थे, एक सौम्य-सी मुस्कान उनके चेहरे पर खिली रहती। उनकी भलमनसाहत और शांत स्वभाव से सभी प्रभावित थे। उनके व्यवहार से यह ज़ाहिर नहीं होता था कि कहीं पर कोई तनाव है। इच्छाओं और व्यवहार के बीच, दिल की ललक और दायित्वों के बीच, उनका आचार-व्यवहार बड़ा संतुलित, स्वाभाविक और खुला-खुला लगता था, खुला-खुला, निखरा-निखरा। वही एक अध्यापक थे जो कालिज से घर लौटते समय अपनी पुस्तकों के साथ फूलों के गुच्छे भी उठाकर लाया करते थे जो उनके छात्रों ने उन्हें भेंट किए होते।

बरसों बाद भी, जब जयदेव जीवन के अनेक पड़ाव लाँघ चुका था, जब वह जीवन के खट्टे-मीठे तरह-तरह के अनुभव ग्रहण कर चुका था, प्रोफ़ेस्साब को याद करते हुए वह तब भी उनके व्यक्तित्व से प्रभावित होता रहा था, जिनके चरित्र में एक प्रकार का सामंजस्य पाया जाता था, जो इतनी स्वाभाविकता और सहजभाव से अपने सभी काम करते थे।

प्रोफ़ेस्साब बड़े स्नेह से जयदेव के चेहरे की ओर देख रहे थे।

"तुम्हारे लिए अपने शहर में ही रहना सही होगा। तुमने ठीक ही सोचा है। माँ-बाप की ढलती उम्र में तुम्हारा उनके साथ रहना ही ठीक होगा।"

फिर उसकी बाँह पर हाथ रखकर, मुस्कुराते हुए, धीरे से बोले, "तुमने शादी के बारे में क्या सोचा है ? कोई लड़की चुनी है ? तुम्हारे घर में कोई बात चली है ?"

जयदेव के चेहरे पर लाली दौड़ गई। "नहीं, प्रोफ़ेस्साब, अभी कहाँ, मैंने तो कुछ भी नहीं सोचा है।"

"सहदेव, तुम्हारा भाई, जब छुट्टियों में घर आया था तो मैंने तुम्हारे लिए एक संदेश भेजा था। वह तुम्हें मिल गया था ?"

जयदेव के चेहरे पर फिर से लाली दौड़ गई। उसने पलकें ऊपर उठाईं और अभिभूत-सा प्रोफ़ेस्साब के चेहरे की ओर देखने लगा। प्रोफ़ेस्साब ने सहदेव के माध्यम से कहला भेजा था कि जब कभी विवाह के बारे में सोचो तो मेरे साथ भी बात कर लेना, मैं भी तुम्हें एक लड़की सुझाऊँगा। "मुझे इन्होंने इस योग्य समझा है कि मेरे लिए लड़की सुझाएँगे।"

प्रोफ़ेस्साब की आँखें सचमुच जयदेव के चेहरे पर लगी थीं जो जयदेव के चेहरे के पीछे उसके भावों को मानो टटोल रही थीं।

"लाहौर तो बहुत बड़ा शहर है, वहाँ तो अब लड़कियाँ भी कालिजों में पढ़ने लगी हैं। वहाँ पर किसी लड़की से जान-पहचान नहीं हुई है ?"

जयदेव झेंप गया, फिर सहसा चहककर बोला, "जी, हुई थी। दोस्ती तो नहीं, पर जान-पहचान हुई थी। एक बार मैं बाल कटवाने एक हेयर-ड्रेसर की दूकान पर गया था। वहाँ एक ऐंग्लो-इंडियन लड़की बाल बनाती थी। वह जब मेरे बाल काटने लगी तो मैंने उसे बताया कि मैं कविताएँ-कहानियाँ लिखता हूँ। वह कहने लगी, 'कभी दिखाओ तो, मैं उन्हें पढ़ना चाहती हूँ।' मैं उसी दिन, बाल कटवाने के बाद अपनी कालिज-पत्रिका की दो-तीन प्रतियाँ उसके पास ले गया। · · · "

"उसने पढ़ीं ?" प्रोफ़ेस्साब ने मुस्कुराकर कहा।

"यह तो मुझे मालूम नहीं। मैं हफ़्ते-भर बाद पूछने गया तो वह वहाँ पर नहीं मिली। उसके बाद तो इम्तहान की तैयारी शुरू हो गई और मैं उसके पास नहीं गया। · · · "

प्रोफ़ेस्साब मुस्कुराए जा रहे थे।

"ऐंग्लो-इंडियन लड़कियों के चक्कर में न पड़ना।"

"जी नहीं। वह तो यों ही · · · "

"और भी तो कहीं परिचय हुआ होगा ? तुम्हारे घर में ज़रूर तुम्हारी शादी की बात चलती रहती होगी।"

"नहीं, अभी तक तो उन्होंने इस बारे में कोई बात नहीं की।"

"आपस में तो बात करते होंगे।"

धूप फीकी पड़ने लगी थी। शाम ढल रही थी, हल्की-सी खुनकी हवा में आ गई थी। प्रोफ़ेस्साब उठ खड़े हुए। ऊबड़-खाबड़ ज़मीन पर चलते हुए वे एक-दूसरे के आगे-पीछे हो गए थे। प्रोफ़ेस्साब आगे-आगे चल रहे थे। सैर-सपाटे की पोशाक में—नीचे निक्कर और ऊपर सफेद कमीज़। वह बड़े चुस्त-दुरुस्त लग रहे थे। उनके घुँघराले बाल, उनकी गोरी-गोरी गर्दन, उनके नाजुक-से हाथ। उनकी ओर देखते हुए जयदेव उनकी तुलना अपने संबंधियों से करने लगा—मोटी थोबड़ी नाक, धूप में सँवलाए चेहरे, पिताजी और चाचाजी की बड़ी-बड़ी लटकती मूँछें, नीचे पाजामा। पाजामा भी कोई पोशाक है, पग्गड़ भी कोई सिर पर रखनेवाली चीज़ है ? जब से वह प्रोफ़ेस्साब के संपर्क में आया था उसे अपना घर पिछड़ा हुआ और परिवार के लोग दकियानूसी-से लगने लगे थे। प्रोफ़ेस्साब के ही घर पर उसने पहली बार मांस खाया था। उसे वह नहीं रुचा था, बकबका-सा लगा था, पर दूसरी बार खाने पर खूब मज़ा आया था। वहीं पर अंडों का आमलेट भी, प्रोफ़ेस्साब की पत्नी के हाथ का बना हुआ। प्रोफ़ेस्साब का परिवार बहुत बड़ा था, इसलिए बड़ी चहल-पहल रहती थी, हँसी-खेल। सभी खाने-पहनने के शौकीन थे। प्रोफ़ेस्साब में अपनी तरह का बाँकपन था। हर काम करीने से करते, किसी काम में जल्दबाजी नहीं करते थे, कभी मुचड़ा हुआ कपड़ा, या धूल से अटे जूते नहीं पहनते थे, उनके नाखून तक तराशे होते। वह कहा करते :

"अंग्रेज़ी में जिसे 'क्वालिटी ऑफ़ लाइफ़' कहते हैं, हर व्यक्ति को अपने जीवन को सँवारने, उसमें निखार लाने, उसे ज़्यादा खूबसूरत बनाने की पूरी-पूरी चेष्टा करते रहना चाहिए।"

ऊबड़-खाबड़ ज़मीन पार कर चुकने के बाद वे पेड़ों के झुरमुट में प्रवेश करनेवाले ही थे कि प्रोफ़ेस्साब, जयदेव की कोहनी पर हाथ रखते हुए बोले, "मैं तुम्हारी ज़िंदगी में दख़ल नहीं देना चाहता। मैं तुम्हें सुखी और कामयाब देखना चाहता हूँ। लेकिन चूँकि तुम मुझे बड़े अज़ीज़ हो इसीलिए इस मामले की चर्चा मैंने तुमसे की है।"

जयदेव ठिठक गया। उसकी समझ में नहीं आया कि प्रोफ़ेस्साब किस मामले की चर्चा कर रहे हैं।

"किस मामले की, प्रोफ़ेस्साब ?"

"यही, तुम्हारी शादी-ब्याह के बारे में। ये फ़ैसले अंततः इंसान खुद ही करता है,

लेकिन मैं पुराने रीति-रिवाज़ को बुरा भी नहीं मानता क्योंकि उसमें अपने माँ-बाप, भाई-बहिनों की राय लेना उपयोगी होता है।"

कहीं कुछ था जो जयदेव की पकड़ में नहीं आ रहा था, वरना वह प्रोफ़ेस्साब का आशय समझ जाता। शायद उसकी मनःस्थिति को प्रोफ़ेस्साब समझ गए थे। एक जगह पर रुककर बोले, "मैं चाहता हूँ कि किसी जगह शादी के लिए वचन देने से पहले तुम मेरे साथ बात कर लेना।" फिर तनिक मुस्कुराकर बोले, "मेरा भी एक सुझाव है।"

जयदेव का चेहरा लाल हो गया और दिल धक्-धक् करने लगा। प्रोफ़ेस्साब के मन में कौन-सा प्रस्ताव है ? प्रोफ़ेस्साब मुझे इस योग्य समझते हैं कि वह मेरे सामने कोई प्रस्ताव रखेंगे ?

"तुमने कुंतो को देखा है ?"

जयदेव अवाक्-सा उनके चेहरे की ओर देखे जा रहा था, उसकी साँस की गति तेज होती जा रही थी।

"कुंतो, मेरी छोटी बहिन !"

जयदेव की आँखों के सामने जैसे बिजली कौंध गई। वह हतप्रभ-सा प्रोफ़ेस्साब के चेहरे की ओर देखे जा रहा था। उन्होंने सहदेव के माध्यम से जो संदेश भेजा था, क्या उसके पीछे उनका इशारा उनकी बहिन कुंतो की ओर था ?

दूसरे क्षण, उसे झेंप हुई। उसकी आँखों के सामने उसका अपना घर-परिवार घूम गया। पिछड़ा हुआ परिवार, सादा-से लोग, रसोईघर में बैठकर खाना खानेवाले, संध्या-उपासना-हवन करनेवाले, पिताजी बंद गले का लंबा कोट और नीचे पाजामा पहनते हैं, घर में केवल दूध-दही पर जोर रहता है।

"प्रोफ़ेस्साब, आप अपनी बहिन हमारे घर में देना चाहेंगे ? हम लोग तो बड़े दकियानूस हैं।"

प्रोफ़ेस्साब ठिठक गए। क्षण-भर के लिए उन्हें लगा जैसे जयदेव उन्हें टालने की कोशिश कर रहा है, कोई बहाना ढूँढ़ रहा है, पर फिर जयदेव के चेहरे की ओर देखते हुए उसकी निश्छलता, उसके भोलेपन और अपने प्रति उसके अटूट विश्वास और आदरभाव को देखकर आश्वस्त हो गए। ऐसे भोलेपन और विनम्रता की उन्हें आशा नहीं थी।

"हमारा रहन-सहन बड़ा पुराने ढंग का है ···" जयदेव कह रहा था। मानो वह उन्हें सावधान कर रहा था कि इस रिश्ते की चर्चा करने से पहले उन्हें इन त्रुटियों के बारे में सोच लेना चाहिए।

जयदेव के उत्तर से प्रोफ़ेस्साब गद्गद-सा महसूस कर रहे थे।

"तुम्हारी अपनी अपेक्षाएँ क्या हैं, जयदेव ? मेरी छोटी बहिन अभी हाई स्कूल में पढ़ती है, इस वर्ष दसवीं की परीक्षा में बैठेगी। तुमने उसे देखा तो होगा, हमारे घर में ?"

उसने कुंतो को दो-एक बार देखा था, एकाध बार तो कुंतो को अपनी ओर देखते भी पाया था, कम-से-कम उसे ऐसा भास हुआ था। वह प्रोफ़ेस्साब के पास, उनके घर में, उनके छोटे-से कमरे में बैठा था और उसकी नज़र झीनी-सी चिक की ओर उठी थी और उस चिक के पीछे एक डोलती छाया-सी नज़र आई थी। उसने क्षण-भर के लिए चिक को उठाया भी था और फिर चिक फेंककर पीछे हट गई थी। क्या वही कुंतो थी ? शायद वह अपने भाई से कुछ कहने आई थी और किसी अजनबी को बैठा देखकर पीछे हट गई थी।

झीने पर्दे के पीछे किसी युवती को देखना उसे सपने में देखने के समान होता है, उसकी झलक मिलती भी है, और सहसा ही वह अदृश्य भी हो जाती है। झीने पर्दे के पीछे कुंतो को देखने पर उसे इतना ही भास हुआ था कि कोई सुंदर-सा चेहरा पर्दे के पीछे प्रगट हुआ था और अब वह आँखों से ओझल हो गया है। उसने अनुमान लगा लिया था कि यह प्रोफ़ेस्साब की छोटी बहिन ही होगी। उत्सुकतावश उसने नज़र उठाकर चिक की ओर दो-एक बार देखा भी था, पर वह वहाँ पर नहीं थी।

फिर एक बार उसने उसे घर के अंदर ऊपरवाली मंज़िल के छज्जे पर देखा था, और वह भी क्षण-भर के लिए ही रहा था। वह अपने खुले बालों को छाँटती हुई, शायद नहा चुकने के बाद छज्जे पर आई थी और फिर, नीचे आँगन में बैठे कुछेक बाहर के लोगों को देखकर पीछे हट गई थी। यही प्रोफ़ेस्साब की छोटी बहिन रही होगी—तब भी जयदेव के मन में यही प्रतिक्रिया हुई थी, और उसकी झलक पाकर उसे इतना ही संतोष हुआ था कि उसने प्रोफ़ेस्साब के परिवार के एक और सदस्य को देख लिया है।

प्रोफ़ेस्साब को अपनी बहिन के बारे में कुछ कहने की ज़रूरत पड़ सकती है, जयदेव को इससे भी झेंप हो रही थी।

"कभी कोई लड़की तुम्हें अच्छी लगी है, जिसने तुम्हें आकृष्ट किया हो ?"

जयदेव अभिभूत-सा, नीचे ज़मीन की ओर देखे जा रहा था।

"पर मैं समझता हूँ तुम दोनों की जोड़ी अच्छी बनेगी। तुम एक-दूसरे के पूरक बनोगे—मैं ऐसा ही सोचता हूँ।" और बड़े स्नेह से जयदेव का हाथ दबा दिया, और फिर से आगे बढ़ने लगे थे।

प्रोफ़ेस्साब जान गए थे कि इस वार्तालाप ने जयदेव को गहरी झेंप में डाल दिया है। उसे ऐसे वार्तालाप की अपेक्षा नहीं थी। इतने निजी मामले पर दोनों के बीच पहले कभी चर्चा भी नहीं हुई थी। अब इस बात को आगे बढ़ाना जयदेव को नाहक परेशान करना होगा।

"सहदेव इन दिनों क्या कर रहा है ? लाहौर में उसका मन लगा या नहीं ?"

वे दोनों अब पेड़ों के झुरमुट की ओर जाने लगे थे।

"सहदेव ठीक है, प्रोफ़ेस्साब, मज़े में है। शुरू-शुरू में तो लाहौर किसी को भी

पसंद नहीं आता, पर अब उसका मन खूब लग गया है", फिर अपनी कृतज्ञता व्यक्त करते हुए बोला, "हम दोनों को आप ही ने लाहौर भिजवाया है, प्रोफ़ेस्साब। पिताजी तो मानते ही नहीं थे कि हम लाहौर में जाकर पढ़ें।"

चलते-चलते जयदेव को फिर से झेंप होने लगी। प्रोफ़ेस्साब ने पूछा है कि मुझे कभी कोई लड़की अच्छी लगी है जिसने मुझे आकर्षित किया हो, तो मैं क्या जवाब दूँ ? प्रोफ़ेस्साब क्या सोचेंगे कि मैंने उनके सवाल का जवाब ही नहीं दिया। मैं कुछ बोला ही नहीं। पर मैं कहूँ भी तो क्या कहूँ ?

सहदेव की चर्चा चली तो प्रोफ़ेस्साब मुस्कुराकर बोले, "तेरा भाई बाहर से देखने पर बड़ा मृदु स्वभाव का लगता है, मानो उसके मुँह में ज़ुबान ही न हो, पर अंदर से बड़ा 'करडा' है।" और वह स्वयं ही एक किस्सा सुनाने लगे।

"क्रिसमस की छुट्टियों में जब वह यहाँ आया तो हम लोग कैंटोनमेंट की सैर को निकले। एलफिंस्टन रोड के नाके पर एक चीनी रेस्तराँ है, देखा है ना ? उसके सामने से गुज़र रहे थे तो सहदेव कहने लगा, चलिए, रेस्तराँ में चाय पीते हैं। मैंने कहा, ठीक है और हम लोग अंदर चले गए। रेस्तराँ गोरे फ़ौजियों से खचाखच भरा था, सभी बीयर पी रहे थे। हम अंदर बैठ तो गए पर मुझे लगा कि वहाँ हमें चाय-वाय नहीं मिलेगी। जहाँ बीयर के दौर चल रहे हों वहाँ दो प्याली चाय को कौन पूछता है। कोई वेटर हमारे पास नहीं आया। रेस्तराँ का चीनी मालिक हमारे पास से गुज़रा तो सहदेव ने उसे पकड़ लिया। 'हमें चॉय चाहिए, दो चॉय !' चीनी मालिक ने सहदेव का हाथ झटकते हुए गुस्से से कहा, 'नो टी !, नो टी !' और वहाँ से चला गया। इस पर तेरा भाई तो भड़क उठा। उठकर खड़ा हो गया, 'आई वांट टी ! आई वांट टी !' चिल्लाने लगा। मैं बड़ी मुश्किल से उसे बाज़ार खींच ले गया।

"बाहर पहुँचकर भी वह बौखलाया हुआ था, 'यह मेरा शहर है प्रोफ़ेस्साब, हमारा अपना देश है। इसमें मुझे चाय नहीं मिल सकती ?' मैं बहुत देर के बाद उसे ठंडा कर पाया।"

वे पेड़ों के झुरमुट में प्रवेश कर चुके थे, झुरमुट के अंदर अभी से अँधेरा छाने लगा था और जगह-जगह से झींगुरों की आवाज़ें आने लगी थीं। पेड़ों के झुरमुट में आ जाने पर बाहर के दृश्य की विशालता असंगत-सी हो गई थी, पेड़ों का झुरमुट एक दूसरी दुनिया-सा जान पड़ने लगा था।

"प्रोफ़ेस्साब, आपने पूछा है कि मुझे कोई लड़की अच्छी लगी है ···" कहते-कहते जयदेव रुक गया। क्या कहे ? आगे क्या कहे ?

"मेरी मौसी की बेटी मुझे अच्छी लगती है। और तो मैं किसी को नहीं जानता। बचपन में हम लोग एक साथ खेला करते थे, तभी से वह मुझे अच्छी लगती है।"

"अभी भी अच्छी लगती है ?" प्रोफ़ेस्साब ने बड़े सहज-स्वाभाविक लहज़े में पूछा।

"हाँ, प्रोफ़ेस्साब, अभी भी अच्छी लगती है। हमारे परिवार एक-दूसरे के बड़े निकट हैं। हम सब एक साथ खेल बड़े हुए हैं—मैं, मेरा छोटा भाई, हमारी मौसेरी बहिनें · · · "

"हाँ, पर वह तो तेरी मौसेरी बहिन है।"

"हाँ, प्रोफ़ेस्साब।"

प्रोफ़ेस्साब की पहली प्रतिक्रिया तो बड़ी सद्भावनापूर्ण रही। कितना साफ़दिल लड़का है। अपनी कोई बात मुझसे छिपाता नहीं, मुझमें इसे अटूट विश्वास है। पर दूसरे ही क्षण एक साया-सा उनके दिल पर डोल गया। बचपन के प्यार बड़े गहरे होते हैं। कहीं यह बचपन का पहला प्यार तो नहीं ? वह बरसों तक दिल में बना रहता है और उसकी आँच आजीवन अंदर-ही-अंदर सुलगती रहती है। पर वह यह सोचकर आश्वस्त भी हो गए कि लड़की इसकी मौसी की बेटी है, इसके साथ उसका ब्याह कभी भी नहीं हो पाएगा। हिंदुओं में फूफी, मौसी आदि की बेटी के साथ कौन शादी करता है। वे लोग इसे बहुत बुरा मानते हैं। चाहना भले ही रही हो, पर इनके ब्याह का तो सवाल ही नहीं उठता, और यह बात तो जयदेव भी जानता-समझता होगा।

"कौन है वह ?"

"सुषमा। मौसी की दूसरी बेटी।"

"सुषमा को तो मैं जानता हूँ। उसे तो मैंने देखा है।"

"जी, वही।"

कभी-कभी किसी विषय के अनेक पहलू क्षण-भर में ही आँखों के सामने एक साथ घूम जाते हैं। "कुंतो की तुलना में"—प्रोफ़ेस्साब कह रहे थे—"सुषमा उन्नीस ही पड़ेगी। कुंतो ज़्यादा सुडौल है, हँसमुख भी ज़्यादा है, दिन-भर चहकनेवाली। सुषमा कद-बुत में भी छोटी है, 'बहिनजी' टाईप है, गुमसुम, कुछ-कुछ स्थूल-सी है, चौड़ी हड्डीवाली।" फिर मन-ही-मन कहा—जयदेव को उसमें क्या नज़र आया होगा ? पर सबसे बड़ी बात यही है कि मौसी की बेटी होने के कारण वह कभी भी उसके साथ ब्याह नहीं कर सकेगा।

प्रोफ़ेस्साब ने जयदेव का हाथ अपने हाथ में लेकर दबा दिया। हाथ दबाने पर वह स्वयं अधिक भावुक हो उठे, उनका मन चाहा कि उसे बाँहों में भर लें, अपने स्नेह से उसकी झेंप मिटा दें।

"तुम्हारे चरित्र की यही विशेषता है, जयदेव, तुम कुछ भी छिपाते नहीं हो, तुम्हें भगवान ने शीशे की तरह साफ़ दिल दिया है।"

"आपसे कैसे छिपा सकता हूँ, प्रोफ़ेस्साब !"

क्षण-भर के लिए जयदेव को लगा जैसे अपने दिल की इस चाहत के बारे में बताकर उसने उसका मूल्य घटा दिया है, जैसे मुँह पर लाने से वह भावना बिखर-सी गई है, उसकी अपनी नहीं रह गई है, जैसे उसने दिल में से निकालकर उसे बिखेर

दिया हो। पर दूसरी ओर, उसकी चर्चा करने से, उसे यही भी लगा जिस चीज़ को उसने कभी कोई विशेष महत्व नहीं दिया था, वही महत्वपूर्ण लगने लगी है, मुँह पर लाकर जैसे उसने उसे बढ़ा-चढ़ा दिया हो।

"बचपन का आकर्षण तो बड़ी स्वाभाविक बात होती है, जयदेव !" प्रोफ़ेस्साब कह रहे थे, "हमारे बड़े-बड़े संयुक्त परिवारों में रहनेवाले प्रत्येक युवक-युवती को इसका अनुभव होता है।"

जयदेव आश्वस्त हो गया। उसने कुछ भी बढ़ा-चढ़ाकर नहीं कहा था। प्रोफ़ेस्साब ने उसे स्वाभाविक ही माना है।

"ऐसी भावनाओं का इस उम्र में उठना बड़ी स्वाभाविक बात है", कहते हुए प्रोफ़ेस्साब भावोद्रेक में बोले, "ऐसी चाहत दिल में उठती है, पर धीरे-धीरे शांत भी हो जाती है, वैसे ही जैसे वसंत ऋतु में हरी-हरी कोंपलें निकलती हैं पर मौसम बीत जाने पर झर भी जाती हैं। ऐसी चाहत स्थायी चाहत नहीं होती, मात्र आकर्षण होता है।"

प्रोफ़ेस्साब ने उसकी चाहत को स्वाभाविक कहकर उसे मान्यता दे दी थी, इससे वह हल्का-हल्का महसूस करने लगा था। पहले भी यह चाहत धूमिल-सी ही रही थी, इसे पनपने का कोई अवसर नहीं मिला था, न ही जयदेव इसके प्रति कभी सचेत हुआ था।

"बचपन में लड़के-लड़कियों की दोस्तियों से, बाद में स्त्री-पुरुष संबंधों को स्वाभाविक बनाने में बड़ी मदद मिलती है।" प्रोफ़ेस्साब ने कहा। और फिर इस विचार की व्याख्या करने का लोभ संवरण नहीं कर सके। "जिन घरों में लड़के, लड़कियों से नहीं मिलते, वहाँ सहज, सामान्य रिश्ते नहीं पनप पाते। इसी कारण हमारे यहाँ जिन लड़कों को यह शिक्षा दी जाती है कि वे नज़र उठाकर लड़की के चेहरे की ओर भी नहीं देखेंगे उन लड़कों के मन में ग्रंथियाँ-सी बन जाती हैं। अंदर से चाहना उठती है पर संस्कार इसे वासना मानकर दबाने की चेष्टा करते हैं और संबंधों का स्वाभाविक विकास होने के बजाय उनमें विकृतियाँ पैदा होने लगती हैं।"

जयदेव बड़े ध्यान से सुन रहा था। उसे यह जानकर गहरा संतोष हुआ था कि उसने इस सहज आकर्षण को दबाने की चेष्टा नहीं की है, उसका व्यवहार इस मामले में बड़ा स्वाभाविक रहा है।

वे फिर चल पड़े थे। प्रोफ़ेस्साब व्याख्यान देने के मूड में आ गए थे। इसी व्याख्यान द्वारा ही वह जयदेव को न केवल वस्तुस्थिति का बोध करा देना चाहते थे बल्कि सावधान भी कर देना चाहते थे :

"यूनान का फ़लसफ़ा मध्यम मार्ग की शिक्षा देता है, अति से दूर रहने की : Neither too much, nor too little—The Golden Mean. मैं इसे मानता हूँ।"

यह पहली बार नहीं था कि वह प्रोफ़ेस्साब के मुँह से इस यूनानी फ़लसफ़े की

चर्चा सुन रहा था। यह प्रोफ़ेस्साब का चहेता विषय था, इसे उन्होंने अपने जीवन का फ़लसफ़ा भी बना रखा था।

"इंसान जिस ओर अपनी वृत्तियों को मोड़े, वे मुड़ जाती हैं।" प्रोफ़ेस्साब ने कहा, "मुख्य बात सही समझ की है, विवेक की, सही दृष्टि की।"

जयदेव दत्तचित्त सुने जा रहा था।

"आकर्षण का होना तो स्वाभाविक है, परंतु आकर्षण पर अपना बस भी होना चाहिए। किसी की पत्नी सुंदर है, मैं उसके सौंदर्य की ओर खिंचा जाता हूँ, पर मैं बेलगाम होकर उसका पीछा नहीं कर सकता। मनुष्य की वृत्तियों के ऊपर उसका विवेक होता है, होना चाहिए।"

प्रोफ़ेस्साब अपने विश्लेषण में स्वयं रस लेने लगे थे, उन्हें इस बात का भी विश्वास था कि जयदेव के मार्गदर्शन के लिए यह विश्लेषण सहायक सिद्ध होगा।

"मैं वृत्तियों को दबाने का समर्थन नहीं करता, पर मैं उनका बेटोक अनुसरण करने के भी ख़िलाफ़ हूँ।"

जयदेव को सहसा ही भास हुआ कि अभी प्रोफ़ेस्साब अपने मध्यम मार्ग की चर्चा करेंगे। और सचमुच, प्रोफ़ेस्साब का अगला वाक्य यही था :

"इसी को यूनानी दार्शनिकों ने मध्यम मार्ग कहा है। Thus far and no farther. The Golden Mean."

और स्थिति की गंभीरता के बावजूद, जयदेव मन-ही-मन मुस्कुरा दिया।

अँधेरा हो चला था जब वे फिर से सेठों के बाग की दीवार के साथ-साथ चलते हुए घर लौट रहे थे। जयदेव के मन की स्थिति विचित्र-सी हो रही थी—मैं प्रोफ़ेस्साब के विश्वास का पात्र बना हूँ, यह विचार सर्वोपरि था। इन्होंने मुझे अपनाया है, यहाँ तक कि अपनी बहिन का हाथ मेरे हाथ में देने का प्रस्ताव रखा है। वह मुझे उत्कृष्ट युवक समझते हैं, मैं उनके लिए कुछ भी करने को तैयार हूँ।

उसे इस बात का भी संतोष था कि उसने उनसे कुछ भी छिपाया नहीं है, अपने दिल की बात कह दी है, इसे उन्होंने बुरा भी नहीं माना, बल्कि इसे स्वाभाविक कहा है, मेरी स्पष्टवादिता का बुरा मानने के बजाय मुझे छाती से लगा लिया।

दोनों लड़कियों के चेहरे—कुंतो का और उसकी मौसेरी बहिन का चेहरा—इस समय उसकी आँखों के सामने उभरे हों, ऐसा नहीं था। वह केवल कृतज्ञ, अभिभूत-सा महसूस कर रहा था।

दूसरी ओर प्रोफ़ेस्साब भी संतुष्ट थे कि वह बिना किसी प्रकार का झटका दिए या किसी खींच-तान के, जयदेव को अपनी स्थिति को देख पाने की दृष्टि दे रहे थे। अगर उसका आकर्षण प्रेम का रूप भी ले चुका है तो भी सुषमा के साथ वह विवाह नहीं कर सकता, वह उसकी मौसेरी बहिन है। उसे इस यथार्थ के प्रति सचेत करना आवश्यक था, वरना उसे किसी दिन किसी दुर्निवार स्थिति का सामना करना

पड़ सकता है। इसमें मैंने कुछ भी गलत नहीं किया है, इस भोले युवक के प्रति अपना कर्तव्य निभाया है।

उनके मन में गहरा संतोष तो था ही, पर उनके दिल में हल्की-सी ख़लिश भी उठ रही थी। शायद मैंने सुषमा के शारीरिक गठन के बारे में जो कुछ कहा, वह नहीं कहना चाहिए था। एक अध्यापक के नाते तो मैं यही पढ़ाता आया हूँ कि सभी स्त्रियाँ सुंदर होती हैं, सभी में स्त्री-सुलभ आकर्षण पाया जाता है, पर यहाँ, जयदेव के सामने, सुषमा के सौंदर्य को हल्का करके दिखाना, उसके स्थूल शरीर और चौड़ी हड्डी की बात करना उचित नहीं था। यह जयदेव के मन में पूर्वाग्रह-सा भरने-जैसा था। पर यह भी मैंने गलत नहीं किया। अगर उसका छुटकारा इस आकर्षण से कराना है तो उसके मन में सुषमा की रूप-छवि को भी मंद करना होगा। ··· क्या मैं प्रेम के एक तरुण, कोमल अंकुर को मसल डालने की कोशिश तो नहीं करता रहा हूँ ? एक निश्छल प्रेम की भ्रूण-हत्या तो नहीं करता रहा हूँ ? पर फिर अंदर से ही आवाज़ उठी, नहीं, मैंने जो कुछ किया है, जयदेव के हित में किया है, उसके जीवन को सुखी बनाने की दृष्टि से किया है। ऐसा सोचने पर प्रोफ़ेस्साब को लगा जैसे हल्की-सी रोशनी उनके आस-पास छिटक गई है, एक सुंदर, निखरे व्यक्तित्ववाला युवक हमारे घर में प्रवेश करेगा, भगवान दोनों की उम्र लंबी करे, इस जोड़ी को देखकर शहर के लोग अश-अश करेंगे।

2

जब पिकनिक की बात चली तो बहुत-से लड़कों ने आनाकानी की थी। हमें इसमें क्या लेना-देना, चचा-ताऊ की पिकनिक है, ये लोग पालथी मारकर खीर खाएँगे, ताली बजा-बजाकर भजन गाएँगे, अपने ऊटपटाँग किस्से सुनाएँगे, न सिर न पैर, बात-बात पर उपदेश झाड़ेंगे। 'आजकल के युवकों को क्या हो गया है ?' एक कहेगा। सिर पर लंबे बाल रखो तो इन्हें बुरा लगता है, मूँछ मुँड़वा दो तो इन्हें बुरा लगता है, चुटिया न रहे तो इनका खून खौलने लगता है, पतलून पहनो तो बुरा, नावल पढ़ो तो बुरा। रामनाथ ऐसी पिकनिकें देख चुका था, वह इस पिकनिक पर नहीं जाएगा।

"औरतें एक ओर को बैठी साग-सब्ज़ी काटती रहेंगी, बड़े-बड़े तवों पर रोटियाँ सेंकेंगी, उधर, बुज़ुर्ग बैठे डकारते और अपनी-अपनी हाँकते रहेंगे, समाज की बातें, औरतों में बढ़ते फ़ैशन की बातें, नए डिप्टी कमिश्नर की बातें, गोली मारो यार, ऐसी पिकनिक को, हम घर पर ही अच्छे हैं, कहीं चलकर पिक्चर देखेंगे।"

"चलेंगे यार, पिकनिक पर, ऐसा भी क्या है ? घर पर बैठे-बैठे भी तो बोर होते रहेंगे।" जयदेव बोला, "इन लोगों के साथ हम नहीं बैठेंगे। हम अलग से कहीं डेरा जमाएँगे। चलो यार, मज़ा रहेगा, साइकिलों पर चलेंगे।"

शहर के धर्म-भाई गाहे-बगाहे पिकनिक का आयोजन किया करते थे, जिसे वे 'प्रीतिभोज' की संज्ञा दिया करते थे। सभी धर्म-भाई, अपने-अपने घर से खाने-पीने का सामान, कुछ रसद, आटा-दाल जुटा लाते, पिकनिक स्थल पर सब इकट्ठा कर लिया जाता और 'प्रीतिभोज' की तैयारी होने लगती। अबकी बार धर्म-भाइयों के परिवार रामकुंड की पहाड़ी पर, बड़े वट-वक्ष के नीचे मिल बैठेंगे, ऐसा आयोजन था।

रामनाथ की आँखों के सामने अभी भी किसी पिछली पिकनिक के दृश्य घूम रहे थे। वह मदनगोपाल को संबोधित करके बोला, "तुम्हारे मौसाजी तो बिलकुल हमाम के हमाम नज़र आते हैं। फूला हुआ पेट, गोल-मटोल, पतली-पतली टाँगें। बकरी की टाँगों-जैसी। और हमाम की टाँगों-जैसी टेढ़ी। पिछली बार मैंने उन्हें ताल में से नहाकर निकलते देखा था।"—उसने हँसकर कहा।

"नीचे छोटी-सी टूटी लगी हुई !"—मदनगोपाल ने जोड़ा। "हमाम की टूटी-जैसी !"

इस पर सभी खिलखिला उठे थे।

"ये बूढ़े हमें तो उपदेश देते रहते हैं पर आपस में बड़ी फ़ोहश बातें करते हैं। तुम भी देख लेना !" रामनाथ कह रहा था। "यह जो चाचा मंगतराम है ना, गोरा, लंबा-सा, इसे मैंने देखा, पिछली पिकनिक पर नंगे बदन, तौलिया बाँधे हुए, हाथ पसार-पसारकर चुटकी बजाते हुए नाच-नाचकर गा रहा था :

लच्छी दियाँ गोल छातियाँ ···

और सब बुजुर्ग खी-खी करके हँस रहे थे, सिवाय तुम्हारे पिताजी के !" रामनाथ ने जयदेव से कहा, "वह उबल पड़े थे, 'यह क्या बकबक लगा रखी है, सारी शर्म-हया बेच खाई है !' गनीमत थी कि स्त्रियाँ उस पिकनिक में नहीं गई थीं। पर बाकी लोग थाली बजा-बजाकर उसका साथ दे रहे थे। मैं पेड़ के पीछे खड़ा था। मैंने सब देख लिया था !" रामनाथ अभी भी किस्से पर किस्सा सुनाए जा रहा था। "पिकनिक में औरतों के नहीं जाने से ये लोग बेधड़क होकर मन की गाँठें खोल रहे थे !"

"चड्ढा चाचाजी हैं ना", एक दूसरा सुनाने लगा, "यार, पूरी डोलची खीर की गटक गया, पट्ठा। पहले वे लोग थाली में खीर डाल रहे थे। जब भी बाँटनेवाला आता, चड्ढा कहते डालो-डालो, डालते जाओ, और वह करछुल पर करछुल खीर के डालता जाता। और यह पट्ठा पूरी थाली उठाकर मुँह को लगा लेता। फिर किसी ने कहा, पूरी डोलची ही इनके सामने रख दो। कोई मनचला डोलची में खीर भर लाया। बूढ़ों ने शर्तें बाँध लीं कि चड्ढा पी पाएगा या नहीं। और चड्ढा ने डोलची उठाकर मुँह को लगा ली। यार, सारी गटक गया। मूँछों पर से खीर टपक रही थी और मुँह लाल हो रहा था। मैं डर रहा था कि इनका कहीं पेट नहीं फट जाए। आँखें निकल आई थीं और साँस धौंकनी की तरह चलने लगी थी। चाचा दोनों हाथ ज़मीन पर रखकर मुश्किल से उठा और धीरे-धीरे चलता हुआ पेड़ के नीचे जाकर पसर गया। सारी दोपहर वहीं पड़ा रहा।—ऐसी पिकनिक होगी यह !"

"तुम्हारे ताऊ भी अश्लील किस्से सुनाते हैं ?" मदन ने रामनाथ से पूछा, "वह भी तो कर्ता-धर्ता हैं !"

"नहीं," रामनाथ ने कहा, "ऐसे मौक़ों पर नहीं। कोई अंतरंग बैठक हो तो सुनाते हैं। पर ऐसे मौक़ों पर माँ-बहिन की गालियाँ ज़रूर निकालते रहते हैं। हमारे सामने नहीं बोलते पर अपने साथियों के बीच सबकुछ बोलते हैं।" फिर हँसकर बोला, "छुटपन में जब कभी मेरे मुँह से गाली निकल जाती थी तो मेरे मुँह में लाल मिर्ची डलवाया करते थे !"

"सब चलता है। बोलो फिर ? क्या सोचा है ? चलो यार, मज़ा रहेगा, हम इन लोगों से अलग बैठेंगे। साइकिलों पर चलेंगे। सैर-सपाटा करेंगे। ··· कुछ तितलियाँ भी होंगी !"

"तितलियाँ चावल बीन रही होंगी और आलू छील रही होंगी।"

"पर होंगी तो।"

इस पर रामनाथ को एक और किस्सा याद हो आया। कहने लगा, "एक बार प्रोफ़ेस्साब के सामने मेरे मुँह से ऐसी ही बात निकल गई। मैंने कहीं कह दिया, 'हमारे प्रिंसिपल साहिब के यहाँ दो तितलियाँ हैं।' मैंने यों ही हँसी-हँसी में कह दिया। इस पर प्रोफ़ेस्साब मेरी ओर घूरकर बोले, 'अपने प्रिंसिपल की बेटियों के बारे में ऐसा कहते हो, कुछ सोच-समझकर बात किया करो।' मुझे बड़ी झेंप हुई।"

"यार, यह हमारे प्रोफ़ेस्साब भी अजीब हैं। इनके बारे में यह पता नहीं चलता कि यह हमारे साथ हैं या बड़े-बूढ़ों के साथ हैं।"

"यह बीच का रास्ता अपनाते हैं : The Golden Mean यूनानी फ़लसफ़ा। न बहुत कम, न बहुत ज़्यादा।"

इस पर रामनाथ ने ठहाका लगाया, "न सड़क के दाएँ हाथ चलते हैं न बाएँ हाथ, यह सड़क के बीचोबीच चलते हैं।"

"इनकी हर बात में बीच का रास्ता है। न तो चेहरा सफ़ाचट, न लटकती झंडीनुमा मूँछें। इन्होंने मुँह पर छोटी-सी तितलीनुमा मूँछ उगा रखी है।"

"चलेंगे यार, पिकनिक पर। वहाँ प्रोफ़ेस्साब भी होंगे, खूब मज़ा रहेगा।"

"पिकनिक पर प्रोफ़ेस्साब नहीं जाएँगे।"

"क्यों भला ?"

"वह ऐसी महफ़िलों में नहीं जाते जहाँ बड़े-बूढ़े भी हों और नौजवान भी। वहाँ उनकी समझ में नहीं आता कि किनके साथ बैठें · · · "

अंत में युवक मंडली भी तैयार हो गई थी।

दोपहर को वे लोग, बड़े वट-वृक्ष से कुछ दूर, छोटे-से पहाड़ी नाले के किनारे खेलते रहे थे। वहाँ पर इन लोगों के अलावा दिलीप भी था। वही मोटे-मोटे चश्मोंवाला दिलीप, जिसे कुछ लोग कवि और कुछ लोग मजनू बुलाया करते थे। चड्ढा, रणवीर, गिरीश भी आए थे। जयदेव का छोटा भाई सहदेव भी पहुँच गया था और जिन्हें वे तितलियाँ कहते थे उनके नाम पर दो-तीन 'बहिनजी' भी थीं, सुषमा थी, जयदेव-सहदेव की मौसी की बेटी, उसकी बड़ी बहिन भी थी, जयदेव-सहदेव की बड़ी बहिन विद्या भी थी, दो-तीन और युवतियाँ थीं।

वहाँ पहुँचने पर सब लोग बँट गए थे।

पहाड़ी के दामन में झरने-ही-झरने थे और शीतल छायावाले घने-घने, ऊँचे-ऊँचे पेड़। पर वे लोग अपनी टोकरियाँ उठाए, झरनों को पीछे छोड़, पहाड़ी पर चढ़ते हुए उस बड़े जटाधारी वट-वृक्ष की ओर बढ़ने लगे थे जो पहाड़ी की ढलान पर

ऐन बीचोबीच खड़ा था। रास्ते में किसानों के घर पड़ते थे, कच्चे गारे की बनी सपाट छतोंवाली कोठरियाँ जिन पर सजावट के नाते केवल उपलों की गोल-गोल 'थापियाँ' लगी रहती थीं, और जिनके बाहर, छोटी-छोटी बल खाती पगडंडियों पर, गाँव की स्त्रियाँ, कोई गठरी सिर पर रखे तो कोई गाय-बकरी को हाँकते, तो कोई सिर पर पानी का घड़ा छलकाते, एक ओर से दूसरी ओर को जाती नज़र आतीं।

वट-वृक्ष के नीचे, पक्का, ईंटों का बना चबूतरा था, जो वृक्ष को चारों ओर से घेरे हुए था और सामने छोटा-सा जलाशय जिसमें पड़नेवाला जल किसी चट्टान के नीचे से फूटकर निकला था। पहाड़ तो रूखा-सूखा ही था, गिने-चुने पेड़, कहीं इंजीर का तो कहीं पीपल का या बड़ का। या फिर बेरियों के छोटे-छोटे पेड़ और झाड़ियाँ। हाँ, पहाड़ की मिट्टी लाली-मायल रंग की थी और ऊपर नीला, खिला-खिला आकाश जिसके कारण पहाड़ इतना नीरस नज़र नहीं आता था।

वट-वृक्ष से ही थोड़ा हटकर, दाईं ओर को, कुछ दूरी पर एक छोटा-सा नाला बहता था। उसका जल भी चट्टानों के नीचे से छोटी-छोटी जलधाराओं के रूप में निकलकर पहाड़ की ढलान पर बहता हुआ एक जगह पर नाले का रूप ग्रहण कर गया था।

वट-वृक्ष के पास, जलाशय के एक ओर, झाड़ियों के झुरमुट के पास स्त्रियाँ, अपना 'भांडा-टिंडर' लेकर जम गई थीं और हँसती-बतियाती प्रीतिभोज का प्रबंध करने लगी थीं। पुरुष-महापुरुष, सीधे ही वट-वृक्ष के नीचे, पक्के चबूतरे पर विराजमान हो गए थे और बैठते ही शहर-भर की समस्याओं की गठरी खोल दी थी। बाकी सब लोग, लौंडे-लपाड़े नाले के पास जा पहुँचे थे और वहाँ डेरा डाल दिया था।

चबूतरा लाँघ जाने के बाद लड़के बतियाते, एक-दूसरे की टाँग खींचते, मज़ाक करते नाले की ओर चले जा रहे थे। चबूतरे को लेकर लड़के तरह-तरह की टिप्पणियाँ करते रहे, "यहाँ कभी राजा रावल बैठता रहा होगा, इस इलाके का राजा। यहाँ ज़रूर कभी राजा की बारादरी भी रही होगी। वह टूटी-फूटी दीवार देखते हो, और मेहराब भी ? ज़रूर यह कभी राजा रावल की आरामगाह रही होगी।" एक ने कहा।

इस पर दूसरा बोला, "जहाँ राजा रावल बैठा करता था, वहाँ आज तेरे चाचाजी बैठे हैं। मैला पाजामा और सिर पर पग्गड़। शमला पग्गड़ में खोंसा हुआ। अपने संदल के शरबत की इश्तहारबाज़ी करेंगे। उनसे कहना अगली बार आएँ तो अँगरखा पहनकर आएँ।"

इस पर एक और मनचला बोला, "अच्छा यार, यहाँ बैठनेवाले राजा को पेशाब लगती होगी तो क्या करता होगा ?"

"उन दिनों राजाओं को पेशाब नहीं लगती थी।"

"लगती होगी तो नीचे उतरकर किसी झाड़ी के पीछे बैठ जाता होगा।"

"अरे नहीं, भागता हुआ बारादरी के पीछे जाता होगा। पीछे-पीछे दो अंगरक्षक, भाला उठाए हुए!" इस पर ठहाका हुआ।

वे लोग झाड़ियों का एक छोटा-सा झुरमुट पार करके आगे बढ़े ही होंगे कि ठिठककर खड़े हो गए। जयदेव पहले से यहाँ मौजूद था और उससे कुछ दूरी पर उसकी मौसेरी बहिन सुषमा खड़ी थी। दोनों कोई खेल खेल रहे थे। जयदेव के हाथ में प्लास्टिक की बनी, शोख़ हरे रंग की तश्तरी थी। कुछ दूर खड़ी सुषमा ने अपनी चुन्नी कंधों पर से उतारकर कमर में बाँध रखी थी ताकि प्लास्टिक की तश्तरी को लपककर आसानी से पकड़ सके। घुटने से नीचे तक का गाढ़े का सफेद कुर्ता और सलवार पहने हुए थी। पाँवों से जूते उतार दिए थे।

लड़के कुछ देर तक तो वहाँ पर ठिठके खड़े रहे, फिर बिना कुछ कहे या टिप्पणी किए, चुपचाप चलते हुए, आगे की ओर बढ़ गए। कोई कुछ नहीं बोला। रामनाथ ने भी कुछ नहीं कहा, जिससे जयदेव समझ गया कि इस वक़्त जो इतने तहज़ीबयाफ़्ता बने पास से निकल गए हैं, बाद में ज़रूर उसकी टाँगखिंचाई करेंगे।

जयदेव तो हर बार लपककर, या धीरे से हाथ आगे बढ़ाकर तश्तरी को पकड़ लेता था, पर सुषमा बार-बार चूक जाती थी। कभी तश्तरी सिर के ऊपर से निकल जाती, कभी दाएँ-बाएँ से निकल जाती। एक बार तो सुषमा गिर भी पड़ी थी।

"उँह, पगली! गिरता कौन है? ध्यान से खेल!"

जयदेव ने कहा था और दोनों के बीच फ़ासला कम करने के लिए वह थोड़ा आगे की ओर बढ़ आया था।

हर बार जब सुषमा तश्तरी को पकड़ नहीं पाती और तश्तरी ज़मीन पर जा गिरती तो उसे अंदर-ही-अंदर झटका-सा लगता, वह काँप-सी जाती और उसे बड़ी झेंप महसूस होती—अबकी बार मैं फिर चूक गई। बहिन के साथ खेलूँ तो ठीक खेल लेती हूँ पर जयदेव भइया के सामने हाथ-पैर फूलने लगते हैं। ऐसा मेरे साथ क्यों होता है? मैं जयदेव भइया-जैसा तो नहीं खेल सकती। वह तो कुछ भी कर सकते हैं, हर काम में इतने निपुण हैं।

"पकड़ पगली! खड़ी नहीं रहा कर! मेरे हाथ से तश्तरी छूटे तो उसकी ओर देखती रहा कर। मुँह बाए खड़ी नहीं रहा कर! अनुमान लगा लिया कर कि वह कहाँ पर गिरेगी और उस ओर बढ़ जाया कर!"

सुषमा का चेहरा लाल हो गया। जब भी वह झेंपने लगती तो अपना निचला होंठ दाँतों के नीचे दबा लेती और मन-ही-मन हीन-सा महसूस करने लगती।

"अबकी बार भूल नहीं करूँगी, अबकी बार लपककर पकड़ लूँगी, देख लेना!"

पर अबकी बार फिर से तश्तरी ज़मीन पर जा गिरी थी। जयदेव के हाथ से तश्तरी एक बार भी नीचे नहीं गिरी थी। वह बड़ी मुस्तैदी से उसे लपककर पकड़ लेता था।

सुषमा रुँआसी हो गई।

"मैं नहीं खेलती। मुझे खेलना नहीं आता।" और वह कमर में से चुन्नी खोलती हुई चबूतरे की ओर जाने लगी।

"ठीक ही तो खेल रही थी। यह खेल ही तो है। मैं तेरा इम्तहान थोड़े ले रहा हूँ। आ जा, आ जा, जैसा मन आए खेलना। मैं कुछ नहीं कहूँगा।"

पर सुषमा रुकी नहीं, धीरे-धीरे मैदान पार करके चबूतरे की ओर जाने लगी।

"उँह, तू तो पागल है। छोटी-छोटी बात पर मुँह फुला लेती है।" जयदेव ने कहा, और कुछ देर तक वहीं खड़ा सुषमा के लौटने का इंतज़ार करता रहा, फिर उसे आगे बढ़ता देख, पीठ मोड़कर अपनी मित्र-मंडली की ओर जाने लगा।

जहाँ सुषमा, जयदेव भइया के सामने झेंपती, खम खाती थी वहाँ मन-ही-मन अपने को और लोगों से अलग भी मानती थी—इस तरह का भी अंकुर उसके मन में पैदा होने लगा था—और इस तरह अपनी नज़र में, अपने को छोटा महसूस करने से बचती रहती थी। "इसमें क्या है," वह लौटते हुए, मन-ही-मन कह रही थी, "जो लोग कला-साहित्य में रुचि रखते हैं, वे खेलकूद में कुशल नहीं होते। मेरी भी ऐसी ही मानसिकता है। मेरी रुचि संगीत में है, साहित्य में, ललित-कलाओं में। मैं चाहूँ भी तो खेलकूद में आगे नहीं बढ़ सकती। यह अपने-अपने स्वभाव की बात है, अपने-अपने संवेदन की। मैं इसके लिए बनी ही नहीं हूँ।" न जाने इस प्रकार की धारणा उसके मन में कब से उठने लगी थी। या तो उसने कहीं पढ़ा था, या किसी के मुँह से इस आशय की बात सुनी थी, पर उसके मन में यह धारणा बैठती जा रही थी।

परिवार में उसकी बड़ी बहिन किताब का कीड़ा थी। जहाँ से जो भी किताब मिलती, पढ़ने बैठ जाती। एक ओर दुबककर बैठ जाती और किताब में डूब जाती। जबकि सुषमा के साथ ऐसा नहीं था। वह स्वयं जब किताब पढ़ने बैठती तो शीघ्र ही उसे नींद आने लगती, चार पंक्तियाँ पढ़ने के बाद ही या तो वह ऊँघने लगती या उसका मन उचट जाता और वह दाएँ-बाएँ देखने लगती, पर वह फिर भी अपने को उन लोगों के अधिक निकट मानती जो साहित्य-कला की बातें करते थे। कालिज में जब एक बार किसी समारोह में उसे वाद्य-वृंद में सितार बजाना था, तो वह घर से जाते समय, सितार पर से गिलाफ़ उतारकर, उसे कंधे पर रखे, गलियाँ लाँघती हुई कालिज की ओर गई थी ताकि लोगों को पता चले कि वह सितार बजाती है। वह कला-साहित्य के किसी रंगीन झुटपुटे में विचरने लगी थी। अभी तक तो यही उसका कला-प्रेम था। वह ज़िंदगी के उस नाजुक-से दौर से गुज़र रही थी जब इस प्रकार का कला-प्रेम, धीरे-धीरे, आत्म प्रवंचना में बदल सकता है, जब व्यक्ति अपने को झुठलाने, अपने ही को ठगने लगता है, जब कला दूर होती चली जाती है, पर व्यक्ति के मस्तिष्क में उसका अपना बिंब एक कलाकार का बना रहता है।

जब वह चबूतरे के निकट पहुँची तो कुछ लड़कियाँ भोजन के लिए ज़मीन पर चादरें बिछाने और थालियाँ आदि रखने में लगी थीं, जबकि शेष लड़कियाँ एक

ओर को गोल दायरे में साथ-साथ बैठी 'गोलड़ा छिपाकी' का खेल खेल रही थीं। उन्हें देखकर सुषमा को वितृष्णा-सी हुई। इस तरह के खेलों में उसकी कोई दिलचस्पी नहीं थी। उसकी बड़ी बहिन, जिसे घर में सभी लोग किताब का कीड़ा कहते थे, एक पेड़ के तने के साथ पीठ लगाए, किसी मोटी-सी पुस्तक में डूबी हुई थी, एक हाथ गाल पर रखे, घुटने ऊपर को उठाए, लगता घंटों से पढ़े जा रही है।

"आ जा सुषमा, तू भी हमारे साथ आकर बैठ जा, अभी खाने में देर है।" 'गोलड़ा छिपाकी' खेलनेवाली लड़कियों में से एक लड़की ने सुषमा को आवाज़ लगाई।

पर सुषमा ने सिर हिला दिया और बोली, "नहीं, मेरा मन नहीं है।"

"तेरा मन किसमें है ? बैठकर कविता लिखेगी ?" एक लड़की ने चुटकी ली। पर यह वाक्य सुषमा को बुरा नहीं लगा। वे भी जान गई हैं कि मेरी रुचि कला-साहित्य में है।

सुषमा पेड़ों के नीचे, छोटी-सी खुली ज़मीन पर टहलने लगी।

भोजन से निवृत्त हो, सभी धर्म-भाई, अपनी-अपनी तोंद पर हाथ फेरते हुए जगह-जगह पसरने लगे, कुछेक तो चबूतरे के नंगे फ़र्श पर ही अपनी-अपनी पगड़ी सिर के नीचे रखकर खर्राटे भरने लगे। कुछेक अभी भी बहस में उलझे हुए थे, कुछेक ने ताश की गड्डी निकाल ली और 'तुरुप' खेलने लगे थे। यदि उनके जवान बेटे-बेटियाँ साथ में नहीं आए होते, तो क्या मालूम वे जेबों में से छनछन करते पैसे निकालकर 'तिन पत्ती' ही खेलने लगते।

स्त्रियाँ पहले तो बर्तन समेटती रही थीं, फिर झाड़ियों के पास ही, अपने पल्लों से मुँह-सिर ढाँपकर सुस्ताने लगी थीं। जहाँ पहले पहाड़ की ढलान पर बड़ी गहमागहमी थी, वहाँ सहसा मूक निस्तब्धता छा गई।

सुषमा की बड़ी बहिन फिर से उपन्यास से चिपक गई थी, बाकी सब लड़कियाँ हँसती-बतियाती एक-एक करके सो गई थीं। केवल सुषमा जागती रही थी, क्योंकि उसकी नज़र में दोपहर को सो जाना मूढ़, पाशविक क्रिया के समान था।

उधर नाले के किनारे, जहाँ युवक-मंडली बैठी थी, अभी भी हँसी-खेल चल रहा था। जयदेव ने सुझाव दिया कि आओ देखें, इस नाले को हममें से कौन कूदकर पार कर सकता है। चलो, एक छोटी-सी प्रतियोगिता हो जाए।

इससे पहले उसने चहककर कहा था कि चलो यार, पहाड़ी की चोटी तक चलते हैं और देखते हैं कि पहाड़ी के पीछे क्या है। जवाब में रामनाथ बोला था, "उसके पीछे लंदन का शहर है। जाओ देख आओ। विदेश-यात्रा कर आओ।"

कुछ देर तक तो जयदेव चुप रहा था पर फिर उसने कूदकर नाला पार करने का सुझाव रख दिया था। पाँच-सात लड़के कूदकर नाला पार करने के लिए तैयार हो गए। एक ही छलाँग में नाला पार करना था। प्रतियोगिता शुरू हो गई। एक-एक करके लड़के दूर से भागते हुए आते और नाले पर से कूद जाने की कोशिश करते।

नाला गहरा नहीं था, पर छोटे-छोटे पहाड़ी नालों की तरह उसका पानी कंकड़-पत्थरों पर से बह रहा था। इसमें जोखिम था। कूदने पर पाँव दूसरे किनारे पर न पड़कर अगर पानी में जा गिरे तो तल पर पड़े ऊबड़-खाबड़ पत्थरों के कारण चोट आ सकती थी, पाँव बुरी तरह मुड़ सकता था, मोच आ सकती थी। सभी लड़के, जयदेव समेत, अपने पहले प्रयास में धड़ाम से पानी में गिरे थे। दूसरा किनारा दूर नहीं था, यही दो-तीन इंच का ही फ़ासला बाकी रह जाता था, बस इसी को ही पाटना था और यही जोखिम का काम भी था।

रामनाथ तो पहले ही नाले के किनारे जा बैठा था और निर्णायक की भूमिका अपना ली थी। एक-एक प्रयास कर चुकने पर ही कुछ लड़के तो अलग हो गए थे, यह समझकर कि यह उनके बस का नहीं था। दिलीप और रणवीर और जयदेव का छोटा भाई सहदेव, सभी एक ओर को जा बैठे थे। सहदेव फैली-फैली आँखों से अपने भाई की ओर देखे जा रहा था और उसकी धृष्टता पर हैरान हो रहा था। एक बार देख लिया कि एक ही छलाँग में नाला पार नहीं किया जा सकता तो इसमें ज़िद करने में क्या तुक थी ? पर नहीं, जयदेव ने ठान ली थी कि नाला पार करके छोड़ेगा। उसकी यह धृष्टता ही सहदेव को प्रभावित भी करती थी। उसकी नज़र में जयदेव जोखिम का कोई भी काम कर सकता था। पर इसके बावजूद सहदेव का दिल धक्‌धक् करने लगा था।

अबकी बार फिर जयदेव की बारी थी। जयदेव ने पतलून के पाइंचे ऊपर को चढ़ा लिए और भागता हुआ आया। लंबे-लंबे डग भरता हुआ। उसकी उजली सफेद कमीज़ दोपहर की धूप में झिलमिला रही थी जो उसके गोरे रंग के साथ खूब फबती थी।

छपाक् ! उसका पाँव फिर पानी में जा गिरा। वह अपना संतुलन खो बैठा और दूसरे किनारे पर धड़ाम से जा गिरा। घुटनों पर से उसकी पतलून फट गई और उसके हाथों की हथेलियाँ छिल गईं। गनीमत थी कि उसका माथा ज़मीन से नहीं टकराया वरना फूट सकता था।

लड़के भागे हुए उसके पास आए, पर वह उठ बैठा था। पतलून तो थोड़ी फट गई थी लेकिन घुटनों पर चोट नहीं आई थी।

"बस, बस, गुस्सा थूक दो।" रामनाथ ने बैठे-बैठे कहा, "यह तुम लोगों के बस का नहीं है, अगले जनम में लंबी टाँगें लेकर आना।"

पर जयदेव ने कुछ देर तक दम ले चुकने के बाद फिर से कोशिश करने का फ़ैसला कर लिया था।

"तू तो पागल है, मोच आ गई या सिर फट गया तो यहाँ पर कोई डाक्टर भी नहीं मिलेगा," रामनाथ ने कहा, और अन्य लड़के भी उसे समझाने-मना करने लगे।

तभी जयदेव की नज़र एक चट्टान पर बैठी सुषमा पर पड़ गई। कुछ ही देर पहले सुषमा टहलती हुई इस ओर चली आई थी, और एक बड़े पत्थर पर चढ़कर

बैठ गई थी। चट्टान पर से टाँगें लटकाए, अस्तप्राय सूर्य की ओर देखती हुई सुषमा बड़ी आकर्षक लग रही थी। सूर्य की लाली उसके समूचे शरीर पर पड़ रही थी और वह अपनी सफेद पोशाक में किसी प्रतिमा-सी लग रही थी। बालों के छोटे-छोटे कुंडलों में सुनहरी धागे-जैसे चमक रहे थे।

जयदेव को लगा जैसे वह इस प्रतियोगिता को देखने चली आई है और जाने कब से यहाँ बैठी है।

जयदेव फिर से छलाँग लगाने के लिए तैयार हो गया था। पतलून फट जाने पर और हथेलियाँ छिल जाने पर जो द्विविधा उसके मन में उठी थी, वह चट्टान पर सुषमा को बैठे देखकर दूर हो गई थी। अब तो छलाँग लगाना ही है। देखा जाएगा जो होगा !

यह भी अजीब विडंबना थी। सुषमा तो अपनी धुन में टहलती हुई इधर चली आई थी, और इसी धुन में पत्थर पर चढ़कर बैठ गई थी और आँखें अस्तप्राय सूर्य की ओर लगा दी थीं। जयदेव को छलाँग लगाते देख पाने की उत्सुकता उसे इस ओर नहीं खींच लाई थी।

पर यदि सुषमा के स्थान पर कोई और लड़की भी आ गई होती तो भी शायद जयदेव की वैसी ही प्रतिक्रिया होती, उस लड़की की आँखों को रिझा पाने के लिए, उसकी सराहना प्राप्त कर पाने के लिए इतने-भर के लिए ही कि युवती की आँखें उसे छलाँग लगाता, नाले को पार करता देख लें, यह उसके लिए बहुत बड़ी प्रेरणा होती। स्फूर्ति की लहर फिर भी उसके अंग-अंग में दौड़ जाती।

छलाँग सही नहीं बैठी। अबकी बार तो करीब आधा फुट की कसर रह गई। पैर छपाक से पानी में गिरा और वह बड़ी कठिनाई से अपने को गिरने से सँभाल पाया।

सभी लड़के, हँसते-बतियाते वहाँ से चलने को खड़े हो गए। "बस-बस, जयदेव, अब गुस्सा थूक दे, हार मान जा। तेरे दादा-पड़दादा भी फिर से लौट आएँ तो भी नाला पार नहीं कर पाएँगे," रामनाथ ने कहा। एक-एक करके सभी लड़के वहाँ से खिसकने लगे।

जाते-जाते रामनाथ फिर रुक गया और उसे सीख देते हुए संस्कृत का एक श्लोक सुनाता गया :

शूरोऽसि कृत विद्योऽसि दर्शनीयोऽसि पुत्रक
यस्मिन कुले त्वमुत्पन्नः सिंहस्तत्र न हन्यते।

और खी-खी करता हुआ वहाँ से चला गया।

'इनकी ऐसी की तैसी !' जयदेव ने मन-ही-मन कहा और फिर से उठकर पीछे की ओर जाने लगा जहाँ से दौड़ता हुआ वह आकर छलाँग लगाता था।

दूसरे छोर पर खड़ा जयदेव फिर से छलाँग लगाने की तैयारी कर रहा था कि उसकी नज़र उस चट्टान पर पड़ी जिस पर सुषमा कुछ क्षण पहले बैठी थी। पर

अब वह चट्टान पर से उतर रही थी। जयदेव का दिल धक् से रह गया। यह भी जान गई है कि मैं नाला पार नहीं कर सकता। और लड़कों की तरह यह भी यहाँ से चली जा रही है। उसका मन मसोस उठा, पर उसके संकल्प में पहले से भी अधिक दृढ़ता आ गई।

नहीं ! सुषमा लौट नहीं रही थी। वह तो चट्टान पर से उतरकर उस जगह पर नाले के किनारे आ खड़ी हुई थी जहाँ जयदेव को छलाँग लगानी थी। जहाँ एक ओर जलती चिंगारी की तरह उसका संकल्प धधकने लगा था, वहाँ दूसरी ओर सुषमा को नाले के किनारे खड़े पाकर वह आश्वस्त हो गया था कि वह उसे छलाँग लगाते देखना चाहती है। एक गहरे अपनत्व का भाव जयदेव को सराबोर कर गया।

'मैं थोड़ी देर दम लेकर छलाँग लगाऊँगा। जल्दबाजी नहीं करूँगा', वह बुदबुदाया, मानो मन-ही-मन अपने को विश्वास दिला रहा हो कि अबकी बार मैं सुषमा को निराश होने का मौक़ा नहीं दूँगा।

सूर्यास्त होने जा रहा था। वातावरण में अस्तप्राय सूर्य की लाली घुलने लगी थी। यों भी इस पहाड़ी का रंग हर घड़ी बदलता रहता था, पर अब तो बड़ा जादुई-सा माहौल बनता जा रहा था। सुषमा ने पलटकर दूर वट-वृक्ष के नीचे चबूतरे की ओर देखा। सभी लोग अभी भी छोटी-छोटी मंडलियों में बँटे बैठे थे। बड़ी उम्र की स्त्रियाँ सामान बाँधने में लगी थीं। ज़मीन पर बिछाई गई चादरें-दरियाँ लपेटी जा रही थीं। टोकरियों में टिफिन कैरियर, पिरच-प्याले, प्लेटें, सभी सामान चुन-चुनकर अपनी-अपनी जगह पर रखा जा रहा था।

उधर इंजीर के पेड़ के नीचे जयदेव नाला पार कर पाने की धुन में फिर से उठ खड़ा हुआ था। उसने अपने जूते उतार दिए थे। जूते उतारते ही वह बड़ा हल्का महसूस करने लगा। उसे विश्वास हो गया कि उसकी थकान का कारण और अभी तक नाला पार न कर पाने का कारण वे बोझिल जूते ही थे। उसे इस बात का ख़याल तक नहीं आया कि नंगे पाँव कूदने में बड़ा जोखिम था, अगर पैर पानी में पड़ गया तो पानी के तल में बिखरे कंकड़-पत्थर उसे बुरी तरह से घायल कर सकते थे, उसे मोच आ सकती थी, कुछ भी हो सकता था। पर सुषमा की मात्र उपस्थिति से जयदेव के जोखिम में सार्थकता आ गई थी।

सुषमा अभी भी वट-वृक्ष की ही दिशा में देखे जा रही थी जब सहसा बाईं ओर से दौड़कर आते जयदेव के कदमों की आहट उसे सुनाई दी, उसने मुड़कर देखा। जयदेव तेजी से भागता आ रहा था, एकाग्रचित्त, दम साधे, उसके बाल माथे पर झूल रहे थे और सफ़ेद कमीज़ पसीने से तर थी। कुछेक क्षणों में ही वह नाले के किनारे तक पहुँच गया था। वह जोर से उछला—सुषमा को लगा जैसे वह हवा में उड़ता हुआ, नाले के पार, उसके निकट ही ज़मीन पर उतरा है। सुषमा ठिठकी

खड़ी रही। तभी जयदेव चिल्लाया, "कर लिया! मैंने नाला पार कर लिया!" और हाँफते हुए वह सीधा ज़मीन पर लेट गया।

सुषमा हतप्रभ-सी उसकी ओर देखे जा रही थी। कोई काम ऐसा नहीं था जो जयदेव भइया न कर दिखाएँ। जयदेव के चेहरे पर अपार तृप्ति का भाव था, उसका चेहरा दमक रहा था और वह बेहद खुश नज़र आ रहा था।

"देखा ? देखा सुषी !" उसने हाँफते हुए कहा, "मैंने कहा था न, कि नाला पार करके छोडूँगा। अब कोई परवाह नहीं !"

जयदेव के लिए असीम उत्साह की घड़ियाँ थीं, उत्साह और उपलब्धि की भावना से सराबोर वह दोनों बाँहें फैलाए, पीठ के बल लेटा, आकाश की ओर देखे जा रहा था।

सुषमा अभी भी हतप्रभ-सी उसकी ओर देखे जा रही थी। यह इतनी महत्वपूर्ण उपलब्धि रही होगी, इतनी गौरवपूर्ण, इसका अभी तक सुषमा को विश्वास नहीं हो पाया था। एक छलाँग ही तो थी, इससे अधिक क्या था ? कूदकर नाला पार करने की ज़रूरत क्या थी ? उसकी समझ में नहीं आ रहा था। जयदेव भइया की जोखिम-भरी, दुस्साहसिक पहलकदमियों से वह बड़ी प्रभावित होती थी, प्रभावित भी और हतप्रभ भी, पर फिर भी इसमें ऐसा क्या था कि जयदेव भइया बार-बार छलाँग लगाने की धृष्टता करते रहे थे ? और इसमें ऐसा क्या है जिस पर वह इतने फूले नहीं समा रहे हैं ?

"तू यहाँ खड़ी थी तो मुझसे हो गया। सच ! तू यहाँ पर खड़ी नहीं होती तो मैं कुछ नहीं कर पाता !" जयदेव ने उठते हुए कहा।

इस पर सुषमा झेंप-सी गई। "मेरे होने-न-होने से क्या फ़र्क पड़ता है। आपने तो कमाल कर दिया है।" फिर उसे कुछ याद हो आया। "मेरे बड़े भइया भी बड़ी फुर्ती से पेड़ पर चढ़ जाया करते थे। तब हम बहुत छोटे थे। एक बार बिजली के खंभे पर चढ़ गए थे। वह भी बड़े करतब करते थे।"

सुनकर जयदेव निराश-सा हो गया। इसे यह करतब नज़र आ रहा है ? फुर्ती से पेड़ पर चढ़ना और छलाँग लगाकर नाला पार करना क्या एक ही बात है ?

दोनों चबूतरे की ओर लौट पड़े। शाम के साये उतरने लगे थे। जयदेव ने जूते हाथ में उठा रखे थे। पतलून के पाइंचे अभी भी घुटनों तक ऊपर को चढ़े हुए थे। इस पर अस्त-व्यस्त बाल, और पसीने से तर चेहरा। वह विजेता की-सी चाल के साथ, स्थिर कदम बढ़ाता हुआ, चबूतरे की ओर जा रहा था।

लोग उठने लगे थे। टोकरियाँ, गठरियाँ, थैले उठाए, पहाड़ी के नीचे उतरने लगे थे। लड़कियों की टोली गाती हुई, एक-दूसरी की कमर में हाथ डाले, पहाड़ी की ढलान उतरने लगी थी। बुजुर्ग लोग अपने-अपने पग्गड़ बाँध रहे थे और अपनी-अपनी छड़ियाँ उठा रहे थे।

पहाड़ी पर रात के साये उतरने लगे थे।

3

जयदेव, प्रोफ़ेस्साब के साथ उनके घर जा रहा था। प्रोफ़ेस्साब को कालिज से घर लौटते देखना भी एक अनुभव था। जब वह कालिज से घर लौट रहे होते तो उनके हाथों में कालिज की किताबें ही नहीं, फूलों के गुच्छे भी रहते जिन्हें उनके छात्र भेंटस्वरूप उनके डेस्क पर रख दिया करते थे। जिन दिनों जयदेव उनका छात्र हुआ करता था उन दिनों तो उसका एक सहपाठी, प्रोफ़ेस्साब के डेस्क पर अपनी सोने की घड़ी, एक गुलाब के फूल में सजाकर उनके सामने रख दिया करता था ताकि उन्हें वक़्त का अंदाज़ होता रहे। यह भी इस शहरवालों के स्वभाव की एक विशेषता थी, जो कभी तो अगाध श्रद्धा में व्यक्त होती तो कभी असीम क्रूरता में।

जब वे दोनों छोटे बाज़ार की ढलान चढ़ने लगे, जहाँ दोनों ओर किताबों और स्टेशनरी आदि की दूकानें थीं, तो हर तीसरा दूकानदार, उठ-उठकर प्रोफ़ेस्साब का अभिवादन करने लगा। सड़क के बीचोबीच चलते हुए प्रोफ़ेस्साब—स्वस्थ गोरा चेहरा, निखरा-निखरा व्यक्तित्व, होंठों पर खेलती मुस्कान—जयदेव को ऐसे लगते जैसे कोई शोभायात्रा चली जा रही है। उनका सौम्य व्यक्तित्व बड़ा प्रभावशाली लग रहा था। ऐसा कोई अध्यापक उसे लाहौर में देखने को नहीं मिला था।

प्रोफ़ेस्साब साहित्य के अध्यापक थे और जयदेव को लगता कि उनके जीवन और व्यक्तित्व में भी साहित्य का ही सौंदर्य निखर आया है। प्रोफ़ेस्साब अंग्रेज़ी साहित्य पढ़ाते, एक-एक पद की व्याख्या दृष्टांतों द्वारा, विस्तार के साथ करते, उनमें उनके अपने अनुभवों का भी ब्योरा होता, शेअर-ओ-शायरी भी होती, अपनी यादों में से भी अनेक यादें उठाई गई होतीं। कभी-कभी तो रौ में ऐसी बात भी कह जाते जिससे लड़के तक झेंप जाते—जैसे विरही के दिल के उद्‌गार, अथवा विरहिणी की उन्मत्त आकांक्षाएँ। प्रोफ़ेस्साब तीन दिन की पढ़ाई तीस दिन में करवाते थे, एक कविता पढ़ाने लगते तो उसकी बारीकियाँ, उसके गूढ़ रहस्य, उसकी नाजुक ख़यालियाँ, उघाड़ते चले जाते, बीच-बीच में दृष्टांत, दंत-कथाएँ, गप्पशप्प, चुटकुले, सभी चलता। एक ऐसा माहौल बुन देते कि छात्र मंत्रमुग्ध से उसमें खो जाते। पूरे का पूरा पीरियड निकल जाता जिसमें मात्र दो पंक्तियाँ स्पष्ट हो पातीं, पर लड़के झूम जाते। एक ही कविता महीनों चलती रहती। पर जब खत्म होती तो छात्रों के अंतस में बैठ

चुकी होती, उसके भाव, उसका सौंदर्य, उसमें व्यक्त कवि की दृष्टि, कविता, छात्र के लिए ज़िंदगी-भर की साथिन बन जाती। छात्र, जो अभी जीवन की दहलीज़ पर खड़े थे, जीवन के रहस्यों की झलक पा जाते। प्रोफ़ेस्साब पदों की व्याख्या करते हुए कभी जीवन से उदाहरण देते, कभी दार्शनिक तत्व समझाते, कभी भारतीय कवियों की वाणी में से ऐसे ही पद दोहराते जिनमें ऐसी ही भावनाएँ व्यक्त हुई होतीं। छात्र को लगता जैसे उसने कवि की आत्मा से साक्षात कर लिया है। प्रकृति का सौंदर्य और ज़्यादा निखर उठता, भावनाएँ और ज़्यादा गहरा जातीं, चर-अचर के प्रति आत्मीयता का भाव जाग उठता। उदार दृष्टि, प्रकृति के विशाल प्रांगणों-जैसी, और वात्सल्य का-सा भाव, ऐसा ही स्निग्ध-सा भावनात्मक वातावरण पैदा हो जाता जब वह पढ़ा रहे होते।

जयदेव ने उन्हें अपना हीरो बना लिया था। उनके मुँह से निकली किसी बात को वह कैसे मोड़ सकता था। उनके दिए किसी भी आदेश का पालन करना वह अपना परम सौभाग्य मानता था। उस रोज़ भी उसे लग रहा था जैसे इस व्यक्ति के पीछे-पीछे चलते हुए, वह एक दुनिया को छोड़कर किसी दूसरी दुनिया में प्रवेश कर रहा है।

उस रोज़ रास्ते में ही तरह-तरह के अनूठे अनुभव हुए थे।

छोटे बाज़ार की ढलान चढ़कर वे उस छोटे-से चौक पर आ गए थे जहाँ से एक लंबे बाज़ार का रास्ता ढलान को काटता था। चौक के दाएँ हाथ सराफ़ों का बाज़ार पड़ता था, और बाएँ हाथ कपड़ेवालों का, सामने ढलान पर कपड़े के थोक व्यापारियों की दूकानें थीं।

तभी बाएँ हाथ को पड़नेवाली एक छोटी-सी दूकान में से, एक कुबड़ा दूकानदार दूकान पर से उतरकर सामने आ गया।

"एक डिक्शनरी आई है। लड़कों के बड़े काम की है। इसे देखोगे ?" और वह लपककर दूकान में से एक भारी-भरकम डिक्शनरी उठा लाया।

"आज ही आई है। एक नज़र देखेंगे ?"

प्रोफ़ेस्साब ने अपने हाथ का सामान जयदेव के हाथों में दिया और डिक्शनरी के पन्ने पलटने लगे।

"अंग्रेज़ी भाषा की डिक्शनरी तो अंग्रेज़ों द्वारा बनी ही बेहतर होती है।" प्रोफ़ेस्साब ने कहा।

"आप इसे रख लो।" दूकानदार बोला, "आपके पास रहेगी तो मेरी दो-चार प्रतियाँ बिक जाएँगी।"

"मैं ले तो लूँ पर लड़कों को मैं खरीदने के लिए नहीं कह सकता।"

इस पर दूकानदार बिगड़ उठा, 'मैं भी एम.ए. पास कर लेता तो इस वक़्त प्रोफ़ेसर हो सकता था।··· मुझे एक किताब बेचने पर मिलेगा क्या ? कुल आठ आने। आज आठ-आठ आने के लिए मुझे गिड़गिड़ाना पड़ रहा है।"

सड़क पर खड़े जयदेव को लगा जैसे दूकानदार प्रोफ़ेस्साब के साथ गुस्ताख़ी से पेश आने लगा है, बदतमीज़ी कर रहा है, जबकि प्रोफ़ेस्साब सहिष्णुता की मूर्ति बने, धीमे-धीमे मुस्कुरा रहे हैं।

"लाओ, दे दो किताब। मैं देखूँगा।"

इस पर दूकानदार की मांसपेशियाँ ढीली पड़ गईं। मुस्कुराने लगा। प्रोफ़ेस्साब के हाथ में से किताब लेते हुए बोला, "भारी है, कहाँ उठाते फिरोगे। मैं घर पर पहुँचा दूँगा।" और उसने किताब ले ली। "तुम्हीं लोगों के सहारे जी रहा हूँ। दूकान बंद तो नहीं कर सकता ··· "

प्रोफ़ेस्साब और जयदेव आगे बढ़ गए। ढलान चढ़ते हुए प्रोफ़ेस्साब कहने लगे, "मैं इस आदमी को नाराज़ भी नहीं करना चाहता और मैं यह भी नहीं चाहता कि लड़के गलत किस्म की किताब खरीदें।"

जयदेव सुन रहा था। पर वह समझ नहीं पा रहा था कि प्रोफ़ेस्साब इन दो परस्पर-विरोधी स्थितियों में कैसे ताल-मेल बैठा पाएँगे, कि किताब बिके भी और न भी बिके। पर वह चुप रहा।

"जब यह आदमी मेरे साथ पढ़ता था तो इसे स्कूल से निकाल दिया गया था ··· "

जयदेव कदम बढ़ाकर प्रोफ़ेस्साब के साथ-साथ हो लिया।

"सिर पर से पगड़ी उतार दे तो यह और भी ज़्यादा बदसूरत निकल आता है। इसकी दोनों टाँगें टेढ़ी हैं और कुबड़ा है।"

"स्कूल से क्यों निकाल दिया गया था ?"

"क्योंकि एक लड़की से इसका प्रेम हो गया था। तुम मान सकते हो कि इस कुबड़े, पंगु पर भी एक लड़की फ़िदा हो गई थी।"

जयदेव को लगा जैसे वह फिर प्रोफ़ेस्साब की क्लास में पहुँच गया है, दत्तचित्त होकर सुनने लगा।

"इसके पड़ोस में रहती थी। यह दोपहर को छत पर चला जाता और वह अपनी छत से दीवार फाँदकर इसके पास आ जाती।"

जयदेव को अचंभा हुआ। "पर यह तो बिलकुल लूला-लँगड़ा है।"

"हाँ, पर प्रेम करने का अधिकार केवल खूबसूरत लोगों को ही तो नहीं है।"

"वह लड़की कैसी थी ?"

"साँवली थी, गरीब घर की थी।"

"उसे तो यह बड़ा सुंदर मानती होगी।"

"लड़की को दिल का रोग था। अब नहीं रही।" प्रोफ़ेस्साब बोले।

प्रोफ़ेस्साब कितना कुछ जानते हैं, तरह-तरह के लोगों के बारे में इनकी गहरी जानकारी है, जयदेव बड़ा प्रभावित हुआ था।

ढलान के सिरे पर शिवालय था जहाँ पर तीन दिशाओं से आनेवाली सड़कें

मिलती थीं, और एक ओर से, तंग गलियों के जाल में से एक तनिक चौड़ी-सी गली आकर खुलती थी। वे लोग इसी चौड़ी गली में प्रवेश कर, नीचे की ओर जाने लगे।

गली के नाके पर एक छोटी-सी दर्ज़ी की दूकान थी, प्रोफ़ेस्साब सहसा उसके सामने रुक गए, चबूतरे पर एक दर्ज़ी घुटनों पर कपड़ा रखे हाथ से सिलाई कर रहा था। उसने सिर उठाया तो प्रोफ़ेस्साब को सामने खड़ा देखकर उसका चेहरा खिल उठा।

"अरे, प्रोफ़ेसर भइया। मुझे मालूम था तुम आओगे। आज सुबह ही मैंने अशरफ़ से कहा था, अचकन तैयार कर दे नहीं तो मेरी शामत आएगी।" और सिर पर रखी पगड़ी में अपने हाथ की सुई खोंसते हुए बोला, "तुम घर चलो, मैं अभी अचकन लेकर आता हूँ।"

"नहीं, तुम्हारा कोई एतबार नहीं, तुम मुझे यहीं पर दे दो।"

"चलो, चलो न, क्यों शर्मिंदा करते हो!"

"ला, दे दे।"

इस पर उसकी बगल में बैठा उसका भाई अशरफ़ बोला, "तू घर पर ले गया तो तुझे चाय पिलानी पड़ेगी। इसीलिए खुद ले जाना चाहते हैं।"

इस पर तीनों हँस दिए।

"तुम चलो, मैं अभी लेकर पहुँचता हूँ।" फिर हँसकर बोला, "तुम चाय बनवाओ, मैं पहुँचा ही पहुँचा समझो।"

पास में खड़ा जयदेव हैरान हो रहा था कि दर्ज़ियों के साथ प्रोफ़ेस्साब कितने हिल-मिलकर बातें कर रहे हैं। कौन ऐसा दर्ज़ी होगा जो अपने ग्राहक से कहे कि तुम चाय तैयार करवाओ, मैं तुम्हारा कोट लेकर आता हूँ।

दर्ज़ियों के चबूतरे के सामने से ही एक छोटी तंग गली, नीचे की ओर चली गई थी। दोनों इस तंग गली में आ गए। गली में अँधेरा था। वे कुछ ही दूर गए होंगे कि गली में एक तीखा मोड़ आ गया। यहाँ और भी ज़्यादा अँधेरा था। लगता था सूरज की रोशनी कभी भी इन गलियों में नहीं पहुँचती होगी। गली के बीचोबीच गंदे पानी की नाली थी जिस पर से बच-बचकर चलते हुए वे आगे की ओर बढ़ रहे थे।

"साहिबजी, कैसे हो, नसीबो तो तुम्हें बहुत याद करती है।"

एक अधेड़ उम्र की स्त्री एक खुले दरवाज़े के बाहर रखी खाट पर बैठी हुक्के के कश ले रही थी।

"तुम्हें देखने के लिए तो उसकी आँखें ही तरस गईं, साहिबजी।"

पर प्रोफ़ेस्साब चुपचाप आगे बढ़ते गए—न हूँ न हाँ, न दाएँ देखा, न बाएँ।

"ऐसी बेरुखी भी क्या हुई, साहिबजी, दो मिनट मिल ही लेते, दुआ-सलाम हो जाती।"

पीछे से आवाज़ आई। प्रोफ़ेस्साब अभी भी सुना-अनसुना करते हुए, सीधा सतर चलते रहे, मानो उनकी गर्दन अकड़ गई हो।

"चुपचाप चलते जाओ। पीछे मुड़कर न देखो।" उन्होंने जयदेव से कहा।

दूर निकल जाने पर प्रोफ़ेस्साब मुस्कुराए, फिर खुलकर हँसने लगे। "वह औरत दलालन थी, और ऊपर खिड़की में नसीबो बैठी थी जिसकी आँखें मुझे देख पाने के लिए तरस गई हैं।" और वह फिर हँसने लगे।

"मैं अक्सर सड़क के रास्ते से ही घर जाता हूँ, पर यह गलीवाला रास्ता छोटा पड़ता है, आज सोचा, इधर से चलें।"

"आप इसे जानते हैं ?"

"कल तू भी इधर से आएगा तो यही औरत तुमसे भी वही कुछ कहेगी जो मुझसे कह रही थी कि नसीबो पलकें बिछाए तुम्हारी राह देख रही है, साहिबजी।"

तभी सामने की ओर से एक युवती, धीरे-धीरे चलती हुई, गली में ऊपर की ओर आती नज़र आई। छरहरा शरीर, भड़कीली फूलदार पोशाक, हाथ में लाल रंग का छोटा-सा छाता लिए, जिसे उसने अभी से खोल रखा था और आँखों पर काला चश्मा लगाए, मटक-मटककर चली आ रही थी, और उसके ऐन पीछे-पीछे, एक गँवार किस्म का आदमी—कंधे पर मैली-सी चादर रखे, चेहरे पर हफ़्ते-भर की दाढ़ी और रूखे, उलझे हुए बाल—चला आ रहा था। लड़की गली के बीचोबीच चली आ रही थी, गली तंग होने के कारण प्रोफ़ेस्साब एक ओर को हो गए, लड़की उसी तरह मटकती हुई आई, प्रोफ़ेस्साब की ओर कनखियों से देखा, मुस्कुराई और आगे बढ़ गई।

उसके चले जाने पर प्रोफ़ेस्साब बोले, "बला की खूबसूरत लड़की है। वाह, वाह ! कैसे बाँकपन से चलती है। है तो वेश्या पर बड़ी सुंदर है !"

इस टिप्पणी से जयदेव को झटका लगा। उसे तो घर में सिखाया गया था कि इस प्रकार की स्त्री की ओर आँख उठाकर देखना पाप है, और यहाँ प्रोफ़ेस्साब उसके सौंदर्य का गुणगान कर रहे थे। लड़की जयदेव को भी आकर्षक लगी थी पर संस्कारवश उसने आँखें फेर ली थीं।

इस गली से गुज़रते हुए जयदेव तो तनिक घबरा गया था पर प्रोफ़ेस्साब स्थिर गति से बराबर चलते जा रहे थे। मुसलमान दर्ज़ियों के साथ इनकी बेतकल्लुफ़ी है जबकि स्वयं मुसलमानों के मुहल्ले में रहते हुए भी, जयदेव उनसे दूर रहता था।

जयदेव को लग रहा था जैसे पहली बार उसने घर के बाहर कदम रखा है।

गली खुलने लगी थी, उसमें बाहर, सड़क की ओर से रोशनी आने लगी थी, गली धीरे-धीरे चौड़ी होती जा रही थी और नीचे उतरनेवाली नाली में गंदे पानी का प्रवाह तेज हो गया था।

वे गली से निकलकर चौड़ी सड़क पर आ गए। दाएँ हाथ शहर की बड़ी मस्ज़िद थी, जिसकी मीनारें और सफेद गुंबद दिन के उजाले में झिलमिला रहे थे। दाएँ

हाथ, गली के सिरे पर किसी चमड़ाफ़रोश की दूकान थी। उसके ऊँचे चबूतरे पर, भेड़ों की खालों का ढेर लगा था। सड़क के पार, एक के साथ एक, नानबाइयों की अनगिनत दूकानें थीं, हर दूकान में नानरोटी के अंबार लगे थे और बड़े-बड़े देगों में गोश्त पक रहा था; और दूकानों के बाहर, बेंचों पर इलाके के मज़दूर, बोझा ढोनेवाले, ठेला खींचनेवाले गरीब लोग जगह-जगह बैठे भोजन कर रहे थे। सड़क पर बड़ी आवाजाही थी। ताँगे, साइकिलें, ठेले आ-जा रहे थे।

सड़क पार करने पर वे प्रोफ़ेस्साब के ऊँचे चबूतरेवाले घर के सामने खड़े थे। जयदेव कई बार साइकिल पर सवार, इस घर के सामने से गुज़रा था।

चबूतरे की चार-पाँच सीढ़ियाँ चढ़ने पर वे घर के बड़े दरवाज़े के सामने खड़े थे। प्रोफ़ेस्साब ने कुंडा खटखटाया। दरवाज़े के ऐन ऊपर, हरे रंग की चौखटवाला एक खिड़कीनुमा झरोखा था।

थोड़ी ही देर में ऊपर, खिड़की खुलने की आवाज़ आई और किसी ने पुकारा, "प्रोफ़ेसर भइया ! आई। मैं खोलती हूँ।"

जयदेव ने नज़र ऊपर की ओर उठाई। एक युवती, गोरी-चिट्टी, घुँघराले बालोंवाली, नीचे की ओर देख रही थी। जयदेव ने सिर ऊपर की ओर उठाया ही था कि वह खिड़की में से ओझल हो गई।

जयदेव को लगा जैसे प्रोफ़ेस्साब की आँखें उसके चेहरे पर लगी हैं।

"यही कुंतो है, मेरी छोटी बहिन। तुमने पहले भी ज़रूर कभी उसे देखा होगा।"

उसके यों झरोखे में से बाहर झाँकने पर जयदेव को अचंभा भी हुआ था। जयदेव की दोनों बहिनें तो कभी भी नंगे सिर छज्जे पर नहीं आ पाती थीं। उन्हें छज्जे पर जाने की मनाही थी। वे तो घर के अंदर भी घूमती थीं तो सिर ढँक कर।

प्रोफ़ेस्साब अपने परिवार का परिचय दे रहे थे। "मेरी दो बहिनें हैं। एक मुझसे भी बड़ी है। वह अमृतसर में रहती है, पर आजकल कुछ दिन के लिए यहाँ आई हुई है। यह मेरी छोटी बहिन है। मेरे भाइयों को तो तुम पहले से जानते हो।"

दरवाज़ा खुला। पर दरवाज़े के पीछे प्रोफ़ेस्साब की छोटी बहिन का चेहरा नज़र नहीं आ रहा था। दरवाज़ा किसी गहरे, साँवले रंग के नौकर ने खोला था, और खोलते ही प्रोफ़ेस्साब के हाथ से किताबें और गुलदस्ते लेने के लिए हाथ फैला दिए थे।

दरवाज़े के पीछे एक लंबा गलियारा था जिसमें गहरा अँधेरा था और जिसमें तीखी गंध आ रही थी। पर पेशाब की तीखी गंध शहर के लगभग सभी घरों की ड्योढ़ियों में से आया करती थी। जयदेव को हैरत इस बात पर हो रही थी कि प्रोफ़ेस्साब के विलक्षण घर में भी ऐसी ही बू पाई जाएगी।

घर के अंदर शोर मचा हुआ था। गलियारा लाँघकर वे लोग एक और दरवाज़े में से घर के आँगन में दाखिल हुए, तो वहाँ परिवार के लोग भीड़ लगाए हुए थे।

तरह-तरह की चिल्लाने की आवाज़ें आ रही थीं। घर के लोगों ने एक गोल दायरा-सा बना रखा था। दायरे के अंदर दो छोटे-छोटे बच्चे, एक-दूसरे से गुत्थमगुत्था हो रहे थे। घर की दो स्त्रियाँ बच्चों को छुड़ाने की कोशिश कर रही थीं, जबकि मर्द ऊँचा-ऊँचा चिल्ला रहे थे, जैसे शर्तें बाँध रहे हों। सबसे ऊँची आवाज़ वकील भाई की थी। वह बच्चों पर झुका हुआ था और अपना दायाँ हाथ ऊपर-नीचे झुलाता हुआ एक बच्चे को शह दे रहा था, "शाबाश बच्चे ! दुश्मन को पछाड़ दे ! चारों खाने चित्त कर दे ! निकलने न पाए !"

दोनों गोल-मटोल बच्चे जो तीन-तीन, चार-चार बरस के होंगे, एक-दूसरे से चिपटे हुए थे। दूसरा भाई, दूसरे बच्चे को शह दे रहा था, "हमारा बटेरा जीतेगा ! जीतेगा भाई जीतेगा ! दे गलबहियाँ मूज़ी को ! पछाड़ दे ! एक बार चित्त कर दे !" और वह भी अपना हाथ ऊपर-नीचे झुला रहा था।

राजू और देबू एक गेंद के लिए आपस में उलझे हुए थे। गेंद, बाद में पता चला, राजू के हाथ में था, और देबू उससे छीनना चाहता था। दोनों जुड़वाँ भाई थे। गेंद न छीन पाने पर उसने राजू को बाँहों में जकड़ लिया था। "शाबाश बेटे जमूरे, मत छोड़ना ! दे गलवक्कड़ी, पछाड़ दे ! पटक दे मूज़ी को !"

प्रोफ़ेस्साब और जयदेव अंदर आ गए। उन्हें देखकर भी मल्लयुद्ध रुका नहीं, चिल्ल-पों भी बराबर मची रही।

स्त्रियाँ, जो छुड़ाने की कोशिश कर रही थीं, अब क्रुद्ध-सी होने लगी थीं।

"यह भी कोई खेल-तमाशा है ? वाह जी, इन्हें छुड़ाते नहीं, उलटे शह दिए जा रहे हो !" एक ने कहा।

तभी नीचे पड़े राजू का पाजामा गीला हो गया।

"वह देखो, क्या हो गया है। आफ़रीन ! देबू जीत गया !"

हँसी के फव्वारों के बीच वकील भाई हाथ ऊँचा करके चिल्लाया, "झंडे गाड़ दिए। शिकस्त-ए-फ़ाश दी हमारे देबू पहलवान ने !"

तभी एक महिला ने दोनों बच्चों को छुड़ा दिया और उन्हें हाथ से पकड़कर आँगन के एक ओर लगे नल की ओर ले जाने लगी।

"भाभो, पेशाब निकल गया तेरे लाड़ले का ! इसे खिलाया-पिलाया कर !"

नल की ओर जाती हुई भाभो, हँसकर बोली, "तू जो सब चट कर जाता है, इसे क्या खिलाऊँ ?"

डाक्टर भाई, अपने वकील भाई से कह रहा था, "क्या झंडे गाड़ दिए ! कितनी देर तक तो नीचे से कुसक नहीं सका, तेरा गीदड़ !"

नल के पास बैठी बच्चों की माँ बोल रही थी, "यह तो हुआ नहीं कि एक गेंद ही दूसरे को ला देते। उनकी कुश्ती करवाते रहे हैं !"

"कुश्ती करेंगे तभी शूरवीर बनेंगे, नहीं तो हमारे डाक्टर-जैसे कागजी पहलवान ही बने रहेंगे !"

आँगन में कुछेक कुर्सियाँ बिछी थीं, एक ओर को एक तख्त रखा था। प्रोफ़ेस्साब तख्त पर जा बैठे। घर का नौकर किताबें और फूल हाथों में उठाए आँगन पार करते हुए ऊपर को जानेवाली सीढ़ियाँ चढ़ गया।

"बीबी! ओ बीबी!" प्रोफ़ेस्साब ने अपनी पत्नी को पुकारा जो अभी भी नल के पास बैठी अपने बच्चों को धो-साफ़ कर रही थी। "हमारा अज़ीज़ यहाँ खाना खाएगा। इसे बढ़िया खाना खिलाना, पहली बार घर के अंदर आया है।"

नल के पास बैठी दुबली-पतली-सी महिला मुस्कुराई। "खिलाऊँगी, खिलाऊँगी। पहले इनसे निबट लूँ।"

जयदेव ने देखा, रसोईघर में दो महिलाएँ बैठी काम कर रही थीं। दोनों की पीठ आँगन की ओर थी। जयदेव की तैरती-सी आँखें मानो प्रोफ़ेस्साब की छोटी बहिन को ढूँढ़ रही थीं जिसने दरवाज़ा खटखटाने पर, ऊपर से झाँककर देखा था। वह कहीं नज़र नहीं आ रही थी।

इंजीनियर भाई ने रसोईघर की ओर मुँह करके आवाज़ लगाई, "सुन बीबी, सुन मेरी घरवाली!"

पहले कोई जवाब नहीं मिला। इंजीनियर ने फिर से पुकारा, "सुन राणो! सुन तो, मैं क्या कह रहा हूँ?"

इस पर वकील भाई ने जोड़ा, "जो दिल की रानी है अपने-आप जवाब देगी।"

इस पर, रसोईघर में बैठी एक महिला ने मुस्कुराते हुए पीठ फेरी। उसके पीठ फेरते ही आँगन में ठहाका हुआ।

महिला सचमुच गोल-मटोल थी, पर उसका हँसता चेहरा बता रहा था कि पति द्वारा रानी बुलाए जाने पर उसका दिल खिल उठा है। "आज मेहमान आया है, तेरे बेटे बराबर है, तू भी इसकी खातिर करना।"

प्रोफ़ेस्साब की पत्नी ने राजू का गीला पाजामा उतारकर एक ओर को फेंक दिया था और लोटे के पानी से दोनों बच्चों को साफ़ कर अपने साथ आँगन के पार बड़े कमरे की ओर ले जाने लगी। "इन्हें सुला दूँ, फिर खाने का इंतज़ाम करूँगी।"

भाई लोग कुर्सियों पर बिराज गए थे और जयदेव का कुशलक्षेम पूछने लगे थे।

"हमारी हुड़दंग का बुरा नहीं मानना। इधर ऐसे ही चलता है।" वकील भाई बोला।

घर में और भी अनेक व्यक्ति थे। एक सुबक-सी लड़की जो अभी-अभी स्कूल से लौटी थी, उसी तख़्त पर एक कोने में दुबककर बैठी थी जिस पर प्रोफ़ेस्साब आकर बैठे थे। दो-तीन छोटे-छोटे और बच्चे भी थे, इन जुड़वाँ बच्चों से बड़े। एक छोटी-सी बच्ची अधसोई-सी, मुँह में अंगूठा डाले और दूसरे हाथ से अपनी सलवार का नाड़ा पकड़े, चलती हुई आई और प्रोफ़ेस्साब की गोद में बैठ गई।

प्रोफ़ेस्साब ने उसे सिर पर चूम लिया। "इनको नमस्ते कर! यह तेरे बड़े भाई

हैं।" पर अधसोई बच्ची, अंगूठा चूसती, केवल पलकें उठाकर जयदेव के चेहरे की ओर देखती रही।

तभी आँगन के पार, गुसलखाने का बंद दरवाज़ा खुला और एक हृष्ट-पुष्ट महिला, कंधे पर तौलिया और शरीर पर एक झीना-सा दुपट्टा लपेटे नंगे पाँव बाहर निकली और आँगन लाँघने लगी, पर जयदेव पर नज़र पड़ते ही सकपका गई और चिल्लाई, "हाय, मुझे बताया क्यों नहीं ? बेशर्मो, बोले क्यों नहीं बाहर का आदमी बैठा है ?"

और भागती हुई आँगन लाँघकर कमरे में घुस गई।

आँगन में बैठे सभी लोग हँस दिए। कमरे के अंदर से महिला बराबर उन्हें फटकार रही थी, "बताया क्यों नहीं ? अभी तो मैंने दुपट्टा लपेट रखा था पर मुझे क्या मालूम ···!"

"यह हमारी बड़ी बहिन है। कुछ दिन ही पहले अमृतसर से आई है। अमृतसर में ही रहती है।"

थोड़ी देर में महिला मुस्कुराती हुई कमरे से निकली। "माफ़ करना जी," उसने मुस्कुराते हुए जयदेव से कहा, "मेरे भाई तो गँवार हैं, जट्ट-बूट हैं ···" और आकर तख्त पर ही एक सिरे पर बैठ गई।

महिला ऊँचे लंबे कद की बड़े गर्वीले व्यक्तित्ववाली स्त्री थी। अपने खुले बालों के नीचे, कंधों पर तौलिया डाले, वह अपने बालों को अभी भी छाँट रही थी।

"कैसे लोग हो तुम ? बताया ही नहीं। बाहर के मर्दों से तो पर्दा करना होता है।"

"यह बाहर का मर्द नहीं है, बहिन, यह तो बेटियों-जैसा बेटा है।" प्रोफ़ेस्साब ने कहा।

घर के लोग, एक-एक करके, अपनी-अपनी जगह पर जमने लगे थे। कुछ कुर्सियों पर आ बैठे थे, स्त्रियाँ भोजन का प्रबंध करने रसोईघर में चली गई थीं, घर का नौकर हाथ धुलाने लगा था। जयदेव ने आँखें ऊपर उठाईं तो देखा आँगन के ऊपर बने छज्जे पर एक लड़की खड़ी थी। यह कुंतो ही रही होगी, उसने मन-ही-मन कहा। और कोई नहीं हो सकता। पहली बार उसने कुंतो को चिक के पीछे डोलते देखा था, दूसरी बार, कुछ ही देर पहले, ऊपर, झरोखे में से बाहर की ओर झाँकते हुए क्षण-भर के लिए। पर अब तो वह साक्षात उसके सामने छज्जे पर खड़ी थी।

तभी पास में बैठे प्रोफ़ेस्साब की नज़र भी उस पर पड़ गई। "कुंतो, वहाँ खड़ी क्या कर रही है, नीचे आ जा ! आज मैं तेरी खबर लेता हूँ।"

कुंतो तनिक ठिठकी, उसके चेहरे पर लाली दौड़ गई, और वह घूमकर सीढ़ियाँ उतरने लगी। फिर वह आँगन में पहुँचकर दौड़ती हुई आई और अपनी बड़ी बहिन से लिपट गई।

"मेरे ख़िलाफ़ तुम क्या बातें कर रही थीं ?"

"लो, इसकी सुनो !" बड़ी बहिन हँस दी। "तेरे ख़िलाफ़ बातें करूँगी, अपने जिगर के टुकड़े के ख़िलाफ़ ?" और बहिन ने उसकी ठुड्डी पकड़कर उसका गाल चूम लिया और छाती से लगाकर उसकी पीठ सहलाने लगी।

जयदेव ने देखा, बड़ी बहिन की तुलना में कुंतो छरहरे शरीर की छोटी-सी लड़की थी, पर बड़ी ताज़ादम, खिली-खिली, उसके बाल भी घुँघराले थे और रंग गोरा था। आँखों में शोख़ी झलक रही थी। इस घर में सभी लोग बड़े खुली तबीयतवाले, हँसने-चहकनेवाले लोग थे। जयदेव ने अभी तक किसी को सकुचा-शरमाकर बातें करते नहीं देखा था।

"चल मेरे साथ, अमृतसर !" बड़ी बहिन कह रही थी।

"कैसे जाऊँ ? यहाँ स्कूल है। दसवीं का इम्तहान देना है !"

"स्कूल वहाँ पर भी है। न तुझे यहाँ पढ़ना है, न वहाँ पढ़ेगी। जैसी चाट की दूकान यहाँ पर है, वैसी वहाँ पर भी है। दोनों बहिनें चाट खाने जाया करेंगी !"

इस पर कुंतो झट से प्रोफ़ेस्साब की ओर मुड़ी, "तो अमृतसर चली जाऊँ ?"

इस पर जोर का ठहाका हुआ। सभी हँसने लगे। कुंतो के चेहरे पर फिर लाली दौड़ गई।

"इसे पढ़ाई से कोई लगाव नहीं है !" प्रोफ़ेस्साब बोले।

"तो भेज दो ना, मेरे साथ ! वहाँ पर स्कूल भी है, कालिज भी है, पढ़ती रहेगी !"

"नहीं, पर मैं तो कुछ दिन के लिए जाऊँगी। सदा के लिए थोड़े ही जाऊँगी !"

"क्यों ? मेरे पास क्यों नहीं रह सकती ?"

"यहाँ पर मेरे वीर हैं !" कुंतो ने कहा। इस पर बड़ी बहिन की आँखें नम हो गईं।

"ठीक कहती है, कुंतो। अपने वीरों का बिछोड़ा ही तो मुझे यहाँ खींच लाता है !" और फिर से उसकी पीठ पर हाथ फेरने लगी।

इस पर प्रोफ़ेस्साब बोले, "कुंतो, तेरी हैडमास्टरनी ने फिर तेरी शिकायत की है !"

"हाय, क्यों ? क्या कहा है ?" कुंतो अपनी बहिन की बाँहों से अलग होकर प्रोफ़ेस्साब की ओर देखने लगी। "तू और तेरी सहेलियाँ स्कूल की दीवार फाँदकर कहाँ गई थीं ?"

कुंतो क्षण-भर के लिए ठिठकी रही, फिर बोली, "सरदारों के बाग में गई थी !"

"चुड़ैल, वहाँ तेरे लिए क्या रखा था ?"

"वहाँ एक चाटवाला बैठता है !"

इस पर बड़ी बहिन हँस दी। "मैंने कहा था ना !"

"और तू दीवार फाँदकर चाट खाने गई थी ?"

"मैं नहीं खाना चाहती थी। मेरी सहेली चंद्रावती खाना चाहती थी !"

"उसको चाट खिलाने के लिए स्कूल की दीवार फाँदी ? स्कूल का नियम तोड़ा ?"

"हम पहले भी तो दीवार फाँदते रहे हैं। सभी लड़कियाँ फाँदती हैं।"

"पगली, अगर वे तुम्हें स्कूल से निकाल दें, तो ?"

कुंतो क्षण-भर के लिए चिंतित-सी नज़र आई। फिर सिर झटककर बोली, "मुझे स्कूल से क्यों निकाल देंगे ? मैंने किया क्या है ?"

"तूने दीवार फाँदी है।"

"वह तो पहले से ही टूटी है। तीन जगह से टूटी हुई है। कितनी ही लड़कियाँ दीवार फाँदती हैं।"

"स्कूल के वक़्त में बाहर जाने का मतलब ?"

"उस वक़्त तो आधी छुट्टी हो रही थी।"

इस पर बड़ी बहिन, कुंतो का पक्ष लेती हुई, बोली, "इसकी हैडमास्टरनी बड़ी सड़ी हुई औरत है जो इतनी छोटी-सी बात की शिकायत कर देती है।" फिर प्रोफ़ेस्साब को संबोधित करके बोली, "यह वही मिस जोंस होगी, सूखी-सड़ी, जो मेरे वक़्त में भी हुआ करती थी।"

"वही है।"

"उँह", बड़ी बहिन ने नाक चढ़ाकर और होंठ बिचकाकर सिर झटक दिया। फिर अपने बीते दिनों को याद करती हुई बोली, 'मैं तो स्कूल जाती थी तो चादर ओढ़कर, मुँह-सिर लपेटकर, सिर्फ हाथ नज़र आते थे, या फिर आँखें।"

"तभी तुमने पढ़ना छोड़ दिया।" वकील भाई बोला।

"अरे, पढ़ लेती तो क्या हो जाता ?" बड़ी बहिन बोली, "तब भी तो तुम्हारे जीजाजी की चाकरी ही करनी थी।"

"पढ़ाई में कैसी है, हमारी कुंतो ?" बड़ी बहिन ने पूछा।

"शरारतों की पूछो, पढ़ाई की क्या पूछती हो !" डाक्टर भाई बोला।

"खिलंदरी तबीयत की तो शुरू से ही थी। छोटी थी तब भी इसे बिल्ली बुलाते थे, चुपचाप, दबे पाँव, कभी किसी के कमरे में घुस जाती थी, कभी किसी के कमरे में।"

"यही दिन खेलने के हैं। खेलने दो जितना खेलती है।"

तभी बाहर, लंबे गलियारेवाले दरवाज़े पर कुंडा खटखटाने की आवाज़ आई। सबके सिर दरवाज़े की ओर घूम गए।

"कोई आया है। जाओ देखो, कौन है ?" प्रोफ़ेस्साब ने घर के नौकर से कहा।

"इस वक़्त कौन हो सकता है ?"

"शायद दर्ज़ी आया है। अशरफ़ या उसका भाई, अज़ीज़ होगा। मेरी अचकन लेकर आया होगा।"

"कौन-सा अज़ीज़, वही ढक्कीवाला ?" बड़ी बहिन बोली।

"हाँ।"

"तब तो हम यहीं बैठी रहेंगी।"

नौकर के पीछे-पीछे अज़ीज़ अहमद दर्ज़ी अंदर चला आ रहा था, बाएँ बाजू पर कपड़े में लिपटी अचकन डाले हुए। अंदर आँगन में पहुँचकर उसका चेहरा खिल उठा। घर के सभी लोग बैठे थे : तख़्त पर बड़ी बहिन थी और उसकी नज़र उठी तो उसने झट से पहचान लिया।

"दर्शो बहिन, तुम कब आईं ?" फिर प्रोफ़ेस्साब की ओर देखकर बोला, "तुमने बताया ही नहीं।"

"मुझे आए हो गए चार-पाँच दिन।"

"अकेली आई हो या सरदारजी भी आए हैं ?"

इस पर बड़ी बहिन हँस दी। "सरदारजी आएँगे, मुझे यहाँ से लिवा ले जाने। उन्हें अभी से यहाँ क्यों बुला रहा है ? अभी हूँ कुछ दिन। तू अपनी सुना। सलीमा कैसी है ?"

"ठीक है। अल्लाह का फ़ज़ल है।"

"भेजना उसे यहाँ। कितने बच्चे हैं तेरे ?"

"अल्लाह के फ़ज़ल से दो बेटे हैं।"

बड़ी बहिन देर तक अज़ीज़ अहमद के चेहरे की ओर देखती रही।

"हैं, देखो, कौन मानेगा यह दो बच्चों का बाप भी बन गया है। कल तक तो धन्ने के साथ पतंग उड़ाया करता था।"

"धन्ने की खैर-खबर ? कब लौटेगा ?"

"क्या मालूम कब लौटेग !" बड़ी बहिन ने सिर झटककर कहा, "मैं तो पहले ही कहती थी कि इसे विलायत मत भेजो। जो लड़के विलायत की तरफ़ मुँह कर देते हैं, वे जल्दी लौटकर नहीं आते।"

इस पर प्रोफ़ेस्साब ने फ़ौरन बात बदलते हुए कहा, "लौटेगा क्यों नहीं ! जल्दी ही लौट आएगा। चलो अज़ीज़ उस कमरे में, अचकन पहनकर देख लूँ। कोई नुक्स हुआ तो खुद देख लेना।"

और दोनों कमरे में चले गए।

रसोईघर में बैठी स्त्रियाँ थालियाँ परोसने लगी थीं। कुंतो थालियाँ ले-लेकर आँगन में तख़्त पर और कुर्सियों के सामने रखी तिपाइयों पर रखने लगी थी। बड़े कमरे से प्रोफ़ेस्साब और अज़ीज़ बाहर निकले तो बड़ी बहिन ने कहा, "आ बैठ जा, अज़ीज़, खाना खाकर जा !"

"नहीं, अब चलूँगा।"

"नखरे नहीं कर। बैठ जा !" इस पर अज़ीज़ हँसकर बोला, "शाम को कभी आऊँगा जब गोश्त पकेगा। दाल मैं नहीं खाता।" और आँगन लाँघने लगा।

"कोई बात नहीं, आज दाल ही खा ले !"

पर अज़ीज़ रुका नहीं, दरवाज़े की ओर बढ़ता गया।

"सलीमा को ज़रूर भेजना। भूलना नहीं।"

"भेजूँगा, भेजूँगा ··· " और अज़ीज़ घर के बाहर हो गया।

दोपहर ढलने लगी थी जब जयदेव अपने घर की ओर लौटने लगा था। प्रोफ़ेस्साब के घर के माहौल ने उसे उत्तेजित-सा कर दिया था। वह घर कितना भिन्न था। हम लोग चौके में बैठकर भोजन करते हैं, भोजन करने से पहले पिताजी आँखें मूँदकर प्रार्थना करते हैं, हम सब आँखें मूँदे बैठे रहते हैं। कौर तोड़ने से पहले 'सहनाववतु सहनौभुनक्तु' का मंत्र पढ़ते हैं।

भोजन को याद करते हुए सहसा जयदेव की हँसी छूट गई। भोजन के समय वकील भाई और लंबू भाई साथ-साथ कुर्सियों पर बैठे थे। लंबू की पत्नी राणो ने अपने पति के लिए जो थाली भेजी थी उसमें एक कटोरी में रात का बना मग़ज़ रखा था। इस तरह उसकी थाली में चार कटोरियाँ थीं जबकि वकील भाई की थाली में केवल तीन कटोरियाँ। वकील की नज़र लंबू की थाली में रखी चौथी कटोरी पर गई। इसे क्या मिला है जो मेरी थाली में नहीं है ? लंबू भाई ने भाँप लिया कि वकील की नज़र उसकी थाली पर है। उसने पहले तो बाएँ हाथ की हथेली से कटोरी को ढँक लिया पर फिर जब देखा कि वकील भाई की नज़र उसी पर लगी है तो हाथ हटाकर बोला, "क्या देख रहा है ? मग़ज़ है, खाएगा ?"

और अपनी कटोरी को उठाया और अपने मुँह के पास ले जाकर उसमें थूक दिया और फिर कटोरी अपने भाई की ओर बढ़ा दी।

"ले, खा !"

जयदेव बाज़ार में से चला जा रहा था, और बार-बार उसकी हँसी छूट रही थी। इनके घर में कितना खुलापन है, कितनी बेतकल्लुफ़ी है। इनके मुकाबिले में हम कितने बँधे-बँधे-से रहते हैं। घर में अधिकांश समय चुप्पी छाई रहती है। पिताजी के पास भी मुसलमान व्यापारी आते हैं, पर वे नीचे, दफ़्तर के अंदर ही बैठे रहते हैं, उन्हें खाने पर नहीं बुलाया जाता।

फिर उसकी आँखों के सामने कुंतो का चेहरा आ गया था, और वह तनिक झेंप गया था।

रसोईघर के अंदर प्रोफ़ेस्साब की पत्नी रोटियाँ सेंक रही थी और कुंतो एक-एक, दो-दो चपातियाँ लाती जा रही थी और भोजन पर बैठे लोगों की थालियों में डालती जा रही थी।

"नहीं, बस, मैं खा चुका !" जयदेव ने दोनों हाथों से थाली को ढँकते हुए कहा था। पर दूसरे ही क्षण कुंतो ने गर्म-गर्म चपाती उसके फैले हाथों पर फेंक दी थी और आगे बढ़ गई थी, "चपाती ! किसे चाहिए चपाती ?" वह कह रही थी।

कुछ देर बाद सालन का कटोरा और हाथ में करछुल लेकर आई थी और जयदेव की थाली में बिना पूछे ढेर-सा सालन डाल दिया था और उसी तरह आगे बढ़ गई थी। जयदेव की झेंप बढ़ गई थी पर पास से गुज़रते हुए जयदेव की नज़र कुंतो के कान के पास लटकती उसकी घुँघराली लट पर भी पड़ गई, और उसे हल्की-सी

महक के झोंके का भी भास हुआ था। सड़क पर चलते हुए जयदेव को याद आया, तभी तख्त पर बैठी बड़ी बहिन के होंठों पर भी मुस्कुराहट खेलने लगी थी, कभी वह जयदेव की ओर देखती, कभी अपनी छोटी बहिन की ओर, मानो मन-ही-मन दोनों की जोड़ी मिला रही हो, और जयदेव को झेंप होने लगी थी।

वकील भाई बड़ा वाचाल था, और बेढब भी, जो मन में आता कह देता।

"जमाई-भाई का मुँह तो मीठा कराओ। हमारी तो यहाँ किसी को परवाह नहीं।"

"है, पागल कहीं का?" बड़ी बहिन ने अपने भाई को डाँटते हुए कहा।

"मैंने क्या कहा है, बहना? ··· ओ हो, भूल हो गई। महाशयजी को मिष्ठान्न खिलाओ। क्यों महाशयजी, कुछ और आए? इसे अपना घर समझो। आज नहीं तो कल समझोगे।"

प्रोफ़ेस्साब को भी वकील भाई का व्यवहार बड़ा अटपटा लगा।

"क्या बके जा रहा है, कुछ सोच-समझकर बात किया कर।"

वकील भाई का सपाट-सा वाक्य सुनते ही कुंतो वहाँ से भाग गई थी जिस पर जयदेव ने भी मन-ही-मन चैन की साँस ली थी। शर्म और झेंप के कारण उसके कान लाल हो गए थे और वह पछताने लगा था कि वह क्योंकर प्रोफ़ेस्साब के साथ चला आया था। वार्तालाप के इस रुख से वह मन-ही-मन सिकुड़ने लगा था।

इस झेंप और अटपटेपन के बावजूद, अपने घर की ओर लौटते हुए जयदेव के मस्तिष्क में तरह-तरह के वाक्य, तरह-तरह के दृश्य घूम रहे थे।

4

"मेरी आँखों ने जो कुछ देखा है, उसे मैं मुँह पर नहीं ला सकती, इससे कुछ लाभ नहीं होगा।"

जयदेव की माँ खाट पर पालथी मारे, दोनों हाथ गोद में रखे, कह रही थी। वह धैर्य और शांति की प्रतिमा लग रही थी, पर मन से बेचैन थी।

"मुझे जो कहना था, कह दिया। मैं देखूँ और फिर भी चुप बनी रहूँ, यह मुझसे नहीं हो सकता।"

जयदेव के पिता कमरे में टहल रहे थे, ऊपर-नीचे, जैसी उनकी आदत थी। जयदेव और उसका भाई ऊपरवाले कमरे में सो रहे थे जबकि उन्हीं के बगलवाले कमरे में सुषमा बैठी इम्तहान की तैयारी कर रही थी।

जयदेव के पिता चुपचाप सुनते जा रहे थे। ऐसा ही उनका स्वभाव था। वह चुपचाप टहलते रहते और सुनते रहते, न हूँ, न हाँ, किसी-किसी वक़्त खँखारते, या कुछ बुदबुदाते। पर आज जयदेव की माँ की बातों से वह भी विचलित हो गए जान पड़ते थे।

कमरे के बीचोबीच जयदेव की माँ के सामने आकर खड़े हो गए।

"यह सुषमा नीचे क्यों नहीं सोती ? उससे कहो, कल से नीचे सोया करे। ऊपर सोने का क्या मतलब है ? मैं ही उससे कहूँगा ···"

"मुझसे पूछो तो उसे यहाँ बुलाने का कोई मतलब ही नहीं था। अपने घर रहती, वहीं पर अपनी पढ़ाई करती।"

पिता फिर चलने लगे थे। "सुषमा से अभी कहो कि नीचे आ जाए।"

इस पर जयदेव की माँ बिगड़ उठी। "धीरज रखो जी, तुम पहले तो कोई ध्यान नहीं देते हो। बात बिगड़ने लगती है तो एकदम उतावले हो जाते हो।"

पिता फिर से कमरे के आर-पार टहलने लगे थे।

"चलता करो इसे यहाँ से," पिता बड़बड़ाए, फिर कमरे के बीचोबीच आकर रुक गए, "मैं कल ही इसे इसके घर भेज दूँगा।"

"देखो जी, कुछ सोच-समझकर बात किया करो। इतनी उतावली दिखाने से कोई लाभ नहीं होगा। तुम मर्द लोग बात बिगाड़ना जानते हो, बात सँवारना नहीं

जानते ।" माँ ने पहले की तरह अपनी स्थिर समतल आवाज़ में कहा, "लड़की का इम्तहान सिर पर है। इसका इम्तहान निकल जाने दो, फिर चुपचाप इसे रवाना कर देंगे।"

"कल से यह नीचे सोया करे, इससे कह दो।" फिर कमरे के बीच, जयदेव की माँ के सामने खड़े हो गए और किसी जानकार की तरह तर्जनी हिलाकर बोले, "औरत आग होती है। साथवाले कमरों में सोने का मतलब ही क्या है ?"

माँ चुप रही। वह अपने पति के स्वभाव से परिचित थी। उसकी आँखों ने जो कुछ देखा था, उसे अगर वह बता देगी तो यह अपना संतुलन खो बैठेंगे और बात का बतंगड़ बन सकता है। उतावली में आकर कुछ का कुछ कर बैठते हैं। एक बार यों ही बातों-बातों में चर्चा चली थी कि जयदेव की सगाई अपने ही रिश्ते की लड़की से क्यों नहीं कर दें, तो यह हज़रत बिना सोचे-समझे, बिना पूछे, छड़ी उठाकर लड़कीवालों के घर जा पहुँचे थे और सीधा अपने चचेरे भाई से सगाई का प्रस्ताव रख दिया था। पर गनीमत रही कि लड़की का बाप ज़्यादा समझदार निकला। उसने बगलगीर होकर बड़े स्नेह से इन्हें कहा, "वह जैसे मेरी बेटी है, वैसे ही आपकी भी बेटी है।" पर यह देखकर कि यह फिर भी नहीं समझ रहे हैं उसने हाथ जोड़कर कहा, "किसी दूसरी जगह हमारी बात चल रही है।"

तभी से जयदेव की माँ ने गाँठ बाँध ली थी कि अपने घरवाले से घर का कोई भी मसला सुलझाने की बात नहीं करेगी। व्यवहार-बुद्धि का तो इनमें लेशमात्र भी नहीं था। हाँ, अच्छे-भले काम को बिगाड़ ज़रूर सकते थे।

जयदेव की माँ ने क्या देखा था जो बार-बार उसकी ज़ुबान पर आ रहा था और वह उसे दबाए जा रही थी ?

कुछ ही दिन पहले की बात थी। गर्मी के दिन आ गए थे, पर अभी लोगों ने छत पर सोना आरंभ नहीं किया था। एक रात माँ सीढ़ियाँ चढ़कर छत पर गई तो चाँदनी रात में सुषमा की खाट छत के बीचोबीच बिछी थी और उसे लगा था जैसे जयदेव खाट के पास नीचे ज़मीन पर घुटनों के बल बैठा उस पर झुका हुआ था, और दोनों आपस में बातें कर रहे थे। सीढ़ियों पर कदमों की आहट पाकर जयदेव उठ खड़ा हुआ था और एक साये की तरह अपने कमरे की ओर बढ़ गया था और आँखों से ओझल हो गया था। चाँदनी रात के कारण और जगह-जगह दीवारों के पड़ते सायों के कारण साफ़-साफ़ देख पाना कठिन था। पर इतना माँ ने भी समझ लिया था कि कोई सुषमा की खाट के पास था जो अभी-अभी वहाँ से हट गया है।

"सुषमा बेटी, सोई नहीं अभी तक ?" माँ ने पास से गुज़रते हुए कहा था, पर सुषमा कुछ नहीं बोली थी। जैसे पड़ी थी वैसे ही दम साधे पड़ी रही। अगर वह बोल देती, माँ के सवाल का जवाब दे देती तो माँ के मन में संदेह नहीं उठता। पर सुषमा दम साधे पड़ी रही, और उसका दिल धक्‌धक्‌ करने लगा था।

उसे चुप देखकर माँ आगे बढ़ गई थी। पर जब वह छत पर से लौट रही थी तो माँ का पारा चढ़ा हुआ था। सुषमा की चुप्पी को देखकर वह तुनक उठी थी।

"नाले चोर ते नाले चतरा," सुषमा की खाट के पास से गुज़रते हुए वह बड़बड़ाई। "शर्म-हया बेच खाई है। ··· यह यहाँ पढ़ने आई है। यह समझती है मैं अंधी हूँ ··· " और ऐसे ही बड़बड़ाते हुए वह सीढ़ियाँ उतर गई थी।

जयदेव ही सुषमा को घर पर खींच लाया था। इसमें कोई लाग-लपेट या फरेबवाली बात नहीं थी। सुषमा को अपने कालिज की परीक्षा में अच्छे नंबर नहीं मिले थे और जयदेव को चिंता होने लगी थी कि कहीं यूनिवर्सिटी की परीक्षा में सुषमा फेल ही न हो जाए।

कुछ ही दिन पहले वह अपनी मौसी के घर जा पहुँचा था और सुषमा से उसकी पढ़ाई के बारे में तरह-तरह के सवाल पूछने लगा था। और फिर डाँटकर बोला था, "तू पढ़ती-लिखती कुछ नहीं। दो महीने इम्तहान को रह गए और अभी तक तुम इतने सरल सवाल भी नहीं निकाल सकतीं।"

जयदेव कोई नाटक नहीं खेल रहा था। वह अपनी मौसेरी बहिन पर रोआब भी नहीं गाँठ रहा था। कहीं गहरे में वह उसके प्रति अपने को जवाबदेह महसूस करने लगा था, उसके प्रति अपने दायित्व को महसूस करने लगा था। वह इस बात को नजरंदाज़ कर रहा था कि सुषमा के प्रति उसका आकर्षण ही दायित्व का जामा ओढ़ रहा है, ताकि उसकी अपनी नज़र में भी वह आकर्षण न रहकर दायित्व-बोध ही बना रहे और वह मन के अंतर्द्वंद्व से बचा रहे। वास्तव में, अपने अंदर तेजी से बढ़ते द्वंद्व से वह आँखें मूँदे रहना चाहता था। वह अपने को झुठलाना चाहता था कि यह आसक्ति नहीं, दायित्व-बोध है, वह अपनी छोटी, मौसेरी बहिन के प्रति अपना फ़र्ज निभा रहा है।

एक दबी-दबी-सी किंतु तीव्र भावना, दूसरी जुड़वाँ भावना में परिवर्तित हो रही थी। अंदर, दूर उसके भीतर कहीं कोई छटपटाहट जन्म ले रही थी, कोई विरोधाभास जिससे वह छुटकारा पाना चाहता था। मनुष्य सचमुच अनेक स्तरों पर जीता है और अनेक स्तरों पर ही अपने को झुठलाता भी रहता है।

"मौसी !" उस दिन रसोईघर की दहलीज़ पर खड़े-खड़े उसने मौसी से कहा था, "मौसी, यह सुषमा कुछ पढ़ती-लिखती नहीं। इम्तहान सिर पर आ गया है और यह मामूली-से सवाल भी हल नहीं कर सकती।"

"इसी से पूछ बेटा, मैं क्या जानूँ। किताबों के सामने तो दिन-भर बैठी रहती है।"

"उठाओ अपनी किताबें और चलो मेरे घर। मौसी, यह इम्तहान तक हमारे घर ही रहेगी। वहीं पर तैयारी करेगी, देखता हूँ, कैसे नहीं पढ़ती।"

सुषमा, तनिक अटपटा-सा महसूस करती हुई चुपचाप खड़ी रही थी। अभी तक कभी एक बार भी जयदेव ने सुषमा के प्रति कोई निजी भावना व्यक्त नहीं की

थी, प्रेम की चर्चा तो दूर रही। अभी तक तो वह केवल डाँटता और रोआब ही गाँठता रहा था। दोनों अभी अल्हड़ अवस्था में थे। बल्कि एक बार जयदेव अपनी पाठ्य-पुस्तक में से किसी प्रेम कविता की उसके सामने उसी भाँति व्याख्या करता रहा था जिस भाँति उसने कुछ वर्ष पहले प्रोफ़ेस्साब की कक्षा में उनके मुँह से सुनी थी। उसी गहरे भावोद्वेग के साथ। जहाँ तक सुषमा का प्रश्न है, प्रेम का नाम लिए जाने पर ही सुषमा के अंदर भावना की ग्रंथियाँ खुलने के बजाय सिकुड़ने लगती थीं, वह और ज़्यादा अपने अंदर सिमटती जाती थी। प्रेम शब्द से साक्षात करने में ही वह झेंप जाती, कुछ-कुछ सहम-सी जाती। यह शब्द भद्रलोक के व्यवहार का शब्द नहीं था, सस्ते उपन्यासों और सस्ती बाज़ारू फ़िल्मों का शब्द था, या फिर विदेशी प्रेम-कथाओं का। उसके अंदर भावना का वह अंकुर अभी फूट नहीं पाया था, और यदि अंकुरित हो भी रहा था तो वह इससे अनभिज्ञ थी और अपने को अनभिज्ञ ही मानती थी।

जयदेव प्रेम शब्द से परिचित था। प्रोफ़ेस्साब के अध्यापन ने इस शब्द की महिमा का बखान अक्सर किया था। लेकिन उसके दिल में अपनी मौसेरी बहिन के प्रति प्रेम-भावना प्रस्फुटित होगी, इसका उसे अभी तक स्पष्ट आभास नहीं था। वृत्तियाँ उसके अंदर अँगड़ाइयाँ ले रही थीं, पर सचेत मन में अभी तक कुछ भी स्पष्ट नहीं था। परिवार में यह सुषमा का पक्ष लेता, उस पर रोआब गाँठता, और यह बरसों से चला आ रहा था, क्योंकि दोनों साथ-साथ खेल बड़े हुए थे। वह उम्र में छोटी थी, चकित-सी आँखों से अपने जयदेव भइया की दुस्साहसिक पहलकदमियों को देखती रहती थी।

एक बार सुषमा के बड़े भाई का एक मित्र, जो वकालत करता था, उनके घर पर आया था। परिवार के बहुत-से लोग मिल बैठे थे। भोजन के बाद उस वकील मित्र के आग्रह पर सुषमा गीत गाती रही थी। पर जब वह चला गया और सब लोग बिखर गए तो जयदेव सुषमा को निराले में पाकर उस पर बरस पड़ा था, "न जान, न पहचान, तू उसके कहने पर गीत क्यों गाने लगी थी ? वह है कौन ? तुम्हें कैसे मालूम कि वह बड़े भइयाजी का जिगरी दोस्त है ?"

सुषमा झेंप गई थी और उसका चेहरा लाल हो गया था और वह खड़ी की खड़ी रह गई थी, नज़रें झुकाए अपनी उँगलियों में चुन्नी का कोना लपेटती रही थी।

"जो कोई भी तुमसे गाने को कहेगा तो तू गाने लगेगी ?" जयदेव ने डाँट दिया था।

और जब जयदेव ने फिर क्रुद्ध होकर कहा था, "वह है कौन ? हमारा लगता क्या है ?" तो सुषमा की आँखों से झर-झर आँसू गिरने लगे थे।

इस पर जयदेव की बड़ी बहिन उधर से गुज़रती हुई रुक गई थी, "क्या हुआ है ? सुषमा को क्यों डाँट रहे हो ? तुम्हें शर्म नहीं आती ?"

"मैं डाँट कहाँ रहा हूँ ? पर बड़े भइया के दोस्त ने एक बार इसे गाने को क्या

कहा कि यह झट से गाने बैठ गई।"

"तो क्या हुआ गाने बैठ गई तो?"

"क्यों, कल इसे कोई अनजाना आदमी कहेगा तो यह गाने लगेगी?"

"वह अनजाना थोड़े ही था। वह तो विनोद भइया थे। बड़े भइया के पुराने दोस्त हैं।"

"दोस्त हैं तो क्या हुआ? हैं तो वकील।"

"क्यों? वकील बुरे आदमी होते हैं क्या?"

"और नहीं तो क्या? सभी वकील चंट होते हैं।"

इस पर बड़ी बहिन हँस दी थी। "तू वकील नहीं बनना, नहीं तो तू भी चंट हो जाएगा।"

"मैं क्यों वकील बनूँगा?"

"तू क्या बनेगा?"

"मुझे क्या मालूम क्या बनूँगा, पर वकील नहीं बनूँगा।"

इस पर बड़ी बहिन ने सुषमा के कंधों के इर्द-गिर्द अपनी बाँहें डालते हुए कहा, "चल अंदर! इसकी बातें नहीं सुना कर!" और फिर जयदेव को डाँटती हुई बोली, "बहुत थानेदारी नहीं चलाया कर! यह तेरी छोटी बहिन है।"

और अब रसोईघर के बाहर खड़ा जयदेव फिर से थानेदारी चला रहा था, पास खड़ी सुषमा से कह रहा था, "उठाओ अपनी किताबें और चलो हमारे घर।" और मौसी की ओर मुड़कर बोला था, "मौसी, मैं इसे अपने घर ले जा रहा हूँ। वहाँ चलकर पढ़े। मैं देखूँगा कैसे नहीं पढ़ती। एफ़.ए. की पढ़ाई कोई मामूली पढ़ाई होती है क्या?"

कुछ भी स्पष्ट नहीं था। केवल जयदेव, अपने अंदर पहली बार एक प्रकार का तनाव और खिंचाव-सा अनुभव करने लगा था।

उसने प्रोफ़ेस्साब का सुझाव गहरी कृतज्ञता के भाव से स्वीकार किया था, और बड़ा गौरवान्वित महसूस करता रहा था। उस रोज़ प्रोफ़ेस्साब के घर जाकर उसने कुंतो को देख भी लिया था, बड़ी सुंदर लड़की थी और चुलबुली, उसके अपने स्वभाव-जैसा ही उसका स्वभाव था। पर न जाने क्यों, उसके बाद सुषमा के प्रति उसका दायित्व-बोध और ज़्यादा बढ़ गया था, और साथ ही उससे मिलने का आग्रह भी। कभी-कभी बिछुड़ने-जैसा भाव उसके मन को उद्वेलित करने लगता था।

"ले जा, ले जा, तेरे डर से पढ़ेगी तो।"

मौसी और क्या कहती, मुस्कुराकर जयदेव को आशीष दी और अपने काम में लगी रही। और जब दोनों घर से जाने लगे तो मौसी ने सुषमा को समझाया, "इसे परेशान नहीं करना, यह तेरा बड़ा अच्छा वीर है। तेरा कितना ख़याल रखता है।"

दोनों परिवार एक-दूसरे के बड़े निकट थे। लगभग रोज़ ही एक-दूसरे के घर आना-जाना लगा रहता था। इतने गहरे संबंधों में किसी को कैसे भास हो सकता

है कि मौसेरे भाई-बहिन के बीच एक दूसरे प्रकार का आकर्षण भी पनप सकता है। उन्हें स्वयं भी इसका भास नहीं था।

जयदेव उन दिनों एक धूमिल, अनिश्चित-सी मानसिक स्थिति में भटकने लगा था। प्रोफ़ेस्साब से उसने कह दिया था कि वह अपनी मौसेरी बहिन के प्रति आकृष्ट हुआ है। अभी भी इस भावना के लिए वह प्रेम शब्द का प्रयोग नहीं कर सकता था। प्रोफ़ेस्साब ने अपने तर्कों द्वारा इस भावना में से सारी मादकता यह कहकर निकाल फेंकी थी कि इस प्रकार के आकर्षण तो बचकानापन होते हैं। बड़े परिवारों में लड़के-लड़कियाँ अपने-अपने चहेते भाई-बहिन चुन लेते हैं, वैसे ही जैसे स्कूलों-कालिजों में पढ़नेवाले छात्र अपने चहेते मित्र चुन लेते हैं। उन्होंने समझा दिया था और जयदेव को वह सही लगा था और वह आश्वस्त हो गया था। प्रोफ़ेस्साब ने सुषमा के चौड़े-चौड़े हाथों और मोटी-मोटी उँगलियों का भी ज़िक्र किया था, उसके शरीर की चौड़ी बनावट का, जिसमें नारी-सुलभ कमनीयता की कमी थी। प्रोफ़ेस्साब ने यह भी अच्छी तरह से समझा दिया था कि हिंदू परिवारों में फुफेरी अथवा मौसेरी बहिन के साथ विवाह नहीं हो सकता। प्रोफ़ेस्साब की बातों को सुनते हुए जयदेव को लगा था जैसे उसकी आँखों के सामने से धुंध छँटने लगी है और सब चीज़ साफ़ और उजली-उजली नज़र आने लगी है। और उस दिन से, उसे लगा था, सुषमा के साथ उसके संबंध में सहजता आ गई है। वह अब किसी भुलावे में नहीं है। एक प्रकार का संतुलन और स्थिरता आ गई है और वह बड़ा हल्का-हल्का महसूस करने लगा था। उसी दिन से उसे लगने लगा था कि सुषमा के साथ उसके संबंधों में स्वाभाविकता भी आ गई है। वह एक स्वच्छ, निर्मल, स्वाभाविक संबंध बन गया है जिसे वह अपनी नासमझी के कारण बिगाड़ सकता था। प्रोफ़ेस्साब ने उसे सही स्थिति से अवगत कराकर उसे एक संतुलित, सही दृष्टि दे दी थी।

पर कुछ ही दिन बीते होंगे कि जयदेव के पाँव फिर मौसी के घर की ओर उठने लगे थे। न जाने सुषमा ठीक तरह से पढ़ाई कर रही है या नहीं। पर बड़े भाई के नाते मेरा फ़र्ज बनता है कि मैं इस ओर ध्यान दूँ। एक बार जब वह दोपहर को मौसी के घर पहुँचा तो चार बज रहे थे और सुषमा अभी घर नहीं लौटी थी। घर में उसे न पाकर उसे घोर निराशा हुई थी और वह घर उसे वीरान-सा लगा था, जहाँ उसे जीर्ण-शीर्ण दीवारें और बदरंग, बिखरी हुई चीज़ें देखने को मिली थीं और मौसी का बुढ़ाता, खिचड़ी बालों से घिरा चेहरा। सुषमा घर पर हो तो मौसी भी प्रिय लगने लगती थी, जीर्ण-शीर्ण दीवारों में भी स्निग्धता आ जाती थी। घर उजला-उजला लगने लगता था।

"कहाँ गई है, पगली ? उसका कालिज तो तीन बजे बंद हो जाता है ?"

"तुम समझाओ ना उसे, तुम उसके बड़े भाई हो, तुमसे डरती भी है।" मौसी ने रसोईघर में जयदेव के लिए चाय उँड़ेलते हुए कहा था।

तभी गली के सिरे पर सुषमा आती हुई नज़र आई थी। ढेर-सारी किताबें छाती से लगाए, जिन्हें वह सँभाल नहीं पा रही थी। उस पर नज़र पड़ते ही जयदेव को लगा था जैसे अँधेरी गली में रोशनी छिटक गई हो, जैसे सारी गली खिल उठी हो। सुषमा सफेद सलवार-कमीज़ पहने हुए थी। उसका चेहरा पीला-सा था, पर कालिज से थककर लौटने के कारण और कुछ धूप के कारण, चेहरा दमक रहा था। बालों की लट, रोज़ की तरह, दाईं कनपटी पर गिर रही थी। "आ गई है मौसी, वह चली आ रही है। मुझे मालूम होता तो मैं उसे साइकिल पर बिठाकर ले आता। मैं भी तो उसी रास्ते से आ रहा हूँ।"

एक हल्की-सी, अन्यमनस्क-सी मुस्कान, सुषमा के होंठों पर खेल रही थी। सुषमा का शरीर दुबला-सा था और चेहरा पीला-पीला। "कुछ खाती-पीती नहीं, मैं क्या करूँ ?" मौसी अक्सर कहा करती, 'चिड़िया के चोग जितनी तो खुराक खाती है, इस पर कालिजों की पढ़ाइयाँ। इसे चाय जितनी पिला दो, दिन-भर पीती रहेगी।"

नज़दीक आई तो जयदेव ने देखा, सुषमा के चेहरे पर पसीने की बूँदें छलक आई थीं।

"तुम कब आए, भइया ?" उसने कहा और चबूतरे की सीढ़ियाँ चढ़कर अंदर आ गई। "मैंने तुम्हें देखा था। साइकिल पर बैठे तुम दाएँ-बाएँ देखते ही नहीं हो।"

"तुम कहाँ थीं ?"

"मंदिर के सामनेवाला चौक लाँघ रही थी।"

"तुम मुझे आवाज़ नहीं लगा सकती थीं ? मुझे बुलाया क्यों नहीं ?"

"ऐसे ही।"

"मुझे आवाज़ नहीं लगा सकती थी ?" जयदेव ने फिर से कहा।

"आवाज़ कैसे लगाती, सड़क पर चिल्लाने लगती—भइया ! भइया !" और सुषमा हँस दी। "मैंने सोचा, तुम ज़रूर मेरी ओर देखोगे, पर तुमने देखा ही नहीं।"

"पगली, आवाज़ लगाना चिल्लाना होता है क्या ?" मौसी बोली।

"मुझे क्या मालूम यह इस तरफ़ आ रहे हैं। मालूम होता तो आवाज़ भी लगा देती।" कहती हुई सुषमा रसोईघर में गई और एक कनस्तर में से मठरी निकालकर रसोईघर की ही दहलीज़ पर बैठकर खाने लगी।

"माँ, चाय दो।"

"चाय नहीं, तू दूध पिएगी," जयदेव ने कहा।

"दूध-वूध नहीं, चाय ही पिऊँगी ··· अच्छा, अभी चाय पिऊँगी, थोड़ी देर बाद दूध पी लूँगी।" वह मुस्कुराई, और जयदेव का दिल फिर खिल उठा।

"पी दूध !" जयदेव ने झूठा गुस्सा दिखाते हुए ऊँची आवाज़ में कहा। अचानक ऊँचा चिल्लाने पर सुषमा के हाथ लरज़ गए।

"हाय, आहिस्ता बोलो, भइया, तुमने तो मुझे डरा दिया।"

पर आँखें उठाकर जयदेव के चेहरे की ओर देखते ही वह खिलखिलाकर हँस

दी। जयदेव गुस्से का स्वाँग करते हुए, अपनी दोनों भौंहें नचा रहा था, ऊपर-नीचे, और आँखें घुमा रहा था, वैसे ही जैसे सरकस का जोकर घुमाता है और जिसकी नकल, घर के सभी बच्चों के सामने, जयदेव अक्सर लगाया करता था।

तभी जयदेव ने मूँछों पर ताव देने का अभिनय करते हुए, हाथ ऊपर को उठाया और किसी पहलवान की तरह पैंतरे बदलते हुए कवित्त बोलने लगा, 'मैं आफ़त का परकाला हूँ ! मैं आफ़त का परकाला हूँ ! पी, दूध !" उसने हाथ यों उठा रखा था मानो उसके कंधे पर भीमसेन का गुर्ज़ हो। इसी तरह पैंतरे बदलते, नाचते हुए वह फिर सुषमा के सामने आ खड़ा हुआ, "बोल लड़की, तू दूध पिएगी या नहीं ?"

वह नाचता, पैंतरे बदलता, नटों की तरह अभिनय कर रहा था, पाँव खोलकर, छाती निकालकर वह बार-बार मूँछों को ताव देता, भृकुटियाँ नचाता, बोलने लगा, "अरे रावण, तू धमकी दिखाता किसे, मुझे मरने का खौफ़-ओ-ख़तर ही नहीं !" इसी तरह कभी गुर्ज़ घुमाता, पैंतरे बदलता वह फिर सुषमा के सामने पहुँच गया, "बोल लड़की, तू दूध पिएगी या नहीं ?"

वह मन-ही-मन बड़ा हल्का महसूस कर रहा था, मानो प्रोफ़ेस्साब के स्पष्टीकरण से उसके मन की सारी द्विविधा दूर हो गई हो।

मौसी हँस रही थी। सुषमा मुस्कुराकर बोली, 'पिऊँगी, पिऊँगी बाबा, एक बार कह जो दिया।"

जयदेव के घर आने पर घर में रौनक हो जाती थी, वह खूब चहकता, तरह-तरह के करतब करता, चुटकुले सुनाता, नकलें उतारता, अपने कारनामे सुनाता, घर के लोग हँसी से लोट-पोट होते रहते।

अपने कालिज का कोई किस्सा सुनाते हुए कहता, 'मैंने स्साले की मूँछ उखाड़कर रख दी। अब कर ले जो करता है। ··· मेरे साथ मुकाबिला करके तो देखे, मैं परखचे उड़ा दूँगा। वह समझता क्या है ! ··· "

कुछ ही देर बाद वह आँगन के बीचोबीच स्टूल पर बैठा, सामने, रसोईघर की दहलीज़ पर बैठी सुषमा को, जो हाथ में दूध का गिलास पकड़े, अनमनी-सी बैठी थी, किसी अंग्रेज़ी फ़िल्म की कहानी सुना रहा था। 'वैलेस वीयरी की फ़िल्म है, वही मुख्य अभिनेता भी है। वह कबायलियों का नेता है, बादवानी नाव पर बैठा वह दुश्मन के द्वीप की ओर जा रहा है और अपने किसी साथी को बता रहा है कि समुद्र में उठनेवाली लहरों का स्वभाव कैसा होता है। वह कहता है, 'देखो, मैं मुँह में से थूक फेंकूँगा, मेरा थूक लहरों पर डूबता, उतराता चला जाएगा'।" और कहते हुए जयदेव ने बाएँ कंधे की ओर मुँह मोड़ सचमुच थूक दिया, और उसका थूक किन्हीं काल्पनिक लहरों पर गिरने के बजाय उसी के कंधे पर जा गिरा।

इस पर सुषमा खिलखिलाकर हँस दी। उसके हाथ में पकड़े गिलास से दूध

छलकने लगा। उसकी हँसी थमने में ही नहीं आती थी। "वाह भइया, तुम्हारा थूक तो लहरों तक पहुँचा ही नहीं।"

"वैलेस वीयरी का थूक ऐसा नहीं था," वह फिर दाएँ हाथ से उठती-गिरती लहरों की प्रक्रिया दिखाते हुए बोला, "उसका थूक तो यों लहर की सतह पर ऊँचा उठता, फिर नीचे गिरता, फिर ऊँचा उठता ··· "

थूक अभी भी जयदेव के कंधे पर पड़ा था। सुषमा ने उठकर अपनी चुन्नी से उसे पोंछ दिया। वह अभी भी हँसे जा रही थी। जयदेव भइया की यही बातें घर में सभी को रोचक लगती थीं। हर बार वह कोई-न-कोई नया करतब कर दिखाता था।

सुषमा को वह साइकिल के पीछे बिठाकर अपने घर ले आया था। पर उसे स्वयं इस बात का स्पष्टतः बोध नहीं था कि क्यों लाया है। क्या इसलिए कि उसे सुषमा की पढ़ाई की चिंता है ? क्या इसलिए कि प्रोफ़ेस्साब की बहिन के साथ सगाई की बात पक्की हो जाने के बाद वह अंदर-ही-अंदर कहीं छटपटाने लगा है ? प्रोफ़ेस्साब का प्रस्ताव स्वीकार करते समय उसने बड़ा गौरवान्वित महसूस किया था। तभी से वह सुषमा के प्रति अपने दायित्व को पहले से भी ज़्यादा तीव्रता के साथ महसूस करने लगा था। वह किसी को धोखा नहीं दे रहा था, न सुषमा को, न कुंतो को, न ही प्रोफ़ेस्साब को। धोखा तो हम सदा अपने को ही देते हैं। हमारी प्रेरक वृत्तियाँ जिस ओर हमें धकेलती हैं, हम उसी ओर धकेले चले जाते हैं, पर सारा वक़्त यह मानते हुए कि कोई तर्कसंगत ध्येय हमें प्रेरित कर रहा है। कहीं तो उसे इस बात का भास होने लगा होगा कि शीघ्र ही वह सुषमा को खो बैठेगा। इसलिए, कुछ देर के लिए ही सही, सुषमा उसके निकट रहेगी तो वह उसकी स्निग्ध उपस्थिति को तो महसूस कर पाएगा।

और सुषमा ? क्या वह भी अपने को धोखा दे रही थी ? क्या वह भी अपनी वृत्तियों द्वारा किसी दिशा में धकेली जा रही थी ? उसकी वृत्तियों की बात तो अलग, सचेत रूप से वह कुछ भी सोच पाने, कोई निष्कर्ष निकाल पाने, किसी प्रकार का निर्णय कर पाने की स्थिति में नहीं थी। वह उस स्थिति में थी जब लड़कियों के सभी फ़ैसले घर के बड़े संबंधी करते हैं, उन्हीं को लड़कियों ने अपना अटूट विश्वास सौंप रखा होता है। पिता, माँ, बड़ा भाई जो कहेंगे वही मान्य होगा, उसके गलत-सही होने के बारे में स्वयं सोचने का तो सवाल ही नहीं उठता था।

घर के बड़े कमरे में जयदेव के माता-पिता अपनी-अपनी उधेड़बुन में खोए हुए थे, अपनी-अपनी आशंकाओं-चिंताओं में डूब-उतरा रहे थे।

माँ कह रही थी, "ये लच्छन अच्छे नहीं हैं जी, मैं बार-बार कह रही हूँ। इससे घर में क्लेश बढ़ेगा।"

इस पर जयदेव के पिता फिर से रुक गए थे और तनिक खीझकर बोले थे, "तो मैं क्या करूँ ? मुझसे क्या कहती हो ? भेज दो कल ही अपनी भांजी को उसके घर।"

"उससे कुछ नहीं होगा।"

"नहीं होगा तो मैं क्या करूँ ? लड़की का बाप तो सारा वक़्त अपने नेम-धर्म में लगा रहता है। उसे तो मालूम ही नहीं कि घर में क्या हो रहा है ··· "

इस पर माँ उन्हें समझाती हुई बोली, "देखो जी, खीझने से कुछ नहीं होगा। जब भी तुमसे कुछ बन नहीं पड़ता तो तुम खीझने लगते हो, या मुझे कोसने लगते हो।"

"तू क्या चाहती है, सीधी बात कर।"

"मैं इस लड़की को तो उसके घर भेज दूँगी, पर इससे बात खत्म तो नहीं होगी।"

इस पर जयदेव के पिता को खटका-सा हुआ, "तू कुछ मुझसे छिपा रही है क्या ?"

"सीधी-सी बात है जी, कुछ समझा करो ! बेटे को इस बच्ची के साथ उन्स हो गया है। यह जल्दी छूटेगा नहीं।"

जयदेव के पिता के कान में उन्स शब्द ही खौलते लावे की बूँद-जैसा था। उन्स क्या होता है ? अपनी बहिनों के साथ भी कभी उन्स होता है ?

सिद्धांतों का खरेपड़ मन को जितना भी कसकर ढाँपे रहे, ज़िंदगी की वास्तविकता तो उसमें छेद किए बिना नहीं रहती। पिताजी बोले, "इस लड़की को तो उसके घर चलता करो। यह काम तो कल ही कर दो। और मैं इसके बाप से मिलकर कहूँगा कि उसे ठिकाने लगाने का बंदोबस्त करे।"

"अभी तो लड़की का इम्तहान सिर पर है।"

"इम्तहान जाए भाड़ में।" जयदेव के पिता ने चिल्लाकर कहा। "तुम्हें उसके इम्तहान की पड़ी है ! लड़की के लिए ब्याह ज़्यादा ज़रूरी होता है या इम्तहान ?"

और वह फिर टहलने लगे। थोड़ी देर के बाद जब उनके चित्त में स्थिरता आने लगी तो वह अपनी पत्नी के सामने जा खड़े हुए।

"लड़की इम्तहान देती रहे, उसे कौन रोकता है। मैं गोविंदराम से कहूँगा, लड़की की सगाई कर दे, इम्तहान के बाद विवाह हो जाएगा।"

"तुम क्या कहोगे, मैं खुद सुरस्ती से कहूँगी। मैं खुद लड़का ढूँढूँगी। तुम भी इधर-उधर से दरयाफ़्त करो। बच्ची तो अपनी ही है।"

पिता फिर से टहलने लगे थे। "मुझसे पूछो तो जयदेव का रिश्ता भी हमने जल्दबाजी में किया है।"

"लड़के ने खुद ही मान लिया तो हम क्या करते ?" जयदेव की माँ ने कहा,

"लड़के ने भी नहीं, उसका प्रोफ़ेसर ही लड़के पर डोरे डालता रहा है।"

जयदेव के माँ और पिता, दोनों को इस बात का मलाल था कि लड़कीवालों ने अपने आप ही, सीधा जयदेव से बात कर, रिश्ता पक्का कर लिया। दोनों की एक तरह से उपेक्षा की गई थी। उनसे पूछे बिना, उनकी पीठ पीछे, हमें दरगुज़र करके सभी फ़ैसले किए गए हैं। उनकी अवहेलना की गई है। हमारे पास तब आए जब बेटे के साथ पहले से बात पक्की कर ली थी।

"हमारा अपना बेटा ही मनमानी करे तो कोई क्या कहे !"

"क्या बोल रही है ? हमारे बेटे-जैसा तो किसी का बेटा नहीं। इतना समझदार, इतना फ़र्माबरदार ! यह तो इसके प्रोफ़ेसर ने इस पर डोरे डालकर बात मनवा ली है।"

दोनों पति-पत्नी व्याकुल हो उठे थे। जो कुछ जयदेव की माँ ने देखा था यदि वह सच था तो यह बात यहाँ पर कभी खत्म नहीं होगी।

"देखो जी, कुछ समझा करो।" वह अपने ढंग से कह रही थी, "इश्क और मुश्क कभी छिपे नहीं रहते।"

"तू जयदेव से बात तो कर।" फिर अपने आपसे ही बात करते हुए बुदबुदाकर बोले, "अगर उसका मन दूसरी जगह था तो अपनी सगाई क्यों करवाई थी ?" इस पर माँ, अपने घरवाले की व्याकुलता को कम करने के इरादे से बोली, "तुम दुखी मत होओ जी, क्या मालूम मुझे धोखा हुआ हो। रात का वक़्त था। इतना साफ़ तो नज़र नहीं आ रहा था ना।"

"अंदर कोई बात है या नहीं है। सुषमा को तो यहाँ से चलता ही करो।"

"जल्दबाजी में कुछ नहीं करो जी, मैं तुम्हारे आगे हाथ जोड़ती हूँ। तुम हमेशा उतावली में बात को बिगाड़ देते हो।"

"उसे अपने घर नहीं भेजोगी तो क्या करोगी ? बैठी देखती रहोगी ?"

"मैं इसे नीचे ले आऊँगी, अपने पास, अपने कमरे में सुलाऊँगी। मैं कोई बखेड़ा खड़ा करना नहीं चाहती। इसका इम्तहान सिर पर है, दस-बीस दिन की बात है। फिर अपने-आप घर चली जाएगी।"

पिता ने फिर से आँखें फैलाते हुए, चेतावनी के-से स्वर में कहा, "नौजवान लड़की आग होती है, आग !"

"आग होती है जी या पानी, पर इन दिनों तो मैं इसे कुछ नहीं कहूँगी। चुपचाप इसका बिस्तर नीचे ले आऊँगी।" कहते हुए सहसा माँ हँस दी, "इस आग में तुम कितने झुलसे हो जी, जो बार-बार कह रहे हो, औरत आग होती है ··· आग होती है या पानी, पर मैं अपने घर में बात का बतंगड़ तो नहीं बनने दूँगी ··· "

पति-पत्नी का क्षुब्ध होना स्वाभाविक ही था। जब से जयदेव ने होश सँभाला था, वह उछलकूद ही करता रहा था, स्थिरता से टिककर कोई काम नहीं करता था।

"न काम, न काज", पिता कह रहे थे, "कहीं टिककर बैठता ही नहीं। इसके उलेल खत्म होने में ही नहीं आते।"

"सिर पर पड़ेगी तो यह अपने-आप करेगा जी। बाल-बच्चे हो जाएँगे तो उडारियाँ नहीं मारेगा।"

कोई बाहर का आदमी कान लगाकर इन दोनों की बात सुनता तो हँस देता। पिता अपना क्षोभ प्रगट करते तो माँ बेटे का पक्ष लेने लगती और पिता को ढाढ़स बँधाने लगती, जब माँ क्षुब्ध होकर कोई कटु वाक्य बोलती तो पिता बेटे का पक्ष लेने लगते और माँ की बात को काटने लगते। दोनों असंतुष्ट थे पर दोनों अपने बेटे पर निछावर भी थे। एक अपनी चिंता व्यक्त करता तो दूसरा स्थिति की गंभीरता को कम करने की कोशिश करता। माँ कहती बेटे का दोष है तो बाप उसे डाँट देता और कहता कि जयदेव-सा बेटा तो लाखों में एक है। जब बाप कहता कि नौजवान लड़की तो आग होती है तो माँ, बेटे के संयमी, सदाचारी होने का बखान करने लगती ···

दूसरे दिन सुबह जब सुषमा नीचे उतरी और माँ ने लस्सी का कटोरा उसके हाथ में दिया तो बोली, "देर-देर तक रात को पढ़ते रहते हो, यह अच्छा नहीं है। कल रात मैं ऊपर गई तो तुम लोग अभी सोए नहीं थे।"

इतने में जयदेव भी सीढ़ियाँ उतरकर नीचे आ गया था। अपने-आप ही बोला, "हाँ माँ, इसका सिर दुख रहा था और मैं इसका सिर दबा रहा था।"

"क्यों ? सिर क्यों दुख रहा था ? क्यों सुषमा, क्या बात है ?"

सुषमा चुप थी।

"सिर दबा रहा था तो दबाता रहता। मेरे ऊपर आने पर भाग क्यों गया था ?"

"मैंने सोचा, तुम डाँट पिलाने लगोगी। मैं अपने कमरे में चला गया।"

इस पर माँ ने सुषमा से कहा, "और तुम क्यों दम साधे पड़ी रही थीं ? लाश की लाश ! मैंने बुलाया तो तुम बोलीं क्यों नहीं ?"

"मैं डर गई थी कि आप डाँट देंगी, देर जो बहुत हो गई थी।"

"हमें बेवक़ूफ़ बनाते हो तुम लोग !" फिर तनिक सख्ती से सुषमा से बोली, "आज से नीचे, मेरे कमरे में सोओगी तुम। नीचे भी पढ़ाई हो सकती है। ऊपर जाकर पढ़ने की कोई ज़रूरत नहीं है। और इसे भी जो कुछ पढ़ाना है नीचे बैठकर पढ़ाया करे ··· "

5

बड़ी गंभीर समस्या उठ खड़ी हुई थी, सुषमा की सगाई होने जा रही थी। उसी दिन शाम को लड़केवाले शगुन लेने पहुँच जाएँगे, और सुनते हैं, पंद्रह दिन बाद सुषमा की शादी हो जाएगी। सहसा ही, सुषमा के पिता और माँ ने इस बात का फ़ैसला कर लिया है, सुषमा से पूछा तक नहीं गया। और जिस लड़के के साथ सगाई की जा रही है, उसे तो घर में कोई जानता तक नहीं। सुना है, वकालत पढ़ रहा है या पढ़ चुका है।

जयदेव के कमरे में आपातकालीन बैठक हो रही थी। जयदेव था, उसका छोटा भाई सहदेव, बड़ी बहिन विद्या जिसे सगाई के कारण माँ ने घर से बुला भेजा था, पर जिसे जयदेव ड्योढ़ी में से ही सीधा अपने कमरे में ले आया था। साथ में जीजाजी भी आ गए थे। जयदेव का बस चलता तो अपने दो-एक मित्रों को भी बुला लेता, पर वक़्त बहुत कम था, तथाकथित समधी कुछ ही घंटों में, मौसाजी के घर पहुँचनेवाले थे।

"क्या बड़े भइया लड़के को जानते हैं ?" जयदेव ने अपनी बड़ी बहिन विद्या से पूछा।

"मुझे नहीं मालूम !"

"देखा !" जयदेव बोला।

"सुषमा क्या कहती है ? तुम लोगों ने सुषमा से पूछा है ?" जीजाजी ने पूछा।

"वह क्या कहेगी ? उसे भी तो मालूम नहीं था !" जयदेव कह रहा था, "दीदी, आप तो मौसी से पूछ सकती थीं कि लड़का कौन है !"

"मैं क्या पूछती ! मुझे भी तो आज ही पता चला है। उन्होंने किसी को बताया होता तब ना !"

विद्या को भी जब पता चला था तो वह हैरान हुई थी कि इतनी जल्दी सुषमा की सगाई कैसे हो गई और घर में किसी से कुछ कहे-सुने बिना। उसे बुरा भी लगा था। बरसों पहले जब उसका अपना ब्याह हुआ था तो उसे भी कुछ नहीं बताया गया था पर यह तो बरसों पहले की बात थी। पाँचवीं कक्षा में वह पढ़ती थी जब उसे स्कूल से उठा लिया गया था और वह कितने ही दिन तक बिसूरती

रही थी। फिर शादी हो गई थी। पहली बार उसने अपने पति को विवाह के बाद देखा था। फिर, एक के बाद एक चार बच्चे आ गए। पता ही नहीं चला। इसलिए जब सुषमा की सगाई की सूचना उसे मिली तो उसे अच्छा नहीं लगा था। उसकी अपनी जवानी तो जैसे बीती, बीत गई पर छोटी, मौसेरी बहिन के प्रति उसके मन में बड़ी चाह थी कि वह पढ़े, खूब पढ़े, इसीलिए वह जयदेव की पहलकदमियों को मन-ही-मन सराहती रहती थी। माँ-बाप के साथ तो वह अब नहीं रहती थी, शहर की एक तंग गली में जीजाजी ने एक छोटा-सा घर किराए पर ले रखा था, पर हर तीसरे-चौथे दिन कभी माँ से तो कभी मौसी के परिवार से मिलने चली आती थी। माँ ने कहला भेजा कि चली आओ, आज सुषमा की सगाई होने जा रही है तो वह भागी चली आई थी।

जयदेव उत्तेजित था। वक़्त बीतता जा रहा था और ये लोग अभी तक किसी नतीजे पर नहीं पहुँच रहे थे।

"वे लोग किस वक़्त शगुन लेने आएँगे ?" जीजाजी ने पूछा।

"सात बजे।" सहदेव ने कहा।

"कौन आएगा ?"

"लड़के के घरवाले आएँगे, और कौन आएगा।"

"इस सगाई को तो रोकना होगा। जैसे भी हो, रोकना होगा।" जयदेव ने तमककर कहा।

इस पर विद्या दीदी का चेहरा पीला पड़ गया था। वह स्वयं इस खबर से विचलित हुई थी पर उसे यह मालूम नहीं था कि यहाँ यह सुनने को मिलेगा। जयदेव, जीजाजी से मुख़ातिब हुआ, "जीजाजी, आप हम सबसे बड़े हैं, आप बड़े भइया से फ़ौरन जाकर मिलें और उनसे कहें कि सगाई रोक दें।"

"क्या कह रहे हो, जयदेव, यों भी कभी हुआ है ?" बड़ी बहिन बोली, "सगाई की बात पक्की हो चुकी है, अब तुम उसे कैसे रोक सकते हो ?"

"शगुन तो नहीं लिया गया। रस्म तो नहीं की गई। हम उसे रोक सकते हैं।"

"पागल नहीं बनो जयदेव, घर में सगाई की तैयारियाँ चल रही हैं। पहले पता चलता तो कुछ कह-सुन लेते ···"

"बड़े भइया ने भी कुछ नहीं बताया। जानबूझकर ही छिपाए रखा होगा।"

"बड़े भइया के बारे में यह तुम कैसे कह सकते हो ? वह तो खुद इसके हक़ में नहीं रहे होंगे।"

"पर सगाई के बारे में तो उन्हें सब मालूम होगा।"

"मैं तो यह सगाई नहीं होने दूँगा।" जयदेव उछलकर खड़ा हो गया, "अभी सुषमा का इम्तहान खत्म हुआ है, और इधर उसकी सगाई ! यह तो सरासर अन्याय है। यह भी कोई तरीका है रिश्ता करने का ?"

"कोई बखेड़ा खड़ा नहीं करना जयदेव, अगर बात बिगड़ गई तो बेचारी सुषमा

को भुगतना पड़ेगा।"

"मैं तो यह सगाई नहीं होने दूँगा।" जयदेव ने दृढ़ता से कहा।

हर बार जब जयदेव इस वाक्य को दोहराता तो विद्या का दिल धक् से बैठ जाता। वह क्यों ऊपर चली आई, जयदेव ने कोई बखेड़ा खड़ा कर दिया तो सारा दोष उसी पर आएगा, तू सबसे बड़ी थी तूने मना क्यों नहीं किया, तू वहाँ क्या करने गई थी ?

जीजाजी भी चुप थे। पहले पता चलता तो बड़े भइया से बात की जा सकती थी, सगाई कुछ ही घंटों में होने जा रही है, अब क्या किया जा सकता है ? और फिर, मैं इस घर का दामाद हूँ, मुझे इनके मामलों में ज़्यादा दख़ल नहीं देना चाहिए, नाजुक-सा रिश्ता है, सब लोग बुरा मानेंगे।

"ये लोग कहाँ रहते हैं ?" जयदेव ने पूछा।

"कौन लोग ?"

"ससुरालवाले। वही जिनके घर सुषमा की सगाई की जा रही है ?"

"सदर बाज़ार में कहीं रहते हैं, मुझे ठीक मालूम नहीं।" विद्या बोली।

"तो किसको मालूम है ?"

"बड़े भइया को शायद मालूम हो, और किसे मालूम होगा ?"

कुछ देर के लिए चुप्पी छा गई। सहदेव कभी बड़े भाई की ओर देखता, कभी बड़ी बहिन की ओर। बड़े भाई से वह सहमत था कि इस तरह, सुषमा से पूछे बिना, और बिना किसी को बताए रिश्ता करना, सुषमा के प्रति अन्याय था। सहसा ही वह बोल पड़ा, "मैं कहूँगा, सुषमा इनकार कर दे। घर में कह दे, मुझे मंजूर नहीं है।" फिर अपने भाई से कहने लगा, "हम लोग सुषमा से क्यों नहीं कहते कि वह इनकार कर दे ? आप उससे कहिए तो।"

इस पर जयदेव गंभीर स्वर में बोला, "मैंने उससे कहा था। आज ही कहा था। मैं मौसी के घर गया था, वहाँ सगाई की तैयारी चल रही थी। सुषमा को एक ओर ले जाकर मैंने कहा था कि तुम डट जाओ, इनकार कर दो। कुछ नहीं होगा, उन्हें तुम्हारी बात माननी पड़ेगी। पर वह और भी ज़्यादा घबड़ा गई थी। 'नहीं, नहीं, नहीं, मुझसे नहीं होगा।' वह बार-बार कहती रही। 'मैं कुछ नहीं कर सकती। किसी से कुछ मत कहना ··· ' "

सहदेव भी तनिक उत्तेजित हो उठा था, झट से बोला, "कह नहीं सकती, पर वह एक काम तो कर सकती है।" सभी लोग सहदेव की ओर देखने लगे, "वह एक पत्र लिखकर छोड़ जाए और अपनी किसी सहेली के घर जाकर छिप जाए। घरवालों के सामने बोल नहीं सकती तो चिट्ठी तो लिख सकती है। पत्र में लिख दे कि यह सगाई मुझे मंजूर नहीं है। वह घर में मौजूद ही नहीं हुई तो उसकी सगाई कैसे हो सकती है ?"

"सगाई की रस्म उसके बिना भी पूरी की जा सकती है। मौसाजी कहेंगे, सगाई

तो कर लो, बाद में हम उसे समझा लेंगे।"

फिर से चुप्पी छा गई। बोझिल-सी चुप्पी। वक़्त बीतता जा रहा था और किसी को नहीं सूझ रहा था कि समस्या का समाधान कैसे हो।

सहदेव विद्या दीदी की ओर मुख़ातिब हुआ, "मैं कहूँगा, दीदी घर में बात उठाएँ। वह हिम्मत करें, सीधा हमारे पिताजी से जा मिलें। वह समाज-सुधार के बड़े समर्थक हैं, दीदी उनसे कहें कि वह इस तरह से सगाई न होने दें। वह मौसाजी से कहेंगे तो मौसाजी उनकी बात नहीं मोड़ेंगे। क्यों दीदी ?"

दीदी कुछ देर तक सहदेव की ओर देखती रही, फिर सहसा उसे रुलाई आ गई।

"मैं कहूँगी भी तो मेरी कौन सुनेगा ? भइया, मैं अब इस घर की नहीं रही। अगर होती तो वे लोग मुझसे पूछते नहीं ? तुम नहीं जानते, ब्याह के बाद लड़की का मायका पराया घर बन जाता है।" कहते-कहते वह रो पड़ी। "मेरी मानो, अब कुछ मत करो। इस काम में विघ्न नहीं डालो। सब सुषमा की किस्मत पर छोड़ दो। लड़कियों का एकमात्र सहारा उनका भाग्य ही होता है।" कहते-कहते वह फिर फफक पड़ी।

दीदी को रोता देखकर जयदेव और भी ज़्यादा उत्तेजित हो उठा, "अब कुछ भी हो जाए, मैं यह सगाई तो नहीं होने दूँगा।"

और वह उठ खड़ा हुआ।

"मत रोओ दीदी, हम भी देख लेंगे ये सगाई कैसे करते हैं।"

तभी सीढ़ियों पर कदमों की आहट सुनाई दी।

माँ सीढ़ियाँ चढ़कर ऊपर चली आई थी। सीढ़ियों पर कदमों की आहट पाकर सभी चुप हो गए थे। माँ किवाड़ धकेलकर सीधी अंदर आ गई थी।

"अरे, तुम लोग यहाँ बैठे हो ? क्या खुसफुस कर रहे हो ? विद्या, तू कब आई ? हमसे मिले बिना सीधे ऊपर चली आई ?" फिर सहदेव की ओर मुख़ातिब होकर बोली, "तुम लोग तैयार हो जाओ। सात बजे लड़केवाले शगुन लेने तुम्हारी मौसी के घर पहुँचेंगे। उनके पहुँचने से पहले हम सबको पहुँच जाना चाहिए। चलो, उठो, तैयार हो जाओ।"

जयदेव कुछ बोलने जा रहा था, पर चुप हो गया। केवल सहदेव को इशारा करके कमरे से बाहर जाने लगा।

अगर जयदेव और उसके अनुज सहदेव को राम-लक्ष्मण की जोड़ी की संज्ञा दी जाती थी तो केवल अनुज की आज्ञाकारिता के कारण ही नहीं, मूलतः उनके गहरे आपसी प्रेम के कारण। कभी-कभी तो अनुज को भी लगता कि वे दो शरीर एक प्राण हैं। अगर बड़ा भाई किसी बात से उत्तेजित होता तो छोटा भी उत्तेजित होने लगता; छुटपन में जब कभी बड़ा भाई किसी बात पर रोने को होता, तो छोटे का गला अपने आप भर आता; अगर बड़ा भाई पेड़ पर चढ़ता

तो छोटे के भी पैर मचलने लगते।

पर अगर आज सहदेव बड़ी तत्परता से अपने बड़े भाई के पीछे हो लिया था तो इसलिए कि कहीं पर अन्याय होने जा रहा था और उसे रोकना उसका भी कर्तव्य बनता था। अपने घर-परिवार के प्रभावों से उसने यही सीखा था, इसे संस्कार-रूप में ग्रहण किया था। कहीं उसके अंदर कुछ था जो ऐसी स्थितियों में उत्तेजित हो उठता था। उसके लिए इतना ही काफ़ी था कि उसकी मौसेरी बहिन को, बिना उससे पूछे, एक अनजाने, गुमनाम व्यक्ति के साथ बाँधा जा रहा था, उसकी सभी इच्छाओं-आकांक्षाओं की बलि चढ़ाते हुए। ऐसे ही भावोद्वेग उसके अंदर उठने लगते थे जब छुटपन में धर्मोपदेशकों के मुख से दृष्टांत कथाएँ सुना करता था।

बाहर, सीढ़ियों के पास पहुँचकर, जयदेव ने अपने छोटे भाई से कहा, "सुनो, मैं सीधा सदर बाज़ार जा रहा हूँ। वहाँ से वे लोग चलेंगे, मैं उन्हें वहीं पर रोक दूँगा।"

सहदेव अभी उसकी बात को पूरी तरह समझ नहीं पाया था कि जयदेव फिर कहने लगा, "मैं उनके घर का पता लगाऊँगा। बड़े भइया से पता मिल जाएगा।" जयदेव बोले जा रहा था और छोटा इस जोखिम को महसूस करते हुए अपने बड़े भाई के दुस्साहसिक स्वभाव पर हैरान हो रहा था।

"मैं उन्हें, उनके घर पर ही रोक दूँगा। मैं कहूँगा, मैं आपको एक संदेश देने आया हूँ कि आप तकलीफ़ न करें, यह सगाई नहीं होगी। और यह कहकर वहाँ से निकल आऊँगा।"

सहदेव अभी भी उसके चेहरे की ओर देखे जा रहा था। जयदेव ने उसके कंधे पर हाथ रखा और बोला, "यह काम तो करना ही है। तू सीधा मौसी के घर पहुँच जा। बाहर, उनके घर को जानेवाली गली के मुहाने पर। वहाँ पर तू उन लोगों का, लड़केवालों का, इंतज़ार करना। अगर वे लोग अपने घर से चल चुके होंगे तो वे इसी गली के रास्ते मौसाजी के घर जाएँगे। बस, तू गली के सिरे पर जाकर खड़ा हो जा। ज्यों ही वे लोग पहुँचें, तू आगे बढ़कर उन्हें रोक लेना।"

"मैं उनसे क्या कहूँ ?"

"तू भी वही कहना जो मैं कहूँगा कि हमने इरादा बदल लिया है, यह सगाई नहीं होगी, और कहकर वहाँ से निकल जाना। चिंता न कर, बेधड़क होकर कह देना, कुछ नहीं होगा। वे हमारा कुछ नहीं बिगाड़ सकते। अब चल, निकल चल, देर हो रही है।"

"अगर उन्होंने पूछा कि तुम कौन हो, तो क्या कहूँ ?"

"कुछ भी मत कहना, वहाँ से खिसक जाना।" फिर जयदेव रुककर बोला, "उन्हें गली के सिरे पर मिलना। ज्यों ही वे लोग वहाँ पहुँचें, उन्हें आगे बढ़कर रोक लेना, उन्हें गली के अंदर न घुसने देना। अगर हमारे घर के लोग गली के सिरे पर उनकी अगवाई करने आ गए, और तुम्हारे वहाँ पहुँचने से पहले ही उनसे मिल गए तो

कुछ नहीं हो सकेगा। अब जैसे भी हो, वहाँ पहुँचो।"

"अगर बड़े भइया वहाँ पर पहुँच गए हों तो ? वह तो बहुत बिगड़ेंगे।"

"वह तो बिगड़ेंगे ही। यों तो सभी बिगड़ेंगे। पर यह अन्याय है, जोर-ज़बर्दस्ती है।"

छोटे के लिए उसकी मुस्तैदी और निर्भीकता की परीक्षा की घड़ी आ गई थी। वह बड़े गर्व का अनुभव कर रहा था, उसे बड़े जोखिम का, बड़े दुःसाहस का काम सौंपा गया था। "साइकिल तो एक ही है, हम दोनों कैसे जाएँगे ?"

"साइकिल मैं लेकर जाऊँगा, क्योंकि मुझे दूर जाना है, तू भागता हुआ जा। गली के सिरे पर पहुँच।"

मौसी के घर के बाहर, दरवाज़े पर हरी पत्तियों का बंदनवार टाँग दिया गया था, पंडितजी ने चंदन और गुलाल जगह-जगह, दहलीज़ पर और दरवाज़े पर छिड़क दिए थे। अंदर मौसी और जयदेव की माँ और घर के सगे-संबंधी भावी समधियों की राह देख रहे थे। सुषमा अभी बाहर से नहीं लौटी थी, पर परिवार के लगभग सभी लोग मौजूद थे और जयदेव की माँ थालियों में मेवा परोस रही थी। लेन-देन का प्रबंध पहले से कर लिया गया था।

उधर जयदेव, बदहवास, साँस फूला हुआ, साइकिल पर पैडल मारता, सदर बाज़ार की ओर जा रहा था। मैसी गेट की बगल में से दाएँ हाथ, अंदर को गली जाती है, यही उसे पता चला था, उसी गली में चौथा या पाँचवाँ घर है, वे लोग ऊपरवाली मंज़िल पर रहते हैं। लड़के का नाम जगदीश है, जगदीश सहगल। नीचे, लेटर-बाक्स पर नाम लिखा होगा।

हाँफता हुआ जयदेव मन-ही-मन कह रहा था, यह अन्याय है, न जान न पहचान, बिना सुषी से पूछे, बिना जाँच-पड़ताल किए, यह भी कोई तरीका है ··· जोरों से पैडल मारते हुए वह बार-बार घबड़ा उठता, अगर मैं चूक गया और वे लोग गली के मुहाने पर पहुँच गए और मौसाजी ने उनके गले में हार डाल दिया तो सारा खेल समाप्त हो जाएगा, फिर कोई कुछ नहीं कर सकेगा। पर नहीं, चिंता की ऐसी कोई बात नहीं, मैं नहीं भी पहुँच पाया तो सहदेव गली के मुहाने पर उन्हें रोक देगा, वह ज़रूर वहाँ पहुँच जाएगा ··· जैसे भी हो सुषी को बचाना है, इस घोर अन्याय से उसे बचाना है ··· और वह पहले से भी ज़्यादा जोर से साइकिल चलाने लगता।

यों तो दो सड़कें सदर बाज़ार की ओर जाती थीं, पर उनमें से एक का रास्ता लंबा पड़ता था। जयदेव छोटी तंग सड़क से हो लिया था जो सीधी उस पुल के पास पहुँचती थी जिसके पार सदर बाज़ार का इलाका पड़ता था। वह पैडल मारता बढ़ रहा था और साथ-ही-साथ सदर की ओर से आनेवाले प्रत्येक ताँगे में झाँक-झाँककर देख भी रहा था, यह सोचकर कि शायद सगाईवाले पहचाने जा सकें, और वह उन्हें रास्ते में ही रोक पाए। शाम के वक़्त यों भी सदर की ओर से

लौटनेवाले लोगों की संख्या बढ़ जाती है क्योंकि दफ़्तर बंद हो जाते हैं। वह परेशान होने लगा था। किसी ताँगे में बुर्केवाली औरतें मिलतीं, किसी में सामान लदा होता, किसी में पाँच-पाँच सवारियाँ लदी मिलतीं। वह किस-किस ताँगे में झाँकता ?

हाँफते हुए ही वह मैसी गेट के पास पहुँचा। उसके अगल-बगल में खुलनेवाली दोनों गलियाँ लगभग सूनी पड़ी थीं। कहीं कोई चहल-पहल उसे नज़र नहीं आई। उस वक़्त तक अँधेरा भी उतरने लगा था। एक गली में, एक के बाद एक मकान गिन चुकने के बाद वह पाँचवें घर के सामने खड़ा था। गली में से ही सीढ़ियाँ ऊपर को चली गई थीं, और सीढ़ियोंवाले दरवाज़े पर ही लैटर-बाक्स लगा था जिस पर मालिकराम सहगल लिखा था। घर तो यही होगा। वह साइकिल दीवार के साथ टिकाकर भागता हुआ सीढ़ियाँ चढ़ गया। पर ऊपर पहुँचने पर सीढ़ियों में घुप्प अँधेरा ही उसे मिला। दरवाज़ा बंद था। उसने जोरों से खटखटाया, अंदर से कोई जवाब नहीं मिला। दो-तीन बार खटखटाने के बाद उसने ऊँची आवाज़ में पुकारा, "सहगल साहिब !" पर इसका भी कोई उत्तर नहीं मिला। वह दोनों हाथों से दरवाज़े को पीछे की ओर धकेलने लगा कि शायद दरवाज़ा यों ही भेड़ दिया गया हो, तभी उसका हाथ दरवाज़े पर लगे ताले पर जा लगा। भारी-भरकम ताला लटक रहा था।

उसका दिल बैठ गया। वे लोग निकल गए हैं। ताले का मतलब ही यह होता है कि घर के लोग बाहर गए हैं। पर क्या सभी लोग सगाई डलवाने चले गए हैं? ऐसा तो कभी नहीं होता ? स्त्रियाँ तो घर पर ही रहती हैं, या क्या वे भी साथ में चली गई होंगी ? क्या मैं ठीक जगह पर आया हूँ ? वे ज़रूर निकल गए हैं। सड़क पर साइकिल दौड़ाते समय उसे एक बार इस बात का गुमान भी हुआ था कि एक के बाद एक, दो ताँगों में कुछ ऐसे लोग बैठे थे जो किसी साँझे काम से जा रहे लगते थे। अगले ताँगे में गाड़ीवान की बगलवाली सीट पर एक भारी-भरकम लटकती मूँछोंवाला आदमी बैठा था जो पीछे बैठे लोगों के साथ बतिया रहा था। पिछले ताँगे में भी सभी सवारियाँ खूब चहक-बतिया रही थीं। वे सब एक ही परिवार के लोग जान पड़े थे। हो-न-हो, ये वही लोग होंगे। मैं चूक गया। अब तक तो ताँगे गली के मुहाने तक पहुँच चुके होंगे।

जयदेव खीझ उठा, यहाँ तक कि उसे रुलाई आ गई। वह लपककर साइकिल पर बैठा और पहले की ही भाँति जोरों से पैडल चलाने लगा। वही लोग होंगे। अब भी क्या मालूम मैं उन्हें पकड़ लूँ !

सड़क पर लौटने तक साये और गहरा गए थे। पर जयदेव ताबड़तोड़ साइकिल दौड़ाए जा रहा था। एक के बाद एक ताँगा पीछे छूटता जा रहा था। वह एक नज़र सामनेवाले ताँगे पर फेंकता और आगे बढ़ जाता। जाड़ों का मौसम सिर पर था जिस कारण अँधेरा जल्दी उतर आया था और हवा में धुआँ और धुंध फैलने लगे थे।

आखिर बड़े चौराहे तक पहुँचने से थोड़ा पहले, उसे वे दोनों ताँगे नज़र आ गए थे। पिछले ताँगे में बैठे लोग अभी भी बतियाए जा रहे थे। जयदेव ने रफ़्तार तेज़ की और पिछले ताँगे के ऐन पीछे हो लिया। चौराहे पर पहुँचते ही ताँगे दाईं ओर को घूम जाएँगे और उस सड़क पर जाने लगेंगे जो सुषमा की गली की ओर जाती है। इनके मोड़ मुड़ते ही मैं इनसे जा मिलूँगा और इन्हें रोक दूँगा।

पर चौराहे पर पहुँचते ही वे दोनों ताँगे दाईं ओर को घूमने के बजाय सीधा गंजमंडी की ओर जाने लगे थे। उस वक़्त तक जयदेव अगले ताँगे के पास पहुँच चुका था और उसने चिल्लाकर कहा भी, "आप सहगल साहिब के घर से आ रहे हो जी, मालिकराम सहगल ?" पर किसी ने उसकी ओर ध्यान नहीं दिया और ताँगे सीधे, सामनेवाली सड़क पर निकल गए।

जयदेव का कलेजा मुँह को आ गया। अब कुछ नहीं हो सकता। अब अगर सहदेव उन्हें पकड़ पाया है तो शायद स्थिति सँभल जाए, वरना अब कुछ नहीं हो सकता। उसका गला सूख गया और टाँगों में सहसा पानी भर गया था।

जयदेव ने ताँगों का पीछा करना छोड़ दिया और दाएँ हाथ मुड़कर सुषमा की गली की ओर जाने लगा। उसका दिल धक्‌धक् कर रहा था। अगर गली के सिरे पर भी कोई नहीं मिला, तो इसका मतलब था, वे लोग पहुँच चुके हैं, मौसाजी और बड़े भइया उनके गले में फूलमालाएँ डालकर, उनसे बगलगीर होकर उन्हें अपने घर की ओर लिवा ले जा रहे होंगे। यह सोचकर ही उसकी टाँगें लरज़ गईं।

गली के सिरे पर उसे कुछ लोग खड़े नज़र आए। लोगों की गाँठ-सी बनी थी। अँधेरा और ज़्यादा गहरा गया था, पर उसने कुछ दूरी पर साइकिल खड़ी कर दी और बड़ी बेताबी से उन लोगों की ओर देखने लगा। एक ओर, सड़क के किनारे, दो खाली ताँगे खड़े थे। वे लोग उत्तेजित नज़र आ रहे थे। उनमें से एक बार-बार हाथ हिलाता हुआ कुछ कह रहा था। जयदेव ने आँखें फाड़-फाड़कर देखा, उस छोटी-सी भीड़ में उसे सहदेव कहीं नज़र नहीं आया। क्या वह अभी तक नहीं पहुँचा ? लेकिन उसने उसी भीड़ में खड़े सुषमा के चच्चा को पहचान लिया। वह हाथ बाँधे उस आदमी के सामने खड़ा था जो हाथ हिला-हिलाकर चिल्लाए जा रहा था।

उस छोटी-सी भीड़ में खलबली-सी मची हुई थी।

जयदेव थोड़ा सरककर और आगे आ गया। सुषमा का चच्चा कह रहा था, "हम क्या जानें जी, कौन हरामी लड़का आपसे क्या कह गया है। कहाँ है वह ?" पर वह आदमी चिल्लाए जा रहा था, "आपने हमारी बेइज़्ज़ती करवाई है। हमारी पगड़ी उछाली है। उसने साफ़ कहा है कि आपका इरादा बदल गया है। यह सगाई नहीं होगी। इसका क्या मतलब हुआ ?"

"मैं क्या जानूँ जी, कौन था ? कोई राहजाता आदमी आपसे कुछ कहेगा तो आप उसे सच मान लोगे ? आपको चाहिए था उसे पकड़कर पूछते।"

"हम यहाँ अपनी पगड़ी उतरवाने तो नहीं आए ?"

"लालाजी, खफ़ा नहीं होते !" पर वह आदमी अभी भी बोले जा रहा था, "आप ही ने उसे भेजा और आप ही उसके बारे में पूछ रहे हैं · · ·"

तभी गली में से सुषमा के पिता, जयदेव के पिता, बड़े भइयाजी गली के मुहाने की ओर आते नज़र आए। पर तब तक उस चिल्लाते आदमी के साथ और आदमी भी जुड़ गए थे। "आप हमें बेवकूफ़ समझते हैं ? कोई राहजाता आदमी भी इस तरह का संदेसा देता है ? कभी ऐसा हुआ है ? आप हमें चरा रहे हो ?"

परिवार के बुजुर्ग हतबुद्धि-से आकर खड़े हो गए थे और यह समझने की कोशिश कर रहे थे कि ये लोग किस बात पर उलझे हुए हैं ? सुषमा के पिता के हाथ में फूलों के गजरे थे, दो-एक गजरे जयदेव के पिताजी की बाँह से लटक रहे थे। पिताजी आज अपना बंद गले का काला कोट पहनकर आए थे जिसे वह अक्सर ऐसे मौकों पर पहना करते थे।

तभी तथाकथित समधी बार-बार चिल्लाते हुए कि आपने हमारा अपमान किया है, अपने घर पर बुलाकर बेइज़्ज़त किया है, आप अपने को समझते क्या हो, लौटकर ताँगों की ओर जाने लगे थे। और इससे पहले कि सुषमा के पिता आगे बढ़कर कुछ कहें, वे लोग ताँगों पर सवार होने लगे थे।

"लाला गोविंदराम ! यह तुमने अच्छा नहीं किया। हमारे साथ चतुराई की है · · हम भी इसे भूलेंगे नहीं · · ·"

लाला गोविंदराम ने तब तक स्थिति को कुछ-कुछ भाँप लिया था और वह सिर पर से पगड़ी उतारकर उसे दोनों हाथों में उठाए लड़के के पिता के कदमों पर रख पाने के लिए ताँगे की ओर बढ़ ही रहे थे कि दोनों ताँगे रवाना हो गए।

जयदेव ने, जो एक ओर अँधेरे में खड़ा था, साइकिल उठाई और अपने घर की ओर भाग चला। उसका दिल बल्लियों उछल रहा था। 'मार लिया ! दबोच लिया ! चारों खाने चित्त पछाड़ दिया ! वाह सहदेव भइया, वाह मेरे बरखुरदार, तूने कमाल कर दिया ! वाह, वाह वाह ! अब कोई परवाह नहीं। अब स्साले कुछ नहीं कर सकते !'

और साइकिल, हवा से बातें करती हुई वहाँ से भाग चली।

उस शाम जब छोटा भाई सहदेव घर पर लौटा तो पिताजी रसोईघर में भोजन करने के लिए बैठ चुके थे। माँ चूल्हे के पास बैठी चपातियाँ सेंकने लगी थी। रसोईघर में चुप्पी छाई थी। सहदेव, बरामदे में से 'आसन' उठाकर रसोईघर के अंदर ले आया और बिछाकर बैठ गया।

छोटे ने देखा कि माँ अपने पल्ले से आँखें पोंछ रही है। यह चूल्हे में से उठनेवाले धुएँ के कारण नहीं था, माँ का चेहरा भी दमक रहा था, वह भी चूल्हे के पास बैठी

होने के कारण नहीं था। लगता था माँ रोती रही थी क्योंकि उसका चेहरा कुम्हलाया हुआ था। खिचड़ी बालों की एक लट माथे पर लटक आई।

छोटे के अंदर आ जाने पर भी पिताजी चुप बने रहे। रसोईघर का वातावरण बोझिल हो रहा था। नहीं तो भोजन के समय पिता अक्सर बतियाते थे, इधर-उधर की बातें करते थे, लड़कों की बातों पर हँसते-मुस्कुराते रहते थे।

"तुम लोग मौसी के घर नहीं गए ?" सहसा पिता ने पूछ लिया, "कहाँ थे तुम दोनों, शाम के वक़्त ?"

सहदेव चुप रहा। शंकित-सी आँखों से पिता की ओर देखता रहा। क्या इन्हें पता चल गया है कि मैंने यह सब किया है ?

"जिस किसी ने भी उस मासूम लड़की के भाग्य में लात मारी है, उसने बहुत बुरा काम किया है, बहुत बड़ा पाप किया है", सहसा माँ ने कहा।

सहदेव, भौंचक-सा माँ के चेहरे की ओर देखने लगा। माँ की ऐसी प्रतिक्रिया होगी, इसकी उसे आशा नहीं थी। जिस कामयाबी पर वह मन-ही-मन इतना इठला रहा था, उससे कोई जटिल स्थिति पैदा हो जाएगी, इसका उसे भास तक नहीं हुआ था।

"कहाँ है तेरा भाई ?" पिता बोले।

इस पर छोटा तनिक सकुचाया, फिर कहने लगा, "अभी आते ही होंगे।"

"तुम साथ-साथ नहीं थे ?"

"वह साइकिल पर थे, मैं पैदल बाहर गया था।"

पिता कुछ देर के लिए चुप रहे, अपने दाएँ हाथ की उँगलियों से थाली पर हल्के-हल्के अपने पपोटे बजाते रहे, जिससे सहदेव को लगा कि शायद पिताजी मन से इतने विचलित नहीं, जितने बाहर से दिखाई दे रहे हैं।

"सुषमा की सगाई नहीं हो पाई। किसी ने लड़केवालों को गोविंदराम के घर जाने से रोक दिया।" पिता बोले, "कौन था वह नालायक, तुम्हें मालूम है ?"

सहदेव का चेहरा पीला पड़ गया। उस वक़्त उसे भाई की अनुपस्थिति खलने लगी। घरवालों को क्या बताना है, कुछ बताना भी है या नहीं, इस बारे में भाई ने कुछ नहीं कहा था। मैं क्या जवाब दूँ ? पर अभी वह कुछ कहे कि माँ बोली, "जिस किसी ने भी किया है, बहुत बुरा काम किया है। उस लड़की के साथ जैसे पिछले जनम का कोई वैर चुका रहा हो।" कहते-कहते माँ की आँखें फिर से डबडबा आईं और वह फिर से अपने दुपट्टे के छोर से उन्हें पोंछने लगी।

तभी नीचे ड्योढ़ी में दरवाज़ा खुलने की आवाज़ आई। भाई आ गया था। यह जानकर कि भाई आ गया है, उसकी जान में जान आई, पर साथ ही यह सोचकर कि जाने अब घर में कैसा कोहराम मचेगा, उसका मानसिक तनाव पहले से भी ज़्यादा बढ़ गया।

नीचे, जयदेव साइकिल को अंदरवाले आँगन में रख रहा था, फिर वह भागता

हुआ सीढ़ियाँ चढ़ आया और दूसरे क्षण उसका दमकता चेहरा रसोईघर के दरवाज़े के पीछे से अंदर झाँक रहा था।

"तू कब पहुँचा ? मैं तुझे ढूँढ़ रहा था।" उसने छोटे भाई को संबोधित करते हुए चहककर कहा।

उसका चेहरा दरवाज़े के पीछे से हट गया, वह जूते खोलने और हाथ धोने के लिए गया था, पर शीघ्र ही वह हाथ में अपने लिए आसन उठाए रसोईघर के अंदर आया और सहदेव के निकट आसन बिछाकर बैठ गया। थोड़ी देर तक इधर-उधर देखने के बाद जयदेव बोला, "क्यों ? सब लोग चुप क्यों हैं ?" पिता ने जयदेव की ओर देखा। "जो भी हुआ है, बहुत बुरा हुआ है, जयदेव। सुषमा की सगाई नहीं हो पाई, किसी ने टाँग अड़ा दी।"

इस पर जयदेव छूटते ही बोला, "मैंने ही तो टाँग अड़ाई है।" इस पर माँ और पिताजी की आँखें मिलीं, मानो एक-दूसरे से कह रहे हों, देखा, मैंने कहा था ना कि हो-न-हो, इन भाइयों की ही करतूत है।

"तुम्हारा क्या मतलब था बीच में टाँग अड़ाने का ?" पिता ने रोषभरी आवाज़ में कहा, "तुम ऐसे नीच काम भी कर सकते हो ?"

"मैं तो उन लोगों के घर गया था कि उन्हें घर पर ही रोक दूँ। पर वे लोग घर से निकल चुके थे।"

जयदेव की साफ़गोई पर उसका भाई स्तब्ध रह गया। उसे उम्मीद नहीं थी कि जयदेव इस तरह सारी बात की ज़िम्मेदारी अपने ऊपर ले लेगा।

जयदेव के यों मान लेने से छोटे का भी मनोबल लौट आया। कहने लगा, "हमने उनसे कह दिया कि हमारा इरादा बदल गया है, यह सगाई नहीं होगी।"

पिता अवाक्, सहदेव के चेहरे की ओर देख रहे थे। उन्हें अभी भी इस बात का यकीन नहीं हो रहा था कि उन्हीं के घर के लड़कों ने ऐसा अशुभ काम किया होगा।

"तुमने सगाई को खिलवाड़ समझ रखा है ?" कहते हुए वह उद्विग्न हो उठे। "लड़की की सगाई तोड़ना क्या छोटी-सी बात है ? तुम चाहते हो कि वह सारी उम्र कुँवारी बैठी रहे ? एक बार लड़की की सगाई टूट जाए तो लोग तरह-तरह की बातें करने लगते हैं।"

"सगाई टूटी कैसे है, पिताजी ? जब हुई ही नहीं तो टूटी कैसे ?"

इस पर पिता बोले, मानो अपने आपसे कह रहे हों, "लड़की की बदनामी हागी, घर की बदनामी होगी। यह टूटना नहीं तो और क्या है ?"

जयदेव सहसा उत्तेजित होकर बोला, "पिताजी, आप तो कभी बदलेंगे नहीं। कौन लोग थे जिनके घर आप सगाई कर रहे थे ? न जान, न पहचान, सुषमा से किसी ने पूछा तक नहीं। यह भी कोई तरीका है सगाइयाँ करने का ?"

पिता चुप रहे।

"आप जानते हैं उस लड़के को ?"

"किस लड़के को ?"

"उस बनमानस को जिसके साथ सुषमा की सगाई कर रहे थे।"

"क्या बक रहा है ? मुझे जानने की क्या ज़रूरत थी ? गोविंदराम ने तसल्ली कर ली होगी।"

"और लड़की से पूछे बिना ही जुबान दे दी ?"

"लड़की के भले के लिए ही किया है। माँ-बाप क्या लड़की का बुरा चाहेंगे ?"

जयदेव फिर से उत्तेजित आवाज़ में बोला, "पिताजी, आप तो पुरातनपंथी ही रहोगे। पुरानी लीक पर ही चलोगे। ··· उस दिन, हमारे पड़ोस में जगमोहन की छोटी बहिन का ब्याह था। जगमोहन खुद मेरे पास चलकर आया था कि अपने पिताजी से कहो, यह शादी रुकवा दें। जगमोहन की 15 साल की बहिन का ब्याह उसके पिता 60 साल के बूढ़े के साथ कर रहे थे। पर आप टस-से-मस नहीं हुए।"

पिता ने सिर ऊपर उठाया, उनकी आँखें फैल गई थीं, जयदेव बोले जा रहा था, "आपके पास ऋषिराम भी आया था। वह भी बार-बार कहता रहा, आप इजाज़त दें बाबूजी, मैं अपने कुछ युवक साथियों को लेकर आऊँगा और विवाह रुकवा दूँगा। पर आपने उसे मना कर दिया।"

"कैसी बातें करने लगा है ? बारात सिर पर आ खड़ी हुई थी, गली के सिरे पर बाजा बज रहा था। उस वक़्त मैं शादी रुकवा देता ? रामचंद पड़ोस में रहता है, बरसों से हमारी जान-पहचान है, उससे बैठे-बैठाए दुश्मनी मोल ले लेता ?"

"बस, यही है ना, आपको मुहल्लेदारी की ज़्यादा परवाह है।"

"और इसका उसके साथ क्या संबंध है ? सुषमा क्या किसी बूढ़े के साथ बाँधी जा रही थी ? ··· तू इतना भी नहीं समझता कि गोविंदराम और तेरी मौसी को जब पता चलेगा कि यह तुम लोगों की करतूत है तो वह कितने दुखी होंगे !"

पिता को अपने बेटों का व्यवहार बड़ा अभद्र लगा था, पर माँ के दिल को गहरी चोट पहुँची थी, वह इस घटना से डर गई थी, उसके मन में तरह-तरह की शंकाएँ उठने लगी थीं, उसे लगा था जैसे सुषमा की जीवन-यात्रा आरंभ होने पर ही दुर्भाग्य के काले साये उस पर डोलने लगे हों।

पिता विचलित तो हुए थे, पर उनके लिए, जयदेव का व्यवहार सर्वथा अप्रत्याशित नहीं था। पहले भी कई बार जयदेव अनूठे ढंग से व्यवहार करता रहा है, बचपन से ही वह ऐसा रहा है, उन्हें याद था जब वह चुटिया कटवाकर आ गया था कि अब से वह सिर पर चुटिया नहीं रखेगा। जब वह कुर्ता-पाजामा छोड़ पतलून पहनने लगा था, जब वह अपने प्रोफ़ेसर के घर से मांस खाकर आ गया था। आए दिन खाट पर लेटकर अंग्रेज़ी के उपन्यास पढ़ने लगा था। यह लड़का स्वभाव से बड़ा अद्‌भुत रहा है, मनमानी करनेवाला, पर फिर भी माँ-बाप की भावनाओं के प्रति संवेदनशील था। उनका आदर करता था। आज उसने उनकी यह मान्यता भी तोड़

दी थी। अपने घरवालों को ही इतनी बड़ी चोट पहुँचाएगा, उन्हें इसकी उम्मीद नहीं थी। "कुछ समझा करो, जयदेव, अब तुम छोटे लड़के नहीं हो। मैं गोविंदराम को क्या मुँह दिखाऊँगा ? जिस घर में चार-चार लड़कियाँ हों उसमें तुमने काँटे बो दिए हैं। जब तुम्हारा वक़्त आएगा तो जैसा मन आए करना, पर हम लोगों को तुम अपने ही ढंग से जीने दो। कोई और करता तो मुझे इतना बुरा नहीं लगता, पर अपने ही घर का लड़का ऐसा काम करे, और अपनी ही मौसेरी बहिन को मँझधार में झोंक दे, इसकी मुझे आशा नहीं थी।"

माँ की आँखों में फिर से आँसू भर आए थे। सारा वक़्त माँ के मुँह से एक भी शब्द नहीं निकला। वह बार-बार अपने आँसू पोंछती रही थी। अबकी बार वह बोली, "चलो छोड़ो, अब जो हो गया सो हो गया। अगर लड़की के भाग्य में सुख लिखा है तो भगवान उस पर दया करेंगे। अब जो अनर्थ होना था, वह तो हो ही गया। अब पानी बिलोने से क्या लाभ ?"

जब गहरी रात गए माँ चौका-बर्तन के काम से निवृत्त हुई और सब लोग अपने-अपने कमरों में चले गए, तो माँ, पिता के साथ बड़े कमरे में बैठने के बजाय, सीढ़ियाँ चढ़कर जयदेव के कमरे में जा पहुँची। कुछ दिन से सहदेव, अपनी परीक्षा के कारण, निचले कमरे में सोने लगा था। माँ अंदर आई तो जयदेव, बिस्तर पर लेटा सिर के नीचे सिरहाना दोहरा किए, कोई पुस्तक पढ़ रहा था। माँ अभी भी क्षुब्ध थी और मन की व्याकुलता छिपा नहीं पा रही थी।

पलँग के पायताने बैठते ही माँ बोली, "देख बच्चा, अगर तेरे मन में कोई और बात है तो बता दे। जो तू कहेगा, मैं वही करूँगी।"

जयदेव उठ बैठा।

"मेरे मन में क्या बात है, माँ ?"

"अगर तेरा सुषमा के साथ उन्स हो गया है, और तू उसके साथ ब्याह करना चाहता है तो बता दे। सारी दुनिया एक तरफ़, और मेरे बेटे की खुशी एक तरफ़, मैं जैसे भी होगा तेरा साथ दूँगी।"

"तुम क्या कह रही हो, माँ ?" पर माँ बोले जा रही थी, "वह मेरी बहिन की बेटी है। बिरादरी थू-थू करेगी पर मैं सुन लूँगी, सब सह लूँगी। मुझे तेरी खुशी मंजूर है।"

"नहीं तो माँ, यह तुमसे किसने कहा ?"

"मैंने अपनी आँखों से नहीं देखा होता तो और बात थी। तुम उसे यहाँ उठा लाए थे, उसकी पढ़ाई के लिए। पर तुम सारा-सारा वक़्त उसके पास बैठे रहते थे। क्या मैं अंधी हूँ ? इसीलिए कहती हूँ, बेटा, अगर तेरा दिल सुषमा पर आया है, तो हम वह सगाई तोड़ देंगे। मुझ पर जो आएगी मैं झेल लूँगी। मुझे अपनी औलाद

का सुख मंजूर है · · · "

"तुम कैसी-कैसी बातें सोचती रहती हो, माँ ?" जयदेव बोला, "मेरे मन में तो ऐसा कुछ भी नहीं। फिर, प्रोफ़ेस्साब को मैं वचन दे चुका हूँ।"

"अभी कुछ नहीं बिगड़ा है, बेटा · · · "

"ऐसा कुछ नहीं है माँ, कह तो दिया।"

इस पर माँ, अपनी बाँह आगे करते हुए बोली, "तू मेरे शरीर पर हाथ रखकर कह कि ऐसा कुछ नहीं है।"

जयदेव ठिठक गया, फिर धीरे से बोला, "सुषमा मुझे अच्छी लगती है, माँ। शुरू से ही अच्छी लगती है, पर मैं जानता हूँ वह मेरी मौसी की बेटी है।"

"तू सच बोल रहा है, तेरे मन में कुछ नहीं ?"

"नहीं तो, माँ।"

"तू मेरे शरीर पर हाथ रखकर कह।"

जयदेव ने माँ की बाँह पर हाथ रख दिया।

माँ सिहर उठी, देर तक अपने बेटे के चेहरे की ओर देखती रही, फिर सिर हिलाकर बोली, "कहीं ऐसा तो नहीं कि तू अपने को भी धोखा दे रहा है और मुझसे भी झूठ बोल रहा है ?"

"नहीं तो, माँ, तुम क्या कह रही हो ?"

माँ चुप हो गई। कुछ देर तक चुपचाप बैठी रही, फिर बोली, "अगर ऐसा नहीं है तो कोई ऐसी बात न करो बेटा, जिससे सुषमा की ज़िंदगी बर्बाद हो। वह तेरी छोटी बहिन है।" यह कहते हुए माँ की आँखें फिर भर आईं, "तुमने मेरी बहिन के दिल को ठेस पहुँचाई है, बच्चा, अच्छा काम नहीं किया।"

"मैंने क्या किया है, माँ ! उन्होंने उससे पूछे बिना उसकी सगाई करने का फ़ैसला कर लिया।"

माँ फिर चुप हो गई। कैसी विकट स्थिति पैदा हो गई थी और इसको पैदा करने में माँ का अपना हाथ भी रहा था। वह चुप थी पर बार-बार सिर हिला रही थी। उस रात जब माँ ने जयदेव को सुषमा के पलँग पर झुके देखा था, तो माँ चिंतित हो उठी थी और दूसरे ही दिन अपनी बहिन के घर जा पहुँची थी और सुषमा के लिए जल्दी-से-जल्दी कोई लड़का ढूँढ़ने का आग्रह किया था, और स्वयं भी जगह-जगह पूछती फिरी थी। और जब सहगलों का लड़का मिल गया तो वह बड़ी निश्चिंत हो गई थी कि घर में संकट पैदा होने से टल गया है। अगर मैंने जल्दबाजी नहीं की होती तो आज यह गुल तो नहीं खिलता।

"क्या मौसी को मालूम है कि हमने सगाई रोकी है ?" जयदेव ने पूछा।

"ऐसी बातें कभी छिपी रहती हैं ? तूने समधियों को रोका था ?"

"नहीं माँ, छोटे ने रोका था, सहदेव ने।" और जयदेव ने सारा किस्सा कह सुनाया।

माँ सुन रही थी, और अपनी जीभ दाँतों तले दबाए, आँखें बंद किए, बार-बार सिर हिला रही थी। "उन लोगों को पता चल गया कि तुम भाइयों ने यह काम किया है तो मेरी बहिन के दिल को कैसा सदमा पहुँचेगा, तुम नहीं जान सकते।

. . . "उनकी चार-चार बेटियाँ हैं। बेटा, कुछ समझा करो, उन्हें एक-एक को ठिकाने लगाना है, और अभी तक केवल एक का ब्याह हो पाया है और वह भी बड़ी मुश्किल से।"

फिर माँ की आँखें अपने बेटे के चेहरे पर लग गईं। उनकी आँखों में स्नेह भी था, गहरा विषाद भी, गहरी उलझन भी। यह भगवान ने कैसी दुनिया बनाई है, वह सोच रही थी, हम अपनी ओर से तो भलाई करना चाहते हैं, पर कुछ पता नहीं चलता कि उसके साथ भलाई कर रहे हैं या उसके लिए काँटे बो रहे हैं।

माँ के चेहरे पर अभी भी व्याकुलता का भाव था। जब भी माँ परेशान होती तो उसकी आँखें तनिक सिकुड़ जाती थीं, मन की व्यथा उसे परेशान कर रही होती। अभी भी उसकी आँखें बेटे के चेहरे पर लगी थीं। माँ अभी भी बेचैन थी। रह-रहकर उसके मन में संशय फूट पड़ता था और उसके अंतस में डंक-सा चुभ जाता था। एक दुखद घटना तो आज घट चुकी है, भगवान जाने आगे क्या होगा ?

जब माँ ने कहा था कि अगर तेरा सुषमा के साथ उन्स हो गया है और तू उसके साथ ब्याह करना चाहता है तो साफ़-साफ़ बता दे, मैं तेरा साथ दूँगी, तो क्षण भर के लिए जयदेव को लगा था जैसे माँ उसे मुक्त कर रही है, किसी बोझ से मुक्त कर रही है, कुछ कहीं है जो खुल जाएगा, कहीं कोई गाँठ खुल जाएगी, वह हल्का-सा महसूस करने लगेगा। पर फिर सहसा ही, एक झटके के साथ उसका रुख बदल गया था, वह विवेकशील हो गया था। माँ मुझे नहीं समझती। वह उन्स पहले कभी अगर था भी तो अब खत्म हो चुका है। वह जो था भी, वह बचपना था। प्रोफ़ेस्साब ने सारी स्थिति स्पष्ट कर दी थी। उन्होंने कहा था कि यह लगाव अस्वाभाविक है, कि वास्तव में भाई-बहिन का लगाव है, कि तुम लोग साथ-साथ खेल बड़े हुए हो, इसलिए तुम्हारे दिल में सुषमा के प्रति विशेष आग्रह है, वह तुम्हारी चहेती बहिन है, पर यह प्रेम नहीं है। तुम उसे चाहते हो इसका यह मतलब नहीं कि तुम उससे प्रेम करते हो। अगर तुम ऐसा सोचते हो तो यह मन का छलावा है। प्रोफ़ेस्साब कैसे गलत कह सकते हैं ? वह आधुनिक विचारों के हैं, मेरे घरवालों की भाँति दकियानूस नहीं हैं, वह हमें प्रेम की कविताएँ पढ़ाते रहे हैं, प्रेम की महिमा का बखान करते रहे हैं। फिर, उन्होंने यह भी समझा दिया था कि अगर तुम इसे प्रेम समझ बैठे हो, तो इससे तुम्हें और सुषमा को दुख और क्लेश ही हाथ लगेगा क्योंकि हम हिंदुओं में रिश्ते में बहिन लगनेवाली से शादी नहीं होती, इसलिए तुम अपनी मौसेरी बहिन के साथ कभी भी ब्याह नहीं कर सकोगे।

प्रोफ़ेस्साब कोई गलत बात कैसे कह सकते हैं ? वह तो मुझे अँधेरे से खींचकर

बाहर रोशनी में ले आए हैं। अगर उनके संपर्क में नहीं आया होता तो आज आढ़ती की दूकान पर बैठा होता, बहियों में ब्याज दर्ज कर रहा होता। उन्होंने ही तो साहित्य का विशाल सुंदर प्रांगण मेरी आँखों के सामने खोला। उन्हीं की प्रेरणा से मैं अपने घर के संस्कारों से मुक्त हुआ हूँ। नहीं तो इस समय भी मेरे सिर पर चुटिया नाच रही होती। मुँह पर लटकती मूँछें होतीं, सिर घुटा होता और नीचे मुचड़ी कमीज़ और मुचड़ा पाजामा पहने होता। सुबह-शाम संध्या-हवन कर रहा होता। उन्होंने ही तो मुझे मुक्त किया है। पिताजी तो मेरे हाथ से नावल छीनकर खिड़की के बाहर फेंक दिया करते थे। प्रोफ़ेस्साब तो मुझे ऐसे घुटन-भरे माहौल से खींचकर बाहर ले आए थे। वह मुझे गलत राय क्यों देंगे ? पिताजी का बस चलता तो मैं जहाँ था, वहीं पड़ा रहता। मेरी दोनों बहिनें पिताजी के बस में थीं, एक को पिताजी ने पाँचवीं कक्षा में से उठा लिया था और दूसरी को तीसरी कक्षा में से। और बड़ी बहिन अभी से चार बच्चे जन चुकी है, और शादी को हुए अभी सात साल भी नहीं हुए। वे पिताजी के बस में थीं तो घर में खुलकर हँस भी नहीं सकती थीं, खिड़की से बाहर झाँक भी नहीं सकती थीं।

यह सब, मानो क्षण-भर में, जयदेव के मस्तिष्क में घूम गया था। माँ उठ खड़ी हुई, पर जाने से पहले व्याकुल-सी आवाज़ में बोली, "यह दुनिया बड़ी ज़ालिम है बेटा, किसी को नहीं बख़्शती। तू छोटा है, तू कुछ नहीं जानता। मैं नहीं चाहती कि तू इस उम्र में अपने लिए काँटे बो दे। लड़कियों के मामले बड़े नाजुक होते हैं!" यह कहते हुए माँ को लगा कि एक बार फिर अपने बेटे को सावधान कर दे, "अगर कभी कुछ हुआ तो मुझे साफ़-साफ़ कह देना। छिपाना नहीं। मैं सब झेल लूँगी, तुम पर आँच नहीं आने दूँगी। तूने अभी ज़िंदगी बितानी है, न जाने कैसे-कैसे अदेड़ों का तुम्हें सामना करना पड़े। मैं या तेरा बाप सदा तो तेरे साथ नहीं बने रहेंगे ···" कहते-कहते माँ के होंठ काँपने लगे और वह बाहर जाने के लिए मुड़ गई।

माँ जब सीढ़ियाँ चढ़कर जयदेव के कमरे में आई थी तो दिल पर पत्थर रखकर कि बेटे का जो फ़ैसला हुआ उसे सिर-माथे स्वीकार करेगी। पर अब जो सीढ़ियाँ उतर रही थी तो उसका मन फिर से बोझिल हो रहा था, न जाने आगे भाग्य में क्या लिखा है और वह बार-बार मन-ही-मन भगवान से परिवार की सुख-शांति की भीख माँग रही थी।

सुषमा की सगाई तुड़वाने के कुछ ही दिन बाद जयदेव पहले जैसे चुलबुलेपन में ही मौसी के घर जा पहुँचा। घर पर माँ तो बहुत रोती रही थी पर जयदेव को तनिक भी इस बात का अहसास नहीं हुआ था कि उसने कोई गलत काम किया है।

नीचे, अँधेरी ड्योढ़ी में सुषमा खड़ी मिली, मुँह लटकाए, किंकर्तव्यविमूढ़-सी।

"क्यों, क्या बात है ? ऐसी मुहर्रमी सूरत क्यों बना रखी है ? तुम्हें तो खुश होना चाहिए।"

सुषमा की ठुड्डी में कंपन हुआ और बड़ी-बड़ी आँखें भर आईं।

"माँ ने आज फिर अपने को कोठरी में बंद कर लिया है और बाहर नहीं निकलतीं। न ही कुंडा खोलती हैं।"

जयदेव को धक्का-सा लगा। जब कभी मौसी अपने को बंद कर लेती हैं, घर में संकट उठ खड़ा होता है। कई बार तो कई-कई दिन तक असबाबवाली कोठरी में अंदर भूखी-प्यासी पड़ी रहती हैं। एक बार तो ऐसी नौबत आ गई थी कि मौसी के शरीर में उठकर कुंडा खोलने की ताकत ही नहीं रह गई थी, और कुंडा तोड़कर अंदर जाना पड़ा था।

"बड़े भइया कहाँ हैं ?" जयदेव ने पूछा।

"वह काम पर चले गए हैं।"

"और मौसाजी ?"

"वह भी घर पर नहीं हैं। उनके चले जाने के बाद ही माँ अंदर गई हैं।"

"मौसाजी ने उनसे कुछ कहा था ?"

सुषमा चुप रही। जयदेव को भान हुआ कि ज़रूर घर में कोई झगड़ा हुआ होगा जिससे परेशान होकर मौसी ने यह कदम उठाया है।

मूल कारण तो सगाई का टूटना ही रहा होगा, जयदेव ने मन-ही-मन कहा। जब से यह घटना घटी थी, घर में सन्नाटा छा गया था, मानो सारे परिवार को लकवा मार गया हो। न हूँ, न हाँ। मौसाजी की तो पेशानी पर ऐसे बल पड़े कि बरसों तक सीधे नहीं हुए। उन्होंने उस रास्ते से ही जाना छोड़ दिया जिस रास्ते पर जयदेव के माता-पिता का घर पड़ता था। काम तो बिगाड़ा लौंडे-लपाड़ों ने, लेकिन बोलचाल बड़ों के बीच बंद हो गई। पर इस सबसे बेसुध था तो जयदेव।

"कब से मौसी अपने 'कोपभवन' में बैठी हैं ?"

"तीन-चार घंटे हो गए।"

"तो तुम बाहर खड़ी क्या कर रही हो ? मुझे बुलाया क्यों नहीं ?"

सुषमा चुप रही। वह कैसे कहे कि तुम्हारी वजह से ही यह सब हुआ है कि तुम्हारा तो घरवाले मुँह तक भी देखना नहीं चाहते।

अक्सर जब कभी मौसी इस प्रकार की आत्म-प्रताड़ना पर उतर आतीं तो उसके पीछे घरेलू कारण हुआ करते थे। मौसी सुबह से शाम तक चुपचाप घर के कामों में खटती रहती थीं। कभी चौका-बर्तन, कभी झाड़-पोंछ, कभी सीना-पिरोना, दिन-भर लगा रहता था।

सीढ़ियाँ चढ़कर ऊपर जाओ तो सामने ही मौसी का खुला रसोईघर था। रसोईघर तो उसे नहीं कहा जा सकता क्योंकि उसकी कोई दीवार नहीं थी। केवल एक

धुआँकश ऊपर की ओर चला गया था जिसके नीचे मौसी की अँगीठी थी और जिसमें दो मिट्टी के चूल्हे साथ-साथ खड़े थे। यही मौसी का रसोईघर था। यही मौसी का संसार था। पास में, एक छोटी-सी चटाई पर मौसी सुबह उस वक़्त बैठती जब सुषमा के पिता नीचे से गाय को दुहकर दूध से भरी डोलची ऊपर लाते थे। उस वक़्त की रसोईघर में बैठी मौसी दोपहर ढलने तक समझो, वहीं उस फटी चटाई पर ही बैठी रहती। रसोई का काम तो बहुत नहीं था, पर परिवार के लोगों का कोई नियम नहीं था। मौसी की आँखें और कान सारा वक़्त सीढ़ियों पर लगे रहते कि किस वक़्त कौन सीढ़ियाँ चढ़कर ऊपर आएगा और नाश्ते की या भोजन की या चाय की माँग करेगा।

रसोईघर में जहाँ मौसी चूल्हे के पास बैठती थी, वहीं अपनी पीठ पीछे उसने पानी की बटलोही भी रख छोड़ी थी, काँसे की चमचमाती बटलोही। मौसी बैठी-बैठी ही पानी का गिलास उँड़ेलकर भर लेती। चूल्हे के दाएँ हाथ ही उसने एक पटरे पर थालियाँ-कटोरियाँ सजा रखी थीं। बैठे-बैठे ही थाली-कटोरी भी उठा लेती। चूल्हे के दूसरी ओर ही उसने ईंधन की लकड़ी के दो-तीन टुकड़े रख छोड़े थे, अँगीठी में आग मंद पड़ जाती तो हाथ बढ़ाकर लकड़ी उठाकर चूल्हे में डाल देती। मौसी ने अपने सारे काम की व्यवस्था कर रखी थी, बैठे-बैठे ही उधर से रोटी उतारी, दूसरे चूल्हे पर रखी सालन की पतीली में से करछुल डालकर सालन ले लिया। भोजन करनेवाला अभी हाथ-पाँव धोकर आसन पर बैठता ही था कि मौसी खाना परोसकर उसके सामने रख देती थी।

दस बजे सुबह सुषमा के पिता खाना खाकर दूकान पर चले जाते थे। उसके बाद किसी का कोई निश्चित समय नहीं था कि कब वह आए और भोजन की माँग करे। सभी को मालूम रहता था कि मौसी रसोईघर में ही अपनी जगह पर बैठी होगी। जब कोई भोजन करने नहीं आ रहा होता तो मौसी चावल बीन लेती, शाम के भोजन के लिए दाल साफ़ कर लेती, उठकर दो कपड़े धो लेती, या मालूम हो जाता कि अभी किसी के आने में देर है तो अपनी पोथी निकाल लाती, और आँखों पर चश्मा लगाकर वहीं, अपने आसन पर ही बैठे-बैठे पोथी बाँचने लगती।

किसी-किसी दिन जब दो के भी तीन बज जाते और खाना खाने अभी भी किसी को आना होता तो मौसी वहीं बैठी-बैठी ऊँघने भी लगती थी। अँगीठी से सिर टिकाकर सो भी जाती, भूखी-प्यासी, क्योंकि यह उसका नियम ही था कि जब तक परिवार के सब लोग खा नहीं चुकेंगे, वह स्वयं कैसे खा सकती थी। अंत में, अक्सर दोपहर ढल जाने पर मौसी हाथ की हथेली पर ही रोटी रखे, उस पर थोड़ा-सा सालन डाले, धीरे-धीरे लुक्मे तोड़-तोड़कर मुँह में डाल लेती।

कभी-कभी संकट भी उठ खड़ा होता। बड़ा बेटा सीढ़ियाँ चढ़ते हुए, हाँफता हुआ, नीचे से ही आवाज़ लगाता, "माँ, भूख लगी है ! खाना दो, खाना जल्दी दो !"

मौसी को अपने बेटे के कदमों की तो आहट मिलती, साथ में दो या तीन लड़कों के कदमों की आवाज़ भी सुनाई दे जाती, और दूसरे क्षण मौसी का बड़ा बेटा, अपने दो दोस्तों को साथ लिए मौसी के सामने पहुँच जाता, "माँ, ब्रिज और दिनेश भी खाना खाएँगे।" यह सुनकर क्षण-भर के लिए तो मौसी के हाथ-पैर सुन्न पड़ जाते, पर बेटे के दोस्तों से कैसे कह सकती थी कि खाना नहीं खिलाऊँगी।

"आओ बेटा, आओ, माँ कुर्बान ! मैं दो मिनटों में तुम्हें खाना देती हूँ।"

मौसी के हाथ में रस ही नहीं था, जादू भी था। वह झट परात में और आटा डालकर राँध लेती, लकड़ियाँ अँगीठी में डालकर आग चमका देती। अभी लड़कों के बीच उठा-पटक और खरमस्तियाँ चल रही होतीं कि मौसी रोटियाँ सेंक रही होती। और उन्हें खिलाते हुए भावविह्वल भी हो उठती। खाएँ, जी भरकर खाएँ, मैं पापिन किस काम की अगर बच्चों को भोजन भी न खिला सकूँ ? और बच्चे खाने पर ऐसे टूट पड़ते मानो तीन-तीन दिन के भूखे हों।

मौसी खाना तो खिला देती पर थककर चूर हो जाती, सारी दोपहर इसी में बीत जाती, न घड़ी-भर के लिए चटाई बिछाकर लेट पाती, न पोथी पढ़ पाती, न कहीं संग-सियापे जा पाती, और फिर शाम के भोजन का काम शुरू हो जाता।

कभी-कभी साल में दो-तीन बार मौसी का धैर्य चुक जाता था। और अक्सर ऐसा पति की फटकार से होता। या कोई बच्चा, अनजाने में ही कोई ऐसी बात कह देता जो दिल को छलनी कर जाती। "माँ, तुम तो गरीबों के घर से आई थी ना"—एक बार उसके बड़े बेटे ने माँ के सीधे-सादे कपड़ों पर टिप्पणी करते हुए कहा था। या फिर बाबूजी कभी कह देते, "मेरी समझ में नहीं आता तुम दिन-भर करती क्या रहती हो ! एक खाना ही तो बनाती हो। अगर वह भी तुम पर बोझ है तो छोड़ दो, मैं कोई और प्रबंध कर लूँगा · · · "

तब भी मौसी चुपचाप सुन लेती। पर फिर कभी-कभी साल में दो-एक बार—वह सहसा ही चुप हो जाती, यंत्रवत् रसोईघर में हाथ चलाती रहती, फिर चुपचाप उठकर सीधा पिछली कोठरी की ओर चली जाती जहाँ परिवार के कपड़े-लत्ते के बक्से रखे थे और एक बड़ा पलँग बिछा था और मौसी अंदर से साँकल लगा लेती।

अगर मौसी जवाब में कुछ बोल दिया करती, अपने दिल की भड़ास निकाल देती तो उसका मन हल्का हो जाता। पर मौसी मुँह से बोल नहीं सकती थी, उसने कड़वा घूँट पीना ही सीखा था—गुस्से का, अपमान का, उपेक्षा का, चुपचाप घूँट पीती जाती और चुप्पी साध लेती, बस, न हूँ, न हाँ। दो दिन गुमसुम बैठी रहती, और यंत्रवत् हाथ चलाती रहती, और फिर कभी-कभी, जब अंदर का क्षोभ असह्य हो उठता, तो अपने को कोठरी में बंद कर लेती।

बंद कर लेने पर भी पहले चार-पाँच घंटे तो किसी का ध्यान उस ओर नहीं जाता था। मौसी को घर के लोग मुख्यतः तभी याद करते थे जब उन्हें माँ से कोई काम पड़ता था, किसी को धुली हुई कमीज़ नहीं मिल रही होती, या माँ से कुछ

पूछना होता। उन्हें माँ की चिंता तभी होती जब घंटों बीत चुके होते, और कोठरी के अंदर, पलँग पर माँ, बेसुध होने लगती।

अबकी बार जो मौसी ने सत्याग्रह कर दिया था तो सुषमा को लेकर। सुषमा की क्या गति होगी इसकी चिंता तो मौसी का कलेजा उसी दिन से चाटने लगी थी जिस दिन जयदेव और उसके भाई ने सुषमा की सगाई रुकवा दी थी। उठती-बैठती मौसी, सारा वक़्त जलते अंगारों के बीच रहने लगी थी। कोई और माँ होती तो तीखा बोल अपने दिल का दर्द हल्का कर लेती। पर मौसी दिल-ही-दिल में अपने को जैसे दफ़नाती रहती थी। इस बेचैनी में, जब कभी वह अकेली होती तो बार-बार हाथ जोड़ती, बार-बार भगवान से प्रार्थना करती, "हे दुःखहर्ता, मेरी याचना सुनो! मेरी बेटी को कष्ट से बचा लो, इसे दर-दर भटकना नहीं पड़े ··· मैं नहीं जानती इसके भाग्य में क्या लिखा है। हे प्राणनाथ! ···"

परंपरा की अँधेरी गुफ़ा में बैठी मौसी इस बात की कल्पना भी नहीं कर सकती थी कि पटरी पर से उतरा हुआ सुषमा का भाग्य फिर कभी पटरी पर बैठ भी सकता है। मौसी का मन, आशंकाओं से ग्रस्त, भयाकुल, उत्तरोत्तर उद्भ्रांत होता जा रहा था। वह किससे बात करे, किससे पूछे, क्या कहे, इस ओर तो मौसी का ध्यान ही नहीं जाता था। वह अंदर-ही-अंदर घुलती जा रही थी, भँवरों में डूबती-उतराती, करीब-करीब विक्षिप्त मानसिकता के स्तर तक जा पहुँची थी।

ऐसी स्थिति में जब पहले सुषमा के पिता ने अपने मन की भड़ास निकाली और सारे कांड के लिए मौसी को दोषी ठहराया, "रोज़ यहाँ आकर घंटों बैठा रहता था, यही जयदेव। वह है कौन ? सब तेरा किया है। तूने ही उसे सिर पर चढ़ा रखा था। जब बाहर से आओ, यहाँ बैठा होता। अब यहाँ वह कभी आया तो मुझसे बुरा नहीं होगा। दोनों कान खोलकर सुन ले। सारे शहर में मेरी नाक कटवा दी। इस लौंडे ने घर में कदम क्या रखा है, परलै आ गई है। यह सब तेरा ही किया है ···" तो सुनकर मौसी का दिल रो-रो उठा था। और अंत में उसने वही किया जो उसके बस में था, अपने को कोठरी में बंद करके अंदर से कुंडी चढ़ा ली।

यदि इस सबसे कोई बेखबर था तो जयदेव। वह अभी भी इस बात पर इठला रहा था कि उसने कमाल कर दिखाया, सगाई रुकवा दी। "उस काले-कलूटे वकील लौंडे की मूँछ उखाड़ फेंकी!" घर के लोग—दोनों घरों के लोग—बिगड़े हुए थे, पर इसकी उसे तनिक परवाह नहीं थी। आज भी वह इठलाता हुआ ही, मौसी के घर आ पहुँचा था। और जब सुषमा ने बताया कि मौसी को कोठरी में गए चार घंटे हो गए हैं, तो जयदेव लपककर सीढ़ियाँ चढ़ता हुआ कोठरी के बाहर जा पहुँचा।

"मौसी! दरवाज़ा खोलो! मैं हूँ जयदेव!"

मौसी ने सुना तो सिर से पाँव तक सिहर उठी।

"मौसी, अगर दरवाज़ा नहीं खोला तो मैं साँकल तोड़ दूँगा!"

सुषमा खड़ी सुन रही थी और काँप रही थी कि बाहर से कहीं उसके पिताजी

न आ जाएँ। जैसा कोहराम घर में मचता रहा है, उसे याद करते हुए तो सुषमा मन-ही-मन प्रार्थना कर रही थी कि कहीं पिताजी न पहुँच जाएँ, नहीं तो जाने कैसा कांड उठ खड़ा होगा।

"मौसी, सुना नहीं तुमने ? मैं हाथ जोड़कर विनती कर रहा हूँ, दरवाज़ा खोल दो। अगर मुझसे कोई भूल हुई है तो मुझे माफ़ कर दो। दरवाज़ा खोल दो।"

अंदर, पलँग पर गठरी-सी बनी मौसी फिर भी चुप।

तभी सीढ़ियों पर बोझिल कदमों की आवाज़ आई, और जयदेव ने मुड़कर देखा तो मौसाजी आ पहुँचे थे। उसे देखते ही मौसाजी की पेशानी पर बल पड़ गए। वहीं खड़े-खड़े बोले, "अभी कोई कसर बाकी रह गई थी जो फिर आ पहुँचे हो ?"

मौसाजी का उलाहना तो जयदेव की समझ में नहीं आया, वह सहज भाव से बोला, "मौसी कोठरी में चली गई हैं और अंदर से कुंडा चढ़ा लिया है।" फिर हँसकर बोला, "पहले भी मैं इन्हें बाहर निकाल लाता था, आज भी मैं ही निकालूँगा।" फिर सुषमा को संबोधित करके बोला, "जा तो, कुल्हाड़ी उठा ला।" और कोठरी की ओर मुँह करके मौसी को सुनाते हुए बोला, "दरवाज़ा तोड़ना पड़ेगा, और कोई चारा नहीं।"

मौसाजी अभी भी बौखलाए खड़े थे, जयदेव के सामने हाथ जोड़कर बोले, "तू हमें माफ़ कर दे ! हम पर रहम कर ! तू जा यहाँ से !"

इस पर जयदेव उत्तेजित हो उठा। "आप मुझसे नाराज़ हैं क्योंकि मैंने सुषमा की सगाई रुकवा दी थी। मैंने कौन-सा इतना बड़ा गुनाह किया है कि आप मुझे घर से चले जाने को कह रहे हैं ?" फिर पहले से भी ज़्यादा ऊँची आवाज़ में बोला, "आपने न किसी से पूछा न जाना, और ऋषिराम के कहने पर सगाई का वचन दे दिया। ऋषिराम कौन होता है, उसे मालूम ही क्या ?"

एक बार जो मौसाजी के सामने जयदेव की ज़बान खुली तो वह बोलता ही गया, "लड़का वकील कहाँ है ? उसने तो छोटा-सा डिप्लोमा ले रखा है। ऋषिराम ने उसे वकील बना दिया। काला-कलूटा, न शक्ल, न सूरत। मुँह पर कँटीली मूँछें। सुषमा से दस साल बड़ा होगा। न आपने देखा, न परखा, ऋषिराम की बातों में आ गए।"

मौसाजी सुन रहे थे, पर उनकी मांसपेशियाँ अभी भी तनी हुई थीं। वह सचमुच लड़के के बारे में बहुत कम जानते थे और जयदेव की बातों ने उन्हें थोड़ा चौंका दिया था। पर मज़े की बात यह थी कि जयदेव लड़के के बारे में उनसे भी कम जानता था।

अपनी उत्तेजना में जयदेव बोले जा रहा था और नई-नई बातें उसे सूझ रही थीं। "आपको मालूम है, उसकी एक बहिन दिक की बीमारी से मरी थी ?"

इस पर मौसाजी की आँखें फैल गईं और सचमुच उन्हें झटका लगा। यह तो वाकई पता लगानेवाली बात थी।

जयदेव ने आगे कहा, “और उस वकील को अभी तक कहीं काम नहीं मिला। वह अपने चाचा की स्टेशनरी की दूकान पर बैठता है, काग़ज़-कापियाँ बेचता है। बड़ा वकील बना फिरता है !”

कोठरी के अंदर, मौसी पलँग पर उठ बैठी थी। उसके कान बाहर की ओर लगे हुए थे। लड़के की बहिन के दिक रोग से मरनेवाली बात, और लड़के के बेरोज़गार होने की बात, दोनों ही सुनकर बाहर मौसाजी और अंदर मौसी के कान खड़े हो गए थे। पर दोनों ही मनगढ़ंत थीं, सगाई के विरुद्ध अपने तर्कों को वज़नदार बनाने की कोशिश में जयदेव को सूझ गई थीं। मौसाजी ने जिस तरह बिना जाने-पहचाने सगाई के लिए वचन दे दिया था, जयदेव ने अपनी जगह बिना जाने-पहचाने सगाई तुड़वा दी थी।

पर जयदेव के तर्कों ने मौसाजी को थोड़ा विचलित ज़रूर कर दिया था, वह सोचने पर मजबूर-से जान पड़ने लगे। ‘मैं पूछूँगा ऋषिराम से। वह ऐसी लापरवाही तो नहीं कर सकता।’ इस पर जयदेव, पहले से भी ज़्यादा तुनककर बोला, “आप समझते हैं लड़के के घरवाले ऋषिराम के सामने स्वीकार कर लेंगे कि उनकी बेटी दिक के रोग से मरी थी ? कोई इस तरह की बात स्वीकार करता है ? और वह भी ऋषिराम के सामने ? ऋषिराम तो शहर का भौंका है। घर-घर जाकर भौंकता फिरता है।”

इस पर जयदेव डींग मारता हुआ-सा बोला, “हम लोगों ने तो सुषमा को कुएँ में से खींचकर बाहर निकाल लिया है, आपने तो ऋषिराम की बातों में आकर उसे कुएँ में ही धकेल दिया था। और बड़े भइया ने भी ···” कहते हुए जयदेव सुषमा के बड़े भाई पर भी अपनी टिप्पणी किए बिना नहीं रह सका, “वह क्या कहेंगे ? वह तो आपके ‘गौ बेटा” हैं, आपकी हाँ-में-हाँ मिलाएँगे ही ···”

जयदेव को मौसाजी के रूठ जाने का तनिक भी डर नहीं था। इसीलिए जो उसके मन में आया वह बोलता गया। वह अभी भी इसे खिलवाड़ ही समझ रहा था। उसे अपने किए पर तनिक भी खेद या पछतावा नहीं था। इसीलिए बार-बार डींग मार रहा था।

“वह, वकील का बच्चा, इस घर में कदम रखता तो मैं उसकी मूँछ उखाड़ देता।”

वह अभी बोल ही रहा था कि मौसाजी वहाँ से हट गए और उनके चले जाने पर कोठरी के दरवाज़े की ओर जयदेव ने मुँह फेरा ही था कि अंदर से कुंडा खुलने की आवाज़ आई। कोठरी का दरवाज़ा खुला और मौसी के चुपचाप बाहर आते ही जयदेव ने उसे बाँहों में उठा लिया, और नाचता हुआ उसे रसोईघर की ओर ले चला।

सुषमा की सगाई टूटने की खबर शहर की गलियों में घूमती हुई प्रोफ़ेस्साब के घर में भी पहुँची थी। प्रोफ़ेस्साब को भी इस घटना के बारे में सुनकर खटका हुआ था कि कहीं इसके पीछे जयदेव का हाथ न रहा हो। पर इस घटना के शीघ्र ही बाद जयदेव स्वयं आकर सारा किस्सा सुना गया था। इतना ही नहीं, सारी कैफ़ियत बता गया था कि दोनों भाइयों ने किस तरह समधियों को गली के मुहाने पर रोक दिया, और दोनों वहाँ से चंपत हो गए। जयदेव ने ऐसा क्यों किया ? सुषमा के प्रति अपने लगाव के कारण या अपने अनूठे स्वभाव के कारण। प्रोफ़ेस्साब इस कारण भी शंकित हो उठे थे कि सुषमा की सगाई न हो पाने से तरह-तरह की उलझनें पैदा हो सकती हैं।

घर के आँगन में बैठे परिवार के लोग इसी की चर्चा कर रहे थे। बड़ी बहिन कह रही थी, "किस घर से तुमने लड़का चुना है, भइया, हमारी कुंतो के लिए ? देख-परख तो लिया था ना ? वहाँ तो सगाइयाँ टूट रही हैं।"

"चिंता न करो, बड़ा अच्छा लड़का चुना है . . ."

"अच्छा तो होगा, मगर . . ." बड़ी बहिन के मन में बैठे-बैठे तरह-तरह के संशय उठ रहे थे। पर प्रोफ़ेस्साब आश्वस्त थे।

"कुछ करता-कराता भी है ? अभी तक तो सुना है 'दड़ंगे' ही मारता फिरता है . . ."

पिछले कमरे के दरवाज़े की ओट में खड़ी कुंतो, अपने घरवालों का वार्तालाप कान लगाए सुने जा रही थी।

प्रोफ़ेस्साब ने एक ही बार कुंतो से पूछा था कि तेरी सगाई जयदेव से कर दें तो जवाब में कुंतो ने अपने स्वभावानुसार कहा था, "वह बंदर कौन है ?"

"वह जो हमारे घर कभी-कभी आता है।"

इस पर कुंतो हँस दी थी। "भइया, तुम्हारे साथ पूरी वानरसेना आती है, मैं क्या जानूँ तुम किस बनमानस की बात कर रहे हो ?"

"तुम जयदेव को नहीं जानतीं ? बहुत बनो नहीं कुंतो, तू अच्छी तरह जानती है मैं किसकी बात कर रहा हूँ।"

इस पर कुंतो के मुँह से निकला था "पसंद है !" और उसका चेहरा लाल हो गया था और वह वहाँ से भाग खड़ी हुई थी।

तब से, जब भी जयदेव की चर्चा घर में होती, उसके कान खड़े हो जाते थे, बल्कि कभी-कभी तो वह चाहती थी कि घर में चलनेवाले वार्तालाप का रुख़ जयदेव की ओर मुड़ जाए। और आज जब इस अनहोनी घटना की चर्चा घर में होने लगी तो उससे न रहा गया, किवाड़ के पीछे आकर खड़ी हो गई।

तभी वकील भाई ने हाथ उठाकर कहा, "आफ़रीन !" और लपककर पिछले कमरे का किवाड़ खोल दिया जिसके पीछे कुंतो छिपी खड़ी थी। कुंतो अचकचा गई और भागने की कोशिश करने लगी, पर वकील भाई ने उसे कलाई से पकड़

लिया और उसे खींचता हुआ आँगन में ले आया।

"तेरे राँझे की ही बात हो रही है", उसने हँसकर कहा, फिर चिल्लाकर बोला, "कैसा पकड़ा !" सभी लोग ठहाका मारकर हँस दिए। "ओ बेशर्म ! दरवाज़े के पीछे खड़ी होकर उसकी बातें सुनती है !"

वकील भाई अभी भी कुंतो को कलाई से पकड़े हुए था। कुंतो अपना हाथ छुड़ा पाने की कोशिश करती रही, जब नहीं छुड़ा पाई तो झुककर उसने भाई के हाथ को दाँतों से काट लिया और हाथ छुड़ाकर वहाँ से भाग खड़ी हुई।

"अरे बैठी रह, बैठी रह, हम उसकी तारीफ़ ही करेंगे, निंदा नहीं करेंगे। आ जा, लौट आ !"

पर वह आँखों से ओझल हो चुकी थी। इस पर बड़ी बहिन ने आवाज़ धीमी करके प्रोफ़ेसर भाई से कहा, "अच्छी तरह से ठोक-बजाकर देख लिया है न, भइया, लड़के का अता-पता अच्छी तरह से जान लिया है ना, उसकी मौसेरी बहिन की सगाई टूटी है।"

प्रोफ़ेस्साब हँस दिए, "जयदेव सारा किस्सा मुझे खुद ही सुना गया है।"

"अच्छा, क्या सुना गया है ? हमें भी सुना दो !"

पर प्रोफ़ेस्साब टाल गए। वह नहीं चाहते थे कि घरवालों को इस बात का पता चले कि जयदेव ने ही वह सारा नाटक खेला था।

उस दिन जयदेव ही बड़ी गर्मजोशी के साथ उन्हें सारा किस्सा सुना गया था, "प्रोफ़ेस्साब, सहदेव ऐन वक़्त पर पहुँच गया। उधर से मैं भी साइकिल पर पहुँच गया। प्रोफ़ेस्साब, अगर दो मिनट की भी देर हो जाती तो हम सगाई नहीं रोक पाते। मैंने साइकिल गली की दीवार के साथ रखी। मेरे पहुँचने से पहले ही सहदेव उन्हें संदेश देकर वहाँ से चंपत हो गया था ···"

जयदेव की आवाज़ में यौवन-सुलभ उत्साह भी था और लापरवाही भी। "मैंने जब देखा कि सहदेव अपना काम कर गया है तो मैंने साइकिल उठाई और वहाँ से खिसक गया। क्योंकि उसी वक़्त, मैंने देखा, मौसाजी और मेरे पिताजी गली में से बाहर निकल रहे थे। क्यों प्रोफ़ेस्साब, क्या मैंने गलत काम किया है ? वे लोग एक अनजान आदमी के साथ सुषमा को जीवन-भर के लिए बाँध रहे थे ···"

उसकी बात सुनते हुए भी प्रोफ़ेस्साब सोचते रहे थे, जयदेव की आवाज़ में समाज-सुधारक की गर्मजोशी तो है, पर क्या एक प्रेमी की ईर्ष्या भी झलकती है ?

"सुषमा के बड़े भाई ने", जयदेव कह रहा था, "अपने-जैसा ही कोई उल्लू-बाटा सुषमा के लिए चुन लिया होगा। ··· प्रोफ़ेस्साब, उन्होंने सुषमा से पूछा तक नहीं। बताया तक नहीं ···" जयदेव अपने अंदाज़ में बोलता गया था, "प्रोफ़ेस्साब, ये लोग जो कोट-पतलून भी पहनते हैं और सिर पर पगड़ी भी पहनते हैं, असल में बड़े दकियानूस होते हैं। हमारा मौसेरा बड़ा भाई कोट-पतलून पहनता है, यह दिखाने के लिए कि वह आज के ज़माने का है, पर सिर पर पगड़ी भी पहनता है। ऐसे

लोग पल्ले दर्जे के दकियानूस होते हैं।" उसने कहा था जिसे बाद में याद आने पर प्रोफ़ेस्साब निराले में बैठे हुए भी हँसते रहे थे।

पर मन-ही-मन वह विचलित ज़रूर हुए थे। वह बड़े ध्यान से जयदेव की बातें सुनते रहे थे, वह उसके ब्योरे में उसके असली इरादों की झलक पा लेना चाहते थे। वह बार-बार बड़े ध्यान से जयदेव के चेहरे की ओर भी देखते रहे थे। उसकी उत्साह-भरी आँखें बच्चों की आँखों की तरह चमक रही थीं और वह बहुत कुछ आश्वस्त हो गए थे।

"क्या मुझसे भूल हुई है, प्रोफ़ेस्साब ?" जयदेव ने फिर से पूछा था। प्रोफ़ेस्साब क्या कहते ? क्या जवाब देते ?

"तुम्हें चाहिए था सगाई रोकने से पहले मेरे साथ बात करते।"

"वक़्त कहाँ था, प्रोफ़ेस्साब ? एक ही दिन पहले तो पता चला था।"

"लड़कियों के मामले बड़े नाजुक होते हैं जयदेव ! तुमने जल्दबाजी की है।"

"रोकते नहीं तो क्या करते, प्रोफ़ेस्साब ?"

प्रोफ़ेस्साब कुछ देर तक चुप रहे फिर बोले, "मेरा विवाह जब हुआ था तो मैंने अपनी पत्नी को देखा तक नहीं था। मैं उसके बारे में कुछ भी नहीं जानता था। और ठीक इसी भाँति मेरी सगाई भी कर दी गई थी। पर मैं यह नहीं कह सकता कि मेरे साथ अन्याय किया गया था।"

जयदेव को धक्का-सा लगा। "पर प्रोफ़ेस्साब, सुषमा से पूछे बिना ? हम किस ज़माने में जी रहे हैं ? ···"

"मैं मानता हूँ, सुषमा से पूछना ज़रूरी था। पर जिस जल्दबाजी में सगाई तोड़ी गई है उससे सुषमा के हितों को ज़्यादा नुकसान पहुँच सकता है। उससे न पूछना इतना बुरा नहीं था, जितना उसकी सगाई को तोड़ना ···"

प्रोफ़ेस्साब क्या कहे जा रहे हैं ? सुषमा के सिर पर सारी उम्र के लिए एक अनजान व्यक्ति को मढ़ दिया जाता ? प्रोफ़ेस्साब तो प्रेम की महिमा का बखान किया करते हैं, यह क्या कह रहे हैं ? पर वह चुप रहा, प्रोफ़ेस्साब के साथ बहस कैसे करता ?

"जहाँ बस न चले, वहाँ माँ-बाप की सद्भावनाओं और विवेक पर छोड़ देना चाहिए।" प्रोफ़ेस्साब कह रहे थे, "हमारी परंपरा बिलकुल ही दोषपूर्ण रही हो, ऐसा भी नहीं है।"

प्रोफ़ेस्साब के उत्तर से जयदेव अंदर-ही-अंदर विचलित-सा महसूस करने लगा था। माँ भी कुछ-कुछ ऐसी ही बातें करती रही थी—लड़कियों के मामले बड़े नाजुक होते हैं, मैंने सुषमा के जीवन में काँटे बीजे हैं, आदि-आदि। जयदेव उद्विग्न-सा महसूस करने लगा और उसकी सोच धुँधला गई। प्रोफ़ेस्साब की ऐसी प्रतिक्रिया होगी, इसकी उसे आशा नहीं थी।

अगर उस समय उसका मित्र रामनाथ उसके साथ होता तो वह अपनी खास

किकियाती हँसी हँसता हुआ, उसकी पीठ पर हाथ मारता और कहता, "अरे पगले, प्रोफ़ेस्साब को समझा कर। वह सारा वक़्त पुराने और नए के बीच ताल-मेल बैठाते रहते हैं। अपने सुनहरी मध्यम मार्ग की लीक खींचते रहते हैं। वह शांति चाहते हैं, बखेड़े खड़े करना उन्हें पसंद नहीं है। तूने बखेड़ा खड़ा कर दिया है ..."

प्रोफ़ेस्साब के घर के आँगन में अभी भी चर्चा चल रही थी। "हमारी बला से, किसी की सगाई टूटे या रहे, हमें उससे क्या ?" वकील भाई अपने स्वभावानुसार इस समस्या को मज़ाक में उड़ा रहा था।

"अब इस बात पर मिट्टी डाल दो जी, मिट्टी डाल दो, खत्म करो। वे लोग जानें, उनका काम !" और अपने मसखरी के अंदाज़ में हाथ झटकाने लगा।

बड़ी बहिन भी, जो अपने भइया को सावधान करना चाहती थी, कुछ-कुछ संतुष्ट हो गई थी।

"आजकल समाजिए भी तो लोगों के गले पड़ते रहते हैं। क्या मालूम किसी समाजिए ने ही सगाई तुड़वाई हो।" वह हँसकर बोली, "पर अब कुंतो का ब्याह कर दो। मेरी सलाह मानो, अब देरी न करो, इन्हीं जाड़ों में ब्याह कर दो।"

"कुंतो के इम्तहान का क्या होगा ? उसे दसवीं का इम्तहान देना है।"

"इम्तहान बाद में देती रहेगी। न भी दिया तो भी कौन-सी उसे नौकरी करनी है।" और बड़ी बहिन ने झट से गर्दन मोड़कर, आँगन की ओर आवाज़ लगाई, "कुंतो ? किधर है कुंतो ?"

इस पर वकील भाई हँसकर बोला, "अभी भी किसी दरवाज़े के पीछे खड़ी तुम्हारी बातें सुन रही होगी।"

वह उठकर फिर से दरवाज़ा खोलने जा ही रहा था कि ऊपर छज्जे पर से आवाज़ आई, "क्या है, बहिन जी ?"

कुंतो छज्जे पर, जँगले के साथ खड़ी थी। प्रोफ़ेस्साब को बड़ी प्यारी, बड़ी भोली-भाली लगी। नहाने से पहले कुंतो ने अपने बाल खोल दिए थे, घुँघराले काले बाल उसके कंधों पर छितरे हुए थे।

"नीचे आ !"

कुंतो समझ गई कि जयदेव की ही चर्चा चल रही है और जिस तरह पहले वकील भइया ने किवाड़ के पीछे से पकड़ लिया था, अब बड़ी बहिन कोई उल्टी-सीधी बात करने जा रही है।

"यहीं पर बता दो, क्या है ?"

"नीचे आ !"

"यहीं पर बता दो न !"

"दिसंबर महीने में तेरा ब्याह रचा रहे हैं। मंजूर है ?" कुंतो का चेहरा लाल हो गया।

"मुझे नहीं मालूम !" उसने कहा और झट से पीछे की ओर भाग गई।

"अक्तूबर में धनराज भी लौट आएगा, सिंगापुर से। दिसंबर में ब्याह कर दो।" बहिन कह रही थी।

जब से घर में जयदेव के साथ उसकी सगाई की बात चली थी, कुंतो के अंदर एक रोशनी-सी छिटक गई थी। एक प्रकार का आह्लाद-सा मन में सारा वक़्त उठता रहता। इससे पहले जयदेव उनके घर में कई बार आया होगा। पर जब से सगाई की बात चली थी वह अनेक में से एक हो गया था और अब बड़ी तेजी से कुंतो के लिए 'एकमात्र' बनता जा रहा था। उसके बारे में सोचकर कुंतो के दिल में गुदगुदी-सी होती। शादी की बात स्पष्ट न रहते हुए भी कहीं ज़िंदगी में कोई बदलाव आ रहा था जिसकी पूर्वानुभूति बड़ी सुखद थी, जिसकी कल्पना करना सुखद अनुभव था। कुंतो को लगने लगा था जैसे वह तिरने-सी लगी है। विशाल जलराशि और उस पर धीरे-धीरे तिरती नाव और ऊपर नीले आकाश में पंख फैलाए उड़ते सारस, ऐसे ही अनुपम सुहावने परिदृश्य की वह कल्पना करने लगी थी। उसे अपने घर के लोग बड़े प्यारे लगने लगे थे। उसके दिल में कोई अपना घर बनाता जा रहा था और उसने अपने दिल के सभी द्वार उसके लिए खोल दिए थे।

स्कूल से लौटते समय कभी-कभी उससे साक्षात हो जाता। साइकिल पर सवार जयदेव दूर से नज़र आता तो उसका सारा शरीर सिकुड़-सा जाता, पास आने पर नज़रें उसकी ओर उठती ही नहीं थीं। सड़क का वह छोटा-सा टुकड़ा, जहाँ वे कभी-कभी एक-दूसरे का रास्ता काटते थे, चुंबक की-सी कशिश रखने लगा था। यहाँ पहुँचूँगी तो जादू होगा, मैं कहीं बँध जाऊँगी, खिंची जाऊँगी, इस जगह पर पहुँचने से पहले ही दिल धक्‌धक्‌ करने लगता और साँस की गति तेज हो जाती, और एक व्याकुल-सी इच्छा दिल में कसमसाने लगती। उसके सामने आ जाने पर एक पुलकन सारे शरीर में दौड़ जाती। पर कभी-कभी जब वह दिखाई नहीं देता, तो सड़क पर स्याह सूनापन छा जाता, सड़क का छोटा-सा टुकड़ा लाँघ पाना कठिन हो जाता। तब वह खोई-खोई-सी घर पहुँचकर किताबें पटक देती और सीधी झरोखे के पीछे जा खड़ी होती और उस मोड़ पर आँखें गड़ा देती जहाँ से मुड़कर वह सड़क के इस टुकड़े पर आया करता था।

दूसरी ओर क्या जयदेव के दिल की भी ऐसी ही कैफ़ियत रही होगी ? जिस भाँति जयदेव की छवि ने कुंतो के क्षितिज को अपने रूप-लावण्य से ढँक लिया था, ऐसी अनुभूति शायद जयदेव की नहीं थी। कुंतो को एक झलक देख पाने के बाद, जयदेव के दिल में प्रोफ़ेस्साब के प्रति गहरे आभार का भाव उठता, एक प्रकार के गौरव का भी भास होता, वह अपने को भाग्यशाली समझता, उसे तृप्ति का भास होता, उसे लगता जैसे वह ऊँचा उठ गया है, मात्र एक विद्यार्थी के निम्न स्तर से उठकर एक निकट के संबंधी के ऊँचे स्तर पर आ गया है। अपने दकियानूसी घर के घुटन-भरे माहौल में से निकलकर ज़्यादा जीवंत, आधुनिक, ज़्यादा खुले माहौल में आ गया है। उसे अपने अंदर अधिक साहस का, आत्मविश्वास का, किसी

अनमोल उपलब्धि का भास होता। और वह अधिक संतुष्ट और उत्प्रेरित महसूस करते हुए आगे बढ़ जाता।

अपने घरवालों के साथ आँगन में बैठे प्रोफ़ेस्साब, मन-ही-मन सोच रहे थे, जयदेव के साथ अपनी बहिन का रिश्ता पक्का करके मैंने भूल तो नहीं की ? कहीं मैंने जल्दबाजी तो नहीं की ? शायद मुझे कुछ देर और रुक जाना चाहिए था।

नहीं, ऐसी कोई बात नहीं, उन्होंने मन-ही-मन कहा। अगर उसे उसकी मौसेरी बहिन अच्छी लगती है तो उस दिन के बाद वह, साइकिल पर सवार हमारे घर के चक्कर क्यों काटने लगा है ? इधर से लगभग हर रोज़ ही गुज़रने लगा है ? कई बार तो मुझसे मिलकर भी नहीं जाता। और ऐसे ही वक़्त क्यों इधर से गुज़रता है जब कुंतो स्कूल से लौट रही होती है ? नहीं, मेरा संशय निराधार है। और फिर, अगर उसके दिल में कुछ होता तो सगाई टूटने का सारा किस्सा मुझे खुद आकर नहीं सुना जाता, मुझसे छिपा जाता। और मुझसे मेरी राय भी नहीं पूछता—सोचते हुए प्रोफ़ेस्साब अपने तर्क से आश्वस्त होने लगे थे।

इस समय क्या यह बेहतर नहीं होगा कि कुंतो और जयदेव का एक-दूसरे से परिचय करा दूँ, दोनों एक-दूसरे को ज़्यादा नज़दीक से जानने लगें, दोनों, एक-दूसरे के साथ बातचीत कर सकें। इससे भी जयदेव, कुंतो के ज़्यादा निकट आने लगेगा, इससे सुषमा की ओर से उसका मन हटने भी लगेगा और शायद बहिन ठीक कहती है, इनके ब्याह में भी अब देरी नहीं करनी चाहिए। दो-तीन महीने में, धनराज के सिंगापुर से लौट आने के शीघ्र ही बाद इनका ब्याह हो जाए · · ·

6

जयदेव तंग गलियों के रास्ते प्रोफ़ेस्साब के घर से लौट रहा था और जब ऐन उस गली में पहुँचा जहाँ बुढ़िया दलालन गली में खाट बिछाए बैठी रहती थी और ऊपर खिड़की में सलीमा इस इंतज़ार में रहती कि कब बुढ़िया किसी ग्राहक को पटाकर उसे ऊपर भेजेगी, तब जयदेव को लगा जैसे उसी गली में साथवाले घर से उसका छोटा भाई सहदेव बाहर निकला है और जल्दी से मोड़ काटकर अँधेरे में खो गया है। जयदेव उसे पहचानते ही सुन्न-सा खड़ा रह गया। क्या मुझसे भूल हुई है ? क्या वह सहदेव ही था ? उसका मन हुआ चिल्लाकर उसका नाम पुकारे और उसे भागकर पकड़ ले। उसने कदम उठाए भी पर उसके भाई की छवि जो एक साये की तरह गली में गैस की टिमटिमाती रोशनी में प्रगट हुई थी, मोड़ काटने पर ही अँधेरे में डूब गई थी और उसे पूरा-पूरा यकीन भी नहीं था कि जिस व्यक्ति को उसने देखा है, वह सचमुच उसका भाई ही था।

क्षण-भर में ही जयदेव को अपने सभी सरोकार भूल गए और वह परेशान हो उठा।

जब से जयदेव अपनी उलझनों में फँसा था, वह अपने भाई को लगभग भूले हुए था। धीरे-धीरे वह उसकी दिनचर्या से भी अनभिज्ञ होता जा रहा था, वह क़िन लोगों के साथ उठता-बैठता है, वह किन बातों में दिलचस्पी लेने लगा है, वह क्या सोचता, क्या महसूस करता है, इस दृष्टि से वह उससे दूर-सा होता गया था। कभी-कभी जयदेव उसे किन्हीं अनजान लोगों के साथ घूमता देखकर पूछ भी बैठता था, "वह कौन था जिसके साथ तुम कंपनी बाग की ओर जा रहे थे ?" पर सहदेव का उत्तर सुनने से पहले ही जयदेव अन्यमनस्क-सा हो जाता था। एक बार दोपहर के वक़्त जयदेव ने छज्जे पर से नीचे सड़क की ओर देखा तो घर के सामने सहदेव किसी आदमी के साथ खड़ा बतिया रहा था। उम्र में वह आदमी सहदेव से बड़ा था। जयदेव को अचंभा हुआ था, कौन आदमी इससे मिलने आया है ? वह कुछ देर के लिए देखता रहा था, फिर यह सोचकर कि क्या मालूम किसी के घर का पता पूछ रहा हो, क्योंकि शीघ्र ही वह आदमी सहदेव से अलग हो गया था और एक ओर को जाने लगा था। पर जाने से पहले जयदेव को लगा था जैसे उसके

हाथ में कागज़ों का पुलिंदा-सा था, लेकिन जब वह जाने लगा था तो वह पुलिंदा उसके हाथ में नहीं था, और इस बीच सहदेव उससे अलग होकर घर के अंदर आ गया था। पर जयदेव ने स्वयं ही यह समझ लिया था कि उस आदमी ने वह पुलिंदा अपने झोले में डाल लिया होगा। जयदेव को ख़याल तो आया था कि अपने भाई से पूछेगा कि वह बड़ी उम्र का आदमी कौन था, और तुमसे क्या पूछ रहा था, पर कुछ ही देर बाद वह बात भी उसके ज़ेहन से उतर गई थी।

पर आज जो कुछ उसने देखा था उससे जयदेव थर्रा गया था। न जाने सहदेव क्या करता फिर रहा है। जिस घर के अंदर से वह निकला था उस घर के सामने जयदेव खड़ा बार-बार अंदर झाँक रहा था, दूर कहीं किसी टिमटिमाते दीए की मंद-सी रोशनी थी जो किसी टाट के पर्दे के पीछे से नज़र आ रही थी। वह आगे बढ़कर दहलीज़ तक जा पहुँचा और ड्योढ़ी के घुप्प अँधेरे में झाँकने लगा। दूर पर्दे के पीछे से हल्की-हल्की, दो स्त्रियों के बतियाने की आवाज़ आ रही थी। एक की आवाज़ किसी जवान औरत की-सी थी, जबकि दूसरी खरज-सी आवाज़ किसी अधेड़ उम्र की स्त्री की। जयदेव क्षुब्ध हो उठा। ऐसा ही कुछ उसने गली में भी देखा था, वेश्या की कोठरी के बाहर अधेड़ उम्र की औरत खाट पर बैठी हुक्का पीती हुई और ग्राहकों को पटाने की कोशिश करती हुई जबकि घर के अंदर, ड्योढ़ी के पार, या ऊपरवाली छत पर, खिड़की के पीछे बैठी वेश्या। टाट के पर्दे यहाँ भी ड्योढ़ी के पार लटके रहते थे, और पर्दे के पीछे टिमटिमाते दीए। हे भगवान, मेरा भाई किस कुराह पर चल पड़ा है। पर्दे के पीछे बतियाती औरतों के वार्तालाप के शब्द तो वह नहीं समझ सका, लेकिन दोनों के बीच पैसे की चर्चा चल रही थी।

वह व्याकुल हो उठा। उसका मन हुआ आगे बढ़कर ड्योढ़ी में चला जाए और पर्दे के पीछे खड़ा होकर उनका वार्तालाप सुने। वे क्या कह रही हैं। शायद वे इस 'बाबू' की चर्चा कर रही हैं जो अभी-अभी यहाँ से निकला है। पर ड्योढ़ी के अंदर कदम रखने का वह साहस नहीं जुटा पाया।

तभी उसे लगा जैसे उसके पीछे कोई आदमी खड़ा है। उसने पलटकर देखा तो पतली-पतली लटकती मूँछोंवाला एक आदमी उसके ऐन पीछे खड़ा था, कंधों पर मैली-सी चादर डाले हुए।

"इधर क्या झाँक रहे हो बाबू, हमारे साथ आओ, हम तुम्हें अच्छा माल दिलवाएँगे।"

उस पर नज़र पड़ते ही जयदेव बदहवास हो उठा। उस आदमी ने जयदेव का हाथ भी थाम लिया था। गली में अँधेरा था, केवल गली के मोड़ पर दीवार पर लगे कमेटी के लैंप से थोड़ा-सा प्रकाश छन-छनकर आ रहा था।

"नहीं, नहीं, कुछ नहीं", जयदेव ने त्रस्त-सी आवाज़ में कहा, और तेजी से दहलीज़ से अपना हाथ छुड़ाकर गली के मोड़ की ओर जाने लगा। मुड़कर देखने की भी उसकी हिम्मत नहीं हुई।

"हरामी के पिल्ले, झाँकने चले आते हैं ···", मूँछोंवाला आदमी बड़बड़ाया था।

पर गली का मोड़ काटते ही जयदेव लगभग भागने लगा था।

किताबों में जयदेव ने वेश्याओं के प्रति सहानुभूति के पाठ पढ़े थे कि वे समाज में शोषित और पीड़ित हैं और निःसहाय हैं, पर उन्हीं के इलाके में से भागकर जाते हुए जयदेव को किसी भयावह दुःस्वप्न का-सा भास हो रहा था। यहाँ पहुँचकर आदमी सद्भावना की बात नहीं सोचता, यहाँ तो छुरे चलते हैं, कंधों पर चादरें ओढ़कर चलनेवाले लोग अपने जाल में फँसाने के कुचक्र चलाते हैं, यहाँ तो त्रास है, अपराध, कामवासना के साथ घुले-मिले घृणा-द्वेष हैं।

जयदेव की साँस फूल रही थी जब वह अँधेरी तंग गलियों के जाल में से निकल कर खुली सड़क पर आया, जहाँ बिजली की रोशनी थी, और कामकाजी भद्रलोक आ-जा रहे थे। उसने चैन की साँस ली, पर सारे रास्ते ही सहदेव को लेकर तरह-तरह के विचार उसके मन में उठ रहे थे। क्षोभ और भय और अपराध भावना से वह बेहद व्याकुल हो उठा था।

उस रात, भोजन कर चुकने पर जब दोनों भाई अपने कमरे में गए तो छूटते ही जयदेव ने पूछा, "आज शाम तुम कहाँ गए थे, सहदेव ?"

"क्यों भइया, क्या बात है ?" सहदेव ने पलकें उठाकर भाई की ओर देखते हुए कहा।

जयदेव उसी की खाट की पाटी पर बैठ गया। वह अभी भी बड़ा विचलित महसूस कर रहा था।

"सच-सच बताओ, कहाँ गए थे ?"

"क्यों भइया, क्या बात है, क्यों पूछ रहे हो ?"

"सच-सच बताओ, तुम कहाँ गए थे ? मैं तुम्हें छोड़ूँगा नहीं।"

सहदेव ठिठक गया। चुपचाप बैठा सोचता रहा, फिर धीरे से बोला, "कहीं भी तो नहीं।"

"क्या ?" जयदेव ने चीखकर कहा, "मैं तेरे मुँह पर चाँटा लगाऊँगा अगर तुमने साफ़-साफ़ नहीं बताया। तू समझता क्या है ?"

सहदेव अचकचा-सा गया।

"मैं कहीं नहीं गया, भइया।"

"क्या ? क्या तुम शाम को घर पर थे ?"

सहदेव चुप रहा।

"बोलो। बोलते क्यों नहीं ? क्या घर पर थे ? कहाँ गए थे ? ..."

सहदेव चुप बैठा रहा, फिर धीरे से बोला, "कहीं भी तो नहीं।"

"तुम झूठ बोल रहे हो। मैंने खुद तुम्हें अपनी आँखों से चकले में देखा है। कुछ ही देर पहले।"

सहदेव ने पलकें उठाकर भाई के चेहरे की ओर देखा, फिर नज़रें झुका लीं, पर पहले की ही तरह गुमसुम बना रहा।

"बोलते क्यों नहीं ? गए थे या नहीं ?"

"मैं कहीं नहीं गया, भइया !"

"तुम झूठ बोल रहे हो। मैंने खुद तुम्हें वहाँ से निकलते देखा है · · · "

पर सहदेव ने फिर, पहले की ही तरह, धीमी आवाज़ में कहा, 'मैं कहीं नहीं गया, भइया !"

"तुम्हें कोई बीमारी हो गई तो मारे-मारे फिरोगे। शर्म भी नहीं आती! तुम्हें ?"

पर सहदेव फिर भी बुत का बुत बना, उसके सामने बैठा था।

"कोई और आदमी तुम्हें वहाँ से निकलते देख लेता तो क्या कहता ?"

पर सहदेव को चुप देखकर जयदेव को कुछ-कुछ संशय होने लगा कि मुमकिन है मुझसे भूल हुई हो, जो आदमी उस अँधेरी गुफ़ा में से निकल रहा था, वह मेरा भाई न रहा हो। पर अभी तक उसे इस बात का पक्का यकीन रहा था कि वह सहदेव के अलावा और कोई नहीं था।

"मेरा जी चाहता है दीवार के साथ सिर मारकर माथा फोड़ लूँ। आज तुमने मुझे इतना परेशान किया है कि मैं बता नहीं सकता · · · अब दोनों कान खोलकर सुन लो। अगर फिर कभी तुम्हें वहाँ पर या ऐसी ही किसी जगह पर देखा तो मुझसे बुरा कोई नहीं होगा। तुम ऐसे नीच काम करोगे, मुझे इसकी आशा नहीं थी · · · "

सहदेव कुछ नहीं बोला। हारकर जयदेव चुप हो गया। उसके कंठ से रुदन फूट पड़ा था, और वह सिसकी लेकर खाट पर से उठ खड़ा हुआ और कपड़े बदलने लगा।

"न हूँ, न हाँ", वह बड़बड़ाया।

पर जब कपड़े बदलकर जयदेव बिस्तर पर लेट गया तो उसका मन आत्मग्लानि से भरने लगा। मैंने अपने भाई की सुध नहीं ली, और वह बुरी संगत में पड़ गया है। मैंने इसे रोका नहीं, यह उत्तरोत्तर मेरे से दूर होता गया है, न जाने किन लोगों के साथ उठता-बैठता है।

छत पर आँखें गाड़े जयदेव, खिन्न और उदास, समझ नहीं पा रहा था कि वह इस संबंध में क्या करे कि तभी सहदेव धीमे से आकर उसके पायताने बैठ गया, "भइया, मैं वहाँ गया था। चकलेवाली गली में · · · "

जयदेव झट से उठकर बैठ गया। "तो मैंने गलत नहीं कहा था !"

सहदेव, पहले की तरह ही बोझिल-सी आवाज़ में बोला, "मगर जो आप सोच रहे हो, वैसा कुछ नहीं है !"

"कुछ नहीं क्या ! मैंने तुम्हें उस अँधेरी ड्योढ़ी में से निकलते देखा है। तुम्हारे जा चुकने पर मैं खुद उस ड्योढ़ी के अंदर गया था और अंदर से औरतों के बतियाने की आवाज़ आ रही थी !"

पहले की ही भाँति कुछ देर तक चुप बने रहने के बाद सहदेव बोला, 'मैं फिर

कभी आपको सारा किस्सा, सारी बात बता दूँगा।"

इस वाक्य से जयदेव और भी शंकित हो उठा। वह खाट पर उठ बैठा। उसे लगा जैसे सहदेव कहीं फँस गया है और किसी अपराधी गिरोह या मंडली के डर के मारे मुँह नहीं खोल रहा है। मानो कहीं उसने जुआ खेला हो और हार जाने पर उन लोगों ने इससे किसी बयान पर दस्तखत करवा लिए हों, कहीं यह डर के मारे कोई वचन दे बैठा है, जाने क्या बात है जो यह मुँह नहीं खोल रहा है।

"तू डर नहीं, सहदेव ! अगर कहीं पर ऐसा-वैसा वचन दे बैठा है तो मुझे साफ़-साफ़ बता दे। मैं किसी से नहीं कहूँगा, और जैसे भी होगा, हम-तुम मिलकर उसे पूरा कर देंगे। मैं तुम पर आँच नहीं आने दूँगा · · ·" फिर अपने छोटे भाई को आश्वासन देते हुए बोला, "डर नहीं, सहदेव ! मैं तेरे साथ हूँ। मैं तेरी पूरी-पूरी मदद करूँगा।"

सहदेव ने हैरान होकर अपने भाई के चेहरे की ओर देखा, "न जाने आप क्या सोच रहे हैं, भइया ! मैंने कहीं कोई वचन नहीं दिया · · · मैं आपको सारी बात बता देता हूँ, पर आप मुझे वचन दीजिए कि किसी से कुछ भी कहेंगे नहीं। यह भी किसी को नहीं बताइएगा कि आपने मुझे उस घर में जाते देखा था।"

"क्या बात है ? मैं किसी से क्यों कहूँगा ?"

इस पर तनिक रुककर, झिझकते हुए सहदेव कहने लगा, "उस घर में एक राजनीतिक कैदी की माँ और पत्नी रहते हैं। वे बहुत गरीब हैं। लगभग डेढ़ साल से वह जेलखाने के अंदर पड़ा है और अभी तक उस पर मुकदमा भी नहीं चलाया गया है। मैं · · · मैं उसकी माँ को कुछ पैसे देने गया था · · ·", सहदेव धारा-प्रवाह बोले जा रहा था, "मुझे यह रकम किसी ने उन तक पहुँचाने के लिए दी थी।"

"क्या वह किसी षड्यंत्र में पकड़ा गया था ?"

"मुझे नहीं मालूम। मैं तो उसका नाम भी नहीं जानता।"

"इसमें छिपाने की क्या बात है, सहदेव ? यह रकम तो दिन-दहाड़े भी उन तक पहुँचा सकते थे।"

"नहीं, मुझे मना किया गया था कि दिन के वक़्त नहीं जाना।"

"वह शायद किसी संगीन जुर्म में पकड़ा गया है। दिन में उसके घर के आस-पास सी.आई.डी. वाले घूमते होंगे, और नज़र रखते होंगे कि कौन उस घर में आया, कौन गया।"

"मैं नहीं जानता, भइया !"

"तुम्हें किसने रुपए दिए थे ? · ·"

सहदेव ठिठक गया, फिर बोला, "ज़्यादा रकम नहीं थी भइया, और मैंने अपनी जेब से भी नहीं दी है · · · कुछ दिन बाद मैं आपको सब बता दूँगा।"

जयदेव तनिक आश्वस्त हुआ और बिस्तर पर लेट गया, "अपना ख़याल रखना सहदेव ! सियासी काम तुम्हारे या मेरे बस का नहीं है। आजकल बहुत पकड़-धकड़

हो रही है। कहीं ऐसा न हो कि तुम धर लिए जाओ। सियासी काम तुम्हारे बस का नहीं है ···"

देर तक जयदेव सो नहीं पाया। इस बात से तो वह आश्वस्त हो गया था कि उसका भाई किसी बुरी सोहबत में पड़कर उन गलियों की ओर खिंचा नहीं जाने लगा है। उसे इस बात का भी शक नहीं रहा कि वह किसी अपराधी मंडली के कुचक्रों में फँस गया है, इसे डरा-धमकाकर इससे रुपया ऐंठेंगे। ऐसी भी कोई बात नहीं थी। पर जो कुछ उसे पता चला था उससे वह अपनी जगह चिंतित हुआ था। तरह-तरह की राजनीतिक पार्टियाँ भी चल रही हैं—उनमें नर्म दल भी हैं और गर्म दल भी, क्रांतिकारी भी हैं और उदारवादी भी। यह जिस कैदी की मदद करने गया था और छिप-लुककर गया था, लगता है कि यह किसी उग्रवादी पार्टी का ही सदस्य होगा, वरना इतना छिपाव क्यों ? यह उसका नाम भी नहीं जानता ··· जानता ज़रूर होगा, उसका नाम मुँह पर नहीं लाना चाहता, यह उस आदमी का नाम भी नहीं बताता जिसने वहाँ पैसे देने के लिए इसे भेजा था, और कितनी रकम देकर भेजा था—यह कम खतरेवाली बात नहीं होगी ···

इस दौरान सहदेव ने बत्ती बुझा दी थी और अपने बिस्तर में लेट गया था। अँधेरे में दोनों की आँखें खुली थीं और दोनों छत की ओर ताकते हुए अपनी-अपनी सोच में डूबे हुए थे।

सहदेव की आँखों के सामने उस कोठरी का चित्र उभर आया था जहाँ वह पैसे देकर आया था—लगता है उसकी बुढ़िया माँ अंधी है। जितनी देर मैं उसके पास खड़ा रहा वह तनिक दूसरी ओर मुँह किए आँखें मिचमिचाती रही थी। दीए की टिमटिमाती रोशनी में मैं ठीक तरह से देख नहीं पाया। पर लगता है वह अंधी है। और उस साथी की पत्नी भी बड़ी दुबली है। उसकी ओढ़नी ऐन सिर पर से फटी हुई थी ··· वहाँ पर वे दोनों कैसे रहती होंगी ? कोठरी जैसे भाँय-भाँय कर रही थी ···

जयदेव का ध्यान धीरे-धीरे सहदेव पर से हटने लगा था, उसकी घबराहट और क्षोभ बहुत कुछ जाते रहे थे, और धीरे-धीरे उसकी आँखों के सामने कुंतो का दमकता-सा चेहरा उभरने लगा था।

आज पहली बार वह कुंतो के साथ कुछ देर तक बतियाता रहा था। पहली बार उसकी आवाज़ सुनी थी, उसे नज़दीक से देखा था। बार-बार उसका चेहरा लाल हो जाता था। बार-बार ही वह खिलखिलाकर हँसने भी लगती थी। उसके नाक-नक़्श अपने घरवालों के नाक-नक़्श-जैसे ही हैं, बाल भी वैसे ही घुँघराले हैं। जब हँसती है तो जैसे कोई झरना फूट पड़ा हो। ··· जब नींद ने अन्ततः जयदेव को आ घेरा तब कुंतो का दमकता-मुस्कुराता चेहरा उसकी आँखों के सामने ही था और धीरे-धीरे धुँधलाने लगा था।

7

प्रोफ़ेस्साब, यह सोचकर कि अगर जयदेव और उनकी बहिन कुंतो, एक-दूसरे को ज़्यादा नज़दीक से जान जाएँगे, तो जयदेव का ध्यान अपनी मौसेरी बहिन से हटने लगेगा, और यह वांछनीय भी है कि जिस युवक-युवती को आजीवन एक साथ रहना है, वे एक-दूसरे को अच्छी तरह से जान-समझ लें। परंपरागत रस्म-रिवाज़ तो इसकी इजाज़त नहीं देते थे लेकिन किसी सीमा तक उनका पारस्परिक परिचय उनके दांपत्य जीवन के लिए हितकर होगा, और यह उनकी फ़िलासफ़ी के भी अनुकूल बैठता था। ऐसा सोचकर प्रोफ़ेस्साब हर चौथे-पाँचवें दिन जयदेव को घर पर बुलाने लगे थे और अक्सर ऐसे मौकों पर किसी-न-किसी बहाने वह कुंतो को भी बुला लिया करते थे।

पर उन्हें यह उम्मीद नहीं थी कि दोनों उनके सदाशयों का यह अर्थ निकालेंगे।

एक शाम कुंतो घर से गायब थी और बाद में पता चला था कि दोनों—जयदेव और वह—साइकिल पर बैठे कंपनी बाग की ओर जाते देखे गए थे। जयदेव साइकिल पर पैडल मार रहा था और कुंतो, पीछे कैरियर पर बैठी, हर राहजाते से मुँह छिपाते हुए, कभी दाईं ओर को देखती, कभी बाईं ओर को, इस अनूठे अनुभव का आनंद ले रही थी। वही वक़्त दफ़्तरों के बंद होने का था और दसियों बाबू, कंपनी बाग के रास्ते ही घरों को लौट रहे थे। उसका दिल धक्‌धक्‌ कर रहा था—किसी परिचित ने देख लिया तो जान आफ़त में आ जाएगी। पर एक ऐसे युवक के साथ जो कल तक अनजाना था और कुछ ही समय बाद उसका सर्वस्व होने जा रहा था, इस दुःसाहसिक सैर का भी अपना मज़ा था।

प्रोफ़ेस्साब ने समझा था कि घर पर ही उनका मिल-बैठना, एक-दूसरे को जानने-समझने के लिए पर्याप्त होगा। उन्हें क्या मालूम था कि जयदेव उनकी बहिन को शहर की सड़कों पर घुमाने ले जाएगा और तरह-तरह के नाटक खेलने लगेगा।

उस दिन जयदेव ने प्रोग्राम तो यह बनाया था कि वह दो साइकिलें लेकर कुंतो के घर के पिछवाड़े खेतों की ओर जानेवाले रास्ते के मोड़ पर, छोटी पुलिया के पास खड़ा होगा। कुंतो वहीं पर मिलेगी और दोनों अलग-अलग साइकिलों पर सवार हवाखोरी के लिए किसी ओर निकल जाएँगे। पर जयदेव को केवल एक ही साइकिल मिली थी, दूसरी साइकिल का प्रबंध नहीं हो पाया था। कुंतो डर रही थी,

एक तो इस तरह के दु:साहसिक कार्यक्रम से, दूसरे अकेले साइकिल चलाने से। साइकिल चलाना तो उसने स्कूल में ही एक धनी लड़की की साइकिल पर सीख लिया था, पर सड़कों पर, खुलेआम मुँह उघाड़े साइकिल चलाने से वह घबराती थी। पर जब जयदेव एक ही साइकिल लेकर आया तो उसे कुछ-कुछ इत्मीनान हुआ।

साइकिल रुकते ही वह उसके साथ हो ली थी और कुछ दूर तक वे दोनों साथ-साथ पैदल चलते रहे थे। दो-एक बार कुंतो ने मुड़कर देखा तो जयदेव बोला, "पीछे मत देख, सीधी चलती जा।" कुछ ही देर बाद वे उस जरनैली सड़क के पास जा पहुँचे थे जहाँ रास्ता कंपनी बाग की ओर मुड़ता था। दोनों उस सड़क पर आ गए। जयदेव कूदकर साइकिल पर बैठ गया और दूसरे क्षण कुंतो उसके पीछे कैरियर पर चढ़ बैठी।

"किधर चलोगी ? कश्मीर चलें या कलकत्ता ?"

कुंतो हँस दी।

"बाएँ हाथ को जाएँगे तो सीधा कश्मीर जा पहुँचेंगे, और जो दाएँ हाथ जाएँगे तो सीधा कलकत्ता जा पहुँचेंगे। यह सड़क शेरशाह सूरी ने बनवाई थी।"

कुंतो फिर हँस दी। "जहाँ ले चलो।"

"आज कलकत्ता चलते हैं, कल कश्मीर चलेंगे।" और साइकिल की रफ़्तार तेज कर दी।

साइकिल पर यों खुली सड़क पर जयदेव के पीछे बैठी कुंतो के दिल की अजीब कैफ़ियत हो रही थी। डर भी लग रहा था और दिल में गुदगुदी भी हो रही थी। वह बार-बार सड़क की ओर देखती और बार-बार ही सिर नीचा कर लेती और जयदेव की पीठ पीछे छिप जाने की चेष्टा करती।

वे दूर निकल आए तो कुंतो का दिल कुछ-कुछ सँभलने लगा। एक बार उसने सिर उठाकर जयदेव की ओर देखा। जयदेव की पीठ पर उसकी नज़र गई। उसने हल्के मोतिया रंग की कमीज़ पहन रखी थी जो पीठ पर भीगने लगी थी, कुंतो की नज़र उसकी गर्दन और सिर के अस्त-व्यस्त बालों पर पड़ी। गोरी-गोरी गर्दन, कमीज़ का कालर थोड़ा पीछे की ओर खिसक आया था। कुंतो का दिल जाने कैसा हो गया। जयदेव के प्रति पहली बार गहरे अपनेपन का भास हुआ जैसे यह साइकिल चलानेवाला व्यक्ति उसका अपना हो। इससे पहले उसने जयदेव को अनेक बार देखा था, कभी लुक-छिपकर, कभी सामने आ पड़ने पर। घर पर भी मिलता रहा था। तब भी गुदगुदी होती थी, दिल धक्‌धक् भी करता था पर आत्मीयता का भास उसे आज ही हुआ था। उसे बड़ा अच्छा लगा। दिल की सारी घबराहट जैसे शांत हो गई हो। उसका मन हुआ हाथ ऊपर उठाकर जयदेव की पीठ सहला दे। जयदेव की गर्दन पर पसीने की हल्की-सी परत आ गई थी और वह पैडल मारता हुआ बार-बार झुक रहा था। उसके अंदर फिर से भावनाओं का ज्वार-सा उठा जो उसे

सराबोर कर गया।

सबकुछ बदल गया है। कितनी तेजी से बदल गया है। पर आज पीछे मुड़कर देखने को मन ही नहीं करता। मन करता है इसकी पीठ की ओर ही देखती रहूँ, इसकी गोरी-गोरी गर्दन की ओर, इसके उलझे बालों की ओर।

थोड़ी दूर निकल आने पर कुंतो को सड़क पहचानी-सी लगी। कुछ दूर और आगे गए तो उसने पीछे बैठे-बैठे ही कहा, "यह तो कंपनी बाग आ गया। मैं समझती थी, जाने हम कहाँ जा रहे हैं।" पहली बार कुंतो खुलकर बोली थी, "इधर आगे इस्लामिया स्कूल है ना ? बाएँ हाथ ? और यह रास्ता तो आगे पुल को जाता है।"

"तू बोली तो !" जयदेव ने कहा। कुंतो तनिक झेंप गई पर फिर उसके दिल में उछाह-सा उठा, "बोलूँगी क्यों नहीं, तुम्हारे साथ नहीं बोलूँगी तो और किसके साथ बोलूँगी।" कहते ही उसे फिर लज्जा और संकोच ने आ घेरा और उसका चेहरा लाल हो गया।

"पहले तो नहीं बोलती थी, कई बार मिली पर बोलती तो नहीं थी।"

"पहले मैं तुम्हें जानती थोड़े ही थी।"

"अब जान गई हो ?"

"अब जानने की ज़रूरत ही नहीं है।" कहते-कहते कुंतो को लगा जैसे उसका संकोच झरकर गिर गया हो। और उसे लगा जैसे उसका संकोच ही नहीं टूटा है, उसके सामने नए क्षितिज खुल गए हैं। मानो एक क्षण में वह किसी दूसरी दुनिया में पहुँच गई है। किसी विशाल प्रांगण में, जहाँ वह उन्मुक्त और स्वच्छंद घूमने लगी है, जयदेव के हाथ में अपना हाथ डाले। खटाक से ही ऐसा हो गया था। अंदर-ही-अंदर जैसे उसके हृदय में फुलवाड़ी खिल उठी हो। आस-पास की दुनिया जानी-पहचानी पर साथ-ही-साथ बड़ी नई-नई भी लगने लगी थी। उस पर जैसे कोई रोशनी छिटक गई हो। और इस अनुभूति को वह अपने रोम-रोम में महसूस कर रही थी। सबसे अधिक उसे स्वच्छंदता का भास हुआ था, जैसे सब बंधन खुल गए हों। पर कौन-से बंधन थे जो उसे बाँधे हुए थे ? उसे तो कोई भी बंधन बाँधे हुए नहीं था। उसे लगा था जैसे क्षण-भर में ही वह स्वयं बदल गई हो, पहलेवाली कुंतो न रही हो, उन्मुक्त और स्वच्छंद वह कूदना-नाचना चाहती थी, भागती हुई क्षितिज तक चले जाना चाहती थी।

कंपनी बाग पीछे छूट चुका था। आगे बढ़ने के बाद सड़क धीरे-धीरे ऊँची होने लगी थी। कुंतो समझ गई कि आगे चलकर ढलान और भी तीखी हो जाएगी और फिर पुल आएगा। उसने नज़र उठाकर देखा तो जयदेव कुछ-कुछ हाँफने लगा था और उसकी कमीज़ का कालर पसीने से तर होने लगा था।

कुंतो झट से साइकिल पर से कूद गई।

"अरे, यह क्या किया ? उतर क्यों गई ?"

हैंडल को झटका लगने पर जयदेव ने मुड़कर देखा।

"आगे तीखी चढ़ाई है, पुल तक पैदल चलेंगे।"

"तुम छोटी-सी तो हो, हल्की-सी, तुम्हें ले चलना क्या मुश्किल है!"

"जानती हूँ। तुम तो मुझे कलकत्ता तक ले जा सकते हो, पर यह चढ़ाई तो पैदल ही चढ़ेंगे।"

जयदेव भी साइकिल पर से उतर गया। वह हाँफ रहा था और उसका चेहरा दमकने लगा था। कुंतो को वह बड़ा प्यारा लगा। वह आगे बढ़कर उसके साथ हो ली।

"साथ-साथ चलेंगे। यह ज़्यादा अच्छा है।"

कुंतो चलने-फिरने की शौकीन है, जयदेव सोच रहा था। वह फुर्तीली भी है, जल्दी तैयार हो जाती है, नाज़-नखरे नहीं करती। उसने साथ-साथ चलती हुई कुंतो को कनखियों से देखा और मन-ही-मन मस्ती से सिर हिला दिया।

"अच्छा है, इसके साथ घुमक्कड़ी करेंगे।"

कुंतो, बेसुध-सी, जयदेव का हाथ पकड़े ढलान चढ़ रही थी, जबकि जयदेव का दूसरा हाथ साइकिल को थामे हुए था। सहसा जयदेव ने हाथ छुड़ा लिया, "वानप्रस्थीजी! वह देखो!"

सामने से सचमुच एक वयोवृद्ध सज्जन चले आ रहे थे, ऊपर से नीचे तक सफेद वानप्रस्थी लिबास—सिर पर गाढ़े का पग्गड़, सफेद गाढ़े का कोट, सफेद गाढ़े का ही कुर्ता-पाजामा, और दहकता लाल चेहरा, शेरों-जैसा।

जयदेव ने झट से कुंतो का हाथ झटक दिया और भागकर, साइकिल को सड़क के किनारे, रेलिंग के सहारे टिकाया और रेलिंग के ही नीचे से होकर सड़क पर से उतर गया।

"तू भी आ जा, जल्दी कर!"

कुंतो की समझ में कुछ नहीं आया, केवल उसे भी दूर से एक वयोवृद्ध सज्जन ढलान उतरते नज़र आए थे। पर जयदेव उनसे भाग क्यों रहा है, यह उसकी समझ में नहीं आया। वह भी जयदेव की भाँति रेलिंग के नीचे से होकर एक ओर दुबक गई।

"शहर का सबसे खतरनाक आदमी है।" जयदेव ने फुसफुसाकर कहा, "इसने देख लिया तो हमें देसनिकाला दे देगा।"

कुंतो मुस्कुरा दी। जयदेव किसी से डरता भी है, उसे देखकर अचंभा हुआ। "तुम उनसे डरते हो?"

"उनसे कौन नहीं डरता, उनसे सारा शहर डरता है। ऊपर बैठा भगवान भी डरता है।"

वानप्रस्थी आगे निकल चुके थे। उन्होंने कुंतो और जयदेव की ओर ध्यान नहीं दिया था या दिया था तो जयदेव को मालूम नहीं हो पाया।

"अगर वह हमें देख लेते तो कहते, 'तुम यहाँ क्या कर रहे हो ? चलो घर !' और हमें हाँककर घर छोड़ आते। और तुम्हें तो एक बार देखकर आँखों-ही-आँखों से भस्म कर डालते !"

जयदेव कहे जा रहा था, "यह वानप्रस्थीजी हैं। वानप्रस्थियों से डरकर रहा कर। तूने कभी कोई वानप्रस्थी देखा है ?—उसके हाथ में डंडा होता है, घुटा हुआ सिर, सरसों के तेल से चुपड़ा हुआ, उस पर चौड़ा जबड़ा, वे केवल दूध पीते हैं और शाम को चबैना खाते हैं, उन्हें मर्द और औरत साथ-साथ चलते नज़र आ जाएँ तो उनकी आँखें लाल हो जाती हैं, मूँछों में फुरकन होने लगती है और डंडे पर हाथ मचलने लगता है। मैं और तुम आज बाल-बाल बच गए हैं !"

कुंतो उसकी बातें सुनती हुई ठठाकर हँस दी। "उन्होंने कभी तुम पर डंडा चलाया है ?"

वे रेलिंग के नीचे से वापस सड़क पर आ गए थे और फिर से ढलान चढ़ने लगे थे।

"हाँ, चलाया है, कभी तुम्हें बताऊँगा !"

कुंतो का हाथ फिर से जयदेव के हाथ में आ गया था और वह फिर से सुरक्षित महसूस करने लगी थी, जैसे किसी काँपते कोमल-से पक्षी को नीड़ मिल जाए।

अब वे दोनों ढलान चढ़कर पुल पर पहुँच गए थे जिसके नीचे एक पतली, गदली-सी नदी बह रही थी। दोनों पुल पर खड़े हो गए और नीचे की ओर देखने लगे।

सहसा जयदेव हँस दिया, "पहली बार हम एक साथ बाहर आए हैं और मैं तुम्हें यह नदी दिखाने ले आया हूँ। यह 'छप्पड़' !" और वह फिर हँसते हुए बोला, "यह छप्पड़ दिखाने ! इस पर कौवे मँडराते हैं—हमारे भाग्य का पक्षी, और अंदर मेंढक टर्राते हैं, वह हमारे स्वागत में गीत गा रहे हैं। कैसा है हमारा यह सैर-सपाटा ?"

उसकी मसखरी के सामने कुंतो भी खुलने लगी थी।

"यहाँ से छलाँग लगा दूँ तो क्या होगा ?" वह बोली।

"कुछ नहीं होगा, सीधा छप्पड़ में गिरोगी, या उस भैंस की पीठ पर जा बैठोगी, जो छप्पड़ में बैठी आराम कर रही है !"

फिर जयदेव ठहाका मारकर हँस दिया। "यह गुप्त गंगा में से निकलकर आई है, हमारी यह नदी !"

"गुप्त गंगा कौन-सी ?"

"इस नदी का जो स्रोत है, उसे हम लोग गुप्त गंगा कहते हैं, वह सीधे उस पहाड़ पर है !"

जयदेव की हँसी थमने में ही नहीं आती थी। वह अपने ही मज़ाक पर लोट-पोट हो रहा था।

"यह हमारी गंगा माई है !"

उसे यों पागलों की तरह हँसता देखकर कुंतो भी हँसने लगी थी।

कुछ ही देर बाद वे पुल पार करके, दूसरी ओर की ढलान उतरने लगे थे।

ढलान अभी पूरी उतर नहीं पाए थे कि जयदेव को रेलगाड़ी नज़र आ गई। दूर, दाईं ओर को रेलवे स्टेशन पड़ता था। वहाँ से छूटने पर अनेक रेलगाड़ियाँ इसी रास्ते आती थीं। ढलान के नीचे एक लेवल-क्रासिंग था। अचानक ही एक मालगाड़ी लेवल-क्रासिंग पर आकर रुक गई थी। उसे आगे बढ़ने के लिए सिगनल नहीं मिल रहा था और सिगनल के इंतज़ार में वह रुकी खड़ी थी।

"चल कुंतो, चल, मालगाड़ी की सैर करते हैं।" और जयदेव मानो चप्पल झाड़कर, साइकिल को धकेलता हुआ लेवल-क्रासिंग की ओर भाग खड़ा हुआ।

मालगाड़ी अभी भी वहीं पर खड़ी थी। उसके अनेक बंद डिब्बों पर ताले चढ़े थे, पर कुछेक, बिना छत के, खुले डिब्बे भी थे।

कुंतो भी उसके पीछे-पीछे भागती चली जा रही थी। लेविल-क्रासिंग का लाइनमैन लाल-हरी झंडियाँ बगल में दबाए दूसरी ओर के फाटक के पास खड़ा था।

"इधर कुंतो, तू साइकिल को थामकर खड़ी रहना, मैं फाटक पार करके इसे उठा लूँगा।"

"ये लोग मना करेंगे, जयदेव, क्या करते हो ?"

पर वह अभी कह ही रही थी कि जयदेव छलाँग लगाकर फाटक के पार जा पहुँचा था। "तू भी चढ़कर आ जा। इधर पाँव रखना। ला, साइकिल मुझे पकड़ा दे।"

कुछ ही देर बाद वे दोनों, मालगाड़ी के एक खुले डिब्बे में खड़े थे, साइकिल को उन्होंने डिब्बे के अंदर एक ओर को टिका दिया था। ऐन उसी वक़्त गाड़ी भी चल पड़ी थी। लाइनमैन का ध्यान उनकी ओर नहीं गया था।

लेवल-क्रासिंग के दोनों ओर, इस बीच, राहगीरों की एक छोटी-सी भीड़ इकट्ठा हो गई थी जिन्हें दूसरी ओर जाना था—कुछ साइकिल-सवार, दफ़्तरों से लौटते हुए बाबू, दो-एक ताँगे आदि सड़क खुलने के इंतज़ार में जमा हो गए थे।

पर यहाँ पहुँचकर जयदेव और कुंतो मानो पकड़े गए थे। लेवल-क्रासिंग के दूसरी ओर रुके हुए लोगों में, महाशय ऋषिराम भी था, जो अपने दफ़्तर के ही सहकर्मी, मालिकराम के साथ खड़ा, फाटक खुलने का इंतज़ार कर रहा था। उसने खुले डिब्बे में खड़े जयदेव को पहचान लिया था। "मालिकरामजी, अगर मैं भूल नहीं करता तो क्या वह जयदेव नहीं था ? प्रधानजी का बेटा ? वह जो मालगाड़ी के डिब्बे में खड़ा था ?"

"मैंने तो ध्यान नहीं दिया। अच्छा, वह ? साथ में कोई लड़की भी तो है।"

"उस लड़की को मैं पहचान नहीं पाया।"

"तुमने पहचान लिया होगा, ऋषिराम, आँखों पर सात नंबर का चश्मा लगाते हो, पर हमसे ज़्यादा तेज नज़र है तुम्हारी।"

"उस लड़के की तो कुछ ही समय पहले सगाई हुई है, और आज यह किसको लिए घूम रहा है ?"

"उसके परिवार की होगी, ऋषिराम, तुम्हारी नज़र तेज है पर खोपड़ी उल्टी है।"

"लड़की को लेकर मालगाड़ी में बैठेगा ? यह तो जैसे किसी को भगाकर ले जा रहा है।"

ऋषिराम काँटा आदमी था। समाज-सुधारक था, पर उल्टी खोपड़ीवाला, अच्छे-भले लोगों को शक की नज़र से देखनेवाला। हर जगह उसे बदचलनी की बू आती थी। वह सदा समाज-सुधार के लिए मौके की तलाश में रहता था, और उसके लिए 'अंदर के हालात का जायज़ा' लेता रहता था। "मुझसे पूछो, प्रधानजी"—उसका तकियाकलाम था और फिर किसी-न-किसी के पोल खोलने लगता जिसमें उसे बदचलनी ज़रूर नज़र आती थी। ऋषिराम का ध्यान पैसों के ग़बन, धोखाधड़ी, झूठ-फरेब, छल-कपट, इनकी तरफ़ इतना नहीं जाता था जितना 'व्यभिचार' की तरफ़, वह हर जगह सेक्स का दोष ढूँढ़ता फिरता था। इसमें उसकी कल्पना भी सक्रिय हो जाती थी। दोपहर का समय है, एक युवक, एक लड़की को लेकर मालगाड़ी पर चढ़ बैठा है। लड़की जवान है, खूबसूरत है, पर सादा लिबास में है। लड़का प्रधानजी का बेटा है। वह इस वक़्त यहाँ क्या कर रहा है ? ज़रूर कुछ दाल में काला है।

"जो लोग तुम जैसे दुबले-पतले होते हैं ना, ऋषिराम, उनका सेक्स बड़ा तेज होता है।"

दोनों साइकिलों पर फिर से सवार हो गए थे, गाड़ी दूर जा चुकी थी, ऋषिराम देर तक उस ओर ही देखता रहा था, जहाँ खुले डिब्बे में प्रधानजी का बेटा, हवा में उड़ते बाल, गोरा-चिट्टा, साथ में किसी लड़की को लिए खड़ा था। ऋषिराम को यहाँ तक भास हो गया था कि प्रधानजी के गोरे-चिट्टे लड़के ने उस लड़की को बाँहों में ले लिया है, और उसे बार-बार चूम रहा है।

"ले, देख मालिकराम, यह बदचलनी नहीं तो क्या है ?"

"तुम्हें अभी भी वे नज़र आ रहे हैं ? ऋषिराम, तेरा चश्मा है कि दूरबीन ? मुझे तो कुछ भी नज़र नहीं आ रहा ···"

फिर चुटकी लेता हुआ बोला, "तेरी हवस बोल रही है ऋषिराम, तू अंदर-ही-अंदर चाहता है कि जवान लड़की तेरी बगल में होती। प्रधानजी के बेटे की बाँहों में तो है या नहीं है, तेरी बाँहों में ज़रूर होती। ओ मेरे काग़ज़ी पहलवान, तू अपने काम से मतलब रखा कर।"

"क्या बक रहा है ?" ऋषिराम बोला, "मैंने साफ़ देखा है। तू चल मेरे साथ अभी, प्रधानजी के घर। उनका बेटा घर पर है तो मैं झूठा। मैंने उसे साफ़ देखा

है, अगर वह जयदेव नहीं है तो मैं पेशाब से दाढ़ी मुँड़वा दूँगा—नालायक लड़का, शहर को गंदा कर रहा है, अपने माँ-बाप का नाम मिट्टी में मिला रहा है, बदचलन कहीं का। लाहौर से पढ़कर आया है। यह ख़ाक पढ़कर आया है ···"

मालिकराम ने उसकी हवस के बारे में जो टिप्पणी की थी, उसे गलत साबित कर पाने के लिए, ऋषिराम, बार-बार, समाज में बढ़ते भ्रष्टाचार पर बल देने लगा था। ऋषिराम के अंदर का समाज-सुधारक बिफर उठा था।

"यह बेपर्दगी नहीं ? बेशर्मी नहीं ? अच्छे घरों की लड़कियाँ, यों सिर-मुँह उघाड़े मालगाड़ियों पर दिन-दहाड़े घूमती-फिरती हैं ? इनका घर-ठिकाना नहीं है ? दिन के वक़्त खुली मालगाड़ी में बग़लगीर होना, खुले डिब्बे में बोसे लेना, यह बदचलनी नहीं तो क्या है ? तू इसे अच्छा समझता है ?"

"ओए ऋषिराम", मालिकराम फिर से ठिठोली के-से लहज़े में बोला, "तू इनका मामा लगता है ? तू बीच में कौन होता है ? वो घूमने निकले हैं, मौज करते हैं, तेरी दुम पर किसने पैर रखा है जो तू यों तड़प उठा है ? अगर तुम्हें प्रधानजी का बेटा बोसे लेता नज़र आया है तो तू भी घर जाकर अपनी बीवी के बोसे ले, तुम्हें कोई मना करता है ? बीवी बोसे लेने के लिए ही तो होती है, और किसलिए होती है ?"

"तुम भ्रष्टाचार देख सकते हो, मैं नहीं देख सकता", ऋषिराम ने कहा, "जो बात गलत है, वह गलत है। यह बेपर्दगी नहीं तो क्या है ? बोसे लेना हो तो ज़रूर दुनिया को दिखाकर ही बोसे लिए जाते हैं ?"

"क्यों खुली हवा में लिया हुआ बोसा, बोसा नहीं होता ? ज़रूर बोसा घर की चारदीवारी में ही लेना चाहिए ?"

"नहीं जी, तो ज़रूर सारी पब्लिक के सामने इसकी इश्तहारबाजी करनी चाहिए, यही कह रहे हो ना ?"

दोनों क्लर्क, अपनी-अपनी साइकिल पर बैठे—दोनों के पीछे, कैरियर पर दफ़्तर की फ़ाइलों के पुलिंदे बंधे थे, जिन्हें उन्हें घर पर बाँचना था—समाज में फैलते दुराचार पर बहस करते जा रहे थे।

"घर पर फ़ाइल नहीं ले जाया कर, ऋषिराम !"

"क्यों ?"

"घर पर सिर्फ़ बोसे लिया कर ! फ़ाइलें दफ़्तर की मेज़ पर ही छोड़ आया कर। खुद बोसे लेगा तो और लोगों की ओर तेरा ध्यान नहीं जाएगा। अपने घर पर तो तू फ़ाइल बाँचता रहता है। तू तफ़रीह मनाया कर। दुनिया को जाने दे भाड़ में। तू दुबला-पतला आदमी, दुनिया को बदलकर क्या करेगा ? उसे रसातल में जाने दे ··· दुनिया को उसके हाल पर छोड़ दे। जीने दे लोगों को, जैसे जीते हैं। तू हरेक की ज़िंदगी में टाँग अड़ाता फिरता है, तू दुनिया को बख़्श दे, माफ़ कर दे। देखो ना, तू बहुत ऊँचा आदमी है, समाज का दर्द तेरे रोम-रोम को सालता रहता

है। हम लोग जो तेरे सामने हैं ना, हम लोग रेंगते कीड़े हैं, नाचीज़ हैं, सीधे जहन्नुम को जाएँगे। तू हमें जहन्नुम में जाने दे। · · · तू जब भगवान के पास जाएगा ना—एक दिन तो तू भी जाएगा—तू उनसे कह देना, 'महाराज, मैंने बहुत कोशिश की है, पर वहाँ सब उल्लू के पट्ठे भरे पड़े हैं। मैं कुछ नहीं कर सकता था।' और जो पट्टा तू भगवान के दरबार से लिखवाकर लाया है ना, समाज-सुधारक का पट्टा, वह उन्हें लौटा देना।"

"चल, चल, मग़ज़ नहीं खा", ऋषिराम ने कहा और साइकिल पर आगे बढ़ गया।

मालगाड़ी के खुले डिब्बे में खड़े जयदेव और कुंतो के दिल में हिलोरें-सी उठ रही थीं। इस दुःसाहसिक कार्य का अपना मज़ा था। गाड़ी ने रफ़्तार पकड़ी नहीं कि मन में हिलोरें उठने लगीं। कुंतो के लिए तो यह अनूठा अनुभव था। मालगाड़ी के खुले डिब्बे में कौन चढ़ता है। वह तो जैसे हवा में उड़ रही थी। बार-बार पुलक-पुलक जाती। उधर मालगाड़ी छूटी नहीं, इधर जैसे वह हवा के पंखों पर उड़ानें भरने लगी थी और अकस्मात् ही इस आवेश में दोनों लपककर एक-दूसरे की बाँहों में आ गए थे।

"हाय, मैं कितनी खुश हूँ", कुंतो ने कहा। उसकी साँस की गति तेज हो गई थी। "तुम कितने अच्छे हो।" फिर वह धड़कते दिल से एक साँस में बोलती गई, "तुम तो मुझे पहले दिन से ही अच्छे लगने लगे थे, जब तुम भइया के साथ हमारे घर पर आए थे। · · · मैं तो उसी दिन से मनौतियाँ मनाने लगी थी कि तुम मेरे हो जाओ · · ·"

इस पर जयदेव उसे बाँहों में भींचते हुए बोला, "मैं तुम्हारा ही तो हूँ। मैं तो बड़ा खुशनसीब हूँ। प्रोफ़ेस्साब ने मुझे इस योग्य समझा कि अपनी बहिन मुझे दे दी। मुझे तो जैसे दुनिया-भर की दौलत मिल गई है · · · "

शाम के साये धीरे-धीरे उतरने लगे थे जिससे आस-पास की दुनिया रहस्यमयी-सी होने लगी थी, चलती गाड़ी में आकाश भी गतिशील हो गया था। इस रहस्यमय वातावरण में युवक-युवती के दिल में उठनेवाले उद्‌गार असीम के छोर छूने लगे थे। दिल के कपाट खुल रहे थे, और भावनाएँ आत्मविस्मृति और आकांक्षाओं के बीच झूलने लगी थीं।

"मेरी भाभी मंगलवार का व्रत रखती है। मैं भी रखने लगी थी। हमारे घर के पीछे अमीना नाम की लड़की रहती है, वह मेरी सहेली है, उसने मुझे तावीज़ बनवाकर दिया, वह भी मैं पहनने लगी थी। मैं पीर की कब्र पर मौली भी बाँधकर आई हूँ। मेरा दिल कहता था कि मेरी साध पूरी होगी।" कहते हुए उसने जयदेव को अपनी बाँहों में भींच लिया। "मैं तो तुम्हें अपने दिल के साथ बाँधे रखूँगी, कभी

छोड़ूँगी ही नहीं ···"

उधर जयदेव को अपार संतोष की अनुभूति हो रही थी। मेरा संकोच कितना निराधार था, प्रोफ़ेस्साब ठीक ही तो कहते थे,' वह मेरा भ्रम था, भ्रांति थी, मनछलावा था। यह मेरी साथिन है, जहाँ जाऊँगा मेरे साथ जाएगी, मुझे पत्नी ही नहीं, मित्र मिला है, सचमुच जीवनसंगिनी मिली है।

उधर, जयदेव के माता-पिता की आपस में हल्की-हल्की नोक-झोंक चल रही थी। पिता बड़े कमरे में ऊपर-नीचे टहल रहे थे, जैसा उनका रोज़ का दस्तूर था, और माँ भी रोज़ की तरह खाट पर पालथी मारे दोनों हाथ गोद में रखे बैठी थी। स्वभावानुसार दोनों ही एक-दूसरे से शिकवा-शिकायत कर रहे थे।

"काम-वाम कुछ नहीं करता, 'उड़ारियाँ' मारता फिरता है", पिताजी जयदेव के प्रति अपना असंतोष व्यक्त कर रहे थे। "ढेर सारे पैसे खर्च करके बाज़ार में दफ़्तर बनवाया। नई-नई तर्ज़ की मेज़-कुर्सी बनवाता फिरा। अब वहाँ टिककर बैठता ही नहीं। सारा वक़्त ससुराल में घुसा रहता है।"

"तुम उसे समझाओ ना जी, समझा नहीं सकते ?"

"मैं क्या समझाऊँगा ? मेरी कहाँ सुनता है। उसे ससुरालवालों ने अपने हाथ में कर रखा है ···" फिर दबी आवाज़ में बुदबुदाए, "सारा वक़्त दोनों भाई 'प्रोफ़ेस्साब', 'प्रोफ़ेस्साब' की रट लगाए रहते हैं। उसी के पास दौड़े जाते हैं··· अब छोटा भी पर निकालने लगा है, खादी पहनने लगा है। कहता है मैं विलायती माल नहीं बेचूँगा ··· तुम विलायती माल नहीं बेचोगे तो देश में विलायती माल बिकना बंद हो जाएगा ? पागलोंवाली बात। तुम आज एजेंसी छोड़ दोगे तो दस आदमी इस एजेंसी को हड़पने के लिए हाथ फैलाएँगे।" कहते हुए लालाजी गांधीजी पर आ गए। "ले चुके स्वराज्य गांधीजी। उनके चरखा कातने और अनशन करने से अंग्रेज़ यहाँ से भाग जाएँगे ? खालाजी का घर है क्या? ··"

"तुम क्यों चिंता करते हो जी ? अब दोनों बड़े हो गए हैं, अपना नफ़ा-नुकसान सोच सकते हैं।"

पर लालाजी फिर भी असंतुष्ट बने रहे, "तुम्हीं इन लड़कों को लाड़ लड़ाती रही हो, तुम्हीं इन्हें बिगाड़ती रही हो।"

"मैं कैसे बिगाड़ती रही हूँ ? इन्हें लाहौर पढ़ने के लिए तुमने भेजा था या मैंने ? ये सब लच्छन तो वहीं से सीखकर आए हैं।"

टहलते हुए लालाजी बुदबुदाए मानो अपने आपसे बातें कर रहे हों, "कभी ग्रामोफ़ोन ख़रीदा जा रहा है तो कभी हारमोनियम। अब दोनों मनमानी करने लगे हैं। मैं चाहता था दोनों पुरुषार्थी बनें, आज्ञाकारी बनें।"

इस पर माँ सहसा हँस दी, "तुम भी अजीब हो जी ! तुम्हारी चाल ही सदा

निराली रही है। जब हमारे शहर में बिजली लग रही थी तो तुम कहते थे बिजली की कोई ज़रूरत नहीं, बिजली से नज़र कमज़ोर होती है। हमारे घर में सबसे आख़िर में बिजली लगी थी, वह भी अंधे-अंधे तीन-चार बल्ब ···"

"तो क्या हुआ ? मैं अब भी कहता हूँ बिजली से आँखें खराब होती हैं और आदमी आरामतलब हो जाता है।"

लालाजी न तो अपने को पुराने ख़्यालों का मानते थे, न ही नई रोशनी का, वह अपने को केवल सही मानते थे।

माँ कहे जा रही थी, "जब आस-पास के घरों में हारमोनियम बाजा बजने लगा, हमारे घर में भी बच्चे चाहते थे कि बाजा आए तो आपने नहीं आने दिया। लोगों के घरों में ग्रामोफ़ोन आया, आपने वह भी नहीं आने दिया।"

"मेरे मना करने से क्या होता है। तुमने लुक्के-छिप्पे हारमोनियम भी मँगवा लिया और ग्रामोफ़ोन भी।"

"मैं बच्चों के दिल को ठेस क्यों पहुँचाऊँ ?" माँ बोली, "पर आपने बजाने कहाँ दिया ? बेटियाँ गाना सीखना चाहती थीं, पर नहीं, मुहल्लेवाले सुनेंगे, लड़कियों की आवाज़ घर के बाहर नहीं जानी चाहिए। घर में ग्रामोफ़ोन आया, आप उस पर भी नाक-भौंह चढ़ाते रहे ··· आप वैसे-के-वैसे ही रहोगे जी, आप कभी नहीं बदलोगे। कभी-कभी बच्चों को हँसने-चहकने भी दिया करो।"

"मैंने क्या कहा है ? मैं उन्हें हँसने-चहकने से रोक रहा हूँ ?"

"छुट्टी मनाना तो आप पाप समझते हो, घर में कोई नई चीज़ आ जाए तो आप नाक-भौंह चढ़ाते हो, सारी उम्र एक ही बात की रट लगाते रहे हो—काम, काम, काम, सारा वक़्त काम ···"

"क्या कहे जा रही है। मैं कुछ कहता हूँ तो उन्हीं के भले के लिए कहता हूँ ···"

"आप नाहक चिंता नहीं किया करो जी, आपके बेटों-जैसा तो कोई हो, आपके सामने सिर ऊँचा नहीं उठाते। दोनों आज्ञाकारी हैं। भगवान उन्हें लंबी उमर दे, उनमें कोई ऐब तो नहीं, आपका पैसा तो बर्बाद नहीं करते। ऐसे-ऐसे लड़के भी होते हैं जो घर उजाड़ देते हैं ···" कहते-कहते माँ भाव-विह्वल हो उठी। हाथ बाँधकर और आँखें मूँदकर बोली, "भगवान इस छोटे-से परिवार में सुख-शांति बनाए रखे। मैं और क्या चाहती हूँ ? इसका ब्याह हो गया तो मेरे मन को चैन मिलेगा।"

टहलते हुए लालाजी बड़बड़ाए, "तू तो सारा वक़्त माथा ही नवाती रहती है ···"

"मैं तो भगवान से सुख-शांति की याचना करती रहती हूँ ···" तभी किसी ने बाहर का दरवाज़ा खटखटाया। "लो, आ गया है", माँ बोली, "अभी कह रहे थे देर कर दी।"

नौकर भागकर दरवाज़ा खोलने गया, पर नीचे ड्योढ़ी से कुछ अलग तरह की

आवाज़ें सुनाई पड़ीं।

"कोई आया है, कोई आपसे मिलने आया जान पड़ता है।"

लालाजी ठिठक गए। "इस वक़्त कौन हो सकता है ?" कहते हुए सीढ़ियों की ओर बढ़ गए।

उनके चले जाने के बाद माँ ने फिर हाथ बाँध लिए, "भगवान की दया बनी रहे। हमें और कुछ नहीं चाहिए · · ·"

माँ का ऐसा ही स्वभाव बन गया था। यों तो लालाजी को उलाहने देती रहती, पर जब उन्हें व्याकुल देखती तो झट से पसीज जाती और उनको ढाँढ़स बँधाने लगती, उन्हें आश्वासन देने लगती। एक ओर उसमें बड़ी दृढ़ता थी, दूसरी ओर लगता जैसे जीवन से डरी हुई है।

लालाजी लौटकर आए तो थोड़ा झुँझलाए हुए थे, "कहाँ गया है जयदेव ?"

"अभी आता ही होगा। क्यों, क्या बात है ? कौन आया था ?"

"ऋषिराम था।"

"वह तो बड़ा काँटा आदमी है। क्या कहता था ?"

"जयदेव के बारे में पूछ रहा था। कह रहा था कि आज शाम उसने जयदेव को शहर के बाहर मालगाड़ी के खुले डिब्बे में जाते हुए देखा है। कोई लड़की भी उसके साथ थी।"

इस पर माँ भी हैरान हुई।

"ऋषिराम कहता था उसके साथ जो लड़की थी, उसे उसने पहले कभी नहीं देखा था।"

"उसकी मंगेतर होगी जी, और कौन होगा ?"

"यह कोई अच्छी बात है ?"

माँ ने लापरवाही के अंदाज़ में कह दिया था, पर सहसा उसके मन में संशय-सा उठा, "क्या कहता था ऋषिराम ? वह कोई बात सीधी नहीं करता।"

"कहता था लड़की उसकी मंगेतर नहीं जान पड़ती थी। मंगेतर हो या न हो, लड़कियों को साथ लेकर घूमने का मतलब ही क्या है ?"

"और कौन होगा ?" कहते हुए, सहसा ही माँ के होंठों पर से मुस्कान ओझल हो गई।

माँ सहसा विचलित हो उठी, उसके होंठ भिंच गए और वह हौले-हौले सिर हिलाने लगी। "कहीं वह चुड़ैल, सुषमा, तो उसके साथ नहीं थी ?"

माँ का चेहरा पीला पड़ने लगा था। लालाजी भी ठिठक गए थे।

"नहीं, नहीं, तू क्या कह रही है ? ऐसा नालायक तो वह नहीं हो सकता। सुषमा को साथ लेकर क्यों घूमेगा। वह बात तो कब की ख़त्म हो चुकी है।"

"क्या जानूँ जी, ख़त्म हुई है या नहीं।" माँ की आवाज़ बोझिल-सी हो गई थी और वह बार-बार सिर हिलाने लगी थी।

"ऋषिराम को भ्रम भी तो हो सकता है। अभी पता चल जाएगा। कुंतो को बाहर ले जाने का क्या मतलब है ? वह ऐसा क्यों करेगा ?"

लालाजी ने घर के नौकर को आवाज़ लगाई। पंद्रह-सोलह साल का ग्रामीण बालक, जो इसी घर में बरसों से बर्तन मल रहा था और अपने को परिवार का सदस्य मानने लगा था, भागता हुआ आया। "हवा की फुर्ती से समधियों के घर जा और पता लगा कि जयदेवजी वहाँ पर तो नहीं हैं। वे पूछें तो कहना वह अभी तक घर पर नहीं लौटे हैं, इसीलिए पूछने आया हूँ। जा, शाबाश, भागकर जा · · ·"

घर का नौकर अभी जूते पहन ही रहा था कि नीचे दरवाज़ा खटखटाने की आवाज़ आई।

"ले, आ गया है।" लालाजी बोले।

"आ गए हैं जी", नौकर ने कहा और भागकर दरवाज़ा खोलने के लिए सीढ़ियाँ उतर गया। माँ अभी भी खिन्न और विचलित थी।

नीचे दरवाज़ा खुलने की आवाज़ आई, फिर अंदर साइकिल रखने की। जयदेव नौकर से कुछ पूछ रहा था।

सीढ़ियाँ चढ़कर जब जयदेव हाँफता हुआ कमरे में पहुँचा तो माता और पिता, दोनों के चेहरे लटके हुए थे। वह भाँप गया कि इन तक ख़बर पहुँच चुकी है। पिताजी तो सचमुच रुष्ट नज़र आ रहे थे जबकि माँ की आँखें सिकुड़ी हुई थीं, जिसका मतलब था कि वह मन-ही-मन कुढ़ती रही है।

"तेरा न घर है न घाट, इतनी-इतनी देर तक तू घूमता फिरता है", पिता बोले।

"बहुत देर हो गई है क्या ?" जयदेव अभी भी बड़ा उल्लसित-सा नज़र आ रहा था, "आज हमने मालगाड़ी की सैर की है।"

माँ और पिता ने एक-दूसरे की ओर देखा, फिर दोनों की आँखें जयदेव की ओर उठ गईं। ऋषिराम ठीक ही कहता था, पिताजी ने मन-ही-मन कहा, "लड़की कौन थी तेरे साथ ?"

"ओह, तो आपको ख़बर मिल गई है। कौन बताने आया था ? यह शहर जासूसों-मुख़बरों से भरा पड़ा है। क्या वानप्रस्थीजी आए थे ? वह हमें रास्ते में मिले थे। पर हम लोग उन्हें देखते ही छिप गए थे। उन्होंने फिर भी हमें देख लिया · · ·"

"क्या बोले जा रहा है ? · · · कौन था तेरे साथ ? मेरे सवाल का जवाब दे।"

"मैं कुंतो को अपने साथ ले गया था।"

"शर्म-हया बेच खाई है क्या ?" पिता उबल पड़े। "जवान लड़कियों को कोई सड़कों पर घुमाता फिरता है। तेरी अक्ल ठिकाने है या नहीं ?"

माँ, यह सुनते ही कि जयदेव के साथ उसकी मंगेतर घूमने गई थी—सुषमा नहीं गई थी—आश्वस्त हो गई थी और उसका गुस्सा बहुत कुछ ठंडा पड़ गया था।

"कौन आया था बताने ?"

पिता ने क्रुद्ध होकर जवाब दिया, "काला चोर आया था। कोई भी आया हो, तुम्हें इससे क्या ?" फिर स्वयं ही बोले, "ऋषिराम आया था। उसने तुम्हें एक लड़की के साथ मालगाड़ी के डिब्बे में खड़े देखा था।"

"ऋषिराम था ? एक दिन मैं उसकी मूँछ उखाड़ दूँगा।"

"अब दोनों कान खोलकर सुन ले। फिर मुझे कभी ऐसी शिकायत मिली तो मैं बहुत ख़फ़ा होऊँगा। लड़कियों की इज्ज़त-आबरू इसी में है कि वे घर पर बनी रहें।"

तभी माँ बोली, 'विवाह के बाद, जहाँ मन आए उसे ले जाते रहना, बेटा, लेकिन ब्याह से पहले कोई ऐसा काम नहीं करो कि शहर के लोग बातें करें, हमारी जग-हँसाई हो।"

जयदेव मन-ही-मन आश्वस्त था कि उसने प्रोफ़ेस्साब की रज़ामंदी के ख़िलाफ़ कोई काम नहीं किया, हालाँकि कुंतो को घर से बाहर ले जाने की इजाज़त उसने प्रोफ़ेस्साब से भी नहीं ली थी।

जयदेव तो खाना खाने के बाद, सीटियाँ बजाता हुआ अपने कमरे में चला गया, पर माँ और बाप, दोनों देर तक, अपनी उधेड़बुन में खोए रहे थे।

"सारा-सारा दिन ससुराल में घुसा रहता है।" पिता कह रहे थे।

"क्यों चिंता करते हो जी ? यों सोचो तो क्या बुरा है जो उसे घुमाने ले गया है तो ? आप उसे समझा रहे थे तो मैंने आपकी बात नहीं काटी, पर सोचा जाए तो अपनी घरवाली को ही घुमाने ले गया था ना !"

"क्या बोले जा रही है ? दुनिया को तमाशा दिखाकर ही घरवाली को घुमाया जाता है ?"

"मैं क्या जानूँ जी ! मुझे तो तुम न ब्याह से पहले और न ब्याह के बाद कभी घुमाने ले गए थे। बच्चे दो दिन खेल-कूद लें तो क्या बुरा है ? फिर तो उन्हें गृहस्थी के जंजाल में फँसना ही है।"

"तुम जंजाल में फँसी हो ?" पिता तुनककर बोले।

"मुझसे क्या पूछते हो जी, अपने दिल से पूछो। मेले-ठेले पर तुम बच्चों को बाहर नहीं ले गए, मुझे कहाँ ले जाओगे।"

"अच्छा-अच्छा, सुन लिया। बात कोई और हो रही होती है, यह अपनी राम कहानी ले बैठती है···"

देर तक दोनों झगड़ते, बहस करते रहे। विरले ही कभी वे एक-दूसरे से सहमत हुए थे, पर आज एक बात पर दोनों सहमत हो गए कि अब जितनी जल्दी हो सके, जयदेव का विवाह कर डालना चाहिए। वरना यह लड़का न जाने क्या-क्या गुल खिलाएगा।

"इन्हीं जाड़ों में इसका ब्याह कर दो। और कोई रास्ता नहीं।" पिता बोले, "यह

सब उस प्रोफ़ेसर की संगत का असर है। दोनों भाई उसी की बग़ल में घुसे रहते हैं।"

"बात करो समधियों से", माँ कहने लगी, "एक बार मेरी बात हुई तो प्रोफ़ेसर की घरवाली ने कहा था कि मँझले देवर का इंतज़ार है, वह जल्दी ही सिंगापुर से लौट रहा है। वह पहुँच जाए तो ब्याह रचा देंगे।"

"उसका क्या भरोसा, वह नहीं लौटे तो ? पाँच साल के लिए डाक्टरी पढ़ने गया था, सात साल से वहीं पर बैठा है। यह घर ही निखट्टुओं का है ···"

"इसकी फ़िक्र तो उन्हें भी होगी न जी, आप क्यों चिंता करते हो ? उन्हें भी तो अपनी बेटी को ठिकाने लगाना है ···"

8

थुलथुल सुबह से बेचैन थी। आज उसका पति विदेश से डाक्टर बनकर लौट रहा था। सात बरस का लंबा विछोड़ा ख़त्म होने जा रहा था। दिल धक्‌धक् कर रहा था। सभी कहते थे कि इन सात बरसों के विछोड़े में वह और अधिक मुटिया गई है। "पर मैं कहाँ मुटिया गई हूँ?" वह आईने के सामने खड़ी बार-बार अपने कूल्हों, अपनी कमर, अपने अंग-अंग का मुआइना करती हुई कहती। उसने वही कुर्ता पहन रखा था जिसे पहने उसने पति को सात बरस पहले विदा किया था। "कमर पर और छाती पर थोड़ा कसता है, पर इससे क्या, इतना फ़र्क़ तो पड़ेगा ही। देखती हूँ, वह इस कुर्ते को पहचानते भी हैं या नहीं!" मोतिया रंग की रेशमी सलवार-कमीज़ के ऊपर उसने लाल रंग की चुन्नी ओढ़ रखी थी। "देखती हूँ, इसे भी पहचानते हैं या नहीं!" और वह बुस-बुस मुस्कुराती हुई, शीशे के सामने बार-बार आकर खड़ी हो जाती थी। सुबह से तीन बार मुँह पर पाउडर पोत चुकी थी और होंठों पर सुर्खी की लीक भी। और आज के दिन अन्य दिनों की तुलना में ज़्यादा मटक-मटककर चल भी रही थी। बालों में भी उसने दो 'चिड़ियाँ' लगा रखी थीं और बाल इस ढंग से काढ़े थे कि तेल-सने बालों की पट्टी किसी लहर की तरह आधे माथे को लाँघ गई थी। मांसल देह, कुछ-कुछ गोरा-चिट्टा चेहरा, आँखें छोटी-छोटी पर जो काजल की लकीर से कुछ-कुछ बड़ी होने का भ्रम पैदा करती थीं। आतुर और अधीर कभी वह जँगले पर जा खड़ी होती और नीचे आँगन में झाँकने लगती, कभी सड़क की ओर खुलनेवाले झरोखे के पीछे जा खड़ी होती, जहाँ, कुछ ही समय पहले, जयदेव को एक नज़र देख पाने के लिए कुंतो खड़ी हुआ करती थी। हालाँकि गाड़ी के पहुँचने में अभी घंटों पड़े थे।

जिस कमरे में प्रोफ़ेस्साब अपने बाल-बच्चों के साथ रहते थे, उसके साथवाला कमरा, थुलथुल और उसके पति का हुआ करता था। पति के चले जाने के बाद भी थुलथुल उसी कमरे में रहती रही थी। आज उस कमरे की पुताई-सफ़ाई फिर से कर दी गई थी, और धन्ने का पुराना टेबुल, जिस पर उसने आख़िरी इम्तहान पास किया था, फिर से पेंट करवाकर रख दिया गया था; और पुरानी कुर्सी भी, उसकी कपड़ों की आलमारी भी ताकि लौटने पर उसकी पुरानी यादें ताज़ा हो जाएँ।

उधर, शहर के रख-रखाव और प्रथाओं के अनुसार मित्र-संबंधी धनराज का स्वागत करने के लिए रेलवे स्टेशन पर, वक़्त से दो घंटे पहले ही पहुँचना शुरू हो गए थे। गाड़ी, फ्रंटियर मेल, चार बजे पहुँचनेवाली थी, जबकि मित्रों-संबंधियों को दो बजे ही स्टेशन पर बुला लिया गया था। ऐसे मौके कब-कब आते हैं ? बाहर से आनेवाले व्यक्ति का शहर के लोगों पर यों भी बड़ा रोआब हुआ करता है, और यह तो विदेश से आ रहा था। कोई लाहौर से भी आए तो लोग ख़म खाते थे, यह तो सचमुच विदेश की हवा खाकर लौट रहा था। शहर का रेलवे स्टेशन छता हुआ स्टेशन नहीं था, बिना छत के था। इस स्टेशन को अभी 'जंक्शन' बनने का गौरव भी प्राप्त नहीं हुआ था और इस स्टेशन के ले-देकर केवल तीन प्लेटफ़ार्म थे। जबकि लाहौर का स्टेशन 'जंक्शन' भी था और छता हुआ भी था और उसके सात प्लेटफ़ार्म थे। यहाँ के लोग इस सच्चाई को सुनकर भले ही सिर झटक दें पर अंदर-ही-अंदर से ख़म ज़रूर खाते थे और अपने को छोटा महसूस करते थे।

गाड़ी एक नंबर प्लेटफ़ार्म पर आ रही थी। यह भी बड़ी संतोषप्रद बात थी। क्योंकि अगर तीन नंबर प्लेटफ़ार्म पर आ रही होती तो विदेश से लौटनेवाले यात्री की प्रतिष्ठा में थोड़ा अंतर आ जाता और मित्र-संबंधी भी थोड़ा हीन महसूस करते।

सभी लोग एक नंबर प्लेटफ़ार्म पर 'प्रवेश द्वार' से थोड़ा हटकर 'प्याऊ' के पास जमा हो रहे थे। फूलों के गजरे एक टोकरे में रखे थे, उनमें से दो फूल-मालाएँ सुच्चे गुलाब के फूलों की थीं—एक लालाजी, जयदेव के पिता के हाथ में थी, दूसरी धनराज के ससुर के हाथ में। दामाद के लौटने की ख़बर पाकर, धनराज के सास और ससुर दोनों अपने कस्बे से शहर चले आए थे। शेष मालाएँ कुछ मोतिया, कुछ गेंदे के फूलों की थीं। फ़ैसला किया गया था कि गाड़ी जब पिछले स्टेशन से छूटेगी—और इसकी ख़बर स्टेशन पर घड़ियाल बजाकर दी जाती थी—तो सभी लोग एक पाँत में खड़े हो जाएँगे और उसी समय एक-एक हार भी उनके हाथ में दे दिया जाएगा। सब काम व्यवस्थित ढंग से होगा, ताकि विदेश से लौटनेवाले को लगे कि यहाँ भी हर काम तरीके से किया जाता है। पहलेवाली हुड़दंग अब नहीं मचती। एक ओर प्याऊ की दीवार के साथ, लड्डुओं के लिफ़ाफ़े पहले से ही बड़ी तरतीब के साथ, एक टोकरे में रख दिए गए थे। फ़ैसला था कि ज्यों-ज्यों एक-एक आदमी धनराज के गले में हार डालेगा, कालिज का चपरासी, जिसे आज के दिन मदद करने प्रोफ़ेस्साब ने बुला लिया था, लड्डुओं का एक लिफ़ाफ़ा उसके हाथ में थमाता जाएगा। सबसे यही आग्रह किया गया था कि लाइन न टूटे। गाड़ी पहुँचने पर धनराज के तीनों भाई, उसे डिब्बे के बाहर ही मिलेंगे। प्रोफ़ेस्साब उसके गले में सुच्चे गुलाब का हार डालेंगे, और शेष भाई बग़लगीर होंगे। मित्र-मंडली को भी हिदायत थी कि वे भी पाँत में ही बने रहें, हालाँकि प्रोफ़ेस्साब जानते थे कि धन्ने के दोस्त-यार हुड़दंग मचाएँगे।

शहरवालों के लिए बड़ा महत्वपूर्ण दिन था। विरले ही कभी शहर का कोई

लड़का विदेश से पढ़कर यहाँ लौटता था। धनराज सात साल बाद लौट रहा था और डाक्टर बनकर आ रहा था। वह विलायत से तो नहीं लौट रहा था, लौट तो केवल सिंगापुर से ही रहा था। पर विलायत से लौटे या सिंगापुर से, विदेश तो विदेश ही है। यहाँ भी समुद्र पार करना, वहाँ भी समुद्र पार करना।

प्लेटफ़ार्म पर इधर-उधर जाते लोग भी कुतूहलवश इस मंडली को देख रहे थे।

बुजुर्ग लोग अपनी देसी पोशाक में थे—सिर पर बड़ा-सा पग्गड़, नीचे, घुटनों तक गलेबंद कोट, उसके नीचे पाजामा और हाथ में छड़ी। जयदेव के पिता और धनराज के ससुर, कुहनियों पर सुच्चे गुलाब के हार लटकाए साथ-साथ खड़े थे। "आज बड़ा शुभ दिन है, लालाजी, आपका दामाद पढ़ाई पूरी करके लौट रहा है।" धनराज के ससुर ने हाथ जोड़ दिए।

"शुक्र है मालिक का! हम तो इन सात सालों का एक-एक दिन गिनते रहे हैं।"

"बेशक। मैं तो समझता था कि ब्याह करके बेटे को बाहर नहीं भेजना चाहिए, क्या मालूम उसका मन बदल जाए, लौटे ही नहीं। पर अब समझता हूँ कि जो हुआ है, ठीक हुआ है। पीछे घरवाली बैठी होगी तो वह अपने आप लौट आएगा।"

"शुक्र है मालिक का।" धनराज के ससुर ने फिर कहा।

"समझदार बच्चा है, अच्छे ख़ानदानी बच्चे अपनी ज़िम्मेदारी को समझते हैं। लौटेगा क्यों नहीं!"

"शुक्र है मालिक़ का।" ससुर ने फिर से कहा और हाथ जोड़ दिए। लगता था, जब तक ससुर अपने दामाद को अपनी आँखों से देख नहीं लेगा तब तक उसे विश्वास नहीं होगा कि वह सचमुच लौट आया है।

धनराज के पुराने साथी और यार-दोस्त, एक ओर पाँत बनाए खड़े थे। पाँत में खड़े होना उनके लिए असह्य था। वह इसे अपने लिए अपमानजनक मानते थे।

"क्या वह सलामी लेने आ रहा है कि हम पाँत में खड़े हो जाएँ? स्साला धन्ना, कल तक पाजामी पहनता था जो नीचे खिसक-खिसक जाती थी। आज हम पाँत में खड़े होकर उसके गले में हार डालें?" सुखदेव बोला।

"अब उसे धन्ना नहीं बुलाना", रामनाथ ने उसे समझाया। "उसे बुरा लगेगा।"

"हमारे लिए तो धन्ना ही है, ढीली पाजामीवाला।"

फिर बख़्शी की टाँगें खींचते हुए रामनाथ बोला, "वह बदल गया होगा, अब अंग्रेज़ी में गिटमिट मारता होगा। सुन बख़्शी, तुम्हें जो कुछ कहना हो मुझे कह देना। मैं उसकी अंग्रेज़ी बनाकर उसे समझा दूँगा। तू खुद अंग्रेज़ी बोलने की तकलीफ़ न करना।"

"अरे वह कौन-सा विलायत से लौट रहा है। वह सिंगापुर से लौट रहा है जहाँ के लोग मेंढक और साँप खाते हैं।"

यों बख़्शी सूट पहनकर आया था और नकटाई भी लगाकर आया था। रामनाथ और गोपाल को छोड़कर सभी कोट-पतलून पहनकर आए थे।

पहले कुछ बुजुर्गों का ख़याल था कि बैंडबाजा भी स्टेशन पर ले चलें। कुछ का तो सुझाव था कि बैंडबाजे के साथ ही धनराज को स्टेशन से घर तक भी लाया जाए। पर फ़ासिला लंबा होने के कारण इस सुझाव को छोड़ दिया गया था। हाँ, स्टेशन पर, जब धनराज गाड़ी से उतरे और उसकी आवभगत हो रही हो, उस समय बैंडबाजा बजने लगे तो खूब रौनक लग जाएगी, पर फिर यह पता चलने पर कि उसके लिए रेल-अधिकारियों से इजाज़त माँगनी पड़ेगी, और चूँकि शहर का स्टेशन 'जंक्शन' नहीं था, छोटा स्टेशन था और छता हुआ भी नहीं था, इसलिए केवल छोटे अधिकारी ही यहाँ बैठते थे, बैंडबाजे की इजाज़त लेने के लिए झेलम स्टेशन पर बैठनेवाले बड़े अधिकारी को दरख़्वास्त देनी पड़ेगी। इस तरह बैंडबाजे का ख़याल भी छोड़ देना पड़ा था।

चार बजते-बजते रेलवे स्टेशन का घड़ियाल बजा, सब लोग चौकन्ने हो गए, प्लेटफ़ार्म पर हलचल-सी मच गई। घड़ियाल बजानेवाले ने, बजा चुकने पर, एक बार टन का शब्द किया था, जिसका मतलब था कि गाड़ी पिछले स्टेशन से चल चुकी है। अभी पहुँची कि पहुँची।

तभी जयदेव और कुंतो भागते हुए स्टेशन के अंदर आ गए थे। कुंतो भागती हुई सीधी अपने भाइयों के पास जा पहुँची और जयदेव अपने दोस्तों—चंडाल चौकड़ी—के पास। पर कुंतो का यों भागते हुए खुले मुँह स्टेशन पर चले आना बुजुर्गों को बड़ा अटपटा लगा। प्रोफ़ेस्साब के लिए भी यह अप्रत्याशित था और वह भी झेंप-से गए थे। ऋषिराम से, जो पहले से जयदेव के पिता के साथ खड़ा था, टिप्पणी किए बिना नहीं रहा गया, "कैसे मुँह उघाड़े चली आई है ! ज़माना किस तरफ़ जा रहा है, प्रधानजी !" और प्रधानजी ने नज़रें नीची कर ली थीं। जिस समय स्वागत की तैयारी चल रही थी उस समय एक सुझाव यह भी आया था कि स्त्रियाँ भी स्टेशन पर आ जाएँ, पर "स्टेशन पर स्त्रियों का क्या काम ?" कहकर प्रोफ़ेस्साब ने ही इसे रद्द कर दिया था। और अब जब कुंतो भागती हुई उनसे आ मिली थी—नंगे सिर, चुन्नी कंधों पर से झूलती हुई, बाल सिर पर नाचते हुए—तो वह सचमुच बड़ा अटपटा महसूस करने लगे थे। स्त्रियों की आज़ादी के तो वह हक़ में थे, पर इस दिशा में वह धीरे-धीरे क़दम बढ़ाना चाहते थे, जहाँ तक हो सके बच्चे-बूढ़ों सभी का समर्थन प्राप्त करते हुए, सबको अपने साथ ले चलते हुए।

गाड़ी फक-फक करती हुई आई और संयोगवश ऐन उसी जगह पर फ़र्स्ट क्लास का वह डिब्बा आकर रुका जहाँ धन्ने के स्वागत के लिए लोग खड़े थे।

धनराज पहले से ही डिब्बे के खुले दरवाज़े में खड़ा था। ग्रे रंग का सूट डाटे, बड़ा बाँका लग रहा था। सूट के साथ भड़कीले रंग की नकटाई लपटें मार रही थी। नीचे पालिश किए जूते चम-चम कर रहे थे। वह कुछ-कुछ साँवला गया था, कुछ-कुछ दुबला भी, पर बड़ा चुस्त-दुरुस्त लग रहा था। गाड़ी के रुकने से पहले ही उसने घरवालों और मित्रों-संबंधियों की टोली को पहचान लिया था और जेब

से शोख़ लाल रंग का रेशमी रूमाल निकालकर हिलाने लगा था।

कुंतो तो भागकर उससे लिपट गई। सभी भाई बारी-बारी से बग़लगीर हुए, फिर प्रोफ़ेस्साब ने उसके गले में फूलमाला डाली और उसकी कमर में हाथ डाले उसे संबंधियों की पाँत की ओर लाने लगे।

उधर, डिब्बे से धनराज का सामान उतारा जाने लगा। दो-तीन चमचमाते नये सूटकेस उतारे गए। पर जब एक बहुत बड़ा 'आदमकद' ट्रंक उतरा—काले रंग और सुनहरे बार्डरवाला—तो लोग दंग रह गए। इतना बड़ा सूटकेस शहर के लोगों ने पहले कभी नहीं देखा था, और हैरत की बात, उसके नीचे छोटे-छोटे पहिए लगे थे।

धनराज बार-बार, रूमाल से अपना मुँह पोंछ रहा था, कभी-कभी वह उसे नाक पर भी लगा लेता मानो इस पिछड़े हुए स्टेशन की गंध उसे परेशान कर रही हो।

बुजुर्गों की पाँत के पास पहुँचने की देर थी कि वह फूलमालाओं से लद गया। प्रोफ़ेस्साब उसे एक-एक करके सभी के पास ले जा रहे थे। बड़े करीने से सब चल रहा था, पहले हार, फिर दस्त-पंजा, फिर बग़लगीरी, और इस पर लड्डुओं का लिफ़ाफ़ा और धनराज आगे बढ़ जाता। लग रहा था जैसे वह इस व्यवस्था से प्रभावित हुआ है।

तभी सहसा बख़्शी ने पीछे से आकर उसे बाँहों में भर लिया और ज़मीन पर से ऊँचा उठा लिया, और साथ ही चिल्लाकर "या अली !" कहा। धन्ना झेंपने लगा था, पर बख़्शी उसे झेंपता देखकर भी उसे बाँहों में उठाए-उठाए नाचने-उछलने और गोल-गोल चक्कर लगाने लगा था।

"बेटा, अब बोल, कहाँ जाएगा ! बड़ा बाबू-याबू बनकर लौटा है। बड़ा साहिब बना फिरता है। सिंगापुर का साहिब !" यहाँ तक कि धन्ने के बाल बिखर गए, कमीज़ पतलून में से निकल आई। बड़ी नफ़ासत से बँधी नकटाई टेढ़ी हो गई। पर बख़्शी था कि अपनी मुहब्बत जताए बिना नहीं रह सकता था।

देर तक आँगन में बैठे रहने और घर के लोगों, मित्रों-संबंधियों के साथ बतियाते रहने के बाद, जिस दौरान थुलथुल अपना गुलाबी दुपट्टा लहराती, कभी उसके सामने व्यंजन परोसती और कभी ठुमक-ठुमककर चलती हुई, अपनी मुस्कान बिखेरती उन्हें शरबत पिलाती रही—उसकी मुस्कान दबाए नहीं दब रही थी, अंदर से मानो फटकर निकल रही थी, वैसे ही जैसे उसके तंग कुर्ते के घेरे में से उसका मुटापा, सीवन फाड़कर निकलना चाहता था—धन्ना सीढ़ियाँ चढ़कर अपने कमरे की ओर जाने लगा। पीछे-पीछे थुलथुल चली आ रही थी, बरसों बाद उसे पूर्णता का-सा भास हो रहा था, जैसे उसका भी घर बस गया हो, उसका घरवाला, जो उससे खो गया था, फिर से मिल गया हो। जैसे सात साल तक विधवा की-सी ज़िंदगी गुज़ारने

के बांद आज वह सधवा हो गई हो।

दो मंज़िलें चढ़ चुकने पर वे कमरों की उस पाँत के सामने पहुँच गए थे जिनमें सभी भाइयों के परिवार रहते थे और जिनके सामने आँगन के ऊपर खुलनेवाला जँगला था।

उनके ऊपर चले आने पर भी नीचे, आँगन में बैठे धनराज के भाई और दोस्त तरह-तरह की आवाज़ें कस रहे थे। वकील भाई कह रहा था, "सँभलके भाभो, हमारे बाँके भाई को पहली रात ही कुचल न देना। बेचारा बड़ा नाजुक है। इसकी हड्डियाँ चटख जाएँगी ··· "

फिर बख़्शी ने टिप्पणी की, "अब काबू में आया धन्ने, पहले तो भाग निकला था, अब भाभो के शिकंजे में से निकलकर देख ··· "

उनकी आवाज़ें सुनकर धनराज को लग रहा था कि जिस दुनिया को छोड़कर गया था, वह अभी भी वैसी की वैसी चल रही है, उसमें कोई परिवर्तन नहीं आया। वकील भाई वैसे का वैसा बातूनी, अभी भी छिछले मज़ाक करता है। बख़्शी, पहले जैसा ही उजड्ड, गँवार, बेसिर-पैर की हाँकनेवाला। पर साथ ही इनके बीच पहले जैसा ही खुलापन था, प्यार था, हँसी-मज़ाक था। पर क्या इसी सबमें फिर से लौट आना पड़ेगा ? इस सबमें बहुत कुछ था जिससे दिल को गरमाइश मिलती थी, पर बहुत-कुछ ऐसा भी था जो बोसीदा था, जिससे पुरानेपन की बास आ रही थी, जैसी स्थिर जल के ताल से आती है। वही बेढब-सा घर, वही आँगन, वही तिकोनी, छोटी-सी रसोई जिसमें स्त्रियाँ ज़मीन पर बैठकर जलते चूल्हों के सामने रोटियाँ सेंकती और व्यंजन बनाती थीं। वही बेढब-सी सीढ़ियाँ। कुछ भी तो नहीं बदला जान पड़ रहा था। अपने घर तो लौट आया था, अपने लोगों के बीच, पर कहीं से विस्थापित होकर, बहुत-कुछ पीछे छोड़कर जिसका मोह अभी उसके मन में मरा नहीं था।

पाँत में पहला कमरा प्रोफ़ेसर भाई का था। वे लोग कमरे के अंदर गए। दो छोटे-छोटे बच्चे बिस्तर में एक साथ, गहरी नींद सो रहे थे। ये भइया की नई औलादें थीं जिनके बारे में भइया ने ख़त में लिखा था। दो जुड़वाँ भाई, भइया की चौथी और पाँचवीं औलाद। पाँच कोनोंवाला कमरा, पर अब कमरे की दो दीवारों में आलमारियाँ लग गई थीं, चार-पाँच आलमारियाँ जिनमें ठसाठस किताबें भरी थीं। यह नई चीज़ थी। प्रोफ़ेसर भइया का पलँग वहीं पर था जहाँ पहले हुआ करता था, पर यह पलँग ज़्यादा ऊँचा था। इसके पाये रंगीन और बढ़िया किस्म के थे। सहसा धन्ने को याद आया—इस पलँग पर तो उनके स्वर्गीय पिता सोया करते थे, यह तो उनके कमरे में हुआ करता था। तो पिताजी के देहांत के बाद यह प्रोफ़ेसर भइया के कमरे में आ गया है, अब वह उस पर सोते हैं। वही अब परिवार के मुखिया हैं। पलँग उसी जगह बिछा था जहाँ प्रोफ़ेसर भइया की खाट हुआ करती थी। पलँग के पास, गोल तिपाई रखी थी जिस पर, पहले की ही भाँति, पाँच-सात

किताबें रखी थीं। प्रोफ़ेसर भइया की आदतें नहीं बदली हैं। अब भी वह बिस्तर में बैठकर ही, सोने से पहले, इन्हीं किताबों में से कोई किताब उठाकर पढ़ते होंगे।

तभी धन्ने की नज़र पलँग के पास, दीवार के साथ टिकाकर रखे लट्ठ पर पड़ी। इसे भी उसने पहचान लिया। यह भी स्वर्गीय पिता का लट्ठ था, लंबा-सा, लट्ठ जिसे उठाए-उठाए वह प्रातः घूमने जाया करते थे। भइया को क्या यह भी विरासत में मिल गया है या वह स्वयं उठा लाए हैं ? यादगार के तौर पर ले आए होंगे। दो बरस पहले धनराज को पिता के स्वर्गवास की ख़बर मिली थी। भइया ने लिखा था कि कुछ मुद्दत पहले, पहाड़ पर, जहाँ वह गर्मियों के मौसम में जाया करते थे, उनकी मृत्यु हो गई थी। भइया ने, पिता की मृत्यु के बाद घर में जो वीरानी की स्थिति पैदा हो गई थी, उसका वास्ता देते हुए उसे लौट आने का बार-बार आग्रह किया था। "तुम लौट आओगे तो किसी हद तक वह सूनापन भर जाएगा जो बाबूजी के चले जाने के कारण पैदा हो गया है ···" धनराज की नज़र फिर से लट्ठ पर पड़ी, यह भइया के लिए पिताजी के संपूर्ण व्यक्तित्व का प्रतीक रहा होगा, उनके चरित्र की दृढ़ता का, उनकी कर्मठता का। भइया की नज़र में स्वर्गीय पिता, इस लट्ठ में अभी भी ज़िंदा थे। अभी भी परिवार के बीच बने हुए थे, घर के मुखिया थे, इस संयुक्त परिवार को जोड़े हुए थे।

अगला कमरा उसका अपना था। कमरे के अंदर जब उसने कदम रखा तो वह बेचैन-सा महसूस करने लगा था। उसे लगा जैसे वह अधर में लटका हुआ है और उसे जितनी जल्दी हो सके, धरती पर उतर आना चाहिए, अपने निकट अतीत से नाता तोड़ देना चाहिए।

कमरे के बीचोबीच वह लंबा, भारी-भरकम ट्रंक रखा था जिसे उसी दोपहर रेलगाड़ी से उतारा गया था। पर घर के आदमी उसे कमरे के ऐन बीचोबीच रख गए थे जहाँ पर पड़ा हुआ वह बिलकुल किसी मुर्दे के ताबूत-सा लग रहा था।

"हाय राम, यह क्या है ?"

थुलथुल उसे देखते ही चौंक गई थी, और अब उसे कमरे के बीचोबीच फिर से पड़ा देखकर उसका दिल धक् से रह गया था।

"यह क्यों उठा लाए हो जी, इसमें क्या है ?"

इस पर धन्ना हँस दिया था। "अभी दिखाता हूँ इसमें क्या है। इसमें से आदमी निकलेगा।"

"हाय राम, क्या सच ?"

"सच नहीं तो क्या ? आओ, इसे एक ओर को सरका दें।"

"इसे कौन उठाएगा जी, यह तो इतना भारी है ! इतना बड़ा है !"

"इसे उठाने की ज़रूरत नहीं", धनराज ने कहा और कहते हुए उसके मन में यह बात कौंध गई कि उसकी पत्नी भी वैसी की वैसी ही है जैसी वह उसे छोड़ गया था, वैसी ही थुलथुल, तंग माथे और मोटे दिमागवाली, बेमतलब मुस्कुराती-हँसती

रहनेवाली, तरह-तरह के बेमतलब सवाल पूछनेवाली।

थुलथुल ऐन उसके पास खड़ी थी। सीढ़ियाँ चढ़कर आने के कारण उसकी गर्दन पर पसीना आ गया था, और वह बार-बार अपने गुलाबी दुपट्टे से उसे पोंछ रही थी। कभी चेहरा पोंछती, कभी गर्दन। वह अभी भी मुँह से साँस ले रही थी, बरसों पहले की तरह। वह तब भी इसे मुँह बंद करके साँस लेने को कहा करता था। दुपट्टे से बार-बार मुँह-गर्दन पोंछने के कारण सिर पर से पल्ला हट गया था, जिससे दो हरे रंग के क्लिप—'चिड़ियाँ'—जो थुलथुल ने बालों में लगा रखे थे, नज़र आने लगे थे। उन्हें देखकर धन्ने से न रहा गया, "ये हरे रंग के क्लिप कहाँ से उठा लाई है ? दुपट्टा गुलाबी रंग का, क्लिप हरे रंग के ?"

"क्यों ? अच्छे नहीं हैं ?"

"अच्छे हैं, अच्छे हैं, बड़े अच्छे हैं।" फिर सहसा ही धनराज ने अपनी पत्नी को बाँहों में भर लिया और उसे बार-बार चूमने लगा। पत्नी तो जैसे निहाल हो गई। वे क्षण सचमुच आ पहुँचे थे जिनके लिए वह बरसों से तरस रही थी। धन्ना उसे कभी गालों पर, कभी गले पर कभी छाती पर चूमता रहा। पर जिस तरह, झटके के साथ उसने पत्नी को बाँहों में भर लिया था, उसी तरह झटके के साथ वह उससे अलग भी हो गया। थुलथुल के शरीर में से उठनेवाली भीनी-भीनी महक ने उसे विचलित कर दिया था, वही महक जिससे वह बरसों पहले विचलित हुआ करता था।

"बरसों बीत गए, आपने एक ख़त भी नहीं लिखा।" थुलथुल ने धनराज की छाती पर सिर रखते हुए और दाएँ कंधे पर अपना मांसल हाथ रखते हुए कहा।

"तुम्हें ख़त क्या लिखता। अंग्रेज़ी तुम नहीं जानतीं, और हिंदी मैं नहीं जानता।"

"सुख-संदेश तो भेज सकते थे ?"

"वह तो भेजता ही रहता था।"

"मुझे अंग्रेज़ी में ही चिट्ठी भेज देते। मैं किसी से पढ़वा लेती। कुंतो पढ़कर बता देती। आपने तो मेरी खोज-खबर ही नहीं ली।"

"तुम तो घर-परिवार में मज़े से रहती थीं, अकेला तो वहाँ पर मैं था।"

"क्यों, बड़े दोस्त-यार रहे होंगे ?"

"दोस्त-यार तो थे, पर सगे-संबंधी तो नहीं थे।"

थुलथुल चुप रही। उसे पति के साथ सटकर खड़ा होना बड़ा अच्छा लग रहा था।

"अब तो कहीं नहीं जाओगे ना ?" उसने लाड़-सा करते हुए कहा, "अब मैं कहीं नहीं जाने दूँगी। बहुत हो गया · · ·" और वह कहते-कहते रो पड़ी। "आप क्या जानो अकेले रहना क्या होता है · · ·"

धनराज ने पत्नी के प्रति अपनी सद्भावना व्यक्त करते हुए उसके सिर को चूम लिया और उसकी पीठ सहलाने लगा।

"अब कहाँ जाऊँगा, अब तो लौट आया हूँ।" फिर धीरे से उसका हाथ अपने कंधे पर से हटाते हुए बोला, "मैं सामान खोलकर सब चीज़ों को अपनी-अपनी जगह पर रख देना चाहता हूँ। मैं चाहता हूँ जितनी जल्दी हो सके, मैं बाकायदा यहाँ रहने लगूँ। मुझे बिखरा हुआ सामान अच्छा नहीं लगता। चलो, आओ, मेरी मदद करो।"

दोनों सामान खोलने लगे। बड़े ट्रंक के नीचे पहिए लगे थे, और जिसे वह धातु का बना, भारी-भरकम ट्रंक समझ रही थी, वह हल्का-फुल्का-सा निकला। पहियों के बल, झट से धनराज उसे एक ओर पिछली दीवार के पास ले गया और खोलने पर उसमें से किसी की लाश नहीं निकली, न ही कोई आदमी लेटा हुआ था। वह ट्रंक अपने में एक छोटी-सी आलमारी थी। ज़मीन पर लेटी रहे तो ट्रंक था, खड़ा कर दो तो आलमारी बन जाती थी जिसमें धनराज के सूट टंगे हुए थे।

"इस तरह कपड़े मुचड़ते नहीं।" वह बोला।

"वाह जी, क्या इसीलिए इतना बड़ा ट्रंक उठा लाए हो ? सूट मुचड़ जाते तो मैं उन्हें लोहा कर देती। पहले इस्त्री नहीं किया करती थी ?"

शेष बक्से भी खोल दिए गए। एक बक्से में डाक्टरी की बड़ी-बड़ी किताबें थीं। उस बक्से को तो धनराज ने खोला ही नहीं। "इन्हें नीचे डाक्टरी कमरे में रखेंगे", वह बोला। एक और बक्से में प्रसाधन का सामान था। धनराज एक-एक करके बोतलें, शीशियाँ, मुँह पर लगानेवाली क्रीमों के जार, सिर पर लगानेवाला खुशबूदार तेल आदि उठा-उठाकर ड्रेसिंग टेबुल पर रखे जा रहा था। थुलथुल को प्रसाधन का सामान बहुत रोचक लगा। धन्ना रखता जाता और यह उठा-उठाकर उनका ढक्कन खोल-खोल उन्हें सूँघती जाती, उसकी खुशबू का मज़ा लेती जाती।

"ऐ जी, क्या यह सब मेरे लिए लाए हो ? यह सब तो औरतें ही लगाती हैं।"

"यह सब तेरे लिए ही तो है।" धनराज बोला।

"झूठ नहीं बोलो जी, यह सब तुम अपने लिए लाए हो। पहले भी, जब तुम यहाँ पर थे तो इत्र-फुलेल लगाते थे।"

एक बक्से में तोहफ़े थे, घरवालों के लिए, दोस्तों के लिए। उसने उसे खोला।

"बताऊँ तुम्हारे लिए क्या लाया हूँ ?" और वह एक भड़कीले रंग का फूलदार गाऊन निकाल लाया और उसके साथ ही चमड़े का किरमची रंग का एक बैग भी।

"तुम्हारे लिए यह लाया हूँ।"

थुलथुल ने गाऊन को अलट-पलटकर देखा, "यह क्या है जी ?"

"इसे औरतें घर पर पहनती हैं। रेशमी है। पहनकर देखो, तुम्हें फबेगा।"

थुलथुल हँस दी।

"इसे मैं घर पर पहनूँगी जी ?" फिर खिलखिलाकर हँसने लगी, "इस जैसे दो-तीन और भी ले आते, अपनी भाभियों के लिए, तो हम सब उन्हें पहिनकर आँगन में नाचतीं ··· क्या वहाँ पर औरतें यही पहनती हैं ? सलवार-कमीज़ नहीं पहनतीं ?"

भड़कीले गाऊन को अलट-पलटकर थुलथुल अभी भी देखे और हँसे जा रही थी।

"और यह क्या है ? यह तो बड़ा अच्छा है। चमड़े का बैग है ना ? कपड़ा-लत्ता डालने के लिए बड़ा अच्छा है।"

देर तक धनराज बक्सों से चीज़ें निकालता और उन्हें कहीं-न-कहीं सँभाल-सजाकर रखता रहा। प्रोफ़ेसर भइया के लिए फ़ाउंटेन पैन लाया था, वकील भाई के लिए सूट का कपड़ा, किसी के लिए कुछ, किसी के लिए कुछ, यहाँ तक कि घर के बच्चों को भी नहीं भूला था।

एक बक्से से उसने फ़र्श पर बिछानेवाला 'ड्रगेट' निकाला। काले और सफेद रंगों में बुना बड़ा खूबसूरत-सा कालीन था, उसे बिछाने से कमरे का रूप निखर आया।

"यह तो बहुत बढ़िया है। शौकीन तो आप पहले से ही थे जी, पर सुनो जी, घर में और लोगों के कमरों में तो ऐसे बिछावन नहीं हैं, उन्हें बुरा तो नहीं लगेगा ?"

"इसमें बुरा लगने की क्या बात है ? उनका मन आए तो वे भी बिछाएँ।"

"वाह जी", और वह झुककर कालीन पर हाथ फेरने लगी, "बड़ा नर्म है जी, बड़ा सुंदर है।"

इस बीच धनराज एक खुले बक्से के सामने ठिठका खड़ा था। कुछ देर तक वह असमंजस में खड़ा रहा, मानो किसी बात का निश्चय नहीं कर पा रहा हो। पर फिर उसने बक्से में हाथ डाल दिया और फ्रेम में जड़ी एक तस्वीर निकाल लाया और उसे अपने पलँग के पास रखी तिपाई पर सजाकर रख दिया।

तस्वीर एक युवती की थी। तिपाई पर रखने से पहले धनराज ने उसे रेशमी रूमाल से अच्छी तरह लपेटा हुआ था। तस्वीर का फ्रेम किसी झिलमिलाती सफेद धातु का था।

"यह क्या है जी ?" कहती हुई थुलथुल उठकर पास आ गई, और उसकी आँखें फ्रेम में जड़ी तस्वीर पर लग गईं। "यह कौन है, जी ?" उसने कहा।

"यह एक डाक्टरनी है। मेरे साथ पढ़ती थी, बाद में एक ही अस्पताल में हम दोनों एक साथ काम भी करते थे। इसके साथ अच्छी जान-पहचान हो गई थी।"

थुलथुल चुप रही। छोटी तिरछी आँखों और उभरे गालोंवाली युवती थी। उसने भी वैसी ही पोशाक पहन रखी थी जैसे एक अलग तस्वीर में उसके पति धनराज ने पहन रखी थी, सिर पर काले रंग की तिकोन टोपी, नीचे काले रंग का गाऊन जिसके फीते कंधों के आर-पार लटक रहे थे।

"यह भी डाक्टर है। बहुत पढ़ी-लिखी है।"

"ब्याही हुई है ?" थुलथुल ने पूछा।

नारी-हृदय से जैसे अपने-आप ही सवाल मुँह पर आ गया था।

धनराज क्षण-भर के लिए चुप रहा, फिर कंधे बिचकाकर बोला, "इसकी शादी

जल्दी ही होनेवाली है।" थुलथुल अभी भी बड़े ध्यान से तस्वीर को देखे जा रही थी।

"क्या वहाँ की स्त्रियों के चेहरे ऐसे ही होते हैं—तिरछी आँखें, उभरे हुए गाल? साँवली है या गोरी ?"

"न बहुत साँवली है, न गोरी", कहते हुए धनराज बक्से की ओर बढ़ गया और उसमें से और सामान निकालने लगा।

थुलथुल देर तक उस चित्र को देखती रही।

"चलो, आओ, इन खाली बक्सों को ठिकाने पर लगा दें। आओ, मेरी मदद करो !"

तरह-तरह के सवाल, उस चित्र को लेकर, थुलथुल के मन में उठने लगे थे। पर जैसे उन सवालों के भी आधे-अधूरे जवाब उसे अपने अंदर से ही मिल रहे थे, और वह शिथिल-सा महसूस करने लगी थी।

9

छत पर बनी, छोटी-सी बरसाती के बाहर, बालिश्त-भर जगह रही होगी जहाँ धूप आती थी। धूप के इस छोटे से तिकोन में, एक खाट पर जयदेव और उसका छोटा भाई बैठे ठिठुर रहे थे और बतिया रहे थे।

अभी तक विवाह दोनों के लिए एक रहस्य-सा बना रहा था, पर अब जयदेव इस रहस्य की परतें खोल रहा था।

"सेक्स से बड़ी शांति मिलती है", वह भाई से कह रहा था। "अंदर की सारी छटपटाहट शांत हो जाती है। मुझे मालूम नहीं था इससे इतना सुकून मिलता है।"

सहदेव, अपने बड़े भाई की ओर यों देख रहा था मानो जयदेव किसी नीलम देश की सैर करके लौटा हो, जो स्वयं छोटे के लिए कल्पनातीत था। जयदेव की आँखों में सहज-सी चमक थी और सुबह की ठिठुरन के बावजूद उसके गालों पर लाली फैली थी।

"इस जैसा कोई दूसरा अनुभव नहीं है। इसमें इतनी तीव्रता है, साथ ही इतनी स्निग्धता है, तुम्हें क्या बताऊँ!"

छोटे को लग रहा था जैसे उसके बड़े भाई के जीवन में कोई चमत्कार घट गया हो और वह अभी भी अभिभूत-सा, उसके जादू के घेरे में खोया हुआ हो।

"यह केवल शरीर का अनुभव नहीं है, इसे तुम्हारा रोम-रोम अनुभव करता है, तुम्हारा समूचा अस्तित्व अनुभव करता है। इसमें उन्माद है, पर इस उन्माद का अनुभव तुम्हारी आत्मा करती है, यह एक आध्यात्मिक अनुभव है", वह कहे जा रहा था। फिर वह अपनी दोनों बाँहें फैलाकर कहने लगा, "जैसे किसी झील की सतह पर, झील की लहरें तुम्हें जैसे आलिंगन में भरे हुए हैं, तुम उनमें डूबते-उतराते रहते हो। कुछ-कुछ वैसा ही महसूस होता है। अपार सुख मिलता है।"

जयदेव की हर बात अनूठी होती थी। उसे किसी भी बात की चर्चा करने में संकोच नहीं होता था।

"औरत के जिस्म से महक फूटती है। मुझे मालूम नहीं था। उसके अंग-अंग से, उसके रोम-रोम से", वह कह रहा था। "याद है, जब हम लोग पहाड़ पर घूमने जाते थे तो जंगली गुलाब की महक चारों ओर फैली रहती थी, पर पता नहीं चलता

था कि कहाँ से खुशबू आ रही है। पर उसकी महक हवा में फैली होती थी।"

जयदेव की आँखें अभी भी सराबोर-सी लग रही थीं, लग रहा था जैसे वह किसी अपूर्व फुलवाड़ी में से घूमकर लौट रहा हो, जहाँ चारों ओर फूल ही फूल खिले थे। "अपार शांति का अनुभव होता है। लगता है हर चीज़ अपनी जगह पर आ गई है, जीवन में कुछ भी नहीं जिसमें उच्छृंखलता हो, अटपटापन हो, बेतुकापन हो ··· तू क्या सोचता है, दुनिया में सबसे खूबसूरत चीज़ क्या है ?"

छोटा तनिक चौंका, फिर सोच में पड़ गया कि क्या जवाब दे।

"प्रकृति ? सूर्यास्त ? सूर्योदय ? तारों-भरा आकाश ? ठाठें मारता समुद्र ? दुनिया में क्या सबसे सुन्दर है ?" जयदेव कह रहा था। फिर जयदेव गहरी आस्था के साथ बोला, "सबसे सुंदर स्त्री ही है।—संसार में स्त्री नहीं हो तो संसार कितना सूना-सूना लगेगा, उसके सब रंग कितने फीके-फीके लगेंगे। क्यों ? क्या मैंने गलत कहा है ?" फिर वह जैसे अपने-आपसे बातें करता हुआ कहने लगा, "किसी कमरे में, जहाँ बहुत-से मर्द बैठे हों, कोई स्त्री आ जाए तो जैसे सारा वातावरण खिल उठता है। बड़ा अपनापन-सा लगने लगता है। मुझे तो ऐसा ही लगता है। बड़ी स्निग्धता-सी आ जाती है ··· याद है जब हम लोग, बुनकरों के उस गाँव में गए थे, और एक अँधेरी-सी कोठरी में जा बैठे थे जहाँ तीन काले-कलूटे आदमी खड्डियों पर कपड़ा बुन रहे थे। खड्डियों की खटखट और अँधेरा और तीन काले-कलूटे आदमी। फिर सहसा वहाँ उन्हीं में से किसी की औरत आ गई थी—लाल लाँगड़वाली साड़ी पहने, छरहरे-से बदन की। हँसती हुई अंदर आई थी और उसके आते ही कोठरी का सारा वातावरण बदल गया था। वातावरण का सारा रुखड़ापन दूर हो गया था। कितना अच्छा लगने लगा था। हालाँकि वह स्त्री भी कोई सुंदरी नहीं थी।"

सूर्य ऊपर उठ आया था। धुंध छँटने लगी थी और ठिठुरन में गरमाइश-सी घुलने लगी थी।

"तुम्हें प्रोफ़ेस्साब मिले थे ?" जयदेव ने सहसा पूछा।

"नहीं तो। कल तो सारा दिन मैं घर पर ही रहा। बहुत-सा काम पड़ा था ··· "

जयदेव अपने छोटे भाई की ओर बड़े स्नेह और आत्मीयता से देख रहा था। अपनी बाँह उसके कंधे पर डालते हुए बोला, "तुम्हें बहुत काम करना पड़ा है ना ? कोई ज़रूरत नहीं थी मेहमानों की इतनी ज़्यादा देख-भाल करने की। वे अपने ही तो लोग थे।"

"ब्याह-शादी के मौके पर तो काम होता ही है।"

जयदेव के ब्याह पर बहुत लोग आए थे। अनेक मित्र-संबंधी अन्य नगरों से भी आए थे। घर में बड़ी गहमागहमी रही थी। उनकी देखरेख में छोटा भाई सारा वक़्त जुटा रहा था। एक लद्‌दू बैल की तरह सामान जुटाता रहा था और साथ ही साथ अपने भाई के भावी दांपत्य जीवन के लिए प्रार्थना के शब्द भी बुदबुदाता रहा था।

इसी में इतनी देर हो गई थी कि घर से बारात निकल गई थी।

तभी माँ ने पुकारा था, "वाह जी, अच्छा काम करते हो, तुम! भाई तुम्हारा तुम्हें ढूँढ़ता रहा। बारात निकल गई तब घर आए हो? आज के दिन भी कोई काम ढंग से नहीं करोगे!"

फिर वह रिमझिम बारिश में सड़क पर भागता हुआ बारात को पकड़ पाने के लिए निकल पड़ा था। वह फिर से भावुक हो उठा था। विवाह के बाद तो भाई उससे दूर होने लगेगा। वह अपने जीवन के नए चरण में प्रवेश करेगा, उससे वह बिछड़कर अलग हो जाएगा। शादी के पहले के ये बचे-खुचे क्षण तो उसे भाई के साथ ही बिताने चाहिए थे। सड़क पर भागते हुए उसे मन-ही-मन खीझ भी उठ रही थी।

वह बराबर दौड़ता हुआ आगे बढ़ता जा रहा था और उस सजी-धजी मोटरकार तक पहुँच जाना चाहता था जिसमें जयदेव सेहरा बाँधे बैठा था।

सड़क पर यों भागते हुए भी उसे इस बात का ध्यान नहीं आया कि वह बड़ी फूहड़ बात कर रहा है। उसे किसी एक गाड़ी में बैठ जाना चाहिए था। यह कैसा बचपना हुआ कि ज़रूर अपने दूल्हे भाई की बगल में ही उसे बैठना है। उसे अन्य बरातियों की तरह ही हमेशा हँसना-चहकना और विवाह का आनंद लेना चाहिए था, छुट्टी का-सा मज़ा लेना चाहिए था। यह उसके मन पर कैसी धुन सवार हो गई थी कि उसे भाई के साथ सटकर ही बैठना है, कि भाई के साथ बिताया जानेवाला यह आख़िरी दिन है, कि कल से भाई पराया हो जाएगा, अलग रास्ते पर जाने लगेगा, इन गिने-चुने क्षणों में वह उसके साथ नहीं रहेगा तो कब रहेगा?

बारात समधियों के घर तक जा पहुँची थी जब वह हाँफता हुआ उस सजी-धजी कार के बाहर खड़ा था जिसमें जयदेव बैठा था। बाराती मोटरों से निकल-निकलकर पंडाल के सिरे पर इकट्ठा हो रहे थे। उसने मोटर के अंदर झाँककर देखा। बच्चे, पान चबाते, कार के अंदर जमकर बैठे थे। उसकी नज़र सुषमा पर भी पड़ी, वह भी पिछली सीट पर भाई के साथ बैठी थी जिसे देखकर सहदेव तनिक चौंका था।

"तू कहाँ था इतनी देर?" भाई ने उसे बाहर खड़ा देखकर, चेहरे के सामने लटकते सेहरे में से पुकारकर कहा, "मैं तुम्हें बार-बार बुलाता रहा!"

"मुझे छोटा-सा काम पड़ गया था", वह बोला। इससे ज़्यादा वह कुछ कहना भी नहीं चाहता था। (कहता भी क्या, कि तीन ताले ख़रीदने के लिए बाज़ार चला गया था।)

"अब बाहर ही खड़ा रह, तेरी यही सज़ा है!"

पर छोटे को भाई का यह वाक्य भी बुरा नहीं लगा था। उसकी आवाज़ में अभी भी अपनेपन की गूँज थी। मेरे प्रति उसके स्नेह में कोई अंतर नहीं आया। समधियों के घर के बाहर बारात सजने लगी थी। बैंडबाजा पूरे जोबन पर था, इस पर बारातियों की लहराती केसरी पगड़ियाँ ...

बरसाती के बाहर बालिश्त-भर की जगह में बैठे दोनों भाई अभी भी बतिया रहे थे। जयदेव की आँखों में अभी भी सरूर था। रात का खुमार था, अलसाया-सा खुमार, जैसे कोई व्यक्ति किसी गहरे भावनात्मक अनुभव से निकलकर आया हो। पहली बार जयदेव ऐंठ नहीं रहा था, किसी की मूँछ नहीं उखाड़ रहा था, किसी वलवले में आकाश-पाताल के कोलाबे नहीं मिला रहा था, न ही नए-नए मनसूबे बाँध रहा था, जैसाकि उसका स्वभाव था, न ही किसी जोखिम-भरे काम में कूद जाने के लिए 'अपने पंख तौल रहा था'। इसके विपरीत, अपने पहले सेक्स अनुभव से अभिभूत, वह जीवन के प्रति कृतज्ञ-कृतज्ञ-सा महसूस कर रहा था, जैसे उसके जीवन में कोई चमत्कार घट गया हो।

उसी समय बरसाती के अंदर कुंतो खाट पर बैठी अपनी फुफेरी बहिन तृप्ति के साथ बतिया रही थी जो सुबह-सुबह ही उससे मिलने आ गई थी। दोनों बचपन की सहेलियाँ थीं। यह सोचकर कि कुंतो ससुराल में अकेली होगी, वह सुबह-सवेरे ही भागती चली आई थी। देर से बैठी तरह-तरह की ठिठोलियाँ कर रही थीं ताकि कुंतो ससुराल में निपट अकेली महसूस न करे। अपनी किसी सहेली की सुहागरात की चर्चा करते हुए तृप्ति कह रही थी, "और तो सब ठीक था पर उसका घरवाला काला बहुत था, काला-कलूटा, दैत का दैत। शादी से पहले वह बार-बार मुझसे कहे, तृप्ति सभी कहते हैं, वह काला बहुत है। मैं क्या करूँगी ?" और कहते हुए तृप्ति ठहाका मारकर हँस दी। 'मैंने उससे कहा, 'तुम्हें गले से लगाए तो तू समझना भूत चिपट गया है। और क्या ? पहले से मन में धार ले तो डर नहीं लगेगा'।" फिर हँसकर कुंतो से बोली, "तुम्हें भी भूत चिपट गया था ?"

"हाय, नहीं तो !" कुंतो के मुँह से निकला और कहते हुए उसका चेहरा लाल हो गया और वह बड़ी निश्छल, भोली-भाली आँखों से तृप्ति के चेहरे की ओर देखने लगी।

"वाह जी, अभी से बड़ी हाय-हाय करने लगी है। पर तुम्हें क्यों भूत चिपटेगा? तुम्हें तो राजकुमार मिला है।"

खाट पर बैठी, घुटने पर ठुड्डी रखे, कुंतो उनींदी-सी हो रही थी, उसे लग रहा था कि जो भी सुनाई पड़ रहा है, वह दूर, कहीं बहुत दूर से आ रहा है। उसे लग रहा था जैसे सपना देख रही है। नए-नए लोग उसके आस-पास घूम रहे थे, अपरिचित चेहरे, अपरिचित आवाज़ें। पिछले दिन कभी एक तो कभी दूसरी स्त्री उसके सिर पर से पल्ला उठाकर अपने दोनों हाथों में उसका चेहरा थाम लेती, "कैसा चाँद-सा मुखड़ा पाया है !" और उसे सिर पर चूम लेती, उसकी झोली में 'मुँह-दिखाई' के रुपए डाल जाती, पर कुंतो को सभी चेहरे बड़े अटपटे, कुछ-कुछ डरावने-से लगते रहे थे। किसी बुढ़िया के मुँह से लार टपक जाती, किसी के चेहरे पर झुर्रियों का जाल बिछा होता, किसी का पोपला मुँह बोलते

हुए फुसफुसाकर रह जाता। जयदेव की बड़ी बहिन, विद्या देर तक उसके पास बैठी रही थी। बड़े स्नेह से अपनी बाँह उसके कंधों पर डाले रही थी और उसके रहते कुंतो को बड़ा ढाढ़स-सा महसूस होता रहा था, पर फिर वह उठकर चली गई थी और उसके बाद नज़र ही नहीं आई थी। जितनी देर वह उसके पास बैठी रही थी, कुंतो को लगता रहा था जैसे वह किसी ठोस आधार पर खड़ी है, पर उसके चले जाने के बाद, सब हिलता-हिलता, अनिश्चित-सा लगने लगा था। जब वह घबरा जाती तो वह मन-ही-मन कहती, पर यह घर तो जयदेव का ही है, मैं उसी के घर में आई हूँ। ये स्त्रियाँ उसी के रिश्ते की हैं और मन-ही-मन कहते हुए उसे फिर से स्थिर आधार का भास होने लगता।

"तू तो यहाँ किसी को भी नहीं जानती। हाँ, विद्या बहिनजी को जानती है, पर उन्हें तो आज चले जाना था। और तो किसी को नहीं जानती।" फिर कुंतो को आलिंगन में भरती हुई बोली, "इसीलिए मैं तेरे पास भागती हुई चली आई। मैंने सोचा, न गई तो वह खाट पर बैठी बिसूर रही होगी", और कहते हुए हँस दी।

"मैं क्यों रोऊँगी ?" कुंतो ने कहा। फिर धीरे से बोली, "यह घर तो उसी का है ना, और घर के लोग भी तो उसी के नाती-संबंधी हैं ना। उसी का घर तो अब मेरा भी घर है ना !"

इस पर तृप्ति चहक उठी, "हाय-हाय, एक रात में ही हमारी कुंतो पर जादू हो गया", और कुंतो की ठुड्डी पकड़कर बोली, "एक दिन में ही बदल गई ? यह सब कैसे हो गया ? तेरा हाथ अपने हाथों में पकड़कर कहता होगा, 'छोटी-सी कबूतरी मेरे हाथ में आ गई है।' कहता था न ?" पर कुंतो का मन नहीं हो रहा था कि वह अपने रात के अनुभव के बारे में कुछ भी बताए, मानो उसकी याद वह अपने अंदर सुरक्षित रखना चाहती थी।

यों भी, जबसे कुंतो इस घर में आई थी, वह मन-ही-मन आश्वस्त-सी महसूस करती रही थी, जैसे अपनी मंज़िल पर पहुँच गई हो, जैसे उसका सपना साकार हो गया हो। जैसे गुरु महाराज ने उसकी साध पूरी कर दी हो।

गत रात जब जयदेव कमरे में आया था, तो निराले में उसे पहली बार अपने सामने खड़े देखकर कुंतो को रोमांच-सा हो आया था। एक पति के रूप में वह उसके सामने प्रगट होगा, इसकी कल्पना तो उसने बहुत बार की थी, पर वह कल्पना सचमुच यथार्थ में बदल जाएगी, ऐसे यथार्थ का उसने अनुमान नहीं किया था।

वह खाट के पायताने बैठ गया था, "कुछ खाया-पिया ? चाय पिओगी ? हमारे घर में तो सभी दूध पीते हैं। नहीं सच, कुछ पिओगी ?"

कुंतो ने नज़रें ऊपर उठाई थीं और सिर हिला दिया था।

"साक्षात मेरे सामने बैठी हो।" फिर पायताने पर ही करवट बदलकर बैठते हुए

बोला, "जानती हो, मैंने पहली बार तुम्हें कब देखा था ?"

कुंतो ने फिर नज़रें ऊपर उठाईं, "मैंने तुम्हें पहली बार तब देखा था जब तुम स्कूल की दीवार फाँद रही थीं। तुमने बड़े-बड़े बूट पहन रखे थे। ठीक है ना ?"

कुंतो का चेहरा और भी ज़्यादा लाल हो गया और उसके होंठों से हँसी फूट पड़ी, 'मैं रोज़ ऐसा थोड़े करती थी, कभी देर हो जाए और फाटक बंद हो जाए तो दीवार फाँदकर अंदर जाती थी। और लड़कियाँ भी तो ऐसा ही करती थीं।"

"मैंने तुम्हें झट से पहचान लिया। मैं समझ गया यही प्रोफ़ेस्साब की छोटी बहिन होगी।··· कुछ तुम्हारे चेहरे से, कुछ तुम्हारे बड़े-बड़े बूटों से !"

कुंतो को लगा जैसे उसके बूटों को लेकर जयदेव उसका मज़ाक उड़ा रहा है। पर जयदेव झट से बोला, "प्रोफ़ेस्साब ने मुझे तुम्हारे बूटों के बारे में बता दिया था ··· "

अबकी बार कुंतो की आँखें देर तक जयदेव के चेहरे पर लगी रहीं। फिर वह अपने-आप ही कहने लगी, 'मैंने तुम्हें पहली बार दरवाज़े के छिद्रों में से देखा था तुम हमारे घर के आँगन में प्रोफ़ेसर भइया के साथ बैठे थे", कहते हुए अपने-आप ही कुंतो की जुबान खुलने लगी, "कैसे ऊटपटाँग कपड़े पहने थे तुम ? कुर्ता-पाजामा और सिर पर गोल टोपी।··· पर मुझे बड़े अच्छे लगे थे, गोरे-गोरे, भोले-भाले", कहते हुए कुंतो को सिर से पाँव तक पुलकन-सी हुई।

"मैं एक नाटक खेलने जा रहा हूँ। तुम्हें भी उसमें पार्ट दूँगा। खेलोगी ना ?"

"मैंने नाटक में कभी भी भाग नहीं लिया।··· पर तुम कहोगे तो खेलूँगी। कैसा नाटक है ?" कहते हुए कुंतो सोच में पड़ गई, "क्या मालूम प्रोफ़ेसर भइया इजाज़त देंगे या नहीं। यहाँ लड़कियाँ नाटकों में पार्ट तो नहीं करतीं ना।" पर फिर सहसा उसके चेहरे पर लाली दौड़ गई, "पर अब मैं उनसे पूछने थोड़े जाऊँगी। अब तो जैसा तुम कहोगे वैसा करूँगी।"

फिर सहसा वह पूछ बैठी, "क्या तुमने ही सुषमा की सगाई रुकवा दी थी ?"

इस सवाल पर जयदेव तनिक चौंक गया, "तुम्हें कैसे मालूम है ? हाँ, मैंने रुकवाई थी। मैंने और मेरे भाई ने। वे लोग सुषमा से बिना पूछे, बिना कुछ जाने उसकी सगाई करने जा रहे थे।··· पर तुम्हें यह कैसे मालूम है ?"

"हमारे घर में बड़ी बहस होती थी। मैं सारी बात छिपकर सुनती रहती थी। मुझे सब मालूम है।··· क्या किसी दूसरी जगह अब उसकी सगाई हो गई है ?"

"नहीं तो।"

इस पर कुंतो सहसा बोली, "अब मैं सुषमा की सगाई करवाऊँगी। मैं उसके

लिए लड़का ढूँढूँगी। हम दोनों लड़का ढूँढेंगे।"

जयदेव को अच्छा लगा। उसे कुंतो का खुलापन, उसकी आत्मीयता, उसका हँसमुख स्वभाव बड़े अच्छे लगे।

देर तक वे बतियाते रहे थे। जयदेव उसे नाटक की कहानी सुनाता रहा, और कुंतो उसे अपने घर के लोगों के बारे में बताती रही, और बीच-बीच में तरह-तरह के चुटकुले और तरह-तरह की टिप्पणियाँ चलती रहीं। कुंतो आँखें उठाकर उसकी ओर देखती, फिर पलकें झुका लेती। उसकी साँस धौंकनी की तरह चलने लगी थी, पर जयदेव को अपने निकट पाकर उसे अपार तृप्ति का भास होने लगा था। और जब जयदेव ने साहस करके अपनी दोनों बाँहें उसके गले में डाल दीं तो उसे हल्की-सी कँपकँपी हुई, पर उसने अपना सिर जयदेव के कंधे पर रख दिया, और एक लंबी ठंडी साँस ली। दोनों का सामीप्य उत्तरोत्तर गहरा रहा था।

10

जयदेव, अपनी समस्या को लेकर प्रोफ़ेस्साब से उस दिन मिला था जिस दिन उनके अपने घर में, सिंगापुरवाली प्रेमिका को लेकर एक कांड उठ खड़ा हुआ था।

धनराज जबसे सिंगापुर से लौटा था, यहाँ पर उसे कुछ भी रास नहीं आ रहा था। शुरू-शुरू के दिनों में बड़ा उछाह था, भाइयों से मिलने का, पुराने संगी-साथियों से बग़लगीर होने का, पुरानी यादें ताज़ा करने का, घर के छोटे-बड़े विभिन्न कमरों को फिर से देख पाने का, जिनमें वह खेल बड़ा हुआ था। पर घर लौटने का उत्साह शीघ्र ही ठंडा पड़ने लगा था, घरवालों का रहन-सहन बोसीदा लगने लगा था और सिंगापुर की याद सताने लगी थी। घर के रहन-सहन में कुछ भी तो नहीं बदला था। दिन-भर घर में शोर मचा रहता था और इस शोर को ही ये लोग अपने साँझे पारिवारिक जीवन का अमूल्य अंग मानते थे। जिस किसी का मन चाहता, जब भी मन चाहता, दूसरे के कमरे में आ धमकता, यहाँ पर कोई 'प्राइवेसी' नहीं थी। परिवार का कोई भी आदमी दरवाज़ा खटखटाने तक की तकलीफ़ गवारा नहीं करता था। सिंगापुर-निवास के दिनों में जब भी घर के लोग याद आते थे तो यही बात अच्छी लगा करती थी, इसमें बड़ा अपनापन लगा करता था कि सभी लोग मिलकर साँझा जीवन बिताते हैं। पर अब, कुछ ही दिन बाद, यही बात अखरने लगी थी। किसी बात में भी कोई करीना, कोई बाँकपन नहीं था। किसी काम में वक़्त की पाबंदी नहीं थी। क़ोई भी, किसी वक़्त, चिल्लाकर तुम्हें कमरे से बुला लेता था। किसी बात में भी नफ़ासत नहीं थी, सिवाय इस बात के कि बाहर जाते समय सभी बन-सँवरकर जाते थे। घर में धमाचौकड़ी मची रहती थी, विशेषकर शाम के वक़्त जब भाइयों की टोली अपने-अपने काम से फ़ारिग़ हो चुकी होती थी।

धनराज ने सिंगापुर से लौटने के फ़ौरन बाद अपनी दिनचर्या बदलना शुरू कर दी थी। अपना कमरा अंदर से बंद रखने लगा था। जिसे अंदर आना हो, बाहर से दरवाज़ा खटखटाए। यह नहीं कि दरवाज़े को पैर की ठोकर लगाए और धमकता हुआ अंदर घुस आए जैसे वकील भाई किया करता था। किसी भी कमरे में फ़र्श पर दरी नहीं बिछी थी, कहीं कोई ड्रेसिंग टेबुल नहीं था। धनराज ने लौटने के कुछ

ही दिन बाद, अपने कमरे के फ़र्श पर सफेद और भूरे रंगों का एक ड्रगेट बिछवा दिया था। धनराज कमरे से बाहर निकलता तो ड्रेसिंग गाउन पहनकर। कमरे के अंदर गोल शीशेवाली एक तिपाई पर उसने प्रसाधन की अनेक छोटी-बड़ी शीशियाँ टिका दी थीं। सिंगापुर में यही चलन था, कम-से-कम डाक्टरी अस्पताल की उस बस्ती में।

यहाँ, घर में कोई खानेवाला मेज़ नहीं था। खाने के वक़्त, कोई भाई खाट पर पालथी मारकर बैठ जाता, कोई अपने सामने छोटी-सी तिपाई रखवा लेता। घर का एकमात्र नौकर भाग-भागकर कभी उनके हाथ धुलाता, कभी थालियाँ उनके सामने रखता, प्रोफ़ेस्साब के तो वह जूते भी उतरवाता और पैरों की उँगलियाँ भी दबाता-फोड़ता था।

"बीवी ! फुलका !" कोई भाई चिल्लाकर कहता, और नौकर, थोड़ी देर बाद, गर्म-गर्म फुलका अपनी हथेलियों-उँगलियों पर नचाता हुआ सारा आँगन लाँघकर, थाली में डालता। थाली परोसने का अभी भी चलन था, और इस पंजाबी घर में, खाते समय, चपाती दोनों हाथ से तोड़ी जाती थी। सभी खाना खाते समय उँगलियाँ चाटते थे।

सिंगापुर से लौटने के कुछ दिन बाद तक तो धनराज गद्गद होता रहा था। भाइयों के बीच पाए जानेवाले खुलेपन और आत्मीयता को देखकर उसका दिल भर-भर आया था।

पर अब घर का पुराना रहन-सहन उसे रास नहीं बैठ रहा था। धीरे-धीरे सिंगापुर बार-बार याद आने लगा था। वहाँ बेफ़िक्री थी, हर काम में व्यवस्था थी, बँधा-बँधाया व्यवस्थित जीवन था। एक तरह का करीना था। किसी की आँखें तुम्हें झरोखों में से ताकती नहीं थीं, यह देखने के लिए कि तुम क्या कर रहे हो। यहाँ पर तो चौबीसों घंटे घरवालों की आँखें तुम पर लगी रहती थीं।

पर, सबसे बड़ी बात, वहाँ पर मोना थी, वही जिसकी फ्रेम में मढ़ी तस्वीर उसने अपने कमरे में गोल तिपाई पर रख छोड़ी थी। मोना, अपनी ऊँची एड़ी का सैंडल पटपटाती, कभी-कभी सीधा कमरे में चली आती थी, अपनी महक लिए हुए। कहीं भी जाने-आने की रोक-रुकावट नहीं थी। मोना आज़ाद विचारों की थी। कमरे में कदम रखते ही सीधा बग़लगीर हो जाती थी। कहीं कोई झिझक या शर्म या बंदिश उसके मन में नहीं थी। वह बार-बार याद आने लगी थी। कभी-कभी तो उसे याद करते हुए मन छटपटाने लगता था।

कहाँ मोना थी और कहाँ उसकी थुलथुल पत्नी, जिसे वह सात बरस पहले, ब्याह के दो बरस बाद छोड़ गया था। उससे मिलकर तो पहले दिन ही उसके मन में टीस-सी उठी थी। वह और भी ज़्यादा मुटिया गई थी, इस पर तंग माथा, और पुरानी तर्ज़ के काढ़े हुए बाल जो आधे माथे को ढँके रहते हैं, कुछ-कुछ फूले हुए गाल, हँसती तो पूरी बत्तीसी नज़र आती और आँखें फूले चेहरे में खो जाती थीं।

पहले कुछ दिन तो वह उससे भी संतुष्ट रहा था, उसने उसके छोटे-छोटे सभी काम अपने हाथ में ले लिए थे। रात के कपड़े निकालकर रखती, नहाने से पहले तौलिया-साबुन, तेल, सभी स्वयं गुसलखाने में रखकर आती, गुसलखाना धो-पोंछकर आती, शेव बनाने के लिए स्वयं गर्म पानी लेकर आती, वह शेव बनाता तो सारा वक़्त उसके पास बैठी रहती। पति के लौट आने पर वह पुलक-पुलक गई थी, जैसे उसे सर्वस्व मिल गया हो। वह सब जो उससे छिन गया था, और उसे लगने लगा था जैसे फिर कभी नहीं मिलेगा।

पर धीरे-धीरे, इससे भी धनराज को ऊब उठने लगी थी। मोना की बात ही कुछ और थी। वह पास में होती तो उसकी काम-वासना को हल्की-हल्की थपकियाँ मिलती रहती थीं। मोना का साँवला चेहरा, चुभती तिरछी आँखें, बलखाता छरहरा शरीर—उसकी तस्वीर को देखकर वकील भाई ने उसे 'नमकीन' की संज्ञा दी थी। उसकी याद आते ही उसके शरीर की मादक गंध उसे मानो घेर लेती और वह बेचैन हो जाता। पुराने दोस्तों के साथ बतियाते हुए वह अक्सर कहा करता कि जिस प्रकार हर देश की मिट्टी की अपनी गंध होती है, उसके पेड़-पौधों की, वनस्पतियों की, वैसे ही वहाँ की स्त्रियों के शरीर से फूटनेवाली गंध भी अपनी तरह की होती है। इस पर उसका वकील भाई अक्सर उसकी खिल्ली उड़ाया करता था, "वाह रे मेरे सिंगापुर के आशिक ! तेरी उस नमकीन की गंध कैसी थी ? केवड़े-जैसी या गुलाब-जैसी ?"

दिन तो तरह-तरह के लोगों के साथ मेल-मिलाप में बीत जाता, पर जब दिन ढलने लगता तो कभी-कभी उठते-बैठते मोना याद हो आती—उसका साँवला चेहरा, उसके छरहरे शरीर का बाँकपन, उसके शरीर पर से फिसलते-से उसके वस्त्र—तो उसका मन उचट-सा जाता। कभी-कभी तो मन ऐसा उचटता कि समझ में नहीं आता कि कहाँ जाए, क्या करे।

प्रोफ़ेस्साब को उसने अपने दिल की कैफ़ियत ऐसी ही एक शाम कह सुनाई थी। प्रोफ़ेस्साब के बार-बार लिखने-समझाने और तरह-तरह के वास्ते देने पर ही वह घर लौटा था। और प्रोफ़ेस्साब अपने स्वभावानुसार स्नेह से अपने छोटे भाई के कंधे पर हाथ रखकर, अपनी संतुलित दृष्टि के अनुरूप उसे देर तक समझाते रहे थे।

"मैं तुम्हारी स्थिति को समझता हूँ धन्ने ! मेरा बस चलता तो मैं इस जगह तुम्हारा ब्याह ही नहीं होने देता, और अगर ब्याह कर दिया गया था तो तुम्हें सिंगापुर नहीं जाने देता। पर बाबूजी के आगे मैं बोल नहीं सकता था और हमारे बुजुर्ग, परिवार देखते थे, लड़की नहीं देखते थे। उन्होंने बरसों पहले ही तुम्हारे होनेवाले ससुर को जुबान दे दी थी। तुम इक्कीस बरस के ही थे जब तुम्हारा ब्याह हो गया था। और बाबूजी की यह भी प्रबल इच्छा थी कि तुम उनकी तरह मात्र साधारण डाक्टर बनकर नहीं रह जाओ। और उन्होंने अपना यह मकान गिरवी रखकर तुम्हें सिंगापुर पढ़ने भिजवाया था। और अगर वह आज नहीं हैं तो उसका एक कारण

यह भी रहा है कि तुम भाइयों ने उन्हें बहुत इंतज़ार करवाया था। तुम्हें पाँच साल के बाद लौटना था, तुम सात साल के बाद लौटे, तब तक वह जा चुके थे। तुम्हारे बड़े भाई को तीन साल के बाद जर्मनी से लौटना था, आज तेरह साल बीत चुके हैं, वह अभी तक नहीं लौटा। उसकी घरवाली, हमारी बड़ी भावज, उसके इंतज़ार में ही बैठे-बैठे बुढ़ाने लगी है और उसकी बेटी, जो साल-भर की भी नहीं थी जब वह गया था, अब जवानी में कदम रख रही है।" इतना-भर कहने के बाद प्रोफ़ेस्साब बोले, "अगर तुम्हें मोना की याद सताने लगी है और तुम सिंगापुर लौट जाना चाहते हो तो मैं तुम्हें रोकूँगा नहीं। तुम बेशक लौट जाओ, मुझे तुम्हारी खुशी चाहिए। पर ज़रा सोचो धनराज, तुम सात साल के बाद घर लौटो और अपनी घरवाली की आँखों के सामने, जो पूरे सात साल तक तुम्हारे इंतज़ार में पलकें बिछाए बैठी रही है, अपनी प्रेमिका की तस्वीर सजाकर रख दो और कुछ दिन बीत जाने पर उसे जली-कटी भी कहने लगो तो उसके दिल पर क्या गुज़रती होगी ? उसके दिल को भी तो ठेस पहुँच सकती है। उसे इस ब्याह में क्या मिला ? छोटी-सी तो थी जब ब्याहकर हमारे घर आई थी और ब्याह के दो ही साल बाद तुम सिंगापुर चले गए थे। अगर बच्चा भी हो गया होता तो उसका दिल बहला रहता। सात साल का समय कोई कम तो नहीं होता। ···"

धनराज चुपचाप सुनता रहा था। प्रोफ़ेसर भइया से बात करो तो वह समस्या का कोई ऐसा पहलू दिखा देते थे कि अपनी शिकायत में दम ही नहीं रह जाता था। "तुम मेरे भाई हो, मेरे जिगर के टुकड़े हो, मैं तुम्हें दुखी नहीं देख सकता, पर वह भी मेरी भावज है। अपना घर छोड़कर हमारे घर में आई है। हम उसे ब्याहकर अपने घर में लाए हैं, मैं उसे भी दुखी नहीं देख सकता। हमारी आँखों के सामने उसकी ज़िंदगी धूल-मिट्टी हो जाए, मैं यह भी नहीं देख सकता।" और इससे पहले कि धनराज कुछ कहे, वह बोले, 'मैं अपनी इच्छाओं को दबाने में विश्वास नहीं रखता, पर मैं अपनी ज़िंदगी की लगाम इच्छाओं के हाथ में सौंप भी नहीं सकता ···"

वह कह रहे थे और धनराज को लगा कि प्रोफ़ेसर भइया अभी अपनी 'गोल्डन मीन' की फ़िलासफ़ी की चर्चा करने लगेंगे। "एक हद तक मैं अपनी इच्छाओं-वासनाओं को खुली छूट दूँगा, पर उससे आगे नहीं। ··· मेरे लिए शराब पीने की मनाही नहीं है, शराब पीकर लड़खड़ाते हुए घर लौटना और औंधे मुँह नालियों में गिरना, इसकी मनाही ज़रूर है, क्योंकि यह भौंडापन है। अपनी ज़िंदगी को सँवारना, उसमें खूबसूरती लाना, बाँकपन लाना, वह मेरा कर्तव्य है और वह मेरी कोशिशों से ही मुमकिन है। ···"

इसके बाद कुछ दिन तक तो धनराज आश्वस्त-सा रहा था, और पत्नी के साथ भी उसके संबंध सामान्य से ही रहे थे, बल्कि थुलथुल उसके साथ कुछ खुलने भी लगी थी। एक बार जब थुलथुल कमरे के बीचोबीच खड़ी बाल काढ़ रही थी और

अचानक ही धनराज ने उसे बाँहों में भर लिया तो वह हँसकर बोली, "क्यों जी, आज उसकी याद बहुत सता रही है ?"

इस पर धनराज का मन मसोस उठा और बाँहें ढीली पड़ गईं। जितना अधिक थुलथुल आश्वस्त महसूस करने लगी थी, उतना ही ज़्यादा वह उखड़ा-उखड़ा महसूस करने लगा था। कई बार दोनों के बीच प्यार-दुलार के बाद धनराज खिन्न-सा महसूस करने लगता और उसे जान पड़ता जैसे रेत फाँकता रहा है। थुलथुल के गदराए होंठ और धौंकनी की तरह चलती साँस से उसे घिन-सी होने लगती। पर ज्यों-ज्यों दिन बीतते जा रहे थे और प्रोफ़ेसर भइया की सीख का असर क्षीण पड़ता जा रहा था, उतना ही अधिक थुलथुल निश्चित-सी जान पड़ने लगी थी। स्थूलकाय लोग यों भी इतने ज़्यादा संवेदनशील नहीं होते और थुलथुल के स्वभाव के बारे में तो घर के लोग कहा करते थे कि वह तो मिट्टी का लोंदा है, इसके शरीर में सुई चुभोकर निकाल लो तो फिर वैसा का वैसा। मेज़ पर रखी सिंगापुरवाली की तस्वीर को देखकर वह कई बार अनुमान लगाने की कोशिश करती कि उसके पति को उसमें क्या नज़र आया होगा कि वह उस पर लट्टू हुआ फिरता था, कि उस चुड़ैल ने कौन-सा जादू इस पर कर रखा था कि यह लौटने का नाम नहीं ले रहा था—यह मेरी तरह गदराए शरीर की नहीं, दुबली-पतली है, इसीलिए इसे बाँकी लगती होगी, कमर-कूल्हे मटकाकर चलती होगी। और इसमें खास क्या रखा है, है तो मेरी तरह हाड़-मांस का पुतला। कुछ मर्दों को तो गदराए शरीरवाली औरतें अच्छी लगती हैं। बहुत कोशिश करने पर भी उसके लिए अनुमान लगा पाना कठिन हो जाता कि उसका पति इस औरत पर क्यों अपनी सुध-बुध खो बैठा था।

पर जबसे धनराज बिसूरने लगा था, बेचारी थुलथुल स्वयं कूल्हे मटका-मटकाकर चलने लगी थी, मुँह में इलायची भी रखने लगी थी और पहले से कहीं ज़्यादा ध्यान प्रसाधन पर लगाने लगी थी। प्रोफ़ेस्साब ने भी इसे समझाया था कि मैंने तो तरह-तरह के वास्ते डालकर इसे वापस बुला लिया है, अब इसे यहाँ पर बनाए रखना तेरा काम है। और यह कुछ-कुछ डर भी गई थी—अगर यह फिर सिंगापुर भाग गया तो मैं क्या करूँगी ? पूरे सात साल तक तो कैसे कालकोठरी में पड़ी रही हूँ। अब यह घर में तो है। इसकी सनकें सह लूँगी। यह घर लौट आया, यही सबसे बड़ी बात है। उसे याद करता है तो करता रहे, अब रहेगा तो मेरे पास ही, क्या यह कम है ?

ऐसी ही एक दोपहर, धनराज कमरे में बैठा कुढ़ रहा था जब थुलथुल अंदर चली आई। 'हैं जी, मैं आपको कहाँ-कहाँ खोज रही हूँ, और आप यहाँ बैठे हैं। मैं पूछ रही थी, शाम को आपके लिए क्या बनाऊँ, वड़ियाँ खाओगे, रसावाली ?"

सुनते ही धनराज खिन्न हो उठा। मेरी किस्मत में यही उजड्ड गँवारन लिखी थी। उसकी पत्नी नीचे, रसोईघर से आई थी। सीढ़ियाँ चढ़कर आने के कारण हाँफ रही थी, पसीने से तर, गर्दन पर मांस की तीन-तीन सिलवटें बन रही थीं। और

थुलथुल की आवाज़ में लापरवाही-सी थी मानो मैं अपने पर नुचवाकर उसी का होकर रह गया हूँ। "मुझे कुछ नहीं खाना है।" उसने बैठे-बैठे ही धीमी आवाज़ में कहा।

"क्यों, भूख नहीं है क्या ? आपने सुबह खाया तो कुछ ख़ास नहीं, भूख क्यों नहीं है ? अभी तो बहुत वक़्त है, शाम तक भूख लग आएगी। वड़ियाँ पसंद नहीं हैं तो कुछ और बना दूँ ?"

इस पर भी धनराज ने धीरज नहीं खोया। "तुम देख रही हो, मैं कमरे में आकर बैठ गया हूँ। कोई कारण तो रहा होगा।"

"उस मोई की चिट्ठी आई होगी, और क्या ?" और कहकर हँसने लगी। फिर अपने पल्ले से गर्दन पोंछती हुई बड़ी बेतकल्लुफ़ी से धनराज के पास पलँग पर आ बैठी। "क्यों जी, जब आप सिंगापुर में थे तो क्या हमें भी कभी याद किया था ? हमें तो कभी इतना याद नहीं किया होगा जितना उस मरजाणी को करते हो ?"

धनराज परेशान हो उठा। थुलथुल के बोलने के ढंग में कुछ ऐसा था जैसे उसका मज़ाक उड़ा रही है। प्रोफ़ेसर भइया की नसीहत पर अमल करते हुए धनराज कभी-कभी अपनी पत्नी के साथ हँसने-बोलने लगा था, जिसका इसने यह मतलब निकाला है कि यह मोना को मरजाणी कह सकती है और अपने कूल्हे मटकाती जब मन आए, आकर मेरे सिर पर सवार हो सकती है।

"दोनों कान खोलकर सुन लो", धनराज क्रुद्ध होकर बोला, "अगर मोना के बारे में कभी कुछ कहा तो मुझसे बुरा कोई नहीं होगा।"

"मुझे क्या पड़ी है जी, आप जानो और वह चुड़ैल जाने। मैं तो पूछने आई थी कि रात में वड़ियाँ खाओगे या कुछ और बनाऊँ।"

धनराज का धैर्य चुकता जा रहा था। उसे सबसे अधिक क्लेश इस बात का था कि यह औरत उसके दिल की छटपटाहट को महसूस तक नहीं करती थी, न ही उस कुर्बानी को जिसे देकर वह इसके पास लौट आया था।

थुलथुल अभी भी बैठी, पल्ले से अपनी गर्दन को हवा कर रही थी। "अच्छा, फिर मैं जाऊँ ?"

"तुम्हें यहाँ बुलाया किसने था ?" धनराज झल्लाकर बोला।

"मैं ही तो आपको ढूँढ़ती हुई आई हूँ।" वह उठते हुए बोली, "पर आपने यह तो बताया ही नहीं कि वड़ियाँ खाओगे या कुछ और ? कहो तो भड़थू बना दूँ ?"

धनराज को और तो कुछ नहीं सूझा, तिपाई पर रखी राखदानी उठाकर फ़र्श पर दे मारी और चिल्लाया, "अपना सिर खाऊँगा !"

इस पर थुलथुल उठी और चुपचाप दरवाज़े की ओर बढ़ गई। दहलीज़ तक पहुँची तो मुड़कर बोली, "कोई ऐसे भी अपनी घरवाली के साथ बोलता है जी ? सात साल के बाद लौटे हो, प्यार से तो बोलो।"

"अच्छा होता अगर मैं वहीं मर-खप गया होता।"

"हाय राम, यह क्या कह रहे हो ?" थुलथुल बोली और उन्हीं कदमों लौट आई। "मर-खप जाएँ आपके दुश्मन, या वह मुई जिसने आप पर डोरे डाल रखे हैं," और थुलथुल फूट-फूटकर रोने लगी, "मरजाणी ने मेरे खसम पर जादू-टोणा कर दिया है, मुझे पहले ही मेरी नानी ने कहा था कि तिरछी आँखोंवाली औरतें डायनें होती हैं।..."

वह विलाप किए जा रही थी कि धनराज परेशान होकर उठ खड़ा हुआ और कमरे से बाहर चला गया।

इसके दो ही दिन बाद की बात रही होगी कि देर रात गए, प्रोफ़ेस्साब, अपने बिस्तर में दो तकियों के सहारे अधलेटे चार्ल्स फ़ैरल का नया उपन्यास पढ़ रहे थे जब धनराज के कमरे में से अस्फुट-सी आवाज़ें सुनाई पड़ने लगीं। उनकी आदत थी कि नावल भी पढ़ते थे तो हाथ में पेंसिल लेकर। जहाँ कहीं कोई अच्छा वाक्य पढ़ने को मिलता, हाशिए पर निशान लगा लेते थे, और अक्सर उसे मन-ही-मन दो-एक बार दोहराकर ज़ेहन में बैठा लेते थे। ऐसे वाक्यांश, भाषा में कुशलता ग्रहण करने के अतिरिक्त अपनी बात अधिक प्रभावशाली ढंग से कह पाने में भी मदद करते थे। सुंदर वाक्यांश अपनी भावनाओं के परिष्कार का भी एक सुंदर साधन थे, वह ऐसा मानते थे। चार्ल्स फ़ैरल उनका चहेता लेखक बनता जा रहा था क्योंकि वह प्रेम के आध्यात्मिक पहलुओं के प्रति अधिक सचेत जान पड़ता था।

"डग् ! डग् ! डग् !" जैसी आवाज़ प्रोफ़ेस्साब के कानों में पड़ी। उन्होंने ध्यान से सुना। आवाज़ फिर सुनाई दी मानो कोई दीवार के साथ माथा पीट रहा हो। आवाज़ धनराज के कमरे की ओर से आ रही थी।

इस वक़्त क्या हो सकता है ? वह उठकर बैठ गए। धनराज फिर से बौखलाने लगा है, बैठे-बैठाए समस्या खड़ी कर रहा है। कल इसे कितना समझाया था, और वह शांत भी हो गया था। और अब कोई नया कांड उठ खड़ा हुआ है।

"डग् ! डग् ! डग् !" फिर से आवाज़ आई।

चारों ओर छाई चुप्पी में यह आवाज़ दिल में दहशत-सी पैदा करने लगी थी। क्या हमारे घर पर दुर्भाग्य के साये डोलने लगे हैं ? हम जो शहर-भर में सबसे भाग्यशाली, सबसे सुखी और सबसे अधिक ऐश्वर्यवान परिवार माने जाते हैं ?

डग्-डग् की आवाज़ बंद हो गई थी और अब कुरलाने की आवाज़ आने लगी थी। प्रोफ़ेस्साब को अचंभा हुआ। कुरलाने की आवाज़ तो उनके भाई की नहीं है, यह तो उसकी पत्नी की आवाज़ है। तो क्या वह माथा फोड़ती रही है ? या धनराज दीवार के साथ माथा फोड़ता रहा था और अब वह कुरलाने लगी है ?

ऐसा इस घर में पहले कभी नहीं हुआ था। औरतों का कुरलाना कभी किसी ने नहीं सुना था। कुरलाना, यह तो बावेला मचाना था, दुनिया को सुनाना था, अपने क्लेश का ढिंढोरा पीटना था। यह तो घर की स्त्री को शोभा नहीं देता। घर की स्त्री, मुँह में पल्ला ठूँसकर रोती-बिलखती रहे, चुप्पी साध ले, खाना-पीना छोड़कर

अँधेरी कोठरी में जा बैठे, यह सब तो माना जा सकता है। पर वह दीवार के साथ सिर पीटने लगे और फिर ऊँचा-ऊँचा कुरलाने-बिलखने लगे तो यह तो दुनिया को तमाशा दिखाना है, घर को बदनाम करना है।

डग्-डग् की आवाज़ सुनकर उनके दिल पर दहशत-सी छा गई थी, पर अब कुरलाने की आवाज़ सुनते हुए उन्हें क्रोध-सा आने लगा था।

अभी तक प्रोफ़ेस्साब के कमरे में और कोई नहीं जागा था। प्रोफ़ेस्साब की नज़र पासवाली खाट पर लेटी अपनी पत्नी की ओर गई। उन्हें कुछ मालूम नहीं हो पाया कि वह गहरी नींद सो रही है या डग्-डग् और रोने-बिलखने की आवाज़ सुनकर, बिना हिले-डुले आँखें बंद किए पड़ी है। दुबली-पतली-सी प्रोफ़ेस्साब की पत्नी, जो न किसी के बुरे में, न अच्छे में। पाँच बच्चों की माँ। जब से ब्याहकर इस परिवार में आई थी, इसी परिवार की होकर रह गई थी। ऐसे ही चलन में मन की शांति भी थी।

प्रोफ़ेस्साब की नज़र पत्नी पर से हटकर दीवार के साथ रखे स्वर्गीय बाबूजी के मोटे लट्ठ पर गई। बाबूजी की मृत्यु के बाद प्रोफ़ेस्साब, अपने पिता का यह लट्ठ अपने कमरे में उठा लाए थे और अपने पलँग के पास दीवार के साथ टिकाकर रख छोड़ा था। यह पिता की निशानी ही नहीं था, यह बाबूजी के चरित्र की दृढ़ता का प्रतीक था। उसे देखते हुए प्रोफ़ेस्साब के मन में दृढ़ता का संचार होता था, दृढ़ संकल्प की प्रेरणा मिलती थी, निष्ठा की, स्थिरता की। और अब वह, प्रोफ़ेस्साब की नज़र में, उनके संयुक्त परिवार की एकता और एकबद्धता का प्रतीक बन गया था। उसे देखते हुए उन्हें परिवार के प्रति अपने दायित्व का बोध होता रहता था और मन की द्विविधाएँ दूर करने में मदद मिलती थी।

धनराज के कमरे से कुरलाने की आवाज़ अभी भी बराबर आ रही थी, बल्कि पहले से कुछ ऊँची ही हो गयी थी। प्रोफ़ेस्साब को यह आपत्तिजनक लगा। यह तो विलाप करने-जैसा है, जानबूझकर हेक लगाकर रोने-जैसा। सच्चे रुदन में तो हिचकी बँध जाती है, गला रुँध जाता है, गले से आवाज़ टूट-टूटकर फूटती है, पर यह कुरलाना तो बहू जानबूझकर ही कर रही है, हमें सुनाने के लिए, गली-मुहल्लेवालों को सुनाने के लिए। इसकी तो इजाज़त नहीं दी जा सकती। अगर आज ऐसी बात धनराज की पत्नी करेगी तो कल बड़ी भावज भी कर सकती है। वह तो शुरू-शुरू के दिनों में करने भी लगी थी, जब उसका पति बाहर पढ़ने के लिए गया था। उसने बहुत हाथ-पाँव पटके थे, आए दिन अपनी छोटी-सी बच्ची को लेकर मायके चल पड़ती थी, पर तब बाबूजी ज़िंदा थे, और पता चलने पर एक ही बार कड़ककर बोले थे। उस दिन आँगन में, बड़े भाई की पत्नी, तख़्त पर दोनों टाँगें चढ़ाए बैठी बिसूर रही थी, और ऊपर जँगले पर से बाबूजी चिल्लाए थे, "बहू से कह दो, यहाँ पर यह नहीं चलेगा। यहाँ पर रहना है तो इसी घर की होकर रहेगी। इसके बाद मेरे कान में इसकी आवाज़ नहीं पड़े।"

और बाबूजी जँगले पर से हट गए थे। उसके बाद बड़ी बहू सीधे रास्ते पर आ गई थी। स्त्री को अपने को ससुराल के अनुरूप ढालना पड़ता है। बड़ी बहू का भी ऐसा ही स्वभाव रहा था, दुलत्तियाँ झाड़नेवाला, लगाम तुड़ाकर भागनेवाला स्वभाव, चीखने-चिल्लानेवाला स्वभाव, पर बाबूजी की एक ही भभकी ने उसे सीधा कर दिया था। और अब इस बात को भी तेरह बरस बीत गए थे। अब तो इतना भी नहीं पूछती कि जर्मनी से कोई ख़त आया है या नहीं, अब तो उसके इंतज़ार की आतुरता भी जड़ हो गई थी। घरवालों की ओर पीठ किए, आँगन में बिछे तख्त पर एक कोने में बैठी रहती थी। न शिकवा, न शिकायत।

चारों ओर चुप्पी छाई थी, केवल धनराज के कमरे से अभी भी कुरलाने की आवाज़ बराबर आ रही थी। धनराज भी बुज़दिल ही निकला। औरतों के पीछे ललचाने, लार टपकानेवाले आदमी बुज़दिल होते हैं।

प्रोफ़ेस्साब धीरे से पलँग पर से उठे। मोटे-मोटे रंगीन पायोंवाला उनका ऊँचा पलँग भी संयुक्त परिवार की गरिमा का प्रतीक था। उसके रंगीन पाए ऊँचे थे, उसके सामने उनकी पत्नी की खाट बौनी-सी, पघूड़ी-सी लगती थी। बड़े बाबूजी की मृत्यु के बाद उनका ऊँचा पलँग भी प्रोफ़ेस्साब के कमरे में आ गया था। सुबह होने पर, उनकी पत्नी की छोटी खाट पलँग के नीचे धकेल दी जाती थी।

प्रोफ़ेस्साब ने हाथ बढ़ाकर बाबूजी का लट्ठ उठा लिया और बाहर निकल आए। फिर जँगले के साथ-साथ चलते हुए धनराज के कमरे के बाहर जा पहुँचे। दरवाज़ा बंद था, अंदर रोशनी भी नहीं थी कि किसी छिद्र या दरार में से कुछ दिखाई देता। हाँ, अस्फुट-सी रोने-बिलखने की आवाज़ बराबर आ रही थी।

प्रोफ़ेस्साब ने लट्ठ उठाकर दरवाज़े को ठकोरा। तीन-चार बार ठकोरने के बाद बोले, "बस बहू, चुप हो जाओ। बहुत हो गया। किसको सुनाने के लिए इतना रो रही हो ? अब तुम्हारी आवाज़ बाहर न निकले।" और कहते हुए फिर से तीन बार लट्ठ से दरवाज़े को ठकोरा और अपने कमरे में लौट आए।

जब वह अपने पलँग पर बैठे तो बहू का रोना बंद हो चुका था, और चारों ओर फिर से स्तब्धता छा गई थी।

कमरे में लौट आने पर भी प्रोफ़ेस्साब के लिए सो पाना कठिन हो रहा था। आज पहली बार धनराज की पत्नी इस तरह बिलख-बिलखकर कुरलाई थी। घर के बंद दरवाज़ों के पीछे कुरलाते तो कभी-न-कभी सभी होंगे, पर इतने ऊँचे 'बिकड़ाट' निकले और दीवार के साथ माथा फोड़ने की नौबत आ जाए, ऐसा पहले कभी नहीं हुआ था। प्रोफ़ेस्साब को लगा जैसे परिवार पर दुर्भाग्य के साये डोलने लगे हों।

अब अगर डरा-धमकाकर बहू को रोने से बंद किया है तो अब उसको ढाढ़स भी बँधाना होगा, उसकी पीठ भी सहलानी होगी। धनराज ने मोना का चित्र तिपाई पर सजाकर रख छोड़ा है। आए दिन उस कमजात की चिट्ठी हल्के नीले रंग का

लिफ़ाफ़ा पहुँच जाता है, हर बृहस्पतिवार को उस हल्के नीले लिफ़ाफ़े का इंतज़ार रहता है जब धनराज सुबह से ही बेचैन रहने लगता है, और पत्र मिलने पर थुलथुल को अपने कमरे से बाहर निकाल देता है और निराले में देर तक बैठा प्रेम-पत्र पढ़ता रहता है। यह देखकर अगर बहू कभी बिफर उठे तो स्वाभाविक ही है। हम उसे ब्याहकर अपने घर लाए हैं। उसके माँ-बाप का दायित्व अपने ऊपर लिया है। हमारे घर में आकर वह रोए, किसी क्लेश की मारी, हमारे ही घर की दीवार के साथ अपना सिर फोड़े, तो क्या यह हमें शोभा देता है ? पर बहू को भी तो संयम से रहना होगा। चिल्लाना और लोगों को तमाशा दिखाना, ऐसी हरकत करना जिससे घर बदनाम हो, इसकी इजाज़त प्रोफ़ेसर भइया कभी नहीं देंगे। स्त्री की अपनी गरिमा होती है, वह संवेदनशील और सहनशील प्राणी है, इसके अनुरूप ही उसका आचरण होना चाहिए। रोना-चिल्लाना, सिर पीटना, यह घर की बहू को शोभा नहीं देता।

बड़ी भाभी भी तो दुख उठा रही है। वह घर में बोलती तक नहीं, गुमसुम हो गई है, पर इससे उसका दुख कम तो नहीं हो गया। तेरह साल बीत गए, अभी तक बड़ा भाई जर्मनी से नहीं लौटा, यह दुख झेलने के लिए कम समय तो नहीं है।

प्रोफ़ेस्साब की आँखों के सामने बड़ी भावज का चेहरा घूम गया। नीचे, पड़छत्ती में माँ-बेटी सो रही थीं। बड़ी भावज का चेहरा आँखों के सामने आया तो प्रोफ़ेस्साब को वितृष्णा-सी हुई। भावज की छोटी-छोटी आँखें जिनमें वह अभी भी भरपूर काजल लगा लेती है, नीचे बेतरतीब से दाँत, कोई छोटा कोई बड़ा और खरज आवाज़। अब तो चेहरा भी पिचकने लगा है। बड़ा भाई लौटकर आएगा भी तो इसका क्या रूप देखेगा ? इस पर न पढ़ी, न लिखी। भाभो बोलती है तो ढोल फाड़ती है, खरज, खुरदरी आवाज़। बीते दिनों की शर्मीली भाभो का यही एक चिह्न बचा है कि हँसती-मुस्कुराती है तो पल्ले से अपना मुँह अभी भी ढँक लेती है। अगर हम भाइयों को उसे देखकर वितृष्णा होती है तो इसका घरवाला तो विलायत से लौट रहा होगा, जहाँ सुनहरी बालों और नीली आँखोंवाली सुंदरियाँ घूमती-फिरती हैं, उस पर क्या बीतेगी ?

बड़ी भावज तो इस घर में आकर ऐसी घबराई थी कि उसे तो बात करने का सलीका ही नहीं आ पाया था। साल-पर-साल बीतने पर उसकी आवाज़ में एक प्रकार की कर्कशता आ गई थी। जब कभी बड़े भइया का ख़त आता कि वह साल-छह महीने में लौट आएगा तो भावज को घर में, ऊपर की मंज़िल पर कमरा मिल जाता, उसकी बेटी के लिए और उसके लिए नए कपड़े सिल जाते, वह भी होंठों पर मिस्सी लगाने लगती, थोड़ा खुलने भी लगती, चहकने भी लगती। पर साल-छह महीने निकल जाते। दिल की आतुरता अकुलाहट में बदलने लगती, वह फिर से अपने को परित्यक्ता मानने लगती, कपड़े फिर से मैले पड़ने लगते, वह

फिर से गुमसुम होकर आँगन में बिछे तख़्त के एक सिरे पर बैठने लगती। ऐसा पिछले तेरह साल से चल रहा था। छह महीने, साल में कोई परिचित जर्मनी से आता तो ख़बर देता कि वह बड़े भाई से मिलकर आया है। अक्सर अब प्रोफ़ेस्साब ऐसी जानकारी अपनी भावज को नहीं देते थे। उसका काम अच्छा चल रहा है, उसके हाथ में सफ़ाई है। फिर सुनानेवाला हँसकर कहता कि उसके अपने दाँतों में तीन-चार दाँत सोने के हैं, औरत तो उसके यहाँ है, पर मैं नहीं जानता, उसकी ब्याहता है या रखैल।

प्रोफ़ेस्साब सुनते जाते और मन की छलनी से छानते भी जाते कि कौन-सी बात भावज को बता देनी चाहिए, कौन-सी नहीं। "भाभो, तेरे घरवाले का काम वहाँ बहुत अच्छा चल रहा है। वहाँ से आएगा तो ढेरों रुपए अपने साथ लाएगा। ··· उसके मुँह में तीन दाँत सोने के हैं। एक आदमी उससे मिलकर आया है ···"

"आने-जाने का कुछ नहीं कहा ?"

"नहीं।"

और भावज गुमसुम हो जाती।

जब बेटी कुछ बड़ी हुई और जवानी में सिर निकालने लगी तो एक दिन बड़ी भावज ने प्रोफ़ेस्साब से कहा, "इसका फ़ोटो निकलवाकर उन्हें भेज दो जी, क्या मालूम अपनी बच्ची का फ़ोटो देखकर ही वह लौट आएँ।"

प्रोफ़ेस्साब ने भाभो की बात मान ली थी। जब फ़ोटो खींचा जाने लगा तो उन्होंने कहा, "तुम भी आ जाओ भाभो, दोनों की तस्वीर खींची जाएगी।"

भाभो ठिठकी, फिर पल्ले से मुँह ढँकती हुई बोली, "मुझे तो उन्होंने देख रखा है। नहीं देखा तो अपनी लाड़ली को नहीं देखा। इसी की तस्वीर उतारो। ···"

बाहर के घटनाक्रम के नित बदलते रहने पर भी, अंदर से ज़िंदगी घिसटने लगती है। बाहर से तो अभी भी घरवाले का इंतज़ार था, बाहर से तो भाभो बुढ़ा रही थी और बेटी जवान होती जा रही थी। परिवार में ब्याह हो रहे थे। बाहर से तो परिस्थितियाँ बदल रही थीं, पर अंदर एक प्रकार का सूनापन भरता जा रहा था। इस अंदर की दुनिया में तो अब बाहर की कोई आहट भी सुनाई नहीं देती थी। अंदर की दुनिया में तो झुटपुटा-सा उतर आया था और जीवन की गति थम गई थी। अंदर की दुनिया में हलचल तभी बनी रहती है जब मन में चाव हो, आकांक्षाएँ और मनसूबे करवटें लेते हों, वलवले हों। ईर्ष्या और द्वेष से भी जीवन में गति आती है। पर यहाँ तो वे एक-एक करके सुन्न होते गए थे। अब बाहर की दुनिया के साथ, भाभो के अंदर की दुनिया एक पतले-से धागे से जुड़ी थी और वह पतला धागा, बेटी के ब्याह का था। बेटी ठिकाने लग जाए। उसका अपना जीवन-काल तो ऊसर भूमि में ख़त्म हो जाने को था। कभी-कभी उसके अंदर से आवाज़ उठती, वह आएगा जब मैं थककर चूर-चूर हो चुकी होऊँगी, जब वह मुझे पहचान भी नहीं पाएगा। तब वह आया, न आया, एक बराबर होगा।

परिवार में भाभो के प्रति बेरुख़ी होने लगी थी। यह बड़े बाबूजी के देहांत के बाद शीघ्र ही प्रगट होने लगा था। बाबूजी थे तो उन्हीं की कमाई पर घर चलता था। पर बाबूजी के चले जाने के बाद, घर का साँझा ख़र्च चलाने के लिए घर के सभी भाइयों के सहयोग की ज़रूरत थी। प्रोफ़ेस्साब ने इसकी व्यवस्था बड़े सलीके से कर दी थी। प्रोफ़ेस्साब के मौजूद रहते भाभो के प्रति कोई बेरुख़ी भी नहीं कर सकता था। प्रोफ़ेस्साब विशेष रूप से इस बात का ध्यान रखते थे कि उसकी देखरेख में कोई त्रुटि न आने पाए। परिवार की बहुओं को कहीं बिरादरी में जाना होता तो भाभो ही, बड़ी बहू के नाते, घर की मुखिया बनकर जाती। पर बहुएँ भी जानती थीं कि बड़ी बहू पराश्रिता है, देवरों की कमाई पर और उनकी दया-भावना पर जी रही है। यह तो गनीमत हुई कि यहाँ तक पहुँचते-पहुँचते बड़ी भावज का संवेदन ही कुंठित हो गया और उसके अंदर मान-अपमान का अहसास ही जाता रहा। अंदर-ही-अंदर एक प्रकार की जड़ता आ गई थी। · · ·

अपने बड़े पलँग पर बैठे प्रोफ़ेस्साब देर तक इस सोच में डूबे रहे कि समस्या का हल क्या हो। पारिवारिक जीवन के क्षितिज पर फिर से काले बादल घिरने लगे थे। · · ·

उसी दिन सुबह, छत पर टहलते हुए, प्रोफ़ेस्साब देर तक धनराज को अपने सुचारु ढंग से ज़िंदगी का फ़लसफ़ा समझाते रहे थे। "सारा वक़्त, जीवन में हम कुछ-न-कुछ खोते रहते हैं। कौन जाने, प्रकृति का शायद यही नियम है। जो कुछ हम प्राप्त करते हैं, उसकी तुलना में जो हम खोते हैं, वह भयानक रूप से कहीं अधिक होता है।"

धनराज समझ नहीं पाया था कि प्रोफ़ेसर भइया किस ओर इशारा कर रहे हैं। ज़िंदगी में मुझे क्या खोना है, क्या प्राप्त करना है। उसे लगा जैसे वह अपने आपसे ही बात कर रहे हैं, अपने ही मस्तिष्क की कोई गुत्थी सुलझाने की चेष्टा कर रहे हैं।

"कितनी कम आकांक्षाएँ हैं, जिनकी पूर्ति हो पाती है, हमारे कितने प्रयास बेकार जाते हैं। हम अपनी सूझ को दोष देते हैं, अपने भाग्य को, पर शायद कुदरत का क़ानून ही यही है। जीने का मतलब पाना इतना नहीं है, जितना खोना है। · · ·"

धनराज ने आँखें उठाकर अपने बड़े भाई के चेहरे की ओर देखा था। भइया कहना क्या चाहते हैं ? मेरी किस भूल की ओर इशारा कर रहे हैं ? मुझे सीधा क्यों नहीं कहते कि यह क्यों किया, इतना घुमा-फिराकर बात क्यों करते हैं ?

"हमारे ननिहाल में आम का एक पेड़ था। तुम तब बहुत छोटे थे, शायद तुम्हें याद न हो। खूब बड़ा, विशाल, घना पेड़ था। बैसाख महीने में उस पर बौर पड़ता था। देखते ही बनता था जैसे सारा पेड़ खिल उठता। नया जीवन उस पेड़ के रोएँ-रोएँ में जैसे अँगड़ाइयाँ लेने लगता। उन दिनों यों भी चारों ओर कली-कली फूट रही होती है।

"पर मैं देखता, कभी ज़ोरों की हवा बहती तो बौर झर-झरकर नीचे गिरने लगते। बारिश का छींटा पड़ता तो बौर के लौंदे के लौंदे नीचे गिरने लगते। अगर यह बौर नहीं गिरता तो पेड़ की टहनियाँ फलों से लद जातीं। कैसी विडंबना है कि जब फल की छोटी-छोटी डोंडियाँ बनने लगतीं तो आँधियाँ भी चलने लगतीं, बारिश के तेज छींटें भी पड़ने लगते और सारा आँगन पेड़ से गिरे बौर से ढँक जाता। इतना बौर झर गया तो बाकी रह ही क्या गया ? माँ झाड़ू लेकर आँगन को बुहार देती। मुझे लगता, फलों के ढेर के ढेर आँगन में से बुहारकर फेंके जा रहे हैं। अगर बौर नहीं झरता तो कितना अधिक फल हमें मिलता। मैं माँ से कहता तो वह कहती, 'क्या मालूम पेड़ पर इतना फल आ जाता कि उसकी टहनियों से सँभाले ही नहीं सँभलता। टहनियाँ ही फल के बोझ से टूट-टूट जातीं। ···' "

प्रोफ़ेस्साब की मुद्रा अभी भी ऐसी ही थी जैसे अपने आपसे बातें किए जा रहे हों। "कुदरत अपना संतुलन रख पाने के लिए ही पेड़ों से अतिरिक्त बौर झाड़ फेंकती होगी। ··· इंसान की ज़िंदगी में कुदरत का कौन-सा क़ानून काम कर रहा है, कोई कुछ नहीं जानता। पर यहाँ भी हमारी अधिकांश आशाएँ-आकांक्षाएँ, अनेक प्रयास, फलीभूत होने के बजाय धूल में मिल जाते हैं। ··· संसार में जितना दुख, जितना क्लेश पाया जाता है, उसकी तुलना में सुख की मात्रा बहुत कम है। कितने ही युवक-युवतियों की क्षमताएँ बेकार जाती हैं। देशों के बीच जब जंग होती है तो किस तरह सैनिकों के सिर कटते हैं, किस तरह घर उजड़ते हैं, जंग के मैदान लाशों से अटे पड़े रहते हैं, लगता है कोई आँधी चलने लगी है जिसकी चपेट से कोई भी बचकर नहीं निकल पाएगा। ···"

इतना कह चुकने के बाद प्रोफ़ेस्साब ने सिर उठाया और अपने भाई की ओर देखकर बोले, "मैं तुम्हें बोर कर रहा हूँ, है ना ?" पर भाई की ओर से कोई उत्तर न पाकर वह कहते गए, "पर इंसान कोशिश करना बंद तो नहीं कर देता। अपने लक्ष्य की ओर बढ़ने के लिए ठोकरें खाना बंद तो नहीं कर देता। यही शायद प्रकृति का नियम है। हमारी बहुत-सी कोशिशें बेकार जाती हैं, पर हम कोशिश करना नहीं छोड़ सकते। कोशिश करने पर ही हमारा बस है और किसी पर नहीं। यही इंसान की नियति है और इसी में उसके जीवन की सार्थकता भी। चारों ओर से सीमाओं से घिरा वह केवल कोशिश ही कर सकता है। ···"

तभी सहसा धनराज बोल पड़ा, "यह भी कुदरत का कोई क़ानून ही होगा, भइया, जिसके तहत थुलथुल का ब्याह मेरे साथ हुआ। किसी दूसरे के साथ ब्याही गई होती तो शायद सुखी होती। गलत आदमी के साथ उसे बाँध दिया गया तो बेचैन रहती है, रोती-बिलखती है। ··· पर जहाँ तक कोशिश का सवाल है, मैंने कोई कोशिश उठा नहीं रखी है।"

प्रोफ़ेस्साब ठिठक गए। उन्हें छोटे भाई की आवाज़ में शिकायत की-सी गूँज सुनाई दी। शिकायत की भी और कुछ-कुछ बेरुखी की भी। इसका मतलब है

कि इसके मन में अभी तक स्थिरता नहीं आई। वह धीमे-से मुस्कुराए और बोले, "मैं तो सामान्य जीवन की बात कर रहा था। हर बात को अपनी ओर नहीं खींचते। ···" और धीरे-धीरे अपने कमरे की ओर बढ़ गए थे।

यह तो रही थी सुबह की बातचीत, उस शाम की शुरूआत तो हँसी-खेल में हुई थी।

धनराज और वकील भाई कैंटोनमेंट में अंग्रेज़ी फ़िल्म देखकर लौटे थे। फ़िल्म में चुंबनों की भरमार रही थी। मे वेस्ट नामक अभिनेत्री की फ़िल्म थी, गदराए शरीरवाली बयस्क औरत, जो इठला-इठलाकर चलती, शरीर के अंगों की नुमाइश करती हुई, एक स्वप्निल-सी मुस्कान उसके होंठों पर खेलती हुई। जब दोनों भाई लौटे तो धनराज की आँखों के सामने, इठलाती मे वेस्ट का शरीर बार-बार घूम रहा था। अपने प्रेमी की बाँहों में, और आलिंगन और चुंबन भी ऐसे कि मानो दो शरीर एक-दूसरे में गुँथ गए हों। उस अभिनेत्री की चितवन, उसका अलसाया-अलसाया शरीर, अलसाई-अलसाई-सी ही आवाज़, और ढीले-ढाले वस्त्र। ···

"कुछ औरतें बनी ही प्यार के लिए होती हैं ···", धनराज ने टिप्पणी करते हुए कहा, फिर सहसा बोल उठा, "मुझे काले कुत्ते ने काटा था कि मैं यहाँ चला आया। ···" उसके मुँह से गाली निकलते-निकलते रुक गई थी। 'मैं क्यों लौट आया ? मुझे यहाँ आकर क्या मिला ? ···"

उसकी बात सुनकर, अपने स्वभावानुसार, वकील भाई मज़ाक करने लगा था, "मुझे तो कश्मीर की सैर करना हो तो मैं आँखें बंद करके, कश्मीर की कल्पना करने लगता हूँ। कल्पना ही कल्पना में मान लेता हूँ कि मैं डल झील में पहुँच गया हूँ। ···" फिर अपने भाई के कंधे पर हाथ रखते हुए बोला, "तू भी ऐसा ही किया कर। हमारी भाभो को बाँहों में भरकर समझ ले कि सिंगापुरवाली को बाँहों में ले रखा है। तू भी अपनी नीली झील की कल्पना कर लेना। ···" फिर उसकी खिल्ली उड़ाते हुए बोला, "बड़ा आशिक बना फिरता है !"

घर पहुँचकर, खाना खाते समय, धनराज ने एक बार अपनी पत्नी को आँख मारकर इशारा कर दिया कि रसोई से निबटकर जल्दी ही ऊपर आ जाए। थुलथुल मुस्कुरा दी थी और उसके गालों पर रंगत फैल गई थी। फिर जब वह धनराज की थाली में फूली हुई चपाती डालने आई तो धन्ने ने दबी आवाज़ में कह भी दिया, "देर नहीं करना। जल्दी ऊपर चली आना। ···"

थुलथुल अपने पल्ले की ओट में मुस्कुरा दी थी।

"मुझे भी आपको कुछ बताना है जी", उसने फुसफुसाकर कहा था और इठलाती, कूल्हे मटकाती हुई रसोईघर की ओर जाने लगी थी। वह अंदर-ही-अंदर पुलक रही थी। अहोभाग्य कि पति स्वयं ही इसरार कर रहा है। उसके तो पाँव ही ज़मीन पर नहीं पड़ रहे थे। दूसरी बार फिर फुलका उठा लाई थी हालाँकि धन्ने ने कह दिया

था कि नहीं चाहिए और पहले की ही तरह, कूल्हे मटकाती रसोईघर की ओर लौट गई थी।

धनराज उसे कूल्हे मटकाते देख मन-ही-मन हँस दिया था, "हथिनी पैंतरे बदल-बदलकर चल रही है · · · मे वेस्ट की तरह!" अंग्रेज़ी फ़िल्म का सरूर अभी भी उसके दिमाग पर था। अपनी घरवाली में ऐसा भी कुछ था जो उसे भला लगने लगा था। उसका भोलापन, उसका उछाह-उत्साह, उसके मन की पुलकन, सभी की छाप उसके चेहरे पर आ जाती थी।

खाना खा चुकने पर धनराज तो सीधा अपने कमरे में चला गया, पर थुलथुल को कमरे में पहुँचने में देर हो गई। वह अपने पति के निमंत्रण पर इतनी पुलक-पुलक गई थी कि रसोई समेटने के बाद वह नहाने के लिए गुसलखाने में घुस गई थी। अपने हाथों को मल-मलकर धोया ताकि उनमें से रसोईघर की बास जाती रहे, फिर अंग-अंग धोया ताकि शरीर तरो-ताज़ा हो जाए, फिर छोटे-मोटे प्रसाधनों में जुट गई, जबकि धनराज अपने कमरे में ऊपर-नीचे टहलता बेचैन हो उठा था और उसके मन का चाव खीझ में बदलने लगा था।

जब थुलथुल कमरे में आई तो सचमुच स्वच्छ, ठंडी हवा का झोंका-सा उसके साथ अंदर आया। पर तब तक धनराज का पारा चढ़ने लगा था। "कहाँ मर गई थी ? तुमसे जल्दी नहीं आया जाता था ?" वह बरस पड़ा।

"मैं नहाने चली गई थी", वह भोली युवतियों की तरह शर्माकर बोली, और पलँग पर बैठ गई। बोली, "आज भूत कैसे सवार हो गया आप पर ?" और वह फिर से हँस दी। उसे इस बात का पूरा यकीन होने लगा था कि उसका पति उसके बस में आ रहा है, और इसका श्रेय वह अपने यौवन और अपने स्वभाव और अपनी प्रार्थनाओं और व्रत-उपवासों को देने लगी थी।

कुछ ही दिन पहले प्रोफ़ेस्साब ने थुलथुल को धैर्य का उपदेश देते हुए इस बात की ओर इशारा किया था कि यही वक़्त है कि वह बच्चा ले ले, बच्चा हो जाएगा तो धनराज की बेचैनी और भटकन अपने-आप दूर होने लगेगी, उसका मन अपने घर-परिवार से जुड़ने लगेगा। धनराज को घर में बनाए रखने के लिए यही उपाय प्रोफ़ेस्साब को सबसे कारगर जान पड़ा था। कुछ समय से धनराज बार-बार प्रोफ़ेस्साब के सामने अपनी बेचैनी ज़ाहिर करने लगा था—कभी कहता सिंगापुर में एक डाक्टर के नाते आगे बढ़ने की संभावनाएँ अधिक हैं, कभी अपनी योग्यता बढ़ाने की बात करता।

अगर थुलथुल थोड़ा पहले ऊपर आ गई होती तो धनराज आश्वस्त हो जाता। सिर पर जुनून तारी हो तो पुरुष प्रेयसी के रूप का नहीं, उसके शरीर का भूखा होता है। पर थुलथुल वक़्त पर नहीं आई थी जिससे धनराज की आतुरता खीझ में बदलने लगी थी।

विचित्र स्थिति थी, एक ओर कामुकता का ज्वार, दूसरी ओर बढ़ता आक्रोश।

ऐसे मौकों पर पुरुष कई बार बड़ी भयावह बातें कर डालते हैं। पर इस सबके रहते, विचित्र बात यह थी कि इन खीझ-भरे क्षणों में भी थुलथुल के भोलेपन, उसके सरल स्वभाव, उसके सहज विश्वास की ओर धनराज का ध्यान अवश्य चला जाता था।—'मैं इसे काट भी डालूँ तो भी यह 'सी' नहीं करेगी।' वह मन-ही-मन कहता।

बत्ती बुझाने के बाद जब धन्ने ने थुलथुल को अपनी बाँहों में लिया तो उसे बुरा नहीं लगा था, उसका साफ़-सुथरा, ठंडा-ठंडा शरीर, उसमें से अभी भी बढ़िया साबुन और उजले कपड़ों की हल्की-हल्की महक आ रही थी। अगर थुलथुल मर्द को रिझाने की कला जानती होती तो अपने थुलथुल शरीर के बावजूद भी अपने विवाह की नौका पार खे ले जाती। पर जहाँ तक रिझाने-लुभाने की बात है, वह अबोध बालिका के ही समान थी।

धन्ने ने उसे बाँहों में लिया तो वह बड़े स्नेह से उसके साथ लिपट गई। "बड़ा अच्छा लगता है न जी, जब तुम घर पर होते हो। हाय, बहुत अच्छा लगता है।" थुलथुल ने गुनगुनाती-सी आवाज़ में कहा। उसका हाथ धनराज के सिर पर चला गया था और वह उसके बालों को सहलाने लगी थी। गहरी ममता उसके दिल में ठाठें मारने लगी थी। उसका मन हो रहा था कि पति के बाल सहलाती रहे, सुख का यह क्षण खिंचता, लंबा होता चला जाए, मेरी उँगलियाँ पति के बालों में ही उलझी रहें। गहरी, वात्सल्य की भावना उसके हृदय से फूट पड़ी। पहली बार उसे लगा जैसे यह पुरुष उसका पति ही नहीं, उसका अपना है। उसके संपूर्ण अस्तित्व का अंग है, कहीं पर कोई रेखा मिट गई है जो इन दो व्यक्तियों को एक-दूसरे से अलग किए हुए थी। उसे गहरी आत्मीयता का भास हुआ। उसे लगा जैसे उसने उसे पा लिया है, जैसे वह अपने गंतव्य पर पहुँच गई है, जहाँ से आगे कहीं जाने, कहीं पहुँचने की आवश्यकता नहीं रह गई है, सारी भटकन, सारी आशंकाएँ कहीं पीछे छूट गई हैं। इस सुख का कोई वारापार नहीं था, वह जैसे किसी विशाल सागर की लहरों पर, खुले आकाश के नीचे अठखेलियाँ करने लगी हो।

हाँ, उसे इतना भास अभी भी हो रहा था कि उसका पति खोया-खोया-सा है, अपना संतुलन ग्रहण कर पाने का प्रयास कर रहा है, अभी भी उसकी भावनाएँ उखड़ी-उखड़ी-सी हैं। कहीं कुछ है जो उसे रोके हुए है। "आप क्या सोच रहे हो जी ? सारा वक़्त कुछ-न-कुछ सोचते रहते हो।…"

और तभी उसके मुँह से वह वाक्य निकल गया जो उस रात के विनाश का कारण बना। "तुम्हें एक बात बताऊँ जी ? आप बहुत खुश होओगे। मगर एक शर्त पर। उसका ज़िक्र अभी किसी से नहीं करना जी।"

"क्या है ?"

और थुलथुल अपना मुँह पति के कान के पास ले जाकर धीरे से बोली, "लगता है, मैं माँ बननेवाली हूँ।"

"क्या, सच ?" धनराज, अँधेरे में, उठकर बैठ गया था। "तुम्हें कैसे मालूम है कि तुम्हें गर्भ हो गया है ?"

"दिन ऊपर जो हो गए हैं जी।"

"कितने दिन ऊपर हो गए हैं ? दिन ऊपर हो जाने का यह मतलब तो नहीं कि सचमुच तुम्हें गर्भ हो गया है।"

अँधेरे में दोनों का धीमा-धीमा वार्तालाप चल रहा था। यह सूचना पाकर धनराज के हाथ-पाँव जैसे सुन्न हो गए थे। अगर यह सच था तो इसका मतलब था कि उसके पैरों में बेड़ियाँ डाल दी गई हैं कि अब सिंगापुर लौट जाने के सब रास्ते बंद हो गए हैं।

थुलथुल निश्चिंत और सुरक्षित महसूस कर रही थी। उसे लग रहा था जैसे उसने अपने पति को पा लिया है, और चूँकि वह अपना हो गया है, इसलिए वह उसके साथ दुलार ही नहीं, टीका-टिप्पणी भी कर सकती है, उलाहने भी दे सकती है, खुलकर बात भी कर सकती है। "अब उसे भूल जाओ जी, वह जो सात समंदर पार बैठी है। ···" और यह कहकर हँस दी थी।

धनराज उसी क्षण, छिटककर उससे अलग हो गया था, "हरामज़ादी, क्या बके जा रही है ? चुप नहीं रह सकती ?"

थुलथुल भौंचक्क-सी रह गई। क्षण-भर में ही उसका शरीर सुन्न पड़ गया। अपार सुख के उस सुंदर भवन में मानो किसी ने आग लगा दी हो, और वह उस आग में झुलस उठी हो। "मैंने क्या कहा है जी, मैंने तो कुछ भी नहीं कहा।"

और कमरे के घुप अँधेरे में, जहाँ वह कुछ ही क्षण पहले इतनी आश्वस्त महसूस कर रही थी, थर-थर काँपने लगी।

उस घबराहट में भी थुलथुल ने फिर से कोशिश की कि अपने पति का सिर सहलाने लगे, उसने अँधेरे में अपना हाथ बढ़ाया भी, उसे आत्मीयता के शब्द कहे, ताकि उसकी खीझ को दूर कर सके, पर उसका पति बौखला उठा था। "हट जा, दूर हो जा, ख़बरदार जो मुझे हाथ लगाया तो।"

थुलथुल को काटो तो खून नहीं। थर-थर काँपती हुई वह बिस्तर पर से उठ खड़ी हुई और अपने वस्त्र सँभालती पास रखी एक कुर्सी पर जा बैठी।

"मैं कहाँ जाऊँगी, मुझे तो जीना भी यहीं है और मरना भी यहीं है।" फिर सहसा ही उसे घोर अपमान का भास हुआ। बिस्तर पर से यों खदेड़ दिए जाने पर उसने आहत महसूस किया था। कहीं उसके दिल की गहराइयों में तीखा दर्द-सा उठा जिसे वह सहन नहीं कर पाई। उसे लगा जैसे बिना किसी अपराध के, उस पर कोड़े बरसाए जा रहे हैं। उसका दिल जैसे छलनी हो गया। अपनी पत्नी के साथ यों भी कोई व्यवहार करता है ? धनराज ने उसकी गरिमा पर, स्त्री के नाते उसके आत्म-सम्मान पर प्रहार किया था। "मेरे पेट में तुम्हारा बच्चा है, जी। मुझे

भी मार दो और उसे भी मार दो और लौट जाओ अपनी उस रखैल के पास। मैं तुम्हें कहाँ रोकती हूँ ?"

कहते-कहते थुलथुल बिलख उठी। कुर्सी छोड़कर वह नीचे फ़र्श पर बैठ गई, और कुरलाती हुई अपने सिर के बाल नोचने लगी। "तुम लौट क्यों आए हो ? उसी के पास चैन से रहते। मैंने तो तुम्हें नहीं बुलाया था। मेरी भी जैसे-तैसे कट जाती।"

धनराज कमरे के बीचोबीच खड़ा था। उसने हाथ बढ़ाकर ड्रेसिंग गाऊन पहन लिया था। उसे आशा नहीं थी कि थुलथुल इस तरह बोल पड़ेगी।

क्षुब्ध और व्याकुल, न जाने किस आवेश में, थुलथुल फ़र्श पर से उठी और आगे बढ़कर दीवार के पास जा पहुँची और दीवार के साथ अपना सिर पटकने लगी। "हे भगवान, मुझे उठा लो ! हे रब्बजी, मुझे उठा लो ! मुझे उठा लो !"

वह पागलों की तरह बोले जा रही थी और हाँफती हुई दीवार के साथ अपना सिर पटकती जा रही थी।

तभी बड़े बाबूजी के लट्ठ से प्रोफ़ेसर भइया ने दरवाज़े को ज़ोर से ठकोरा था और क्रुद्ध आवाज़ में बोले थे, "बस बहू, चुप हो जाओ। किसको सुनाने के लिए इतना बावेला मचा रही हो ? बस, अब तुम्हारी आवाज़ बाहर सुनाई न दे !"

और कुछ ही देर में थुलथुल का क्रंदन सिसकियों में बदल गया था, और फिर दो-एक उखड़ी-उखड़ी साँसों के बाद वह चुप हो गई थी और संयुक्त परिवार के इस विशाल भवन में चुप्पी छा गई थी।

इसके दूसरे ही दिन, अभी प्रोफ़ेस्साब इस स्थिति को सँभाल भी नहीं पाए थे कि जयदेव अपने दिल की आशंकाएँ लेकर पहुँच गया था।

11

दस बजे बस छूटती थी। जयदेव और कुंतो भागते हुए बस-अड्डे पर पहुँचे थे। जयदेव मूँगिया रंग की तंग-सी निक्कर पहने हुए था, सीवन पर से जिसके धागे निकल रहे थे। ऊपर सफेद कमीज़, और नीचे पाँवों में जोधपुरी चप्पल। साथ में उड़ते बाल और दमकता चेहरा। उधर कुंतो हँसी से लोट-पोट हुई जा रही थी। जल्दी में सामान बस पर चढ़ाते समय कुंतो ने पास खड़े किसी अनजान मुसाफ़िर का बक्सा उठा लिया था और कुली की ओर बढ़ा रही थी; फिर अपनी गलती का अहसास होने पर कुंतो का चेहरा लाल हो गया था और वह खिलखिलाकर हँसने लगी थी।

"आपका है ? मुझे क्या मालूम", और उसने जयदेव के कंधों में सिर छिपा लिया था।

बस छूटने में अभी देर थी। निकट ही एक खोमचेवाले की चमचमाती पीतल की परात में बसंती रंग का हलवा पक रहा था।

"चल कुंतो, हलवा खाएँ", और वह बिना कुंतो के जवाब का इंतज़ार किए खोमचेवाले की ओर बढ़ गया था।

'जयदेव जो न करे, कम है', उसे जाता देखती हुई कुंतो मन-ही-मन बोली। सारा वक़्त इसे नई-नई बातें सूझती रहती हैं। इसके साथ ज़िंदगी पिकनिक-जैसी चल रही है।

कुंतो की आँखें जयदेव पर लगी थीं। तंग निक्कर और टाँगों पर बाल ही बाल, इसे किसी बात की परवाह नहीं रहती। मेरे घर में तो मेरे भाई, अपने कमरों में भी अपनी टाँगें ढँके रहते हैं। जब भी बाहर निकलते हैं तो बन-सँवरकर। पर इसे तंग निक्कर भी फबती है। और यहाँ बस-अड्डे पर किसी खोमचेवाले से हलवा लेकर कौन खाएगा ? उन्हें तो सारा वक़्त इसी बात का अंदेशा लगा रहता है कि कोई देख लेगा तो क्या कहेगा। कुंतो, जयदेव के इसी खुलेपन और बेपरवाह तबीयत पर ही मुग्ध थी।

जयदेव बड़ी-सी पत्तल उठाए चला आ रहा था, वह चलता भी आ रहा था और मुँह में गर्म-गर्म हलवे के कौर भी डालता आ रहा था।

"ओ बाबू ? ओ हलवेवाले बाबू ?" कोई चिल्ला रहा था।

जयदेव का ध्यान उस आवाज़ की ओर गया। "यह सामान किसका है ? तुम्हारा है ?··· तुम्हें जाना नहीं है ?" बस की छत पर खड़ा बस का क्लीनर चिल्ला रहा था।

तभी जयदेव को चेत हुआ और वह हलवे की पत्तल कुंतो के हाथ में देते हुए सामान उठा-उठाकर बस की छत पर चढ़ाने लगा।

"बस कब छूटेगी ?" होल्डाल उठाकर छत पर खड़े क्लीनर की ओर बढ़ाते हुए जयदेव ने पूछा।

"अब छूटनेवाली है। बैठो बस में, जल्दी से !" और क्लीनर होल्डाल को छत पर रखे सामान में टिकाने लगा।

तभी जयदेव ने घूमकर बस-अड्डे के मैदान के पार, फाटक की ओर देखा। मुसाफ़िर आ-जा रहे थे। बस का अड्डा एक प्रकार का जंक्शन-सा था जहाँ से जगह-जगह, विभिन्न नगरों की ओर जानेवाली बसें छूटती थीं। फाटक में से कभी कोई बस अंदर आ रही होती, कभी कोई ताँगा या साइकिल-रिक्शा। देहात से आनेवाले मुसाफ़िर सिर पर गट्ठर रखे और स्त्रियाँ गोद में बच्चों को उठाए भागती हुई अंदर घुस रही थीं।

"बस, मैं और नहीं खाऊँगी। लो, पकड़ो !" कुंतो ने पत्तल जयदेव की ओर बढ़ाते हुए कहा, "क्या देख रहे हो ?" जयदेव की आँखें अभी भी बड़े फाटक की ओर लगी थीं।

यह दिन, यह रोशनी से छिटकी सुबह कुंतो को कभी नहीं भूलेगी, बरसों बाद भी नहीं भूल पाएगी, केवल इसलिए नहीं कि जयदेव को खोमचेवाले की ओर से आते हुए देख, वह पुलक-पुलक गई थी और मन में उसे बड़ी सुखद स्फूर्ति का भास हुआ था, या उस बसंती रंग के गर्म-गर्म हलवे को याद करके; बल्कि इसलिए कि यह यात्रा बड़े अनूठे ढंग की रही थी और कुंतो जैसे भावनाओं के अंधड़ में से गुज़री थी।

जयदेव की आँखें अभी भी फाटक की ओर लगी थीं। न जाने इसे क्या नज़र आ रहा है, वह क्या देखे जा रहा है। तभी बस के ड्राइवर ने सीटी दी थी।

"चलो बैठें, देर हो रही है, सीटी बज गई !" और कुंतो ने जयदेव को बाजू से पकड़कर अपनी ओर मोड़ा था। फिर तभी उसकी अपनी नज़र दूर फाटक की ओर मुड़ गई थी। सुषमा चली आ रही थी। साइकिल-रिक्शा की सीट पर बैठी सुषमा बस-अड्डे का मैदान लाँघ रही थी।

"हाय, सुषमा ! सुषमा आ रही है !" कुंतो चिल्लाई और ड्राइवर द्वारा सीटी दिए जाने के बावजूद साइकिल-रिक्शा की ओर भाग खड़ी हुई।

तभी बस-ड्राइवर ने फिर से सीटी दी थी और जयदेव, "ठहरो ! ठहरो !" चिल्लाता हुआ बस-ड्राइवर से बस रोके रखने का आग्रह करने लगा था।

सुषमा ही थी। उसकी बड़ी-बड़ी झेंप-भरी आँखें इन्हीं लोगों को खोज रही थीं।

"अरी, सुषी ?" कुंतो ने बड़े उछाह से कहा, "तू भी कहीं जा रही है ? तू कहाँ जा रही है ?"

तभी जयदेव भागता हुआ आया था और झट से रिक्शे पर से सुषमा का सूटकेस उठाकर, बस की छत पर खड़े क्लीनर की ओर बढ़ाने लगा था।

"कुंतो, रिक्शावाले को एक रुपया दे दे। ··· बैठ सुषी, बस में बैठ, इतनी देर कर दी !" फिर कुंतो से बोला, "तुम लोग बस के अंदर जाकर बैठो।"

कुंतो कुछ देर के लिए भौंचक्क-सी सुषमा की ओर देखती रही, फिर उसे हाथ से पकड़कर खींचती हुई-सी, बस की ओर ले चली। "तू कैसे पहुँच गई है ? हाय, कितना अच्छा किया। पर किसी ने मुझे बताया ही नहीं। तू भी मंसूरी चलेगी, हमारे साथ ?"

बस पुराने ढंग की निकली। ड्राइवरवाली सीट के पीछे, दोनों ओर लंबे, लकड़ी के बैंच रखे थे, आगे से पीछे तक, और दो लंबे बैंच बीचोबीच रखे थे, जिनकी पीठ से पीठ जुड़ी थी। इन्हीं चार बैंचों पर मुसाफ़िर बैठते जा रहे थे। बस के फ़र्श पर अभी से केले-संतरे के छिलके, मूँगफली के छिलके, सिगरेट-बीड़ियों की राख फेंकी जा रही थी। कुछेक मुसाफ़िरों ने अपनी गठरियाँ बस की छत पर न रखकर बस के अंदर अपनी-अपनी सीट के नीचे रख छोड़ी थीं। खँखारते-बतियाते मुसाफ़िर बस के छूटने का इंतज़ार कर रहे थे। माहौल अभी से सिगरेट-बीड़ियों के धुएँ से अटा पड़ा था।

कुंतो एक हाथ में अभी भी पत्तल उठाए हुए थी। "ले सुषी, बसंती हलवा खा, थोड़ा-सा तो रह गया है", उसने कहा और पत्तल सुषमा की ओर बढ़ा दी। पर सुषमा सकुचाने लगी थी। कुंतो हलवे का कौर बनाकर सुषमा के मुँह में डालने के लिए उसकी ओर झुकी, "ले खा, बहुत बढ़िया है, हमने बहुत खाया है। खोल मुँह। इतना सकुचाने से काम नहीं चलेगा !" और हलवे का कौर ज़बर्दस्ती सुषमा के मुँह में ठूँस दिया और फिर खिलखिलाकर हँसने लगी।

हलवे का कौर मुँह में ठूँस दिए जाने पर सुषमा का चेहरा झेंप से लाल हो गया था। वह हँसने की चेष्टा करते हुए भी अटपटा-सा महसूस कर रही थी। कुंतो के ब्याह से पहले दोनों के बीच अच्छी जान-पहचान रही थी, पर शादी के बाद इस तरह मिलने पर, उसे झेंप-सी होने लगी थी।

कुंतो, जयदेव की ओर मुड़ी, "बली, तुमने मुझे बताया ही नहीं कि सुषमा भी हमारे साथ चलेगी ?"

"मैं तुम्हें सरप्राइज़ देना चाहता था", जयदेव झट से बोला।

"वाह, मान लिया !" कुंतो चहक उठी, "तुम तो ऐसा ही कुछ करोगे, यह तो मैं अब तक जान गई हूँ।" फिर बड़े स्नेह से सुषमा के चेहरे की ओर देखकर बोली, "पहले से मालूम होता तो सच, इतना मज़ा नहीं आता।" फिर सुषमा का हाथ

पकड़ते हुए बोली, "तू आ गई, कितना अच्छा किया !"

कुंतो और सुषमा साथ-साथ बैठ गईं। उनके सामनेवाली सीट पर जयदेव बैठा था। कुंतो के बाएँ हाथ, कोई बड़ी उम्र का ग्रामीण बुजुर्ग बैठा था, सिर पर मैला-सा पग्गड़ बाँधे, धूप में गहरे में सँवलाया चेहरा। वह बार-बार खाँसे जा रहा था।

सुषमा अभी भी सकुचाए जा रही थी। कुंतो की हँसोड़, खुली तबीयत को देखते हुए सुषमा कुछ-कुछ हल्का महसूस करने लगी थी। यह हरेक के साथ कैसे हिलमिल जाती है। सिर पर से चुन्नी उतर जाए तो इसे परवाह नहीं रहती। जब मन आए आगे बढ़कर जयदेव भइया का हाथ पकड़ लेती है।

कुंतो, हाथ में पत्तल उठाए जयदेव के पीछे, खिड़की की ओर झुकी और खाली पत्तल को बाहर फेंक दिया। फिर हँसते हुए, अपने दोनों हाथ, जयदेव के बिखरे बालों पर मलने लगी।

"इतने रूखड़े बाल नहीं रखते ! इनमें कुछ तो चिकनाहट आए !" और फिर सुषमा के साथवाली सीट पर बैठते हुए बोली, 'कितनी किताबें लाई है साथ में, पढ़ने के लिए ?"

"कोई ख़ास नहीं, दो-एक ही लाई हूँ", सुषमा ने सरलता से उत्तर दिया।

"मसूरी में किताबें पढ़ेगी ? कोई तुम्हें पढ़ने देगा ?" कुंतो ने कहा और हँसकर बोली, 'मैं जानती हूँ तू कितना पढ़ती है। पहले पन्ने पर ही ऊँघने लगती है।... तुम दोनों एक-जैसे हो। सोने से पहले यह भी किताब खोल लेता है। पर दो वाक्य भी नहीं पढ़ पाता कि किताब कहाँ और यह कहाँ।" फिर सुषमा का हाथ दबाते हुए बोली, "हम जयदेव से कहेंगी, तू बैठ, किताब पढ़, और हम-तुम घूमेंगी। मसूरी की सैर करेंगी, पहाड़ों की ठंडी हवा खाएँगी।" कहते हुए उसने जयदेव की ओर देखा। जयदेव उसे किसी सोच में डूबा हुआ लगा। उसका मन हुआ, आगे बढ़कर फिर से उसके बाल बिखेर दे।

"जागो, बली, जागो", वह हँसकर बोली, "तुम तो बिसूरने लगे हो !"

बस चलने से पहले, बस-अड्डे के मैदान में खड़ा जयदेव फाटक की ओर आँख लगाए हुए था और बस का ड्राइवर सीटियाँ बजाने लगा था तो जयदेव मन-ही-मन बेचैन हो उठा था। तीखी टीस-सी उसके मन में उठी थी। वह आती क्यों नहीं ? यदि वह नहीं आती तो निश्चय ही मसूरी जाने का उसका सारा उत्साह ठंडा पड़ जाता। पर जब, बस के चलने से कुछ ही क्षण पहले, फाटक में से उसे रिक्शे पर बैठी सुषमा का चेहरा नज़र आया था तो उसकी जान में जान आई थी, उसका मन खिल उठा था और उसे अपार सुख का अनुभव हुआ था। क्षण-भर में ही जैसे चारों ओर रोशनी छिटक गई थी, उसे गहरी तृप्ति का भास हुआ था, उसे लगा था जैसे वे सचमुच छुट्टी मनाने जा रहे हैं।

पर अब, दोनों लड़कियों के सामने बैठा वह अटपटा-सा महसूस करने लगा था। इतनी गहरी छटपटाहट क्यों उठी थी उसके अंदर ? ऐसी छटपटाहट का भास उसे

पहले तो कभी नहीं हुआ। नहीं, एक बार पहले भी हुआ था जब सुषमा की सगाई होने जा रही थी। तब उसे लगा था जैसे ज़बर्दस्ती उससे सुषमा छीन ली जा रही है। पर तब भी वह इतना ज़्यादा बेचैन नहीं हुआ था जितना आज हुआ है।

उसने नज़र उठाकर सामने बैठी कुंतो की ओर देखा। कुंतो उसी की ओर देखे जा रही थी। उसकी आँखों में स्नेह झलक रहा था और गहरा विश्वास भी। पर साथ-ही-साथ उसकी आँखों में कुछ प्रश्न-सा भी झलकने लगा था। सुषमा साथ में चलेगी, इसकी कुछ तो भनक मुझे मिल गई होती। मैं भी तो इसका स्वागत ही करती। पर बली ने ज़रूर हमारी यात्रा को और अधिक खुशगवार बनाने के लिए ही ऐसा किया होगा और मुझे सरप्राइज़ देने के लिए ही मुझसे छिपाता रहा होगा।...

जयदेव अभी भी तनिक खोया-खोया-सा महसूस कर रहा था। अपनी शादी से पहले और बहुत दिन तक बाद में भी वह सुषमा के घर नहीं गया था। शुरू-शुरू में न जाना उसे अच्छा लगा था। यही उचित है, वह मन-ही-मन कहता और एक प्रकार की तृप्ति का भाव उसके मन में उठता रहा था। पर धीरे-धीरे तृप्ति का यह भाव क्षीण पड़ने लगा था और सुषमा का चेहरा बार-बार आँखों के सामने घूमने लगा था। और फिर, एक बार उस मुहल्ले में, उस गली के पास से गुज़रते हुए वह छटपटा उठा था और सभी बाँध तोड़कर वह गली में प्रवेश कर गया था और सुषमा के घर जा पहुँचा था।

पर उसके कुछ ही दिन बाद वह प्रोफ़ेस्साब के घर भी जा पहुँचा था, और उन्हें अपने दिल का हाल कह सुनाया था, "मैं सुषमा को भुला नहीं पाया हूँ, प्रोफ़ेस्साब ! वह मुझे बहुत याद आती है।"

दिल की छटपटाहट जयदेव को प्रोफ़ेस्साब के पास खींच लाई थी। जब कभी वह द्विविधा में होता तो प्रोफ़ेस्साब के पास ही जा पहुँचता था। कुछ भी हो, प्रोफ़ेस्साब उसकी भावनाओं को, उसकी स्थिति को समझते हैं। कालिज में कविताएँ पढ़ाते रहे हैं, प्रेम की भावना को समझते हैं। वह और लोगों से भिन्न हैं, वह आज के ज़माने के हैं, विवेकशील हैं, संवेदनशील हैं।

जयदेव की बात सुनकर प्रोफ़ेस्साब के दिल को धक्का लगा था। वह क्षुब्ध हुए थे। उन्हें जयदेव पर क्रोध भी आया था। वह समझता क्या है, क्या शादी कोई खिलवाड़ है, ब्याह कर लिया तो अब सुषमा को याद करने का मतलब ही क्या है ? इतना ही गहरा प्यार था तो उस वक़्त बोला क्यों नहीं ? इनकार कर देता। दो-टूक कह देता कि मैं कुंतो से विवाह नहीं कर सकता। मुझसे छिपाता क्यों रहा ?

पर उन्होंने धैर्य का सहारा लिया। जयदेव को उलाहना देने, उसे सख़्त-सुस्त कहने से कुछ नहीं बनेगा। उसके विश्वास को बराबर बनाए रखना ज़रूरी है। मैंने कोई कड़वी बात कह दी तो यह भविष्य में मेरे सामने अपना दिल खोलकर नहीं

रखेगा, अपनी भावनाएँ छिपाने लगेगा, मुझसे दूर होने लगेगा और तब, यदि ऐसा हुआ तो, मैं कुछ भी नहीं कर पाऊँगा। अब तो यह मेरी बात सुनता है, तब यह मेरी ओर से मुँह फेर लेगा। ऐसी स्थिति में कुंतो का क्या होगा ?

दोनों प्रोफ़ेस्साब के घर की छत पर धीरे-धीरे टहल रहे थे। किसी-किसी वक़्त प्रोफ़ेस्साब की नज़र, घर के कमरों की उस पाँत पर पड़ती जिसमें उनके भाई अपने-अपने परिवार के साथ रह रहे थे। उनके अपने कमरे की बगल में धनराज का कमरा पड़ता था जो कुछ ही समय पहले विदेश से लौटा था। उस कमरे में भी एक समस्या सिर उठाने लगी थी, उन्होंने मन-ही-मन कहा। उसे भी सुलझाना ज़रूरी है। यह सोचते हुए प्रोफ़ेस्साब थका-थका-सा महसूस करने लगे, और ये समस्याएँ एक झंझट-सा लगने लगीं। पर अब इनसे छुटकारा भी नहीं था, और अगर इन्हें सुलझाया जा सकता है तो केवल धैर्य के सहारे ही। इस तरह वह और भी अधिक धैर्य के साथ जयदेव की समस्या पर विचार करने लगे। "मैं उसे भूल ही नहीं पाता, मैं क्या करूँ ?" जयदेव ने कहा। प्रोफ़ेस्साब टहलते-टहलते रुक गए और उन्होंने बड़े स्नेह से जयदेव की कमर में अपना हाथ डालते हुए कहा, "मुझे तुम पर गर्व है, जयदेव ! सच्चा गर्व। तुम मुझे अपना विश्वासपात्र समझते हो, मैं इसकी बड़ी क़द्र करता हूँ। तुग अपने दिल की बात मुझसे कह देते हो !"

जयदेव चौंक-सा गया। उसे प्रोफ़ेस्साब की ओर से ऐसी प्रतिक्रिया की आशा नहीं थी। वह समझता था कि प्रोफ़ेस्साब बिगड़ेंगे, मुझे उच्छृंखल स्वभाव का युवक कहेंगे, पर यहाँ तो प्रोफ़ेस्साब मुझे आलिंगन में भर रहे हैं।

समस्याओं को हल करने का प्रोफ़ेस्साब का अपना विशेष तरीका था। प्रोफ़ेस्साब भली भाँति जानते थे कि प्रशंसा कड़े-से-कड़े कवच को भी बेध डालती है। किसी को निःसहाय बनाना हो, किसी को सीख देना हो, किसी से अपनी बात मनवाना हो तो सबसे पहले उसकी प्रशंसा करो, उसके गुणों का बखान करो, वह हथियार भी डाल देगा और आपको भगवान का अवतार भी मानने लगेगा। पर ऐसी विधि प्रोफ़ेस्साब ने सोच-विचारकर अपनाई हो, ऐसा नहीं था। प्रोफ़ेस्साब मूलतः भीरु स्वभाव के व्यक्ति थे, कलह से दूर रहना चाहते थे, इसलिए उनके क्रियाकलाप में प्रतिरोध के लिए कोई स्थान नहीं था, न ही दो-टूक शब्दावली के लिए। मन में क्रोध उठता, तो भी अपने वाणी-माधुर्य तथा विवेकपूर्ण तर्कों द्वारा दूसरे आदमी को आश्वस्त किए रहते कि वह जो भी परामर्श दे रहे हैं उसी के भले के लिए ही दे रहे हैं। इसका नतीज़ा यह होता कि वह व्यक्ति स्वयं अपनी नज़र में ऊँचा उठने लगता था, उसका हीन भाव अथवा अपराध-भाव दूर हो जाता था। छिपाव-दुराव की इच्छा भी दूर हो जाती।

जयदेव का मन चाहा, प्रोफ़ेस्साब के चरण छू ले।

बरसों बाद जब यह नाटक समाप्ति पर था तो जयदेव अक्सर उसमें प्रोफ़ेस्साब की भूमिका पर विचार करता था। अगर प्रोफ़ेस्साब चाहते तो खलनायक की भूमिका

बड़ी सुगमता से निभा सकते थे, क्योंकि वाणी-चातुर्य में वह पारंगत थे, दूसरे का विश्वास जीतने में भी माहिर थे। इसके बावजूद यदि वह खलनायक नहीं बने तो इसलिए कि खलनायक में अधिक दृढ़ता होती है और वह भावुक नहीं होता। यहाँ विडंबना यह थी कि प्रोफ़ेस्साब में दोनों ही गुण नहीं थे।

देर तक इधर-उधर की बातें करने और स्थिति का विश्लेषण करने के बाद प्रोफ़ेस्साब ने बड़ी गंभीरता से अपना सुझाव दिया था, "घबराने की कोई बात नहीं, जयदेव ! मैं सोचता हूँ तुम्हें सुषमा के लिए कोई अच्छा-सा वर तलाश करना चाहिए। यह काम उसके परिवार के लोगों पर नहीं छोड़ना चाहिए।"

प्रोफ़ेस्साब के साथ हुई सारी बात को याद करके वह फिर से आश्वस्त और कुंतो की ओर से निश्चिंत महसूस करने लगा था। वह कुछ नहीं जानती, वह कुछ नहीं कहेगी, उसके साथ 'सरप्राइज़' का खेल खेलने में कोई दोष नहीं, मैंने सारी बात प्रोफ़ेस्साब से कर ली है और उन्होंने मुझे सुषमा को अपने साथ पहाड़ पर ले जाने की अनुमति दे रखी है। मेरे इरादे साफ़ हैं। मैं तो एक तरह से सुषमा को अपने जीवन से विदा करने जा रहा हूँ। यही परामर्श मैं प्रोफ़ेस्साब से लेकर आया हूँ। पर यह सोचते हुए उसके मन को झटका-सा लगा। सुषमा का उसकी ज़िंदगी से विदा हो जाना कोई छोटी-सी बात नहीं थी। उसके चले जाने से ज़िंदगी में वीरानी आ जाएगी, असह्य सूनापन। पर एक समस्या का हल तो होगा, बात किसी छोर तो लगेगी। ··· हटाओ जी इस बखेड़े को मन से, मारो गोली, जो होगा देखा जाएगा और मन-ही-मन जयदेव ने जैसे अपना सिर झटक दिया था।

फिर सामने कुंतो की ओर देखकर जयदेव मुस्कुरा दिया था और शरारत से आँख मार दी थी। कुंतो फिर से हँसने लगी थी। "सक्कर !" वह बुदबुदाई, और उसके दिल से फिर से स्नेह का सोता-सा फूट पड़ा था।

बस छूटने पर यों भी मन में हिलोर-सी उठती है। हर बार, रेलगाड़ी या बस छूटने पर लगता है हम किसी चीज़ से कट गए हैं और कटते ही आज़ाद हो गए हैं। अब हमें कोई दायित्व, कोई मजबूरी, कोई विधि-नियम, कुछ भी बाँधे हुए नहीं है। क्षण-भर के लिए ही सही, स्वतंत्रता का-सा, मुक्ति का-सा भास होता है। इसीलिए गाड़ी छूटते ही कोई मुसाफ़िर गाने लगता है, कोई सिगरेट सुलगा लेता है, कोई हँसी-ठट्ठा करने लगता है, एक हिलोर-सी मन में उठती है। यहाँ पर भी बस छूटी तो तीनों चहक उठे और बाहर की ओर झाँकने लगे। बाहर की दुनिया स्थिर थी, जड़ थी, जबकि ये लोग उन्मुक्त महसूस करने लगे थे, पक्षियों की भाँति मानो पंख फैलाकर उड़ने लगे थे।

"हाय, कितना अच्छा है !" कुंतो चहककर बोली।

बस मैदान से निकलकर शहर की सड़क पर आ गई थी। प्रति क्षण नए-नए

लोग आँखों के सामने आने लगे थे। एक भिखारी बालक, बस के साथ-साथ दौड़ता हुआ मैदान में से सड़क पर आ गया था। अभी भी अपनी छोटी-सी हथेली खोले, ऊपर की ओर सिर उठाए, दूसरे हाथ से सिर पर रखी टोपी को सँभाले हुए, दौड़ता आ रहा था। कुंतो ने झट से बैग में हाथ डाला और एक चमकती हुई अठन्नी उसकी ओर फेंक दी। फिर उसी बैग से एक संतरा निकालकर लड़के की ओर फेंका। सिक्का फेंकने की देर थी कि न जाने कहाँ से कितने ही और भिखारी बच्चे वहाँ पहुँच गए थे और पहले उस सिक्के पर और फिर उसे उठानेवाले लड़के पर टूट पड़े थे। बच्चे आपस में गुत्थमगुत्था हो रहे थे तभी बस, मोड़ काट गई और बच्चे आँखों से ओझल हो गए थे। कुंतो की आँखें अभी भी बाहर की ओर लगी थीं। "तुम छोटे-छोटे गरीब बच्चों को भिखारी बना रही हो !" जयदेव बोला, "इन्हें भीख माँगने की लत पड़ जाएगी !"

कुंतो ने अपनी स्नेहभरी आँखों से जयदेव की ओर देखा, "मैं मनौती मना रही हूँ बली !" वह बोली। उसकी आँखें अभी भी जयदेव के चेहरे पर लगी थीं।

जयदेव को याद आया, यह कुंतो की आदत है। ऐसा उसने पहली बार नहीं किया था। शादी के बाद, शुरू-शुरू में, उसकी समझ में नहीं आता था कि कुंतो क्या करती है। राह चलते किसी गुरुद्वारे का खुला फाटक आता तो पल्ले से सिर ढँककर वह खड़े-खड़े, सिर नवा देती, दहलीज़ को छूकर हाथ माथे को लगाती और फिर से दोनों हाथ जोड़ देती। एक बार जब वे शहर के बाहर घूमते फिर रहे थे और मूसलाधार बारिश होने लगी थी तो ये दोनों सिर छिपाने के लिए किसी किसान की कोठरी के अंदर जा बैठे थे। कोठरी खाली पड़ी थी। लगता था किसान वहाँ पर अपने ढोर बाँधता था। बारिश बंद होने पर जब ये लोग वहाँ से निकले थे तो कुंतो पहले तो जयदेव के साथ बाहर आ गई थी, फिर सहसा उन्हीं कदमों कोठरी के अंदर लौट गई थी और पाँच रुपए का नोट खिड़की के दासे पर रखकर उन्हीं कदमों बाहर निकल आई थी। तब उसने पहली बार जयदेव की बाँह में अपना हाथ डालते हुए कहा था, "मनौती मनाने गई थी !"

किसी पीर की कब्र हो, कहीं कोई पुराना चबूतरा हो, पीपल का पेड़ हो, कुंतो को मनौती मनाना याद आ जाता था। शादी के फ़ौरन बाद के दिनों में तो जयदेव को कुंतो का व्यवहार कभी-कभी बड़ा अबूझ और रहस्यपूर्ण लगा करता था और वह अपने ही तर्कों द्वारा नए-नए निष्कर्ष निकालता रहता था। कुंतो वहम करती है, इसका टूनों, पीरों, फकीरों में विश्वास है। पर बाद में कुंतो की यही आदत उसे अच्छी लगने लगी थी। मैंने तो अपना सभ्याचार किताबों से सीखा है, वह मन-ही-मन कहता, पर कुंतो ने अपना सभ्याचार धरती की सोंधी-सोंधी गंध से लिया है, शताब्दियों से चली आ रही परंपराओं से लिया है जिनमें हमारे पुरखे साँस लिया करते थे।

"मैं मनौती मनाने गई थी कि तुम्हें भगवान लंबी उम्र दे !" उसने एक बार कह दिया था।

कभी किसी मौके पर रामकुंड के बाहर किसी साधु ने उसे रुद्राक्ष का एक मनका दिया था। उसे वह बरसों से सँजोए हुए थी, कभी उसे धागे में पिरोकर गले में डाल लेती, कभी कलाई पर बाँध लेती। पर यों कुंतो प्रार्थना का एक शब्द भी नहीं जानती थी। सुबह-सवेरे उठती तो बिस्तर पर ही उठकर बैठ जाती और हाथ जोड़, आँखें मूँद, पूरे तीन क्षण की कोई प्रार्थना बुदबुदा देती, फिर आँखें खोलकर चहकने लगती।

बस शहर के बाहर निकल आई थी, हाट-बाज़ार सब पीछे छूट चुके थे। हरे-हरे खेत और सड़क के दोनों ओर खड़े शीशम के ऊँचे-ऊँचे पेड़ सामने आ गए थे। बड़ा सुहावना दृश्य आँखों के सामने खुल गया था। पके खेतों की गंध से लदी हवा बह-बहकर आ रही थी। पकी बालियों से सजे खेत हवा में झूम-झूम रहे थे। सहसा कुंतो गाने लगी, "ओ मैं उड्डी-उड्डी जावाँ, हवा दे नाल ! ओ मैं डोटे-डप्पे खावाँ, हवा दे नाल !" (अरी, मैं तो हवा के साथ-साथ उड़ी चली जा रही हूँ, हवा में ऊपर-नीचे कुलाँचें मार रही हूँ।)

विवाह के बाद, शुरू-शुरू में, कुंतो को इस तरह अठखेलियाँ करते देखकर जयदेव कहा करता था, "कुंतो, तू है तो लड़की पर भगवान ने भूल से तेरे अंदर किसी पक्षी की आत्मा डाल दी है।"

कुंतो को सुर-ताल का कुछ भी ज्ञान रहा हो, ऐसा नहीं था। उसकी आवाज़ भी सधी हुई नहीं थी, बच्चों की-सी पतली आवाज़ थी। पर उसके अंदर से जैसे संगीत का झरना फूट पड़ा हो।

सहसा वह रुककर बोली, "गाओ न बली, तुम वह गीत गाओ जो तुमने मुझे सुनाया था जब हम मालगाड़ी में सैर करते रहे थे।"

जब जयदेव को याद नहीं आया तो बोली, "हाय, सक्कर ! तुम्हें याद नहीं ? यह कैसे हो सकता है ? 'बेकसी रोएगी ···' ऐसा ही कुछ था, उर्दू की ग़ज़ल थी।" पर जब जयदेव चुप बना रहा तो वह अपनी सीट पर ही बैठी किसी-किसी वक़्त हौले-हौले ताली बजा-बजाकर ताल देती हुई गाती-गुनगुनाती रही थी। इस बात से बिलकुल बेसुध कि आस-पास बैठे तरह-तरह के मुसाफ़िर बरबस उसकी ओर देखे जा रहे थे, जिस कारण सुषमा भी सकुचाए जा रही थी और जयदेव को भी थोड़ी झेंप होने लगी थी।

लग रहा था जैसे किसी प्रबल आकर्षण ने कुंतो के दिल की कली खोल दी है। "अच्छा, अब मैं नहीं गाऊँगी", कुंतो ने कहा और बगल में बैठी सुषमा की बाँह में बाँह डालकर सामने की ओर देखने लगी।

जहाँ कुंतो अपने उद्‌गार व्यक्त किए बिना रह नहीं सकती थी, वहाँ सुषमा बात-बात पर सिमट-सिमट जाती थी। जयदेव के प्रति उसके दिल में कोई स्वाभाविक

गहरा आकर्षण रहा हो, भगवान जाने, पर वह मन-ही-मन 'जयदेव भइया' को मानती बहुत थी। उसके दबदबे में ही वह जैसे पलकर बड़ी हुई थी। जयदेव का व्यक्तित्व उसके सामने चकाचौंध करनेवाला व्यक्तित्व रहा था। शायद यही कारण रहा हो कि वह सोच-सोचकर बात करती, बात करते हुए भी उसका वाक्य बार-बार टूट जाता और वह कभी साड़ी का पल्ला ठीक करने लगती, कभी हाथ की उँगलियों में साड़ी का कोना लपेटने लगती। लाजवंती के पौधे की तरह बात-बात पर वह सिकुड़-सिकुड़ जाती थी और चेहरा बार-बार झेंप से लाल हो जाता था। अपनी सहेलियों के साथ भी वह बहुत कम खुल पाती थी। ऐसी लड़कियों के दिल की थाह पा सकना बड़ा कठिन होता है। जहाँ उसकी भावनाएँ अंदर-ही-अंदर घुमड़ती रहती थीं, वहाँ कुंतो अपने उद्‌गार व्यक्त किए बिना रह नहीं पाती थी। वह झट से कुछ बोल देती, जयदेव का हाथ पकड़ लेती, उससे लिपट जाती, सुषमा की बाँह में बाँह डाल देती। पर सुषमा मन-ही-मन सिकुड़ी रहती थी। उसकी झेंप उस विषैली बेल की तरह थी जो किसी पनपती झाड़ी पर फैलकर उसके स्वतंत्र विकास का गला घोंट देती है।

अगले पड़ाव तक पहुँचने से पहले ही तीनों थककर चुप हो गए थे। कुंतो भी ऊँघने लगी थी। कुंतो को जब नींद के झोंके आते तो वह बेबस हो जाती थी। बस में भी ऐसा ही हुआ। पहले तो उसे नींद के ज़बर्दस्त झोंके आए, सिर कभी बाएँ तो कभी दाएँ को झूल जाता। फिर जब नींद गहराने लगी तो सोए ही सोए उसने अपना सिर साथ बैठे देहाती बुज़ुर्ग के कंधे पर रख दिया था और कुछ ही देर बाद कुंतो का सिर उस बुज़ुर्ग की गोद में था और वह बड़े मज़े से, बायाँ हाथ गाल के नीचे रखे बुढ़ऊ की गोद में सो रही थी।

जयदेव और सुषमा दोनों ही नहीं सो पाए थे। कुंतो को यों लापरवाही से एक अनजान आदमी की गोद में सिर रखे सोते देखकर सुषमा को बड़ी झेंप हो रही थी और उसे बड़ा अटपटा लग रहा था। पर जयदेव इस तरह की घटनाओं का अभ्यस्त होता जा रहा था और वह केवल हँस दिया था।

"तुम्हें मौसी ने तो कुछ नहीं कहा ?" सहसा जयदेव ने पूछा, "हमारे साथ आने से टोका तो नहीं ?"

सुषमा ने सिर हिला दिया।

"अच्छा किया जो तुम आ गईं। मैं डर रहा था कि कहीं मौसी या बड़े भइया ने तुम्हें रोक न दिया हो।"

जयदेव ने बड़ी सहज, कुछ-कुछ विनम्र आवाज़ में कहा जिसे सुनकर सुषमा को हैरानी हुई। जयदेव भइया तो हमेशा उस पर हुक्म चलाया करते थे। सुषमा समझ नहीं पाई कि क्यों जयदेव के व्यवहार में उसके प्रति इतनी नर्मी आ गई है। वह नहीं जानती थी कि जयदेव को उसके साथ चले आने से जितना सुख मिल रहा था उतना ही वह उसे खो बैठने की आशंका से उदास भी हो रहा था। जो योजना

बनाकर वह आया था, यदि वह पूरी हो गई तो उसी क्षण से सुषमा पराई हो जाएगी, उसे वह एक तरह से खो बैठेगा।

"मुझे साथ क्यों लाये हो ?" सहसा सुषमा बोली, "मुझे अच्छा नहीं लगता।"

"क्यों ? तुम्हें बुरा लग रहा है क्या ?"

सुषमा चुप रही, फिर धीरे से बोली, "यों ही ··· मैं वहाँ पर क्या करूँगी, मेरा वहाँ क्या काम ? आप लोगों के बीच ? ···"

जयदेव के मन में आया कि वह सुषमा को बता दे कि किस इरादे से वह उसे अपने साथ लाया है। सुषमा क्या जाने कि इस यात्रा के केंद्र में सुषमा ही है, एक तरह से सुषमा की ख़ातिर ही इस यात्रा का आयोजन किया गया है। यह सुषमा को वह बता भी दे तो भी सुषमा कुछ नहीं बोलेगी। यह तो उस निरीह गाय की भाँति है जिसे कोई भी नकेल डालकर खींच ले जाए। उसकी जब वकील लड़के के साथ सगाई हो रही थी तब भी कुछ नहीं बोली थी। यह न हाँ में, न ना में। इसकी इस निरीहता पर ही जयदेव मुग्ध था और कभी-कभी खीझ भी उठता था। वह उस कोमल, लचीली, लता की भाँति थी जो किसी पेड़ के सहारे ही खड़ी रह सकती है, सहारा न रहेगा तो वह गिर पड़ेगी।

सुषमा से कोई उत्तर न पाकर जयदेव ने तनिक उत्तेजित होकर कहा, "तुम्हारे भविष्य का भी तो सोचना है।"

यह सुनकर सुषमा अपने में सिमट-सी गई। कुछ घबरा भी गई। वकीलवाला किस्सा उसके मन में घूम गया और वह सिहर उठी। तरह-तरह की बातें उसके घर में उठी थीं जिन्हें वह हतबुद्धि-सी, चुपचाप सुनती रही थी। अबकी बार जयदेव भइया क्या करने जा रहे हैं ?

पर सुषमा स्वयं क्या सोचती है, उसके अंदर कैसी भावनाएँ उठती हैं, कैसी उथल-पुथल मचती है, मचती भी है या नहीं, जयदेव कुछ नहीं जानता था। इस तरह का सरोकार ही वह महसूस नहीं करता था। सुषमा को लेकर उसके अपने अंदर उठनेवाले उद्दाम आवेग, यही सर्वोपरि थे। जितना ज़्यादा सुषमा चुप रहती, अपनी नज़रें झुकाए रहती, उतना ही ज़्यादा जयदेव महसूस करता था कि सुषमा को अकेला नहीं छोड़ा जा सकता, उसके जीवन का संचालन स्वयं करना होगा, उसे सहारा देना होगा, उसका दिशा-निर्देश करना होगा, उसके हित में फ़ैसले करने होंगे। यह काम किसी अन्य व्यक्ति पर नहीं छोड़ा जा सकता। यह किसी हितैषी पर ही छोड़ा जा सकता है जो इसे जानता हो, समझता हो। उसकी ज़िंदगी को जयदेव उसी प्रकार रूप देना चाहता था जैसे कोई मूर्तिकार, मोम-जैसे मुलायम मिट्टी के लौंदे को अपने दोनों हाथों में समेटकर धीरे-धीरे, दिल के संपूर्ण आग्रह के साथ रूप देता है।

"मुझे नहीं मालूम, जैसा आप ठीक समझो", सुषमा ने धीमी आवाज़ में कहा।

जयदेव को लगा जैसे सुषमा के शब्दों में पूर्ण समर्पण की गूँज है, जैसे अब भी

उसे उस पर पूरा-पूरा भरोसा है। उसे सुनकर गहरा संतोष हुआ।

तभी बस आखिरी मोड़ काटकर सीधी-सतर सड़क पर भागती हुई देहरादून में प्रवेश करने लगी थी।

जयदेव बड़ा हल्का-हल्का महसूस करने लगा था। इस छोटे-से वार्तालाप ने उसे आश्वस्त कर दिया था। मेरे विवाह के बावजूद सुषमा अभी भी मेरे उतना ही निकट है जितना पहले हुआ करती थी। वह अभी भी मुझे पहले की ही भाँति मानती है। वह अभी भी मेरी अपनी सुषमा है। उसे गहरी तृप्ति का भास हुआ था, और अपने स्वभावानुरूप फिर से हँसने-बोलने लगा था।

थैले में से एक संतरा निकालकर उसने छीला, फिर उसके छिलके के छोटे-से टुकड़े को कुंतो की आँखों के पास ले जाकर उसे दबा दिया। छिलके में से रस की हल्की-सी फुहार कुंतो की पलकों पर पड़ी। "उठ पोस्ती ! देहरादून आ गया है। घोड़े बेचकर सोई पड़ी है।"

फिर बुजुर्ग की ओर देखकर बोला, "माफ़ कीजिए साहिब, जब यह सोती है तो काठ के पुतले जैसी पड़ी रहती है। इसे कुछ पता नहीं चलता ··· उठ कुंतो, नहीं तो मुँह पर पानी के छींटे मारूँगा। ···"

बुजुर्ग मुस्कुरा दिया।

"बिटिया को सोई रहने दो। अभी बस रुकेगी तो जाग जाएगी। कोई बात नहीं। शहर तो आ ही गया है।"

सफ़र के दौरान बुजुर्ग की आँखें इन तीनों पर लगी रही थीं। इनके वार्तालाप के छिटपुट अंश भी उसके कानों में पड़ते रहे थे और उनके आधार पर वह अपने क़यास भी लगाता रहा था। अनजाने में ही उसके दिल में इन युवक-युवतियों के प्रति सद्भावना-सी जाग उठी थी। जो भावनाएँ इन लोगों को उद्वेलित किए हुए हैं, इनका अपने में कितना कुछ महत्व है, कौन जाने ? इनमें से कितनी टीस उठेगी, कितना दर्द, कितनी खुशियाँ, पर सब कितना उलझा हुआ, कितना अटपटा-सा। किसके भाग्य में क्या है जो उसे मिलेगा, अभी तो तीनों अपने-अपने उत्कट आग्रह के बल पर केवल आगे बढ़ते जा रहे हैं।

तभी बस झटके से रुकी। उसी समय बस के अंदर और बाहर शोर हुआ और कुंतो आँखें मलती हुई उठ बैठी! "कुंतो, तुम लोग सामान उतरवाओ, मैं बाहर जा रहा हूँ। जल्दी करो।" कहता हुआ जयदेव जल्दी से नीचे उतर गया।

जब सामान उतारा जाने लगा और कुंतो छत पर रखे सामान का एक-एक नग उतरवाने लगी तो उसने देखा कि जयदेव बस-अड्डे के मैदान में कभी एक ओर तो कभी दूसरी ओर भागा फिर रहा है, बसों के अंदर झाँकता हुआ, राहजाते मुसाफ़िरों और तरह-तरह के लोगों से कुछ पूछता हुआ। वह बार-बार उसकी ओर देखते हुए सिर झटककर बुदबुदाई, "यह 'सरप्राइज़' ही देता रहता है। अब फिर कोई शगूफ़ा छोड़ेगा।"

12

होटल का भोजन कक्ष सूना-सूना-सा था, कुछ-कुछ अँधेरा, फ़र्नीचर के नाम पर बड़े-बड़े मेज़ थे पर चीकट मैले, कमरे में सीलन का भास होता था। मैले-कुचैले ही दो बैरे, जिनमें से एक झाड़ू लगा रहा था और दूसरा कंधे पर से झाड़न को बार-बार उतारता और बार-बार कंधे पर वापस रखता हुआ मेहमानों से आर्डर ले रहा था। नंगी-बूची-सी जगह थी। बरसों बाद भी इस जगह को याद करते हुए जयदेव का दिल बैठ-सा जाता था कि वह क्यों कुंतो और सुषमा को वहाँ ले गया था। उस होटल से जुड़ी कोई भी तो याद खुशगवार नहीं थी। जैसा अवसाद होटल के डाइनिंग रूम में फैला था, वैसा ही उसके दिल के अंदर भी उतर गया था। डाइनिंग रूम की दीवारों पर कोई चित्र ही टँगे होते, मेज़ों पर धुले-उजले टेबुल-क्लाथ ही बिछे होते, कहीं कोई गुलदस्ता ही रखा होता। खुली खिड़कियों से धूप की ही कोई किरण झाँक रही होती, बैरे ही चुस्त-दुरुस्त और साफ़-सुथरे होते। पर यहाँ ऐसा कुछ भी नहीं था।

फिर, जो नाटक वह इन दोनों लड़कियों के साथ खेलना चाहता था, और जो वह इनसे छिपाए हुए था, उसका भी प्रमुख पात्र नहीं पहुँच पाया था। पिछले दिन बस से उतरने के बाद, ये लोग देर तक बस-अड्डे पर ही बैठे रहे थे। किसी-न-किसी बहाने जयदेव उन्हें वहीं पर रोके रहा था, जबकि उसकी आँखें हर आनेवाली बस के अंदर झाँक-झाँककर देखती रही थीं। गिरीश का वह बेताबी से इंतज़ार कर रहा था पर वह नहीं पहुँचा था और वह शाम के साये उतरने तक उसकी राह देखता रहा था। और, कुंतो और सुषमा को अपने साथ बैठाए रखा था। बहाना उसने यह बनाया था कि पिताजी ने किसी वकील से मिलने के लिए कहा था जो उसी दिन वहाँ पहुँचनेवाला था। पर गिरीश के न पहुँचने पर उसका मन खिन्न हो उठा था और उसे चिंता होने लगी थी।

बैरे ने फिर से अपना मैला झाड़न कंधे पर से उतारा और बोला, "आमलेट, टोस्ट, बटर-टोस्ट मिल सकते हैं। पूरी-आलू नहीं है। दूध भी अलग से नहीं होगा, चाय के साथ ही मिलेगा।" इस पर जयदेव ने बिगड़कर कहा था, "तो यह सराय है या होटल ?"

कुंतो और सुषमा दोनों ही अनमनी-सी बैठी थीं, अपने में खोई हुईं। कोई और समय होता तो कुंतो, जयदेव के इस तरह बोल पड़ने पर चौंक-चौंक जाती। सुषमा सहमी-सी बैठी थी और अपनी आदत के मुताबिक अपने रूमाल को बार-बार मरोड़ने, उससे अपनी हथेलियाँ पोंछने लगी थी।

"लाओ, तीन प्लेट आमलेट और टोस्ट। और बाद में चाय, एक बड़ा पॉट। वहाँ से बनाकर चाय नहीं लाना, हम खुद बनाएँगे।"

नाश्ता करते समय, जयदेव का एक पुराना, बचपन के दिनों का मित्र, जो अपनी पत्नी के साथ उसी होटल में ठहरा हुआ था, अंदर आ गया था, और दोनों उन्हीं के साथ आकर बैठ गए थे। पिछली रात को वे लोग देर तक इन्हीं के साथ टहलते-बतियाते रहे थे। कुंतो, जो ऐसे मौकों पर बड़ी हिलमिल जाती थी, जो गत-रात को भी इनके साथ बड़ी हँसती-बोलती रही थी, अब बिल्कुल गुमसुम बैठी थी।

जब नाश्ता आया और बैरे ने इन तीनों के सामने आमलेट रखे तो कुंतो बैरे से बोली, "अचार है ?"

"अचार ? कौन-सा बीबीजी ?"

"कोई भी हो, ले आओ।"

तभी जयदेव झट से बोल पड़ा था, "अचार नहीं खाओ कुंतो, तुम्हारा गला ख़राब है। कल रात भी देर तक खाँसती रही थी।"

"नींबू का है, बीबीजी। शलग़म, गाजर का भी है, मगर तेज है।"

जयदेव ने सफ़ाई देते हुए अपने लड़कपन के मित्र से कहा, "कुंतो का गला बड़ी जल्दी खराब हो जाता है। डाक्टर ने मना कर रखा है।"

पर जयदेव का वाक्य अभी पूरा भी नहीं हुआ था कि कुंतो बैरे से बोली, "जौन-सा भी ज़्यादा तेज हो, ले आओ", और कहने के बाद नज़र नीची किए मेज़ की ओर देखती रही। उसके चेहरे पर लाली की परत फैल गई।

बरसों बाद भी उस सुबह को याद करते हुए जयदेव बड़ा विचलित महसूस किया करता था।

बैरा अचार की बोतल ले आया था। मैली-सी बोतल और उसके अंदर पुराना अचार जो करीब-करीब काला पड़ चुका था।

जयदेव का मित्र उसकी बगल में बैठा था, नहीं तो जयदेव आगे बढ़कर अचार की बोतल उठा लेता और कुंतो से दूर रख देता। पर कुंतो ने बोतल को उठाकर खोल लिया था, एक बार सूँघा था और चम्मच से अचार का एक बड़ा-सा डला निकालकर अपनी प्लेट में रख लिया था।

"कुंतो, तुम्हें अचार नहीं खाना चाहिए, डाक्टर ने मना कर रखा है।"

कुंतो चुप रही, उसका चेहरा फिर से लाल पड़ गया था, पर दूसरे ही क्षण उसने अचार का डेला टोस्ट पर रख लिया था और उसमें से एक निवाला तोड़

भी लिया था।

जयदेव का चेहरा पीला पड़ गया था। गुस्से से वह बिफर उठा था। "रात-भर खाँसती रही हो। तुम सुनती क्यों नहीं ? मैं बार-बार बके जा रहा हूँ। ..."

कुंतो कुछ नहीं बोली और चुपचाप दूसरी ओर देखती हुई अचार से सना टोस्ट का टुकड़ा चबाती रही।

तभी उसे खाँसी उठी थी, ज़ोरों की खाँसी, जिसे दबा पाने के लिए वह बार-बार अपने मुँह पर चुन्नी का छोर रखने लगी।

कुंतो ने हाथ बढ़ाकर पानी का गिलास उठाया और दो-तीन घूँट भरे। इसके बाद वह फिर से अचारवाला टोस्ट खाने लगी। इतना ही नहीं, प्लेट में बचा हुआ अचार का रस टोस्ट पर उँड़ेल लिया।

"मुझे कुछ नहीं होगा", उसने कहा और फिर से टोस्ट चबाने लगी।

"क्यों खाती हो कुंतो, न खाओ", सुषमा ने दबी आवाज़ में कहा। पर जयदेव तो जैसे आपे से बाहर हो गया, "अगर तुम इस तरह मेरी तौहीन करोगी तो जो तुम्हारा मन आए, करो !"

"मुझे कुछ नहीं होगा। हो भी गया तो क्या हुआ !" कुंतो बुदबुदाई, पर अचार खाना नहीं छोड़ा।

जयदेव परेशान हो उठा। "अगर तुम इस तरह मेरे मुँह पर थूकोगी तो मैं यहाँ एक पल भी नहीं रहूँगा", और जयदेव वहाँ से उठ गया था।

"क्या करती हैं, कुंतोजी ! आपके लिए ठीक नहीं है, क्यों खाती हैं अचार ?" जयदेव के मित्र की पत्नी ने कहा और आगे बढ़कर अचार की बोतल उठा ली और मेज़ के एक कोने पर, कुंतो से दूर, रख दी।

जयदेव के मित्र को बड़ी झेंप होने लगी। उसने अपनी पत्नी को आँख से इशारा किया और दोनों उठ खड़े हुए। उनके उठ जाने पर जयदेव भी उठ खड़ा हुआ और उनके साथ हो लिया, "क्या करूँ ? माथा पीट लूँ ? इसे मेरी परवाह ही नहीं है !"

कुंतो अभी भी गुमसुम बैठी थी। सुषमा बड़ा अटपटा महसूस करने लगी थी। उसकी समझ में नहीं आ रहा था कि कुंतो से क्या कहे, बल्कि कुंतो के निकट बैठ पाना ही उसके लिए असह्य हो रहा था। बार-बार उसके मन में उठने लगा था—मैं क्यों इन लोगों के साथ चली आई ? मुझे आने की क्या ज़रूरत थी ? वह यों भी रात की घटनाओं के कारण बड़ी क्षुब्ध-सी महसूस कर रही थी।

"जाओ, तुम भी बेशक चली जाओ !" कुंतो ने कहा।

सुषमा कुछ नहीं बोली, थोड़ी देर तक ठिठकी बैठी रही, फिर वहाँ से उठ गई। ज्यों ही सुषमा वहाँ से उठी और कुंतो अकेली रह गई, उसकी आँखों से झरझर आँसू गिरने लगे। बिना जयदेव की ओर देखे जो भोजन-कक्ष से निकलकर बाहर जा चुका था और सुषमा बरामदे की ओर बढ़ गई थी, कुंतो ने एक अजीब हरकत

की। हाथ बढ़ाकर अचार की बोतल उठा ली, उसका ढक्कन खोला और उसमें से अचार का डला निकालकर सीधा मुँह में डाल लिया और फिर मेज़ से उठकर अपने कमरे की ओर चली गई और दरवाज़े को अंदर से बंद कर लिया।

जयदेव अपने मित्र और उसकी पत्नी को नीचे पुल तक छोड़ने गया था, दोनों ही अटपटा महसूस कर रहे थे।

होटल की ओर लौटते हुए, अंदर-ही-अंदर जयदेव को किसी बात का पछतावा हो रहा था या नहीं, कहना कठिन है—मैं सुषमा को साथ ले आया हूँ, क्या इससे कुंतो जलभुन गई है ? उसने क्यों बौखलाकर ऐसा व्यवहार किया है ? क्या गत रात की किसी बात से वह चिढ़ी बैठी थी ? वह तो बहुत पहले ही सोने के लिए चली गई थी, क्योंकि बाहर ठंडी हवा में चट्टान पर बैठे रहने से उसकी खाँसी फूट पड़ी थी और वह परेशान हो गई थी। यों, पछताने का जयदेव का स्वभाव नहीं था। दिल में उठनेवाले आवेग ही उसे अपना रास्ता सुझाते रहते थे। कुछ भी तो ऐसा नहीं था जो उसे अपने व्यवहार में आपत्तिजनक लग रहा हो। सुषमा को वह एक तरह से ज़बर्दस्ती खींच लाया था, पर इसके लिए प्रोफ़ेस्साब ने अनुमति दे दी थी, बल्कि एक तरह से यह उन्हीं का सुझाव रहा था। प्रोफ़ेस्साब के मुँह से यह सुझाव निकलने की देर थी कि जयदेव को अपना निर्णय सर्वथा उचित और वांछनीय लगने लगा था और सुषमा को साथ लाना न्यायसंगत। वह अपने मन के आवेग को भी स्वाभाविक मानने लगा था। इससे उसके मन में उठनेवाली द्विविधा और संशय दूर हो गए थे। इसी परिप्रेक्ष्य में कुंतो का इस तरह व्यवहार करना उसे अत्यंत अनुचित और आपत्तिजनक लग रहा था। क्या उसे सुषमा से ईर्ष्या होने लगी है ? इसका क्या यह मतलब है कि मैं सुषमा से बात भी न करूँ ? वह परायी तो नहीं, मेरी मौसेरी बहिन है, और कुंतो उसे बरसों से जानती है। क्यों कुंतो इस तरह से बिफर उठी है, क्या कोई और कारण भी हो सकता है ?

पिछली रात को वे लोग देर तक गीत गाते और गप्पें हाँकते रहे थे। जयदेव का मित्र और उसकी पत्नी भी उनके साथ शामिल हो गए थे। होटल से थोड़ी ही दूर पर एक चट्टान थी जहाँ से गहरी खड्ड शुरू हो जाती थी। उसी चट्टान पर वे सब जा बैठे थे।

"हाय, मुझे तो डर लगता है", कुंतो ने कहा था और चट्टान पर बैठने के बजाय वह वहाँ से उतरकर उसके निचले हिस्से पर पैर लटकाकर बैठ गई थी। उसके पैर नीचे, पगडंडी को छू रहे थे। वे लोग देर तक हँसते, मज़ाक करते रहे थे। "नहीं बाबा, मैं तो वहाँ पर नहीं बैठूँगी। सिर में चक्कर आ जाए तो सीधा खड्ड में जा गिरूँ", कुंतो ने कहा था।

सदा की भाँति जयदेव सभी का मनोरंजन करता रहा था, अपने सैर-सपाटे के

किस्से सुनाता रहा था।

"हमारा बली तो कोई ऐसा काम नहीं करता जिसमें जोखिम न हो। इस चट्टान पर बैठने का सुझाव भी वही दे सकता है", कुंतो कह रही थी। फिर मुड़कर नीचे खड्ड की ओर देखते हुए बोली, "हाय, कैसी काली-स्याह खड्ड है और कैसा भयानक सन्नाटा ! इसमें गिरो तो सीधे पाताल पहुँच जाओ !"

जयदेव के मित्र ने कहा था, "मैं गिरूँगा तो उसी वक़्त आवाज़ लगा दूँगा, 'लोगो, बचाओ, बचाओ ! मैं खड्ड में गिरा जा रहा हूँ' !"

इस पर जयदेव बोला, "आवाज़ अपने-आप निकलेगी, तू चिंता न कर", और वह खड्ड में गिरते आदमी की आवाज़ की नकल उतारने लगा था, "ओ ··· ओ ··· ओ ··· ओ ··· मैं चला ··· ओ ··· ो ··· से ··· "

और सब खिलखिलाकर हँस दिए थे।

फिर जीजाजी की चर्चा चल पड़ी थी। घर में जीजाजी को सभी जानते थे, सभी उनसे प्यार करते थे, पर उनकी खिल्ली भी उड़ाते थे।

"यार, झट से लड़ पड़ता है", और जयदेव सहारनपुर का कोई किस्सा सुनाने लगा था। वहाँ ये लोग किसी दूकान पर पूरियाँ खाने पहुँच गए थे जहाँ पूरियों को देखकर जीजाजी बिगड़ उठे थे और छूटते ही कह दिया था कि ऐसी पूरियाँ तो हमारे यहाँ कुत्तों को भी नहीं डाली जातीं, और यह भी कि सब हलवाई मक्कार होते हैं, कहते कुछ हैं, देते कुछ हैं। बात बढ़ गई। तभी कहीं से एक आदमी आया, हलवाई के ही कोई रिश्ते का रहा होगा, बड़ी-बड़ी मूँछें और फूली हुई तोंद। उसने आते ही पहले तो जीजाजी का टोप उनके सिर पर से उतारा और सबके सामने उसे कूड़े के ड्रम में फेंक दिया। जीजाजी बौखला उठे, "तुम कौन हो ? तुम्हारा मतलब ? यह क्या हिमाकत है ?" वह बोल ही रहे थे कि उस आदमी ने जीजाजी को अपनी बाँहों में ऊँचा उठा लिया और उन्हें भी कूड़े के ड्रम में फेंक दिया, ऊपर से ढक्कन दे दिया। ··· "

सभी लोग हँसी से लोट-पोट हो रहे थे। "यह ढक्कनवाली बात तुमने अपनी तरफ़ से जोड़ी है, बली", कुंतो चहककर बोली थी।

"और जीजाजी हमारे, ड्रम के अंदर बैठे भी चिल्ला रहे थे और पुलिस में रपट लिखवाने की धमकी दे रहे थे ··· यार, बड़ा लाजवाब आदमी है। ··· जहाँ कहीं हम एक साथ जाते हैं, इनका काम झगड़ा खड़ा करना होता है और मेरा लोगों से माफ़ियाँ माँगना। बड़ी मुश्किल से इन्हें ड्रम में से निकाला ··· "

जयदेव और सुषमा चट्टान के ऊपरवाले हिस्से पर बैठे थे। चट्टान चौड़ी थी और सुषमा, जयदेव से थोड़ा हटकर बैठी थी। चट्टान के निचले हिस्से पर कुंतो, उससे थोड़ा ऊपर जयदेव का मित्र और उसकी पत्नी बैठे थे। हर बार जब कुंतो मुड़कर ऊपर की ओर देखती तो जयदेव के उल्लसित, खिले हुए चेहरे को देखकर उसके दिल में हिलोर-सी उठती। जयदेव सचमुच बड़ा सुंदर लग रहा था। खिली चाँदनी

में, चट्टान पर बैठा जयदेव पौराणिक कथाओं के वीरनायक-सा लग रहा था। साँय-साँय करती पहाड़ी हवा उसके बालों के साथ खेल रही थी, उड़ते बालों की एक लट माथे पर झूल-झूल जाती। छाती पर के बटन खुले थे जिससे उसके स्वभाव का अल्हड़पन और भी अधिक आकर्षक लग रहा था। जब वह खुलकर बतियाने लगता तो सुननेवाले हँसी से लोट-पोट होने लगते, कभी स्वाँग रचता, कभी चुटकुले सुनाता, कभी लोगों के किस्से सुनाता। उसका कहानी कहने का ढँग निराला था।

अभी इनकी मजलिस चल ही रही थी कि कुंतो को ज़ोरों की खाँसी उठी थी और वह उठकर अपने कमरे में चली आई थी। चारों ओर फैली दूधिया चाँदनी में ये लोग उसके बाद देर रात तक किस्से सुनाते, गप्पें हाँकते और गीत गाते रहे थे।

वे लोग चट्टान से उतरकर जब होटल में दाख़िल हुए थे तो आधी रात का समय हो रहा था। उन्होंने सुबह कहीं पर पिकनिक करने का प्रोग्राम भी बनाया था, पर यह सोचकर कि अब देर हो गई है, सुबह देखेंगे, मन हुआ तो पिकनिक पर निकल जाएँगे, नहीं तो बिस्तर में ही पड़े रहेंगे—पिकनिक के प्रोग्राम को अनिश्चय में डोलता छोड़कर अपने-अपने कमरों की ओर चले गए थे।

कुंतो कमरे में पहुँचकर, पहले तो अपनी आदत के मुताबिक कमरा साफ़ करती रही, कपड़े-लत्ते को, जो जगह-जगह बिखरे पड़े थे, ठिकाने लगाती रही, फिर पलँग पर बैठकर अपने बाल काढ़ती रही थी।

गुसलखाने में हाथ-मुँह धोकर, हाथ में उठाया मग, खिड़की के दासे पर रखने ही जा रही थी कि उसकी नज़र अनायास ही बाहर की ओर उठ गई। कोई युवक-युवती, आलिंगनबद्ध, बाहर बरामदे के एक ओर खड़े थे। कुंतो की नज़र पड़ गई तो वह ठिठक-सी गई। खिड़की के शीशे के पास जाकर, उसने पर्दे के पीछे से झाँककर बाहर देखा। बरामदे में झुटपुटा था, पर बरामदे के बाहर चाँदनी खिली थी। आलिंगनबद्ध जोड़े में, युवक बड़े आग्रह से लड़की को चूम रहा था, कभी उसके बाल चूमता, कभी उसे बाहुपाश में बाँध लेता।

कुंतो की आँखें धीरे-धीरे झुटपुटे की अभ्यस्त हो गईं और वह उत्सुकता से बराबर उस जोड़े को देखे जा रही थी कि सहसा वह चौंक गई—यह तो जयदेव है, और उसने बरामदे के कोने में खड़ी सुषमा को भी पहचान लिया। उसका दिल धक्-से रह गया। यह मैं क्या देख रही हूँ ? और एक असह्य क्रंदन उसके अंदर से उठा। जिस आग्रह से जयदेव, सुषमा के शरीर को बार-बार बाँहों में भर रहा था, कभी उसके गाल तो कभी माथा और कभी उसके बाल चूम रहा था, इतने आग्रह से तो उसने मुझे भी कभी अपने आलिंगन में नहीं लिया। कुंतो वहाँ खड़ी-खड़ी जैसे काठ हो गई। उसने देखा कि सुषमा, झेंपती हुई-सी, अपने स्वभाववश

उसे अपने पर से हटाने की कोशिश कर रही थी, मानो डर रही हो कि कहीं कोई देख न ले। जयदेव उसके कान में कुछ बुदबुदा रहा था।

खड़े-खड़े ही कुंतो की टाँगों में जैसे पानी भर गया था और वह लड़खड़ाती हुई-सी लौटकर अपने पलँग की पाटी पर आकर बैठ गई थी। वह भौंचक्की-सी शून्य में देखे जा रही थी। उसकी समझ में अभी भी कुछ नहीं आ रहा था कि वह क्या देखती रही है।

कुछ ही देर बाद जयदेव कमरे में आ पहुँचा था।

"तुम अभी तक सोई नहीं ?" उसने लापरवाही से पूछा।

कुंतो की आँखों के सामने जयदेव खड़ा था, "हाय यह कितना सुंदर है !" कुंतो के अन्तस् में से एक वेदनाभरी हूक-सी उठी। उसकी आँखें अभी भी जयदेव के चेहरे पर लगी थीं। वह कुछ कहना चाहती थी पर उसके मुँह से शब्द नहीं निकल पाए। कुंतो का चेहरा बेहद पीला पड़ गया था और उसकी टाँगें काँपने लगी थीं। इतने स्वच्छ, निर्दोष, खिले-खिले चेहरेवाला जयदेव मेरे साथ छल क्यों करेगा, मुझे ज़रूर भ्रम हुआ है, बरामदे में ज़रूर कोई और लोग रहे होंगे। मैं भी कैसी पागल हूँ, मैंने ध्यान से देखा ही नहीं कि वे कौन लोग थे। उसका मन हुआ अपने दोनों हाथ जयदेव की ओर बढ़ा दे और उसे उसी आग्रह के साथ अपनी बाँहों में भर ले जिस आग्रह के साथ बरामदे में खड़ा युवक उस युवती को बाँहों में भर रहा था।

थोड़ी देर बाद जब जयदेव गुसलखाने में से रात के कपड़े पहनकर बिस्तर की ओर आया तो कुंतो पथराई-सी आँखों से अपने पति की ओर देखे जा रही थी। अभी तक उसके अंदर कुछ भी नहीं टूटा था, अभी तक उसे उस घाव का दर्द महसूस नहीं हुआ था जो उसके दिल को लहूलुहान कर गया था।

जयदेव उसके पास खड़ा था। कुंतो ने हाथ उठाकर उसके शरीर पर अपना हाथ रखा और धीरे-धीरे उसकी उजली कमीज़ को सहलाने लगी थी, पर उसकी आँखें अभी भी टकटकी बाँधे, जयदेव के चेहरे पर लगी थीं।

"बाहर मौसम सुहावना था ना ?" जयदेव ने उसके कंधे पर हाथ रखते हुए कहा, "पर तुम्हें ज़्यादा देर वहाँ नहीं बैठना चाहिए था। सर्दी बढ़ गई थी। तुम्हें फिर खाँसी तो नहीं उठी ?"

तभी सहसा कुंतो फफक-फफककर रो पड़ी और पलँग की पाटी पर ही सिर रखे बिलखने लगी और देर तक बिलखती रही, यहाँ तक कि उसकी हिचकियाँ बँध गयीं।

जयदेव की समझ में नहीं आ रहा था कि कुंतो इस तरह फफक-फफककर क्यों रोने लगी है। कुंतो का रोना थमने में नहीं आ रहा था और जयदेव, भौंचक-सा उसके पास खड़ा रहा, यहाँ तक कि कुंतो, पाटी पर सिर रखे ही, रोते-रोते सो गई थी।

और अब, सुबह का यह कांड, जिसने जयदेव को और भी अधिक विचलित कर दिया था · · ·

तभी गिरीश पहुँच गया था। कुली के सिर पर अपना बिस्तर उठवाए, हाथ में छोटा-सा बैग लिए वह होटल के सामने सड़क पर खड़ा, होटल का साइनबोर्ड पढ़ रहा था। गिरीश ही था, ऊँचा, लंबा गिरीश। जयदेव ने उसे बरामदे में से देख लिया था, वही कद-काठी, आँखों पर वही मोटा चश्मा। उसे देखते ही जयदेव को लगा जैसे मनों बोझ उसके कंधों पर से उतर रहा है, उसे गहरा इत्मीनान हुआ। पर कुंतो ? कुंतो का क्या हो ? वह जो तनी बैठी है, गुमसुम, न कुछ बोलती है, न कुछ जानती-समझती है। उसके सहयोग के बिना तो कुछ भी नहीं हो पाएगा। हमारे बीच इस तनाव का भास गिरीश को हुआ तो वह अगली बस पकड़कर भाग जाएगा। वह भी तो टेढ़ा आदमी है। काश कि प्रोफ़ेसाब यहाँ पर होते और अपने परामर्श द्वारा स्थिति को सँभाल लेते। एक तरह से उन्होंने ही मुझे सुषमा की सगाई का प्रबंध करने की दिशा में प्रोत्साहित किया था—"अगर तुम सुषमा को भूल नहीं पा रहे हो तो इससे पहले कि बात बढ़ जाए और कुंतो के साथ तुम्हारे संबंधों में बिगाड़ पैदा हो, यही बेहतर होगा कि तुम सुषमा को ठिकाने लगाने की पूरी-पूरी कोशिश करो। यह तुम्हारा फ़र्ज़ भी बनता है।" फिर देर तक अपने भाई धनराज और सिंगापुर में बैठी उसकी प्रेमिका की चर्चा करते रहे थे। तभी जयदेव ने, तत्काल ही, गिरीश से संपर्क स्थापित करने का निश्चय किया था और उसे मसूरी बुला भेजा था। तभी मसूरी जाने का प्रोग्राम भी कुंतो के साथ बनाया गया था। अगर उस वक़्त मैं कुंतो से कह देता कि किस प्रयोजन से मैं सुषमा को साथ ले चल रहा हूँ, उसके साथ नाटकबाजी नहीं करता, तो आजवाला कांड नहीं होता।

जयदेव भागता हुआ होटल के बाहर गया। बड़ी उत्सुकता और चाव से गिरीश से मिला। वह जानता था कि इस तरह की भावुकता गिरीश को पसंद नहीं। अपनी तरह का बुद्धिजीवी होने के कारण बग़लगीर होकर मिलने में उसे भावनाओं के लिजलिजेपन का भास होता था। जयदेव ने उसका बैग अपने हाथ में ले लिया था और दोनों होटल के अंदर जाने लगे थे।

उसे अपने कमरे में पहुँचा चुकने के बाद जयदेव सीधा कुंतो के सामने जा पहुँचा था।

"गिरीश आया है। मैंने ही उसे यहाँ बुला भेजा है। मैंने तुम्हें बताया नहीं था, मैंने सोचा तुम्हें सरप्राइज़ दूँगा। · · ·"

पलँग पर बैठी कुंतो, घुटनों पर ठुड्डी रखे अपने में खोई हुई थी।

"मुझे मेरा सरप्राइज़ मिल चुका है · · ·" और कहते ही उसकी आँखें भर आईं।

"मेरी बात सुनो। न जाने तुम क्या सोच रही हो ? सुषमा को ठिकाने लगाने के इरादे से ही मैं उसे अपने साथ लाया हूँ। इस ख़याल से कि गिरीश को बुलाऊँगा और दोनों एक-दूसरे से मिल लेंगे। सुषमा उससे पहले मिल भी चुकी है। मैं नहीं

जानता तुम्हारे मन में क्या है, पर मैं इसी इरादे से उसे यहाँ लाया हूँ। प्रोफ़ेस्साब के ही कहने पर लाया हूँ ···", वह एक साँस में कह गया।

प्रोफ़ेस्साब का नाम सुनते ही कुंतो ठिठक-सी गई।

"प्रोफ़ेसर भइया को क्यों बीच में लाते हो। उन्होंने तुम्हारा क्या बिगाड़ा है ?" कुंतो बोली और फिर से उसकी आँखें भर आईं।

"तुम मुझे गलत समझ रही हो, कुंतो !"

"मैं समझूँ, न समझूँ, इससे क्या फ़र्क पड़ता है !" उसने बुदबुदाकर कहा।

"मैंने तुम्हारी पीठ पीछे कभी कुछ नहीं किया है, कुंतो ! यह तो तुम्हें भी मालूम है। ···"

कुंतो ने अपनी पलकें ऊपर उठाईं, और फिर क्षण-भर बाद झुका लीं। पर जयदेव कहता गया, "कल रात मैंने तुम्हें कमरे में भेज दिया था क्योंकि सर्दी की वजह से तुम्हें खाँसी उठने लगी थी। मैं नहीं चाहता था कि तुम्हें ठंड लग जाए।"

कुंतो ने फिर पलकें ऊपर उठाईं। उसकी आँखों में गहरा दर्द और अविश्वास दोनों एक साथ झलक आए थे।

"मैं सुषमा के साथ थोड़ी देर के लिए बना रहा था। मैं उसे गिरीश के बारे में बताना चाहता था और यह भी कि मैं किस अभिप्राय से उसे अपने साथ लाया हूँ।"

सहसा कुंतो के चेहरे पर लाली दौड़ गई। उसका चेहरा जैसे तमतमा उठा, "क्या यही सूचना देने के लिए रुक गए थे ?"

जयदेव चुप रहा। वास्तविकता तो यही थी। पर उसके साथ कुछ और भी था। सुषमा को गिरीश के बारे में बता चुकने के बाद ··· तभी बात बदल गई थी। वे चलते हुए सुषमा के कमरे के बाहर पहुँच चुके थे। चाँदनी उसके पूरे, खुले चेहरे पर पड़ रही थी। लगता था जैसे चाँदनी के कण उसके घुँघराले बालों में अटक गए हैं। एक स्निग्ध, शांत-सी मुस्कान सुषमा के होंठों पर आ गई थी। इस सूचना से वह विचलित नहीं हुई थी बल्कि जयदेव को लगा था जैसे यह प्रस्ताव उसे पसंद आया है। जैसे उसके अंदर कुछ खुल-सा गया है। उसे अनिश्चय और दिशाहीनता का अंत होता जान पड़ा था। तभी, उस स्निग्ध मुस्कान को देखकर जयदेव के दिल में टीस-सी उठी थी, और सहसा उसे इस बात का बड़ी तीव्रता से भास हुआ था कि सुषमा को अब वह खो बैठेगा। गिरीश अपनी स्वीकृति देगा, उसी क्षण से सुषमा परायी हो जाएगी, बरसों के स्नेह-बंधन कटकर अलग हो जाएँगे। वह मन-ही-मन व्याकुल-सा हो उठा था और उसी आवेश में उसने सुषमा को बाँहों में भरकर, कभी उसके बाल तो कभी उसके हाथ चूमने लगा था। गिरीश आ रहा है, यह जानकर सुषमा को अच्छा लगा था। वह उत्सुक-सी भी महसूस करने लगी थी, पर सहसा जयदेव के व्यवहार से वह बेहद झेंप गई थी। पहली बार उसे भास होने लगा था कि यह हुक्म चलानेवाला मौसेरा बड़ा भाई न होकर कहीं बड़ा निस्सहाय

और निरीह प्राणी भी हो सकता है। उसने उसे इतना भावविह्वल कभी नहीं देखा था। तब भी नहीं, जब सुषमा के प्रति अपना अधिकार जताते हुए, वह अपनी ईर्ष्या को छिपा नहीं पाता था। ऐसे क्षणों में उसे रोकने की हिम्मत सुषमा में नहीं थी, न पहले कभी रही थी, न अब थी। साथ-ही-साथ उसे यह जानकर बड़ी सुखद अनुभूति का भास हुआ था कि जयदेव भइया ने गिरीश जैसे व्यक्ति के सामने उसके लिए प्रस्ताव रखा है। पर यह सब जयदेव, कुंतो को कैसे समझाए ? और कोशिश करने पर भी, क्या वह समझ पाएगी ? कुंतो अभी तक संभल नहीं पाई थी। एक तो चुंबनों-आलिंगनों का वह दृश्य, उस पर जयदेव का झूठ। जयदेव मुझसे छिपाकर भी कोई काम कर सकता है, इसकी उसे आशा नहीं थी।

कुंतो की आँखें जयदेव के चेहरे पर लगी थीं और वह चुपचाप सुने जा रही थी। जयदेव की आवाज़ में कुछ था जो कुंतो को अपरिचित-सा लगा। इस तरह धीमी आवाज़ में तो जयदेव को बोलते उसने कभी नहीं सुना था। क्या यह अपने किए पर पछता रहा है ? या फिर मुझसे कोई झूठ बोलने आया है ? अनुनय-विनय की-सी गूँज तो जयदेव की आवाज़ में उसने पहले कभी नहीं सुनी थी। सुषमा को सहसा याद आया, बड़े भइया का एक दोस्त जो आए दिन अपनी पत्नी की पीठ पीछे किसी-न-किसी लड़की पर लट्टू हुआ रहता था। पर जब पत्नी को पता चल जाता और वह बिगड़ती तो झट से गिड़गिड़ाकर उससे माफ़ी माँग लेता था, "भूल हो गई। मैं आपे से बाहर हो गया था। मैं अपनी सुध-बुध खो बैठा था।" घर में प्रोफ़ेसर भइया ने जब यह बात सुनाई थी तो सब लोग हँस दिए थे, और कुंतो को उस आदमी का व्यवहार हास्यास्पद और साथ-ही-साथ घृणास्पद भी लगा था। क्या जयदेव भी वैसा ही कुछ कहने आया है ?

"मैं सोचती हूँ, मैं यहाँ से चली जाऊँ। तुम उसकी सगाई करवाकर जब मन आए लौट आना।"

पर जयदेव कहे जा रहा था, "कल उसे यहाँ पहुँचना था, ऐसा ही उसने लिखा था, पर कल नहीं आया, इसी कारण मैं परेशान हो उठा था। पर अभी-अभी वह पहुँच गया है, मैं उसे उसके कमरे में छोड़कर आ रहा हूँ।" फिर, इसी अंदाज़ में उसने आगे कहा, "प्रोफ़ेस्साब का ही यह सुझाव था। उन्होंने ही कहा था कि मसूरी में दोनों एक-दूसरे से मिल लेंगे।" फिर, जयदेव ने हँसने की चेष्टा करते हुए कहा, "मैं तुम लोगों को सरप्राइज़ देना चाहता था, इसीलिए पहले नहीं बताया था।"

जयदेव की बात सुनते हुए कुंतो के मन पर अवसाद-सा छाने लगा था। इन दोनों के बीच इस तरह का वार्तालाप पहले कभी नहीं हुआ था।

कुंतो को चुप देखकर जयदेव ने आहत-सा महसूस किया, मानो किसी अदालत में उसे अपनी सफ़ाई देनी पड़ रही हो और अदालत उसकी बात पर विश्वास न कर रही हो। सहसा जयदेव का लहज़ा बदल गया, "सुनो कुंतो, आज मैं तुम्हारे साथ खुलकर बात करना चाहता हूँ, मैंने कभी कोई काम छिपकर नहीं

किया और न ही आज कोई बात हुई है जिसे मैं छिपाना चाहता हूँ।" कहते-कहते जयदेव की आवाज़ में आवेश का पुट मिलने लगा था। "सुषमा मेरे बहुत निकट है। वह मेरी मौसेरी बहिन है और हम साथ-साथ खेल बड़े हुए हैं। मैंने यह बात अपनी शादी से पहले प्रोफ़ेस्साब को बता दी थी। मैं उसे अपने दिल से दूर नहीं कर सकता। उसकी सगाई का मैं प्रबंध कर रहा हूँ, पर मैं नहीं जानता उसका भविष्य कैसा होगा। गिरीश मानेगा या नहीं मानेगा और वह उसके साथ सुखी होगी या नहीं। पर मेरी कोशिश यही है कि किसी ऐसे जाने-पहचाने आदमी के साथ इसकी शादी हो जो इसे सुखी रख सके। ··· कल रात सुषमा से इस बात की चर्चा करते हुए मुझे लगा जैसे मैं सुषमा को सदा के लिए खो रहा हूँ, कि मैं स्वयं ही अनिश्चित भविष्य में उसे धकेल रहा हूँ, इससे मैं बहुत विचलित हो गया था। वह स्वयं कुछ नहीं बोली, क्योंकि उसने सारी जिम्मेदारी मुझ पर छोड़ रखी है। इस बात ने मुझे और भी ज़्यादा विचलित कर दिया था। मेरे लिए यह एक तरह से उससे बिछुड़ने का वक़्त है और मैं तटस्थ नहीं रह सकता। बस, मुझे और कुछ नहीं कहना है।"

न जाने क्यों, सहसा कुंतो का दिल पसीज गया। उसे लगने लगा जैसे जयदेव के प्रति उसके व्यवहार ने जयदेव के दिल को ठेस पहुँचाई है। यह सुषमा को चूम रहा था, बार-बार चूम रहा था, क्योंकि वह इससे बिछुड़ रही थी। यह भावुक हो उठा था। जब मैं ब्याह के बाद घर से आई थी तो मेरे भाई कितना रोए थे। यह तो स्वाभाविक ही है। सुषमा इससे बिछुड़ जो रही है! मैंने बली को गलत समझा है, कितना गलत समझा है। 'मैंने तुम्हें गलत समझा है, तुम्हारा दिल दुखाया है, ना! मैं भी कितनी पागल हूँ!" कुंतो के मुँह से निकला और उसने अपनी दोनों बाँहें जयदेव के गले में डाल दीं। "तुमने मुझे पहले क्यों नहीं बताया, सक्कर! मैं रात-भर तड़पती रही हूँ। तुम भी कैसे हो, मेरे साथ ड्रामे करते रहते हो।"

"बताने को था क्या? मैंने सोचा प्रोफ़ेस्साब ने तुम्हें सब बता दिया होगा।"

कुंतो उत्तरोत्तर भावुक हो रही थी। "मैंने सुबह अचार खा लिया, तुम्हें बुरा लगा। पर मेरी जान, मैं क्या करती, मैं दुखी जो थी। तुम नहीं जानते, मैं सारी रात सो नहीं पाई थी। एक मन चाहता था तुम सोए-सोए का गला दबोच दूँ। और फिर, गले में चुन्नी डालकर अपने को ख़त्म कर दूँ।" फिर जयदेव से लिपटते हुए बोली, "तुम बुरा मान गए। पर मैं क्या करती, मैं इतनी परेशान जो हो गई थी। तुमने मेरे हाथ से अचार की बोतल छीन क्यों नहीं ली, मुझे डाँट क्यों नहीं दिया? ···" और फिर हँसने लगी और जयदेव की छाती में अपना मुँह छिपा लिया।

इस छोटे से प्रसंग की प्रतिक्रिया जयदेव पर यह हुई कि उसे विश्वास होने लगा कि उसकी भूमिका सचमुच निर्दोष रही थी कि सुषमा के भविष्य के प्रति उसका आग्रह ही था जिसने उसे गत रात इतना आतुर और अधीर बना दिया था और

इसलिए उसका आचरण भी दोषपूर्ण न होकर स्वाभाविक ही था। मेरे मन में यदि दुराग्रह होता तो मैं सुषमा की सगाई के लिए इतनी दौड़-धूप क्यों करता ?

वह पतली-सी रेखा जो झूठ को सच से अलग करती है, वास्तव में अभी भी बनी हुई थी, पर जयदेव समझने लगा था कि वह मिट चुकी है, कि वह कभी थी ही नहीं।

ऊँचा-लंबा, मितभाषी गिरीश, कुछ भी कहने से पहले देर तक दूसरे आदमी के चेहरे की ओर देखता रहता था, फिर मुस्कुरा देता था, इस ढँग से मानो दूसरे आदमी की नासमझी पर व्यंग्य कर रहा हो। उसकी मुस्कान ही अक्सर उसका उत्तर हुआ करती थी।

दोपहर को वे लोग भोजन-कक्ष में मिले। वही कुर्ता-पाजामा और मुस्कान लिए गिरीश चला आया था।

"अपने साथ गर्म कपड़ा तो लाए हो ना, यहाँ रात को खासी ठंड हो जाती है।"

इस पर भी गिरीश मुस्कुरा दिया था और कोई उत्तर नहीं दिया था मानो जयदेव ने बड़ा बोदा सवाल पूछा हो। उत्तर न पाकर जयदेव को पहले तो तनिक झेंप हुई, फिर वह सिर झटककर बोला, "यहाँ ठंड लग जाए तो पहले से पेले हुए डंड बहुत काम नहीं आते।"

क्षण-भर के लिए गिरीश की आँखें जयदेव की आँखों से मिलीं, और वह फिर से बिना कुछ कहे, मुस्कुरा दिया था। लगता था जैसे गिरीश ने यह गुर समझ लिया हो कि अगर खुद बात करोगे तो तुम हल्के पड़ोगे, अगर दूसरा बात करता जाए और तुम चुप रहो तो वह एक तरह से अपनी सफ़ाई दे रहा है। तुम कभी-कभी, बीच-बीच में एकाध वाक्य कह दो जिससे उसका आग्रह और उत्सुकता बराबर बनी रहेंगी और साथ-ही-साथ तुम उसके प्रति अपनी दूरी बनाए रखोगे और तुम्हारा बड़प्पन भी स्थापित होने लगेगा।

केवल कुंतो पर उस बड़प्पन का कोई असर नहीं हो रहा था। वह बराबर हँसती-चहकती और अपने स्वभावानुसार बतियाती रही थी। 'गिरीश भाई, क्या तुम अपने घर में भी इसी तरह गुपचुप बने रहते हो ? तब हमारी गुज़र कैसे होगी ?" कुंतो ने कहा, फिर जयदेव की ओर देखकर बोली, "जयदेव कहता है तुमने बहुत किताबें पढ़ रखी हैं, कि तुम बहुत बड़े विद्वान हो, बुद्धिजीवी हो। अब हमने तो कुछ नहीं पढ़ा, हम क्या करेंगे ?"

गिरीश को कुंतो का खुलापन बुरा नहीं लगा, न ही उसे झेंप हुई। "हम कब कहते हैं कि हम बुद्धिजीवी हैं। यह तो आप लोग कहते हैं।"

"जिसने ज़्यादा किताबें पढ़ रखी हों, क्या वह बोलता नहीं है ?" गिरीश चुप रहा, मानो इस प्रश्न का उत्तर देना उसने अनावश्यक समझा हो।

उधर सुषमा को लगा जैसे कुंतो जान-बूझकर गिरीश से नोक-झोंक करने लगी है, उसकी हेठी करने के लिए। सुषमा गौरवान्वित महसूस कर रही थी कि एक जाना-माना युवा लेखक उनके बीच बैठा है। गिरीश के यहाँ आने का सुषमा पर तत्काल असर तो यह हुआ था कि उसने स्वयं भी बुद्धिजीवी की मुद्रा अपना ली थी। वह बिना कुछ बोले, बिना कुछ कहे, चुपचाप बैठी पुलक-पुलक रही थी।

पहाड़ की ओर खुलनेवाली खिड़की में से वे लोग बाहर का दृश्य देख सकते थे। ढलती दोपहरी में, गहरी धुंध के झीने पर्दे आकाश से उतर-उतरकर नीचे घाटी में छितरने लगे थे। गहरी खड्ड के पार ऊँची-तीखी पहाड़ी थी, देवदार के पेड़ों से ढँकी, जबकि दाएँ हाथ दूर, नीचे नाले तक चली गई ढलान भी देवदार के पेड़ों से ढँकी थी। देखते-ही-देखते धुंध दोनों पहाड़ियों के नीचे फैलने लगी थी, यहाँ तक कि शीघ्र ही सामने का पहाड़ दिखना बंद हो गया था।

"घूमने निकलना हो तो अभी चलें", जयदेव बोला, और फिर गिरीश की ओर देखकर कहा, "तुमने तो कोई गर्म कपड़ा भी नहीं पहन रखा है।"

इस पर गिरीश खिलखिलाकर हँस दिया था। "चिंता न करो, बारिश नहीं होगी। तेज हवा, धुंध को बहाए लिए जा रही है। बारिश होगी तो रात के वक़्त।"

जयदेव चुप हो गया पर कुंतो चहककर बोली, "तुम लाल बुझक्कड़ हो जी ! तुम्हें सब मालूम है।"

सुषमा को फिर से लगा जैसे कुंतो जानबूझकर गिरीश की खिल्ली उड़ा रही है।

कुंतो सबके लिए प्यालों में चाय ढाल रही थी। गिरीश की ओर चाय का प्याला बढ़ाया तो उसने मुस्कुराकर सिर हिला दिया।

"मैं चाय नहीं पीता", उसने कहा और छलकते प्याले को मेज़ पर रख दिया।

कुंतो ने प्लेट में केक का टुकड़ा और पकौड़े रखकर उसके सामने रखे तो वह खिलखिलाकर हँस पड़ा, "इधर निकट ही एक बावली है, लोग तो उस झरने का पानी पीने यहाँ आते हैं। चाय पीने नहीं आते। और पकौड़े खाने तो बिलकुल भी नहीं। ये आप खाइए।" और उसने प्लेट मेज़ पर आगे सरका दी थी।

"यह तो बावली का पानी पीने आए हैं", कुंतो ने हँसते हुए जयदेव की ओर देखकर कहा। "अब क्या हो ?"

पर इस हलके-फुलके वार्तालाप के बावजूद सुषमा मन-ही-मन गिरीश के बारे में तूमार-सा बाँध रही थी। लेखक अनोखा जीव तो होता ही है। गिरीश मुस्कुराता है तो लगता है उसका अन्तस् खिल उठा है। हँसकर बोलता है तो जैसे जीवन के समूचे व्यापार का अट्टहास कर रहा है। चुपचाप नीचे खड्ड की ओर देखता है तो जैसे आकाश-पाताल की कल्पना में उतर गया है और वह अब जो कुछ लिखेगा, वह विलक्षण तो होगा ही।

"चलो, आपकी पत्नी सुबह-शाम चाय बनाने के झंझट से तो छूटेगी", कुंतो कह रही थी। "ठंडे जल का लोटा आपके सामने रख दिया करेगी। कुछ पिया, कुछ

सिर पर उँडेल लिया।" और वह स्वयं ही ठहाका मारकर हँस दी।

धुंध छँटने लगी थी, यहाँ तक कि शीघ्र ही सामनेवाला पहाड़ फिर से मानो क्षितिज पर लौट आया था और साफ़, धुला-धुला नज़र आने लगा था।

शाम को टहलने निकलेंगे, इस ख़याल से कुंतो सज-सँवरकर आई थी। लाल रंग की रेशमी कमीज़ और नीचे मोतिया रंग की सलवार और कंधों पर उड़ती, झीनी मोतिया रंग की चुन्नी। गत रात बेचैन करनेवाली घटना से वह उबर गई थी और अब बड़ा हल्का-हल्का महसूस कर रही थी। उसका मन चहकने-नाचने को कर रहा था। हालाँकि उसकी खाँसी अभी भी किसी-किसी वक़्त उसे परेशान कर रही थी। संशय के काले बादल छँट गए थे और अब उसे लग रहा था जैसे सुषमा के ठिकाने लग जाने से जयदेव उसके पास लौट आएगा; वह पूर्णतः उसी का हो जाएगा जिससे वह भयानक विसंगति, जो एक दुःस्वप्न की भाँति उसे दबोचने लगी थी, जिससे उसका चंगुल शिथिल पड़ गया था, उससे उसे छुटकारा मिल रहा था। साड़ी की तुलना में जयदेव को सलवार-कमीज़ ज़्यादा पसंद थी। इसलिए कुछ और पहनने का सवाल ही नहीं उठता था।

सुषमा ने सफेद साड़ी पहन रखी थी, चौड़े, लाल बार्डरवाली, जिसे शांतिनिकेतन का स्टाइल माना जाता था। टखनों से तनिक ऊँचा कंधे से झूलता चमड़े का बैग, जिस पर शांतिनिकेतन के तर्ज़ की ही छपाई हो रही थी। कलाप्रेमी युवतियाँ ऐसी ही साड़ी पहनती हैं। नीचे पाँवों में चप्पल। सुषमा की ओर से अपनी कलात्मक रुचि की वह सांकेतिक अभिव्यक्ति थी।

पर जब घूमने के लिए होटल से निकलने का वक़्त आया तो गिरीश ने इनकार कर दिया। "नहीं, आप हो आइए। हम यहीं पर ठहरेंगे।"

सब लोग ठिठक-से गए।

"चलो यार, क्यों मज़ा खराब करते हो। दो दिन के लिए आए हैं, एक साथ घूमे-फिरेंगे।"

गिरीश होटल के बरामदे में खड़ा मुस्कुराता रहा। बोला कुछ नहीं।

गिरीश केवल अपने निर्णय से अवगत करा देता था, उसकी व्याख्या करने के चक्कर में नहीं पड़ता था। एक बार जो कह दिया तो पत्थर पर लकीर हो गई।

अब तक वे लोग—जयदेव, कुंतो और सुषमा—होटल के छोटे-से आँगन के बीचोबीच खड़े थे, "क्यों, नहीं चलना चाहते हो ? बहुत थक गए हो क्या ? अगर ऐसा है तो हम भी नहीं जाएँगे। इधर ही बैठकर गप्प लगाएँगे", जयदेव ने कहा। "कहीं ऐसा तो नहीं कि तुम माल रोड की ओर नहीं जाना चाहते जहाँ भीड़ होती है। अगर यह बात है तो हम जंगल की तरफ़ जा सकते हैं। हम यहाँ घूमने नहीं आए हैं, एक साथ थोड़ा समय बिताने आए हैं।"

पर गिरीश नहीं माना। चुपचाप मुस्कुराता रहा।

जब लाचार होकर तीनों आँगन पार करने लगे तो जयदेव को अटपटा-सा लगने

लगा कि जिस अभिप्राय को लेकर यह सारा प्रबंध किया है, वही खटाई में पड़ जाएगा तो वे लोग रुक गए और उसने कुंतो को गिरीश के पास भेजा। "तुम कहोगी तो मान जाएगा। जाओ, उसे मना लाओ !"

कुंतो भागती हुई गई।

"यह क्या मज़ाक है ?" अब तक गिरीश अपने कमरे के बाहर पहुँच चुका था, "यह नख़रा किसलिए ? आप हमारे साथ घूमना नहीं चाहते ? चलिए !"

इस पर गिरीश खिलखिलाकर हँस पड़ा। "जयदेव ने ब्रह्मास्त्र छोड़ा है", वह बोला। फिर तनिक रुककर, कुछ सोचकर कहने लगा, "आप हो आइए, हमारा मन जाने को नहीं है !"

यह वाक्य कहते हुए गिरीश की आँखें कुंतो के लिबास पर इस ढँग से दौड़ गईं मानो कह रही हों, आपके लिए माल रोड की सैर करना ही सही है, यह चुस्त-दुरुस्त पोशाक माल रोड के लिए ही बनी है।

कुंतो फिर भी चहकती हुई-सी बोली, "हम आपको छोड़कर तो नहीं जाएँगे, दो दिन के लिए ही तो हम लोग आए हैं !" और आगे बढ़कर गिरीश का हाथ पकड़ लिया, "चलिए !" पर इस गर्मजोशी के बावजूद गिरीश को टस-से-मस न होता देख, एक ठंडी-सी लहर कुंतो के अपने शरीर में दौड़ गई, मानो उसे महसूस हुआ हो कि इस-जैसे आदमी से तो पार पाना किसी के लिए भी बड़ा कठिन होगा। क्या यह इसलिए नहीं चलना चाहता कि वह बुद्धिजीवी है और "हम बुद्धिजीवी माल रोड पर चहलकदमी करने और गोलगप्पे खाने नहीं आए हैं !"

और उसी क्षण कुंतो के मुँह से भी निकल गया, "चलिए, आपको गोलगप्पे खिलाएँगे। यहाँ के गोलगप्पे देश-भर में मशहूर हैं। लोग दूर-दूर से खाने आते हैं !" पर गिरीश फिर भी बुत-का-बुत बना खड़ा रहा।

"आप न खाना, हमें खिलाना। चलिए, चलिए !"

इस पर जब गिरीश ने अपनी मुस्कान समेटते हुए ठंडे लहज़े में कहा, "आप अपना वक़्त ज़ाया कर रही हैं। शाम ढल रही है, आप जाइए !" तो कुंतो ने उसका हाथ झटक दिया था और "ऐसा भी क्या नख़रा हुआ", कहती हुई लौट गई थी।

"क्यों ? क्या कहता है ?" जयदेव ने पूछा तो कुंतो बोला, "छोड़ो बली, किसको पकड़ लाए हो ? यह आदमी नहीं पत्थर है !"

होटल का आँगन पार करके वे लोग चढ़ाई चढ़ रहे थे। सुषमा ने मन-ही-मन अनुमान लगाया था कि गिरीश रचना करना चाहते होंगे, दिन-भर चट्टान पर बैठे रहे हैं, ज़रूर उनके मस्तिष्क में विचार और कल्पनाएँ घुमड़ती रही होंगी। दोपहर को सुषमा, अपने कमरे में लौटने के बाद खिड़की में से, बाहर चट्टान पर बैठे ध्यानमग्न गिरीश को दो-एक बार देख चुकी थी। लंबे सफ़र के बाद वह दोपहर में आराम करने के बजाय, होटल से निकलकर, उसी ऊँची चट्टान पर जा बैठा था, जिस पर पिछली रात वे लोग बैठे रहे थे, और नीचे गहरी खाई की ओर मुँह किए

बड़ी देर तक बैठा रहा था। किसी-किसी वक़्त कोई कंकड़ उठाकर नीचे फेंक देता, और वह भी लगता, अपने विचार-प्रवाह में खोए हुए, अनजाने में ही उसने फेंका होगा।

"बड़ा तीसमारखाँ बनता है", जयदेव ने खीझकर कहा। "हमारे साथ घूमने नहीं आएगा।"

वे लोग सड़क पर आ गए थे। अभी निश्चय नहीं कर पा रहे थे कि किस ओर मुड़ें जब कुंतो झट से बोली, "अरे, हम भी कितने पागल हैं! बली, तुम तो बिलकुल कुछ नहीं जानते।"

जब जयदेव पास आया तो उसके कान में फुसफुसाकर बोली, "वह चाहता होगा कि हम सुषमा को उसके पास छोड़ जाएँ। न भी चाहता हो तो भी हमें दोनों को अलग छोड़ देना चाहिए था। यह बात हमारी समझ में क्यों नहीं आई ?"

पर इससे पहले कि जयदेव कुछ कहे, सुषमा के मुँह से निकला, "क्या मालूम वह रचना करना चाहते हों।"

सुषमा के मुँह से ये शब्द निकलने की देर थी कि कुंतो बोल उठी, "हाय, हाय, अभी से उनका ख़याल आने लगा !" और सुषमा को बाँहों में भर लिया। फिर जयदेव को संबोधित करके बोली, "क्या मालूम, सुषमा ठीक ही कहती हो। एक कलाकार दूसरे कलाकार के मन को हम-तुमसे ज़्यादा समझता है।"

वे लोग फिर से चल पड़े, पर कुछ ही दूर जाने के बाद जयदेव ठिठककर बोला, "सुषी, मैं समझता हूँ तुम लौट जाओ। यह उचित नहीं कि हम लोग तो घूमते फिरें और वह होटल में अकेला बैठा रहे। यह उचित ही है कि हममें से एक व्यक्ति होटल में मौजूद रहे।"

"अगर वह रचना कर रहा हो तो ?" कुंतो ने चुटकी ली।

"गोली मारो उसकी रचना को", जयदेव ने भभककर कहा। "रचना कर रहा हो तो बेशक अलग-थलग बैठा रहे, उसके पास जाने की ज़रूरत नहीं।"

सुषमा कुछ देर तक असमंजस में खड़ी रही फिर ढलान उतरकर होटल की ओर जाने लगी।

"किस बनमानस को पकड़ लाए हो, बली !" कुंतो ने कहा और ठहाका मारकर हँस दी, फिर जयदेव की बाँह में बाँह डालकर उसके साथ हो ली।

जयदेव भइया और गिरीश के बीच गहरी मैत्री रही हो, ऐसा भास सुषमा को नहीं हुआ। वे दोनों तो आपस में बातें भी औपचारिक ढँग से करते हैं। वह भइया के कहने पर होटल की ओर लौट तो आई थी पर संकोच और झिझक उसके पैर बाँधे हुए थे। उनके पास तो मैं नहीं जाऊँगी, क्या मालूम रचना कर रहे हों या एकांत में बैठना चाहते हों, मैं जाऊँ तो उन्हें बुरा लगे। क्या मालूम बोलें ही नहीं।

वह चुपचाप अपने कमरे में चली गई और किताब लेकर बिस्तर पर पड़ी रही। पर जैसा उसका स्वभाव था, आधा पन्ना पढ़ने के बाद ही, आँखें पन्ने की पंक्तियों पर तैरने लगी थीं और कान बाहर की ओर लग गए थे। और अकारण ही दिल धक्धक् करने लगा था।

सुषमा ने उठकर बत्ती जला दी और फिर लौटकर बिस्तर पर लेट रही।

उन्माद जब किसी व्यक्ति के हृदय में प्रवेश करता है तो अजीब धड़कनों की लय पर ताल देता हुआ-सा। उत्सुकता और आकांक्षा बढ़ने लगी थी, जिनका आभास सुषमा को बड़ा सुखद लगने लगा था। सुषमा छत की ओर ताकती हुई बाहर की आहटों की ओर कान लगाए लेटी हुई थी। बाहर शाम के साये उतरने लगे थे।

तभी उसे लगा जैसे किसी ने दरवाज़े पर दस्तक दी है। वह ध्यान से सुनने लगी। एक बार फिर किसी ने दरवाज़ा खटखटाया। क्या कुंतो और भइया इतनी जल्दी लौट आए हैं ? यह सोचकर उसे तनिक निराशा-सी हुई पर वह उठ खड़ी हुई और आगे बढ़कर दरवाज़ा खोल दिया।

सामने गिरीश खड़ा था, ऊँचा-लंबा गिरीश, मुस्कुराता हुआ। उस पर नज़र पड़ते ही सुषमा को उसके चरित्र की दृढ़ता का भास हुआ जैसे किसी भरे-पूरे पेड़ को देखकर होता है, जिसने ज़मीन में गहरी जड़ें जमा रखी हों।

"ओ, आप हैं !" सुषमा के मुँह से निकला।

"मैंने देखा आपके कमरे में रोशनी है तो चला आया।"

सुषमा सकुचाई। दो कदम पीछे भी हट गई, पर फिर भी किवाड़ को पकड़े-पकड़े बोली, "मैं उन लोगों के साथ नहीं गई, लौट आई।"

"चलिए, यहीं पर थोड़ा टहलते हैं", गिरीश ने बड़े सहज भाव से कहा और दरवाज़े से हटकर बरामदे के बीचोबीच चला गया। गिरीश की आवाज़ में पहलेवाली धृष्टता का स्वर नहीं था। सुषमा किसी-किसी वक़्त आतंकित-सी भी महसूस करती रही थी कि वह मुझसे कुछ पूछेगा तो मैं क्या जवाब दूँगी, कैसे उत्तर दे पाऊँगी। अब उसकी सहज स्वाभाविकता से स्वयं सुषमा की नसों का तनाव ढीला पड़ने लगा था और वह अधिक आश्वस्त महसूस करने लगी थी।

वह बाहर निकल आई। अब दोनों आँगन में आ गए थे। "क्या आप कुछ लिख रहे थे ? आप बाहर नहीं गए तो मैंने सोचा, आप लिखना चाहते होंगे।"

"नहीं, मैं लिख नहीं रहा था। पर हाँ, थक ज़रूर गया हूँ। लिखने की तुलना में सोचने से कहीं ज़्यादा थकावट होती है।"

"थक गए हैं तो क्या चाय पीना चाहेंगे ?"

"नहीं।"

गिरीश की मुद्रा में फिर कसाव-सा आने लगा था जिसे देखकर सुषमा फिर से अपना आत्मविश्वास खोने लगी थी। किसी लेखक से कोई क्या पूछे, किस विषय पर बात करे, सुषमा की समझ में कुछ नहीं आ रहा था और वह अपने पल्लू का

कोना अपनी उँगलियों पर लपेटती हुई, उसे बार-बार मसलती हुई, गिरीश के साथ-साथ चलने लगी थी, पर उसकी समझ में नहीं आ रहा था कि उससे क्या कहे, कहाँ से बात शुरू करे।

"आप कितने घंटे रोज़ लिखते हैं ?"

गिरीश का उत्तर सदा की भाँति दो-टूक था, 'मैं घंटों के हिसाब से नहीं लिखता।"

"तो फिर क्या पन्नों के हिसाब से लिखते हैं ?"

इस पर गिरीश खिलखिलाकर हँस दिया। "ऐसे सवाल तो दूकानदारों से पूछे जाते हैं, माप-तोलवाले सवाल।"

सुषमा झेंप गई।

"आप इतनी देर तक सोचते ही रहे थे क्या ?"

गिरीश चुप रहा। यह सवाल उन निरर्थक सवालों में से था जिनका उत्तर नहीं दिया जाता।

गिरीश बड़े-बड़े डग भर रहा था। सुषमा की नज़र गिरीश की चप्पलों पर पड़ी। वह पुरानी, कोल्हापुरी चप्पल पहने हुए था, मोटे-मोटे, और उन पर धूल की परत जमी थी। ऊपर खुला, झूलते, खुले पाँइचोंवाला पाजामा जो टख़नों से थोड़ा ही ऊँचा था। उसके साथ-साथ चलने से सुषमा को गिरीश के चरित्र की दृढ़ता का फिर से भास हुआ, जिसे अपना अवलंब बनाया जा सकता है। इतने बड़े क़द-बुत का आदमी और इतना संवेदनशील !

"मुझे मालूम था आप घूमने नहीं जाएँगी", वह बोला।

सुषमा ने हैरानी से उसकी ओर देखा।

"नहीं, मैं तो जा रही थी, पर भइया ने मुझे लौटा दिया।"

"यही उचित है। आपने ठीक किया जो लौट आईं।"

दोनों कुछ देर तक लॉन के ऊपर-नीचे टहलते रहे।

"आपके लिए चाय मँगवाऊँ ?"

सुषमा ने बात कर पाने के लिए फिर से पहलेवाला वाक्य दोहरा दिया।

गिरीश हँसकर बोला, "नहीं, टहलते हुए मैं चाय नहीं पीता।"

गिरीश इस कला में सिद्धहस्त हो चुका था कि कब और कैसे किसी व्यक्ति को सहज महसूस कराया जाए और कब उसे झेंप और असमंजस में डाल दिया जाए। वार्तालाप के सूत्र वह अपने हाथ में लिए रहता था। जिस भाँति पुतलियाँ नचानेवाला कभी कोई धागा खींच-झटककर तो कभी कोई, नीचे, पुतलियों को चलाता था, कुछ-कुछ वैसे ही गिरीश वार्तालाप की दिशा का संचालन करता रहता था। न जाने उसने यह हुनर कहाँ से सीख लिया था। वह सदा सवाल ही पूछता और प्रतिक्रियास्वरूप, जवाब सुनकर, या तो मुस्कुराने लगता या ठहाका मारकर हँस देता या मौन धारण कर लेता। उसके साथ वार्तालाप करनेवाला व्यक्ति कभी भी सहज महसूस नहीं कर पाता था। उसके अंदर तनाव बढ़ने लगता, वह सतर्क-सा हो जाता

कि अपने उत्तर में कहीं कोई ऐसी बात न कह बैठे कि गिरीश उसकी खिल्ली उड़ाने लगे। गिरीश सहज भाव से बोलने लगे तो वार्तालाप सहज होने लगता, चुभते ढँग से बोले तो वार्तालाप लड़खड़ाने लगता। इसमें निश्चय ही गिरीश को किसी-न-किसी प्रकार का रस मिलता होगा, पर वास्तव में वह स्वयं अपने चरित्र की स्वाभाविकता खोता जा रहा था। उसकी नसें कभी ढीली होती ही नहीं थीं। वह स्वयं भी इस बात की कल्पना नहीं कर सकता था कि कभी वह ऊल-जलूल बोलेगा या गप्पें हाँकेगा, या यौवन-सुलभ उत्साह के साथ, उछल-उछलकर कोई किस्सा सुनाने लगेगा। वह सारा वक़्त गंभीर मुद्रा बनाए रहता। उसके अंदर कभी वलवले उठते भी हों तो भी वह संजीदा बना रहता ताकि आसपास के लोगों पर उसके असाधारण व्यक्तित्व का प्रभाव बना रहे। उसके अंदर उत्साह की लहरें उठती भी हों, तो कोई निकास न पाकर, अंदर-ही-अंदर खो जाती थीं। एक विलक्षण व्यक्तित्व की छवि बनाए रखने के लिए वह लोगों से दूर होता जा रहा था। पर इस समय वह संतुष्ट था क्योंकि किसी के दिल में अपनी राह बना रहा था। यों, लोगों को जकड़ता-जकड़ता वह स्वयं अपने ओढ़े हुए व्यक्तित्व की जकड़न में बँधता जा रहा था। पर इस तरह के व्यवहार में उसे निश्चय ही एक प्रकार का सुख मिलता था। सुषमा के साथ उसका वार्तालाप भी इसका ही अंग था।

"आप इन दिनों क्या कर रही हैं ? आगे क्या करना चाहती हैं ?"

"मैंने इसी वर्ष बी. ए. की परीक्षा पास की है।··· चाहती तो हूँ कि शांतिनिकेतन जाऊँ।"

वही मुस्कान, फिर वैसा ही चुभता वाक्य, "आप भी उस सर्कस में भर्ती होना चाहती हैं ?"

"संगीत में मेरी रुचि है।"

इस पर भी पहले मौन, फिर मुस्कान, फिर हृदयबेधी वाक्-बाण, "क्या रवींद्र संगीत में ? वहाँ पर तो दूसरा कोई संगीत नहीं है।"

"रवींद्र संगीत भी तो बहुत अच्छा है।"

इस पर मौन।

सुषमा इस इंतज़ार में थी कि रवींद्र संगीत के बारे में गिरीश की प्रतिक्रिया जान सके, क्योंकि वह स्वतंत्र रूप से, अपने निर्णय स्वयं लेना भूल चुकी थी, दूसरों की राय ही उसका दिशा-निर्देश करती आ रही थी।

"आप शांतिनिकेतन को सर्कस क्यों समझते हैं ?"

"सर्कस न सही, भड़ैंत कह लीजिए। वहाँ सारा वक़्त रवींद्र बाबू ही तो अभिनय करते नज़र आते हैं।"

सुषमा चुप हो गई। उसके दिल को ठेस पहुँची थी। उसके घर में रवींद्र बाबू को बड़ा ऊँचा स्थान प्राप्त था, उनके बारे में कोई हल्की बात कहेगा, और वह भी गिरीश, इसकी उसे आशा नहीं थी।

"या फिर लिजलिजी भावुकता जैसी रवींद्र बाबू की कविताओं से टपकती है", गिरीश ने कहा।

सुषमा का चेहरा लाल हो गया। साड़ी के पल्लू को वह अपनी उँगलियों में पहले से भी ज़्यादा मसलने-मरोड़ने लगी थी।

तभी गिरीश ने अपना ब्रह्मास्त्र छोड़ा, "आपके वहाँ जाने से शांतिनिकेतन को ज़रूर लाभ होगा। कश्मीर का फूल शांतिनिकेतन की ऊसर धरती में जा खिलेगा।"

सुषमा का चेहरा पहले से भी ज़्यादा लाल हो गया। एक हल्की-सी पुलकन उसके शरीर में दौड़ गई।

"पर जल्दी ही वहाँ से लौट आइए। वहाँ अधिक समय तक न रहिए। उसका प्रभाव मस्तिष्क तक रहे तो ठीक है, खून में उतर जाए तो अच्छा नहीं। सड़ने लगता है।"

"आप कभी शांतिनिकेतन गए हैं ?"

"गया तो नहीं हूँ और जाने का इरादा भी नहीं है, पर अब तो वहाँ आप होंगी।"

सुषमा फिर पुलक उठी। शाम के साये गहराने लगे थे। नीचे खड्ड में जगह-जगह पहाड़ी घरों के दिए टिमटिमाने लगे थे। बाएँ हाथवाली ऊँची पहाड़ी को अभी से अँधेरा अपने आँचल से ढँकने लगा था जबकि दाएँ हाथ की पहाड़ी पर अभी भी सूर्यास्त की लाली खेल रही थी।

जयदेव और कुंतो सड़क पर बतियाते चले आ रहे थे जब सहसा कुंतो ने जयदेव की कुहनी को दबाते हुए कहा, "वह देखो ··· देखो ··· देखो ?" होटल के आँगन में गिरीश और सुषमा साथ-साथ टहल रहे थे। कुंतो हँसकर बोली, "मैंने कहा था या नहीं ? यही तो बनमानस चाहता था। ··· कल फिर इन्हें अकेला छोड़ देंगे। ···"

जयदेव गिरीश को बस पर बैठाने गया था। सारा रास्ता गिरीश चुप बना रहा था। जयदेव दोबारा अपने प्रस्ताव को उसके सामने दोहराना नहीं चाहता था। इसमें उसे अपनी हेठी जान पड़ती थी। यों तो सगाई का प्रस्ताव करना ही उसके लिए आसान नहीं रहा था। स्वयं, सुषमा का हाथ किसी दूसरे के हाथ में देना उसके लिए असह्य रहा था, इसका मतलब था सुषमा के संबंध-विच्छेद की अनिवार्यता को मान लेना। प्रस्ताव कर चुकने के बाद भी यह भावना उसके दिल को कचोटती रही थी।

बस की छत पर गिरीश ने अपना होल्डाल रखवा दिया था। बस के अंदर अपनी सीट पर अपना बैग भी रख आया था। और अब, मानो मात्र विदाई के लिए ही सामने खड़ा था। यह कुछ बोलेगा भी या नहीं ? सारा वक़्त अबूझ पहेली-सा बना रहता है। जयदेव को उसकी चुप्पी से चिढ़ होने लगी थी। जयदेव बेताबी से इंतज़ार

कर रहा था कि गिरीश हाँ या ना में कुछ जवाब देगा। उधर बस छूटनेवाली थी। क्या मालूम यह इस वक़्त कुछ भी न बोले और अपने घर पहुँचकर दो लफ़्ज़ी चिट्ठी लिख दे। क्या मालूम वह भी न लिखे। न जाने, अपने दिल की बात दिल में ही रखे रहने में इसे क्या मज़ा आता है ? इतना ही कह दे कि तुम्हारे प्रस्ताव के बारे में मैं तुम्हें सोचकर लिखूँगा। जो बात हमारे लिए महत्वपूर्ण है, उसे यह जानबूझकर गौण दिखाने की कोशिश कर रहा है। मानो इसे मेरा प्रस्ताव भूल ही गया हो।

जब बस के कंडक्टर ने सीटी बजाई और मैदान में खड़े कुछेक मुसाफ़िर लपक-लपककर बस में चढ़ने लगे, तो जयदेव परेशान हो उठा। गिरीश पायदान पर चढ़कर खड़ा हो गया था, एक ओर सटकर ताकि अंदर जानेवाले यात्रियों को रुकावट न हो। बस किसी भी क्षण छूट सकती थी। न हूँ, न हाँ। यह आदमी विदा हो रहा है, इसे इतनी तमीज़ भी नहीं कि दो शब्द आत्मीयता के ही कह दे, विदाई का शिष्टाचार ही निभा दे।

"तुमने कुछ कहा नहीं गिरीश ? मैंने सोचा, तुम कुछ कहोगे", जयदेव ने हारकर कहा।

"कहने को है क्या ?" गिरीश बोला और उसके चेहरे पर मुस्कान फैल गई।

जयदेव का दिल धक् से रह गया।

मुसाफ़िर बस में चढ़ रहे थे, इधर कंडक्टर ने फिर से सीटी बजा दी थी।

बस सरकने लगी तो गिरीश बोला, "ठीक है। मुझे मंजूर है। ··· अच्छा, चलूँगा", और बिना कुछ कहे, मुड़कर बस के अंदर चला गया।

जयदेव, जहाँ खड़ा था, वहीं खड़ा रह गया। गिरीश के पहले वाक्य ने भी धक्का-सा दिया था, और अब दूसरे वाक्य ने भी। उसने बस के अंदर झाँककर देखा। गिरीश खचाखच भरी बस के अंदर मुसाफ़िरों के बीच अपनी सीट पर जा बैठा था और अपना थैला खोलकर उसमें से कोई किताब निकाल रहा था।

"उल्लू का पट्ठा !" जयदेव के मुँह से निकला, "मुझ पर एहसान कर रहा है।" और वह मुड़कर बस-अड्डे के बाहर जाने लगा।

जयदेव के दिल की अजीब कैफ़ियत हो रही थी। गिरीश के व्यवहार से उसे अभी भी कोफ़्त हो रही थी, पर साथ ही धीरे-धीरे दिल हल्का भी महसूस करने लगा था। चलो, काम तो हो गया, एक बहुत बड़ा दायित्व पूरा हो गया। स्साला सनकी है, पर है तो अपनी जान-पहचान का, एक जाने-पहचाने व्यक्ति के हाथ में सुषमा को सौंपेंगे, मन में इत्मीनान रहेगा। सुषमा भी बिलकुल खो नहीं जाएगी, उसके साथ कुछ सामीप्य बना रहेगा। पर यह सोचते ही, ईर्ष्या की सालती हुई, तीखी लपट उसके तन-बदन में दौड़ गई, मानो गिरीश उसे धता बता गया है, सुषमा को उससे छीनकर ले गया है। "ठीक है, मुझे मंजूर है।" उसके एक वाक्य ने, नश्तर की तरह एक रिश्ते को काट दिया था, सुषमा को उससे अलग कर दिया

था। कैसा ढोंगी निकला! इसे इतनी तमीज़ नहीं कि दो शब्द धन्यवाद के कहे, इतना ही कह दे तुमने मुझे अपना विश्वासपात्र समझा है, मैं सुषमा को सुखी रखने की भरसक चेष्टा करूँगा। गर्दन ताने, अंदर जा बैठा। घुन्ना कहीं का! तू है कौन, प्रस्ताव मंज़ूर करनेवाला! अंदर से लार टपक रही होगी, बाहर से मुझ पर एहसान जता रहा है।

चप्पल घसीटता जयदेव होटल की चढ़ाई चढ़ रहा था। इस वक़्त उसे कुंतो भी बुरी लगने लगी थी। न वह मेरी ज़िंदगी में आती, न मैं इस तरह से सुषमा को खो बैठता। पहली बार, जयदेव के मन में कुंतो को लेकर वितृष्णा का-सा भाव उठा। खाने-पीने, हँसने-बतियाने में मस्त। दूसरे की स्थिति को महसूस तक नहीं करती। उनके समूचे परिवार में ऐसा ही है, सभी को खाने भकोसने का ही सबसे ज़्यादा शौक है, संवेदनहीन लोग, मानो उनके दिल पर चर्बी की परत चढ़ी हो। बचपन का उछाह तो कुंतो में बहुत है, शायद वह किसी का बुरा भी नहीं चेतती, पर दूसरे का दर्द महसूस करने की क्षमता उसमें नहीं है। सुषमा के सामने वह स्थूल-सी लगती है। निरीह-सी सुषमा, जिसे सारा वक़्त किसी के सहारे की ज़रूरत रहती है, हिरनी की आँखों-जैसी जिसकी बड़ी-बड़ी कातर आँखें, जिनमें विस्मय झलकता रहता है।··· जयदेव के दिल में बार-बार हूक-सी उठ रही थी।

सड़क से हटकर जयदेव झाड़ियों के बीच बनी पगडंडी पर आ गया था जो सीधा होटल के आँगन में जाकर खुलती थी। उसे आता देखकर कुंतो नंगे पाँव ही भागती हुई उसके पास आ गई, "क्या कहता था? मान गया ना?" उसने उत्सुकता से पूछा।

"मान गया है। कहता था तुम्हारा प्रस्ताव मंज़ूर है।"

इस पर कुंतो जयदेव से लिपट गई, "हाय, कितना अच्छा हुआ है, बली। तुमने कमाल कर दिया है!" और जयदेव की बाँह में बाँह डालकर, उसे खींचती हुई-सी होटल की ओर ले चली। "तुमने कहा तो मान गया। नहीं तो, कोई और कहता तो कभी न मानता।"

फिर बड़ी उत्सुकता से सारा अहवाल पूछने लगी। "और क्या कहता था?··· सारी बात बताओ।···"

कुंतो के यों चहकने पर जयदेव के मन में खीझ-सी उठी। लगता है उसके मन पर से भी कोई बोझ उतर गया है।

"तुम इतने अनमने क्यों हो रहे हो? खुश नहीं हो कि इतनी जल्दी इतना बड़ा काम हो गया है।··· सुषमा के ब्याह की सारी तैयारी मैं खुद करूँगी।"

"सुषमा कहाँ है?"

"अपने कमरे में है।··· उसे मैं बताऊँगी।"

फिर चहककर बोली, "चलो, बली, कुछ मिठाई ले आएँ। मुँह मीठा तो करना होगा ना! रास्ते में बातें भी करते चलेंगे। पर पहले मैं सुषी को यह खुशखबरी तो

सुना आऊँ।" और कुंतो नंगे पाँव ही सुषमा के कमरे की ओर भाग खड़ी हुई।

सड़क पर खिली-खिली धूप थी और जंगली गुलाब की महक, हवा में हल्की-सी खुनकी।

सड़क पर चलते हुए जयदेव किसी-किसी वक़्त मुड़कर कुंतो के चेहरे की ओर देखता। उसके चेहरे पर ताज़गी थी, सफेद रेशमी सूट भी उसके शरीर पर बड़ा फब रहा था। राह जाते लोग मुड़-मुड़कर उन दोनों की ओर देख रहे थे। इससे जयदेव का मन कुछ हल्का होने लगा। जब जयदेव और कुंतो का ब्याह हुआ था तो उनके छोटे-से शहर की सड़कों पर चलते हुए भी लोग मुड़-मुड़कर उनकी ओर देखा करते थे। कुछ लोग तो कहा करते थे कि यह आदर्श जोड़ी है, एक परी है तो दूसरा शाहज़ादा। जयदेव की माँ तो जयदेव के सिर पर से मिर्चें वारा करती थी कि कोई अपशगुन न हो, किसी की बुरी नज़र उन्हें न लगे। जब ये लोग होटल से चले थे तो जयदेव बुझा-बुझा-सा महसूस कर रहा था, पर इस खुशगवार मौसम में जहाँ चारों ओर छुट्टी का-सा समाँ था, लोग टहलते हुए आ-जा रहे थे, जयदेव फिर से हल्का-फुल्का महसूस करने लगा था।

'भाड़ में जाएँ सब बातें! देखा जाएगा जो होगा!' उसने मन-ही-मन कहा। एक काम तो पूरा हुआ।

बड़ी उम्र और जवानी में यही फ़र्क़ है—बड़ी उम्र में छोटी-से-छोटी चिंता भी मन पर तैरने लगे तो सारा उत्साह सोख डालती है, जबकि जवानी में बड़ी-से-बड़ी चिंता को भी व्यक्ति झटककर परे फेंक देता है। जवानी वर्तमान के किसी क्षण को खोना नहीं चाहती। न तो वह अतीत की छाया वर्तमान पर पड़ने देती है और न ही भविष्य की किसी आशंका की। वर्तमान का चमकता क्षण, चुंबक की तरह उसकी सभी वृत्तियों को अपनी ओर खींच लेता है। कुंतो सुंदर है, अच्छी साथिन है, हँसोड़ है, हँस-खेल सकती है, सो, सब ठीक है। जैसे चल रहा है चलने दो, मारो गोली, आगे जो होगा देखा जाएगा।

"बताओ ना, और क्या कहता था ?" कुंतो आग्रह कर रही थी। "दो दिन तक वह यहाँ पर क्या रहा है कि तुम भी उस-जैसे चुप्पू बन गए हो।"

"वह कुछ बोला ही नहीं। सारा रास्ता चुप बना रहा। यह तो जब बस छूटने लगी तो उसने कहा 'ठीक है, मुझे मंजूर है', बस इतना ही।"

"चलो, मान तो गया", कुंतो ने कहा। फिर सहसा चहककर बोली, "तुमने कोई और प्रस्ताव तो उसके सामने नहीं रखा था ना, जिसकी मंजूरी दे गया हो ?" और उसकी हँसी फूट पड़ी। "तुमने प्रस्ताव रखा हो कि तुम उसके साथ मिलकर पत्रिका निकालोगे या दक्षिण भारत की यात्रा करोगे या ऐसा ही कोई और प्रस्ताव ?"

जयदेव ने आश्वस्त-सा महसूस किया। गिरीश का मान जाना ही अपने में एक

उपलब्धि थी। वह नहीं मानता तो मामला फिर से अधर में लटक जाता।

"तुम्हारा दोस्त है तो घुन्ना-सा, न बोलता है, न हँसता है। कबूतरों की तरह, बिट-बिट देखता रहता है।" कुंतो हँस-हँसकर कह रही थी, "पर तुम कहते हो बहुत पढ़ा-लिखा है, बड़ा विद्वान है।··· अपने को 'हम' कहता है, 'मैं' नहीं। विवाह के बाद दोनों गुमसुम एक-दूसरे के सामने बैठे रहा करेंगे, न हूँ न हाँ।" फिर ठहाका मारकर बोली, "ये प्यार कैसे करेंगे ?"

कुंतो का वाक्य सुनकर जयदेव को फिर धक्का-सा लगा, दिल में फिर टीस-सी उठी।

होटल के कमरे में, अपने पलँग पर बैठी सुषमा के शरीर के अंदर हिलोरें-सी उठ रही थीं। उसे लग रहा था जैसे शरीर के बंध खुल रहे हैं, कहीं कोई गाँठ थी जो अपने-आप खुल गई है। उसे उन्मुक्तता का-सा भास हो रहा था, बार-बार चेहरा लाल हो जाता, बार-बार वह शरीर के अंग-अंग में स्फूर्ति की लहर दौड़ती हुई महसूस करती।

अभी तक तो उसके सामने गुंझल-ही-गुंझल रहे थे। जब जयदेव भइया और उनके छोटे भाई ने दौड़-दौड़कर उसकी सगाई तुड़वाई थी तो सुषमा सहम गई थी। उसके घर में कोहराम मच गया था, माँ और पिताजी जयदेव भइया की पीठ पर तरह-तरह की बातें करने लगे थे। अनिश्चित-सी भावनाओं के भँवर में उसका मन भटकता रहता था। जयदेव भइया पढ़ाने आते, उसकी डाँट-फटकार करते, पर साथ-ही-साथ वह उनके गहरे लगाव को भी महसूस करती। पर उसका अपना दिल बंद कली-जैसा बंद ही बना रहा था। धीरे-धीरे जयदेव के प्रति श्रद्धा का स्थान आतंक ने ले लिया था। और जयदेव भइया के साथ उसका संबंध एक बोझ-सा बनता जा रहा था। उसके मन में तरह-तरह की भ्रांतियाँ, तरह-तरह के संशय चक्कर काटते रहते और कभी-कभी वह आतंकित-सी महसूस करने लगती। वह हतबुद्धि-सी लोगों की बातें सुनती रहती। उसकी आँखों के सामने सारा वक़्त बादल-से घुमड़ते रहते, जो न तो छँटते थे और न ही उनके पार वह कुछ देख पाती थी।

पर अब, एक ही झटके से जैसे सभी बादल छँट गए थे और एक लौ-सी चारों ओर फैल गई थी और रास्ता खुल गया था। अब वह अधर में लटकी हुई लड़की नहीं थी, अब उसका अपना रास्ता था, अपना जीवन-साथी था। उसे लगने लगा था जैसे ऊबड़-खाबड़ सड़क पर गिरता-पड़ता कोई व्यक्ति सहसा सँभल जाए और सीधे समतल रास्ते पर आ जाए।

कमरे में अकेली बैठी सुषमा सपनों के ताने-बाने बुनने लगी थी। सबसे बड़ी बात यह थी कि गिरीश लेखक था, विचारक था, बुद्धिजीवी था। सुषमा को भी

पुस्तकों की दुनिया में विचरनेवाले लोग अपने-से लगते थे। वह बार-बार यह सोचकर पुलक-पुलक जाती कि एक लेखक ने उसे अपनी जीवन-संगिनी बनाने की इच्छा व्यक्त की है। यह सुषमा के लिए इस बात का प्रमाण था कि गिरीश ने सुषमा की साहित्यिक रुचि और प्रतिभा को पहचान लिया था और उसी से प्रेरित होकर अपनी स्वीकृति दे दी थी। वरना और क्या कारण हो सकता है ? एक ओर सभी बंधन टूट गए थे और वह आज़ाद हो गई थी, दूसरी ओर एक ऐसा आदमी, दूर पार से, उसकी ज़िंदगी में आ गया था जो उसका हाथ पकड़कर उसे कला, साहित्य और संगीत के खिले-खिले रास्तों पर ले जाएगा।

कुंतो और जयदेव भइया के बाज़ार से लौटने से पहले ही सुषमा साड़ी बदलकर बैठ गई थी। उसने दोनों कमरों का सामान ठिकाने लगा दिया था, छोटी-मोटी झाड़-पोंछ कर दी थी और दसियों बार आईने के सामने जाकर अपना चेहरा भी देख चुकी थी, बाल भी सँवार चुकी थी, बार-बार अपनी साड़ी की सिलवटें भी सीधी करती रही थी और अब उत्सुकता से, उसकी राह देख रही थी।

बसंती हलवे को पत्तल में उठाए कुंतो हँसती हुई सुषमा के कमरे में दाख़िल हुई। पीछे-पीछे जयदेव चला आ रहा था।

"घुन्ना तुम्हें पसंद है, ना ?" सुषमा के मुँह में हलवे का कौर ठूँसते हुए कुंतो ने कहा।

"क्या ?" सुषमा की समझ में नहीं आया कि कुंतो क्या कह रही है।

"घुन्ना अच्छा लगा ?"

"घुन्ना ? कौन घुन्ना ?"

"हाय री ! अभी से वह राजकुमार नज़र आने लगा ?" कुंतो ने सुषमा के बालों को छेड़ते हुए कहा।

इस सगाई के बाद सुषमा अपना रुतबा ऊँचा समझने लगी थी। अपने भावी पति के लिए 'घुन्ना' शब्द का प्रयोग वह कैसे मान लेती ?

सुषमा की जुबान सचमुच खुलने लगी थी। उसकी आवाज़ में, जो पहले झेंप के कारण बार-बार लड़खड़ा-सी जाती थी और वह अधूरे वाक्य उखड़ी-उखड़ी आवाज़ में कह पाती थी, अब उसमें स्थिरता आ गई थी।

पास खड़ा जयदेव मुस्कुरा भी रहा था, और सुषमा के रूप-लावण्य पर रीझ-रीझ भी रहा था। न जाने सुषमा में क्या था, उसके रूप में, उसकी भाव-भंगिमा में, उसके लहजे में, कि जयदेव उस पर सब कुछ निछावर करने के लिए तैयार था। आज वह उसे और भी ज़्यादा सुंदर और आकर्षक लग रही थी। तनिक रूखे-रूखे घुँघराले बालों के नीचे उसका चेहरा, तनिक पीला-पीला, उसे किसी जंगली फूल-जैसा लग रहा था जिसकी महक में वह डूब जाना चाहता था। आज अचानक ही उसका चेहरा जैसे खिल उठा था, आँखें चमकने लगी थीं, और हँसने-मुस्कुराने पर उसके गालों में गड्ढे पड़ जाते थे।

"आओ, बैठो ना", सुषमा ने अपनी टाँगें समेटते हुए पलँग पर कुंतो के लिए जगह बना दी। जयदेव की ओर वह अभी भी आँखें उठाकर देख नहीं पा रही थी।

कुंतो ने चुटकी ली, "अब हमारे घर में बहुत बड़ा पढ़ाकू आ रहा है। अब तू भी किताबें पढ़ना, किताब पढ़ते-पढ़ते सो नहीं जाना !" फिर हँसकर जयदेव से बोली, "हम लोग तीन दिन से यहाँ पर हैं। पहले दिन यह किताब लेकर आँगन में पेड़ के नीचे बैठी थी, दूसरे दिन चट्टान पर जा बैठी थी, आज सुबह बाल खोलकर अपने कमरे में फ़र्श पर बैठी थी, पलँग की पाटी से पीठ लगाकर। पर इससे पूछो अगर इसने पाँच पंक्तियाँ भी पढ़ी हों। हर बार किताब लुढ़क-लुढ़क जाती थी। कल तो किताब खड्ड में गिरने लगी थी।···" फिर सहसा सुषमा को गुपचुप देखकर बोली, "हाय, मेरी बहिन बुरा मान गई !" कहते हुए कुंतो ने सुषमा को बाँहों में भर लिया, पर फिर भी उससे रहा नहीं गया, "अब उसकी गोद में बैठकर किताब पढ़ा करना। और पढ़ते-पढ़ते सो जाना।···" और ठहाका मारकर हँसने लगी।

सुषमा को लग रहा था जैसे उसका मज़ाक उड़ाया जा रहा है, पर वह मन-ही-मन इतनी खुश थी कि कुंतो की फ़ब्तियाँ उसे बुरी नहीं लग रही थीं। कुछ था जिसने उसके दिल में प्रवेश किया था और सब भँवर शांत हो गए थे। तृप्ति और संतोष से वह सराबोर हो रही थी।

13

परिवार की एकजुटता को बचाए रखना कठिन हो रहा था। धनराज, अब बार-बार सिंगापुर लौट जाने की बात करने लगा था। मोना की चिट्ठियाँ—नीले रंग के लिफ़ाफ़े—बराबर आ रहे थे जिससे धनराज की बेचैनी उत्तरोत्तर बढ़ती जा रही थी।

पर इधर प्रोफ़ेस्साब भी निष्क्रिय नहीं बैठे थे। कुछ-न-कुछ तो करना ही होगा। कविताओं में भले ही प्रेम की महिमा गाते रहो, पर अगर छोटे भाई के सिर पर सचमुच प्रेम का भूत सवार हो जाए तो उसे उतारना भी साहित्य के अध्यापक का फ़र्ज़ बन जाता है। उसे वह बहुत समझाते रहे कि यह प्रेम न होकर मात्र काम-वासना है और काम-वासना से मनुष्य को न तो सुख मिलता है, न शांति। कक्षा में प्रोफ़ेस्साब पढ़ाया करते थे कि भले ही प्रेम के मूल में वासना रही हो, पर जब प्रेम उन्माद का रूप ले लेता है तो वह आध्यात्मिकता का छोर छूने लगता है, कि वह आध्यात्मिकता के स्तर तक ऊँचा उठ जाता है और वह दृष्टांत के रूप में हीर और राँझा के प्रेम की कथा सुनाया करते थे। इधर धनराज का प्रेम भी उन्माद की सीमाएँ लाँघ रहा था, फिर भी प्रोफ़ेस्साब को उसमें काम-वासना की ही गंध आ रही थी। उसे समझाते हुए वह कभी तो कहते यह काम-वासना है, कभी उसे आत्म-प्रवंचना की संज्ञा देते, यह मन का छलावा है, जब तुम्हें मोना की याद सताती है तो वास्तव में तुम्हें सिंगापुर की याद सता रही होती है, वहाँ का मौज-मेला तुम भूल नहीं पा रहे हो, वहाँ की बेफ़िक्र ज़िंदगी जहाँ तुम पर किसी दायित्व का बोझ नहीं था, इसलिए तुम्हारा दिल उचट-उचट जाता है। मोना उसका केवल एक अंग है। वह उसे अपना दायित्व भी समझाते—तुम तो सिंगापुर भाग जाओगे, हम तुम्हारी इस पत्नी को किस ठौर लगाएँगे ? तुम तो इश्क करो, गुलछर्रे उड़ाओ, और हम तुम्हारे परिवार का पालन करें ? बड़े बाबूजी अब नहीं रहे, अब सभी भाई मिलकर घर चला रहे हैं, वह तुम्हारी घरवाली की परवरिश क्योंकर करेंगे ? बड़ा भाई विलायत जा बैठा है। बाबूजी ज़िंदा थे तो वह सारे परिवार को सँभाले हुए थे, पर अब घर में तरह-तरह की आवाज़ें उठती रहती हैं। पर इस सबके बावजूद सिंगापुर की प्रेयसी धनराज के हृदय-सिंहासन पर ज्यों-की-त्यों विराजमान थी। बहुत बार दोनों भाइयों

के बीच लंबी बातचीत हो चुकी थी, गर्मागर्मी भी हो चुकी थी।

"तुम सिंगापुर लौट जाना चाहते हो तो लौट जाओ, पर इससे पहले अपनी पत्नी को ठिकाने लगाकर जाओ।"

इस पर धनराज चौंक गया था।

"बाबूजी थे तो बात अलग थी। अब कोई भी उसका बोझ उठाना नहीं चाहेगा। ···" कहते-कहते प्रोफ़ेस्साब आवेश में आ गए थे। "यह नहीं हो सकता कि तुम तो अपनी ज़िंदगी से अपनी पत्नी को निकाल फेंको और हम उसे सँभालते फिरें।"

धनराज भौंचक्का-सा रह गया था। उसे इस बात का ख़याल भी नहीं आया था। "बड़ी भावज भी तो बरसों से रह रही है।"

"बड़ी भावज की बात और है। बड़े भइया जब विलायत गए थे तो बाबूजी जीवित थे। भइया की एक छोटी-सी बेटी भी थी। और यह नहीं हो सकता था कि बेटा विदेश में पढ़ने जाए और घरवाले उसकी पत्नी को मायके भेज दें। और उसके मायके में था ही कौन ?"

धनराज को पहली बार इस बात का भास हुआ था कि उसके प्रेम का गला घोंटने के लिए दुनियावी मजबूरियाँ उसकी ओर बढ़ रही हैं और उनसे वह अपना पिंड छुड़ा नहीं सकता। "अब मैं इसे कहाँ ठिकाने लगाता फिरूँ ? आप लोगों ने जब मेरा ब्याह किया था तो क्या मुझसे पूछकर किया था ?"

प्रोफ़ेस्साब भी अपनी जगह परेशान थे। क्रुद्ध होकर बोले, "हमने तुम्हें विदेश पढ़ाई करने के लिए भेजा था, इश्कबाज़ी करने के लिए नहीं भेजा था। और तुम पाँच साल के लिए गए थे और आठ साल लगाकर लौटे हो।"

बहुत देर तक दोनों के बीच गर्मागर्मी चलती रही थी।

"कोई और देश होता तो वहाँ तलाक हो सकता था", धनराज बुदबुदाया था।

तलाक शब्द को सुनकर प्रोफ़ेस्साब को आग-सी लग गयी। इस घर में यह बड़ा पातकी शब्द माना जाता था। "तुम तलाक दोगे ? अपनी पत्नी को घर से निकालोगे ? उसने तुम्हारा क्या बिगाड़ा है जो तुम उसे तलाक दोगे ? आठ साल तक तुम्हारी राह देखती रही है, इसलिए ? ··· दे दो तलाक ! दे दो तलाक के लिए अर्ज़ी ! पर इतना समझ लो कि बरसों लग जाएँगे तुम्हें तलाक लेने में। और जब मामले अदालतों में जाते हैं, तो सारा मुँह-मुलाहिजा ख़त्म हो जाता है। अपनी घरवाली को कचहरी में घसीटोगे तो क्या वह चुप बैठी रहेगी ? क्या वह तुम्हारी उस प्रेमिका की बात नहीं उठाएगी जिसकी तस्वीर तुमने उसके सामने रख छोड़ी है ? वह तुम्हें छोड़ देगी क्या ? और अगर वह तुमसे मुआवज़ा माँगे तो क्या तुम मुआवज़ा देने की स्थिति में हो ?"

इस पर धनराज अवाक् रह गया था। अपने को निःसहाय-सा महसूस करते हुए बोला था, "भइया, वह मुझे बहुत याद आती है। मैं क्या करूँ ? तुम ठीक कहते

हो, पर उसे भुला पाना मेरे बस का नहीं !"

(धनराज भी वही शब्द कह रहा था जो कभी जयदेव ने सुषमा को लेकर, प्रोफ़ेस्साब से कहे थे। यहाँ पर भी वही बेबसी थी, वही लाचारी थी।)

धनराज को सहसा ही निराश और निःसहाय होता देखकर प्रोफ़ेस्साब को भास हुआ कि धनराज अपनी यथार्थ स्थिति को कुछ-कुछ पहचानने लगा है, पर साथ-ही-साथ उन्हें इस बात का भी भास हुआ कि इस वक़्त धनराज के प्रति सहानुभूति दिखाना किए-कराए पर पानी फेरना होगा। "अपना नफ़ा-नुकसान खुद सोच लो", उन्होंने कहा। "तुम जो भी फ़ैसला करो, मुझे मंजूर होगा !"

धनराज के चले जाने के बाद प्रोफ़ेस्साब, देर तक समस्या के अलग-अलग पहलुओं के बारे में सोचते रहे थे। तभी उन्होंने नीति अपनाने का निश्चय किया था। जैसे भी हो, अपने भाई को उस विदेशी महिला के प्रेमपाश से छुड़ाना ही होगा। धनराज की पत्नी को तो वह परामर्श दे ही चुके थे कि जितनी जल्दी हो सके अपने पति से बच्चा लेने की कोशिश करे। तुम्हारी गोद भर जाएगी तो उसका मन उड़ानें भरना बंद कर देगा।

बहुत सोच-विचार करते हुए उन्हें सहसा बख़्शी की याद आई थी। बख़्शी उनका पुराना सहपाठी था। सिंगापुर में उसके छोटे भाई का व्यापार था और वह अक्सर वहाँ जाया करता था। उसी को अपनी नीति का माध्यम बनाना उन्हें उपयुक्त लगा था। अपनी समस्या को उसके सामने रखते हुए उन्होंने उससे आग्रह किया कि अगले दौरे में वह धनराज की प्रेमिका से जाकर मिले और उसे धनराज की वास्तविक स्थिति के बारे में अवगत करा दे कि बड़े बाबूजी अब नहीं रहे, धनराज शादीशुदा है, उसकी पत्नी बरसों तक उसकी राह देखती रही है, आदि-आदि।

इसके बाद कुछ ही समय बीत पाया था कि बख़्शी ने सूचना दी कि वह धनराज की 'डार्की डार्लिंग' से मिल आया है। वहाँ के जानकारों की मदद से उसने उसे खोज निकाला था और उससे मिला था। निश्चय ही प्रोफ़ेस्साब यदि केवल भावना और प्रेम की बात करते तो जो समाचार बख़्शी ने आकर दिया उससे द्रवित हो उठते।

'डार्की डार्लिंग' स्वयं भी डाक्टरनी थी, चौबीस-पच्चीस वर्ष की महिला रही होगी, नाक तनिक चपटी थी, पर भइया, मेरे मुँह से धनराज का नाम लेने की देर थी कि वह अत्यधिक भावविह्वल हो उठी थी। मुझसे कहने लगी तुम धनराज को जानते हो ? उससे मिले हो ? कितने खुशकिस्मत हो जो उससे मिलते हो। मुझे पूरे ब्योरे के साथ उसके बारे में बताओ, उसका स्वास्थ्य कैसा है ? वह दुबला तो नहीं गया ? वह कैसे कपड़े पहनता है ? कैसे घर में रहता है ? क्या अब भी मरीज़ की नब्ज़ देखते हुए आँखें बंद करके सिर टेढ़ा किए रहता है और धीमी-सी मुस्कुराहट उसके होंठों पर खेलती रहती है ? ··· भइया, पहले तो मुझे बड़ा अटपटा लगा, पर फिर मैंने बताना शुरू कर दिया। वह मेरे चेहरे पर आँखें गड़ाए सुने जा रही

थी। मैंने कभी नहीं सोचा था कि एक डाक्टरनी भी इतनी भावुक हो सकती है। फिर जब मैंने धनराज के उस कमरे का ज़िक्र किया जिसमें मैं उससे एक बार मिला था तो वह बच्चों की तरह आह भरकर बोली कि काश, मैं भी उस कमरे को देख पाती। भइया, अगर धनराज का इश्क बीस है तो इसका इक्कीस ही समझो। फिर भी, तुम्हारी ताकीद के मुताबिक मैंने उसे चेतावनी दे ही दी कि अगर तुम्हारे बीच की चिट्ठी-पत्री ख़त्म न हुई तो धनराज की गृहस्थी बरबाद हो जाएगी। वह सुनती रही थी। पर यह वाक्य सुनकर उसका चेहरा पीला पड़ गया था और वह सिर से पाँव तक काँप-सी गई थी। उसके काँपते होंठ अभी भी कभी-कभार मेरी आँखों के सामने आ जाते हैं। मैं समझता हूँ, यह माँग करके हमने उसके दिल को गहरी ठेस पहुँचाई है।

पर नीले लिफ़ाफ़े आने बंद हो गए। सहसा ही बंद हो गए। धनराज बहुत छटपटाया, बड़ा बेचैन हुआ। उसने तार दिए, चिट्ठियाँ लिखीं, पर 'डार्की डार्लिंग' की ओर से कोई उत्तर नहीं मिला। प्रोफ़ेस्साब आश्वस्त हो गए। उन्हें इस बात का अफ़सोस रहा हो, ऐसा नहीं था। यह मेरे भाई की भलाई के लिए ही नहीं, यह उस सिंगापुरवाली की भलाई के लिए भी उठाया गया आवश्यक कदम था; और परिवार की एकजुटता के लिए भी जो उनकी नज़र में सर्वोपरि थी। कहीं-न-कहीं कुछ क्षति तो होगी ही। जहाँ जीवन समझौतों की बैसाखियों पर टिका हो, वहाँ बड़े ध्येय को प्राप्त कर पाने के लिए छोटे लाभ को कुर्बान करना ही पड़ता है। ऐसा ही उनका तर्क था।

प्रोफ़ेस्साब की फ़िलासफ़ी पर टिप्पणी करते हुए, उस पर अपने तर्कों का तेज़ाब छिड़कते हुए रामनाथ अक्सर कहा करता था कि 'गोल्डन मीन' का सीधा-सादा अर्थ समझौतापरस्ती ही है। 'गोल्डन मीन' में कुछ अंश नए का हो, कुछ पुराने का, इतना ही काफ़ी नहीं है। इसका सही अर्थ निकालना हो तो, तुम जो निर्णय लो उसमें थोड़ा-सा अंश नैतिकता का रहे, थोड़ा-सा स्वार्थ का, थोड़ा-सा आदर्शवादिता का, थोड़ा-सा व्यवहारपटुता का—सब थोड़ा-थोड़ा मिला दो तो 'गोल्डन मीन' का फ़लसफ़ा बनता है। यह घोल ही समझौतापरस्ती होगा। थोड़ी-सी नैतिकता आ गई, थोड़ा-सा आदर्शवाद आ गया, शेष कठोर व्यावहारिकता। यों तो—रामनाथ कहा करता—समझौतापरस्ती के मूल में स्वार्थ-सिद्धि ही हुआ करती है। पर निपट स्वार्थ-सिद्धि कुछ-कुछ अमानवीय-सी लगती है इसलिए उस पर नैतिकता और आदर्शवादिता की झीनी-सी रंगीन झोल डालना ज़रूरी हो जाता है।

पर प्रोफ़ेस्साब के 'गोल्डन मीन' में तो परंपरा-भक्ति भी एक महत्वपूर्ण तत्व थी। वह तो परंपरा के चौखटे में वर्तमान को फ़िट बैठाना चाहते थे, या ऐसा समझौता करना चाहते थे जिसमें वर्तमान भी आ जाए और परंपरा का चौखटा भी न टूटे।

प्रोफ़ेस्साब सोचते थे कि अब कुछ ही अर्से बाद, धीरे-धीरे धनराज के दिल की बेचैनी भी शांत हो जाएगी। पर क्या वह अपनी पत्नी की ओर लौट आएगा ?

क्या अपनी पत्नी के प्रति उसका व्यवहार बेहतर हो जाएगा ?

इसी दौरान एक और घटना घटी थी। जिस रात थुलथुल बिलखती-रोती रही थी उसके दूसरे दिन उससे सैकड़ों मील दूर किसी दूसरे शहर में रहनेवाली उसकी माँ का मन विचलित-सा हो उठा था। पहले उसकी आँख फरकी, फिर उसका दिल बेचैन-सा होने लगा। दिन-भर ऐसा ही रहा। एक अनूठा, तैरता-सा अवसाद उसके दिल पर उतर आया। दो दिन तक तो, कारण न जानते हुए भी वह चुप बनी रही पर तीसरे दिन अपने पति को अपने दिल का अहवाल कह सुनाया। "बहुत दिन हो गए हैं बिटिया से मिले। चलो, चलकर उसे मिल आएँ।"

और वे गाड़ी पकड़कर शहर पहुँच गए थे। बिटिया गले लगकर मिली थी, पर साथ ही फूट-फूटकर रोई भी थी। पर फिर भी उसने दिल की बात नहीं बताई। यही कहा, माँ, तुम्हें मिलकर रोना आ गया और कुछ नहीं। सब कुशल-मंगल है, तुम चिंता न करो।

वयोवृद्ध माँ-बाप दो दिन शहर में रहकर लौट गए थे। पर अभी महीना भी नहीं बीत पाया होगा कि दोनों फिर से आ गए और अबकी बार भांडा-टिंडर भी ले आए और एक कमरा किराए पर लेकर शहर में ही रहने लगे थे। "मन नहीं माना, बेटी, क्या करूँ ? यहाँ रहेंगे तो तुम्हारे नज़दीक तो होंगे, चौथे-पाँचवें दिन तुम्हें आँख-भर देख तो लिया करेंगे। वहाँ, इस बुढ़ापे में अकेले रहकर क्या करेंगे !"

दोनों माँ-बेटी के बीच एक शब्द भी बिटिया के दांपत्य-जीवन के बारे में नहीं कहा गया।

उधर धनराज गुमसुम रहने लगा था। ज़ख़्म तो गहरा था पर प्रोफ़ेस्साब का विचार था कि धीरे-धीरे सभी ज़ख़्म भर जाते हैं। पर उसे गुमसुम रहता देखकर वह कुछ शंकित-से हो उठे कि लड़का कोई उल्टी-सीधी बात न कर बैठे। कहीं लेने के देने न पड़ जाएँ। इसे उस लड़की के चंगुल से तो निकाला, यह तो ठीक किया पर अब इसका मन अपने परिवेश से भी तो जुड़े, इसका मन कुछ हल्का भी तो हो।

और यहाँ पर भी प्रोफ़ेस्साब की नीति कुछ काम कर गई। सभा-सोसायटी में प्रोफ़ेस्साब ज़्यादा उठते-बैठते तो नहीं थे पर इनका परिचय-क्षेत्र काफ़ी विशाल था। और यह अपने भाई का परिचय-क्षेत्र बढ़ाने की इच्छा से उसे अपने अनेक मित्रों-संबंधियों, सहकर्मियों आदि से मिलाने लगे। तभी अपनी जान-पहचान के लोगों में ही एक ऐसा परिवार निकल आया जिसके साथ उठना-बैठना बढ़ने लगा। और यहीं पर धनराज के भावनात्मक क्षितिज पर कोकिला का उदय हुआ। 'डार्की डार्लिंग' के साथ पत्राचार ख़त्म हुए लगभग छह महीने बीत चुके थे। धनराज कुछ-कुछ हँसने-बोलने भी लगा था। तभी कोकिला प्रगट हो गई थी। और कोकिला के प्रगट होने पर प्रोफ़ेस्साब मन-ही-मन आश्वस्त ही हुए थे कि उनका भाई अब

पल्ला झाड़कर सिंगापुर के लिए रवाना तो नहीं हो जाएगा।

कोकिला छरहरे बदन की थी, साँवली थी, उस रूप-रंग में धनराज को हल्की-सी झलक मोना की मिली थी। इस पर बड़े मधुर कंठ से ग़ज़लें गाती थी और अपनी आँखों से वशीकरण का काम भी लेती थी। पहली बार किसी पार्टी में जब धनराज ने उसका गायन सुना तो उसे 'डार्की डार्लिंग' याद हो आई थी तब वह बड़ा बेचैन हुआ था। मोना की ही तरह वह भी कुछ-कुछ आज़ाद माहौल में विचरनेवाला जीव थी। बेचैनी के कुछ ही दिन बाद उससे मिलकर मन को सांत्वना भी मिलने लगी। कोकिला में कुछ था जो उसके दिल के सूनेपन को भरने लगा था। अदाकारी में कोकिला को कमाल हासिल था। गाते समय, माथे पर हल्का-सा घूँघट भी काढ़े रहती और घूँघट के पीछे से आँखों-ही-आँखों में बीसियों संदेश भी दे जाती। धनराज उसकी अदाकारी पर भी फ़िदा होने लगा था और उसकी चितवन पर भी।

14

जब से सुषमा, गिरीश के घर आई थी, कुछ दिन तक तो बड़ी ताज़ादम महसूस करती रही थी, अंदर से जैसे नहाई-नहाई-सी महसूस करती रही थी। गिरीश की हर बात अनोखी थी। अनोखी और अनूठी। विवाह के फ़ौरन बाद ये लोग गिरीश के छोटे-से, दो कमरों के फ़्लैट में आ गए थे। सुषमा को यह घर बड़ा खाली-खाली-सा लगा था, न कहीं कोई बंदनवार, न कहीं केसर-हल्दी की छाप, न विवाह की गहमागहमी के कोई चिह्न। बड़ा सूना-सूना-सा लगा था। यहाँ तक कि जब गिरीश ने कहा कि तुम सामान को ठिकाने लगाओ, मैं रसोईघर में थोड़ा काम देखूँगा और सीधा रसोईघर में घुस गया था तो सुषमा बड़ा अकेला महसूस करने लगी थी और घबरा-सी गई थी। थोड़ी ही देर बाद सामान से निबट चुकने के बाद जब वह रसोईघर की ओर आई तो सुगढ़ हाथों से गिरीश को रसोईघर का काम करते, आटा मलते, आलू छीलते देखकर वह हैरान रह गई थी और बड़ी प्रभावित हुई थी।

"हाय, यह आप क्या कर रहे हैं ?" उसके मुँह से निकला था। और वह गिरीश का हाथ बँटाने अंदर जा पहुँची थी।

"आज आप हमारी अतिथि हैं", गिरीश बोला, "कल गृहिणी होंगी।" उसने आलू छीलते हुए कहा।

सुषमा मुस्कुरा दी। उसका मन चाहा पूछे, 'प्रेयसी कब होऊँगी ?' पर वह संकोचवश चुप रही।

न चाहते हुए भी सुषमा सारा वक़्त अवचेतन में जयदेव भइया और गिरीश का मुकाबला करती रहती थी। गिरीश के हर वाक्य में साहित्यिकता का रंग रहता था, जबकि जयदेव भइया की बातों में अल्हड़पन झलकता था। गिरीश कुछ कहने लगता तो एक स्वप्निल-सा वातावरण बनने लगता, तरह-तरह की भावनाओं से ओतप्रोत, जबकि जयदेव भइया के सामने होने पर एक प्रकार की उत्तेजना, उछल-कूद, पेशकदमी का-सा वातावरण बनने लगता। एक की अंतःप्रेरणा उसे अंतर्मुखी बनाती थी, जबकि दूसरे की बहिर्मुखी। गिरीश शांत, गहरे जल की झील की याद दिलाता था, जबकि जयदेव भइया छल-छल करते जल के झरने की, चट्टानों पर से कूद-कूदकर उतरते, छलाँगें लगाते हुए आगे बढ़नेवाले झरने की। गिरीश

बैठता तो बैठा ही रहता, जबकि जयदेव निठल्ला बैठ ही नहीं सकता था।

दिन के भोजन के बाद, सफ़र की थकान के कारण सुषमा की आँखें नींद से बोझिल होने लगी थीं और वह पलँग पर पसर गई थी, जबकि गिरीश फ़र्श पर बिछी दरी पर बैठ, दीवार के साथ पीठ लगाए किताब पढ़ने लगा था और जब सुषमा घंटे-भर बाद अँगड़ाइयाँ लेती हुई उठी थी, तो भी वह किताब पढ़ रहा था और जब वह चाय बनाकर लाई तो भी, और जब बत्तियाँ जल गईं और रात के साये गहराने लगे तो भी। और जब रात के दस बजे के आसपास सुषमा की पलकें फिर से भारी होने लगीं तो गिरीश ने किताब का आख़िरी पन्ना पलटा और किताब को ज़ोर से बंद कर दिया और केवल बंद ही नहीं किया, खिड़की के पास जाकर उसे बाहर गली में पटक भी दिया।

गिरीश का कुछ भरोसा नहीं था कि किस वक़्त क्या कर बैठे। उसकी कोई नियमित दिनचर्या नहीं थी, किसी काम का कोई बँधा हुआ वक़्त नहीं था। एक बार पत्र लिखने बैठा तो छप्पन पत्र लिखकर उठा। दिन को वह सोता नहीं था पर एक बार जो सोया तो रात के ग्यारह बजे उठा।

नतीजा यह हुआ कि सुषमा बार-बार, कभी किवाड़ के पीछे से तो कभी खिड़की में से झाँक-झाँककर देखती कि अब क्या कर रहे हैं, कब उठेंगे। एक बार किताब पढ़ते हुए जब घंटों बीत गए—यह शादी के कुछ ही दिन बाद की बात थी—तो सुषमा ने अल्हड़पन में आकर किताब छीन ली (वह गिरीश से कुछ-कुछ खुलने लगी थी) और कहा, "छोड़िए किताब को। अब थोड़ी बातें करेंगे।"

इस पर गिरीश अपलक उसकी ओर देखता रहा था, मुँह से कुछ नहीं बोला था। फिर उठकर बाहर चला गया था और कमरे के बाहर ही नहीं, घर के बाहर चला गया था और देर रात गए घर लौटा था।

"आप कहाँ चले गए थे, मैं दिन-भर आपकी राह देखती रही।"

इस पर गिरीश ने कहा था, "राह तो बच्चों की देखी जाती है जो वक़्त पर स्कूल से नहीं लौटते। आप मेरी राह न देखा कीजिए।"

उसने इस लहज़े से कहा था कि इसके आगे शिकवा-शिकायत करने की कोई गुंजाइश ही नहीं रह गई थी।

कभी-कभी, अचानक ही अजीब बातें ले बैठता। एक दिन, रात के भोजन के बाद बोला, "कल से आप साड़ी नहीं पहनिए। सलवार पहनिए। आपको सलवार फ़बेगी।"

सुषमा ठिठक-सी गई थी। "मैं तो अपने साथ सलवारें लाई ही नहीं। यहाँ तो मेरे पास एक भी सलवार नहीं है।" गिरीश चुप रहा था। पर दूसरे दिन दोपहर को जब सुषमा सोकर उठी तो साथवाले कमरे में गिरीश फ़र्श पर बैठा अपने सामने रेशमी कपड़े का टुकड़ा रखे उसमें से सलवार काट रहा था। पहले तो सुषमा की समझ में नहीं आया कि क्या बन रहा है, पर जब समझी तो पुलक-पुलक उठी।

केवल उसकी समझ में नहीं आ रहा था तो यह कि गिरीश के निकट कैसे पहुँच पाए, उसे अपना कैसे बना सके। सारा वक़्त उसे लगता रहता था कि वह अभी भी गिरीश के जीवन की परिधि से बाहर है, वहीं डोल रही है। अभी तक गिरीश, उसका हाथ पकड़कर उसे अपने हृदय-संसार में नहीं ले गया था और वह हर पल, हर घड़ी, इस इंतज़ार में रहती कि वह कब अपने दिल का द्वार खोलेगा और उसे अंदर लिवा ले जाएगा। पर अभी तक तो गिरीश अकेला ही उसमें विचरता था। उसके दिल की दहलीज़ तक को सुषमा पार नहीं कर पाई थी। उसमें किसी दूसरे व्यक्ति का जाना मानो निषिद्ध हो, भले ही वह उसकी पत्नी ही क्यों न हो। सुषमा तो उसके अंदर झाँक तक नहीं पाई थी।

वह कुछ लिखता तो दिखाता भी नहीं था। "जब कभी छपेगा तो देख लीजिएगा", वह कहता। एक बार सुषमा ने उसकी एक पांडुलिपि को उठाकर पढ़ने की धृष्टता की थी तो गिरीश ने कुछ नहीं कहा, पर पांडुलिपि को हाथ में लेकर फाड़ डाला था, जिस पर सुषमा सिहर उठी थी।

धीरे-धीरे दोनों के बीच एक विचित्र-सा संबंध पनपने लगा था। एक स्तर पर तो दोनों एक-दूसरे के निकट आ रहे थे पर दूसरे स्तर पर वे एक-दूसरे से दूर होते जा रहे थे। इस संबंध में गहनतम अनुभूतियाँ भी थीं और बाहर छिटक दिए जाने का कड़वा अहसास भी था। दांपत्य जीवन तो था, पर इसकी बागडोर गिरीश के हाथ में थी। गिरीश का काम निर्णय करना था, सुषमा का, मुँह जोहना और उसके निर्णय को शिरोधार्य करना। पर इस रिश्ते की तय में प्रबल आकर्षण भी था, जादू भी था, अदम्य कुतूहल और उत्सुकता भी थी। एक उपासक और उपास्य का-सा संबंध बनता जा रहा था। गिरीश कब क्या करने लगे, इसका कोई ठिकाना नहीं था। सुषमा कहीं चलने का कोई सुझाव देती तो वह मुस्कुराता हुआ उसे सुनता रहता और सुन चुकने पर कहता, "आप हो आइए, हम घर में आपके लौटने की राह देखेंगे।"

पर जब कभी गिरीश के अपने मस्तिष्क में कोई बात बैठ जाती तो बंद रास्ते, बंद द्वार, सभी अपने-आप खुलने लगते, सारा कार्यक्रम अपने-आप बनने लगता। एक दिन प्रातः जब सुषमा जागकर बाहर आई तब सूर्योदय का समय था और हवा में हल्की-हल्की ठंडक थी। उस रात सोने से पहले उसने गिरीश को छत की मुँडेर के पास खड़े दूर क्षितिज की ओर देखते हुए पाया था। जब वह उस दिन सुबह उठी तो भी गिरीश छत की मुँडेर पर ही खड़ा था। वह पास गई तो बोला, "किसी पार्क में चलना चाहेंगी ? बाहर चलें ?"

रात-भर की रंजिश और बेचैनी छूमंतर हो गई थी और सुषमा ने चहककर कहा था, "चलिए !"

और उसके बाद गिरीश रसोईघर में खाने-पीने का सामान तैयार करने में जुट गया था—कॉफ़ी, सैंडविच, जाने क्या-क्या—एक-एक चीज़ का उसे ध्यान था जो

पिकनिक पर ले जाई जा सकती है।

और वह दिन निर्जन, सपाट मैदान में लहलहाते उद्यान-जैसा साबित हुआ था। गिरीश को एक-एक फूल, एक-एक पेड़-पौधे, एक-एक पक्षी का ज्ञान था। उनसे जुड़े श्लोक कंठस्थ थे। यही नहीं, उस दिन सुषमा की जाँघ पर अपना सिर रखे उसने एक चौपाई की रचना की थी जिसमें सुषमा के लंबे केशों की चर्चा थी, और उनमें उलझी कवि की कल्पनाओं की जो अपने जीवन में, सुषमा से मिलने से पहले, केवल कंकड़-पत्थर बटोरता रहा था। सुषमा मंत्रमुग्ध-सी सुनती रही थी। ऐसे मौकों पर जब गिरीश बोलता है तो प्रेमी की भाँति, भावनाएँ व्यक्त करता है तो कवि की भाँति और जो अपने में लौट जाता है तो योगी की भाँति—वह बुदबुदाई थी। कभी-कभी सुषमा को लगता कि वह निःसहाय-सी होती जा रही है, कि उसकी स्थिति उस पक्षी-जैसी है जिसे गिरीश चाहे तो सहलाए और चाहे तो उसके पंख नोच डाले। पर फिर भी उसके मुँह से निकले प्रेमालाप के शब्द इतने सुखद लगते कि वह उन्हें सुनती हुई फूली नहीं समाती थी—ये उसके दिल में से उठनेवाले उद्‌गार हैं, वे मुझे लक्ष्य करके कहे गए हैं, एक जाना-माना कवि मेरे प्रति उद्‌गार व्यक्त कर रहा है। मुझे गौरवान्वित कर रहा है। जब गिरीश अंतर्मुखी हो जाता तो सुषमा को लगता जैसे गिरीश ने उसे धकेलकर अपने से दूर कर दिया है, इसके बाद जब उसका मन आएगा, तभी वह उसके निकट लौट पाएगी और वह भी तब जब वह इसकी इजाज़त देगा। जब ऐसा वक़्त लौट आता तो वह निपट अकेली और निःसहाय-सी महसूस करती, परित्यक्ता-सी। उस समय वह गिरीश को अपना नहीं कह सकती थी। प्रेम भी तभी सार्थक होता है जब प्रेमिका समझे कि प्रेमी पर उसका अधिकार हो गया है, कि दोनों के व्यक्तित्व एक-दूसरे में घुल-मिल गए हैं, प्रगाढ़ आलिंगन के समान, सभी अवरोध टूट चुके हैं। पर यहाँ ऐसा कुछ नहीं था। यहाँ पर जो गिरीश दे, जितना दे, सुषमा को वही ग्रहण करना था, स्वीकार करना था। उसे कभी-कभी लगता—मैं तो इसकी हो गई, यह मेरा क्यों नहीं हुआ, कब होगा ?

इस रिश्ते में स्वाभाविकता तो नहीं आ पाई थी, पर एक प्रकार का सम्मोहन ज़रूर सुषमा को जकड़े हुए था। सुषमा की नज़र में गिरीश साधारण लोगों से बड़ा भिन्न था, वह लेखक था और लेखक विलक्षण जीव होते हैं। वे किसी बँधी-बँधाई लीक पर नहीं चलते। उनका हर काम, हर कदम अप्रत्याशित रहता है। न जाने उन्हें क्या नज़र आता है जो हम-तुम साधारण लोग नहीं देख पाते। एक बार वे दोनों, देर तक घूमते रहने के बाद घर लौटकर आए थे। वे रेडियो-सैट के पास खड़े थे और रेडियो पर विविध भारती कार्यक्रम चल रहा था। कोई गा रहा था, "हँस ले, हँस ले, जी भरकर हँस ले ···" सुषमा को गीत पसंद आया था और वह उसे सुनते हुए हथेली पर उँगलियाँ बजाती ताल देने और गुनगुनाने लगी थी। पास ही कमरे की दहलीज़ पर खड़ा गिरीश उसे सुन रहा था। सुषमा को अचंभा

हुआ था कि गिरीश को गाना सुनने का शौक कब से होने लगा। तभी सहसा ही गिरीश ने रेडियो की पेटी को इस ज़ोर से लात जमाई कि रेडियो-सैट तिपाई पर से नीचे गिर गया और बिना कुछ कहे वह कमरे से बाहर निकल गया था।

यही बात सुषमा को प्रभावित भी करती थी और उसे असमंजस में भी डाले रहती थी। तब तो वह अधिक प्रभावित ही हुई थी। पर अब वह कभी-कभी ठगी-ठगी-सी महसूस करने लगी थी, उन घड़ियों को छोड़कर जब वह दूसरे-चौथे, उसके साथ प्रेमालाप करने लगता था। फिर तो वह अमृत-वर्षा में जैसे भीग-भीग जाती थी। पर तब तक वह अपने जीवन की बागडोर गिरीश के हाथ में सौंप चुकी थी। वह उसके व्यक्तित्व द्वारा जकड़ी-जकड़ी-सी महसूस करने लगी थी। उस जकड़न को तोड़कर, इस सम्मोहन से बाहर निकल पाने के लिए वह छटपटाने लगी हो, ऐसा भी नहीं था, बल्कि इस जकड़न में कभी-कभी वह एक प्रकार के सुख का अनुभव करने लगती थी। जब कभी वह जल में से फेंकी हुई मछली-जैसी महसूस करती—और ऐसा कई बार हो चुका था—तो वह स्वयं ही उस सम्मोहन के दायरे में लौट जाना चाहती थी—वह लेखक है, विलक्षण जीव है, उसे कोई नियम, कोई विधि-निषेध बाँध नहीं सकते। उसके जीवन को नियमों के चौखटे में बंद नहीं किया जा सकता।

जो लोग समानता और समान अधिकारों की बात करते हैं, वे मानव-स्वभाव को नहीं जानते। सुषमा के विवाहित जीवन के अल्प से समय को भी देखते हुए कौन विवेकी पुरुष कहाँ पर उँगली रखकर कहेगा कि यहाँ पर सुषमा को अपने बढ़ते आग्रह पर अंकुश लगा लेना चाहिए था, उस सम्मोहन के दायरे में से भाग निकलना चाहिए था, उसके प्रति और अधिक आकृष्ट होने के बजाय उससे दूर हो जाना चाहिए था—शारीरिक स्तर पर न भी संभव होता तो मानसिक स्तर पर, भावनाओं के स्तर पर। कहने को तो सब ठीक है, पर कभी ऐसा हो पाया है ?

कभी-कभी सुषमा बड़े आग्रह से उसके पास जाती, कोई प्रस्ताव लेकर, कोई कार्यक्रम बनाकर, और वह बड़ी ठंडी अन्यमनस्कता से अथवा अपनी अबूझ मुस्कान द्वारा उसे ठुकरा देता। और ठुकराते हुए भी वह इस ढंग से सुषमा को संबोधित करता कि उसके शब्दों में दूरी का भास भी मिलता और अपनेपन का भी। सुषमा इस दूरी को क्यों नहीं समझ पाती थी, वह झुँझलाती क्यों नहीं थी ? इसके विपरीत वह तो उसकी मुस्कानों की भिखारिन-सी बनती जा रही थी। वह मुस्कुरा देता तो यह धन्य-धन्य हो जाती और फिर से किसी सुनहरे भविष्य के सपने देखने लगती।

कलाकार-कलाप्रेमी कहलवाने की ललक सुषमा में भी कम नहीं थी। एक तो सुषमा का अपना व्यक्तित्व था, सहज, सरल, भीरु स्वभाव। इस पर एक दूसरा व्यक्तित्व था जिसे वह अपने ऊपर ओढ़ती रही थी—गिरीश की ही मुद्रा में वह भी भौंहें चढ़ाने लगी और गिरीश की ही भाँति मुस्कुराने और तौल-तौलकर बात करने लगी—एक साहित्यकार का मुखौटा ताकि लोगबाग उसे भी साहित्यकार मानें,

कलाकार के नाते ही उसकी पहचान बने, लोग उसके बारे में कहें वह लेखक की पत्नी ही नहीं, स्वयं भी लेखिका है; और जो प्रभाव उसकी कृतियाँ पैदा न कर पाएँ, वह अपनी भाव-भंगिमा द्वारा पूरा कर सके। क्या वह अपनी अस्मिता को जैसे-तैसे बनाए रखने के लिए ऐसा कर रही थी ? कि अपना अस्तित्व बचाए रखने के लिए उसे इस कवच की बड़ी आवश्यकता थी ? या, वह अपनी अस्मिता को यहाँ तक खो बैठी थी कि उस मुखौटे में ही अपना बचाव देखने लगी थी, अपनी अस्मिता देखने लगी थी ?

वास्तव में सुषमा उत्तरोत्तर अपना आत्मविश्वास खोती जा रही थी। अब तो उसे हर वक़्त इस बात का खटका लगा रहता कि कभी कोई अनहोनी न हो जाए। यदि सुषमा ने उसे बहुत बड़ा जीनियस नहीं मान लिया होता; यदि वह इतना-भर ही मान लेती कि बड़े-से-बड़ा लेखक भी आख़िर इंसान होता है, इंसानों के बीच रहता है, जीवन और समाज के नियमों के बीच अपनी गुज़र करता है, कि हर लेखक रेडियो-सैट को लात नहीं जमाता फिरता; यदि सुषमा उसके अप्रत्याशित आचरण को एक बिगड़े हुए युवक की सनक मान लेती; यदि स्वयं उसे एक जीनियस का मौलिक विशिष्ट स्वभाव मानकर उसे एक विलक्षण व्यक्ति के रूप में नहीं देखती और उस-जैसा व्यवहार करने का स्वाँग नहीं रचती, तो संभवतः अपनी सुध-बुध बनाए रखती और अपनी व्यथा का कारण पहचान लेती। पर इतनी सूझ किसमें होती है कि अपनी ही नब्ज़ पर हाथ रखकर अपना ही रोग पहचान सके ?

एक बार दोनों के बीच जयदेव भइया की चर्चा चली थी कि वह भी कविताएँ लिखते हैं, तो गिरीश मुस्कुरा दिया था और उस मुस्कुराहट से ही सुषमा समझ गई थी कि गिरीश, जयदेव को घटिया दर्ज़े का कवि मानता है। व्यंग्य में बुझी-बुझी गिरीश की मुस्कान ही बहुत कुछ कह जाती थी। इस मुस्कान के कारण भी सुषमा अपना आत्मविश्वास खोती जा रही थी। गिरीश की यह मुस्कान सुषमा के लिए हर बात की कसौटी बनती जा रही थी और इस कसौटी पर परखती हुई सुषमा फिर से अपने को प्रशिक्षित कर रही थी। यदि कोई फ़िल्म देखने के बाद गिरीश ने ऐसी ही मुस्कान के साथ सिर हिला दिया तो सुषमा समझ जाती कि फ़िल्म 'बंडल' थी और उसके बाद सुषमा भी और लोगों के सामने फ़िल्म की निंदा करने लगती, "बेकार है ! इस फ़िल्म में रखा ही क्या है !"

व्यक्तित्व का यह विघटन विवाह के बाद बढ़ता गया था और अब सुषमा बात-बात पर गिरीश का मुँह ताकने लगी थी और उसकी प्रत्येक टिप्पणी को अपनी टिप्पणी मानकर उसे दोहराने लगी थी। यहाँ तक कि उसकी अपनी प्रतिक्रिया का, उसकी अपनी नज़र में ही कोई महत्व नहीं रह गया था। उसके मौलिक चिंतन को जैसे लकवा मार गया था।

अभी ये लोग पहाड़ पर ही थे जब एक दिन दोनों पहाड़ी नाले पर पिकनिक

करने निकल गए थे। गिरीश ने जिस मुस्तैदी से पिकनिक की तैयारी में खाने-पीने का सामान सोच-विचारकर थैले में डाला था, उसे देखते हुए सुषमा दंग रह गई थी कि साहित्य के कल्पना-लोक में विचरनेवाला व्यक्ति भी इतना व्यवहार-कुशल हो सकता है, इतना कर्मठ भी। सैंडविच बनाते समय रहा हो या ताश की गड्डी या फ़िल्मी रसाला रखने में, पिकनिक के लिए सही बैठनेवाली छोटी-से-छोटी ज़रूरत की ओर उसका ध्यान गया था। और पिकनिक पर वह सुषमा को पेड़ पर चढ़ने का ढंग सिखाता रहा था। और भोजन से पहले, वे लोग पहाड़ी नाले के साथ-साथ, पत्थरों पर चलते हुए, नंगे पाँव, पानी की फुहार में भीगते, दूर तक चले गए थे। जगह-जगह रुककर वह उससे पूछता रहा था, यह किस पक्षी की आवाज़ है ? या यह किस जड़ी-बूटी की गंध है ? और सुषमा, सही उत्तर न दे पाने पर, बार-बार झेंपती रही थी। और दोपहर को, जब वे थके-माँदे, पेड़ के साये में सुस्ता रहे थे तो गिरीश, पेड़ के तने से पीठ लगाए, पेंसिल हाथ में लिए उसे चित्र बनाना सिखाता रहा था। और उस दिन सुषमा को लगा था जैसे वे स्वर्ग में पिकनिक मनाते रहे हैं।

पर सहसा ही वह चुप हो गया था, ऐसा गहन मौन कि लौटते समय गिरीश, सुषमा को पीछे छोड़, कंधे से थैला लटकाए, आगे बढ़ गया था, उसने एक बार भी मुड़कर नहीं देखा था कि सुषमा जीती है या मर गई। सुषमा ने अनेक बार पीछे से आवाज़ लगाई थी, "सुनो जी, सुनते हो ? मेरी चप्पल का फीता टूट गया है।" पर वह बराबर चलता गया था, मानो उसने सुना ही न हो और जब अँधेरा पड़ने पर वे लोग घर लौटे थे तो सुषमा हाँफ रही थी, उसने एक हाथ में चप्पल उठा रखा था और गिरीश का कहीं पता न था।

पर जो कुछ उसके दूसरे दिन हुआ वह तो सुषमा के लिए एक भूचाल-जैसा था जिसे याद करके वह बुरी तरह से घबड़ा जाती थी।

जब वह सोकर उठी थी तो गिरीश का बिस्तर खाली था। उसने आँख उठाकर देखा, गुसलखाने का दरवाज़ा खुला था, मतलब कि गिरीश गुसलखाने में भी नहीं था। संभव है नीचे से अख़बार लाने गए हों, तब तो आते ही होंगे। तभी सहसा वह घबड़ा-सी गई थी और हड़बड़ाकर उठ बैठी थी। पलँग के पास, तिपाई पर कागज़ का एक पुर्ज़ा रखा था जिसे वह लिखकर छोड़ गया था। "हम एक-दूसरे के लिए नहीं बने हैं। इस विवाह को घसीटना भूल होगी।" और बिना, उसके नीचे अपना नाम लिखे या यह बताए कि वह कहाँ जा रहा है, वह उसे उस पहाड़ी नगर में अकेला छोड़कर कहीं चला गया था।

पुर्ज़े पर लिखे शब्दों को पढ़कर वह सुन्न-सी खड़ी रह गयी थी। वह मुझे पहाड़ पर अकेला छोड़कर कहीं चले गए हैं। वह बिलख उठी थी। मेरे पास तो मुश्किल

से इतने पैसे होंगे जिनसे वापसी का टिकट कटवा पाऊँगी। तब वह बदहवास-सी, घर के बाहर निकल गयी थी और पागलों की तरह सड़कों पर घूमती हुई गिरीश को खोजती रही थी।

और ऐन जब वह थककर चूर, हाँफती हुई लौटी थी और घरवालों को बताने जा रही थी कि किन्हीं कारणों से उसके पति को जाना पड़ गया था, और वह भी उसी दिन घर लौट जाएगी कि उसने पाया था कि गिरीश दरवाज़े की दहलीज़ पर खड़ा है, झोला कंधे से लटकाए हुए और कह रहा है, "चाय नहीं पिलाएँगी क्या ?" और सुषमा फफक-फफककर रो पड़ी थी।

उसके कुछ ही दिन बाद वे लोग पहाड़ से लौट आए थे। और तभी हर शनिवार की शाम गिरीश का मीरपुर जाने का सिलसिला शुरू हो गया था।

एक दिन सुषमा दरवाज़े की ओट में चुपचाप इस इंतज़ार में खड़ी थी कि कब गिरीश पढ़ना बंद करे कि वह उसके साथ बाहर जाने के बारे में बात कर सके।

गिरीश ने किताब बंद की—किरमिची रंग की जिल्दवाली कोई मोटी-सी किताब थी—और उसे घुटने पर रखे, सामने की ओर देख रहा था, जब सुषमा मौका देखकर अंदर चली आई थी।

"सुनिए, आज दीदी के घर चलना है, आपको बताया था ना ?" और फ़र्श पर उसके पास बैठ गई थी। एक साँस में पूरा वाक्य बोल जाने और धम्म से उसके पास बैठ जाने पर उसे लगा था जैसे उसमें भरपूर आत्मविश्वास आ गया है और वह चाहे तो हाथ बढ़ाकर पुस्तक भी उसके हाथ से छीन सकती है।

"चलिए, उठिए, बहुत पढ़ लिया।"

तभी उसने पाया कि उसका लेखक-पति बराबर सामने की ओर देखे जा रहा है, मानो उसे मालूम ही न हो कि सुषमा कमरे में आई है। गिरीश की आँखें बराबर शून्य में लगी रहीं। एक हाथ से किताब को घुटने पर थामे, दूसरा हाथ फ़र्श पर रखे, वह बराबर सामने की ओर देखे जा रहा था।

सुषमा ठिठक गई। वह तो हाथ बढ़ाकर, गिरीश के हाथ से किताब छीनना चाहती थी, पर आगे को बढ़ा हाथ हवा में ही रुका रह गया। पर दुःसाहस अभी मरा नहीं था। वह पहले की ही तरह, पर तनिक धीमी आवाज़ में बोली, "उठिएगा नहीं, पाँच बज गए। दिन-भर पढ़ते रहेंगे तो आँखें ख़राब नहीं होंगी ?"

पर गिरीश की आँखें, अभी भी अपलक सामने की ओर देखे जा रही थीं। सुषमा का उठा हुआ हाथ काँप गया। उसका चाव, उसका दुःसाहस सभी एक असह्य झेंप में बदल गए। वह बेहद अटपटा महसूस करने लगी, यहाँ तक कि उसकी समझ में नहीं आया कि अपने हाथ को कैसे सँभाले, और फ़र्श पर से कैसे उठ पाए। "नहीं बोलते तो न बोलिए, मैंने तो ··· " और अपनी सिसकी दबाते हुए, अपने आहत आत्मसम्मान का बोझ ढोते हुए, जैसे-तैसे कमरे से बाहर निकल गई।

घंटे-भर बाद सुषमा उधर से गुज़री तो गिरीश कमरे के बीचोबीच खड़ा एक बैग में कुछ सामान डाल रहा था, मानो कहीं जाने की तैयारी कर रहा हो। सुषमा की ओर नज़र उठने पर बोला, "आप कुछ कहना चाहती थीं ? आप कमरे में जो आई थीं। क्या बात थी ?"

"आप बोले ही नहीं, मैं क्या करती। मैं लौट आई। मैंने सोचा आपने पढ़ना बंद कर दिया होगा।"

इस पर गिरीश मुस्कुराकर बोला, "पढ़ना तो बंद किया था, पर सोचना बंद नहीं किया था। कोई बहुत ज़रूरी काम था क्या ?"

"मुझे क्या मालूम आप सोच रहे हैं। मैंने सोचा, आप पढ़-पढ़कर थक गए होंगे।"

"सोचना, पढ़ने से भी ज़्यादा थकानेवाली क्रिया है", कहते हुए वह फिर से मुस्कुरा दिया था।

उसे मुस्कुराता देखकर वह फिर से डावाँडोल होने लगी थी। जहाँ वह पहले आहत महसूस कर रही थी, वहाँ अब उसे अपनी भूल का अहसास होने लगा था। उसका पति, एकाग्रचित्त किसी दार्शनिक तत्व के बारे में सोच रहा होगा, जब मैंने उनके चिंतन में बाधा डाल दी।

"आप कहीं जाना चाहती थीं ? आपको स्वयं चले जाना चाहिए था।"

"मैं तो चाहती थी कि हम एक साथ जाते। पर फिर कभी सही ..."

इस पर वह हँस दिया था, "एक साथ रह जो रहे हैं, क्या यह कम है ?"

सुषमा को उसके वाक्य से फिर से धक्का-सा लगा, पर वह चुप रही। उसे सामान बाँधते देखकर उससे न रहा गया। "आप कहीं जा रहे हैं क्या ?"

"आज हम मीरपुर जाएँगे। सात बजे आख़िरी बस छूटती है।"

"कोई काम है क्या ? आपने पहले बताया तो नहीं।"

गिरीश चुप रहा और बैग में सामान डालता रहा।

"मुझे भी ले चलिए। मीरपुर में कौन है ? क्या कोई गोष्ठी है ?"

"नहीं, हम दीदी से मिलने जा रहे हैं।"

"दीदी ? दीदी तो मीरपुर में नहीं रहतीं, वह तो ..."

"दीदी हमारी मौसेरी बहिन है।"

सुषमा कुछ ठिठक-सी गई, "हमारे ब्याह पर आई थीं क्या ?"

गिरीश ने उत्तर नहीं दिया।

"क्या मैं उनसे मिली हूँ ?"

गिरीश क्षण-भर के लिए चुप रहा, फिर बोला, "बहुत-से लोग हैं जिन्हें आप अभी नहीं मिली हैं।"

सुषमा समझ गई थी कि इसके आगे वार्तालाप नहीं बढ़ेगा, कि यह संवाद का अंत था।

विवाह के बाद ऐसा पहली बार हुआ था जब गिरीश मीरपुर चला गया था।

इसके बाद वह हर दूसरे-तीसरे शनिवार को मीरपुर के लिए रवाना हो जाता था। दो-तीन बार तो सुषमा चुप रही थी, पर फिर उसके लिए गिरीश का इस तरह चले जाना असह्य-सा लगने लगा था। शनिवार आने से दो दिन पहले ही उसे धुकधुकी-सी लगने लगती कि अबकी बार वह जाएगा या नहीं। उससे आग्रह भी करने लगती कि अगले शनिवार हम लोग अमुक फ़िल्म देखने जाएँगे, या किसी और आकर्षण की चर्चा करती। उसके मन में तरह-तरह के संशय उठने लगे थे और वह अंदर-ही-अंदर छटपटाने लगी थी।

पाँच बज चुके थे। ढलती दोपहर की धूप आसपास के घरों की दीवारों पर से उतरने लगी थी। गिरीश ऊपर बरसाती में बैठा पढ़ रहा था और सुषमा नीचेवाले कमरे में, दीवार से पीठ लगाए बैठी एक-एक क्षण गिन रही थी। उसके प्राण इस क्षीण-सी आशा से बँधे थे कि यदि साढ़े पाँच बजे तक गिरीश नीचे नहीं उतरा तो वह मीरपुर नहीं जाएगा, घर पर ही बना रहेगा।

आए दिन शनिवार की शाम को उसका मीरपुर चले जाना सुषमा के लिए असह्य होने लगा था। एक बार सुषमा के बार-बार आग्रह करने पर कि आज आप नहीं जाइए, रुक जाइए, उसने दो-टूक कह दिया था, "आप हमें कहीं भी जाने से नहीं रोकेंगी। हम आपको नहीं रोकेंगे।"

निश्चेष्ट, ठंडे लहज़े में उसने कहा था, मानो कोई अजनबी किसी घटना पर अपनी टिप्पणी कर रहा हो। उसके इस रूखे व्यवहार के कारण ही सुषमा अभी तक उसके जीवन के निजी घेरे के अंदर प्रवेश नहीं कर पाई थी।

सुबह से ही सुषमा का दिल धक्‌धक्‌ कर रहा था। नाश्ते के समय सुषमा ने साहस बटोरकर कहा था, "आज शाम, यदि आपका मन हुआ तो प्रदर्शनी देखने चलेंगे।"

जवाब में वह सदा की भाँति मुस्कुराता रहा था, केवल उसकी दो छोटी-छोटी आँखें देर तक सुषमा के चेहरे पर लगी रही थीं जैसे वह सुषमा के इस न्यौते के पीछे किसी छिपे अभिप्राय की थाह पा लेना चाहता हो। उसकी आँखों को अपने चेहरे पर गड़ा महसूस करते हुए सुषमा का चेहरा घबराहट से लाल हो गया था। कुछ देर के लिए असमंजस में रहने के बाद वह बोल उठी थी, "आप इस तरह क्या देख रहे हैं ? आपका मन नहीं हुआ तो नहीं जाएँगे।"

और मुस्कुराते हुए ही वह बोला, "अभी शाम होने को पूरे दस घंटे पड़े हैं। शाम को हम तक पहुँचने तो दीजिए।"

उसके उत्तर से सुषमा को तनिक उम्मीद बँधी थी कि जानते हुए भी कि आज शनिवार है उसने प्रदर्शनी चलने का प्रस्ताव ठुकरा नहीं दिया था। इतना ही नहीं, उसने अनौपचारिक ढंग से, कुछ-कुछ दोस्ताना लहज़े में उसके सवाल का जवाब

दिया है, उससे भी सुषमा प्रोत्साहित-सा महसूस करने लगी थी। पर जिस तरह वह अपनी दो पैनी आँखें उसके चेहरे पर गड़ाए रहा था, और सुषमा को लगा था कि वह उसके अंतस्तल को बेध रहा है, सुषमा अंदर-ही-अंदर बड़ी उद्विग्न भी हुई थी।

मौसेरी बहिन के साथ इसकी रग मिलती है। उसे भी किताबों का शौक है, और दोनों की साँझी समझ है। कहीं दोनों के तार जुड़ते हैं। इसीलिए यह हर शनिवार मीरपुर की ओर भाग खड़ा होता है। इस 'दीदी' को उसने देखा था। कुछ-कुछ वह भी अपने 'मौसेरे भाई' की तरह अन्यमनस्क रहती है। उसकी साड़ी टखनों के ऊपर चढ़ी रहती है, बाल अक्सर खुले रहते हैं, उन्हें ढीले से जूड़े में बाँध लेती है तो भी कुछ ही देर बाद खुल जाते हैं और कंधों पर छितर जाते हैं। एक बार वह गिरीश-सुषमा की शादी के बाद घर पर आई थी तो दोनों घंटों साहित्य-चर्चा करते रहे थे, किसी पत्रिका में छपी गिरीश की कहानी की चर्चा करते रहे थे। तब भी सुषमा, पानी से बाहर फेंकी हुई मछली-जैसा महसूस करती हुई घंटों रसोईघर की दहलीज़ पर बैठी रही थी।

साढ़े पाँच बज रहे थे और सुषमा आश्वस्त-सा महसूस करने लगी थी कि जो अभी तक नीचे नहीं उतरा, वह आज कहीं नहीं जाएगा। इसका मतलब है कि हम लोग शाम का वक़्त एक साथ बिता सकते हैं, शाम ही नहीं, कल का सारा दिन भी। आज शाम प्रदर्शनी देखने और कल सुबह किसी पार्क में जा सकते हैं। इसका मतलब है आज की शाम और कल का दिन तड़पते नहीं बीतेंगे। चैन से बीतेंगे।

सुषमा घुटने पर ठुड्डी रखे दीवार के साथ पीठ लगाए बैठी थी। कान बेशक अभी भी सीढ़ियों की ओर लगे थे, पर धीरे-धीरे मानसिक तनाव ढीला पड़ने लगा था। इसका मतलब है यह फिर मेरी ओर मुड़ने लगा है, मेरे संग बैठना-उठना इसे अच्छा लगने लगा है।

"जानती हो, वह क्या चीज़ है जो पुरुष को स्त्री की ओर खींचती है ?"

शादी के कुछ ही दिनों बाद, जब वह दिन-भर घर पर ही बना रहता था, उसने कहा था, तब भी सुषमा इसी तरह फ़र्श पर दीवार के साथ पीठ लगाए और घुटने पर ठुड्डी रखे बैठी थी।

"हम नहीं जानते", सुषमा ने कहा था (वह भी गिरीश की भाँति 'मैं' की जगह 'हम' का प्रयोग करने लगी थी)

"स्त्री की महक। उसके शरीर की महक। उसके व्यक्तित्व की महक। तुम्हारी महक !" और वह उस पर झुक आया था। "जैसे फूल की महक। उतनी ही कोमल, उतनी ही सुंदर !"

उसके शब्दों को सुनती हुई वह सराबोर-सी होने लगती थी। उसके प्रेम में भीगे शब्दों से ही उसे लगता जैसे वह गिरीश की बाँहों में उतरती जा रही है। इस आसक्ति में उसके शब्द उसे मोह लेते थे—निखरे-निखरे शब्द, कवित्व से भरे, प्रेम और कामना से ओतप्रोत, अदम्य इच्छाओं से भरपूर। ... "मैं जो तुम्हारे पास आता

हूँ तो इसी महक के लिए भटकता हुआ, उस खुशबू तक पहुँच पाने के लिए। तुम्हें बाँहों में भर लेता हूँ तो सबसे अधिक भटकता हूँ, सबसे ज़्यादा व्याकुल होता हूँ, चरम आनंद की सीमा तक।"

और सचमुच सुषमा को ऐसा ही महसूस होने लगता जैसे उसके आलिंगनों में एक प्रकार की व्याकुलता-सी भर गई है, एक प्रकार की प्यासी भटकन। उन क्षणों में सुषमा को गिरीश एक निरीह बालक-जैसा लगता जो उससे कुछ माँगने आया है, और उसका मन चाहता कि सुषमा उसे दुलारने लगे, अपने स्नेह और ममता से उसकी आंतरिक व्याकुलता को शांत कर दे।

ऐसे ही गिने-चुने क्षण इस विवाह की सबसे बड़ी उपलब्धि रहे थे। उसके मुँह से निकले शब्द जो सुषमा को किसी दिव्यलोक में पहुँचा देते, जहाँ चारों ओर नीलिमा-सी छिटक जाती, जहाँ कुछ झूमने-सा लगता, जहाँ उसे भास होने लगता जैसे वह कोई झूला झूलने लगी है। कैसे-कैसे उद्‌गार उसके दिल में उठते थे। क्या सचमुच इनका कोई अस्तित्व होता है या मात्र उद्‌गार ही होते हैं, शब्दों के जादू से पैदा होनेवाले, पानी की सतह पर उठनेवाले झिलमिलाते बुलबुलों-जैसे, जिनका देखने पर अस्तित्व होता है पर वास्तव में कोई अस्तित्व नहीं होता, जो किन्हीं क्षणों में झिलमिलाते हुए सामने आ जाते हैं और फिर देखते-ही-देखते ख़त्म हो जाते हैं ? प्रेम के बुलबुले !

गिरीश ने एक बार ऐसे ही उत्कट क्षणों को कविता में उतारा था और सुषमा उसे अपनी कविता मानने लगी थी और अपने को कवि की कल्पना-नारी, कवि की आदर्श-प्रेमिका।

असीम सुख के क्षण विवाह के बाद अनेक बार आए थे, पर फिर उसे पता ही नहीं चला कि कब इस प्रेम-सरोवर का जल छिछला होने लगा था और नीचे के कंकड़-पत्थर चुभने लगे थे और जीवन क्षुब्ध होने लगा था।

पर क्षोभ और व्याकुलता के दिनों में भी उन क्षणों को याद करते हुए सुषमा को लगता जैसे गिरीश के मुँह से निकले शब्द सुषमा का संबल हैं, उसके रोम-रोम में स्फूर्ति का संचार कर देनेवाले। ऐसे क्षणों को याद करके वह पुलक-पुलक जाती थी। कौन कहता है ये उद्‌गार मात्र पानी के बुलबुले हैं, कि इनका कोई अस्तित्व नहीं। इनमें जीवन की ऊर्जा भरी रहती है, इनमें तुम्हें गर्त में से उठाकर आकाश तक ले जाने की क्षमता है। ऐसे ही शब्द यह फिर क्यों नहीं कहता ? ऐसे ही वाक्य अब क्यों नहीं बोलता ? उन शब्दों पर वह संदेह करने लगी थी, जब से उसने मीरपुर के चक्कर काटना शुरू किया था। वे शब्द झूठे थे, उनमें सच्ची भावना नहीं थी, पर उन्हें फिर से सुन पाने के लिए वह तरस-तरस भी तो जाती थी। अब यह क्यों नहीं कहता कि तुम्हें पा जाने से मेरी जनम-जनम की मुँहमाँगी मुराद पूरी हुई है, अब ऐसे शब्द क्यों नहीं कहता, क्यों खोया-खोया रहता है ?

"तुम्हारे शरीर के गठन में एक तरह का बाँकपन है, मन चाहता है उसे देखता

ही जाऊँ", उसने एक बार कहा था। "कल तुम रसोईघर की दहलीज़ के पास खड़ी थीं, तुम्हारा एक हाथ साँकल पर था। तुम अप्सरा-सी लग रही थीं।' फिर एक बार बोला, "तुम्हें सड़क पर चलते देखता हूँ तो संगीत का भास होता है। तुम्हारी चाल में एक लय है, जो मन को मोह लेती है।"

उन दिनों भी सुषमा को पता नहीं चलता था कि कब गिरीश शून्य में ताकने लगेगा, कब मुस्कुराने लगेगा, कब फटकार देगा। पर इन सबके रहते कभी-कभी वे शब्द उसके कानों में गूँजने लगते थे जिन्हें सुनते हुए रोशनी-सी छिटक जाती थी।

सहसा सुषमा धक् से रह गई। गिरीश सीढ़ियाँ उतरकर नीचे आ गया था और साथवाले कमरे में उसकी आहट सुनाई दे रही थी। सुषमा को जैसे बिजली छू गई। यह नीचे आ गए और मुझे पता ही नहीं चला। हाथ की कलाई पर बँधी घड़ी में छह बजा चाहते थे। उसका दिल धक्धक् करने लगा था, वह उठ खड़ी हुई और लपककर दरवाज़े की दहलीज़ पर जा खड़ी हुई।

गिरीश ने वही कपड़े पहन रखे थे जिन्हें पहनकर वह सुबह ऊपरवाले कमरे में गया था। चौड़े पाँइचोंवाला पाजामा, कुछ-कुछ मुचड़ गया था, ऊपर काले रंग का नेहरू जाकेट। बाल उलझे हुए। इस रूप में वह मीरपुर क्योंकर जाएगा।

पर गिरीश ने पलँग पर अपना बैग खोल रखा था और उसमें अपना सामान डाल रहा था।

सुषमा के अंदर असह्य अकुलाहट-सी उठी और वह बिना सोचे-समझे कमरे के अंदर चली गई। "कहाँ जा रहे हैं, आप ?" उत्तेजनावश उसकी आवाज़ लड़खड़ा गई। "हमें तो प्रदर्शनी देखने जाना है। मैं तो आपकी राह देख रही थी कि आप कब नीचे उतरें।"

गिरीश चुप रहा, न हूँ, न हाँ।

उसने आलमारी से धुला हुआ कुर्ता और पाजामा निकाले और तह करके बैग में डाल लिए।

सहसा सुषमा को लगा कि जिस आदमी को कुछ ही समय पहले मेरे शरीर के गठन में बाँकपन और चाल-ढाल में संगीत का भास मिलता रहा था, जो उसे मंत्रमुग्ध-सा सड़क पर चलते देखा करता था, जो मेरे सामने प्रेम की कसमें खाता रहा था, उसे रोकने का उसे पूरा-पूरा अधिकार है। 'मैं आपको कहीं नहीं जाने दूँगी। आप कहीं नहीं जाएँगे।"

गिरीश चुपचाप बैग का जिप बंद कर रहा था।

"आज हम बाहर चलेंगे। प्रदर्शनी देखेंगे और उसके बाद आइसक्रीम खाएँगे।"

तब तक गिरीश दाएँ हाथ में बैग उठाए दरवाज़े की ओर बढ़ गया था। और चुपचाप सुषमा के सामने खड़ा हो गया था। "आप कहाँ जा रहे हैं ? न मुझसे कुछ कहा, न बताया। ऐसे भी कभी होता है ?" सुषमा ने फिर दुलार से कहा,

"आप चले जाएँगे तो पीछे मैं अकेली क्या करूँगी ? मत जाइए ना ! ···"

और सुषमा ने दोनों हाथ दरवाज़े के आर-पार फैलाकर उसका रास्ता रोक लिया जैसे बच्चा माँ को बाहर जाता देखकर, दरवाज़े के आर-पार हाथ फैला देता है।

"इससे कोई लाभ न होगा। रास्ता छोड़िए !"

गिरीश ने वैसे ही तटस्थ भाव से कहा जैसे तटस्थ भाव से वह बैग में कपड़े डालता रहा था।

सुषमा ने आँख उठाकर देखा। गिरीश का चेहरा यों लग रहा था जैसे पत्थर में से तराशा गया हो, भौंहें तनी हुईं, होंठ भिंचे हुए, भावहीन आँखें, अपलक सामने की ओर देखती हुईं। वह सिहर उठी और उसकी बाँहें शिथिल पड़ गईं, पर वह अभी भी उन्हें फैलाए हुए थी।

गिरीश ने हल्के से झटके से सुषमा के बाएँ बाजू को परे हटा दिया और कमरे से बाहर निकल गया और सीधा सीढ़ियाँ उतरने लगा।

सुषमा व्याकुल हो उठी, "क्या बात है जी, आप बोलते क्यों नहीं ?"

पर गिरीश सीढ़ियाँ उतरता जा रहा था। उसकी चौड़ी पीठ किसी पहलवान की चौड़ी पीठ-जैसी लग रही थी। देसी काट का बिना कालरवाला कुर्ता, पर पीछे से गिरीश का सिर, घने-घुँघराले बालों से ढँका हुआ, बड़ा सुंदर लग रहा था। इस मनोद्वेग के रहते भी सुषमा को उसका सुडौल-सा सिर बड़ा आकर्षक लगा। और वह फिर छटपटा उठी, "क्यों जाते हो जी, मुझे छोड़कर ? कुछ बोलो तो, मैंने आपका क्या बिगाड़ा है ?"

गिरीश ने एक बार भी मुड़कर नहीं देखा। नीचे ड्योढ़ी में पहुँचकर उसने दायाँ हाथ उठाकर साँकल खोली और बाहर निकल गया।

कुछ देर तक सुषमा आख़िरी सीढ़ी पर खड़ी रही। यह उसी अपनी दीदी के पास जा रहा है। वह इसकी राह देख रही है, वही इसके लिए अपने घर का दरवाज़ा खोलेगी।

यह सोचते ही सुषमा तिलमिला उठी। उसका सारा शरीर जैसे तिलतिल कर जलने लगा हो।

और दूसरे क्षण सुषमा, नंगे पाँव, ड्योढ़ी लाँघकर घर के बाहर जा रही थी।

बाहर निकलने पर उसने पाया कि गिरीश दूर जा चुका है, उनके घर के सामनेवाली छोटी सड़क वह लगभग पार कर चुका है, अभी वह मोड़ मुड़ेगा और आँखों से ओझल हो जाएगा। बैग हाथ में थामे वह सीधा-सतर चलता जा रहा था।

घर के बाहर सुषमा ठिठकी खड़ी रही। कभी उसने किसी बड़ी उम्र की स्त्री को कहते सुना था कि स्त्री जितनी ज़्यादा मिन्नत-समाजत करेगी, जितनी ज़्यादा गिड़गिड़ाएगी, पुरुष की नज़रों में वह उतनी ही ज़्यादा गिरती चली जाएगी। उसके

रूप का आकर्षण जैसे झरकर गिर जाता है, और वह पुरुष की नज़रों में मात्र हाड़-मांस का पुतला रह जाती है, जिससे उसे वितृष्णा होने लगती है। जो नारी कुछ ही समय पहले इतनी कोमल, इतनी सुंदर लगती थी कि पुरुष उसे केंद्र में रखकर जीवन के सपने बुनता था, कुछ ही समय बाद उसके दैवी गुण कहाँ लोप हो जाते हैं ? इन चमत्कारी गुणों को क्या प्रेमी की आँखें, मात्र कुछ समय के लिए ही पार्थिव शरीर के सभी पर्दों के पीछे उन्हें देख पाती हैं, और बाद में वे उन्हें देख पाने की क्षमता खो बैठता है ? या कि वे गुण वास्तव में प्रेमी की कल्पना की ही उपज होते हैं, कि वास्तव में वे गुण स्त्री में मौजूद नहीं होते ? वह सचमुच हाड़-मांस का पुतला ही होती है ? क्या कारण है जिन भंगिमाओं में उसे अपार सौंदर्य के दर्शन होते हैं, वह सौंदर्य, वह रूप-लावण्य, देखते-देखते उसकी आँखों के सामने फीका पड़ जाता है, और वही भाव-भंगिमाएँ भौंडी नज़र आने लगती हैं ? ये गुण यदि वास्तव में स्त्री में नहीं होते तो वे कहाँ से आ जाते हैं ? क्या सचमुच वे प्रेमी की कल्पना की ही उपज होते हैं और वास्तव में इस अद्भुत सौंदर्य का कोई अस्तित्व नहीं होता ? यह जो चमत्कार-सा नज़र आता है, क्या यह बिल्कुल झूठा है ? वह प्रेमी की कल्पना में जन्म लेता है और वहीं मर-खप जाता है ?

पर सुषमा से न रहा गया। वह पागलों की तरह भागती हुई गिरीश के पीछे-पीछे जाने लगी और शीघ्र ही गली के मोड़ तक जा पहुँची। गली के सिरे पर, जहाँ गली सड़क की ओर खुलती थी, एक अधेड़ उम्र का पनवाड़ी बैठता था। सामने, सड़क के पार पंसारी की दूकान थी जिसकी गद्दी पर मैले-कुचैले कपड़ोंवाला पंसारी, बड़ा-सा पग्गड़ बाँधे, बैठा रहता था।

सुषमा ने गली पार की और भागती हुई गिरीश के पास जा पहुँची। पहले की ही भाँति उसके सामने खड़ी होकर, उसका रास्ता रोकने की चेष्टा करते हुए, उसने दोनों हाथ फैला दिए। "रुक जाओ जी, मत जाओ। न जाओ ना। मैं नहीं जाने दूँगी।"

सुषमा को इस बात की भी सुध नहीं थी कि उसकी साड़ी का पल्लू ज़मीन पर उसके साथ-साथ घिसटता आ रहा था, बालों की लटें खुलकर कानों पर छितर आई थीं, उसकी साँस धौंकनी की तरह चल रही थी, आँखें ऐंची हो रही थीं, और ईर्ष्या की आग में झुलसा हुआ चेहरा स्याह-सा पड़ गया था।

गिरीश खड़ा हो गया। वह जानता था कि पनवाड़ी आँखें फाड़-फाड़कर उनकी ओर देख रहा है। उसके खोखे के सामने खड़े दो ग्राहक भी मुड़कर खड़े हो गए हैं और उनकी ओर देखे जा रहे हैं। उसने यह भी भाँप लिया था कि सड़क के पार, गद्दी पर बैठा, पग्गड़वाला पंसारी भी, गुड़गुड़ी के कश लेता उन्हीं की ओर देखे जा रहा है।

गिरीश बुत की तरह खड़ा था। निश्चेष्ट, कठोर, बिना कुछ कहे, बिना एक भी शब्द बोले, ज्यों-का-त्यों खड़ा था। उसके चेहरे की एक भी मांसपेशी में थिरकन

तक नहीं आई, जबकि सुषमा पागलों की तरह बोलती जा रही थी। बेचैनी में उसने आगे बढ़कर गिरीश के बैग को पकड़ लिया था और ज़मीन पर बैठ गई थी।

"मैं आपको नहीं जाने दूँगी। कहीं नहीं जाने दूँगी। लौट चलिए, घर लौट चलिए।" और वह उसका बैग खींचने लगी थी।

तभी गिरीश की ठंडी, समतल आवाज़ उसे सुनाई दी, "जो कुछ आप कर रही हैं, इसका परिणाम अच्छा नहीं होगा। आप घर लौट जाइए।"

बैग को थामे, सुषमा का हाथ काँप-सा गया। गिरीश की आवाज़ में वही ठंडापन, वैसी ही कठोरता थी जैसी पहले सुनने को मिलती थी जब वह अपनी दिनचर्या के बारे में अपना कोई निर्णय सुनाया करता था। फ़र्क इतना था कि तब उसके होंठों पर हल्की-सी मुस्कान रहती थी जबकि इस समय उसका चेहरा पत्थर की तरह कठोर हो रहा था, केवल पैनी आँखें, निश्चेष्ट-सी, सुषमा की ओर देखे जा रही थीं।

सुषमा ने बैग छोड़ दिया। एक क्रंदन-सा उसके कंठ से फूट निकला और वह बिलखती हुई उठ खड़ी हुई और बिलखते हुए ही घर की ओर लौट पड़ी। साड़ी का पल्लू पहले की ही भाँति ज़मीन पर घिसट रहा था, आँखें ऐंची हो रही थीं और बालों की लटें माथे पर झूल रही थीं।

गिरीश गली के मुहाने पर, बैग हाथ में लिए, ठिठका खड़ा रहा, फिर मुड़कर सड़क की ओर बढ़ गया।

15

जब जयदेव ने सुषमा के घर का दरवाज़ा खटखटाया उस वक़्त तक सुषमा क्लेश के सागर में बहुत-से गोते खा चुकी थी और अभी तक सँभल नहीं पाई थी। दरवाज़ा खटखटाए जाने पर वह दबी-कुचली महसूस करने पर भी भागती हुई चली आई थी और बड़ी तत्परता से दरवाज़ा खोल दिया था। पर दरवाज़ा खोलने पर वह पहले तो समझ ही नहीं पाई कि सामने कौन खड़ा है। उसने सोचा था कि गिरीश जो शनिवार को उसे 'खदेड़कर' चला गया था, इतवार को दूसरे ही दिन लौट आया है। उसे स्वयं ही इस बात पर पछतावा होने लगा होगा कि उसने सुषमा के साथ बड़ा क्रूर व्यवहार किया है और यह सोचते ही वह भागती हुई दरवाज़ा खोलने चली आई थी। उसे यकीन था कि गिरीश को अपने किए पर पछतावा हुआ है और वह उसके पास लौट आया है।

पर सामने जयदेव को खड़ा देखकर उसके मुँह से हल्की-सी चीख-सी निकली और उसका मन हुआ कि दरवाज़ा फिर से भेड़ दे। उसकी आँखें ऐंची हो रही थीं जो ऐसे व्यक्ति की हो जाती हैं जो दु:खी और आहत, दिन-भर अकेला पड़ा रहा हो और तरह-तरह की आशंकाओं में डूबता-उतराता रहा हो।

सुषमा के चेहरे पर नज़र पड़ते ही जयदेव को गहरा धक्का लगा था। सुषमा इतनी जल्दी कुम्हला जाएगी, मानसिक तनाव के कारण उसकी आँखें भी सिकुड़ी-सिकुड़ी लग रही थीं और चेहरा पीला पड़ गया था।

अगर दो दिन पहलेवाली घटना नहीं घटी होती तो संभव है, सुषमा अभी भी तरह-तरह की कल्पनाओं के हिंडोले पर झूल रही होती—कभी गिरीश के अपने पास लौट आने का उल्लास, कभी ठुकराए जाने पर गहरा क्लेश। पर पिछली घटना तो जैसे आग की लपट के समान थी जिसमें उसकी आशाओं की सभी नन्ही-नन्ही कोंपलें झुलस गई थीं, उसका अटूट विश्वास टुकड़े-टुकड़े हो गया था, भविष्य के सुंदर सपनों पर अँधेरा उतर आया था और उनकी जगह संशय, अविश्वास और आतंक, नुकीले कंकड़-पत्थरों की भाँति चारों ओर बिछे जान पड़ने लगे थे।

जब घटनाएँ घटती हैं तो लगता है हम सबकुछ देख-सुन रहे हैं, हम अपनी सुध खो नहीं बैठे हैं, लेकिन बरसों बाद, मुड़कर देखने पर सारा क्रियाकलाप, अँधेरे में

भटकते हुए इंसान के व्यवहार-सा लगता है।

जिस समय सुषमा, गिरीश को वापस घर ले चलने के लिए कभी उसे बाँह से पकड़कर खींच रही थी, कभी उसका कुर्ता पकड़कर, और गिरीश बार-बार उसे झटककर अपने से अलग कर रहा था, और सुषमा अपनी सुध खोती जा रही थी, उसी समय जयदेव का एक पुराना सहपाठी, अमृत रेलवे स्टेशन की ओर जाते हुए एक ताँगे की अगली सीट पर बैठा उसी सड़क से गुज़र रहा था। यों तो ताँगे में बैठी सभी सवारियों की नज़र उन दोनों पर पड़ी थी, क्योंकि ताँगा उन दोनों के बहुत पास से गुज़रा था। उस वक़्त, ताँगेवाले ने सुषमा की दुर्दशा देखकर मुँह से "या अल्लाह !" कहा था और "तोबस्तफ़ा!" बुदबुदाते हुए अपने मुँह और दाढ़ी पर दोनों हाथ फेरे थे, तभी अमृत ने सुषमा को पहचान लिया था और देर तक मुड़-मुड़कर पीछे की ओर देखता रहा था और दूर निकल जाने पर भी, उद्विग्न-सा उसके बारे में सोचता रहा था और अपने शहर पहुँचने पर सीधा जयदेव से जा मिला था और उसने जो कुछ देखा था, कह सुनाया था।

दरवाज़ा खोलने पर सुषमा खड़ी-की-खड़ी रह गई थी। उसका चेहरा पीला पड़ गया था और मूक क्रंदन-सा जैसे उसके दिल से फूट पड़ा था, एक हल्की-सी चीख, मानो जयदेव पर आँख पड़ते ही उसके मन ने कहा हो, 'अभी कोई कसर बाक़ी रह गई थी क्या ?'

सुषमा बहुत दूर जा चुकी थी। विवाह के बाद इस अल्प समय में ही अपने सगे-संबंधियों से दूर होती चली गई थी। अंदर-ही-अंदर उसका काया-कल्प होता जा रहा था। हर घटना एक थपेड़ा होती थी, कभी सुखद, कभी दुखदायी और इन थपेड़ों को सहती हुई वह कुछ-से-कुछ बनती जा रही थी। आशाओं और आस्थाओं के पत्ते कुछ झरने, कुछ पीले पड़ने लगे थे, कभी लगता नई कोंपलें फूट रही हैं, कभी लगता पत्ते सूख-सूखकर झरते जा रहे हैं। सुखद भावनाएँ अब दिल में कम उठती थीं, उठती भी थीं तो मन में उठनेवाले क्लेश उन्हें तार-तार कर देते थे। इसीलिए दरवाज़े के बाहर, घर के चबूतरे पर खड़ा जयदेव क्षण-भर के लिए सुषमा को अजनबी-सा लगा था।

अब याद करने को अतीत नहीं था, अब तो वर्तमान की ही कँटीली झाड़ी में मन उलझा हुआ था।

विवाह के कुछ दिन बाद की ही बात थी। रात का वक़्त था और गर्मी का मौसम। आकाश तारों से भरपूर, बड़ा खिला-खिला लग रहा था। सुषमा और गिरीश पहाड़ पर जाते समय, रास्ते में एक मित्र के यहाँ ठहरे थे और उसकी हँसमुख पत्नी ने इनके लिए ऊपर छत पर पलँग बिछवा दिए थे। इतना ही नहीं, नवविवाहिता दंपति की सेज पर इत्र भी छिड़क दिया था और गुलाब की पंखुड़ियाँ भी बिखेर दी थीं, पास में ठंडे जल की सुराही और दो चमचमाते, चाँदी के गिलास भी रख दिए थे। तब सुषमा, गिरीश के साथ कुछ-कुछ खुलने लगी थी।

उस रात वह छत पर पहले चली आई थी और बड़ी बेताबी से गिरीश की राह देखने लगी थी। कुछ यादें, सुंदर वातावरण के कारण ही हृदय-विदारक हो उठती हैं। उस रात को याद करने पर गिरीश के व्यवहार के साथ ही वह खिला-खिला आकाश भी जुड़ गया था, बिस्तर की धुली-धुली, उजली चादरें भी और गुलाब के इत्र की महक भी, और रूह तक को कँपा देनेवाली सिहरन भी।

पहाड़ पर भी चाँदनी खिली थी पर वह मकानों से भरे शहर पर खिली चाँदनी से बहुत अलग थी। मुँडेर के पास जाओ तो सामने पर्वतमालाएँ दूर-दूर तक फैली, उनकी तीखी ढलानें, रात की चाँदनी में विचित्र, जादुई-सा माहौल बना रही थीं। उस रात वह देर तक गिरीश की राह देखते-देखते ऊँघ गई थी जब सहसा ही उसकी आँख खुल गई थी।

पलँग के पास का लैंप जल रहा था और उसने पाया—गिरीश उस पर झुका हुआ था। उसका चेहरा सुषमा के चेहरे के इतना निकट था कि वह हड़बड़ाकर उठ बैठी थी।

"सोई रहें। सोई रहें।" उसने धीमे से कहा था।

"आप भी कैसे हैं !" मैं डर गई।" सुषमा के मुँह से निकला, फिर वह हँस दी, "मुझे डरा दिया !"

"तुम उसी करवट लेट जाओ जिस करवट लेटी थीं।" गिरीश ने फिर से धीमे से कहा।

"जब तुम सो रही होती हो तो तुम्हारे चेहरे पर झेंप की कोई रेखा नहीं होती। कहीं कोई शिकन नहीं होती।"

झेंप से सुषमा का चेहरा लाल होने लगा था। "स्त्री के होंठों के कोरों में मुस्कान छिपी रहती है। दबी-दबी मुस्कान। जब तुम सो रही थीं तो लगता था तुम मुस्कुरा रही हो।"

और वह फिर एकटक उसके चेहरे की ओर देखने लगा था। यहाँ तक कि सुषमा को फिर से झेंप होने लगी थी। पर उसके एक वाक्य से जैसे वह नहा उठी थी। मुझमें कुछ तो है जो इन्हें आकृष्ट करता है।

तभी गिरीश, जो अभी भी अपलक उसकी ओर देखे जा रहा था, बड़ी ठंडी आवाज़ में बुदबुदाया, "मुस्कुराता शव !" और कुछ देर तक झुके रहने के बाद, अपनी कोहनी सीधी करते हुए गिरीश उठ खड़ा हुआ और वहाँ से हट गया था।

सुषमा विचलित-सी, सुन्न-सी महसूस करते हुए देर तक बिस्तर पर पड़ी रही थी जबकि वह मुँडेर के पास खड़ा बाहर की दृश्यावली देखता रहा था।

पुलकन और सिहरन—इन्हीं दो शारीरिक और मानसिक प्रतिक्रियाओं का अनुभव उन दिनों सुषमा को होता रहा था। कभी अपार आनंद का अनुभव, जब शरीर के रोम-रोम में स्फूर्ति और उन्माद की लहर दौड़ जाती, जब दिल बल्लियों उछलने लगता, लगता जैसे उसके चारों ओर रोशनी छिटक गई है, हर बात आसान, सुसाध्य

जान पड़ने लगती, और गहरी तृप्ति का भास होता।

पर जब सिहरन की बारी आती तो शरीर ही क्या, आत्मा तक काँप-काँप जाती। लगता गिरीश उसके साथ चूहे-बिल्ली का खेल खेल रहा है। जैसे बिल्ली, चूहे को कुछ देर के लिए खुला छोड़ देती है, मानो दोनों में दोस्ती हो गई हो, चूहा आश्वस्त होकर कूद-फाँद करने लगता है, पर तभी बिल्ली झपट्टा मारकर उसे दबोच लेती है, और जब वह उसे छोड़ती है तो चूहा लहूलुहान हो चुका होता है।

जब सिहरन उठती तो सूझ काम ही नहीं करती थी, मस्तिष्क में जड़ता आ जाती थी, लगता किन्हीं जटिल रास्तों में खो गई है, जहाँ कुछ भी सूझ नहीं रहा है। अब स्थिति ऐसी आ गई थी कि उसे हर वक़्त किसी-न-किसी झटके का इंतज़ार लगा रहता था।

अपने सामने जयदेव को खड़ा देखकर सुषमा भौंचक-सी रह गई थी। क्षण-भर के लिए उसे लगा था कि उसके सामने कोई ऐसा व्यक्ति खड़ा है जो समय के प्रवाह में कहीं पीछे छूट गया था। इन दो वर्षों में वह ज़िंदगी का इतना लंबा और बीहड़ रास्ता लाँघ आई थी कि 'जयदेव भइया' भी उसे अजनबी-सा लगने लगा था।

वह भागती हुई इस उम्मीद से दरवाज़ा खोलने आई थी कि सामने गिरीश खड़ा होगा। पर अपने सामने जयदेव को खड़े देखकर उसे लगा जैसे यह झटका भी उसे गिरीश की ओर से ही मिल रहा है, कि गिरीश ने ही उसे एक और झटका देने के लिए अपनी जगह जयदेव को भेज दिया है। पर सहसा वह सँभल गई और दरवाज़े को खुला छोड़कर सीढ़ियों की ओर घूम गई।

जयदेव चुपचाप पीछे-पीछे आता गया। जयदेव सारा रास्ता सुषमा के बारे में बड़ी बेचैनी से सोचता रहा था। न जाने उसे क्या कुछ झेलना पड़ रहा है। उसे इस बात का गहरा क्षोभ था कि इतने दिन तक उसने सुषमा की सुध नहीं ली। वह क्या सोचती होगी कि मुझे ब्याहकर घर से धकेल दिया और फिर पूछा तक नहीं कि जीती है या मर गई। मैं मिलते ही उसे बाँहों में भर लूँगा और उसे इस बात का विश्वास दिला दूँगा कि वह अकेली नहीं है, घर के सब लोग उसके साथ हैं और उसे दुखी नहीं होने देंगे।

पर दरवाज़ा खुलने पर सुषमा के चेहरे का भाव ही ऐसा था कि बाँहों में भरना तो दूर, वह उसके सामने ठिठका-सा खड़ा रह गया था। जयदेव को लगा था जैसे सुषमा पहले तो उसे देखकर चौंकी है, पर फिर उसे पहचान जाने पर उसकी आँखों में कठोरता-सी आ गई है। खिंचाव और दूरी-सी, मानो कह रही हो, 'आपको यहाँ किसने बुलाया था ?' उसे सुषमा के व्यवहार में ठंडेपन का-सा भास हुआ।

पहले साक्षात में जयदेव को सुषमा के चेहरे पर अब भी सुनहरी आभा-सी बिखरी हुई दिखाई दी थी, हालाँकि वह दुबला गई थी और उसकी आँखें उसे सिकुड़ी-सिकुड़ी-सी लगी थीं।

सुषमा जयदेव के आगे-आगे सीढ़ियाँ चढ़ रही थी। गाढ़े की साड़ी टख़नों के ऊपर उठी हुई, जिससे उसकी एड़ियाँ और पिंडलियों का निचला भाग उघड़ आए थे, ऊपर रुखड़े बालों का ढीला-सा जूड़ा जो गर्दन के नीचे तक उतर आया था। यह भी जयदेव को अनोखा-सा लगा था, क्योंकि सुषमा तो पहले कसकर जूड़ा बाँधा करती थी और बालों में एक फूल टाँकने का उसे शौक हुआ करता था। सुषमा बदल गई है, उसने गिरीश के घर का चलन अपना लिया है।

ऊपर पहुँचने पर सुषमा ने रसोईघर के बाहर कुर्सी को एक ओर को खींच दिया था ताकि जयदेव उस पर बैठ जाए और स्वयं रसोईघर की दहलीज़ पर बैठ गई, वैसे ही जैसे अपने घर में बैठा करती थी।

"कैसी हो, सुषमा ? तुमने तो इतने दिनों से अपनी कोई खबर ही नहीं दी।"

"क्या लिखती ? लिखने को था ही क्या ?"

बाएँ घुटने पर ठुड्डी रखे, बिना जयदेव की ओर आँख उठाए, फ़र्श की ओर देखती हुई सुषमा बोली थी।

जयदेव ने देखा, सुषमा की आँखों के नीचे हलके-हलके साये उतर आए हैं, और सुषमा के बोलने के ढंग में भी थोड़ा बदलाव आ गया है। बोलने में एक प्रकार की स्थिरता आ गई है, वाक्य और शब्द उखड़े-उखड़े नहीं थे जैसे पहले हुआ करते थे। और सुषमा झेंप भी नहीं रही है, जैसे पहले बात-बात पर झेंप जाया करती थी।

"तुम्हें गिरीश परेशान कर रहा है ?" जयदेव ने झट से पूछा।

सुषमा ने जयदेव की ओर देखा और क्षण-भर के लिए ठिठकी रही, मानो कह रही हो, आपको इससे क्या, पर फिर उसकी पलकें झुक गईं। "वह अपनी दीदी से मिलने जाते हैं। जाते हैं तो जाएँ, मुझे क्या ?"

सहसा जयदेव को वीरानी का-सा भास हुआ, जैसे सुषमा के चारों ओर सूनापन फैला हो और वह निपट अकेली पड़ गई हो। सुषमा कह रही थी, "मैंने मना किया तो बिगड़े। मैंने बहुत रोका, भागती हुई इनके पीछे भी गई, पर वे नहीं माने, मुझे झटक दिया और चले गए। पर अब नहीं रोकूँगी। मुझे क्या पड़ी है !" और सुषमा की आँखें डबडबा आईं।

जयदेव को कुछ हैरानी-सी हुई। गिरीश, सुषमा को खदेड़कर चला गया था, इस अपमान को, लगता है, सुषमा ने महसूस तक नहीं किया। इसे अपना अपमान ही नहीं समझा। जयदेव सोचकर आया था कि सुषमा बौखलाई बैठी होगी, रोएगी, शिकायत करेगी और वह उसे सांत्वना देगा और दोनों मिलकर स्थिति पर विचार करेंगे, समस्या का कोई समाधान निकालने की कोशिश करेंगे। पर यहाँ तो बात ही कुछ और थी। ठुकराई जाने पर भी सुषमा, गिरीश के प्रेम में डूबी थी।

"उस दीदी-मीदी के पास जाने का मतलब ही क्या है ? कौन हैं वह दीदी ?"

"इनकी मौसी की बेटी हैं। ब्याही हैं, बाल-बच्चा कोई नहीं है, इनसे छोटी हैं।"

सुषमा एक साँस में कह गई।

"मैं इससे बात करूँ ?" जयदेव ने कहा।

"किससे ? इनसे ? नहीं, आप कुछ मत कहिएगा। मुझे जो कहना होगा, मैं स्वयं कह लूँगी।"

जयदेव को गिरीश का व्यवहार बड़ा लचर लगा। शादी के बाद क्या मतलब है तुम्हारा अपनी किसी 'दीदी' के पास जाने का ?

"मुझे क्या मालूम था कि वह ऐसी ज़लील बातें करेगा ?"

जयदेव को सचमुच गिरीश के व्यवहार से धक्का लगा था। यदि उस समय जयदेव से कोई कहता कि तुम भी तो—विवाह से पहले भी और बाद में भी—अपनी दीदी से मिलते रहे हो, और तुम्हारे दिल की डोर भी तो उसके साथ बँधी रही है, तो वह सचमुच यह मानने से इनकार कर देता कि दोनों का आकर्षण अपनी-अपनी दीदी के प्रति एक-जैसा ही था। उसकी नज़र में उसका अपना आकर्षण बड़ा सात्विक और स्वाभाविक रहा था, जबकि गिरीश का आकर्षण एक गिरे हुए आदमी की लंपटता थी।

उसे सुषमा का गिरीश के प्रति आकर्षण भी बड़ा बचकाना लग रहा था, गिरीश-जैसे व्यक्ति के प्रेम में अपनी सुध-बुध खो बैठी है, इससे बड़ी अटपटी और बचकानी बात क्या होगी ? इससे बड़ी मूर्खता क्या होगी, जयदेव सोच रहा था।

पर साथ ही उसे इस बात का भी भास होने लगा था कि सुषमा को उसकी ज़रूरत नहीं रह गई है, कि उसके जीवन में वह असंगत हो चुका है।

सामने बैठी सुषमा अन्यमनस्क-सी घुटने पर ठुड्डी रखे शून्य में देखे जा रही थी। ज़मीन पर अदृश्य रेखाएँ खींचती उसकी तर्जनी काँप रही थी। न जाने उसके मन में कैसे-कैसे भाव उठ रहे थे। पर जयदेव को लगा जैसे अब वह उसे छूने तक का अधिकार खो बैठा है। कहीं कुछ है जो कट गया है, कोई सूत्र, कोई तंतु, कोई साँझी मानसिकता। क्षण-भर के लिए उसे लगा जैसे कोई नाव नदी तट को छोड़ गई है और नदी के अनवरत प्रवाह में बहुत दूर निकल गई है।

जयदेव को फिर से वीरानी का-सा भास हुआ। हम सब अकेले-अकेले भटकने लगे हैं, उसने मन-ही-मन कहा, "तुम कुछ भी तो नहीं कह रही हो", जयदेव ने शिकायत के लहज़े में कहा। "मैं इतनी देर से बैठा हूँ, इतनी दूर से तुम्हें मिलने आया हूँ, इधर तुम हो कि न हूँ, न हाँ। तुम्हें मेरा आना अच्छा नहीं लगा क्या ?"

जयदेव का लहज़ा, बरसों पहले के अपने लहज़े-जैसा ही था, बड़े भइया का रोआब भरा, हुक्म देता-सा लहज़ा। पर अपने लहज़े में भी उसे स्वयं ही खोखलेपन का भास हुआ, उसे लगा जैसे यह भी पुराना पड़ चुका है, अपनी संगति खो चुका है।

"कहने को कुछ हो तो कहूँ भी", सुषमा ने धीमी आवाज़ में बुदबुदाकर कहा। और फिर से फ़र्श पर उँगली से रेखाएँ खींचने लगी।

"तुम मुझे बताना भी नहीं चाहती हो कि तुम पर क्या बीत रही है।"

सुषमा ने सिर उठाकर जयदेव की ओर देखा और क्षण-भर के लिए उसकी आँखें जयदेव भइया के चेहरे पर टिकी रहीं।

"क्या बीत रही है ?" वह फिर से बुदबुदाई और फिर अन्यमनस्क हो गई।

भावावेश में अपना वाक्य कहने पर जयदेव को अपने अंदर साहस का-सा अनुभव हुआ और उसने आगे बढ़कर अपना हाथ सुषमा के हाथ पर रख दिया। "मैं जानता हूँ तुम दुखी हो, मुझे बताना नहीं चाहती हो, तुम समझती हो मैंने ही तुम्हें इस स्थिति में डाला है।"

"नहीं तो, ऐसा तो कुछ भी नहीं है", सुषमा ने अधिक स्थिरता से कहा।

विचित्र स्थिति थी। सुषमा को डर था कि गिरीश उससे दूर होता जा रहा है और वह उसे फिर से पा लेने के लिए छटपटा रही थी, इधर जयदेव को लग रहा था कि सुषमा उससे दूर होती जा रही है और वह फिर से उसका विश्वास ग्रहण कर पाने के लिए छटपटा रहा था।

"कुंतो कैसी है ?" सहसा ही सुषमा बोली। सुषमा ने बड़े सहज, स्वाभाविक ढंग से पूछा था, पर जयदेव को उसके वाक्य में उलाहने की-सी अनुगूँज सुनाई दी थी।

"ठीक है, अच्छी है।"

"अब तो बेटा भी बड़ा हो गया होगा। दौड़ता फिरता होगा।"

"हाँ, दौड़ता-भागता है। साल-भर का हो गया है। जनवरी में पूरे एक साल का हो जाएगा।"

"अब तो बातें करता होगा।"

जयदेव कुछ देर तक चुपचाप सुषमा के चेहरे की ओर देखता रहा, फिर उसने सिर हिला दिया।

सहसा ही जयदेव उत्तेजित होकर बोला, "यह मत समझो सुषमा कि मैं अलग-थलग बैठ गया हूँ, कि तुम्हारी ज़िंदगी से मेरा कोई सरोकार नहीं रह गया है। मैं वास्तव में बहुत बेचैन हूँ। मुझसे बड़ी भूल हुई, मैंने जल्दबाजी में गिरीश के साथ तुम्हारे विवाह का प्रस्ताव रखा। मुझे सोच लेना चाहिए था, ज़्यादा खोज-खबर करनी चाहिए थी।"

सुषमा की बड़ी-बड़ी आँखें जयदेव के चेहरे पर लगी थीं, मानो उससे पूछ रही हों—अगर तुम ज़्यादा खोज-खबर करते तो गिरीश के साथ मेरा विवाह नहीं हो पाता ?

यही स्थिति की विडंबना थी। सुषमा की नहीं, कुंतो की भी, मीरपुर में बैठी उस दीदी की भी। इनमें से किसी का विवाह उसकी अपनी पसंद से, अपने निर्णय से नहीं हुआ था। कुंतो, जयदेव के अस्तित्व से भी अनभिज्ञ थी। यह तो प्रोफ़ेसर

भइया ने जयदेव के गुण गाए कि कुंतो, कल्पना ही कल्पना में जयदेव पर निछावर होने लगी थी। इधर सुषमा के साथ भी लगभग ऐसा ही हुआ था। जयदेव भइया ने गिरीश की चर्चा की तो सुषमा को उसकी कल्पना ले उड़ी। और अब ? संबंध स्वतंत्र रूप से पनप चुके थे। कहाँ भूल हुई और क्या खोज-खबर करनी चाहिए थी, इन बातों का कोई अर्थ नहीं रह गया था। अब जयदेव को किस कसौटी पर परखोगे और गिरीश को किस कसौटी पर ? कुंतो सोच रही थी कि वह जयदेव को प्राप्त करके खो बैठी है और सुषमा सोचती थी कि गिरीश को प्राप्त करने के बाद वह उसे खो रही है। गिरीश के नाम से ही सुषमा के दिल में हलचल मच जाती थी। और इस बीच पुराने संबंधों के तंतु चटक गए थे। जब जयदेव सुषमा से मिलने आ रहा था तो उसने सोचा था कि सुषमा लपककर मिलेगी, दिल के उद्‌गार एक साँस में कह डालेगी, उलाहने देगी। पर यहाँ तो एक नज़र में ही सुषमा की आँखों ने बता दिया था कि अतीत बहुत पीछे छूट चुका है, मानो उसने अपने जीवन से उस अतीत को काट फेंका हो जिसके साथ कभी जयदेव जुड़ा हुआ था। इसीलिए जब जयदेव ने सद्‌भावना जताते हुए सुषमा से कहा कि "मुझे मालूम नहीं था कि गिरीश इतना कमीना आदमी साबित होगा", तो सुषमा चौंकी थी और उसे जयदेव का वाक्य बड़ा भौंडा लगा था, उसके माथे पर बल पड़ गए थे। और सुषमा की प्रतिक्रिया देखकर जयदेव हैरान रह गया था। केवल इस बात से ही नहीं कि सुषमा ने उसे अपने अतीत के उच्छिष्ठ की भाँति अपने जीवन से निकाल फेंका है, वरन् इस बात से भी कि जो आदमी उसे खदेड़ रहा है, उसका अपमान कर रहा है, बल्कि गली-बाज़ार में, लोगों को तमाशा दिखाता हुआ उसके साथ इतना बुरा व्यवहार कर रहा है, उसी को वह अपना समझने लगी है।

सुषमा अभी भी पहले की ही भाँति रसोईघर की दहलीज़ पर नज़र नीची किए बैठी थी, मानो दोनों के बीच कुछ भी कहने को नहीं रह गया हो। उसे यों चुप्पी साधे देखकर सहसा जयदेव मन-ही-मन तिलमिला उठा। "कुछ बताओ तो, हुआ क्या था ? मैं तुम्हारे बारे में सोच-सोचकर इतना परेशान रहा हूँ, और तुम इधर चुप्पी साधे बैठी हो।"

भइया की आवाज़ में पहले-जैसी अधिकार की गूँज थी। पर उसे भइया की परेशानी असंगत-सी लगी, इस निजी मामले के साथ भइया का क्या लेना-देना। उसे स्वयं भी लगने लगा था कि यह भइया के अधिकार-क्षेत्र के बाहर का मामला है।

फिर भी पुराने संस्कार तो थे ही, भइया जो दूर से उसकी सुध लेने आए थे।

"मुझसे भूल हुई भइया", वह बोली। "मैं घबड़ा गई थी। उनके पीछे-पीछे चल पड़ी। मुझे घर में ही बने रहना चाहिए था।" वह एक ही साँस में कह गई। फिर, अपने मन की उदारता का दिखावा करती हुई-सी बोली, "वह जाते हैं तो जाएँ। मैं उन्हें रोक तो नहीं सकती। किसी के रोकने से कोई रुकता थोड़े ही है।"

जयदेव को इस बात की आशा नहीं थी कि सुषमा इतनी बदल जाएगी। इसे तो मान-अपमान का भास ही नहीं रहा। न ही अपने-पराये का। यदि यह गिरीश से प्रेम करने लगी है तो यह अपने मान-अपमान की बात कहाँ सोचेगी ? जयदेव को सहसा प्रोफ़ेस्साब के वाक्य याद हो आए—जो लोग इस बात की दुहाई देते हैं कि स्त्री अपनी हीन स्थिति को पहचाने, वे समाज-सुधार के अपने उत्साह में प्रेम के तत्व को भूल जाते हैं। आसक्ति से अभिभूत युवती अपनी मान-मर्यादा के बारे में कहाँ सोच सकती है ? यह कितनी असंभव-सी माँग है कि वह प्रेम भी करे और स्त्री के नाते अपने अधिकारों के लिए भी लड़े। एक ओर उसका रोम-रोम उस व्यक्ति पर निछावर हो और दूसरी ओर वह उससे अपने अधिकार भी माँगे।

तभी एक और विचार जयदेव के मन में कौंध गया। यह आसक्ति मात्र आत्म-प्रवंचना ही तो है। सुषमा अपने को इस भ्रम में डाल रही है कि वह गिरीश से प्रेम करने लगी है, जबकि वास्तव में वह लेखक के नाते, गिरीश की प्रसिद्धि से प्रभावित हुई है और उससे जुड़ने से उसे अपनी विशिष्टता का भास होता है। मैं गिरीश द्वारा दुत्कारी गई हूँ, एक जाने-माने लेखक द्वारा—जयदेव ने मन-ही-मन व्यंग्य से कहा। और यह जो गली-बाज़ार में उसके पीछे-पीछे गिड़गिड़ाती फिरी थी, कहीं उसके पीछे भी यह आशय न रहा हो कि एक जाने-माने लेखक ने मेरे साथ ऐसा दुर्व्यवहार किया है। यह कहाँ से उससे प्रेम करने लगी ? यों ही इसके दिल में प्यार उमड़ने लगा ? यह समझे बैठी है कि उससे प्रेम करने लगी है, जबकि वास्तव में यह उसकी ख्याति में भागीदार बनना चाहती है। कहीं ऐसा तो नहीं ?

जयदेव उठ खड़ा हुआ।

"मैं चलूँगा। मैं तुम्हारा कुशल-क्षेम ही पूछने आया था", और बिना दूसरा शब्द कहे वह सीढ़ियाँ उतर गया।

16

रेलवे स्टेशन से घर की ओर लौटते हुए जयदेव कुछ दूर पैदल चलता रहा, फिर एक ताँगे में बैठ गया। कोई और वक़्त होता तो सारा रास्ता पैदल, मटरगश्ती करता हुआ जाता, बल्कि सुषमा के घर से चलते समय उसे भी अपने साथ खींच लाता और गाड़ी पकड़ने के मामूली से काम को एक एडवेंचर में बदल देता। पर आज मस्तिष्क बोझिल हो रहा था, आज वह खिन्न और हताश-सा महसूस कर रहा था। इसलिए सड़क पर मिलनेवाले पहले सवारी-ताँगे पर ही कूदकर बैठ गया था।

शादी के बाद, विशेष रूप से सुषमा की शादी के बाद जयदेव वह पहलेवाला जयदेव नहीं रहा—साहसिक, बेपरवाह, ऊँची कमंद फेंकनेवाला, निर्भीक। अब वह बात-बात पर खीझने, परेशान होने लगा था, वह पहलेवाला उछाह भी अब नहीं रहा था। उछाह का स्थान असंतोष लेता जा रहा था। और आज सुषमा के घर से तो वह बड़ा विचलित होकर निकला था। गिरीश की याद आती तो वह तिलमिला उठता और सुषमा को याद करते हुए उसके मन में कभी तो खीझ उठती और कभी उसका दिल बैठ-सा जाता। वह सुषमा का विश्वास खो बैठा था और सुषमा ने जैसे उसके आग्रह को भी ठुकरा दिया था। उसके लिए जैसे उनके साँझे अतीत का कोई अर्थ नहीं रह गया था, जैसे वह उसे अपनी ज़िंदगी से काटकर फेंक देना चाहती हो। यही बात जयदेव के लिए असह्य हो रही थी। गिरीश, सुषमा से दुर्व्यवहार कर रहा था और सुषमा फिर भी उसी का मुँह जोह रही थी। वह आत्म-सम्मान खो बैठी थी, इस कारण जयदेव का मन और भी ज़्यादा क्षुब्ध हो उठा था।

यह सब क्या हो गया है ? सोचा क्या था और हो क्या गया है ? सुषमा ने अपने घर का दरवाज़ा ही जैसे मेरे मुँह पर बंद कर दिया है। गिरीश तो सुषमा के साथ बेरुखी से पेश आए, और सुषमा फिर भी उसके सामने अपनी पलकें बिछाए रहे—और दोनों मिलकर उसे, जयदेव को, अपनी ज़िंदगी से बाहर धकेल दें।

जयदेव फिर से मन-ही-मन छटपटा उठा। गिरीश को याद करते हुए उसकी आँखों के सामने, बड़े-बड़े डैनोंवाला उकाब पक्षी आ जाता जिसे उसने एक बार

बचपन में देखा था। पैनी, छोटी-छोटी आँखों और नश्तर जैसे तेज नाखूनोंवाला उकाब जो एक ही झपट्टे में, पेड़ की टहनी पर बेसुध-सी बैठी मैना को दबोचकर उठा ले गया था। अंदर-ही-अंदर उसे, घृणा के साथ-साथ गिरीश से डर-सा भी लगने लगा था। ऐसा आदमी कुछ भी कर सकता है। सुषमा के साथ कुछ हो गया तो क्या होगा ? यह सोचकर उसकी बेचैनी बढ़ने लगी। दूसरों को पीड़ा पहुँचाकर गिरीश को सुख मिलता है। जयदेव को अपने नाते-रिश्तेदारों में से एक आदमी की याद आई। उसके होंठों पर भी बड़ी निश्छल-सी मुस्कान खेला करती थी, वह भी सोच-सोचकर, शब्दों को तोल-तोलकर बोला करता था, पर वह एक के बाद एक, तीन पत्नियों को अगले जहान पहुँचा चुका था। तीसरी पत्नी को तो उसने, अपने घर की चौथी मंज़िल से धक्का देकर नीचे फेंक दिया था।

यह मैं क्या कर बैठा हूँ ? कैसे आदमी के हाथ में अपनी सुषमा को सौंप बैठा हूँ ? उसका मन हुआ लौट चले, सुषमा के घर के बाहर जा पहुँचे, उसे किसी बहाने घर के बाहर बुला ले, और जैसे भी हो, अपने साथ ले आए। पर क्या वह आएगी ? असंभव ! मुझ पर से तो उसका विश्वास ही उठ गया है।

वह इसी उधेड़बुन में खोया हुआ था कि उसकी नज़र, सड़क के किनारे खड़ी एक छोटी-सी भीड़ पर पड़ी। भीड़ नगर की कोतवाली के बाहर खड़ी थी। कोतवाली की ऊँची, पीली दीवार के सामने, बड़े से आँगन में पुलिस की वर्दी में कुछेक सिपाही जगह-जगह खड़े थे। पीली पुती हुई दीवार के बीचोबीच सींखचोंवाला ऊँचा फाटक था, दो-एक व्यक्ति, फाटक के पीछे अँधेरे में सींखचों को पकड़े खड़े थे, केवल उनकी मुट्ठियाँ नज़र आ रही थीं और धुँधले-धुँधले-से चेहरे। एक सरसरी नज़र में ही जयदेव यह सब देख गया था। कहीं कोई गड़बड़ जान पड़ती है, उसने मन-ही-मन कहा। तभी वह सहसा चौंक गया। उसका छोटा भाई इस भीड़ में खड़ा था। अरे ! यह यहाँ क्या कर रहा है ? जयदेव के मुँह से अचानक निकला और उसने ताँगेवाले को ताँगा रोक देने को कहा। यह यहाँ पर क्या करने आया है ? सारा वक़्त मारा-मारा फिरता रहता है। जयदेव कूदकर ताँगे से उतर आया और सीधा भाई के पास जा पहुँचा। कुछ देर के लिए जयदेव अपनी परेशानियाँ भूल गया।

"तुम यहाँ क्या कर रहे हो, सहदेव ?" जयदेव ने छोटे की कमर में हाथ डालते हुए और भीड़ में से बाहर खींचते हुए कहा।

अपने बड़े भाई को देखकर छोटा भावविह्वल हो उठा। उसका चेहरा पहले से ही तमतमा रहा था और होंठ सूख रहे थे।

"हमारे एक साथी को पुलिस पकड़ लाई है, भइया ! उसे मार-मारकर अधमरा कर दिया है। क्या मालूम मार ही डाला हो। उसका कसूर केवल इतना था कि वह पड़ोस के एक गाँव में जलसे की मनादी करने पहुँच गया था।" अपने भाई से मिलकर मानो छोटे को जुबान मिल गई थी। वह एक साँस में सब कह गया था।

दिल की भावनाएँ जैसे फटकर बाहर आने लगी थीं।

"भइया, कुछ ही दिन पहले भी हमारे एक साथी को—वह भी गाँव में प्रचार करने चला गया था—गाँव में ही किसी ने मार डाला था, एक गड्ढे से उसकी लाश मिली थी · · · "

जयदेव की आँखें छोटे पर लगी थीं, उसकी आवाज़, जयदेव को लगा, कहीं दूर-पार से, किसी दूसरी दुनिया से आ रही थी, जिसके शब्द तो वह समझ पा रहा था, पर जिस दुनिया से वह लगभग अपरिचित था। सहदेव किसकी बात कर रहा है ? कौन था वह ? क्या ऐसी बातें भी कभी होती हैं ?

"क्या यह वही आदमी है जो पहले जेल में था और तुम उसकी माँ को छिप-लुककर पैसे देने जाया करते थे ?"

"हाँ भइया, वही हीरालाल। कुछ ही दिन पहले जेल से छूटा था। यह जलसों की मनादी करता है। हमने इसे मना भी किया था कि कैंटोनमेंट में जलसे की मनादी करने न जाए, सरकार इसकी इजाज़त नहीं देगी। हमारा ख़याल था इसे पुल पार करने पर ही गिरफ़्तार कर लेंगे, पर पुल पार करने पर किसी ने कुछ नहीं कहा, और यह मनादी का ढोल बजाता आगे बढ़ता गया। सारी कचहरी रोड लाँघ गया, फिर भी इसे किसी ने कुछ नहीं कहा। हम संतुष्ट हो गए। पर जब मैसी गेट के पास पहुँचा तो इसका ताँगा रोक लिया गया, और इसे ताँगे पर से नीचे उतार लिया गया," कहते हुए छोटे का चेहरा पीला पड़ता जा रहा था।

"तीन दिन तक इसे मैसी गेट के थाने में पीटते रहे हैं, भइया ! तुम्हें क्या बताऊँ ? इसे अधमरा करके छोड़ा है," कहते-कहते छोटा सुबक उठा, उसके होंठ काँप रहे थे।

"और अब कोतवाली के अंदर अधमरा पड़ा है। हमें ये लोग कुछ नहीं बताते। हमने यह भी सुना है कि हीरालाल दम तोड़ चुका है, कि कोतवाली के अंदर इसकी लाश पड़ी है।" सहसा ही सहदेव व्याकुल-सा होकर बोला, "क्या मालूम न मरा हो, भइया ! न जाने किस हालत में है ! हम लोग रात-भर कोतवाली के बाहर बैठे रहे हैं। अगर ये रात को इसे छोड़ देते तो हम इसे अस्पताल ले जाते। · · · "

छोटे के चेहरे की ओर देखते हुए, जयदेव की आँखें फैल गईं। अपनी सुध-बुध भूलकर सहदेव रात-भर कोतवाली के बाहर बैठा रहा था।

"हमसे बहुत बड़ी भूल हुई · · · " जयदेव के लिए छोटे को पहचान पाना कठिन हो रहा था। छोटा भी अपने रास्ते पर बहुत दूर निकल आया जान पड़ता है।

कैसी संयोग की बात है, जयदेव मन-ही-मन सोच रहा था। जब-जब मैं किसी मानसिक संकट में उलझा होता हूँ तो, जाने कहाँ से, यह छोटा मेरे सामने आ पहुँचता है, मानो मेरा रास्ता काटता हुआ। ऐसा क्योंकर होता रहा है ? और जयदेव को याद आया—जब कुंतो के साथ मेरा ब्याह नहीं हुआ था और मैं खोया-खोया घूम रहा था तो एक दिन प्रोफ़ेस्साब के घर से लौटते हुए छोटे पर नज़र पड़ गई

थी। कसाई गली में खड़ा था, अपने इसी देशभक्त साथी की माँ को छिप-लुककर कुछ पैसे देने आया था, और मुझे लगा था कि इसने कैसा अजीब-सा रास्ता अख़्तियार कर लिया है।

फिर यह उस दिन भी मेरे सामने आ पहुँचा था जब सुषमा को लेकर माँ ने घर में बावेला मचा दिया था और इसरार करने लगी थी कि सुषमा को उसके घर भेज दो। और माँ, मेरी खाट पर बैठी मुझसे कसमें ले रही थी कि अगर मैं सुषमा से विवाह करना चाहता हूँ तो वह इसकी सारी बदनामी अपने ऊपर ले लेगी, मेरा विवाह उससे करवा देगी, और मैं दिन-भर इसी मानसिक उलझन से परेशान रहा था, जब छोटे, किसी अनजान आदमी को विदा करके, बग़ल में काग़ज़ों का पुलिंदा दबाए घर लौट रहा था।

"किन लोगों के साथ तू उठने-बैठने लगा है, सहदेव ? वह आदमी कौन था ?"

और छोटे ने बड़े अबूझ स्वर में उत्तर दिया था, "नौजवान पार्टी में काम करता है भइया। यह परिपत्र उन्होंने छापा है, लोगों में बाँटने के लिए दे गया है।"

"और तू इसे बाँटता फिरेगा ?"

"जान का जोखिम तो वे लोग उठा रहे हैं, भइया। मुझे तो वह केवल बाँटने के लिए दे गया है।"

"सँभलकर कदम रखना, छोटे। जो काम करो, अपना नफ़ा-नुकसान सोचकर करना।"

इस पर छोटे मुस्कुरा दिया था। "इसमें नफ़ा-नुकसान की क्या बात है, भइया ! आपको वह आदमी अच्छा नहीं लगा ?"

छोटे कभी बहस में नहीं पड़ता था, अपने रास्ते पर चलते हुए भी मेरे साथ अनुज की भाँति ही व्यवहार करता था। पर इस सबमें इसे क्या मिलेगा ? जेल की क़ैद ? भटकन, बरसों की भटकन ··· ?

छोटे, अपने बड़े भाई के चेहरे की ओर बड़ी उत्सुकता से देखते हुए कह रहा था, "हीरालाल बच जाएगा भइया ?··· वह बहुत अच्छा आदमी है। दो ही दिन पहले मेरे साथ था। कुछ लोगों ने उसे रोका भी था कि कैंटोनमेंट की ओर मत जाना। पर फिर किसी भावावेश में वह उसी ओर चल पड़ा," कहते हुए छोटे बार-बार कोतवाली के बड़े फाटक की ओर देख रहा था।

"इस आदमी का तो निर्वाह ही मनादी पर है, भइया। जलसों की मनादी करता है या फिर थोड़ी कमाई के लिए शहर के किसी दूकानदार के लिए मनादी कर दी। हर मनादी पर इसे अठन्नी, रुपया, दो रुपए, ऐसा ही कुछ मिल जाता है। पर फिर भी भइया, इसका चेहरा सारा वक़्त खिला रहता है, सारा वक़्त हँसता और दूसरों को हँसाता रहता है।"

छोटे जब भी अपने भाई से किसी बात की चर्चा करता, तो सुनाते-सुनाते उसे लगने लगता कि वह किसी बड़ी ही मामूली, गौण-सी बात की चर्चा किए जा रहा

है और उसे झेंप-सी होने लगती। अब भी छोटे को भास होने लगा कि वह बड़ी मामूली बातों का ब्योरा दिए जा रहा है। कहते-कहते वह चुप हो गया, पर उसकी आँखों के सामने बार-बार हीरालाल का चेहरा घूम रहा था।

दो दिन पहले स्वयं छोटे ही हीरालाल को उसके घर बुलाने गया था। तंग, अँधेरी गली में दरवाज़ा खटखटाने पर हीरालाल, टाट के फटे हुएं मैले पर्दे के पीछे से फ़ौरन ही बाहर चला आया था और छोटे की ओर देखकर हँसता-मुस्कुराता हुआ बोला था, "कार्यालय चलना है साथी ?" और शिकायत के-से लहजे़ में कहने लगा था, "यह क्या माजरा है साथी ? कल तुमने मेरी टट्टी बंद कर दी। आज तुम मेरी रोटी बंद करने चले आए हो ?" फिर हँस पड़ा और पीछे की ओर मुँह करके बोला था, "सुनो ! अजी, सुनती हो ? दरवाज़ा भेड़ लो, मैं जा रहा हूँ," और कहते ही बाहर गली में आ गया था।

इस पर सहदेव तनिक ठिठक गया था, "कुछ कपड़े-वपड़े बदलने हों तो बदल लो, दो मिनट देर से पहुँच गए तो भी कोई बात नहीं। कुछ खा-पी लो।"

हीरालाल ने गर्दन झुकाकर अपने कपड़ों की ओर देखा था और फिर हँस दिया था। "यहाँ तो यह आलम है साथी, कि कुर्ता-पाजामा पर वास्कट पहन लो तो पोशाक बाहर की और वास्कट उतार दो तो घर की।"

फिर बड़ी आत्मीयता से, छोटे की बाँह में बाँह डालते हुए बोला, "वास्कट पहनने को मन नहीं हो रहा है, आज उमस बहुत है।" फिर हँसकर बोला, "आज घर की पोशाक में चलेंगे।···" पर फिर चलते-चलते रुक गया था। "ज़रा ठहरो," और उन्हीं क़दमों भागता हुआ, अपने घर के अंदर लौट गया था।

छोटे, तंग गली में, उसके घर के बाहर खड़ा रहा। हीरालाल क्यों अंदर चला गया है ? शायद वास्कट पहनने गया है। वह शायद मेरा अभिप्राय समझ गया था कि तुम्हारे कपड़े मैले हैं, जलसे में मैला कुर्ता-पाजामा पहनकर जाना ठीक नहीं। या क्या मालूम किसी और काम से गया हो।

हीरालाल के घर की ड्योढ़ी में घुप्प अँधेरा था, टाट का पर्दा हटा दो, तो पीछे छोटा-सा आँगन खुलता था, जिसमें हीरालाल की पत्नी, जानकी रसोई करती थी, और आँगन के पार एक कोठरी थी जिसमें हीरालाल की बुढ़िया माँ ज़मीन पर बैठी रहती थी। हीरालाल छोटे को एक बार अपने घर के अंदर ले गया था, तब छोटे को बड़ी झेंप हुई थी। उस दिन भी छोटे, किसी कारण से, हीरालाल को बुलाने गया था, और हीरालाल घर पर नहीं था। बहुत देर तक, गली में खड़े आवाज़ देते रहने के बाद जब कोई उत्तर नहीं मिला था, तो छोटे लौट पड़ा था। और तभी उसकी नज़र हीरालाल पर पड़ गई थी। गली में, पानी से भरी छलछलाती बाल्टी उठाए चला आ रहा था, शरीर पर केवल जाँघिया पहने, दुबला-पतला हीरालाल। मिलने पर, हीरालाल उसे घर के अंदर ले गया था, और तभी छोटे ने हीरालाल की गृहस्थी देखी थी। उस दिन भी हीरालाल हँसते हुए बोला था, "जलसे में तो

हम नहाकर जाते हैं, साथी। मैले बदन भारत माता के चरणों में हम नहीं जा सकते। तुम इधर बैठो," और उसने बोरी का टुकड़ा आँगन में बिछाते हुए कहा था, "और मैं झट से नहा लूँ।"

और दूसरे क्षण, आँगन के ही कोने में, हीरालाल ने खड़े-खड़े पूरी बाल्टी अपने ऊपर उँडेल ली थी, और वही मैले कपड़े जो पहले से पहने हुए था, अपने भीगे बदन पर डाल लिए थे। न किसी तौलिए या अँगोछे से बदन पोंछा, न कपड़े बदले। न साबुन, न तेल। छोटे, चकित-सा, देखता रह गया था।

पर इसी बीच, हीरालाल की पत्नी जानकी, मिट्टी के दो कटोरों में गुड़ घोलकर ले आई थी, और दोनों कटोरे, साथ-साथ, छोटे के सामने रख दिए थे।

"पियो, मुँह मीठा करो !" हीरालाल ने कुर्ते के बटन बंद करते हुए छोटे-से कहा था, और अपना कटोरा उठाकर एक साँस में ही गुड़ का शरबत पी गया था।

"जल पाया, परमेश्वर पाया। वाह, वाह जानकी, जुग-जुग जियो ! ··· जानकी, यह हमारे लीडर हैं। यह बहुत पढ़े-लिखे हैं, चारों वेद जानते हैं। गिटपिट भी मारते हैं। बहुत भले आदमी हैं, पर बोलते कम हैं ··· पर बोलता मैं जो हूँ।"

छोटे ने जानकी की ओर देखा तो वह स्तब्ध-सा रह गया। पीले-पीले गाल, छाइयों से भरा चेहरा, गाल कुछ-कुछ फूले हुए। नंगे पाँव, चौड़ी-चौड़ी पैरों की उँगलियाँ।

"कब लौटोगे ?" जानकी ने पति से पूछा था।

"यही न पूछा कर, भली लोग, तुम्हें लाख बार समझाया है। पूछा कर लौटकर आओगे या नहीं ?" फिर मेरी ओर देखकर बोला, "वह क्या गीत है ? : '··· माँ तुहाडी, जद्दों दी एह सौहरे आई पेके भूल न जांदी ए।' "

और छोटे की बाँह पकड़कर उसे बाहर ले चला था।

और दो दिन पहले छोटे, गली में खड़ा, फिर से हीरालाल का इंतज़ार कर रहा था। उसने लौटने में देर लगा दी थी।

तभी अँधेरी ड्योढ़ी में से हीरालाल की आवाज़ आई, "बस, बस, आ रहा हूँ। यह मैया मेरी तुमसे मिलना चाहती है।"

और तभी अँधेरी ड्योढ़ी में दो आकृतियाँ दहलीज़ के नज़दीक पहुँचते हुए स्पष्ट दिखाई देने लगी थीं। बुढ़िया माँ का हाथ पकड़े हीरालाल धीरे-धीरे उसे बाहर की ओर ला रहा था।

सहदेव ने देखा तो उसका दिल धक् से रह गया।

हीरालाल की माँ अंधी थी। मिचमिचाती आँखों में ज्योति नहीं थी, और वह धीरे-धीरे पैर बढ़ाती, हीरालाल के दाएँ हाथ में अपना बायाँ हाथ रखे चली आ रही थी।

"पिछली बार तुम आए थे तो माँ अंदर बैठी जाप कर रही थी। तभी इसने कहा था कि फिर से आएँ तो अपने लीडर से मिलाना। मैं बाहर निकल आया,

तभी याद आया था।" फिर माँ के कानों में बोला, "मैया मेरी, यह सहदेवजी हैं, मेरा बड़ा भाई है, एक दिन नेता बनेगा। इसे अपना आशीर्वाद दो !"

छोटे ने आगे बढ़कर बुढ़िया के पाँव छू लिए थे। तभी बुढ़िया पोपले मुँह से कुछ बुदबुदाई थी, "जीते रहो बेटा। सुखी रहो।···"

और तभी हीरालाल ने अपनी माँ का दायाँ हाथ उठाकर छोटे के झुके हुए सिर पर रख दिया था। "अब हुई न बात ! खूब फेरो इसके सिर पर हाथ मैया, और इसके सिर पर अपनी लार भी टपका दो।···"

बुढ़िया बुदबुदाती रही और फिर अपने बाएँ हाथ में पकड़े दो अखरोट सामने की ओर बढ़ा दिए।

"यह प्रसाद है, ले लो।"

और सहदेव ने दोनों हाथ बढ़ाकर अखरोट ले लिए थे।

रास्ते-भर, हीरालाल, कूदता-सा आगे बढ़ता रहा था।

"इतने उतावले क्यों हो रहे हो, हीरालाल ? धीरे-धीरे चलो !"

वह तनिक झेंपकर मुस्कुराया था और रफ़्तार धीमी कर दी थी, फिर अपना हाथ छोटे की कुहनी पर रखते हुए बोला, "मेरी फ़ितरत ही ऐसी हो गई है, मैं क्या करूँ ? उधर नाले का पुल आएगा ना, और दूर से जलसे की आवाज़ें कुछ-कुछ सुनाई देने लगेंगी, तो आवाज़ कानों में पड़ते ही मेरे पाँव भागने लगते हैं। तब मैं धीरे-धीरे चल ही नहीं सकता।" और खुद ही ताली बजाकर हँसने लगा था।

बच्चों-जैसा उत्साह था, हीरालाल में। बच्चों की तरह ही ताली बजाकर हँसने लगता था, पसीने की हल्की-सी परत सारा वक़्त उसके पीले चेहरे पर बनी रहती थी।

"अगर कहीं ढोल बज रहा हो तो मेरे पाँव अपने-आप ही दौड़ने लगते हैं। कान में ढोल की आवाज़ पड़ जाए, बस काफ़ी है।" और उसने फिर स्नेह से छोटे की बाँह में बाँह डाल दी थी।

हीरालाल का मुख्य काम जलसा शुरू होने से पहले श्रोताओं का मनोरंजन करना, छोटे-छोटे बच्चों से, जो दर्जनों की संख्या में आ पहुँचते थे, चुपचाप बैठे रहने का आग्रह करना, मीटिंग की तैयारी करना होता था। लीडर तो बाद में आकर मंच सँभालते थे, पर यह एक बार मंच पर खड़ा हो जाए, तो मीटिंग का माहौल बनते देर नहीं लगती थी। यह चुटकुले सुनाता, हारमोनियम पर गीत गाता, किस्से सुनाता, लोग खुश हो जाते और भीड़ जमने लगती। हीरालाल की उँगलियों के नीचे हारमोनियम बज उठता, और वह सिर टेढ़ा करके आवाज़ निकालता तो लोगों के दिल खिल उठते थे। पर उसे दो-तीन गीत ही याद थे। और वे भी बार-बार प्रभात फेरी में गाने के कारण उसे कंठस्थ हो चुके थे। अगर तीसरे के बाद चौथा गीत गाने के लिए उसे कोई कहता तो वह हारमोनियम का पल्ला बंद करते हुए कहता, "आज अंग्रेज़ों की माँ बीमार है, मुझे अस्पताल जाना है, अगली बार सुनाऊँगा।"

और झट से स्टेज़ पर से उतर जाता।

जिन दिनों ब्रिटिश सरकार ने लंबी अवधि के बाद भारत को प्रांतीय स्वायत्त शासन का अधिकार देने का फ़ैसला किया था और किसी की समझ में नहीं आ रहा था कि यह प्रांतीय स्वायत्त शासन क्या बला है तो हीरालाल ने ऐसे ही एक जलसा शुरू होने से पहले इसकी अपने शब्दों में व्याख्या कर दी थी, "साहिबान, मेहरबानो, यह स्वायत्त शासन क्या है ? मेहरबान, यह समझो कि ब्रिटिश सरकार हमसे कहती है कि मैं तुम्हें बेटा तो दूँगी, पर मूत्री बग़ैर। अब खुद ही फ़ैसला कर लो कि ऐसा बेटा तुम्हें चाहिए या नहीं !" और लोग ठहाका मारकर हँस दिए थे।

हर जलसे में, सरकार के लिए डायरी लिखनेवाले खुफ़िया पुलिस के सिपाही मौजूद रहते थे। हीरालाल को उनसे चिढ़ थी। दो दिन पहले भी, जब वह कैंटोनमेंट में मनादी करने के इस भयानक अभियान पर निकला था, तो कार्यालय के बाहर, चबूतरे पर उसने साधारण पोशाक में, खुफ़िया पुलिस के सिपाही योगराज को बैठे देखा था।

"डायरी ले आया, योगराज ?"

कार्यालय के फाटक से अंदर दाख़िल होते हुए हीरालाल ने योगराज सिपाही से पूछा था।

योगराज कुछ नहीं बोला। खुफ़िया पुलिस के सिपाही भाषणों की रपट तो अधिकारियों के पास पहुँचा देते थे, और हर जलसे में चुपचाप एक कोने में बैठे तकरीर सुनते रहते थे।

पर हीरालाल ऐन उसके सामने जा खड़ा हुआ, "एक डायरी हम भी लिख रहे हैं, योगराज ! उस डायरी के पन्नों पर हम भी अपने तासरात दर्ज़ कर रहे हैं। · · एक दिन हमारी डायरी भी पढ़ी जाएगी। · · · "

हीरालाल बोलते-बोलते उत्तेजित हो उठता था। छोटे ने झट से भाँप लिया और हीरालाल को बाँह से पकड़कर अंदर की ओर ले चला।

"पुलिसवालों के साथ नहीं उलझते, हीरालाल, तुम तो जानते हो। · · · "

हीरालाल छोटे के सामने खड़ा हो गया। "नहीं उलझना चाहिए, साथी। पर पुलिसवालों को देखते ही मुझे ताप चढ़ जाता है। मैं क्या करूँ ?"

कार्यालय के फाटक के सामने दो-चार आदमी पहले से खड़े थे। मनादी का ताँगा भी तैयार खड़ा था। इसी स्वायत्त शासन के सवाल पर जलसे का आयोजन करने का फ़ैसला किया गया था और उसी की मनादी करने हीरालाल जा रहा था। किशनसिंह, ताँगे की पिछली सीट पर अपने घुटनों के बीच बड़ा-सा ढोल दबाए, तैयार बैठा था।

हीरालाल पर नज़र पड़ते ही कार्यालय का अध्यक्ष चिल्लाने लगा था, "कहाँ मर गया था ? हम कब से तेरी राह देख रहे हैं !"

"हम सब आज़ादी की राह देख रहे हैं, भाटियाजी, किसी फ़र्द की नहीं। हम

पहुँचें न पहुँचें, पर एक दिन आज़ादी ज़रूर पहुँच जाएगी।" हीरालाल ने कहा, फिर खुफ़िया पुलिस के सिपाही की ओर, जो अभी भी चबूतरे पर दोनों टाँगें चढ़ाए बैठा था, इशारा करते हुए बोला, "आज तो कोई जलसा नहीं, भाटियाजी, आज ससुरालवाले क्यों पहुँच गए हैं ? और यह अपने साथ अपने एक मुतबन्ना को भी ले आया है।"

"इसे ही नहीं, अपने साथ और भी बहुत कुछ ले आया है। उधर देख !" और भाटियाजी ने आगे सड़क की ओर इशारा दिया, जहाँ पुलिस की एक गाड़ी खड़ी थी जिसमें कुछेक बंदूकधारी सिपाही बैठे थे।

उन्हें देखकर हीरालाल चहक उठा, "तो बारात बड़ी धूमधाम से निकलेगी !" और कहते हुए कूदकर मनादीवाले ताँगे की अगली सीट पर चढ़ गया था।

अगर उस रोज़ सशस्त्र पुलिस की गाड़ी मनादीवाले ताँगे से थोड़ा हटकर, उसके पीछे-पीछे नहीं जा रही होती, तो शायद हीरालाल कैंटोनमेंट की ओर मुँह नहीं कर देता और शहर के अंदर ही कुछेक प्रमुख स्थानों पर मनादी करके लौट आता। पर पुलिस को देखकर उसके रोंगटे खड़े हो जाते थे और वह अपना संतुलन खो बैठता था।

हीरालाल ताँगे की अगली सीट पर खड़ा था, और मनादी का भोंपू हाथ में लिए दो-एक बार उसमें "हलो, हलो !" कहने के बाद वह ऊँची, गूँजती-सी आवाज़ में मनादी करने लगा था :

शहीदों की चिताओं पर लगेंगे हर बरस मेले,
वतन पर मरनेवालों का यही बाक़ी निशाँ होगा।

"साहिबान ······" और ताँगा धीरे-धीरे आगे बढ़ने लगा था, और मनादी का ढोल बजने लगा था।

दो दिन बाद, आज कोतवाली के बाहर खड़ा सहदेव आँखें फाड़े कोतवाली के बड़े फाटक की ओर बार-बार देख रहा था जिसके बड़े-बड़े सींखचों के पीछे मृतप्राय हीरालाल पड़ा था।

"मुझे मालूम होता कि वह यह बेवकूफ़ी कर बैठेगा, तो मैं उसे मनादी करने के लिए जाने ही नहीं देता। मैं उसे घर से लिवाने ही नहीं जाता। ···"

पश्चात्ताप का मारा सहदेव बार-बार अपने भाई से कह रहा था। फिर बड़े भाई का हाथ पकड़कर बोला, "आप घर पर बता देना कि शायद मैं आज शाम नहीं लौट पाऊँगा। मुमकिन है मुझे यहीं पर रुक जाना पड़े। अगर हीरालाल को हमारे हवाले नहीं किया गया तो हम यहाँ पर भूख-हड़ताल पर बैठ जाएँगे। भूख-हड़ताल का सुझाव मेरा ही था।"

जयदेव उसके चेहरे की ओर देखे जा रहा था, "कह दूँगा, छोटे, ज़रूर कह दूँगा। तू अपनी सेहत का ख़याल रखना। तेरा स्वास्थ्य कभी भी बहुत अच्छा नहीं रहा।"

"नहीं भइया, मैं तो ठीक-ठाक हूँ, मुझे क्या हुआ है ?" कहते हुए सहसा छोटे ने अपने बड़े भाई से पूछ लिया, "आप यहाँ कैसे आए ? क्या सुषमा दीदी से मिलने गए थे ? दीदी कैसी है ?" फिर तनिक झेंपकर बोला, "मैं तो भूल ही गया था कि सुषमा दीदी यहीं पर रहती है।"

"हाँ, मैं सुषमा से ही मिलने गया था। गिरीश, सुषमा को परेशान करने लगा है।"

तभी, पीछे, कोतवाली की ओर से, बड़े फाटक से पाँच-सात बावर्दी सिपाही निकलकर आए और आँगन में खड़ी भीड़ की ओर बढ़ने लगे। कोतवाली के बड़े आँगन में धूल उड़ रही थी। कुछ ही देर बाद, बड़े फाटक से कुछ आदमी किसी की खाट को कंधा दिए कोतवाली के बाहर ला रहे थे, पर फाटक के बाहर ही रुक गए थे, क्योंकि उधर खड़ी भीड़ नारे लगाने लगी थी। खाट पर नज़र पड़ते ही भीड़ में खड़े लोग भागते हुए आँगन पार करने लगे। छोटे भी उन्हीं में था। उसने एक बार मुड़कर देखा, "आप जाइए, भइया ! चिंता न कीजिए। शायद हीरालाल बच जाए, मेरी चिंता न कीजिए। कुछ नहीं होगा। एक बार हम भूख-हड़ताल पर बैठ गए तो वे हमें कुछ नहीं कहेंगे, हम पर डंडे नहीं बरसाएँगे।"

जयदेव वहाँ कुछ देर तक खड़ा रहा। उसकी आँखें अपने भाई को ढूँढ़ रही थीं पर वह भीड़ में खो गया था। किसी-किसी वक़्त उसके ख़ाकी कोट की झलक मिलती जो सहदेव ने पहन रखा था।

जयदेव, ताँगे में जा बैठा और ताँगा चल दिया। धीरे-धीरे आँखों के सामने से छोटे का चेहरा भी ओझल होने लगा और उसकी जगह सुषमा का चेहरा फिर से उभरने लगा। पहले-जैसा ही निःसहाय, बुलाता हुआ-सा, पर साथ-ही-साथ क्षुब्ध और परेशान, उलाहने देता हुआ-सा।...

17

थुलथुल जल मरी। प्रोफ़ेस्साब की सभी कोशिशों के बावजूद जल मरी।

प्रोफ़ेस्साब के प्रति थुलथुल का विश्वास, आस्था के समान रहा था, अपने आराध्यदेव के प्रति किसी भक्त की निष्ठा के समान रहा था।

"आप जैसा कहेंगे, मैं वैसा ही करूँगी।" वह अंत तक कहती रही थी।

प्रोफ़ेस्साब ने अपनी ओर से दोनों को एक-दूसरे के निकट ला पाने की पूरी कोशिश की थी। पर किस्मत ही फूट जाए तो कोई क्या करे ? इंसान सीख तो दे सकता है, पर मिट्टी तो नहीं बदल सकता।

कितनी निश्छल थी धनराज की पत्नी ! जब दिल की बात कहती तो रो-सी पड़ती, पर जब प्रोफ़ेस्साब उसे समझाते तो उसकी आँखों के सामने से बादल छँटने लगते, चेहरे की मांसपेशियाँ ढीली पड़ने लगतीं, रेखाएँ लुप्त होने लगतीं, कभी-कभी तो आशाओं से चेहरा खिल उठता और थुलथुल अपनी टूटती गृहस्थी को जोड़ पाने के लिए फिर से अपने अंदर साहस सँजोने लगती।

"मैं तुम्हारी स्थिति को भली भाँति समझता हूँ", प्रोफ़ेस्साब कहते, "और स्थिति का सार इसी में है कि वह तुम्हें छोड़कर न जाए। अगर वह तुम्हें छोड़कर सिंगापुर वापिस चला गया तो वह अपनी ज़िंदगी को भी बर्बाद करेगा और तुम्हारी ज़िंदगी को भी। यह बुनियादी बात है।"

प्रोफ़ेस्साब की एक नसीहत तो बड़ी काम आई थी और समस्या सुलझने की संभावनाएँ नज़र आने लगी थीं जब थुलथुल के गर्भ हो गया था। समस्या का तीन-चौथाई हल तो उसी समय हो गया था। उधर सिंगापुरवाली के पत्र भी आने बंद हो गए थे। कुदरत मददगार हो रही थी।

"धन्ना फिर से उस 'डार्की डार्लिंग' के पास लौट जाना चाहता है। पर तू हौसला रख। यह इश्क की गाँठें वक़्त बीतने पर अपने-आप खुलने लगती हैं। धैर्य रख। तेरा घरवाला तेरे पास लौट आएगा। ··· जब कभी वह खुश-खुश घर लौटे तो यह तुम्हारे लिए बच्चा लेने का सुनहरी मौका होगा। इसे हाथ से न जाने देना।"

तभी से थुलथुल ऐसे सुनहरी मौक़ों के इंतज़ार में रही थी, और ऐसे ही किसी सुनहरी मौक़े पर उसने गर्भ भी धारण कर लिया था।

थुलथुल जल मरेगी, इसका अंदाज़ प्रोफ़ेस्साब को नहीं था। थुलथुल को भी इस बात का अंदाज़ नहीं था कि प्रोफ़ेस्साब ने ही एक तरह से धन्ने का परिचय डाक्टर देवीदयाल की बेटी कोकिला से करवाया था।

जब से सिंगापुर से नीले लिफ़ाफ़े आने बंद हुए थे, धन्ना अधिकाधिक व्याकुल रहने लगा था। कभी दीवार के साथ माथा फोड़ता, कभी अपनी पत्नी को बुरा-भला कहता। एक बार तो चुपके-चुपके सिंगापुर लौट जाने का प्रबंध भी करने लगा था। जब प्रोफ़ेस्साब को इसकी भनक मिली तो वह भी बैचेन हो उठे। कोई ऐसी तरकीब निकल आए कि धन्ना सिंगापुरवाली लड़की को भूल पाए ताकि घर-परिवार बना रहे। और जब संयोगवश एक दिन धन्ना अपने किसी मरीज़ की बीमारी के बारे में, शहर के एक वरिष्ठ डाक्टर, देवीदयाल के साथ मशविरा करने गया था तो वहाँ मशविरे के साथ ही उनकी बेटी के हाथ की बनी चाय पीने का भी सुअवसर मिला था, और वहीं पर एक नए आकर्षण की शुरुआत हो गई थी। डा. देवीदयाल की बेटी कोकिला सचमुच कोकिला ही थी, साँवली-सी, छरहरे बदन की। सिंगापुरवाली डार्की डार्लिंग की हल्की-सी झलक उस कोकिला में भी पाई जाती थी, यह भी चुलबुली थी, तीखे नाक-नक़्शवाली थी, कटे बालोंवाली थी, लाहौर की पढ़ी थी, और अच्छा गाती भी थी, और जब आँखों में आँखें डालकर देखती तो मँजे हुए खिलाड़ी की साँस की गति भी तेज हो जाती थी।

जब प्रोफ़ेस्साब को इसकी भनक मिली तो एक ओर तो प्रेम की विडंबना-भरी अस्थिरता पर उन्होंने सिर हिलाया था, दूसरी ओर वह आश्वस्त भी हुए थे। कोकिला के साथ दोस्ती हो जाने से धनराज को सिंगापुरवाली की याद कम सताएगी और इसके सिंगापुर लौट जाने की आशंका भी कम हो जाएगी। इसमें प्रोफ़ेस्साब ने धन्ने को एक तरह से प्रोत्साहित ही किया था और धन्ने और कोकिला के बीच दोस्ती गहराने लगी थी। थोड़ा-बहुत इधर-उधर मुँह मारता है तो मारता रहे, घर तो बना रहेगा। और प्रोफ़ेस्साब का अनुमान सही साबित होने लगा था। कुछ ही दिन में धन्ने को अपने मरीज़ों के स्वास्थ्य के बारे में डा. देवीदयाल के परामर्श की ज़रूरत उत्तरोत्तर ज़्यादा पड़ने लगी थी, और कुछ ही समय में धन्ने ने कोकिला के शरीर की महक और अलसाई चितवन और मादक मुस्कान का भास पा लिया था। तभी धीरे-धीरे सिंगापुर की डार्की डार्लिंग आँखों के सामने से ओझल होने लगी थी हालाँकि उसकी तस्वीर धन्ने के कमरे की तिपाई पर अभी भी बराबर बनी हुई थी।

सब काम सुभीते से चल रहा था। धन्ना और कोकिला के बीच दोस्ती बेशक गहराने लगी थी, पर साथ ही थुलथुल को गर्भ भी हो गया था जिससे प्रोफ़ेस्साब निश्चिंत हो गए थे कि अब विवाह का बंधन नहीं टूटेगा, अपने बच्चे का मोह धन्ने को, सभी अन्य उन्मादों से मुक्त कर देगा। पर जब धन्ना, प्रोफ़ेस्साब की अपेक्षाओं के प्रतिकूल, किसी न किसी बहाने रोज़ ही कोकिला के घर पहुँचने लगा

तो प्रोफ़ेस्साब ने अंकुश लगाना ज़रूरी समझा था।

"सँभलकर चल, धन्ने ! तू डाक्टर है। शहर में हमारे परिवार की बड़ी इज़्ज़त है। कहीं ऐसा न हो कि बात बाहर निकल जाए और हमारा घर बदनाम हो जाए। ··· अब तू बाप बननेवाला है। दूसरी स्त्री से प्रेम करना कोई नई बात नहीं है, मैं इसे बुरा भी नहीं मानता, क्योंकि ऐसा मनुष्य का स्वभाव है, और स्वभावगत वृत्तियों को दबाया नहीं जा सकता। लेकिन एक सीमा तक जाना ही हितकर होगा। ···"

धनराज अपने भाई के सारगर्भित उपदेश से प्रभावित होता था। दो दिन थुलथुल के साथ बड़े धैर्य और सहिष्णुता से पेश आता। दोस्तों के सामने वह थुलथुल से मज़ाक भी करता। वह मुस्कुराती, शर्माती हुई अपने कूल्हे भी मटकाने लगती, पर शीघ्र ही धन्ने के क़दम फिर से कोकिला के घर की ओर उठने लगते। जब से डार्की डार्लिंग से नाता टूटा था, कोकिला के प्रति धन्ने का आकर्षण बेलगाम होता जा रहा था। धन्ना बना ही ऐसी मिट्टी का था।

बात तो वास्तव में उसी दिन से बिगड़ने लगी थी जिस दिन धन्ने को पता चला था कि उसके घर बच्चा होनेवाला है। जिस घड़ी धन्ने को यह ख़बर मिली थी कि थुलथुल का पैर भारी है, तो यह वाक्य सुनते ही उसे लगा था कि उसके अपने पैर मन-मन के हो गए हैं, कि उनके साथ जंज़ीरें बँध गई हैं। उसे लगने लगा था कि जिस तरह डार्की डार्लिंग छिटककर दूर हो गई है वैसे ही कोकिला भी दूर हो जाएगी। जो क्षीण-सी आशा किसी-किसी वक़्त लौ दे जाती थी कि शायद कभी कोकिला के साथ अपने भाग्य को जोड़ने का मौक़ा मिल जाए, वह लौ इस सूचना को सुनते ही बुझ गई थी।

जिस दिन थुलथुल जल मरी, उससे पिछली रात वह बड़ी बेतकल्लुफ़ी के साथ अपने पति के साथ बतियाने लगी थी। गर्भवती हो जाने के कारण उसके हौंसले बढ़ गए थे, आत्मविश्वास भी बढ़ गया था। और इसी बेतकल्लुफ़ी में उसने बातों-बातों में कोकिला का ज़िक्र कर दिया था। हालाँकि प्रोफ़ेस्साब ने बार-बार उसे मना कर रखा था कि कभी भूले में भी इसका ज़िक्र धन्ने से नहीं करना।

"क्योंजी, कभी उस अपनी कोकिला को यहाँ भी तो लाओ, हम भी उसका गाना सुनें।"

उस वक़्त धन्ना कुर्सी पर बैठा अपने जूते का फ़ीता खोल रहा था और थुलथुल उसके निकट फ़र्श पर बैठी बतिया रही थी। तभी धन्ने का पैर थुलथुल के जबड़े पर पड़ा था जिससे उसका सिर चकरा गया था। अफ़सोस इस बात का था कि वह पति के पास बड़ी बन-ठनकर आई थी, कूल्हे मटकाती हुई। और जैसा थुलथुल का चलन था, कोई-कोई वाक्य वह बड़े बाँकपन से सिर टेढ़ा करके और कमर हिलाकर कहती थी और कनखियों से पति की ओर देखकर मुस्कुराने लगती थी। उस दिन वह उस इत्र से भी ज़्यादा खुशबूदार इत्र लगाकर आई थी जिसकी महक

उसे अपने पति के कपड़ों से आने लगी थी।

जहाँ प्रोफ़ेस्साब ने थुलथुल से बच्चा लेने की सीख दी थी कि बच्चा आ जाएगा तो गृहस्थी बच जाएगी, वहाँ उन्होंने धनराज की मानसिक स्थिरता को ध्यान में रखते हुए कोकिला से दोस्ती करने की उसकी इच्छा का भी अनुमोदन किया था। इससे भी, उन्हें उम्मीद थी कि गृहस्थी बच जाएगी। साथ-ही-साथ उन्हें थुलथुल के बूढ़े माँ-बाप का भी शहर में पहुँच जाना हितकर ही लगा था। जितनी देर तक धन्ने का मन उखड़ा-उखड़ा रहेगा, उतनी देर तक थुलथुल भी चैन से नहीं रह पाएगी। माँ-बाप पास में होंगे तो उसका दिल तो ठिकाने पर रहेगा। कभी-कभी, तीसरे-चौथे, अपने माँ-बाप के साथ हँस-बोल ही आया करेगी। बूढ़े माँ-बाप के लिए अपना क़स्बा, अपना घर छोड़कर चले आना आसान नहीं था। पर उड़ती-उड़ती खबरें जो गाहे-गाहे शहर से आया करती थीं, उनसे थुलथुल की माँ का दिल डूब-डूब जाता था। माँ-बाप के बीच चर्चा ही सारा वक़्त बेटी की रहती थी, तरह-तरह के अनुमान, तरह-तरह की आशंकाएँ, आधी-आधी रात तो छत की ओर ताकते ही कट जाती थी। इससे तो बेहतर था कि शहर में ही जाकर रहें, छोटे-मोटे किराए के मकान में रह लेंगे, बेटी तो आँखों के सामने होगी।

उन्हें भी प्रोफ़ेस्साब पर गहरा यकीन था। उनके साथ भी जब प्रोफ़ेस्साब बात करते तो दुखी दिल पर मरहम के लेप का भास होने लगता। बच्चा लेने का आग्रह प्रोफ़ेस्साब ने ही किया था। हालाँकि ऐसी स्थिति में विवाह बचा पाने के लिए हर किसी को सबसे पहले यही तरकीब सूझा करती है। इसके अतिरिक्त, माँ भी वषीकरण के अनेक नुस्ख़े अपनी बेटी को बताती रहती थी। पति के बिस्तर में बिन बुलाए घुस जानेवाला नुस्ख़ा भी माँ का ही बताया हुआ था। "वह बिस्तर से खदेड़ दे, यह इतना बुरा नहीं है, जितना तुम्हारा उससे दूर रहना।" हालाँकि थुलथुल अपने अनुभव से समझने लगी थी कि स्वयं उतावली होकर उसके बिस्तर में जाना अपना अपमान करवाना है, उसके मुँह से जली-कटी सुनना है, उसके हाथों से धक्के खाना है, और इसी कारण वह धन्ने से थोड़ा हटकर ही रहने लगी थी। पर गर्भ धारण कर लेने पर वह इतनी आश्वस्त हो गई थी कि उसके मन में डर का लेशमात्र भी जैसे नहीं रह गया था। उसकी माँ भी जब उससे तरह-तरह के सवाल पूछती तो वह चहककर कहती, "माँ जी, मैं ठीक हूँ। मैं तुम्हें दुबली नज़र आती हूँ ? अब तो यह मेरे साथ हँसने-बोलने लगे हैं। अब तो उस सिंगापुरवाली 'मरजाणी' की चिट्ठियाँ भी नहीं आतीं। अब तो अपने दोस्तों के सामने मेरे साथ ठिठोलियाँ भी करने लगे हैं। बड़े बेशर्म हैं।"

इन्हीं आश्वासनों पर थुलथुल के माँ-बाप की सभी आशाएँ टिकी हुई थीं।

इस सबके रहते, थुलथुल जल मरी।

वह असबाबवाली कोठरी में से चिल्लाती हुई अपने कमरे की ओर आई थी। धन्ना उस वक़्त शेव बना रहा था। चिल्लाहट सुनकर लपककर बाहर भी आया

था। उस वक़्त थुलथुल के हरे रंग के दुपट्टे के पीछे आग की लपट थुलथुल के शरीर के साथ चिपटी हुई थी और एक साँप की तरह बल खाती हुई उसकी पीठ पर चढ़ रही थी। कमरे के पास तक पहुँचते हुए थुलथुल की बाँहें आकाश की ओर उठी हुई थीं, मुँह खुला हुआ था, और बड़ा भयावह लग रहा था, केश जलने लगे थे और आग के शोलों में कुछ था जो स्याह पड़ता जा रहा था।

उस समय प्रोफ़ेस्साब अपने कमरे में बिस्तर पर अधलेटे अंग्रेज़ी उपन्यास पढ़ रहे थे। तभी उन्होंने चीत्कार सुनी तो भागे बाहर आए।

दृश्य धनराज के लिए भयावह तो था ही, पर दूर-पार कहीं अवचेतन के किसी कोने में कहीं छोटा-सा, नई संभावनाओं का द्वार भी उसी क्षण खुला था, भय-आतंक भी थे, पर कहीं आशा की लौ भी नज़र आई थी। ऐसा क्यों होता है कि हम एक ही घटना से व्याकुल भी होते हैं और आश्वस्त भी, संतप्त भी और तृप्त भी, कहीं कोई ग्रंथि बंद होती है, तो दूसरी खुलती भी है।

"हाय, मैं मर गई !" चिल्लाती हुई प्रोफ़ेस्साब की पत्नी भी उसके पीछे-पीछे भागती हुई आ रही थी। "ओ धन्ने, इस पर कंबल लपेटकर इसकी आग बुझाओ!"

धन्ने के हाथ-पैर सुन्न हो रहे थे। वह लपककर कभी कमरे के अंदर जाता, कभी भागता हुआ फिर बाहर आ जाता। थुलथुल कमरे की दहलीज़ तक पहुँचने से पहले ही जँगले के पास गिर पड़ी थी। आग के शोले उसे भस्म करते जा रहे थे। उसकी हृदय-विदारक चीख़ों से बाहर सड़क पर जानेवाले लोग भी ठिठक-ठिठककर रुक रहे थे। साथवाले गुसलखाने से घर का नौकर पानी की बाल्टी उठा लाया था और इससे पहले कि धन्ना कमरे से कंबल उठा लाता, उसने थुलथुल के जलते शरीर पर पानी की बाल्टी उँड़ेल दी थी। उस समय धन्ने के मुँह से चीख़ निकली थी, "हरामज़ादे, यह क्या किया है ?" उसकी आँखों के सामने अँधेरा भी छा गया था, पर इसके बावजूद ऐसा भास भी हुआ था जैसे कहीं विरामचिह्न लग गया है, निश्चय का विराम चिह्न लग गया है। निश्चय का विरामचिह्न ! मृत्यु की अनिवार्यता का विरामचिह्न ! संबंधों की इति का विरामचिह्न ! और इससे पैदा होनेवाला, चुभते काँटे के निकल जाने से पैदा होनेवाला तृप्ति का भाव !

एक ओर झकझोरनेवाला अनुभव, और साथ में अंतर्तम को आह्लादित कर देनेवाली विरोधी भावना, एक साथ, एक ही क्षण में, एक ही समय में कैसे उठ सकती है, क्योंकर उठती है ? एक धरातल पर आघात, उसी धरातल पर सुख की अनुभूति ?

पर ऐसा हुआ था। बरसों बाद भी धन्ना उस घड़ी के बारे में सोचता था तो प्रतिक्रियास्वरूप दो परस्पर-विरोधी भावनाएँ मन में उठती थीं—क्लेश की भावना और तृप्ति की भावना। उसे जलता देखकर मैं सिहर उठा था। उसे जलता देखकर मुझे संतोष हुआ था।

और आस्थाओं की विडंबना, जब थुलथुल ने प्राण त्यागे तो उसका सिर सचमुच

धन्ने के चरणों पर था और धन्ना सचमुच उससे लिपट-लिपटकर रो रहा था।

आग कैसे लगी, सुबह-सवेरे के वक़्त, असबाबवाली कोठरी में आग का क्या काम ? यदि थुलथुल ने खुद अपने कपड़ों को आग लगाई थी तो रोती-चिल्लाती, अपने बचाव के लिए बिलखती, वहाँ से भाग क्यों खड़ी हुई थी ? सीढ़ियाँ तक चढ़ आई। अगर दुपट्टे को आग लग गई थी तो उसको उतारकर फेंक क्यों नहीं दिया ? इतना तो कर ही सकती थी।

घर के लोग हाथ मल-मलकर कयास लगाते रहे—असबाबवाली कोठरी में अँधेरा जो रहता है, मोमबत्ती जलाई होगी और दुपट्टे की चूक को आग लग गई होगी। भगवान जाने क्या हुआ था ! और फिर हाथ मलने लगते।

दाहकर्म के कुछ ही दिन बाद घर के बड़े आँगन में ही, अंतिम क्रियाकर्म का प्रबंध किया गया था। इसी आँगन में जिसमें संयुक्त परिवार के बच्चों की धमाचौकड़ी मचा करती थी। दरियाँ बिछ गई थीं। आँगन में मर्द, और बरामदे में स्त्रियाँ बैठी थीं। रोना-पीटना ख़त्म हो चुका था। कुछ वेद-मंत्रों की गूँज में, कुछ भक्त कवियों के शब्दों की धुनों में, कुछ पंडितजी के रूढ़िगत प्रवचन में, थुलथुल को अंतिम विदाई दी जा रही थी। अस्थियाँ चुनी जा चुकी थीं, उनका विसर्जन किया जा चुका था ! पंडितजी के लिए जहाँ मंच बनाया गया था, वहीं पर एक तिपाई पर थुलथुल का चित्र रखा था, पुष्पमाला में लिपटा हुआ। थुलथुल के दिल में इस बात की कितनी साध रही थी कि उसके कमरे की तिपाई पर सिंगापुरवाली का चित्र न होकर उसका अपना चित्र रखा होता। पर प्रथानुसार इस रस्म के बाद उसका चित्र या तो बड़े कमरे में जहाँ स्वर्गीया माँजी और बड़े बाबूजी के चित्र टँगे हैं, अथवा उसके अपने कमरे में ही दीवार पर उसका चित्र टाँग दिया जाएगा।

आँगन में दाएँ हाथ की दीवार के साथ लगकर चारों भाई एक पाँत में बैठे थे—प्रोफ़ेस्साब, धन्ना, तीसरा भाई जो थुलथुल की मृत्यु का समाचार पाकर, बंबई से दौड़ा आया था, और चौथा वकील भाई। यदि जर्मनीवाला भाई आ गया होता तो पाँचों पांडवों की पाँत में सबसे पहला नंबर उस जर्मनीवाले का होता। चारों भाई एक संग बहुत दिनों के बाद बैठे थे—प्रोफ़ेस्साब को अच्छा लग रहा था। इस शोक-सभा में बैठे संबंधियों, नागरिक मित्रों की नज़र भी इन पंक्तिबद्ध भाइयों पर पड़े बिना नहीं रहती थी। ये भाग्यवान परिवार के प्रतीक थे। जीना-मरना तो सब जगह लगा ही रहता है, पर परिवार की एकजुटता का जवाब़ नहीं।

इस रस्मी शोक-सभा में केवल दिवंगत को विदाई ही नहीं दी जाती, उसकी काल-पीड़ित जीवनी को एक नज़र देखा ही नहीं जाता, घर के लोग, अपने-अपने मन में भविष्य के बारे में विचारते भी रहते हैं, कयास भी लगाते रहते हैं।

भाइयों की पाँत से थोड़ा हटकर थुलथुल के वयोवृद्ध पिता बैठे थे। क्षुब्ध और

व्याकुल, वह अपना मुँह बंद किए, प्रारब्ध के आगे सिर झुकाए चुपचाप बैठे थे। वह हिसाब लगा रहे थे : पूरे अट्ठारह साल की थी जब बिटिया ब्याहकर इस घर में आई थी। अट्ठारह से पच्चीस—पूरे सात साल तक उसका घर५।ला—वह जिसकी आँखें रो-रोकर लाल हो रही हैं—सिंगापुर में रहा। अब बच्ची सत्ताईस की हुई है जब उसका अस्थि-विसर्जन करके लौटे हैं। दिल जलता था, उसी भाँति जिस भाँति धू-धू करती आग में बिटिया जल मरी थी, पर मुँह बंद था। कोई कहे भी तो क्या कहे ? इस हरामज़ादे ने मेरी बेटी को मार डाला। तिल-तिल कर मरी बेचारी। जब दिल की व्याकुलता असह्य होने लगती तो दिल से ही सांत्वना के शब्द भी निकलते—चलो, इस साँसत से तो छुटकारा पा गई। मेरी बच्ची की यंत्रणा का अंत हुआ, जलते कुंड से निकल गई।

प्रोफ़ेस्साब चुपचाप सिर झुकाए बैठे भविष्य के बारे में सोच रहे थे। किसी-किसी वक़्त थुलथुल का चेहरा ज़रूर आँखों के सामने घूम जाता, "आप जो कहोगे, वैसा ही करूँगी जी!" उसकी आवाज़ तक सुनाई दे जाती। पर भविष्य के बारे में अधिक कुछ सोचने को था भी नहीं। बच्चा हो जाता और वह चली जाती तो कुछ सोचने को रहता। अब तो घर खाली करके चली गई है, बिलकुल छुट्टी कर गई है, न किसी का कुछ लेना, न देना। प्रोफ़ेस्साब को अपनी भूमिका के बारे में भी कोई शिकायत नहीं थी : मैंने दोनों को समझाने की भरसक कोशिश की थी। न जाने आख़िरी दो दिनों में इनके बीच क्या बीती है। पर जो कुछ हुआ उस पर मेरा कोई बस नहीं था।

इसी भीड़ में प्रोफ़ेस्साब के अनेक पुराने शिष्य भी बैठे थे—रामनाथ था, सुखदेव, दयानाथ, किशोरचंद, गोपाल कृष्ण थे। यहाँ आना लाज़िमी था, धन्ने को ढाढ़स बँधाना, इस घड़ी में उसके साथ बैठना। यों सभी इस इंतज़ार में थे कि कब यह प्रार्थना-सभा खत्म हो और इन लोगों को बतियाने, टिप्पणी करने और कहीं बैठकर चाय पीने का मौक़ा मिले।

आँगन में बैठे लोगों में से किसी-किसी के मन में सवाल उठता—डाक्टरों के घर में, डाक्टर की ही बीबी को आग लगी और ये लोग बचा नहीं पाए ? मालूम नहीं उसके शरीर की डाक्टरी जाँच भी हुई या नहीं। पर स्वयं ही इस ओछे विचार को मन से निकाल भी देता : इतनी मान-मर्यादावाले परिवार के बारे में शक करना बहुत बड़ी हिमाकत है, और उसकी आँखें दीवार के साथ सटकर बैठे भाइयों पर पड़तीं, प्रोफ़ेस्साब का सौम्य चेहरा ही सभी शंकाओं का निवारण कर देता था।

पुरुषों की मंडली से हटकर, उस चबूतरे के पीछे जिस पर पंडितजी बैठे प्रवचन कर रहे थे, बरामदे में स्त्रियों का जमघट था। अनेक स्त्रियाँ सफेद कपड़े पहनकर आई थीं, सफेद साड़ियाँ, सफेद सलवार-कमीज़। सफेद लिबास के कारण रहा हो या यों ही स्त्रियों की उपस्थिति के कारण, वातावरण में स्निग्धता-सी आ गई थी। सबकी सब शांत चित्त नज़र आ रही थीं। न जाने उनके मन में क्या कुछ घुमड़ता

होगा, पर नतमस्तक, गोद में हाथ जोड़े, पंडितजी का प्रवचन सुने जा रही थीं। मन में क्लेश उठता भी हो तो भी चेहरे पर, विशेष रूप से ऐसे मौक़े पर स्थिरता का भाव बना रहता है।

तभी स्त्रियों की मंडली में हल्की-सी हरकत हुई। लगभग सभी की नज़र उस ओर उठ गई थी। एक युवती, दहलीज़ के पार सैंडल उतारकर, सफेद माँडी लगी साड़ी पहने, साड़ी के ही पल्लू से आधा सिर ढँके, और दाएँ हाथ से साड़ी का किनारा पकड़े हुए जिससे उसका चेहरा कुछ-कुछ ढँका हुआ भी था और कुछ-कुछ उघड़ा हुआ भी, और सिर के लहरिया बालों की लटें अधकाढ़े घूँघट में से मानो झाँक रही थीं, चली आ रही थी। कोकिला ही थी। अफ़सोस करने आई थी।

सबकी नज़रें ऊपर उठ गई थीं। युवती एक ख़ास तरह की अदाकारी के साथ दाख़िल हुई थी, मर्दों की नज़र भी उस ओर उठी थी। प्रोफ़ेस्साब को उसका आना अटपटा-सा लगा था। धनराज की नज़र उस पर पड़ते ही उसे लगा था जैसे माहौल में बिजली की लहर दौड़ गई है। थुलथुल की मौत के कारण पैदा हुए अवसादपूर्ण बोझिल माहौल को उसने उद्वेलित कर दिया था।

वह सीधी, सिर झुकाए, साड़ी के पल्ले को पकड़े, नज़र नीची किए, चुपचाप कुंतो की बगल में आकर बैठ गई थी। कुंतो भी वहाँ पर मौजूद थी, रो-रोकर उसकी आँखें सूज-सी गई थीं। थुलथुल भाभो चली गई थी। जिन दिनों कुंतो का बड़ा भाई सिंगापुर में था और कुंतो छोटी-सी बच्ची थी, तो ज़्यादा वक़्त वह थुलथुल भाभो के संग ही रहा करती थी। इस दौरान मातृविहीन कुंतो को भाभियों से दुलार प्राप्त हुआ था। एक तरह से भाभियों ने ही कुंतो को पाल-पोसकर बड़ा किया था। कुंतो को सबसे ज़्यादा प्यार थुलथुल से ही मिला था।

और कुंतो के विवाह से पहले देर-देर तक थुलथुल, कुंतो के साथ विवाह के बारे में घंटों बातें करती रहती थी, और अपने दिल की जो इच्छाएँ पूरी नहीं हो पाई थीं, वह कुंतो के माध्यम से पूरा करने की कोशिश करती रहती थी।

"वह तेरा हाथ पकड़ेगा तो डरना नहीं। हाय, मैं तो डर गई थी। मुझे क्या मालूम क्यों पकड़ रहा है ?" थुलथुल समझाती हुई-सी कहती, "वह तुझे बाँहों में भर लेगा तो घबड़ाना नहीं। वह तुम्हें कसकर बाँहों में दबाएगा तो तुम्हें बड़ा अटपटा लगेगा। पर डरना नहीं। यह प्यार होता है।" उन दिनों को याद करके कुंतो की आँखों में आँसू भर-भर आते थे।

तभी एक अधेड़ उम्र की स्त्री, धीरे-धीरे घिसटती हुई-सी, कुंतो की बगल में आकर बैठ गई। कुंतो ने पलटकर उसकी ओर देखा, पर उसे पहचान नहीं पाई। तभी उस स्त्री की फुसफुसाती आवाज़ कुंतो के कानों में पड़ी। कुंतो ने घूमकर देखा तो पीले, झुर्रियों भरे, चौड़े चेहरेवाली, धुँधली आँखोंवाली, वह अधेड़ उम्र की महिला उसी को संबोधन कर रही थी, "बहुत बुरा हुआ है। तुम्हारे भइया के साथ तो जुल्म हुआ है। अभी इसकी उम्र ही क्या है ? ···"

कुंतो की समझ में कुछ नहीं आ रहा था। उसने हाथ जोड़कर बुढ़िया का अभिवादन किया। बुढ़िया अफ़सोस करने आई है, कोई नाते-रिश्ते की होगी जिसे मैं पहचान नहीं पाई।

पर बुढ़िया अभी भी फुसफुसाए जा रही थी, "अकेला मर्द पागल हो जाता है बेटी! मर्द अकेला नहीं रह सकता, औरत भले ही रह ले।···" फिर आवाज़ और धीमी करके, कुंतो के और नज़दीक खिसककर फुसफुसाई। "मेरे देवर किशोरीलाल की छोटी लड़की है, बड़ी सुंदर है, हाथ लगाओ तो मैली होती है। दस जमात पढ़ी है, सीना-पिरोना सब जानती है। कहो तो बात चलाऊँ? बड़ी अच्छी जोड़ी बैठेगी। मैं और तेरी माँ साथ-साथ खेल बड़ी हुई हैं, तूने मुझे नहीं पहचाना। शाह चिराग के मुहल्ले में हमारे जुड़वाँ घर थे। हम बहनों की तरह रहती थीं। तुम्हारे भाई की तरफ़ देखती हूँ तो दिल टूक-टूक हो जाता है। घरवाली न रहे तो ज़िंदगी काटे नहीं कटती। कहो तो बात करूँ?···"

कुंतो का चेहरा पीला पड़ गया और वह अवाक्-सी बुढ़िया के चेहरे की ओर देखे जा रही थी।

पंडितजी अपने प्रवचन के अंत तक पहुँच चुके थे, "भगवान से यही प्रार्थना है कि दिवंगत आत्मा को शांति प्रदान करें। उसे सद्गति प्रदान करें, उस पर अपनी करुणा का हाथ रखें, उसके भूलें-भटकाव को क्षमा करें।···"

उसी शाम हवाखोरी करते हुए रामनाथ और उसकी मंडली प्रोफ़ेस्साब की चर्चा कर रहे थे। रामनाथ स्वभावानुसार किकियाता हुआ-सा, टिप्पणी कर रहा था। वह खड़े-खड़े ही मसखरी में किसी सैनिक के अंदाज़ में बारी-बारी से अपना बायाँ पाँव, और फिर दायाँ पाँव उठा-उठाकर मार्क-टाइम करने लगा, "प्रोफ़ेस्साब सदा मार्क-टाइम करते रहते हैं। मुँह सामने की ओर, भविष्य की ओर, पर वहीं खड़े-खड़े कभी दायाँ तो कभी बायाँ पाँव उठाते और रखते रहते हैं। वहीं खड़े-खड़े लेफ़्ट-राइट, लेफ़्ट-राइट करते रहते हैं। पर कमाल यह है, लगता है आगे बढ़े रहे हैं, खुद भी यही समझे रहते हैं कि आगे बढ़ रहे हैं।···"

फिर सुखदेव के कंधे पर हाथ रखकर बोला : "प्रोफ़ेस्साब का एक और स्टाइल भी है। वह जब भी किसी को रोकना चाहते हैं तो कभी नहीं कहते, रुक जा। वह उसका निर्णय उसी पर छोड़ेंगे, केवल उसे डरा देंगे, उसके दिल में दहशत-सी पैदा कर देंगे, इस तरह आदमी को लगता है कि वह स्वयं निर्णय ले रहा है, पर निर्णय वही होता है जो प्रोफ़ेस्साब चाहते हैं।··· यार प्रोफ़ेस्साब का जवाब नहीं!"

फिर प्रोफ़ेस्साब की नकल उतारते हुए बोला, "हाँ, तुम बाहर जाने की सोच रहे हो, जवानी में उमंगें तो उठती ही हैं, पर तुम्हारे पीछे तुम्हारे बूढ़े माँ-बाप अकेले रह जाएँगे।··· जैसा उचित समझो, करो। पर जो फ़ैसला करना, सोच-विचारकर करना।···"

रामनाथ फिर किकियाया, खड़े-खड़े ही ताली बजाई, कहने लगा, "उनके कमरे में एक लट्ठ रखा है। देखा है ना ? उनके पिता का लट्ठ !"

"हाँ, हाँ, उनके पिता का लट्ठ ! यह उनके लिए स्वर्गीय पिता के चरित्र की दृढ़ता का प्रतीक है", सुखदेव बोला।

इस पर रामनाथ किकियाया, "प्रोफ़ेस्साब उसे चरित्र की दृढ़ता का प्रतीक मानते हैं, पर सबसे बड़ा प्रतीक वह परंपरा का है और प्रोफ़ेस्साब परंपरा का ही अनुसरण करते हैं। केवल वह ऐसा मानते नहीं। जब कभी घर में कोई संकट उठता है और प्रोफ़ेस्साब मन-ही-मन हतोत्साह होते हैं तो वह उस लट्ठ का सहारा लेते हैं। लट्ठ उन्हें रास्ता सुझाता है और लट्ठ का हर फ़ैसला परंपरा को बनाए रखने का होता है, यथास्थिति को बनाए रखने का। पर कमाल यह है कि प्रोफ़ेस्साब को लगता है कि वह उन्हें भविष्य का रास्ता सुझा रहे हैं।" फिर खिलखिलाकर हँस दिया और बोला, "क़दम जर्मन का बढ़ता है, फतह इंगलिश की होती है ! अब देखते रहना, क्या होता है।" रामनाथ ने ऐसे लहज़े में कहा, मानो भविष्यवाणी करने जा रहा हो, "धन्ने की घरवाली जल मरी है ना, अगले साल इन्हीं दिनों कोकिला, दुल्हन बनकर इस घर में आ जाएगी। छम-छम करती दुल्हन ! थुलथुल जल मरी, पर धन्ना तो घर में बना रहा ! कोकिला घर में आ गई, घर फिर से भरा-पूरा हो गया ! घर के बड़े फाटक से पहले की ही तरह पाँच बहुएँ सज-धजकर निकला करेंगी, जात-बिरादरी में जाने के लिए ! और शाम को पाँचों भाई भी हवाखोरी के लिए एक साथ निकला करेंगे, संयुक्त परिवार की गरिमा के प्रतीक ! लोग देखकर अश-अश करेंगे ! ··· उन्हें लट्ठ से यही प्रेरणा मिलती है। परिवार फलता-फूलता रहे ! लट्ठ इसी एकता को बनाए रखने की प्रेरणा देता है, शक्ति देता है ! लट्ठ ज़िंदाबाद !"

रामनाथ स्वयं पढ़ाई के दिनों में छः महीने की जेल काटकर आया था। उसकी वहाँ पर बहुत पिटाई भी हुई थी। वहीं से, जेलखाने से ही, कड़वी जुबान लेकर निकला था। चूँकि पिटकर आया था, इसलिए उसका डर जाता रहा था, बेझिझक बोलता था।

"प्रोफ़ेस्साब, आदमी को असमंजस में डालकर अकेला छोड़ देते हैं, उसके मन में संशय भर देते हैं, उस संशय से ही वह अपना आधा आत्मविश्वास खो बैठता है। यारो, कुछ बताओ तो कि प्रोफ़ेस्साब स्वयं क्या हैं ?" रामनाथ फिर से अपने विश्लेषण पर उतर आया था, "प्रोफ़ेस्साब सियासत से जुड़ते भी हैं और सियासत से दूर भी रहते हैं। प्रोफ़ेस्साब आधुनिक विचारों से जुड़ते भी हैं, और बाबूजी के लट्ठ के भक्त भी हैं। प्रोफ़ेस्साब प्रेम के उपासक हैं, पर प्रेम से कोसों दूर भी भागते हैं।"

रामनाथ ने फिर कहकहा लगाया और किकियाकर बोला, "प्रोफ़ेस्साब क्लासरूम के अंदर आधुनिक हैं, पर क्लासरूम के बाहर परंपरावादी। अख़बार पढ़ते हुए

प्रोफ़ेस्साब क्रांतिकारी हैं, पर अख़बार बंद कर देने पर यथास्थिति के समर्थक ! प्रोफ़ेस्साब हम सबके हैं, और प्रोफ़ेस्साब किसी के भी नहीं !"

और रामनाथ खुद ही देर तक खी-खी करता हुआ, ताली बजाकर कहता गया, "हम तो आपके साथ हैं, प्रोफ़ेस्साब ! पर हमें इतना तो पता चले, आप किसके साथ हैं ?"

18

उस साल कुछ संयोग ही ऐसा हुआ कि अनेक मित्र-संबंधी और इस नाटक के अनेक पात्र अपना-अपना कार्यक्रम बनाकर श्रीनगर जा पहुँचे। लालाजी का श्रीनगरवाला दोमंज़िला घर, ज़्यादा वक़्त खाली पड़ा रहता था। केवल जयदेव की बड़ी बहिन, अपने परिवार के साथ वहाँ रह रही थी। वह भी इसलिए कि उसके पति की नौकरी दौरे की नौकरी थी, महीने के तीस दिनों में से सत्ताईस दिन वह एक जगह से दूसरी जगह घूमते रहते थे, घूम-घूमकर माल बेचते थे। इसलिए विद्या के लिए, बच्चों को साथ लेकर अपने पैतृक घर में बने रहने में ज़्यादा सहूलियत थी। जाड़ों के बाद जब मौसम खुलने लगता तो जयदेव की बहिन की आस बँधने लगती कि अब शीघ्र ही घर के लोग, गर्मियाँ बिताने यहाँ पहुँच जाएँगे, जाड़ों का अकेलापन खत्म होगा, बच्चे भी खुलकर हँस-खेल सकेंगे। इधर बर्फ़ पिघलती, उधर विद्या कभी भाइयों को तो कभी माँ को चिट्ठियाँ लिखने लगती। और जब कोई घर पर पहुँच जाता तो भाग-भागकर उसका स्वागत करती। उसे लगता जैसे छः महीने की क़ैद से मुक्ति मिली है। और अबकी बार तो आनेवालों का ऐसा ताँता लगा कि हफ़्ते-भर में सारा घर भर गया।

बीचवाली मंज़िल के चौड़े खुले बरामदे में विद्या झाड़-पोंछ कर रही थी जब उसकी नज़र घर के आँगन के पार, चिनार के पेड़ों की ओर पड़ी। पेड़ों के नीचे, कोई जानी-मानी आकृतियाँ चली आ रही थीं। और दूसरे ही क्षण, विद्या हाथ से झाड़न फेंककर भागती हुई सीढ़ियाँ उतरने लगी थी।

"मेरा वीर आया है !" फिर घर के अंदर अपने बच्चों को संबोधित करके चिल्लाकर बोली, "रे बच्चो, तुम्हारे मामाजी आए हैं !" और भागकर आँगन पार करती हुई फाटक के पास जा पहुँची।

"मेरी तो आँखें तरस गईं ! तुम लोग ऐसे निठुर हो, न कोई मेरे पास आता है, न कोई ख़त लिखता है", कहते हुए पहले अपने भाई से लिपट गई और फिर भावज को बाँहों में भर लिया।

"हाय, भइया ! तुमने मेरी भावज को क्या कर दिया है ? इतनी दुबला गई है। सूखकर काँटा हो गई है।" फिर कुंतो की ठुड्डी को अपने दाएँ हाथ से पकड़ते हुए

बोली, "पर कुछ फ़िक्र नहीं। मैं तुम्हें मोटा-ताज़ा करके भेजूँगी। जब तक तुम्हारे गाल फिर से लाल नहीं हो जाते मैं तुम्हें जाने ही नहीं दूँगी", और कुंतो के हाथ से टोकरी अपने हाथ में लेते हुए उन्हें घर की ओर ले चली।

"तुम्हारा बिलूँगड़ा कहाँ है ? बेटा तुम्हारा ?" फिर स्वयं ही ठठाकर हँस दी। कुंतो पीठ पीछे एक झोला लटकाए हुए थी जिसमें उनका साल-भर का बेटा पड़ा सो रहा था।

"तुम लोगों की हर बात निराली है। बच्चे को झोले में डाल रखा है", और लपककर कुंतो की पीठ पीछे जा पहुँची। "हाय, कैसा चाँद-सा मुखड़ा है", बच्चे के मुँह पर से कपड़ा हटाते हुए विद्या बोली और झुककर उसका माथा चूम लिया। "सोया रहने दे, रास्ते-भर तंग करता रहा है", जयदेव बोला।

विद्या, अपनी भावज की ओर इशारा करते हुए अपने भाई से चहककर बोली, "देखी मेरी पसंद भइया, कैसी बहू चुनी थी तेरे लिए ! अब मैं दो-तीन महीने तक तो तुम्हें यहाँ से हिलने नहीं दूँगी। उसके बाद देखा जाएगा।"

तब तक विद्या के चारों छोटे-छोटे बच्चे, घर के फाटक के बाहर, एक-दूसरे से सटकर खड़े थे। वे एकटक आगंतुकों की ओर उत्सुकता से देखे जा रहे थे।

उन पर नज़र पड़ते ही, जयदेव के मुँह से निकला, "ये सब कतूरे तेरे हैं ?" और फिर अपनी बहिन की ओर देखकर शिकायत के लहज़े में बोला, "तुम भी कैसी हो बहिन, सात साल अभी ब्याह को नहीं हुए और चार कतूरे जन दिए।"

"शुभ-शुभ बोलो भइया ! क्या कह रहे हो, ये तो मेरी आँख के तारे हैं, सभी इतने प्यारे बच्चे हैं।"

"प्यारे तो हैं, यह मैंने कब कहा कि प्यारे नहीं हैं ? पर हैं तो अज्जड़ के अज्जड़ !"

विद्या का मुँह उतर गया। वह जैसे कटकर रह गई। क्षण-भर के लिए वह ठिठकी खड़ी रही, जैसे उसे कहीं चोट पहुँची हो, फिर मुस्कुराकर बोली, "चलो अंदर चलो।"

इस बीच जयदेव ने आगे बढ़कर सबसे छोटी बच्ची को गोद में उठा लिया था और उसे एक बार हवा में उछालकर अपने कंधों पर बैठा लिया था। तीन बच्चे, नीचे खड़े बड़ी उत्सुकता से उनकी ओर देख रहे थे, नज़रें अपनी छोटी बहिन पर लगी हुईं। सभी की बाँहें मचल रही थीं कि कब मामाजी हमें भी अपने कंधों पर बिठाएँगे।

"अब बहुत हो गया। चार आँख के तारे बहुत हैं", जयदेव ने कहा और झुककर फाटक के पास खड़े तीन बच्चों में से दो को—एक दो दाईं बगल में और दूसरे को बाईं बगल में उठा लिया था और वहीं खड़े-खड़े गोल चक्कर बनाता हुआ घूमने लगा था। इसी तरह हँसते-चहकते बच्चों के साथ जयदेव ने घर के अंदर प्रवेश किया। बहुत दिनों बाद, इस सूने घर में बच्चों की किलकारियाँ गूँजने लगी

थीं, वरना सभी बच्चे, ज़्यादा वक़्त तो माँ की 'चूक' के साथ ही बँधे रहते थे।

"और कौन-कौन आया है ?" जयदेव ने पूछा।

"अभी और कोई नहीं आया", बहिन बोली। "पर मैंने सभी के रहने के लिए अलग-अलग कमरों में इंतज़ाम कर दिया है।" फिर स्वयं ही गिनाती हुई बोली, "माँ और पिताजी तो ऊपरवाले पिछले कमरे में ही रहेंगे। तुम्हारे प्रोफ़ेस्साब भी आ रहे हैं। हाय, मैं भी कैसी हूँ, यह तो तुम्हीं ने मुझे लिखा था। साथ में उनका डाक्टर भाई भी आएगा।" फिर जयदेव की ओर देखकर बोली, "पेशावरवाले भी आ रहे हैं। वे क्यों आ रहे हैं, भइया ?"

"कौन ?"

"पेशावरवाले। पिताजी के दोस्त।"

"दोस्त स्वयं नहीं, उनका बेटा आ रहा है। साथ में उनकी पत्नी और उनकी बहिन होंगी।"

"मैंने तो उनके लिए एक ही कमरे का प्रबंध किया है।"

"उन्हें सबसे ऊपर बॉम में रखो ना। आगे-पीछे के जुड़वाँ दो कमरे दे दो।" फिर सहसा जयदेव बोला, "इतने सारे लोगों का इंतज़ाम तुम कैसे कर पाओगी ?"

"भइया, वह घर बड़ा भाग्यवान होता है, जिसमें मेहमान आते हैं। मैं सब इंतज़ाम कर लूँगी। ··· छोटे कब आएगा ? वह किस तरफ़ चल पड़ा है भइया ? तुम उसे समझाते क्यों नहीं ?"

"मैं क्या समझाऊँगा ?" फिर जयदेव हँसकर बोला, "अब पेशावरवाले ही उसे सँभालेंगे।"

"क्या मतलब ?" विद्या ने हैरानी से पूछा।

"मतलब क्या ? तुम जानती तो हो। पेशावरवाले, छोटे के साथ अपनी बेटी की सगाई पक्की करने आ रहे हैं। तुम्हें भूल गया है क्या ? मेरी शादी के वक़्त पेशावरवालों ने छोटे के लिए अपनी बेटी की बात चलाई थी। और पिताजी ने बिना घरवालों से बात किए वचन दे दिया था, 'जैसा मेरा बेटा, वैसा आपका बेटा !' छोटे तक से नहीं पूछा। जब बाद में छोटे से पूछा तो वह चुप रह गया। हाँ-ना में कोई साफ़ जवाब नहीं दिया। केवल इतना कहा, 'मैं अभी शादी नहीं करूँगा।' उसने समझा बात टल गई। उस वक़्त सीधा कह देता कि यहाँ पर मैं शादी नहीं करूँगा तो बात वहीं ख़त्म हो जाती। मामला लटकता रहा। अब ये लोग आ पहुँचे हैं बात पक्की करने के लिए। उन्हें संदेह होने लगा है कि लड़का मान नहीं रहा है। लड़की को साथ ले आए हैं ताकि दोनों एक-दूसरे को अच्छी तरह देख-परख लें। ··· "

हफ़्ते-भर में सारा घर मेहमानों से भर गया था। सीढ़ियाँ चढ़कर सबसे ऊपरवाली मंज़िल पर पहुँचो, जिसे बॉम कहते हैं, तो दाएँ हाथ एक के पीछे एक, दो कमरों में पेशावरी मेहमान टिके हुए थे। और अगर सीढ़ियाँ चढ़कर सीधा गलियारे में बढ़ जाओ तो बाएँ हाथ एक छोटा-सा चौकोर कमरा खुलता था। यह बॉम के कमरों में सबसे बढ़िया कमरा माना जाता था, जहाँ कमरे की बड़ी खिड़की घर के आँगन की ओर खुलती थी, और बाहर देखो तो ऊपर झिलमिलाते तारों से जड़ा नीला आकाश नज़र आता था। और बत्ती बुझाकर लेटो तो दूधिया चाँदनी तुम्हारे बिस्तर पर पहले से ही बिछ जाती थी। और बाहर खड़े, सफ़ेद देवदार के ऊँचे पेड़ की टहनियों के साये कमरे की दीवारों पर आँख-मिचौनी खेलने लगते थे।

इस कमरे में धनराज को रखा गया था। प्रोफ़ेस्साब का विचार था कि थुलथुल की मृत्यु के बाद इस अलग-थलग कमरे के एकांत में उसे चैन मिलेगा। जयदेव ने इसमें, धन्ने के मनोविनोद के लिए छोटा ग्रामोफ़ोन और कुछ रिकार्ड भी रख दिए थे। कमरे में सामान रखते ही जहाँ धनराज ने अपना बिस्तर बिछा लिया था, वहाँ अपनी पहली प्रेमिका, 'डार्की डार्लिंग' की तस्वीर भी तिपाई पर रख ली थी।

गलियारे में और आगे चले जाओ तो एक अँधेरा तिकोन कमरा बाएँ हाथ को पड़ता था। यह घर का सबसे अलग-थलग कमरा था। यहाँ घर का फ़ालतू सामान रखा रहता, बच्चे लुक्का-छिपी खेलते तो छिपने के लिए यहाँ दौड़े आते, लुक-छिपकर कोई भी काम करना हो तो उसके लिए यही कमरा अक्सर चुना जाता था क्योंकि घर के लोगों को यह कमरा हमेशा भूला रहता था। इसकी ढलवाँ छत एक सिरे पर दस फुट ऊँची थी तो दूसरे सिरे पर तीन फुट से भी कम ऊँची रही होगी। रोशनी के लिए सिर्फ़ एक छोटा-सा रोशनदान था। यहाँ दिन के वक़्त भी अँधेरा बना रहता था।

सीढ़ियाँ उतरकर बीच की मंज़िल पर आओ तो आप एक चौड़े बरामदे में उतरोगे, लगभग आठ फुट चौड़े बरामदे में। बरामदे में उतरने पर बाएँ हाथ अलग से एक छोटा-सा 'उपघर' बना था जिसे 'ऐनेक्सी' कहते थे। नीचे दो कमरे, ऊपर दो कमरे। यों तो इन चारों कमरों में अपने बाल-बच्चों के साथ विद्या रहती थी, पर चूँकि घर में मेहमान आनेवाले थे इसलिए उसने ऊपरवाले दो कमरे खाली कर दिए थे, और इनमें वह जयदेव और कुंतो को ले आई थी। ये दो कमरे भी आगे-पीछे थे। एक तंग-सा गलियारा इन्हें मुख्य घर की बीच की मंज़िल के साथ जोड़ता था। पर इस गलियारे में चलना ख़तरे से खाली नहीं था। गलियारे के एक ओर नीचा-सा डंडहरा लगा था, दो-अढ़ाई फुट ऊँचा, जहाँ पर दिन के वक़्त भी कोई बच्चा डंडहरे को पकड़कर झूलता तो देखनेवाला घर का कोई-न-कोई व्यक्ति चिल्ला उठता : हट जाओ वहाँ से, अंदर जाकर खेलो। तनिक-सी भी असावधानी हो जाती तो नीचे गिर पड़ने का डर बना रहता था।

इस गलियारे को मुख्य घर के साथ एक छोटी-सी पुलिया द्वारा जोड़ा गया था।

यह पुलिया कोई सातेक फुट लंबी रही होगी, इसके डंडहरे भी लकड़ी के थे, और यह समतल भी नहीं थी। बच्चे तो फिर भी उस पर से भागते हुए मुख्य घर में जा पहुँचते, पर बड़ी उम्र के लोग डंडहरा पकड़कर ही धीरे-धीरे पुलिया पार करते। मुख्य घर की बीचवाली मंज़िल पर, अलग-अलग कमरों में अन्य मेहमानों को ठहराया गया था।

माँ के कमरे के साथवाला कमरा प्रोफ़ेस्साब के लिए सुरक्षित था। वह सुबह घूमने निकलते तो चुपचाप बरामदा लाँघकर सीढ़ियाँ उतर जाते। क्या प्रोफ़ेस्साब इस नाटक के सूत्रधार थे ? नहीं, नहीं, वह सूत्रधार नहीं थे। वह तो जहाँ कहीं कुछ टूटने का डर होता, उसे जोड़ने के लिए पहुँच जाते थे। कम-से-कम उनका उद्देश्य यही रहता था।

बरामदे के एक सिरे पर भोजन कक्ष था, जहाँ आठ कोनोंवाला लंबा मेज़ रखा रहता था। पर इस अवसर पर, मेज़ को निकालकर बड़े बरामदे में रख दिया गया था और कमरा सहदेव के लिए छोड़ दिया गया था।

घर का फाटक लाँघकर बाहर आओ तो कुछ ही दूरी पर, ऊँचे-ऊँचे चिनार के पेड़ नज़र आते थे और उनके नीचे एक खिला बागीचा आँखों के सामने आ जाता था। जगह-जगह फूलों की क्यारियाँ, झाड़ियों के झुरमुट नज़र आते थे। लगता था जैसे इस बाग ने इन घरों को अपनी ओट में ले रखा है। यहाँ सारा वक़्त हवा साँय-साँय करती हुई बहती रहती, चिनार के पेड़ों से झर-झरकर गिरते पत्तों का फ़र्श-सा बिछ जाता और जब भी आकाश में चाँद खिला होता तो लगता जैसे आप अपने घर से निकलते ही किसी जादुई दुनिया में पहुँच गए हों, जहाँ हवा में नीली-सी आभा घुली रहती है और किन्हीं अज्ञात फूलों की महक बसी रहती है। लगता जैसे इस छोटे-से उद्यान में बहती हवा यहाँ आनेवाले क्षुब्ध और उद्विग्न लोगों का माथा सहलाती रहती है।

यहाँ प्रोफ़ेस्साब टहलने आते थे, हर बार उनके साथ इस नाटक का कोई न कोई पात्र होता, और वह अपने परामर्श द्वारा उसकी मानसिक उलझनों को सुलझाते और उसे सुनहरे मध्यम मार्ग पर लाने की भरसक चेष्टा करते।

उस रात कुछ लोग देर तक खाने के मेज़ पर बैठे बतियाते रहे थे। केवल सहदेव वहाँ पर नहीं था। वह शाम गहराते ही कहीं निकल गया था, माँ दो-तीन बार पूछने भी आई थी। पर हर बार उसकी चर्चा होती तो पेशावरवाले भाई साहब तनिक झेंप-से जाते, कुछ-कुछ सकुचाने-से लगते।

उधर विद्या भी आज मेहमानों के साथ मिल बैठने के लिए नहीं आई थी। नहीं तो बच्चों को खिला-पिलाकर, सुला देने के बाद ज़रूर घड़ी-दो घड़ी अपने भाइयों और घर-परिवार के लोगों के साथ बैठने आ जाया करती थी।

कुछ देर तक तो लालाजी बैठे रहे थे, फिर उठकर अपने कमरे में चले गए थे।

तरह-तरह के विषयों पर बातें होती रही थीं। फिर धन्ना भी उठकर चला गया।

वह दो छोटे-छोटे पेग चढ़ाकर आया था, थोड़ा सरूर में था और अब तीसरे पेग के लिए ललक रहा था।

कुंतो थकी हुई थी। पहले तो कुछ देर तक चहकती रही थी, फिर सहसा ही चुप हो गई थी और बैठे-बैठे ही प्रोफ़ेस्साब के कंधे पर सिर रखकर सो गई थी।

प्रोफ़ेस्साब का भी मन हो रहा था कि मेज़ पर से उठ जाएँ और सोने से पहले घड़ी-दो घड़ी खिली चाँदनी में चिनार के पेड़ों के नीचे टहल लें।

लालाजी पीठ पीछे हाथ बाँधे, कमरे के आर-पार टहलते हुए, और माँ अपने स्वभावानुसार खाट पर पालथी मारे बैठी थी। दोनों के बीच स्वभावानुसार ही वार्तालाप चल रहा था। दोनों अपनी-अपनी जगह उत्तेजित थे। जब से इतने सारे मेहमान घर में पहुँच गए थे, लालाजी अपनी जगह परेशान थे और माँ अपनी जगह।

"मेरे पास क्या कारूँ का खज़ाना दबा पड़ा है कि मैं इन निठल्लों की मेहमाननवाज़ी करता फिरूँ ?" लालाजी कह रहे थे। "मेरे पास इतने पैसे नहीं हैं। ये लोग तो यहाँ कश्मीर की सैर करने आए हैं, मौज़ उड़ाने आए हैं। ···" फिर टहलते हुए अपने बड़े बेटे को लेकर क्रुद्ध हो उठे, "कोई भी ढंग का काम नहीं करता। उडारियाँ मारता फिरता है। ···"

"धीरे बोलो जी, कोई सुनेगा तो क्या कहेगा ?" माँ बोली।

"कोई सुनता है तो सुने, मेरी बला से", लालाजी तुनककर बोले। "न खुद चैन से बैठता है, न किसी और को बैठने देता है !"

माँ चुप थी। इनका उबाल ठंडा हो ले तो कुछ कहे। इतने सारे मेहमानों का यहाँ पहुँच जाना माँ के लिए भी सँभालना कठिन हो रहा था। जहाँ पहले एक टिक्की मक्खन की आती थी अब तीन-तीन टिक्कियाँ मँगवानी पड़ती थीं। अमुक की घरवाली पाँच-पाँच टोस्ट खा जाती है और डकार नहीं लेती। फिर नाश्ते में इन्हें दूध चाहिए। चाय से इन्हें खुश्की होती है। छः-छः सेर दूध रोज़ घर में आ रहा है। ये सब तो माँ के लिए परेशान करनेवाली बातें थीं। और फिर इनका कोई वेला-वक़्त नहीं है। दस-दस बजे तक इनका नाश्ता चलता है। मैं सारा-सारा दिन रसोईघर में पिसती रहती हूँ। ···"

पैसा पानी की तरह बह रहा है। उधर सुबह से शाम तक रसोईघर में माँ को पिसना पड़ता था। पंद्रह आदमी खानेवाले और एक नौकर। वह भी बड़बड़ाने लगा था। बिशने यह ले आ ! बिशने वह ले आ ! इनका पेट ही नहीं भरता।

पर पति की व्याकुलता को जानते-समझते हुए भी यह वक़्त परेशान होने का नहीं था। माँ बड़े धैर्य से बोली, "कुछ दिनों की तो बात है जी, क्यों दुखी होते हो। फिर अपने ही तो सगे-संबंधी हैं। इनमें से कोई भी ऐसा नहीं है जिसे हम

इनकार कर सकते। · · · ”

माँ में यही गुण था। वह अपना वक़्त पहचानती थी। वह जानती थी कि एक ही वक़्त में अगर दोनों उत्तेजित और परेशान हुए तो बखेड़े बढ़ेंगे, कम नहीं होंगे। वह अपने घरवाले से बात-बात पर झगड़ती थी, उलाहने देती थी, पर जब भी उन्हें परेशान अथवा व्याकुल देखती तो उसका अपना गुस्सा न जाने कहाँ काफ़ूर हो जाता। तब वह पति को ढाढ़स बँधाने लगती थी।

बात शुरू तो हुई थी बढ़ते खर्च से, इतने सारे मेहमानों से, पर चलती हुई आ पहुँची जयदेव और उसकी घरवाली पर। लालाजी जयदेव से असंतुष्ट तो थे ही—कोई काम-वाम नहीं करता, 'दड़ंगे' मारता फिरता है।

“अपनी घरवाली को भी बिगाड़ रहा है, वह घर पर टिककर बैठती ही नहीं।”

“देखो जी, तुम किस-किस बात की चिंता करोगे ? जो कुछ तुम्हारे बस में है, उसकी चिंता करो, पर जहाँ बस न चलता हो, वहाँ चिंता करने से क्या लाभ ?” कहते-कहते माँ भावुक हो उठी थी, दोनों हाथ बाँधकर बोली, “घर में सुख-शांति बनी रहे जी, भगवान से यही माँगो।” फिर बड़े धैर्य से बोली, 'पैसे की क्या बात है, वह तो आता-जाता रहता है। भगवान की कृपा से आपकी मेहनत की कमाई के दो पैसे घर में हैं। आप चिंता क्यों करते हो ? कहीं किसी से माँगने तो नहीं जा रहे हो ना ? बेटा भी रास्ते पर आ जाएगा और उसकी घरवाली भी।”

तभी बरामदे की ओर से किसी के हौले-हौले गाने की आवाज़ सुनाई दी। स्त्री-कंठ था, धीमी आवाज़ में कोई गा रही थी। लालाजी कमरे के बीचोबीच ठिठककर खड़े हो गए।

“यह गा कौन रहा है ? तुमने सुना ?”

“सुना है। आवाज़ तो कुंतो रानी की लगती है।”

लालाजी उबल पड़े, “यह कोई गाने का वक़्त है ? बरामदे में बैठकर गाने का मतलब ही क्या है ? और फिर रात के वक़्त ?”

“क्या कह रहे हो जी ? · · · ”

“घर में टिककर बैठती क्यों नहीं ? · · · ”

माँ हैरान थी कि लालाजी ने कैसे इस बात को देख लिया था कि कुंतो के पाँव घर पर नहीं टिकते थे।

“अपने घरवाले के साथ जाए फिर भी कोई बात हुई। यह मुँह उघाड़े अकेली घूमती फिरती है। दस आदमी मुझे कह चुके हैं। यह कोई अच्छी बात है ? आज मैंने खुद अपनी आँखों से देखा है। मैं अचानक सामने से आ गया तो मुझे देखकर उसने पल्ले से सिर ढँक लिया। मुँह उघाड़े न जाने कहाँ से चली आ रही थी। तुम उसे समझाती क्यों नहीं हो ?”

कमरे के अंदर चलते-चलते लालाजी बार-बार ठिठककर खड़े हो जाते, “उससे कहो बरामदे में नहीं गाए। अगर गाना है तो अपने कमरे के अंदर जाकर गाए।”

"किसी को सुना नहीं रही है जी, लगता है अकेली बैठी गुनगुना रही है।"

"गाने का क्या मतलब हुआ ? अच्छे घरों की लड़कियों की तो घर के बाहर आवाज़ तक सुनाई नहीं देती।"

माँ चुप रही।

"कह दूँगी जी। आप उस तरफ़ ध्यान ही नहीं दें।"

"ध्यान कैसे नहीं दूँ ? ··· छोटे-से बच्चे को घर में छोड़कर घूमती फिरती है।"

माँ चुप रही। पर उसका दिल जाने कैसा हो आया। क्यों गाती फिरती है, क्यों घर के बाहर अलग-थलग घूमती फिरती है ? वह अपने पति से क्या कहे ? सोच-सोचकर ही माँ का दिल उदास हो उठता था।

"उसका मन ठिकाने पर नहीं है जी। आपसे क्या कहूँ ? ···"

"उसके मन को क्या है ?" उन्होंने हैरान होकर कहा। "मन ठिकाने नहीं है तो घर पर बैठे। घूमती क्यों फिरती है ?" लालाजी ने इस ढंग से कहा मानो स्त्रियों का मन ठिकाने रहे या न रहे, इससे कोई फ़र्क नहीं पड़ता। उन्हें घर पर ही बैठना चाहिए।

बाहर, बरामदे की ओर से फिर से कुंतो के धीमे-धीमे गाने की आवाज़ आई :

"चवें चूकाँ मेरियाँ चिक्कड़ भरियाँ
मैं किस नूँ मल-मल धोवाँ ···"

(मेरी ओढ़नी के सभी भाग कीच से भरे हैं, मैं किस-किसको मल-मलकर धोऊँ ···)

सुनते हुए फिर से माँ का दिल जाने कैसा हो आया। उसने अपने दुपट्टे के छोर से अपनी आँखें पोंछ लीं।

माँ की प्रतिक्रिया किस समय क्या होगी, इसका कोई भरोसा नहीं था। शादी के बाद के कुछ महीनों में माँ बार-बार कुंतो से बिगड़ती रही थी। तब भी ये दोनों घुमक्कड़ी पर निकल जाया करते थे, पर तब सारा दोष माँ कुंतो के सिर मढ़ दिया करती थी। चौका-बर्तन में जयदेव उसे तनिक भी हाथ बँटाने नहीं देता था। तब भी बजाय जयदेव को डाँटने के वह कुंतो को ही सख़्त-सुस्त कहने लगती थी, "ये लच्छण अच्छे नहीं हैं, बहू ! कान खोलकर सुन ले ! औरत को चाहिए अपने मर्द को सीधे रास्ते पर लाए। इधर तू उसके पीछे-पीछे घूमती फिरती है। ये चालें अच्छी नहीं हैं। यह लड़कियों को शोभा नहीं देता। अब तू छोटी बच्ची नहीं है। तेरे जितनी मैं थी तो दो बेटियाँ जन चुकी थी।"

और माँ के मुँह से सख़्त-सुस्त निकलता रहता था। कभी कहती, "मेरा हाथ तुम क्या बँटाओगी, तुम अपना ही काम सँभाल सको तो बहुत है। कभी देखी है अपने कमरे की हालत ? पर तुम्हें क्या ? तुम लोगों को मैं जो नौकरानी मिली हुई हूँ, खटने के लिए। ···"

"हाय, माँ जी, यह आप क्या कह रही हैं, मैं अभी साफ़ कर देती हूँ। शीशे की

तरह चमका दूँगी।" और कुंतो अपनी सास से लिपट जाया करती। "अभी ठीक कर देती हूँ। ··· अच्छा, अब कहीं नहीं जाऊँगी। इसे भी समझाऊँगी।"

इस पर माँ के तेवर फिर से चढ़ जाते, "इसे समझाएगी ? अपने घरवाले को इसे कहते हैं ? शर्म-हया बेच खाई है ?"

इस पर कुंतो हँस देती और फिर से अपनी बाँहें सास के गले में डाल देती, "नहीं, नहीं, अपने पतिदेव से कहूँगी, अपने पति-परमेश्वर से कहूँगी। ···" और खिलखिलाकर हँस देती।

पर दूसरे दिन से फिर वही लच्छण।

पर अब माँ चुप थी। माँ के अंदर की कोई सूक्ष्म-सी रग कुंतो की स्थिति को महसूस करती हुई काँप-काँप जाती थी।

"बीता वक़्त हाथ नहीं आता", माँ ने धीरे से कहा, "मैंने कहा था, तुम्हारे बेटे से भी कहा था, 'बच्चा, अगर तेरा मन सुषमा से शादी करने का है तो साफ़-साफ़ बोल दे ···' पर उस वक़्त न उसने मेरी बात सुनी, न तुम लोगों ने।"

"क्या कहे जा रही हो ? तुम हमेशा बीती बातों की रट लगाए रहती हो। अपने घर की लड़की के साथ उसकी शादी करवा देता ? कुछ सोच-समझकर बोला करो।"

माँ चुप रही।

"तुम इससे कहो, घर में रहा करे। कोई मतलब नहीं है, मुँह उघाड़े सड़कों पर घूनते रहने का।"

पहले दिन ही जब कुंतो श्रीनगर आई थी तो उसका चेहरा-मोहरा देखकर ही माँ को खटक गया था कि लड़की दुःखी है। पीला, जर्द चेहरा, बड़ी-बड़ी आँखें पहले से भी ज़्यादा फैली हुईं और उनके नीचे काली-काली छाइयाँ—वह पहलेवाली शोख़ी कहाँ गायब हो गई थी ?

फिर भी वह कैसे दौड़ती हुई आकर मिली थी मानो मुझसे मिलने के लिए बरसों से तरस रही हो। फिर हँसती हुई बोली थी, "अब मैं घर का सारा काम सँभाल लूँगी, मैंने सब सीख लिया है। आपको पलँग पर बैठा दूँगी। आप केवल हुक्म करना। ···"

उसका छोटा-सा बच्चा नंगे पाँव उसके पीछे-पीछे भागता आया था। तभी माँ को खटक गया था कि तार, माल पर से उतरी हुई है। और माँ ने सबसे पहले यही पूछा था, "बहू, तू ठीक-ठाक है ना !"

"ठीक हूँ, माँ जी ! देख तो रही हैं।"

"पैर तो भारी नहीं है तेरा ?"

"नहीं, माँ जी ! अभी तो यह बिलूँगड़ा ही नहीं सँभाला जाता, दूसरे को कैसे सँभाल पाऊँगी ?"

"घर-गिरस्ती तेरी ठीक चल रही है ?"

"हाँ, माँ जी !"

"तू तो कैसी पीली पड़ गई है कुंतो !"

"पीली कहाँ पड़ गई हूँ, माँ जी ! · · ·" फिर हँसकर बोली, "अब आपके पास आई हूँ। दूध-मक्खन खाऊँगी, फिर से कुप्पा हो जाऊँगी।" और हँसने लगी थी।

घुमक्कड़ी करना तो जयदेव ने ही इसे सिखाया था। दोनों घंटों बाहर घूमते रहते थे, पर अब यह अकेली ही भटकती फिरती थी। जिस दिन श्रीनगर आई थी, उसी दिन दोपहर को घर से निकल गई थी, बच्चे को विद्या की बेटी के हवाले करके। कहीं जाना ही था तो बच्चे को मेरे पास छोड़ जाती, मैंने क्या मना किया था ? मेरे पास नहीं छोड़ा, चुपचाप उस छोटी-सी लड़की की गोद में बैठाकर भाग खड़ी हुई थी।

और जब लौटी थी तो हाथ में एक टूटा-फूटा खिलौना उठाए हुए। कोई मूरत थी या जाने क्या था। किसी देवी की मूर्ति रही होगी, या किसी अप्सरा की, पर जगह-जगह से टूटी हुई। मुझे दिखाकर कहने लगी, "अच्छी है ना, माँ जी ?"

"यह क्या उठा लाई हो, कुंतो ? यह तो जगह-जगह से टूटी है।"

"टूटी है तो क्या हुआ, माँ जी ! कभी तो बड़ी सुंदर रही होगी।"

"पर इसके तो नाक-नक़्श ही नहीं पहचाने जाते।"

"कभी तो कोई इसे बड़े प्यार से सहलाता रहा होगा, माँ जी ! क्या सच, आपको अच्छी नहीं लगी ?"

"तुम इसे कहाँ से उठा लाई हो, कुंतो ? ऐसी चीज़ें तो दूकानों में नहीं बिकतीं।"

कुंतो क्षण-भर के लिए चुप रही, फिर धीरे से बोली, "इसे कूड़े के ढेर पर से उठा लाई हूँ, माँ जी। किसी ने अपने घर से इसे बाहर कूड़े के ढेर पर फेंक दिया था। मेरी इस पर नज़र पड़ गई, मुझे अच्छी लगी, मैं उठा लाई। एक जगह पर, हारवन के पास ही, खोदाई हो रही है ना। वहाँ धरती में दबी पड़ी होगी। किसी ने निकाल ली और फिर फेंक दिया। · · ·"

तभी जयदेव की माँ को लगा कि इस वार्तालाप को आगे बढ़ाने की आवश्यकता नहीं। वह सिर हिलाकर चुप हो गई थी। साथ ही कुंतो इतनी दुबली-सी लग रही थी कि उन्होंने ज़्यादा मीन-मेख करना उचित नहीं समझा। कुंतो उस टूटी-फूटी प्रतिमा को बड़े स्नेह से हाथ में लिए अपने कमरे में चली गई थी और उसे अंगीठी पर सजाकर रख दिया था।

और अब कुंतो बरामदे में अकेली बैठी गा रही थी। सभी लोग अपने-अपने कमरों में जा चुके थे। उसकी आवाज़ को सुनते हुए माँ के मन में टीस-सी उठ रही थी।

"जयदेव कहाँ है ?" लालाजी ने पूछा।

"मैं क्या जानूँ जी, किसी मेहमान के कमरे में बैठा होगा।"

"वह भी इसे नहीं समझाता ?"

"मैं क्या जानूँ जी, जयदेव जाने और उसकी घरवाली जाने।"

तभी चुप्पी छा गई थी। कुंतो अब चुप हो गई थी। लगता था जैसे बरामदे में से उठकर अपने कमरे में चली गई है।

उधर धनराज अपने कमरे में पहुँचने के कुछ ही देर बाद, खुली खिड़की के सामने बैठा अपना ग़म भूल पाने की कोशिश कर रहा था। उसके गालों पर टप-टप आँसू गिर रहे थे, किसी-किसी वक़्त हल्की-सी सुबकी भी कंठ से फूट पड़ती जो उसके दिल को झिंझोड़ जाती।

धनराज अपनी 'डार्की डार्लिंग' को अभी तक भूल नहीं पाया था। उसने उसकी तस्वीर सूटकेस से निकालकर अपने सामने टेबुल पर रख छोड़ी थी। वह जहाँ जाता, तस्वीर सदा उसके साथ जाती थी। खिड़की में से छन-छनकर आनेवाली चाँदनी 'डार्की डार्लिंग' के चेहरे पर पड़ रही थी, उसी चाँदनी में धनराज के गालों पर ढरकते आँसू भी चमक-चमक उठते। उसके सामने आँसू बहाना, उसे उठाकर बार-बार गालों को लगाना, उसे चूमना, उसे घुटनों पर रखकर उसके साथ बतियाना—इस काल्पनिक अभिसार के अभिन्न अंग बन गए थे।

अबकी बार इस प्रेमालाप के साथ-साथ ग्रामोफ़ोन पर धीमी-धीमी धुन भी बज रही थी। और रेकार्ड में, धनराज-जैसे ही किसी विरही के 'विलाप' के बोल गाए जा रहे थे।

कमरे में रोशनी बुझा दी गई थी। केवल खुली खिड़की के बाहर खिले चाँद की रश्मियाँ कमरे में प्रेमालाप के लिए जादुई माहौल बनाए हुए थीं।

धनराज आरामकुर्सी पर बैठा था, टाँगें सामने पड़ी तिपाई पर फैला रखी थीं। टाँगों को बढ़िया विलायती कंबल ढँके हुए था। धनराज बड़े आराम से शराब की चुस्कियों के साथ-साथ ग्रामोफ़ोन पर विरही के सोज़-भरे गीत के साथ धीमी-धीमी ताल देता हुआ आत्मानुकंपा का रस ले रहा था।

शिकवा किसी से हम
न कुछ फर्याद करेंगे
लेकिन सितम को तेरे
सनम, याद करेंगे।

धनराज का निचुड़ा हुआ दिल आँखों के रास्ते बह-बहकर गालों पर गिर रहा था।

ये उस गीत के स्थायी बोल थे। गीत बराबर चल रहा था :

फिर कहने लगी नाज़ से
बतलाओ क्या दिया ?
मैंने कहा कि कुछ नहीं

जो दे दिया, दिया !
शिकवा किसी से हम
न कुछ फर्याद करेंगे ···
लेकिन सितम को तेरे
सनम, याद करेंगे।

"हाय !" धनराज के मुँह से निकला, उसका सिर झूम गया, हाथ फिर गिलास की ओर बढ़ा। एक चुस्की, फिर वही हाथ घुटनों पर रखी तस्वीर की ओर बढ़ा, तस्वीर बोलने लगी थी, 'डार्की डार्लिंग' की तिरछी आँखों में फिर से चुलबुलापन आ गया था, वह मुस्कुराती हुई धनराज को बुलाने, इशारे करने लगी थी, जैसे बरसों पहले पहली बार उसने इशारे किए थे। धनराज बेचैन हो उठा। वह उसकी तिरछी आँखों पर फ़िदा था।

सात समंदर पार बैठी डार्की डार्लिंग फिर से उसे इशारे करने लगी थी, अपनी तर्जनी हिला-हिलाकर पास बुलाने लगी थी, वैसे ही जैसे सिंगापुर कालिज़ की उस कैंटीन में चिक के पीछे खड़ी उस डार्की डार्लिंग ने पहली बार उसे इशारे किए थे। फिर धनराज धड़कते दिन से कैंटीन के मेज पर से उठ खड़ा हुआ था और हाँफता हुआ-सा उस चिक के पीछे चला गया था जहाँ अकेली डार्की डार्लिंग ही नहीं खड़ी थी, तीन-चार और डार्की डार्लिंग भी खड़ी थीं, साँवली परियाँ, जो उसी की भाँति कैंटीन में बैठे अन्य युवकों को आँख मिलने पर तर्जनी के हल्के इशारों से अपनी ओर बुला रही थीं, अपने-अपने ब्वॉय फ्रेंड चुन रही थीं।

प्रोफ़ेस्साब ने कभी कोई यूनानी कथा सुनाई थी, जिसमें किसी द्वीप पर सुंदर अप्सराएँ रहा करती थीं। जब कभी कोई जहाज़ समंदर में, उस रास्ते से गुज़रता तो ये अप्सराएँ गातीं, हाथ हिलाती हुई जहाज़ियों को अपनी ओर बुलातीं, इशारे करती हुई सागर तट तक दौड़ी आती थीं। श्वेतवसना, लंबे, सुनहरे केशोंवाली और जहाज़ी उनके रूपलावण्य और मधुर कंठ से अभिभूत, मंत्रमुग्ध-से जहाज़ का रुख द्वीप की ओर मोड़ देते थे। अप्सराएँ अभी भी उन्हें बुलातीं, गाती हुई उन्हें तट की ओर आने के इशारे करती रहती थीं। जहाज़ तट के निकट पहुँच जाता और चट्टानों से टकराकर चकनाचूर हो जाता, पर मोहपाश में फँसे जहाज़ी, पानी में से तैरकर द्वीप की ओर जाने लगते। ज्यों-ज्यों वे आगे बढ़ते, अप्सराएँ उनका आह्वान करती हुई द्वीप के पीछे की ओर हटती जाती थीं। बदहवास जहाज़ी तट पर पहुँचते, अप्सराएँ गाती, हाथ हिलाती कुछ और पीछे जा चुकी होतीं। हाँफते, थके-हारे जहाज़ी उस मृग-मरीचिका की ओर बराबर आगे बढ़ते जाते और अप्सराएँ बराबर पीछे हटती हुई पहाड़ी की ढलान चढ़ने लगतीं। जहाज़ी थके-हारे, भूखे-प्यासे हाथ फैलाए कानों में वही मधुर संगीत सुनते हुए, गिरते-पड़ते एक-एक करके दम तोड़ जाते। अप्सराएँ अभी भी बराबर गाते हुए उन्हें अपनी ओर बुला रही होतीं।

ऐसा ही जादू सिंगापुर की उन साँवली सुंदरियों का भी रहा होगा। धनराज का

बहुत-सा समय डार्की डार्लिंग के साथ सहचरी में बीता था। इस बीच न तो डार्की डार्लिंग की चितवन में, न तिरछी आँखों की चुलबुलाहट में, न ही उसकी भाव-भंगिमा के जादू में कोई अंतर आया था।

ग्रामोफ़ोन में विरही बराबर गाए जा रहा था :

पहले तो सीम-ओ-ज़र दिया
फिर दिल, जिगर दिया
फिर कहने लगी नाज़ से
बतलाओ क्या दिया ?
मैंने कहा कि कुछ नहीं
जो दिया, दे दिया।
शिकवा किसी से हम
न कुछ फर्याद करेंगे
लेकिन सितम को तेरे
सनम, याद करेंगे।

यह समाँ ग़म के सागर में बहते चले जाने का था, भावुकता का रस लेने का, आत्मानुकंपा का रस लेने का। आए दिन धनराज उस दुनिया में पहुँच जाता था, डार्की डार्लिंग की दुनिया में जहाँ वह फिर से मुस्कुराती हुई मिलती; इशारे करती, अपने पास बुलाती और धनराज को लगता जैसे वह भूखा-प्यासा, गिरता-पड़ता लपक-लपककर उसकी ओर जाने लगा है।

पर चौथे पेग के बाद सरूर बीच-बीच में टूटने लगता। प्रेयसी पर मनन करने की एकाग्रता टूटने लगती। किसी-किसी वक़्त धनराज बड़बड़ाने लगता। कभी-कभी रोने भी लगता। रोता तो ज़ार-ज़ार। सुननेवालों को लगता, अभी छाती पीटने लगेगा। कभी-कभी गालियाँ भी बकने लगता, और गालियाँ भी ऐसी जिन्हें उसने बचपन में गलियों में सुन रखा था। कभी-कभी कोई अनूठी गाली उसके मुँह से निकल जाती तो उसे स्वयं ही सुन खिलखिलाकर हँसने लगता। वही गाली बार-बार दोहराता और बार-बार हँसता। कई बार तो एक ही गाली को दोहराते हुए वह हँसी से लोट-पोट होने लगता और अपना पेट थामकर बैठ जाता। ऐसे मौक़ों पर डार्की डार्लिंग का चेहरा आँखों से ओझल हो चुका होता मानो धन्ने को इस अवस्था में देखकर वह जानबूझकर ही कहीं खिसक गई हो।

पर आज धनराज के दिल और दिमाग़ पर छाए गुबार में से एक और चेहरा झाँकने लगा था। वह भी किसी युवती का ही चेहरा था, वह लड़की भी डार्की डार्लिंग की भाँति साँवले रंग की थी, वह भी धन्ने की शब्दावली में तीखे नाक-नक़्शवाली 'नमकीन' थी, उसके गालों में भी गड्ढे पड़ते थे। डार्की डार्लिंग की आँखें जहाँ तिरछी थीं, जालिम तिरछी, वहाँ इसकी आँखें खुली-खुली और बड़ी-बड़ी थीं, वे भी तड़पाऊ आँखें थीं। इस पर वह गाती भी थी जबकि डार्की डार्लिंग केवल

गुनगुनाती थी। कानों के पास मुँह ले जाकर, धन्ने का दिल टटोलते हुए डार्की डार्लिंग की गुनगुनाती आवाज़ जहाँ रोम-रोम में रच-बस जाती थी और वासनाएँ अँगड़ाइयाँ ले-लेकर जाग उठती थीं, वहाँ यह श्यामली बुलबुल ऊँची आवाज़ में गाती थी और धन्ने के दिल को अपने साथ ले उड़ती थी।

नशे का भी अपना तर्क होता है। चौथे पेग के बाद पाँचवाँ पेग पी चुकने पर जेहन अपने ढंग से साफ़ होने लगता है और तभी श्यामली कोकिला, जो जाने कहाँ अब तक छिपी बैठी थी, मुँह पर से पल्ले की ओट हटाती हुई, छैल-छबीली, ठुमक-ठुमक चलती, गाती आ रही थी। और धन्ने का मन नाचने को होने लगा था :

··· देस पंजाब नी सइयो !
··· देस पंजाब नी सइयो !

उस गीत के बोल, जो कोकिला ने कालिज़ के स्टेज़ पर गाया था, धन्ने के होंठों पर आ गए थे और वह आरामकुर्सी पर से उठकर लड़खड़ाते कदमों के सहारे, थिरकता, चुटकियाँ बजाता उस गीत के साथ-साथ नाचने लगा था।

जीवें फुलाँ विचों, फुल गुलाब नी सइयो
सबाँ देसा विचों, देस पंजाब नी सइयो !

धन्ना गा रहा था, ग्रामोफ़ोन का रिकार्ड कब का बंद हो चुका था, डार्की डार्लिंग का चित्र न जाने कब और किस आवेश में तिपाई से गिरकर, नीचे फ़र्श पर औंधा जा पड़ा था। आरामकुर्सी के निकट चुटकियाँ बजाता, लड़खड़ाता धनराज बार-बार उस गीत के बोल दोहराए जा रहा था और वह गीत दुनिया का सबसे सुंदर गीत और उसका सुर-ताल अलौकिक लग रहे थे और इस बात का उसे यकीन था कि इससे बढ़िया गीत किसी कवि की कलम से नहीं निकला और इससे बढ़िया सुरताल किसी के कंठ से नहीं निकला।

और तभी वहाँ खड़े-खड़े लड़खड़ाते हुए धन्ने ने निश्चय किया कि वह घर लौटते ही कोकिला से जाकर मिलेगा। फिर वह कमरे के बीचोबीच खड़ा अपनी तर्जनी हिला-हिलाकर कहने लगा, "उसका बाप भी डाक्टर ! मैं भी डाक्टर ! उनके घर में भी ताँगा, हमारे घर में भी ताँगा ! वह भी साँवली, डार्की डार्लिंग भी साँवली ! वह भी मेरी माशूका, यह भी मेरी माशूका ! दोनों मेरी माशूका !"

फिर धन्ने को एक दार्शनिक विचार सूझा। कोकिला की ओर तर्जनी हिलाते हुए बोला, "तुम्हें ज़रूर डार्की डार्लिंग ने भेजा है, मेरे पास भेजा है। मेरे जख़्मों पर मरहम लगाने के लिए भेजा है। ··· मैं भी कैसा उल्लू का पट्ठा हूँ, तुम गा-गाकर मुझे बुला रही हो और मैं सुन ही नहीं रहा हूँ। मोना ने तुमसे कहा है जाओ, धन्ने के पास जाओ। वह बहुत दुखी है। ···"

कोकिला के साथ लड़खड़ाते कदमों के सहारे खड़े, लड़खड़ाती आवाज़ में धनराज का यह वार्तालाप चल रहा था कि तभी दरवाज़ा खटखटाने की आवाज़ आई।

"तुम अभी तक सोए नहीं ?" प्रोफ़ेसर भैया की आवाज़ थी।

धनराज क्षण-भर के लिए चुप रहा, फिर बोला, "भैया, कोकिला आई है।" धनराज ने लड़खड़ाती आवाज़ में कहा और दरवाज़े की ओर बढ़ा।

दरवाज़े को फिर से ठकोरते हुए प्रोफ़ेस्साब बोले, "धन्ने, अब सो जाओ ! चुप हो जाओ !"

सुनकर कमरे के अंदर धन्ना बुदबुदाया, "चुप तो चुप ! ··· चुप तो चुप !" बुदबुदाता हुआ, बिस्तर पर जाकर औंधा पड़ रहा।

लगभग उसी समय जब धनराज नशे में चूर विरह का गीत गा रहा था, विद्या, जयदेव की बड़ी बहिन, दबे पाँव सीढ़ियाँ चढ़ती हुई ऊपर आई और उसी तरह दबे पाँव चलती हुई उस तिरछी छतवाले अँधेरे कमरे में जा पहुँची जो धनराज के कमरे की बगल में था और कमरे में घुसते ही दरवाज़ा अंदर से बंद कर लिया।

कमरे के घुप्प अँधेरे में वह ठिठक-सी गई। कुछ देर तक अन्यमनस्क-सी दरवाज़े के निकट खड़ी रही। निश्चय फिर से डोलने लगा था। जब अपने कमरे से निकली थी तो इरादा पक्का करके आई थी, पत्थर की लकीर-जैसा। सीढ़ियाँ चढ़ते हुए भी उसे लग रहा था कि वह अपने निर्णय पर अडिग रहेगी। पर अँधेरे में पहुँचकर साहस चुकने-सा लगा। उसने अनजाने ही अपने पेट पर हाथ फेरा और हाथ फेरते ही सकुचा गई। पेट में पाँचवाँ बच्चा पल रहा था। दो महीने ऊपर हो चुके थे और जानती थी कि फिर से उसे गर्भ ठहर गया है। इसमें संदेह की कोई बात ही नहीं रह गई थी। तभी उसे भाई का उलाहना याद आया और उसके दिल को चीर-सा गया, "तुम भी कैसी हो बहिन, छः साल ब्याह को नहीं हुए और चार कतूरे जन चुकी हो।"

यदि उस वक़्त विद्या अपने भाई से कह देती कि अभी पाँचवाँ भी होगा। पाँचवाँ मेरे पेट में है, तो भाई सख़्त-सुस्त कहता और बात वहीं ख़त्म हो जाती। मुझे जो शर्मसार होना था, हो लेती। मैं उस वक़्त क्यों नहीं बोली ? अब मैं भाई से क्या कहूँ कि भैया मैंने तुम्हें उस वक़्त नहीं बताया पर मुझे फिर से गर्भ हो गया है—सोचते ही विद्या क्षुब्ध-सी हो उठी। यह पाँचवाँ आया ही क्यों है। मैं कहाँ चाहती थी कि मेरे और बच्चा हो ? और क्षोभ की तीखी जलती शिखा उसके दिल को साल गई। इसमें मेरा क्या दोष ?

अँधेरे में ही खड़े-खड़े उसकी आँखों के सामने अपने पति का चेहरा आ गया। महीने में सत्ताईस दिन नौकरी पर बाहर रहने के बाद वह तीन दिन के लिए घर लौटता था, और भूखे भेड़िए की तरह उसकी देह को रौंदने लगता था। चारों बच्चे इसी तरह इस संसार में आए थे। सभी कुछ जानते-समझते हुए भी वह कभी भी अपने को संयत नहीं कर सका। और विद्या उससे क्या कहती ? केवल मन-ही-मन

प्रार्थना करती रहती कि अबकी बार गर्भ न हो। अबकी बार वह बच जाए। वह न तो अपने पति को रोकने की धृष्टता कर पाती—पति को कौन रोकता है, विशेष रूप से उस पति को जो महीने के सत्ताईस दिन रोज़ी-रोटी के चक्कर में दौरे पर भटकता रहता है, दर-दर की ठोकरें खाता फिरता है—और न ही विद्या स्वयं ही किसी तरह की सावधानी बरत पाती। वह जानती ही क्या थी ? वह कुछ नहीं कर सकती थी पर उसके पति को तो ख़याल होना चाहिए था। वह तो अपनी भूख मिटा चुकने के बाद हाँफता हुआ पीठ मोड़कर खर्राटे भरने लगता है और मैं छत की ओर ताकती रहती हूँ, अनिश्चय में डोलती हुई कि कहीं अबकी बार फिर तो गर्भ नहीं ठहर जाएगा ? बचाव का एकमात्र उपाय, प्रार्थना ही प्रार्थना था।

वह ठिठकी खड़ी रही। उसे रुलाई आ गई। अब बच्चा पैदा होगा तो भाई कहेगा, एक और कतूरा जन दिया। मुझसे चार नहीं सँभाले जाते, पाँचवाँ आ गया तो क्या करूँगी ?

यों तो विद्या दिन-भर डाँवाँडोल रही थी। दोपहर के वक़्त जब धूप ढलने लगी थी तब भी वह ऊपर आई थी। तब वह सीढ़ियाँ चढ़ चुकने पर ठिठकी खड़ी रह गई। अँधेरी कोठरी की ओर जाने से पहले वह सीढ़ियों के सिरे पर ही खड़ी बाहर की ओर देखने लगी थी, जहाँ चिनार के पेड़ों की पाँत के पास घास के मैदान में बहुत-से बच्चे खेल रहे थे। ढलती दोपहर की तिरछी किरणें पेड़ों के बीच से छन-छनकर खेलते बच्चों पर पड़ रही थीं। हल्की गुलाबी मायल किरणें। वह दृश्य उसे इतना सुंदर लगा था कि विद्या वहाँ खड़ी-की-खड़ी रह गई थी। चिनार वृक्षों के पत्ते अभी से पीले पड़ने लगे थे और टूट-टूटकर, हवा में बहते हुए, नीचे घास पर छितर रहे थे। यह कश्मीर में शरद ऋतु के आगमन का पहला संकेत था। झरते पत्ते प्रकृति के रंगों में नई छटा भर देते थे। धीरे-धीरे कुछ ही दिनों में चिनारों के पत्ते साँय-साँय करती ठंडी हवा में, नीचे घास पर सरसराते दौड़ते हुए पीले से लाल पड़ने लगेंगे।

तभी विद्या को अपने चारों बच्चे दिख गए थे। दोनों छोटी बहिनें, एक-दूसरे का हाथ पकड़े डोलती हुई-सी मैदान पार कर रही थीं। छोटी ने लाल और काले रंग का बिंदियोंवाला स्वेटर पहन रखा था जबकि बड़ी, माँ की हिदायत के बावजूद, अभी भी अपनी हरे रंग की जर्सी कंधे से लटकाए हुए थी। बेटा आगे-आगे चला जा रहा था, हाथ में छमक उठाए रास्ते में पड़नेवाले कंकड़ों-पत्थरों को ठुड्डे मारता हुआ। चौथा बच्चा, नन्ही गुड़िया—उसका नाम ही जयदेव ने 'गुड़िया' रख छोड़ा था, उसके घुँघराले बालों और गोल-गोल आँखों के कारण—उसे घर के छोटे नौकर ने कंधे पर उठा रखा था और सबके पीछे-पीछे चला आ रहा था।

इतनी दूरी से अपने बच्चों पर नज़र पड़ते ही विद्या का दिल जाने कैसा हो आया था। इतने तो प्यारे बच्चे हैं, चारों के चारों और अब तो बड़े भी होने लगे हैं ! एक और इनमें शामिल हो गया तो कौन-सा पहाड़ टूट पड़ेगा ! वह भी जैसे-तैसे

पलकर बड़ा हो जाएगा।

अपने चारों बच्चों को देखते हुए विद्या को बड़ा अच्छा लगा था। पास में हों तो परेशान करते हैं। कभी एक को नहलाओ, कभी दूसरे को साफ़ करो, मुँह में कौर डालो, कभी एक के पीछे भागो, कभी दूसरे के, कभी एक बीमार, कभी दूसरा, पर दूर से देखो तो जिगर के टुकड़े। अगर पाँचवाँ भी आ गया तो क्या बुरा है ?—यह सोचते ही उसके संकल्प में शिथिलता आने लगी थी। वह देर तक सीढ़ियों पर खड़ी रही। बाहर का दृश्य देखती रही थी। उतरते सायों के बावजूद अभी चारों ओर रोशनी थी और चिनारों की पाँत के पीछे अस्तप्राय सूर्य की लाली से वातावरण में जैसे गुलाल भर गया था।

पर उसके बच्चे उसकी आँखों से ओझल हो गए थे। वह पहले तो ठिठकी खड़ी रही थी, फिर आँखें फाड़-फाड़कर दूर पेड़ों के नीचे देखने लगी थी। न जाने किस ओर को निकल गए हैं और सहसा बेचैन हो जाने पर वह भागती हुई सीढ़ियाँ उतर गई थी।

पर, अब रसोई के काम से निबटकर वह फिर से सीढ़ियाँ चढ़ती हुई ऊपर आ गई थी। चारों बच्चे सोए पड़े थे। दिन के वक़्त फिर से उसने अपना इरादा बदल लिया था। "नहीं, मैं इस बच्चे को तो नहीं आने दूँगी।" वह बार-बार मन-ही-मन अपने इरादे को दोहराती रही थी।

अँधेरे में हौले-हौले पाँव आगे बढ़ाती हुई वह कमरे के बीचोबीच पहुँच गई थी। जो काम वह करने जा रही थी वह केवल अँधेरे में ही किया जा सकता हो, ऐसा नहीं था। वह कहीं पर, किसी भी कमरे में किसी भी वक़्त कर सकती थी। पर शायद वह अपनी नज़रों से भी छिपाकर उसे करना चाहती थी। इसीलिए रात के वक़्त अँधेरे कमरे में चली आई थी। उजाले में हमारा विवेक अधिक सचेत होता है। अँधेरे में काम करने का मतलब होता है आँखें बंद करके काम करना, ताकि सोचना नहीं पड़े और वह सोचना नहीं चाहती थी।

छोटे-से रोशनदान में से चाँदनी छन-छनकर आ रही थी। अँधेरी कोठरी में रखी चीज़ों की आकृतियाँ कुछ-कुछ पहचानी जाने लगी थीं—पुराना फर्नीचर, दो खाटों के पाये और बाहियाँ, दो टूटी कुर्सियाँ, एक पुराना कमोड।

दरवाज़े के निकट छत ऊँची थी और वहीं पर स्टूल रखा था। उसकी आँखें अभी भी कोठरी के अंदर रखी टूटी-फूटी चीज़ों पर लगी थीं। इन्हीं के बीच वह पालना भी रखा था जिसमें वह, कुछ ही मुद्दत पहले तक, अपनी सबसे छोटी बच्ची को सुलाती रही थी और जिसे कुछ ही दिन पहले उसने कोठरी में डलवा दिया था।

पालने पर नज़र पड़ते ही उसका इरादा फिर कमज़ोर पड़ने लगा। पर नहीं, अब वह नहीं रुकेगी। वह उलाहने नहीं सुनना चाहती, वह जगहँसाई का सामना भी नहीं कर सकती। अपने को सोचने का मौक़ा ही न देते हुए वह फ़ौरन उस स्टूल

पर चढ़ गई जो दरवाज़े के निकट ही रखा था। उसी पर से बार-बार कूदकर वह अपना गर्भ गिरा देगी। यह गुर उसे उस कश्मीरी औरत ने बताया था जो चौथे बच्चे के जन्म के बाद उसकी मालिश करने आया करती थी, "हम लोग तो गर्भ नहीं गिराते। बच्चा तो अल्लाह ताला की देन है, पर गर्भ गिराने का यह अचूक तरीका है। किसी ऊँची जगह से पाँच-सात बार कूदो तो गर्भ गिर जाएगा, पता भी नहीं चलेगा।" और विद्या ने उसे गर्भ गिराने का अचूक साधन मान लिया था।

विद्या कोठरी के अँधेरे में स्टूल पर खड़ी थी। अवचेतन के ही निर्देश पर मानो उसने एक बार अपने पेट को सहलाया था और फिर झट से छलाँग लगा दी थी।

कुछ देर के लिए वह फ़र्श पर ठिठकी खड़ी रही। कुछ भी तो नहीं हुआ था। छलाँग लगाने का कोई असर नहीं हुआ था, न पेट में, न शरीर के किसी अन्य भाग में। यह तो बड़ी मामूली-सी बात है। वह झट से स्टूल पर फिर चढ़ गई। एक ही बार करने से कुछ नहीं होगा।

अबकी बार वह अधिक दृढ़ता से नीचे कूदी ताकि उसके पैर ज़्यादा मज़बूती से फ़र्श पर पड़ें।

अब भी कुछ नहीं हुआ। विद्या ने सोचा, शायद स्टूल इतना ऊँचा नहीं है कि उस पर से कूदने से गर्भ को धक्का लगे। पर इस अँधेरे में इससे ऊँचा स्टूल ढूँढ़ पाना असंभव था। कोठरी में रखे सामान की धुँधली आकृतियाँ ज़रूर नज़र आने लगी थीं, पर उनमें से किसी ऊँचे स्टूल को निकाल पाना संभव नहीं था।

पूरे पाँच बार विद्या स्टूल पर से नीचे कूदी। केवल पाँचवीं बार उसे पेट में दाईं ओर हल्की-सी टीस का भास हुआ था। पर अब तक वह बंद कोठरी में पसीने से लथपथ हो चुकी थी और हाँफने लगी थी।

इससे कुछ नहीं होगा, विद्या ने मन-ही-मन कहा और कोठरी का दरवाज़ा खोलकर बाहर आ गई। उस वक़्त तक धनराज के कमरे में ग्रामोफ़ोन बंद हो चुका था और धन्ना अपनी प्रेयसी के साथ वार्तालाप करने लगा था। उस वार्तालाप के अस्फुट-से स्वर विद्या के कानों में भी पड़ने लगे थे, पर उसकी समझ में कुछ नहीं आया।

कोठरी से बाहर आने पर विद्या को अपना व्यवहार मूर्खतापूर्ण लगा। कभी स्टूल पर से छलाँगें लगाने से भी गर्भ गिर सकता है ? अगर इतना आसान होता तो कोई भी महिला जब चाहे अपना गर्भ गिरा सकती थी। मैं अब गर्भ नहीं गिराऊँगी, कहने दो जो कोई कुछ कहता है। मैं गर्भ क्यों गिराऊँ, मेरा अपना बच्चा आ रहा है।...

और वह दबे पाँव चलती हुई गलियारा लाँघकर सीढ़ियाँ उतर गई।

प्रोफ़ेस्साब जब धनराज के कमरे के अंदर गए तो धनराज उकड़ूँ-सा अपने बिस्तर पर पड़ा था। अस्त-व्यस्त, नशे में चूर, बेढब-सा, भौंडा-सा—वह जैसे बिस्तर पर

औंधे मुँह गिरा था, वैसे ही पड़ा हुआ था। किसी-किसी वक़्त वह नशे में बड़बड़ाता। कभी होंठों ही होंठों में बुदबुदाते हुए चुंबन की आवाज़ें छोड़ता। खिड़की से आती चाँदनी उसके बिस्तर पर फैली थी, उसके चेहरे पर, उसके उकड़ूँ शरीर पर। उसे देखकर प्रोफ़ेस्साब को वितृष्णा-सी हुई।

तभी उनका पैर फ़र्श पर पड़ी किसी चीज़ से टकराया। उन्होंने झुककर उसे उठाया तो देखा, सिंगापुरवाली युवती की तस्वीर थी जो लगता है किसी वक़्त तिपाई पर से नीचे गिर गई थी। "अभी भी यह उसी के नाम की माला जप रहा है।" देखकर प्रोफ़ेस्साब को धक्का-सा लगा। कश्मीर के लिए रवाना होने से पहले, उन्हें लगा था जैसे थुलथुल के जल मरने से धनराज अत्यंत दुःखी और व्याकुल हो उठा था, और प्रोफ़ेस्साब समझ रहे थे कि थुलथुल के प्रति किए गए अपने दुर्व्यवहार पर इसे पछतावा हो रहा है, इसीलिए वह इतना बेचैन नज़र आने लगा था, और इसीलिए प्रोफ़ेस्साब उसे अपने साथ लेते आए थे ताकि उसका दिल ठिकाने आ सके। पर यह तो अभी भी उसी सिंगापुरवाली के लिए ललक रहा है।

सिंगापुरवाली की तस्वीर को तिपाई पर रखते हुए, प्रोफ़ेस्साब, मानव स्वभाव की विडंबनाओं के बारे में सोचते हुए मुस्कुराने लगे। उसी दिन प्रातः चिनार के पेड़ों के नीचे टहलते हुए जब जयदेव और कुंतो की बात चली थी और प्रोफ़ेस्साब ने उसे बताया था कि सुषमा का चक्कर अभी भी चल रहा है तो यही धनराज कैसे चिल्ला उठा था, "भइया, यह जयदेव तो बड़ा हरामज़ादा निकला। यह तो एक दिन हमारी बहिन की जान ले लेगा", कहते-कहते उसका पारा तेज होता गया था। "यह अपने को समझता क्या है ? हमारी आँखों में धूल झोंकता रहा है। अगर मेरी बहिन को कुछ हो गया तो मैं इसकी टाँगें चीर दूँगा। यह अपने को समझता क्या है ? · · ·"

प्रोफ़ेस्साब को, तब भी सुनते हुए, गहरी विडंबना का भास हुआ था। धनराज कहे जा रहा था, "कैसे-कैसे हरामज़ादे लोग होते हैं, इस दुनिया में ? यह जयदेव कैसा आस्तीन का साँप निकला। इसे शर्म भी नहीं आई, बेहया कहीं का। लंपट, शैतान का बच्चा। · · ·" और धनराज का गुस्सा बढ़ता गया था, 'मैं तो अपनी बहिन को उसके साथ एक मिनट भी नहीं रहने दूँगा। कुंतो हमारे साथ जाएगी। उसे यहाँ छोड़ जाने का सवाल ही पैदा नहीं होता।"

धनराज की आवेशभरी टिप्पणियाँ सुनकर प्रोफ़ेस्साब हैरान हुए थे। यह सब वह आदमी कह रहा है जिसकी पत्नी हाल ही में जल मरी है, जो अभी तक अपनी प्रेमिका को भूल नहीं पाया है और कई बार नशे में, अपनी घरवाली को अपने कमरे से बाहर धकेल देता रहा है, जाड़ों की रात में भी वह कई बार कमरे के बाहर ठिठुरती हुई, धीमे-धीमे पुकारती रही थी, हैं जी, दरवाज़ा खोलो ! हैं जी, दरवाज़ा खोलो ! बाहर ठंड बहुत है' · · · तब इसे रहम नहीं आया।

और प्रोफ़ेस्साब को थुलथुल के बूढ़े माँ-बाप की याद हो आई थी, जो अपना

कस्बा छोड़कर शहर में आकर रहने लगे थे, ताकि अपनी दुःखी बेटी को अपनी नज़र से ओझल न होने दें। बीते ज़माने के लोग, अधेड़ उम्र के। बाप पिछली शताब्दी का मुजस्समा—सिर पर पग्गड़, घुटनों तक का लंबा कोट और हाथ में छड़ी। असंगत-से लोग जो ज़माना बीत जाने पर पीछे कहीं छूट चुके थे पर जो घंटों चुपचाप प्रोफ़ेस्साब के घर में बैठे रहते थे, न कुछ बोलते, न कुछ खाते। इधर से उधर जाती अपनी बेटी को देखते रह पाने के लिए। वे कभी-कभी प्रोफ़ेस्साब को अतीत के प्रेत-से लगा करते थे, पर वे डोलती छायाएँ न होकर जीते-जागते मानुष थे, चिंताओं से घिरे हुए, जो अपनी बेटी की परेशानी से परेशान, बुढ़ापे में समधियों के घर की ख़ाक छानते फिर रहे थे, अपनी बेटी के सुख की कामना करते हुए।

प्रोफ़ेस्साब का दिल बोझिल हो उठा। यह कैसी क्रूर विडंबना है, एक ही मनुष्य, एक ही वक़्त में कैसी परस्पर-विरोधी भूमिकाएँ खेल सकता है। अपनी बहिन को लेकर तो इतना बौखला रहा है, पर उस बदनसीब के लिए क्षण-भर के लिए भी उसके दिल में तरस नहीं जागा जो पूरे सात साल तक पलकें बिछाए इसकी राह देखती रही है।

प्रोफ़ेस्साब देर तक धनराज के पलँग के पास खड़े रहे। फिर उन्होंने हाथ बढ़ाकर, धनराज की टाँगों को सीधा किया जो ऊट-पटाँग-सा बिस्तर पर पड़ा अभी भी बुदबुदा रहा था। उसकी पतलून को ढीला किया। उसके जूते उतारे और दोनों टाँगों के नीचे हाथ देकर उसे सीधा लिटा दिया और हल्का-सा कंबल ओढ़ाकर वह फिर खिड़की के पास आकर खड़े हो गए।

खिड़की में से नीचे की ओर जयदेव और कुंतो का कमरा नज़र आ रहा था। वहाँ से वह कमरा रेलगाड़ी के डिब्बे-जैसा लगता था। तीनों खिड़कियाँ खुली थीं, उन पर लटके, मलमल के सफेद पर्दे हवा में हौले-हौले हिल रहे थे। जयदेव की बहिन ने बड़े चाव से अपने भाई-भावज के ठहरने के लिए कमरा तैयार किया था। कमरे की ओर देखते हुए प्रोफ़ेस्साब सोच रहे थे—इतने सुंदर, निखरे-निखरे व्यक्तित्ववाले युवा पति-पत्नी, कैसे क्लेश के चंगुल में फँसे छटपटा रहे हैं ! यों, बाहर से देखने पर सब पहले-जैसा ही था। जयदेव और कुंतो की जोड़ी अभी भी आदर्श जोड़ी मानी जाती थी। दोनों अभी भी एक साथ घूमते, एक साथ उठते-बैठते, पर जब से गिरीश और सुषमा के संबंधों में तनाव पाया जाने लगा था, इन दोनों के आपसी संबंध में असह्य-सा खिंचाव आ गया था। प्रोफ़ेस्साब अपनी जगह बेचैन थे और जयदेव के व्यवहार से बेहद असंतुष्ट।

उस दिन कुंतो घर में आनेवाले एक-एक मेहमान से बग़लगीर होकर मिलती रही थी। उसका चेहरा पीला पड़ गया था, शरीर से भी दुबला गयी थी, पर आँखों में चमक बढ़ गई थी। जिस आग्रह और उत्सुकता से वह अपने प्रियजनों का हाथ पकड़ लेती और देर तक पकड़े रहती थी, लगता जैसे वह लोगों से मिल नहीं रही

है, उनसे विदा होने जा रही है। चेहरे पर लुनाई तो अभी भी थी, पर शोख़ी मंद पड़ चुकी थी। उसे देखकर कोई भी कह देता कि कुछ है जो इस लड़की का कलेजा चाट रहा है, जो किसी घुन की तरह, अंदर-ही-अंदर से इसका सुख-चैन खाए जा रहा है। पहलेवाली उछल-कूद नहीं रही थी, न हँसी के फव्वारे छूटते थे। उछाह के स्थान पर, जो झरने की तरह छलकता रहता था, अब ठहराव-सा आ गया था, ठहराव और विरक्ति का भाव और गहरा अवसाद।

धनराज के कमरे में खिड़की के पास खड़े प्रोफ़ेस्साब की आँखें अभी भी नीचे जयदेव और कुंतो के कमरे की ओर लगी थीं। दिन-भर की घटनाएँ उनके मस्तिष्क में चक्कर काटती रही थीं। वह जी-जान से चाहते थे कि कोई ऐसा उपाय निकल आए जिससे जयदेव और कुंतो का दांपत्य जीवन सुखमय हो पाए। पर उनकी समझ में कुछ नहीं आ रहा था कि यह कैसे हो पाएगा।

रात के सन्नाटे और चारों ओर छिटकी चाँदनी में जीवन की वास्तविकताएँ किसी सपने-सी लग रही थीं। नीचे, खिड़की पर हिलते पर्दों के पीछे जयदेव और कुंतो सोए पड़े थे। खिली चाँदनी में उनके पलँगों के पाये और बिस्तर की लटकती चादरों के कुछ भाग नज़र आ रहे थे। प्रोफ़ेस्साब सोच रहे थे, कुदरत कितनी कारसाज़ है, वह कम-से-कम कुछ देर के लिए तो हमें अपने बखेड़ों से खींच लाती है, ताकि हम हाँफना बंद कर दें। कुछ देर के लिए ही सही, हम मानसिक क्लेश और बेचैनी के चंगुल से निकल सकें और नींद की गोद में राहत महसूस कर सकें।

तभी सहसा तीन खिड़कियों में से बीचवाली खिड़की के पीछे उन्हें लगा जैसे कोई हरकत हुई है, कोई चीज़ हिली है। नहीं, वह खिड़की का फरफराता पर्दा नहीं था, कोई ठोस चीज़ हिली थी। पर्दा तो अभी भी पहले की तरह हौले-हौले हिल रहा था।

प्रोफ़ेस्साब को लगा जैसे वहाँ धुँधलके में कोई खड़ा है। कोई सचमुच खड़ा है। कोई चीज़ हरकत में आई है। यह क्या है ? कौन है ? यहाँ क्या होने जा रहा है ? प्रोफ़ेस्साब आँखें फाड़-फाड़कर देखने लगे। वह जिस जगह खड़े थे, वहाँ से तनिक पीछे हट गए, पर एकटक उसी ओर देखते रहे।

कुंतो थी। प्रोफ़ेस्साब भौंचक्के-से देखते रह गए। हाँ, कुंतो ही थी। सफेद लंबा लबादा पहने खड़ी थी। संगमरमर की मूरत-सी जान पड़ रही थी। यह क्यों उठ खड़ी हुई है ? शायद किसी कारण उसकी नींद टूट गई है। शायद आजकल यह ठीक तरह से सो नहीं पाती। पर वह ज्यों-की-त्यों खड़ी है। बात क्या है ? और अब, वह डोलती हुई-सी खिड़की की ओर बढ़ आई थी। गलियारे की ओर घूम गई थी। प्रोफ़ेस्साब जानते थे, कमरे से निकलो तो सामने खुला-खुला गलियारा आ जाता था जिसे लाँघकर आप बड़े घर में आ जाते हैं। गलियारे और बड़े घर को एक छोटी-सी पुलिया मिलाती है।

तभी सहसा प्रोफ़ेस्साब का शरीर सुन्न-सा हो गया और पाँव लरज़ गए। कुंतो

सोए-सोए चल रही थी और नींद में ही धीरे-धीरे आगे बढ़ती जा रही थी। प्रोफ़ेस्साब का कलेजा मुँह को आ गया। अब कुंतो बड़ी खिड़की के पीछे से, कमरे से निकलकर गलियारे में आ गई थी। वहाँ आँगन की ओर केवल एक ही डँडहरा था, वह भी नीचा-सा, और कहीं कोई सींखचे नहीं थे। कुंतो अगर सचमुच सो रही है तो वह अचानक ही नीचे गिर सकती है। गलियारे की छत ज़मीन से लगभग बीस फुट ऊँची रही होगी।

प्रोफ़ेस्साब घबरा गए। इसे कैसे जगाऊँ ? कैसे कहूँ कि आगे नहीं बढ़ो, रुक जाओ ! प्रोफ़ेस्साब की टाँगों में जैसे पानी भर गया। क्या चिल्लाकर जयदेव को जगाऊँ ? पर क्या मालूम मेरी चिल्लाहट सुनकर कुंतो की नींद एक झटके से टूट जाए और वह हड़बड़ाहट में अपना संतुलन खोकर नीचे जा गिरे। जयदेव कहाँ पर है ? वह अलमस्त सोया पड़ा है। उसे इतनी भी ख़बर नहीं कि कुंतो मौत के कगार पर खड़ी है। अगर कुंतो नींद में चलने लगती है तो जयदेव ने रहने के लिए यह कमरा क्यों चुना है ?

गलियारे में धीरे-धीरे आगे बढ़ती हुई कुंतो, अपने सफेद लबादे में अभी भी संगमरमर में से तराशे हुए किसी बुत-जैसी लग रही थी। कितनी सुंदर है मेरी बहिन !—कितनी शांत स्वभाव की ! पर हाय, कितनी बेसहारा, कितनी अकेली !

कुंतो गलियारे में आगे बढ़ती जा रही थी। गलियारा खुली खिड़कियों से कहीं ज़्यादा ख़तरनाक था। अगर वह इसी तरह आगे बढ़ती हुई पुलिया तक जा पहुँची और उस पर पाँव रख दिए तो क्या होगा ? वहाँ तो दोनों ओर डँडहरे ही थे, तनिक ऊँचे-ऊँचे, पर बीच की जगह बिलकुल ख़ाली थी ! गलियारा तंग था पर था तो समतल। पुलिया तो सीधी-समतल भी नहीं है।

प्रोफ़ेस्साब बुरी तरह से घबरा गए। वह कुछ भी कर पाने में असमर्थ थे। किसी भी क्षण कुछ भी हो सकता था। न वह आवाज़ लगाने की स्थिति में थे, न इस स्थिति में कि भागकर नीचे पहुँच जाएँ और कुंतो को थाम लें। वह उस पर से अपनी आँखें तक नहीं हटा पा रहे थे।

कुंतो सोई-सोई पुलिया के सिरे पर जा पहुँची थी। वह कहाँ जा रही है ? क्या गहरी नींद में भी उसे रास्ता सूझ रहा है ? कुंतो पुलिया के सिरे पर खड़ी थी, सामने की ओर देखती हुई। फिर वह धीरे-धीरे आगे की ओर क़दम बढ़ाने लगी। प्रोफ़ेस्साब चिल्लाने को हुए। उन्हें और तो कुछ नहीं सूझा, अपने पैर की चप्पल उतारकर खुली खिड़की की सीध में दे मारी। शायद इसके गिरने की आवाज़ से जयदेव जाग जाए। पर चप्पल खिड़की तक नहीं पहुँची और सीधे नीचे आँगन में जा गिरी।

तभी उन्होंने देखा, जयदेव खिड़कियों के पीछे से गलियारे में आ गया था और कमरे से निकलकर, दबे पाँव चलता हुआ कुंतो की ओर बढ़ रहा था। कुंतो पुलिया

के सिरे पर डोल-सी रही थी, तभी जयदेव आगे बढ़कर उसके पीछे जा खड़ा हुआ। फिर दबे पाँव ही आगे बढ़ता हुआ, अपने दोनों हाथ फैलाकर उसने कुंतो को बाँहों में भर लिया और वैसे ही चुपचाप बिना कोई हरकत किए वहीं खड़ा रहा। तभी प्रोफ़ेस्साब ने देखा, कुंतो ने सोए-सोए ही अपना सिर जयदेव के कंधे पर रख दिया है। जयदेव कुछ देर तक वहीं ठिठका खड़ा रहा, पर फिर धीरे-धीरे, कुंतो को थामे-ही-थामे वह मुड़ गया और उसे अपने साथ चलाते हुए कमरे की ओर बढ़ने लगा। कुंतो अभी भी सोई हुई थी, पर कहीं सोए-सोए ही आश्वस्त हो गई थी।

प्रोफ़ेस्साब का गला रुँध-रुँध गया और वह देर तक घबराए-से वहीं खड़े रहे, गहरे भावोद्रेक में डूबते-उतराते।

जब से जयदेव मीरपुर से लौटकर आया था, वह अपनी सुध-बुध खो बैठा था और बहुत परेशान रहने लगा था। सुषमा ने न तो कोई ख़त लिखा था, न ही कभी घर पर मिलने आई थी। श्रीनगर के लिए रवाना होने से पहले जयदेव ने छोटे को ताकीद की थी कि सुषमा से मिलकर आए, उसकी ख़ैर-ख़बर ले और उसे इत्तला करता रहे। पर छोटे का भी अभी तक कुछ पता नहीं था कि कब आएगा और क्या ख़बर लाएगा, आएगा भी या नहीं।

कुंतो और जयदेव के बीच जब भी सुषमा का ज़िक्र आता तो जयदेव भड़क उठता। बहुत दिन पहले जब कुंतो को पता चला था कि गिरीश सुषमा की उपेक्षा करने लगा है तो कुंतो ने हँसी-हँसी में कहा था, "सुषमा किताब लेकर अलग-थलग बैठ जाती होगी। उसे चाहिए गिरीश के साथ बतियाया करे, वह बिगड़े तो उसके गले में बाँहें डाल दिया करे।"

यह वाक्य ही सुनकर जयदेव को जैसे चाबुक-सी लगी थी। सुषमा, गिरीश के गले में बाँहें डाले, इसकी कल्पना भी जयदेव के लिए असह्य थी। "तुम कभी नहीं समझोगी", उसने कहा था। "उसका किसी दूसरी लड़की के साथ याराना चल रहा है। इसकी मुझे कोई ख़बर नहीं थी, वह मुझसे छिपाता रहा है।"

"जानती हूँ पर वह भी तो ब्याही हुई है। उसके साथ गिरीश रह तो नहीं सकता। सुषमा उसे अपनी ओर खींच सकती है, पर वह उसके सामने चुप्पू बनी रहती होगी, इंटलेक्चुअल बनने की कोशिश करती रहती होगी।"

"चुप रहो, कुंतो ! यह बकवास बंद करो !" जयदेव ने लगभग चीख़कर कहा था।

कुंतो सन्नाटे में आ गई थी। जयदेव यों बौखला जाएगा, उसकी इसे आशा नहीं थी। अब उसे यक़ीन हो गया कि सुषमा, जयदेव की मौसेरी बहिन नहीं, वह जयदेव के रोम-रोम में बसी हुई है। उस वक़्त तो उसका चेहरा पीला पड़ गया था, और आँखें डबडबा आई थीं, पर वह चुप हो गई थी। उस रात वह बड़ी बेचैन रही थी,

तभी उसने मन-ही-मन निश्चय कर लिया था कि अब कभी भी सुषमा की चर्चा नहीं करेगी, इतना ही नहीं, जयदेव से किसी बात की अपेक्षा भी नहीं करेगी, उसके जीवन से चुपचाप निकल आएगी। मैं इसके रास्ते में रुकावट नहीं बनूँगी।

जयदेव ने बाद में अपनी सफ़ाई देने की कोशिश की थी, "तुम समझती क्यों नहीं हो ? गिरीश, लगता है, उसे छोड़ देगा। सुषमा बेघर हो जाएगी। उनका विवाह टूट रहा है। तुम इसे छोटी-सी बात समझती हो ?"

पर कुंतो चुप रही थी, जैसे अब कहने को कुछ बचा ही न हो। पर तभी से कुछ था जो कुंतो का कलेजा चाटने लगा था और वह गुमसुम रहने लगी थी।

कश्मीर के लिए रवाना होने से कुछ ही दिन पहले कुंतो की एक सहेली उससे मिलने आई थी। दोनों बचपन की सहेलियाँ थीं और उनके बीच कुछ भी छिपा नहीं था। वह सुषमा के प्रति जयदेव की आसक्ति के बारे में जानती थी। कुंतो का मुरझाया हुआ चेहरा देखकर ही वह समझ गई थी कि बात और ज़्यादा बिगड़ गई है।

"इस तरह घुलते रहने से क्या लाभ ? जयदेव की ज़िंदगी में से निकल आओगी तो इससे क्या होगा ? जयदेव के लिए तो तुमने मैदान ख़ाली कर दिया ? जयदेव पहले भी मनमानी करता था, अब और भी ज़्यादा मनमानी करेगा। और तू अंदर ही अंदर घुलती रहेगी। इससे होगा क्या ?"

"मैं उसे बाँधकर तो अपने साथ नहीं रख सकती।" कुंतो ने कहा था।

"तुम अपने को खींच लोगी, उसके रास्ते में रुकावट नहीं बनोगी तो इससे तुम्हें क्या मिलेगा ? तुम तो उसके लिए रास्ता और भी साफ़ कर दोगी।" कुंतो चुप बनी रही थी।

"कुछ तो करोगी ना, उसे इतना तो पता चले कि वह तुम्हारे साथ ज़्यादती कर रहा है।"

"मैं क्या करूँ ? वह बाहर से आए तो उसके साथ न बोलूँ ? उसे खाना न दूँ ? वह कुछ माँगे तो बुत बनी बैठी रहूँ ? कोई जवाब न दूँ ? वह किसी को घर पर बुलाए तो बाहर चली जाऊँ ?"

"तुम केवल सहना ही सहना जानती हो, विरोध करना नहीं जानती। उसे पता तो चले कि वह तुम्हें कष्ट पहुँचा रहा है।"

"वह खुद भी तो सुखी नहीं है।" कहते हुए कुंतो ने अपनी सहेली से बड़े आग्रह से कहा था, "मुझसे जो कहोगी, करूँगी। मैं तो पागल हूँ, मुझे कुछ नहीं सूझता। तुम मुझे बता दो ना, मैं क्या करूँ।"

"तुम्हारे बारे में बुआ ठीक कहती थी, तुम तो मक्खन का डला हो, उसमें सूई चुभोकर निकाल लो तो वह फिर वैसा का वैसा।"

कुंतो मुस्कुरा दी पर एक गहरी ठंडी साँस उसके कलेजे में से निकली, "मक्खन का डला नहीं, मिट्टी का लौंदा हूँ। सीधा क्यों नहीं कहती हो।" फिर धीमी विरक्त-सी

आवाज़ में बोली, "बली ने मुझसे कह दिया है कि मैं सुषमा के बिना नहीं रह सकता। वह मन ही मन छटपटाता रहता है। मैंने उससे कह दिया है कि सुषमा को ले आए, मैं उसे अपने पास रख लूँगी, और अगर कहोगे तो मैं कहीं चली जाऊँगी।"

"तुम कैसी बातें कर रही हो, कुंतो ? तुम्हें चाहिए कि जयदेव को उसकी गलती का एहसास कराओ।"

"गलती किस बात की लीला ? बली ने तो कोई गलती नहीं की।" फिर स्वयं ही कहने लगी, "बली ने मुझसे कभी कुछ नहीं छिपाया। उसका दिल शीशे की तरह साफ़ है", कहते-कहते कुंतो का गला रुँध गया था।

लीला हैरान हो रही थी कि कुंतो कैसी बहकी-बहकी बातें किए जा रही है।

"एक बात पूछूँ, कुंतो ? बुरा तो नहीं मानोगी ना ?"

"क्या है ?"

"अगर तुम्हारे प्रति जयदेव का रवैया बदल गया है तो तुम उसे अपने नज़दीक क्यों आने देती हो ? मैं तुम्हारी जगह होती तो पति को नज़दीक नहीं आने देती।"

कुंतो कुछ देर तक चुप रही, फिर बोली, "नज़दीक कैसे नहीं आने दूँ। वह दिन-भर न जाने कहाँ-कहाँ भटकता रहता है, शाम को थककर लौटता है। मैं उसे कैसे मना कर दूँ ?"

"इस तरह तो तुम उसे बढ़ावा दे रही हो, कुंतो ! वह और भी ज़्यादा मनमानी करेगा।"

कुंतो अपनी सहेली के चेहरे की ओर देखती रही, फिर धीरे से बोली, "वह जयदेव है, लीला, मैं क्या करूँ ?"

लीला स्तब्ध-सी कुंतो की ओर देखती रह गई थी। "यदि ऐसा है तो भुगतो, मैं क्या करूँ ? अंदर-ही-अंदर घुलती रहो", उसने खीझकर कहा था। "एक ओर तो जयदेव की ज़िंदगी से निकल आने की बात करती हो, दूसरी ओर उस पर निछावर भी हुई जा रही हो।" और कुछ देर बाद लीला उठकर चली गई थी।

कुंतो की मनःस्थिति ऐसी हो रही थी कि उसके लिए जैसे कल्पना और यथार्थ के बीच की विभाजन-रेखा मिट गई हो। ज़िंदगी की बेशक़ीमती चीज़ हाथ से निकल गई तो पीछे कंकड़-पत्थर बटोरने में क्या तुक है ? ज़िंदगी की बाजी हार गए तो फिर किसी के पीछे भागने, वास्ते डालने, शिकायतें करने, सफ़ाइयाँ देने में क्या रखा है ?

उन दिनों जयदेव और कुंतो के आपसी संबंध जैसे जड़ हो गए थे। जब कभी वे आपस में बात करते तो शीघ्र ही जयदेव तुनक उठता, जिस पर कुंतो का चेहरा पीला पड़ जाता और वह चुप हो जाती। कभी निराले में थोड़ा रो लेती पर फिर उस डूबते आदमी की तरह, जो पहले तो बहुत छटपटाता और हाथ-पैर मारता रहता है, पर शीघ्र ही यह जानकर कि अब कोई चारा नहीं रह गया है, अपने को

लहरों के हवाले छोड़ देता है, वह विरक्त-सी हो जाती है।

उधर सुषमा की स्थिति को लेकर जयदेव छटपटा रहा था। इसी के परिणामस्वरूप कुंतो के साथ अपने विवाह को लेकर वह ठगा-ठगा-सा महसूस करने लगा था। जब विवाह संपन्न हुआ था तब वह प्रोफ़ेस्साब के प्रति कृतज्ञ महसूस करता रहा था, कि उन्होंने उसे इस योग्य समझा कि अपनी बहिन का हाथ उसके हाथ में दे दिया। वह फूला नहीं समाया था और प्रोफ़ेस्साब के इस तर्क को स्वीकार कर लिया था कि हिंदू परिवारों में मौसी की बेटी बहिन बराबर होती है और उसके साथ विवाह असंभव है। और कुंतो प्रकाश-पुंज की भाँति उसके जीवन में आई थी—सुंदर, हँसमुख, दमकते चेहरेवाली और उस पर प्रोफ़ेस्साब की बहिन। नारी-शरीर के साथ उसका पहला प्रगाढ़ संपर्क हुआ था और उसने एक जुनून की तरह उसे अपने तिलिस्म में बाँध लिया था। पर अब वह बात नहीं रह गई थी। तिलिस्म का झीना-सा झिलमिलाता पर्दा आँखों के सामने से छन गया था। अब तो कुंतो अपनी गोल-गोल आँखें उसके चेहरे पर गाड़े जयदेव की बात सुन रही होती तो जयदेव को लगता जैसे कुंतो के पल्ले कुछ भी नहीं पड़ रहा है। हँसी-मज़ाक में कुछ कहती तो जयदेव को उसमें बोदा-सा बचकानापन नज़र आता, भावनाओं का छिछलापन। उसके सिर पर अस्त-व्यस्त से बाल, उसका तंग माथा, दोनों टाँगें चढ़ाकर कुर्सी पर बैठने की उसकी भौंडी आदत, सभी उसे अखरने लगे थे। ज़माना था जब इन्हीं में उसकी लापरवाह तबीयत झलका करती थी और जयदेव उस पर रीझ-रीझ गया था। जयदेव यह भूल गया था कि कुंतो, विवाह के बाद, इच्छाओं के अनुरूप ही अपने को ढालती रही थी। जयदेव को उसका गहने और जड़ाऊ सूट पहनना पसंद नहीं था, तो कुंतो ने उन सबको समेटकर एक ओर रख दिया था और एक बार भी आँख उठाकर उनकी ओर नहीं देखा था।

प्रोफ़ेस्साब के प्रति भी जयदेव का पहलेवाला श्रद्धा-भाव नहीं रह गया था। प्रोफ़ेस्साब के आदेश को उसने शिरोधार्य किया था, पर प्रोफ़ेस्साब ने उसकी भावनाओं को समझने की चेष्टा तक नहीं की, कभी-कभी उसे लगता जैसे प्रोफ़ेस्साब ने उसे बरगला लिया था, कि प्रोफ़ेस्साब ने बड़ी चतुराई से अपनी बात मनवा ली थी।

उस रोज़ शाम को वह देर तक प्रोफ़ेस्साब के साथ चिनार के पेड़ों के नीचे टहलता रहा था। ज़माना था जब प्रोफ़ेस्साब के साथ चलते हुए उसे बड़ा सुकून मिला करता था, उनके मुँह से निकले हुए एक-एक शब्द को वह बड़े ध्यान से सुना करता था। पर आज उसका क्षुब्ध मन कुछ भी नहीं सुन पा रहा था। उसका मन, भटक-भटककर, सुषमा की ओर दौड़ जाता। उसे लगता जैसे सुषमा गिरीश के घर से बाहर निकल रही है और उसके पीछे दहलीज़ पर खड़ा गिरीश, उजला कुर्ता-पाजामा पहने, खटाक से दरवाज़ा बंद कर देता है, और सुषमा लड़खड़ाती हुई-सी, गली में आ गई है। इस कल्पना-चित्र के आँखों के सामने आने की देर थी कि जयदेव सिर से पाँव तक सिहर उठा। एक चिंगारी-सी उसके अंदर जल उठी।

सुषमा गहरे क्लेश में है और मैं उसे निःसहाय छोड़कर, प्रोफ़ेस्साब के साथ बौद्धिक वार्तालाप का स्वाँग रच रहा हूँ। एक गहरी टीस उसके दिल में उठी थी।

"प्रोफ़ेस्साब, मैं एक बात के बारे में आपसे बात करना चाहता हूँ। सुषमा बहुत दुखी है, गिरीश किसी भी दिन उसे घर से निकाल सकता है। मेरी समझ में कुछ नहीं आता, मैं क्या करूँ ?"

प्रोफ़ेस्साब ठिठककर खड़े हो गए थे। यह अप्रत्याशित वाक्य सुनकर वह चौंक-से गए थे। इससे पहले कि वह संभल पाएँ, जयदेव ने कहा, "मैं उसे अकेला नहीं छोड़ सकता। मैं उसके बिना नहीं रह सकता। वह न जाने कहाँ मारी-मारी फिरेगी।"

जिस क्षोभ को प्रोफ़ेस्साब स्वयं अपने सीने में दबाए हुए थे, वह इस वाक्य से फट पड़ने को हुआ।—तुम्हें सुषमा की बहुत चिंता है, कुंतो भले ही घुल-घुलकर मर जाए। तू अभी भी अपनी मौसेरी बहिन के पीछे लट्टू हुआ घूम रहा है। पर प्रोफ़ेस्साब मुँह से कुछ नहीं बोले। अपनी भावनाओं को अपने काबू में रखना ही उनका सबसे बड़ा गुण था। अपने क्षोभ को दबाए रखने में ही हित है। मैं इसे कुछ कहूँ तो पलटकर यह मुझे भी बुरा-भला कह सकता है, कुंतो का भविष्य इससे सुधरेगा नहीं। यह फिर भी हमारा दामाद है। यह बिफर उठा तो नुकसान कुंतो का ही होगा।

प्रोफ़ेस्साब ने अपना हाथ जयदेव की कुहनी पर रखा और अपनी समतल, शांत आवाज़ में बोले, "मैं तुम्हारी चिंता और व्याकुलता को समझ सकता हूँ। मैं भी नहीं चाहता कि सुषमा दुःखी हो। विवाह का टूटना कोई मामूली बात नहीं है। ··· इस समय सुषमा कहाँ है ?"

जयदेव ने तड़पकर कहा, 'मैं नहीं जानता कहाँ है। वह अपने माँ-बाप के घर भी नहीं जाना चाहती और हमारे घर भी नहीं आना चाहती। ···"

"तुम उसे अपने घर ले आओ जयदेव।"

"वह यहाँ नहीं आना चाहती। वह अपने माँ-बाप के पास भी नहीं जाएगी।"

"एक बात सच-सच बताओ, जयदेव ! क्या तुम कुंतो को छोड़कर सुषमा के साथ रहना चाहते हो ?"

जयदेव चौंक गया।

"मैंने यह कब कहा, प्रोफ़ेस्साब ?"

"मैंने इसीलिए पूछ लिया", प्रोफ़ेस्साब बोले। "अगर तुम्हारा विचार सुषमा के साथ रहने का है तो मैं कुंतो को कल ही अपने साथ वापस ले जाऊँगा।"

प्रोफ़ेस्साब की आवाज़ में दृढ़ता थी, कुछ-कुछ रुखाई थी। जयदेव स्तब्ध-सा रह गया।

"आप क्या कह रहे हैं, प्रोफ़ेस्साब ?"

"दोष मेरा है, जयदेव ! तुमने तो विवाह के पहले मुझसे साफ़-साफ़ कह दिया था कि सुषमा तुम्हें अच्छी लगती है। मुझे मान लेना चाहिए था। तुम्हारे साथ फिर

जो होता, देखा जाता। मैंने तुम्हारी स्थिति को असंभव-सा मानकर ही यह परामर्श दिया था। पर मुझसे भूल हुई। · · ·"

जयदेव की स्थिति उस योद्धा की-सी हो रही थी जो तलवार निकालकर दुश्मन के सामने मैदान में उतरे और देखे कि दुश्मन के पास लड़ने को हथियार ही नहीं है।

"कुंतो से अलग होने का तो मुझे कभी ख़याल नहीं आया।"

तुम्हें ख़याल क्योंकर आएगा—प्रोफ़ेस्साब ने मन-ही-मन कहा। तुम्हारी गृहस्थी भी बनी रहे और तुम्हारा अभिसार भी चलता रहे। पर वह मुँह से कुछ नहीं बोले।

थोड़ी देर तक दोनों चुपचाप टहलते रहे। फिर प्रोफ़ेस्साब ने कहा, उनकी आवाज़ में तनिक रुखाई आ गई थी, "मैंने तो तुमसे कहा है, कि बेशक सुषमा को अपने घर ले आओ। मैं कुंतो को यहाँ से ले जाता हूँ। बाद में जब कभी तुम्हारा मन ठिकाने पर आए तो देखा जाएगा।"

पर यह कहते हुए प्रोफ़ेस्साब फिर सँभल गए। वह स्वयं उत्तेजित हो रहे थे। थोड़ी देर के लिए चुप बने रहे, फिर बड़े धैर्य से जयदेव की कुहनी पर हाथ रखकर बोले, "यथार्थ में और हमारी भावनाओं में विरले ही कभी मेल बैठता है, जयदेव ! यथार्थ उस चट्टान की तरह है जिससे टकराकर हमारी भावनाएँ चूर-चूर हो जाती हैं।"

जयदेव को झटका-सा लगा। प्रोफ़ेस्साब क्या कहना चाहते हैं ? जयदेव का उत्तेजित मस्तिष्क कुछ भी ग्रहण नहीं कर पा रहा था। पर निश्चय ही प्रोफ़ेस्साब अपनी किसी धारणा को दार्शनिकता का रंग देकर मुझे समझाना चाहते हैं।

"यथार्थ की जकड़न से तुम नहीं निकल सकते। भावनाएँ तो आकाश-पाताल के कुलाबे मिला सकती हैं, पर उनके बल पर तुम जी नहीं सकते। यथार्थ की अवहेलना नहीं कर सकते। · · ·"

प्रोफ़ेस्साब बोले जा रहे थे। जयदेव इस इंतज़ार में था कि प्रोफ़ेस्साब इसमें से कौन-सा निष्कर्ष निकालेंगे।

"यथार्थ हमारी व्यवस्था है और व्यवस्था के अपने नियम हैं। हमारे समाज की अपनी प्रथाएँ-परंपराएँ हैं। इनको तोड़ने की कोशिश में इंसान खुद ही टूट जाता रहा है। कोई आदमी हर प्रेमिका के पीछे अपनी पत्नी को छोड़ता फिरे, समाज इसकी इजाज़त नहीं दे सकता। उसकी प्रेम-भावना भले ही कितनी ही सच्ची और गहरी क्यों न हो।"

जयदेव, प्रोफ़ेस्साब का आशय समझने लगा था। यह उस 'लट्ठ' की ओर इशारा था जिसकी चर्चा रामनाथ खी-खी करके किया करता था।

पर यह कहने के बाद प्रोफ़ेस्साब सँभल गए। वह जयदेव को केवल सावधान करना चाहते थे, एक तरह से चेतावनी देना चाहते थे। शायद अब भी ज़रूरत से कुछ ज़्यादा बोल गए थे। जयदेव की कुहनी पर अपने हाथ को दबाते हुए-से बोले,

"मेरा कोई इरादा तुम्हें परेशान करने का नहीं है। मैं तुम्हें सुखी देखना चाहता हूँ। यदि मेरा अपनी बहिन कुंतो के प्रति दायित्व है, तो तुम्हारे प्रति भी उतना ही गहरा दायित्व है। ···"

देर तक दोनों चिनार के पेड़ों के नीचे टहलते रहे थे। प्रोफ़ेस्साब, अपने स्वभावानुसार, चारों ओर फैले प्राकृतिक सौंदर्य की चर्चा करने लगे थे, "कौन मानेगा कि इतनी सुंदर सृष्टि में इतना अधिक क्लेश पाया जाता है !" और कुछ देर बाद अपने भाई धनराज का ज़िक्र करने लगे जिसे वह इस यात्रा पर अपने साथ ले आए थे, "तुम लोगों को बुरा तो नहीं लगा, मैं अपने साथ अपने भाई को भी उठा लाया ?" फिर धनराज की स्थिति की चर्चा करने लगे, उसके चरित्र का विश्लेषण करने लगे। प्रोफ़ेस्साब के चरित्र की एक विशेषता यह भी थी कि अपने घर-परिवार की बातें बिना किसी छिपाव-दुराव के बड़ी साफ़गोई से अपने मित्रों को बता दिया करते थे। मित्र-मंडली से उनके घर की कोई बात छिपी नहीं थी। उनका यह गुण उनकी मित्र-मंडली को उनके और ज़्यादा निकट ले आता था।

"मनुष्य का स्वभाव कितना विचित्र है, कई बार आदमी हैरान रह जाता है !" प्रोफ़ेस्साब कह रहे थे। "हमारा धन्ना एक और लड़की से प्रेम करने लगा है। वह बाहर की ही नहीं, हमारे शहर की ही रहनेवाली है।" फिर अपने फ़लसफ़ाना अंदाज़ में बोले, "इस लड़की के चेहरे में उसे सिंगापुरवाली की झलक नज़र आती होगी। अगर वह साँवली न होकर गोरी होती तो शायद धन्ना उसकी ओर कोई ध्यान न देता। धन्ने की नज़रों में तो वह सिंगापुरवाली का प्रतिरूप ही बनकर आई है।" फिर जयदेव की कुहनी पर हाथ रखकर, मानव चरित्र की विसंगतियों पर टिप्पणी करते हुए कहने लगे, "और अभी इसकी पत्नी को मरे तीन महीने भी नहीं हुए।"

जयदेव बीच में बोल पड़ा था, "आपको इसे जाने देना चाहिए था, प्रोफ़ेस्साब ! यह सिंगापुर लौट जाता तो ठीक था।"

"इसकी घरवाली मर तो गई, जयदेव ! पर वह पूरे सात साल तक इसकी राह देखती रही थी। यह फिर से उसे छोड़कर चला जाता ? सदा के लिए ? जिन स्त्रियों को साल-दर-साल तक इंतज़ार की यातना सहनी पड़ती है, तुम ज़रा उनके बारे में भी तो सोचो।" फिर रहस्योद्घाटन करने के-से लहज़े में बोले, "दो बार वह पहले भी अपनी जान पर खेल जाने की कोशिश कर चुकी थी।"

"तो क्या ··· उसने आत्महत्या की थी ?"

"आत्महत्या की थी या अचानक पल्लू को आग लग जाने से मरी थी, क्या फ़र्क़ पड़ता है। वह पहले ही तिल-तिल कर जल रही थी। ···"

प्रोफ़ेस्साब बात तो संयत भाषा में करते थे, पर निरुद्देश्य नहीं। उनकी बात सुनते हुए जयदेव चुप हो गया था और सोच में पड़ गया था। और प्रोफ़ेस्साब भी यही चाहते थे।

अपने बिस्तर पर लेटे-लेटे, सहदेव की आँखों के सामने हीरालाल का चेहरा बार-बार घूम जाता था। वह रात-भर करवटें बदलता रहा था। किसी-किसी वक़्त गला रुँध जाता और वह खाट पर उठ बैठता। इतना विचलित उसने पहले कभी महसूस नहीं किया था। पूरी रात वह झपकी तक नहीं ले पाया था।

श्रीनगर आते समय वह रास्ते-भर परेशान रहा था।

दो दिन पहले पुलिस ने हीरालाल का लगभग मृतप्राय शरीर आधी रात को उनके हवाले कर दिया था। पुलिस चौकी के बाहर वह और किशनसिंह खड़े थे, और पुलिस चौकी के बरामदे की तीन सीढ़ियों के पास हीरालाल पड़ा था—मुचड़ी हुई, खून के धब्बों से भरी मटमैली-सी चादर में लिपटा। छोटे की समझ में नहीं आ रहा था कि हीरालाल को वहाँ से कैसे ले जाएँ और कहाँ ले जाएँ। क्या उसे उसके घर ले जाएँ ? उस अँधेरी खोह में जिसमें उसकी अंधी माँ और उसकी घरवाली बैठी उसके लौटने का इंतज़ार कर रही हैं, पर जिनके पास हीरालाल के मुँह में घूँट-भर दूध डालना तो दूर, उसे ठिठुरन से बचा पाने का भी साधन नहीं है ?

सदर बाज़ार और शहर में कितना अंतर था ? यदि यही मनादी हीरालाल ने शहर के अंदर की होती और पुलिस उसकी पिटाई भी करती तो पुलिस चौकी के बाहर बीसियों लोग जमा हो जाते, रात हो या दिन, और उसे पलकों पर उठाकर ले जाते। अगर पुलिस चौकी के बाहर लोगों की भीड़ लगी होती तो वह खूँख़्वार थानेदार इस बेरहमी से हीरालाल को पीटता भी नहीं, कि पहले उसके नाक से, फिर उसके मुँह से खून बहने लगता और फिर उस अधमरे जीव को उठवाकर चौकी की सीढ़ियों पर डलवा दिया जाता। ··· सहदेव को जीवन का ऐसा अनुभव पहले कभी नहीं हुआ था, जहाँ त्रास और निःसहायता और साधनहीनता और एकाकीपन, एकसाथ, आपको अपने जबड़ों में दबोच लेने के लिए मुँह फाड़े खड़े हों। वह किंकर्तव्यविमूढ़-सा आँखें फाड़े देखता रह गया था। किशनसिंह अगर उसके साथ नहीं होता तो उससे कुछ भी बन न पाता।

किशनसिंह—दुबला-पतला किशनसिंह हीरालाल की पिटाई की सूचना मिलने पर भागता हुआ सहदेव को उसके घर से लिवा ले गया था। दोनों पहले कुछ फ़ासिला ताँगे में, फिर कुछ फ़ासिला भागते हुए तय कर, हाँफते-हाँफते पुलिस-थाने के सामने जा पहुँचे थे। उस वक़्त तक हीरालाल कितनी ही बार बेहोश हो चुका था।

यह तो पुलिस चौकी के जमादार ने बाद में बताया कि उसे कोड़ों से पीटते रहे थे और पिटाई किए जाने पर भी वह थाने के अंदर नारे लगाता रहा था। फिर सहसा वह चुप हो गया था, शांत, चेतनाशून्य, तब उसके मुँह में से लहू बहने लगा था। खाट पर लेटे-लेटे, सहदेव की आँखों के सामने हीरालाल का चेहरा बार-बार घूम जाता। लहू उसके मुँह के कोने से निकल-निकलकर उसके दाएँ गाल पर बहता हुआ उसकी गर्दन की ओर फैलता जा रहा था और उसकी आँखें मुँदने लगी थीं।

वह बेहोशी का पहला दौरा रहा होगा। कोड़े बरसानेवाले थानेदार ने भी हाथ खींच लिया था, इस डर से कि कहीं सचमुच ही मर न जाए। पर होश आने पर, मानो स्वभाववश ही हीरालाल की मुट्ठियाँ भिंच गई थीं और वह फिर से बुदबुदाने लगा था।

दुबला-पतला हीरालाल ! उसमें कहाँ से इतनी सकत आ गई थी ? मैं उसके बारे में कुछ भी तो नहीं जानता। उसके घर में एकाध बार जाना, उसकी अंधी माँ और घरवाली से मिलना कुछ जानना तो न हुआ। जब हीरालाल बोलता तो आग-बबूला होकर। चिड़ी-सी जान, पीला, दुबला चेहरा, उस पर जब पसीने की परत आ जाती तो लगता जैसे मुर्दे के चेहरे को चुपड़ दिया गया हो। छोटे-से हड्डियों के ढाँचे में आग-ही-आग सुलगती रहती थी, पर आग ऐसी जिसने उसके अंतर्तम को कंचन बना दिया था। कौन था हीरालाल ? ठेले पर रखे उसके ज़ख़्मी शरीर के पीछे-पीछे चलता सहदेव बार-बार यही सवाल अपने आपसे पूछता रहा था। ऐसे लोग कहाँ से आ जाते हैं ?

एक बार सहदेव ने उसे भोजन करते भी देखा था। शहर में कोई नेता आए थे और उनके सम्मान में सहभोज की व्यवस्था की गई थी। सभी लोग लंबी पाँतों में ज़मीन पर बैठे थे और सहदेव की बगल में ही बैठा हीरालाल, अपनी पतली-पतली उँगलियों से लुकमे तोड़ रहा था। एक-एक कौर को वह इस तरह से चबा रहा था जैसे उसे निचोड़-निचोड़कर ऊर्जा के सभी कण खींच लेगा, जिनकी उसे जीता रह पाने के लिए ज़रूरत थी। वह थोड़ा-सा खाना खाकर, शेष तीन-चार रोटियाँ और थोड़ा-सा सालन लपेटकर अपने साथ ले गया था, अपनी अंधी माँ और घरवाली के लिए।

एक बार सहदेव ने उसे राजा बाज़ार में भी देखा था। तब वह किसी रामबाण चूर्ण की मनादी कर रहा था। हाथ में डमरू, दूसरे हाथ में भोंपू, कंधों से लटकते, आगे-पीछे, रामबाण चूर्ण के पट और सिर पर जोकरोंवाली तिकोनी टोपी।

"लक्कड़ हज़म। पत्थर हज़म।" भोंपू में चिल्लाकर उसने अपनी मनादी शुरू की थी। उसे चूरन की मनादी करते देखकर सहदेव को धक्का-सा लगा था। क्या हीरालाल यह काम भी करता है ? और वह एक ओर खड़ा उसकी मनादी सुनता रहा था। पर मनादी के बाद, लोगों के छंट जाने पर वह उससे जा मिला था।

"चूरन बेचते हैं, तभी थोड़ा देश का काम भी कर पाते हैं, सहदेव बाबू !" उसने हँसकर कहा था। "अठन्नी रोज की मिल जाती है, आटा-दाल की जुगत हो जाती है।" उसने खिली-खिली आवाज़ में कहा था। "पर ससुरा गला बैठ जाता है। किसी जलसे-जुलूस की मनादी घंटों करते रहो, गला नहीं बैठता, सारा शहर घूम आओ, गला नहीं बैठता। पर यहाँ दो जगह चूरन की हेंक लगाओ तो सुसरी गले में खर्र-खर्र होने लगती है। ···" यह कहते हुए वह थोड़ी दूर तक सहदेव के साथ हो लिया था। साथ-साथ चलते हुए हँसकर बोला, "आज़ादी के बाद इस सुसरी

खाँसी का भी इलाज करवाना है। बहुत-से काम लटके हुए हैं। पढ़ाई भी करूँगा। अब तीसरी जमात भी कोई पढ़ाई है ? · · ·"

जलसे-जुलूस की मनादी के अलावा, हीरालाल और उसके साथी किशनसिंह से तरह-तरह के और काम भी लिए जाते थे। यों पार्टी में हीरालाल और किशनसिंह, दोनों ही न तीन में, न तेरह में। पर दोनों हँसोड़ तबीयत के, श्रोताओं से निबटने का दोनों का अपना-अपना निराला ढंग था।

"ओ बीबियो !" हीरालाल शोर बढ़ जाने पर स्त्रियों को संबोधन करते हुए कहता, "ओ बीबियो, बच्चों को चुप कराओ ! चुप नहीं करते तो मुँह में मम्मी दो!" फिर आवाज़ ऊँची करके किसी बुजुर्ग से चिल्लाकर कहता, "ओ बुजुर्गो ! ओ सफेद दाढ़ी ! · · · ओ लालाजी, गुलाबी पग्गड़वालो, पीछे खड़े लोगों को जगह दो। थोड़ा घीसी करके आगे सरक आओ। आ जाओ मेहरबान !"

उस दिन भी जब वह सदर बाज़ार में जाकर मनादी करने का दुःसाहस कर बैठा था, बख़्शीजी ने उसे रोका भी था, समझाया भी था, डाँट-फटकार भी की थी और जवाब में वह सिर झटकता रहा था, "ओ बख़्शीजी, हमें क्या समझाते हो ? क्या सदर बाज़ार हिंदुस्तान में है या विलायत में ? वह हमारे देश के अंदर नहीं है ? क्या हम अपने देश के अंदर मनादी भी नहीं कर सकते ?"

और जब बख़्शीजी तैश में आ गए थे तो दुबला-पतला हीरालाल भी तैश में आ गया था, "ओ बख़्शीजी, चूड़ियाँ पहनकर घर में जा बैठो। जब बापू आंदोलन चलाएँगे तो छः महीने जेल की सैर फिर कर आना। हमें नहीं सिखाओ आज़ादी की जंग कैसे लड़ी जाती है।"

खाट पर बैठा सहदेव फिर से विचलित हो उठा था। मुझे उस वक़्त उसे रोक देना चाहिए था। उसे मैं मना करता तो वह रुक जाता। मेरी बात मान लेता। पर मैं केवल इतना ही कह पाया, "बस, चुप हो जाओ, हीरालाल ! बड़ों के साथ इस तरह बदतमीज़ी से बात करते हैं क्या ?"

"मैंने क्या कहा है, शहर में मनादी हो सकती है तो क्या सदर बाज़ार में मनादी नहीं हो सकती ?" हीरालाल ने कहा था। उसकी आवाज़ में ऐसी गूँज थी जिसके सामने सभी तर्क अपना अर्थ खो बैठते थे।

"यह तो पागल है, इसका दिमाग ठिकाने नहीं है", बख़्शीजी बोले थे। "यह नहीं समझेगा।" और फिर बुजुर्गों की तरह उसके कंधे पर हाथ रखकर बोले थे, "बर्खुरदार, हमारी इतनी ताकत नहीं है, हम थोड़े-से लोग यहाँ देश का काम कर रहे हैं। वहाँ अंग्रेज़ी फौज़ के दस्ते रहते हैं। वहाँ मनादी करेंगे तो वे कभी बर्दाश्त नहीं करेंगे, वे हमें भून डालेंगे।"

"ओ बख़्शीजी !" हीरालाल की आवाज़ ऊँची हो गई थी। "वे तो हमें शहर में भी भून सकते हैं, भून डालेंगे। हम तो फ़क़त अपनी आवाज़ उठा सकते हैं। क्यों, हम अपनी आवाज़ भी न उठाएँ ?".

"यह नहीं समझेगा यार। इसके दिमाग में फतूर है", और बख़्शीजी पल्ला झाड़कर चले गए थे।

उस वक़्त मैंने हीरालाल को क्यों नहीं रोका ? मैंने उसे क्यों नहीं समझाया ? पर वास्तव में मैं स्वयं दुःसाहसिक हो रहा था, मैं खुद मनादीवाले ताँगे पर कूदकर बैठ जाना चाहता था।

ज्यों ही बख़्शीजी ने पीठ मोड़ी थी कि हीरालाल दफ़्तर में से मनादी का ढोल उठा लाया था। एक हाथ में भोंपू भी उठाए हुए था। तब सहदेव भी वहीं पर खड़ा था, हेमराज भी था, कश्मीरीलाल भी था, किशनसिंह भी था जो हीरालाल के साथ-साथ दफ़्तर से चला आया था। ढोल को देखकर सहदेव की टाँगें लरज गई थीं। हीरालाल भले ही सदर बाज़ार के माहौल से परिचित न हो, पर सहदेव भली भाँति परिचित था। वह वहाँ बहुत बार गया था—अंग्रेज़ी किताबों की दूकान पर, माल रोड पर हवाखोरी करने, अंग्रेज़ी सिनेमाघर में फ़िल्में देखने। यह सब रहते हुए भी अंग्रेज़ी राज के ख़िलाफ़ उसका खून भी खौलता था। हीरालाल ने यह सब नहीं देखा था, अंग्रेज़ी उपन्यास नहीं पढ़े थे, अंग्रेज़ जोड़ों को नाचते नहीं देखा था। शायद इसीलिए मनादी के ढोल को देखकर उसकी टाँगों में लरजिश नहीं हुई थी।

"कौन चलेगा मेरे साथ ?" हीरालाल ने कहा था। "आओ, किशनसिंह ! अड्डे की तरफ़ से चलेंगे, वहीं से मनादी शुरू करेंगे।"

और दफ़्तर के बाहर चार जोड़ी आँखें उसे ताकती रह गई थीं। सहदेव भी खड़ा देखता रह गया था। यह सचमुच बड़ा दुःसाहसिक काम था, पर साथ-ही-साथ वह हीरालाल के साथ ताँगे में कूदकर बैठ भी जाना चाहता था।

"बख़्शीजी निकल गए हैं। पैसे भी नहीं दे गए", हीरालाल कह रहा था। "निकालो यार किसी के पास पैसे हैं तो।" हीरालाल हाथ फैलाए हुए था, तभी सहदेव ने आगे बढ़कर पाँच का नोट उसकी हथेली पर रख दिया था।

किशनसिंह कूदकर ताँगे की पिछली सीट पर बैठ गया था और हीरालाल के हाथ से ढोल लेकर अपनी टाँगों के बीच रख लिया था। हीरालाल बाएँ हाथ में अपना भोंपू और दाएँ हाथ में झंडा उठाए अगली सीट पर जा बैठा था।

ताँगा सरकने लगा था। लहराते झंडे के नीचे मनादी का ढोल बराबर बज रहा था। अड्डे के पास ताँगा रुक गया और हीरालाल ने उठकर पहली मनादी की थी :

शहीदों की चिताओं पर लगेंगे हर बरस मेले
वतन पर मरनेवालों का यही बाकी निशाँ होगा।

वह इसी शेअर से अपनी मनादी शुरू किया करता था।

दूर चले जाने के बाद भी जब ताँगा आँखों से ओझल हो चुका था, ढोल की आवाज़ धीमी किंतु माहौल में एक प्रकार की धड़कन-सी पैदा करती हुई बराबर सुनाई देती रही थी।...

उसके बाद उसने हीरालाल को पुलिस चौकी के बरामदे की सीढ़ियों पर खून के धब्बों से भरी चादर में लिपटे, अधमरी हालत में देखा था, आग का बगूला ठंडा पड़ चुका था। आँखें खुली थीं मानो अभी भी कहीं पर लगी हों। पर न जाने क्यों सहदेव अभी भी उसकी ओर देखे जा रहा था। शायद इस उम्मीद में कि हीरालाल के मुँह से आवाज़ निकलेगी, "ओ बीबियो, अपने रोते बच्चों को चुप कराओ। चुप नहीं करते तो मुँह में मम्मी दो।" और वह स्वयं हँसने लगेगा। ··· "बहुत से काम अटके हुए हैं। आज़ादी के बाद इस सुसरी खाँसी का भी इलाज करवाना है। ···"

रात आधी से ज़्यादा बीत चुकी थी। रात के सन्नाटे में कहीं से भी उसे मृतप्राय देह को उठा ले जाने का प्रबंध कर पाना असंभव लग रहा था। सहदेव के तो हाथ-पाँव फूल रहे थे। ऐसे कामों के लिए यों भी उसकी सूझ काम नहीं करती थी। किशनसिंह सड़क पर से किसी ठेलेवाले को बुला लाने के लिए चला गया था। लगभग दो घंटे के बाद एक ठेले का इंतजाम हो पाया था और इसका सुझाव भी पुलिस चौकी के एक हवलदार ने दिया था, "कमेटी का जमादार, वही जो मरे हुए जानवर ढोकर ले जाता है, इधर पिछली गली में, क्वार्टरों में रहता है। उससे बात करो, मान जाएगा।"

हवलदार ने हमदर्दी दिखाते हुए कहा था, जिस पर सहदेव को अचंभा हुआ था। पुलिस का हवलदार क्यों हमदर्दी दिखाएगा ? पर कौन जाने उसके दिल में रहम जागा हो। जब हीरालाल को कोड़े पड़ रहे थे और वह मुट्ठियाँ भींचे नारे लगा रहा था तो क्या मालूम उसकी आवाज़ उसके दिल से टकराती रही हो, उसके दिल पर भी दस्तक देती रही हो।

फिर रात के सन्नाटे में हथठेले के पीछे चलते हुए, जिसे काला-कलूटा कमेटी का जमादार हाँक रहा था, वे शहर की ओर जाने लगे थे, उसी रास्ते से जिस रास्ते से पिछले दिन हीरालाल ताँगे पर सवार झंडा फहराता ढोल की आवाज़ में मस्त बार-बार मनादी करता रहा था, "शहीदों की चिताओं पर ···।"

कार्यालय के सामने पहुँचने पर किशनसिंह ने कहा था, "अब आप जाओ सहदेव बाबू, रात बहुत देर हो चुकी है। इसे मैं अपने घर ले जाऊँगा। अगर बच गया तो बच गया, नहीं तो जो वाहगुरु को मंजूर है। कुछ देर मैं इसके साथ निराले में बैठूँगा। पिछले दस साल से हम मनादी करते आ रहे हैं। ···" यह कहते हुए किशनसिंह बच्चों की तरह फफक-फफककर रो पड़ा था।

एक के बाद एक दृश्य उसकी आँखों के सामने घूमते रहे और पौ फटते-फटते उसे यह बात कचोटने लगी थी कि वह हीरालाल की अंधी माँ और घरवालों से मिले बिना ही श्रीनगर चला आया। उनकी क्या हालत होगी ? दिया तो हीरालाल के घर में पहले भी नहीं जलता था, अब कहाँ जलेगा ? क्या दुनिया में कुछ लोग ऐसे भी जीते हैं ?

पौ फट रही थी और वह अभी तक संभल नहीं पाया था। एक बार फिर झपकी ले पाने की कोशिश में उसने करवट बदली ही थी कि किसी ने अपना हाथ उसके कंधे पर रखा।

"बहुत सो लिया, अब उठो", किसी ने कहा। और वह चौंककर उठ बैठा। पलँग की पाटी पर कोई परिचित-सा व्यक्ति बैठा था, पर उसे पहचानने में छोटे को थोड़ी देर लगी। पिछले दिन का गुबार उसके मस्तिष्क से छँट नहीं पाया था। उसे इस बेतकल्लुफ़ लहज़े की अपेक्षा भी नहीं थी जिसमें यह पेशावरवाले सज्जन बोल रहे थे।

"ओ आप हैं, दिलबागजी ! माफ़ कीजिए, रात मैं देर से पहुँचा। सब लोग सोए पड़े थे। मैं सीधा कमरे में आ गया था।"

"अब तो मिल लिया ना", पेशावरवाले भाई साहब अभी भी बड़ी बेतकल्लुफ़ी से बोल रहे थे। "अब उठो और तैयार हो जाओ। तुम हमारे साथ पहलगाम चल रहे हो। मैंने तुम्हारे पिताजी से बात कर ली है। सब तैयारी मुकम्मल है। नाश्ते के बाद हम लोग रवाना हो जाएँगे।..."

और इससे पहले कि छोटे कुछ कहता, पेशावरी सज्जन ने कमरे से बाहर जाते-जाते कहा, "मुल्क का बहुत काम कर लिया, अब थोड़ी छुट्टी मनाओ।"

पहलगाम की यात्रा सहदेव के लिए एक भड़ैंत जैसी रही। उसे लग रहा था जैसे वह किसी दूसरी दुनिया में पहुँच गया है। इस दुनिया का उस दुनिया के साथ मेल क्यों नहीं बैठ रहा है जिसे मैं दो दिन पहले छोड़कर आया हूँ ?—जिसमें लहू के चकत्ते थे, पीड़ा थी, ज़िंदगी से खेल जाने का आग्रह भी था, रोम-रोम को उद्वेलित करनेवाला कोई अमूर्त-सा, किंतु प्रेरणाप्रद संकल्प भी था। उसकी तुलना में यह तो भड़ैंत है। कौन-सा घटनाक्रम स्वाभाविक था और कौन-सा अस्वाभाविक ? क्या दोनों की संगति कहीं बैठती है ? अगर ऐसा है तो वह उसे स्वीकार क्यों नहीं कर पा रहा है। इतना उखड़ा-उखड़ा क्यों महसूस किए जा रहा है ? क्यों नहीं कहता वह अपनी जगह, यह अपनी जगह, कभी मिलकर ही जीवन की बहुरंगी चादर बुनते हैं। कभी-कभी उसे लगने लगता कि हीरालाल से जुड़ा सारा घटनाक्रम एक स्वप्न था—हीरालाल नाम का कोई आदमी था भी या नहीं ? दूसरी ओर उसे किसी-किसी वक़्त लगने लगता जैसे अब वह कोई सपना देखने लगा है, किसी कल्पना लोक में पहुँच गया है। इनमें सच्चा कौन है और झूठा कौन ? या दोनों सच्चे हैं या दोनों झूठे हैं ?

पहलगाम को जानेवाली बस ज्यों-ज्यों फ़ासिले तय करती, चढ़ाइयाँ चढ़ती हुई आगे बढ़ती जाती, हीरालाल कहीं-न-कहीं, किसी-न-किसी रूप में आँखों के सामने आ जाता मानो उसे लौटा ले चलने के लिए पहुँच गया हो—कभी पेड़ों की लंबी पाँत में उसका चेहरा बस के साथ-साथ दौड़ने लगता। एक पुल को पार करते हुए, जिसके नीचे ठाठें मारता हुआ पहाड़ी नाला बह रहा था, उसे सचमुच लगा था जैसे

हीरालाल पुल के एक सिरे पर खड़ा उसकी राह देख रहा है।

पाँच घंटे में वे लोग पहलगाम पहुँच गए थे, लगभग भोजन के समय। उसके दो घंटे बाद उस भड़ैंत का अंत भी हो चुका था, और वह फिर से बस में बैठा श्रीनगर की ओर लौट रहा था।

बहुत दिन बाद उसने महसूस किया था कि उसमें से भी रिसता एक दर्द है, जैसा उस हृदयविदारक घटनाक्रम में से था, केवल उसका रूप-रंग भड़ैंत जैसा था। पर तब तक बहुत दिन बीत चुके थे।

पिछली रात पेशावर से आनेवाले भाई साहिब और उनकी पत्नी एक स्कीम बनाते रहे थे। जिस समय उनकी खुस-फुस चल रही थी उस समय भाई साहिब की छोटी बहिन, जिसकी सगाई पक्की करने वह इतना लंबा फ़ासिला तय करके आए थे, बगलवाले कमरे में मीठी नींद सो रही थी। अच्छी, गदराए शरीरवाली गोल-मटोल लड़की थी, और इसी कारण खूब गहरी नींद सोती थी। पीछे पेशावर में दो-तीन बार परिवार में इस बात का फ़ैसला भी हुआ था कि उसे भोजन के समय एक रोटी कम दी जाया करे ताकि उसके शरीर पर परत-दर-परत मांस की तहें न चढ़ती जाएँ। और वह मुँह खोलकर साँस लेना भी बंद कर दे। कम-से-कम सगाई पक्की हो जाने तक तो यह क्रम चलता रहे। पर इस उपचार का कोई उत्साहवर्धक परिणाम निकला हो, ऐसा नहीं जान पड़ता था।

"और कोई तरीका नहीं। घर मेहमानों से भरा है। लड़का ज्यों ही श्रीनगर पहुँचे, उसे अपने साथ पहलगाम ले चलो। दो-तीन दिन वहाँ हमारे साथ रहे। ···"

"पर जी, वह कोई छोटा बच्चा तो नहीं है ! क्या मालूम उसकी नज़र किसी दूसरी लड़की पर हो !"

इस पर भाई साहिब तुनक उठे, "लालाजी ने तीन साल पहले हमें जुबान दे दी थी। अब लड़का नहीं मानता, इसका क्या मतलब हुआ ? देखते हैं कैसे नहीं मानता, वाह जी !"

दो-एक बार पत्नी ने अपनी शंका व्यक्त की, फिर चुप हो गई। हमारे परिवारों में पत्नियाँ बोलती तो हैं, जिरह भी करती हैं, सख्त-सुस्त भी कह लेती हैं, पर एक सीमा तक। एक अदृश्य सीमा-रेखा तक पहुँचते-पहुँचते वे चुप हो जाती हैं, क्योंकि उसके आगे पति का एकछत्र अधिकार शुरू हो जाता है। उसके आगे वह मन-ही-मन कुढ़ सकती हैं, अपने भाग्य को कोस सकती हैं, पर पति का विरोध नहीं करतीं। पत्नी ने जो कहना था कह दिया, उसके बाद सब निर्णय पति के हाथ में।

"तुम पहलगाम की तैयारी कर लो। मैं लालाजी से मिल आया हूँ, उन्होंने इजाज़त दे दी है कि बेशक, सहदेव को अपने साथ ले जाओ।"

तभी साथवाले कमरे से हल्के-हल्के खर्राटे भरने की आवाज़ आई। भाई साहिब के तेवर चढ़ गए, "इसे समझा देना, वहाँ पर भकोसे नहीं। सारा वक़्त चरती रहती है। कभी समोसे खा रही है, तो कभी चाट खा रही है। इसका पेट ही नहीं भरता।"

पत्नी मुस्कुरा दी, पर चुप रही। जिस घर में वह ब्याहकर आई थी और पिछले बीस साल से रह रही थी, उसमें कौन नहीं भकोसता था ? बड़े बाबूजी थे तो उन्हें बालाई चाहिए, दूध की कड़ाही की खुरचन चाहिए, खाते भी थे और चूरन भी फाँकते रहते थे। घी में निचुड़ते पराँठे यदि इन पतिदेव को न मिलें तो यह रूठकर भोजन किए बिना उठ जाते थे—कभी मूली के पराँठे, तो कभी आलू के। सुबह का खाना खाते हुए भी शाम के भोजन के लिए सालन चुनने लगते थे। भरपेट खाना खा चुकने पर कौन शाम के भोजन के बारे में सोचना चाहता है ? पर नहीं—अच्छा, भली लोक, अब चाय के साथ का खिला रही हो ? तुम जलेबी मँगवा लो, पर करारी हों, गर्म गर्म ···

"तुम समझाओ जी, उसे मैं क्या समझाऊँ ?"

"कम-से-कम ये कुछ दिन तो हाथ खींचे रहे। हलवाई की दुकान के सामने से उसे ले ही नहीं जाओ। उधर जाए ही नहीं।"

होटल में दो कमरों का सैट लिया गया। एक में पति-पत्नी जम गए, दूसरे में दो और बिछौने बिछ गए। फिर सबने भरपेट भोजन किया।

भोजन के बाद भाई साहिब, सहदेव को लेकर टहलने निकल पड़े और उनकी पत्नी और बहिन कमरों में चली गईं। जब लौटकर आए तो पिछले कमरे में भाई साहिब की पत्नी और अगले कमरे में उनकी बहिन मुँह-सिर ढाँपे सो रही थीं। भाई साहिब पिछले कमरे में चले गए और दरवाज़ा अंदर से बंद कर लिया। सहदेव को थोड़ा संकोच तो हुआ पर फिर जूते उतारकर वह अपनी खाट पर लेट गया। अभी वह इस अनूठी स्थिति का अभ्यस्त हो ही रहा था कि पति-पत्नीवाले कमरे का दरवाज़ा खुला और भाई साहिब हाथ में बल्लम उठाए और पीछे-पीछे उनकी अर्द्धांगिनी, दोनों पहाड़ी नाले की सैर को निकल पड़े।

"मुझे तो दोपहर को सोने की आदत नहीं है, थोड़ा नदी किनारे घूम आएँ। चाय के वक़्त तक पहुँच जाएँगे। आप आराम करो", और झट से सीढ़ियाँ उतर गए। (बाद में सहदेव ने देखा कि उसके कमरे को भी बाहर से बंद कर गए हैं।)

सहदेव अभी अपनी स्थिति को समझने की चेष्टा कर ही रहा था कि सामने लेटी कन्या कुमारी ने मुँह पर से पल्ला हटा दिया और जम्हाई लेती हुई उठ बैठी।

लड़की गोरी-चिट्टी थी, भारी-भरकम भी थी, आँखों पर सुनहरे फ्रेम का चश्मा भी लगाए हुए थी, उम्र में यही सत्रह-अट्ठारह वर्ष की रही होगी।

"आप पानी पिएँगे ?" उसने पूछा और बिना उत्तर का इंतज़ार किए, साथवाले कमरे में पानी लाने चली गई। फिर लौटकर आई और सहदेव के सामने अपनी खाट पर बैठ गई। बैठते ही एक भरपूर जम्हाई ली और साथ ही एक भरपूर अँगड़ाई भी जिसमें उसके शरीर के अंग-प्रत्यंग ने सहयोग दिया। फिर सहदेव की ओर देखकर बच्चों की तरह मुस्कुराते हुए बोली, "यहाँ नींद बहुत आती है। मैं चाहूँ तो दिन-भर और रात-भर सोई रहूँ।" फिर अपनी पूरी बत्तीसी दिखाती हुई

कहने लगी, "यहाँ मुझे भूख भी बहुत लगती है। यहाँ का पानी ही ऐसा है। सारे वक़्त भूख लगी रहती है। पिछली बार हम लोग ऊपर प्लेटो पर रहते थे। वहाँ से खा-पीकर बाज़ार की ओर नीचे जाते, तो बाज़ार में पहुँचते ही भूख लग आती। वहाँ पंडित की दूकान पर पूरियाँ खाते। आपने पंडित की दूकान देखी है। बाज़ार के बिलकुल बीचोबीच है। वह हलवा भी बहुत अच्छा बनाता है। वहाँ से खा-पीकर घर लौटते तो पहुँचते ही फिर से भूख लग आती"—कहते-कहते वह हँस पड़ी। "पर भइया ने इन दिनों मेरा मिठाई खाना बंद कर रखा है। कहते हैं जब तक तेरी सगाई पक्की नहीं हो जाती तुम्हें पंडित की दूकान पर नहीं ले जाएँगे।" फिर सहसा ही बोल उठी, "हाय, यह मैं क्या कह बैठी ?" और अपने दोनों हाथ मुँह पर रख लिए। ऐनक के शीशों के पीछे से उसकी दोनों आँखें सहदेव के चेहरे पर लगी थीं।

थोड़ी देर तक तो लड़की मुँह बाँधे बैठी रही, फिर उससे बोले बिना नहीं रहा गया।

"अभी-अभी वे लोग आपसे कहते थे ना, कि वे नदी किनारे घूमने जा रहे हैं। पर मुझसे पूछो, वे दोनों पंडित की दूकान पर गए हैं। इस वक़्त वहीं पर होंगे और मिठाई खा रहे होंगे। ···" फिर सहसा ही वह सहदेव से, उलाहने क-से स्वर में बोली, "आप सगाई पक्की क्यों नहीं करते ?"

सहदेव चौंक-सा गया और भौंचक्क-सा लड़की के चेहरे की ओर देखने लगा। उसे लगा जैसे लड़की शायद स्वयं नहीं जानती कि सगाई क्या होती है।

"मैंने भइया से कहा", लड़की कह रही थी, "सगाई पक्की नहीं होगी तो इसका मतलब है मैं खाऊँ-पियूँगी ही नहीं ? ऐसे भी कभी हुआ है ? ऐसे भी कभी सगाइयाँ पक्की होती हैं ? पीछे मेरी सहेली कृष्णा की सगाई हुई। हम दोनों ने खूब डटकर पिस्ते की बर्फी खाई। इधर मेरी सगाई पर मैं कुछ न खाऊँ ?" फिर अपने पूरे भोलेपन के साथ सहदेव की ओर देखकर बोली, "आपको मीठी चीज़ें अच्छी लगती हैं या नमकीन ? ··· मुझे तो दोनों अच्छी लगती हैं। मैं चाट खाने लगूँ तो चाट ही खाती जाती हूँ। हलवा खाने लगूँ तो खाती ही जाती हूँ। ···"

फिर सहसा ही सहदेव को अन्यमनस्क-सा बैठा देखकर बोली, "आप इतने चुप क्यों हैं ? नींद आई है क्या ? तो सो जाइए ना। सो क्यों नहीं जाते ? ··· मैं भी सो जाऊँगी।"

बरसों बाद उस संक्षिप्त-से साक्षात को याद करते हुए सहदेव सोचा करता, यदि उस दिन वह अटपटा महसूस नहीं कर रहा होता और बार-बार हीरालाल का चेहरा उसकी आँखों के सामने आकर उसे परेशान नहीं कर रहा होता तो ज़िंदगी न जाने कौन-सा रुख़ पकड़ती।

लड़की ने एक और अँगड़ाई ली और चादर से मुँह-सिर लपेटकर खाट पर पसर गई।

जयदेव ने भी अपने जूते उतारे और खाट पर लेट गया। वह अभी भी अटपटा और किंकर्तव्यविमूढ़-सा महसूस कर रहा था। वह यहाँ क्यों चला आया ? यहाँ आने का मतलब ही क्या है ?

छत की ओर ताकता हुआ वह सोच ही रहा था कि लड़की हल्के-हल्के खर्राटे भरने लगी। तभी एक विचार सहदेव के मस्तिष्क में कौंध गया। निकल चलो, यहाँ से निकल चलो, भाग चलो, जितनी जल्दी हो सके भाग निकलो, इसी में निस्तार है ···

लड़की भाई-भावज के आदेश के प्रतिकूल सो गई थी। उसके खर्राटे बराबर चल रहे थे। या क्या मालूम वह सोने का बहाना कर रही हो ? जो भी रहा हो, इससे सहदेव को भाग निकलने का मौका मिल गया था।

वह उठ बैठा, बिना खटका किए जूते पहने, फिर एक कोने में रखा अपना बैग उठाया और दबे पाँव चलता हुआ बाहर को जानेवाले दरवाज़े के पास जा पहुँचा। उसने देखा कि दरवाज़ा बाहर से बंद था। हल्का-सा दबाने पर भी वह नहीं खुला।—लड़की के भाई-भावज अपनी ओर से पूरा प्रबंध कर गए हैं, उसने मन-ही-मन कहा। लड़की अभी भी खर्राटे भर रही थी। जाहिर है, भावज द्वारा सिखाए गए गुर और तौर-तरीके उसे भूल चुके थे। सगाई पक्की करवाने का नुस्ख़ा इस भोली-भाली लड़की की समझ में ही शायद नहीं आया था।

अब करे तो क्या करे ? वह फिर से आकर खाट पर बैठ गया। भइयाजी सभी रास्ते बंद कर गए थे। तभी उसका ध्यान गुसलखाने की ओर जानेवाले दरवाज़े की ओर गया। सहदेव फिर से उठ बैठा और दबे पाँव गुसलखाने की ओर जाने लगा।

"आप बाहर जा रहे हैं ?" लड़की की आवाज़ थी। क्या वह कनखियों से सहदेव को सारा वक़्त देखती रही थी या करवट बदलने पर अचानक ही उसकी नींद टूट गई थी।

"क्यों ? क्या बात है ? तुम सोई नहीं ?" सहदेव के मुँह से निकला, पर कहते हुए उसके मन में स्थिरता आ गई। 'मैं थोड़ी देर के लिए बाहर जा रहा हूँ।"

"अच्छा ? ··· मेरा एक काम करेंगे ?"

सहदेव मुड़कर खड़ा हो गया।

"मैंने सोचा अगर आप बाहर जा रहे हों तो मेरे लिए छटाँक-भर हलवा पंडित की दूकान से ले आइए। ले आएँगे ना ! मगर भइया को नहीं बताना ··· पैसे दूँ ? मेरे पास पैसे हैं" और कहते हुए सिरहाने के नीचे पैसे टटोलने लगी।

"ले आऊँगा ···" अनायास ही सहदेव के मुँह से निकला और वह हँस दिया।

"पर भइया-भावज को नहीं बताना। नहीं बताएँगे ना !"

"नहीं बताऊँगा ···" सहदेव ने फिर से हँसकर कहा, पर अब तक वह गुसलखाने के अंदर जा चुका था और बाहर को खुलनेवाले दरवाज़े की ओर बढ़ता हुआ,

लकड़ी की सीढ़ियाँ उतरने लगा था। फिर नीचे पहुँचते ही अपना बैग झुलाता हुआ सीधा बस-अड्डे की ओर चल दिया था।

उसके अगले दिन प्रातः जब सहदेव उठा और घर-परिवार के लोगों से मिलने अपने कमरे से निकला तो सहसा उसे याद आया कि वह तो अपने साथ एक पत्र लाया है। श्रीनगर के लिए रवाना होने से पहले वह मौसी से मिलने गया था—केवल इतना-भर बताने के लिए कि वह कोतवाली में तो गया था पर सुषमा से नहीं मिल पाया था क्योंकि सारा दिन उसे कोतवाली के बाहर ही रुकना पड़ा था। मौसी ने कुछ नहीं कहा और चलते समय उसके हाथ में एक लिफ़ाफ़ा थमा दिया कि श्रीनगर पहुँचकर इसे घरवालों को दिखा देना। श्रीनगर पहुँचने पर वह किसी से मिल ही नहीं पाया था और सीधा पहलगाम का रुख़ किया था। वह भूल ही गया था कि उसकी जेब में कोई पत्र भी पड़ा है।

अब जो खोला तो देखा कि पत्र सुषमा की ओर से था और उसने अपनी माँ को लिखा था।

"माँ !

"मैं घर छोड़कर जा रही हूँ। मेरे कारण परिवार में कलह उठेगी। कहाँ, किस बात में मैं दोषी रही हूँ, मैं नहीं जानती। पर इनका घर छोड़ जाने का निर्णय मेरा ही है। यह मैं किसी के परामर्श से या किसी के दबाव में आकर नहीं कर रही हूँ। यह मेरा अपना फ़ैसला है। तुम कहोगी इस लड़की के मुँह में तो जुबान नहीं थी। यह तो कभी एक का तो कभी दूसरे का मुँह जोहती रहती थी। बात-बात पर तो इसके हाथ काँपते थे। झेंप से इसका मुँह लाल हो जाता था। मुँह से एक शब्द नहीं फूट पाता था। माँ, आज भी मैं वही सुषमा हूँ। यह पत्र लिखते हुए भी मेरा दिल धक्-धक् कर रहा है। पत्र द्वारा आपसे विदा भी इसीलिए ले रही हूँ क्योंकि मैं जानती हूँ कि अगर आपके पास आ गई तो अपना निर्णय बता नहीं पाऊँगी और बता भी दिया और आपको मंजूर नहीं हुआ तो क्या मालूम मेरा मन डोलने लगे और मैं फिर से अपने उसी जीवन में लौट जाऊँ जहाँ मेरे लिए घुटन-ही-घुटन है और अवहेलना और क्षोभ और चौबीसों घंटे हीनता का भाव। कभी एक का मुँह ताकने लगूँगी, कभी दूसरे का; और सभी मुझे नसीहत करते रहेंगे, मुझे रास्ता सुझाते रहेंगे।

"मेरे पतिदेव ने फिर एक बार कुछ दिन पहले एक छोटा-सा पुर्ज़ा लिखकर मेरी खाट पर रख दिया था। ऐसा तीसरी बार हुआ है। शायद अपनी बात पत्र द्वारा कहने का ढंग मैंने उन्हीं से सीखा है। अगर वह पुर्ज़ा मैंने स्वयं पहले देख लिया होता तो शायद प्रतिक्रिया वैसी ही होती जैसी उससे पहले ऐसे ही पुर्ज़े को पढ़कर हुई थी—दिल धक्-धक् करने लगता और मन कचोटने लगता कि मैं फिर कहाँ भूल कर बैठी हूँ। इस महापुरुष को कभी मेरे पति या मेरी भावनाओं के प्रति इतना ध्यान तक नहीं रहा कि अपने मन के भाव अगर लिखकर ही देना है तो

किसी ढंग के काग़ज़ पर तो लिखकर दिया करे। एक पुर्ज़ा तो उसने अखबार का एक पन्ना फाड़कर, उसके हाशिये पर टेढ़ी लाइनों में लिख दिया था—'हम एक-दूसरे के लिए नहीं बने हैं।' कुछ शब्द अखबार की पंक्तियों के ऊपर ही लिखे गए थे। अबकी बार उसने अपना निर्णय अखबारवाले के बिल की पिछली तरफ़ टेढ़े-मेढ़े अक्षरों में लिखकर मेरी खाट के निकट फ़र्श पर फेंक दिया था—'इस यातना का अंत कब होगा ? यह जकड़न कब टूटेगी ?'

"इस पर न किसी को संबोधित किया गया था, न उसके नीचे अपना नाम लिखा था। जब उसने पहला पुर्ज़ा लिखकर फेंका था तो मैंने समझा इसकी लिखी कविता की पंक्ति होगी जो अखबार बाँचते उसे सूझ गई होगी जिसे उसने वहीं अखबार पर ही लिख डाला होगा। और मैंने उसे दिखाकर पूछा भी था, 'कोई कविता लिख रहे हैं क्या ?' और वह इतना-भर कहकर कि 'तुम खुद समझ जाओगी', कमरे से बाहर चला गया था। पर मैं फिर भी नहीं समझ पाई। दूसरे पुर्ज़े को पढ़कर मुझे लगा था कि शायद यह मुझे संबोधित करके लिखा गया है। पर इस तीसरे पुर्ज़े को पढ़कर तो मैं कटकर रह गई। शायद अगर दो शब्दोंवाला यह पुर्ज़ा न लिखकर उसने बाकायदा किसी काग़ज़ पर लिख दिया होता तो मैं इतना अपमानित महसूस न करती। पर इस पुर्ज़े को पढ़ने पर, और वह भी फ़र्श पर से उठाकर जहाँ वह जूतों के बीच पड़ा था, मुझे सौ-सौ बिच्छू काट गए। दिल धक्-धक् करने के बजाय मुझे लगा जैसे मुझे आग लग गई हो। अगर मुझे जूतों में पड़ा वह पुर्ज़ा नहीं मिलता तो, माँ, मैं यह निर्णय नहीं ले पाती जो आज ले रही हूँ।

"मैंने आपको गलत लिखा था कि मैं आपके पास कुछ दिन के लिए आऊँगी। मैं उसका घर छोड़ चुकी थी। और छोड़ने से पहले मैंने एक धृष्टता भी की, वह पुर्ज़ा फाड़कर उसके सिरहाने रख आई ताकि उसे पता चल जाए कि मैंने उसे पढ़ भी लिया है और उसका उत्तर भी दे दिया है। जिस आदमी को मैं देवतुल्य मानती रही थी उसका अब मैं मुँह भी देखना नहीं चाहती थी। मेरा दिल अभी भी धधक रहा है। अपमान की मार सबसे बुरी मार होती है, पर वह चाबुक की मार की तरह पीठ को सालती ही नहीं, जगा भी देती है। मैंने एक और धृष्टता भी की है माँ, जो शायद मुझे नहीं करनी चाहिए थी। मैं वह साड़ी भी उस पुर्ज़े के टुकड़ों के नीचे रख आई जो उसने मुझे कभी उपहारस्वरूप दी थी। मन तो चाहता था कि उसे भी टुकड़े-टुकड़े करके छोड़ आती, पर ऐसा करना मुझे सही नहीं लगा।

"माँ, तुम मेरी चिंता न करना। जिस जकड़न से वह मुक्त होना चाहता था उससे मैं स्वयं अपने को मुक्त महसूस करने लगी हूँ। कुबड़े को लातकारी आ गई है।

"मैं शांतिनिकेतन जा रही हूँ। कभी वहाँ जाना मेरे दिल की साध रही थी। आज लगता है उस साध को पूरा कर पाऊँगी। इसलिए मन में उत्सुकता-सी—और वह भी पहली बार—महसूस करने लगी हूँ। अब तो वहाँ जाऊँगी ही। अब वहाँ

से लौटी भी तो कम-से-कम उसकी दीवारों को छूकर, उसके आँगन में साँस लेकर तो आऊँगी। मन की इतनी-सी साध तो पूरी कर ही लूँगी।

"एक अनुरोध है, माँ। एक हफ़्ते तक, केवल सात दिन तक मेरे इस निर्णय के बारे में किसी को नहीं बताना। इसकी हवा तक बाहर न निकले। बड़े भैया को भी नहीं, जयदेव भैया को भी नहीं। किसी को भी नहीं। सात दिन के बाद बेशक इसका ढिंढोरा पिटवा देना क्योंकि तब मैं शांतिनिकेतन पहुँच चुकी होऊँगी।

"आँखों के सामने एक झीना-सा पर्दा सारा वक़्त टँगा रहता है, माँ! जो भविष्य को ढँके भी रहता है, पर जिसमें से भविष्य की हल्की-सी झलक भी मिलती रहती है। पर पर्दे के दूर पीछे क्या है, इसका अंदाज़ नहीं मिलता।

"इस समय तो इस झीने पर्दे के पीछे शांतिनिकेतन झिलमिला रहा है और मेरी आँखें उसी पर लगी हैं। उसके दूर पीछे क्या है, यह मैं नहीं जानती और इस समय जानने की इच्छा भी नहीं है।

"मेरे पास कुछ पैसे हैं, तुम चिंता न करना। मैं वहाँ पहुँचकर स्वयं पत्र लिखूँगी जिससे तुम्हें विश्वास हो जाएगा कि मैंने शांतिनिकेतन का ही रुख़ किया है। न तो कहीं डूब मरने का, न किसी के संग भाग जाने का, न साध्वी बनने का। संगीत सीखने की लालसा लेकर जा रही हूँ।

"उस रात जब यह नहीं लौटा था और मैं देर रात तक उसके इंतज़ार में जागती और तड़पती रही थी, तो आधी रात बीत जाने पर मुझे कहीं झपकी आ गई थी। मैं नहीं जानती मैं कब तक सोई रही, पर सोए-सोए ही मुझे ऐसा भास हुआ जैसे कोई गा रहा है और उसके स्वर—मधुर, अत्यंत मधुर—मेरी नींद में घुल-मिल रहे थे। सोए-सोए ही मुझे लगा जैसे मैं संगीत की लहरों पर तिरती जा रही हूँ। धीरे-धीरे मेरी आँख खुली। गीत के स्वर अभी भी सुनाई दे रहे थे। उतने ही सुन्दर, उतने ही मधुर। मैंने ध्यान से सुना। पड़ोस में कोई लड़की गा रही थी। मेरी नींद खुल गई और मैं उठ बैठी। कोई लड़की हारमोनियम पर अभ्यास कर रही थी। भोर का समय रहा होगा, पर वायुमंडल में उसके स्वर गूँज रहे थे। मुझे लगा जैसे मैं किसी अत्यंत सुंदर स्थल पर पहुँच गई हूँ। कभी, बरसों पहले मैं भी संगीत का अभ्यास किया करती थी। सुनते हुए मैं झूम-झूम उठी और साथ-ही-साथ मुझे रुलाई भी आ गई। मैं मंत्रमुग्ध-सी उस गीत के सरल, सीधे बोल सुनती भी जाती और अपनी भावनाओं में डूबती भी जाती।

"पर फिर दिन चढ़ आया। संगीत का अभ्यास बंद हो गया। मैं बिस्तर से उठकर घर के काम-काज में लग गई। धीरे-धीरे मैं अपने वर्तमान में लौट आई और तब लगभग मध्याह्न के समय वह पुर्ज़ा मुझे मिला जो जूतों के जोड़ों के निकट पड़ा था। तभी यह विचार मेरे मन में कौंध गया कि मैं तो शांतिनिकेतन जाऊँगी, ज़रूर जाऊँगी, कुछ भी हो जाए, भले ही वह मेरे सामने मृग-मरीचिका ही बनकर क्यों न आया हो, भले ही मैं पागलों की तरह उसी की रट लगाने लगी हूँ,

पर मुझे लगा जैसे मेरे सामने मेरा रास्ता खुल गया है।

"और माँ, एक प्रार्थना भी है। अब कभी उस कोठरी में न बैठना। कोठरी में जा बैठना आत्म-प्रताड़ना ही नहीं, अपना अपमान स्वयं करना है। कभी मुझमें सामर्थ्य हुई तो मैं तुम्हें अपने साथ ले चलूँगी और मैं तुम्हारी सेवा कर तुम्हारे जीवन-भर की थकान दूर कर दूँगी।

"अब मुझे बाँहों में भरकर विदा करो, माँ !

"तुम्हारी बिटिया
सुषमा"

19

इन घटनाओं को घटे एक अरसा बीत चुका है। बहुत-से लोगों की ज़िंदगी नई करवट ले चुकी है। बहुत-कुछ था जो पिछले थपेड़ों में छिन्न-भिन्न हो गया था। बहुत-कुछ ऐसा भी था जो बच निकला था। प्रकृति के नियमों में शायद यह भी एक नियम रहा हो कि जब कोई इंसान अपनी छटपटाहट में हाँफने लगे तो उसकी ज़िंदगी में कुछ देर के लिए स्थिरता आ जाए, ज़िंदगी की भाग-दौड़ कुछ समय के लिए थम-सी जाए; और लगने लगे कि जो कुछ घटता रहा था उसकी कालावधि समाप्त हो चुकी है, वह अतीत के गर्त में पहुँच चुका है। और, ज़िंदगी अपना नया पन्ना पलट रही है।

उस रात की घटनाओं के बाद जो श्रीनगरवाले घर में घटती रही थीं, दूसरे दिन प्रोफ़ेस्साब घर के निकट, चिनार के पेड़ों के नीचे देर तक अकेले टहलते रहे थे। कुंतो की स्थिति को लेकर वह बहुत चिंतित थे। वह नींद में चलती हुई अगर नीचे आँगन में गिर पड़ती तो ? अब उसे यहाँ छोड़ जाना तो बहुत बड़ी भूल होगी। गत रात का दृश्य उनकी आँखों के सामने बार-बार घूम जाता और वह सिहर उठते। उन्हें जयदेव पर बेहद गुस्सा आया। अपनी आँखों के सामने अपनी बहिन की दुर्दशा देखकर भी मैं चुप बना रहूँ, जयदेव के साथ मीठा बोलूँ, उसका हितचिंतक बना रहूँ; और वह मनमानी करता रहे, कुंतो को काँटों में घसीटता रहे, और मैं खड़ा देखता रहूँ ? वह क्षुब्ध हो उठे थे।

पर शीघ्र ही वह ठिठक-से गए और अपने उत्तेजित मन को संयत करने की कोशिश करने लगे। पहली बार उन्हें लगने लगा था जैसे उनकी प्रतिक्रिया एक साधारण मनुष्य-जैसी होने लगी है। वह भी उसी तरह उत्तेजित होने लगे हैं जैसे उनका भाई धनराज उत्तेजित हो रहा था, और जयदेव के बारे में बुरा-भला कहने लगा था। यह सोचकर उनके अहम् को धक्का-सा लगा और वह अपने मन की उत्तेजना को शांत करने की भरसक चेष्टा करने लगे।

उनके क्षोभ का कारण एक और भी था। घर से निकलते समय उन्होंने जयदेव से कहा था कि वह उसका चिनारों के नीचे इंतज़ार करेंगे। 'मैं तुमसे दो-एक ज़रूरी बातें करना चाहता हूँ", उन्होंने कहा था और उसके साथ पाँच बजे का समय

निश्चित किया था, पर अब तो शाम के साये गहराने लगे थे और जयदेव नहीं आया था। पहले कभी ऐसा नहीं हुआ था। जयदेव सब काम छोड़कर उनके पास पहुँचा करता था। यही नहीं, उन्होंने अलग से सहदेव से भी कहा था, और अपने भाई धनराज से भी। तीनों में से एक भी नहीं पहुँचा था। इससे भी प्रोफ़ेस्साब को निराशा हुई थी, उन्हें लगने लगा था जैसे इन लड़कों की नज़र में मेरा कोई महत्व नहीं रह गया है, इनके लिए मेरी बात का कोई वज़न नहीं रह गया है।

सहदेव पहुँच जाता तो प्रोफ़ेस्साब उससे बिचौलिए का काम लेते जो उनके परामर्श को जयदेव तक पहुँचा देता। यों, प्रोफ़ेस्साब समझने लगे थे कि सहदेव भी उनके प्रभाव-क्षेत्र से निकल चुका है। कुछ वर्ष पहले जब चीनी रेस्तराँ में उसकी झड़प रेस्तराँ के मालिक से हो गई थी, और सहदेव आपे से बाहर हो गया था, और प्रोफ़ेस्साब खींचकर उसे रेस्तराँ के बाहर ले जाकर देर तक समझाते रहे थे, तभी प्रोफ़ेस्साब ने देख लिया था कि इस लड़के के सिर पर जुनून सवार होने जा रहा है, और अब यह किसी की नहीं सुनेगा।

और धनराज, उनका भाई, भी नहीं पहुँचा था। गत रात उसके कमरे में फ़र्श पर गिरी सिंगापुरवाली की तस्वीर देखकर प्रोफ़ेस्साब क्षुब्ध हो उठे थे। इस लड़के ने अपनी घरवाली की जान ले ली, थुलथुल इसके तलवे सहलाती रही, इसकी मिन्नतें करती रही, पर इस लंपट के कान पर जूँ तक न रेंगी। यह अभी भी उस डार्की डार्लिंग का राग आलापे जा रहा है। यों, प्रोफ़ेस्साब को धनराज की अधिक चिंता नहीं थी। वह तो उसे केवल इतना-भर समझाना चाहते थे कि पराए घर में, समधियों के घर में उसका रात को यों बहकना और शराब पीकर नाचना और देर तक ग्रामोफ़ोन बजाते रहना शोभा नहीं देता था। यों, धनराज के कारण चिंता की कोई बात नहीं थी। थुलथुल तो जा चुकी थी, और वह सिंगापुर नहीं गया और जाएगा भी नहीं। शायद उसका वहाँ लौट जाने का इरादा भी अब नहीं रहा, विशेष रूप से जब दोनों के बीच चिट्ठी-पत्री बंद हो चुकी थी। वह तो शराब के नशे में आत्मानुकंपा का रस लेने के लिए ही उस डार्की डार्लिंग की तस्वीर के सामने विलाप करता रहा है। उसे सामने रखकर निहारने, उससे बतियाने, उसे चूमने, उसके सामने आँसू बहाने का जो आनंद दो पेग पीने के बाद आता है, उससे वह अपने को वंचित करना नहीं चाहता था। प्रोफ़ेस्साब भी उसे इस सुख से वंचित करना नहीं चाहते थे, विशेष रूप से यह जानते हुए कि सिंगापुर जाने की इसकी बची-खुची ललक को शांत करने के लिए 'कोकिला' इसकी ज़िंदगी में प्रवेश कर चुकी है।

पर वह भी प्रोफ़ेस्साब के पास नहीं पहुँचा था। क्या उसने भी उनके आदेश की अवहेलना की है ? सहसा चलते-चलते प्रोफ़ेस्साब के दिल में टीस-सी उठी। लगता है, किसी एक को भी मेरी ज़रूरत नहीं रह गई है। और सोचा जाए तो किसी एक ने भी मेरी नहीं सुनी। क्या सचमुच मनुष्य अपनी वृत्तियों का दास है, उसके जीवन में विवेक का, उसके मस्तिष्क का कोई स्थान नहीं ? विवेक की भूमिका केवल तर्क

तक ही सीमित है ? उसकी वृत्तियाँ ही उसे जहाँ चाहें खींचकर ले जाती हैं ? मध्यम मार्ग, जिसे मैं आदर्श जीवन की आधारशिला मानता हूँ, क्या कोरी कल्पना ही है, मनभुलावा ही है, कोरा आदर्श ही है ? इसका व्यावहारिक जीवन से कुछ लेना-देना नहीं है ? क्या वह मात्र मस्तिष्क की ही उपज है, मस्तिष्क में ही बना रहता है और आख़िर मस्तिष्क में ही मर जाता है ? संतुलित जीवन क्या सचमुच मृग-मरीचिका है ? क्या मनुष्य के जीवन में उत्कट भावनाओं की ही निर्णायक भूमिका होती है, जुनून की, वासना की, धृष्टता, लालसा की ? क्या संतुलन नाम की कोई चीज़ है भी या नहीं ?

क्या रामनाथ ठीक कहता था कि मैंने एक मनभुलावा बना रखा है, कि जिस लीक को मैं मध्यम मार्ग का नाम देता हूँ, वास्तव में वह परंपरा की ही लीक है, कि वास्तव में मैं यथास्थिति में विश्वास करनेवाला घोर परंपरावादी हूँ, संतुलन के नाम पर मैं परंपरा का ही भक्त हूँ ? क्या यह सही है कि बरसों से एक ही विचारधारा से जुड़े रहने के कारण मेरा मस्तिष्क उस विचारधारा के ही ढर्रे पर चलता रहता है ? उसमें जड़ता आ गई है और मेरे लिए यह सोच पाना कठिन हो गया है कि जीवन को देखने का कोई और नज़रिया भी हो सकता है ?

पर प्रोफ़ेस्साब का मन नहीं माना। दृष्टि-दोष मुझमें नहीं है। वह उन लोगों में है जिन्होंने मेरी बात नहीं सुनी और मनमानी करते रहे हैं। मैंने क्या गुनाह किया है ? —वह क्षुब्ध होकर सोचने लगे। यदि जयदेव को अपनी मौसेरी बहिन के प्रति आकृष्ट होने से रोका है, तो इसमें जयदेव का भी हित था और मेरी बहिन कुंतो का भी। और देखा जाए तो सुषमा का भी। यदि अपने भाई धनराज को सिंगापुरवाली के प्रेमपाश से छुड़ाने की चिंता की है तो वह भी धनराज के ही भले के लिए, और बेचारी थुलथुल के भी भले के लिए जो सर्वथा निर्दोष थी। और यह सहदेव, जो लगता है शीघ्र ही घर से निकल जाएगा और बूढ़े माँ-बाप के लिए क्लेश का कारण बनेगा, इसने भी मेरी एक नहीं सुनी। मैंने इसका भी हित चाहते हुए इससे कहा कि उतनी चादर फैलाओ जिसमें तुम समा सको।

तभी प्रोफ़ेस्साब ने देखा, घरों के झुरमुट की ओर से सहदेव चला आ रहा था। वह तनिक चौंके, फिर सहसा ही उनका आत्मविश्वास लौट आया। नहीं, मेरी अवहेलना नहीं हुई है, कोई कारण रहा होगा जिससे ये लोग मेरे पास पहुँच नहीं पाए। मेरे परामर्श को ये लोग अभी भी महत्व देते हैं। सहदेव, जो मेरे प्रति सबसे अधिक उदासीन रहता था, वही मेरी ओर क़दम बढ़ाता चला आ रहा है। प्रोफ़ेस्साब के क़दमों में स्थिरता आ गई, उनका टूटता आत्मविश्वास फिर से ठिकाने पर आने लगा।

"यार, तुमने मुझे बहुत देर इंतज़ार करवाया। ···" उन्होंने बड़े दुलार से कहा, और कहते हुए छोटे से बग़लगीर हो गए और सामान्य से कुछ अधिक आग्रह के साथ उसे बाँहों में भींचे रहे।

'मैं जयदेव भइया के पास था, वहीं देर हो गई।"

"उसे भी अपने साथ ले आते", प्रोफ़ेस्साब ने कहा। "उसने भी तो यहाँ आने को कहा था।"

तभी छोटे ने सूचना दी, "सुषमा शांतिनिकेतन चली गई है।"

प्रोफ़ेस्साब ठिठककर खड़े हो गए। इस अप्रत्याशित सूचना से उनकी आँखों के सामने जैसे कोई बंद किवाड़ खुल गया हो।

"क्या सच ? तुम्हें कैसे मालूम है ?"

"श्रीनगर के लिए रवाना होने से पहले मैं मौसी से मिलने गया था तो उन्होंने मुझे एक चिट्ठी दी थी। मैंने उसे पढ़ा ही नहीं। जेब में पड़ी रही। आज सुबह उसकी याद आई। चिट्ठी सुषमा की ओर से थी। उसी में उसने लिखा है कि वह शांतिनिकेतन जा रही है।"

सुनते हुए प्रोफ़ेस्साब के मन का तनाव ढीला पड़ने लगा। एक बहुत बड़ी समस्या का हल अपने-आप ही निकल आया है। शांतिनिकेतन चली गई है तो इसका मतलब है जयदेव से भी दूर हो गई है। अपने पति से तो पहले ही अलग हो गई होगी। उसके बीच में से निकल जाने से जयदेव और कुंतो फिर से एक-दूसरे के निकट आ सकते हैं। दोनों के आपसी संबंधों में फिर से 'संतुलन' आ पाएगा (प्रोफ़ेस्साब अपना चहेता शब्द इस्तेमाल किए बिना न रह सके)। ऐसी स्थिति में कुंतो का यहीं बने रहना ही ठीक होगा। इसे अपने साथ ले जाने में क्या तुक है ! अच्छा हुआ जो पता चल गया, वरना क्या मालूम जयदेव से मैं कोई सख़्त-सुस्त कह देता।

"सुषमा ने बड़े साहस का काम किया है", प्रोफ़ेस्साब बोले। "वाह, जिस लड़की को मैं भीरु-स्वभाव समझता था, उसी ने इतना साहसिक क़दम उठाया है", प्रोफ़ेस्साब ने जैसे गद्‌गद होकर कहा।

प्रोफ़ेस्साब के अत्यधिक उत्साह को देखकर सहदेव को अचंभा हुआ। कोई लड़की घर छोड़ जाए, इसका अनुमोदन प्रोफ़ेस्साब तो इतनी जल्दी करनेवाले नहीं थे। सहदेव मन-ही-मन मुस्कुरा दिया। सुषमा के साहस की प्रशंसा यह इसलिए कर रहे हैं कि उसके चले जाने से कुंतो और जयदेव के आपसी संबंधों पर से उसका साया हट जाएगा। ··· रामनाथ होता तो चटखारा लेकर कहता, "एक और टूटते रिश्ते को 'मध्यम मार्ग' की चिप्पी लगाकर जोड़ने में सफल हो गए हैं, जोड़ने में नहीं, एक-दूसरे के साथ चिपकाने में ···" और अपनी ही वाक्‌पटुता पर ताली बजाता और खी-खी करके हँसने लगता।

कुछ देर तक दोनों चिनार-वृक्षों के नीचे टहलते रहे। ऐसी मनःस्थिति में जब प्रोफ़ेस्साब का आत्मविश्वास लौट आया था, वह बड़ी आत्मीयता से छोटे के सामने अपने गहनतम विचार और जो कुछ उन्होंने देखा-जाना था, उसका ब्योरा देते रहे।

दूसरे दिन से घर ख़ाली होने लगा था। पेशावरवाले बंधु, जो सगाई पक्की करने आए थे, छोटे के व्यवहार को देखकर बड़े निराश हुए थे। सहदेव से भी अधिक उन्हें अपनी लड़की के व्यवहार से, उसके बोदेपन से निराशा हुई थी।

"यह खुद सो गई होगी", पेशावरवाले सज्जन अपनी भड़ास निकाल रहे थे। "अब भुगतो, मैं क्या करूँ ? सैकड़ों रुपए खर्च करके इसे यहाँ लाए थे। मैंने इससे कहा भी था, उसके साथ बातें करना, उसके पास बैठना, हँसना-बोलना, अब मैं और क्या कहता। यह इतनी नासमझ निकली। हम लौटे तो यह मज़े से खर्राटे भर रही थी। इसे मालूम ही नहीं था, वह कहाँ गया, क्यों गया। ···"

इस पर उनकी पत्नी ने कहा, "क्या मालूम जी, उसकी नज़र में कोई और लड़की रही हो, वह छोटा बच्चा तो नहीं है !"

पेशावरवाले साहिब तुनक उठे थे, "उसकी नज़र में कोई और लड़की है तो हमें इसे पार नहीं लगाना है क्या ? हम हाथ पर हाथ रखे बैठे रहें क्या ?" फिर अपनी बहिन को संबोधित करते हुए बोले, "तू पेशावर से यहाँ सोने के लिए आई है ? घर में कम सोती थी क्या ?"

"इसे हमीं ने तो कहा था कि मुँह-सिर ढाँपकर खाट पर लेट जा", पत्नी बोली।

" 'लेट जा' तो इसलिए कहा था कि वह आए तो यह उठ बैठे, इसलिए नहीं कि खर्राटे भरने लगे !"

देर तक बहस करते रहने के बाद दोनों इस नतीज़े पर पहुँचे कि वापस श्रीनगर जाने में कोई तुक नहीं, उल्टे झेंप होगी। अब तो अमरनाथ की यात्रा करके ही लौटना चाहिए। कम-से-कम बाहर से तो पता चले कि हम लोग वास्तव में अमरनाथ स्वामी के दर्शन करने ही आए हैं। फिर अपनी बहिन को संबोधित करते हुए भाई साहिब बोले, "तुम्हें इस यात्रा में इतना चलाऊँगा कि तेरी सारी चर्बी पिघल जाएगी, तेरी सारी मिठाइयाँ निकाल दूँगा। ···"

इस पर वह बेशर्म लड़की, शर्मसार होने के बजाय, खिलखिलाकर हँसने लगी थी।

प्रोफ़ेस्साब और धनराज ने भी फ़ैसला किया कि घर लौटने से पहले वुलर झील की यात्रा कर लेनी चाहिए और अगर हो सके तो कुंतो और जयदेव को भी साथ ले चलना चाहिए। सुषमा तो जैसे स्वयं ही रास्ते से हट गई थी, कम-से-कम उस समय ऐसा ही जान पड़ रहा था। इससे प्रोफ़ेस्साब कुछ-कुछ निश्चिंत-सा महसूस करने लगे थे। कुंतो और जयदेव साथ में होंगे तो इस नई स्थिति पर विचार करने का अवसर भी मिल जाएगा।

धीरे-धीरे सब श्रीनगर छोड़ गए थे। माँ और पिताजी भी। केवल सहदेव अभी भी श्रीनगर में ही टिका हुआ था, वह भी कुछ दिन बाद लौट जाना चाहता था। जब

से आया था, उसका मन श्रीनगर में नहीं लग रहा था। देश की राजनीतिक सरगर्मियों में नया उबाल आता जा रहा था और उनसे दूर, अलग-थलग बैठे रहना उसके लिए संभव नहीं था। पर अच्छा ही हुआ जो वह कहीं नहीं गया, क्योंकि मेहमानों के चले जाने के कुछ ही दिन बाद, विद्या दीदी खाट से जा जुड़ी थी, स्टूल पर से छलाँगें लगा-लगाकर गर्भ गिराने का प्रयास विफल ही नहीं हुआ था, उसकी जान पर बन आई थी। उलाहने के स्वर में कहे गए एक छोटे-से वाक्य का इतना भयंकर परिणाम हो सकता है, इसकी किसे आशा रही होगी। जयदेव को जब पता चला तो वह झुँझला उठा था, अपने पर भी और दीदी पर भी। जीजाजी अभी दौरे पर ही थे, घर से दूर, मानो अज्ञातवास में हों, और उनसे संपर्क कर पाना लगभग असंभव था। सहदेव, दीदी और चार छोटे-छोटे बच्चों की देख-रेख में, जैसा उससे बन पड़ा, दौड़-धूप करने लगा। पर विद्या की हालत गिरती चली गई। तब तो जैसे मनुष्य के सीमित साधनों और कुदरत के भयंकर इरादों के बीच होड़ चलने लगी और कुदरत विद्या को पछाड़ती चली गई। पड़ोस में रहनेवाली किसी बुढ़िया ने विद्या की स्थिति को देखकर ढाढ़स बँधाते हुए कहा, डरने की कोई बात नहीं, केवल 'कौल' अपनी जगह से हिल गया है, लो मैं तीन-चार रोज़ मालिश कर दूँगी, वह अपनी जगह पर आ जाएगा। वह मालिश करती गई और विद्या की हालत बराबर बिगड़ती गई। सहदेव पड़ोस के ही किसी डाक्टर को बुला लाया। डाक्टर ने सिर हिलाकर कहा, "तुमने बहुत देर कर दी, आपरेशन करना ज़रूरी है, तुम इन्हें फ़ौरन अस्पताल में दाख़िल करवाओ", और सिर हिलाता, अफ़सोस ज़ाहिर करता हुआ चला गया। जब सहदेव ने अनुरोध किया कि आप ही इन्हें दाख़िल करवा दें तो सीढ़ियाँ उतरते हुए उसने इनकार कर दिया, "मैं अपनी ज़िम्मेवारी पर कुछ नहीं करूँगा। मरीज़ के पति को बुलाओ या पिता को ···" और कहता हुआ सीढ़ियाँ उतर गया था।

करवटें लेती हुई ज़िंदगी नए-नए चरणों में प्रवेश कर रही थी। जूझने के लिए नई-नई स्थितियाँ उभरकर सामने आ रही थीं। जब हम एक संकट से जूझ रहे होते हैं तो लगता है उसका समाधान हो जाने पर ज़िंदगी के गुंझल खुल जाएँगे, ज़िंदगी हमवार सतह पर आ जाएगी, पर वास्तव में एक संकट का समाधान करते समय अगले संकट के बीज बोए जा रहे होते हैं।

मरने से कुछ दिन पहले विद्या को दौरे-से पड़ने लगे थे। बुढ़िया पड़ोसिन पास में होती तो कहती 'पित्त' सिर को चढ़ गया है। पर लगभग हर बार ही दौरा पड़ने पर वह अपनी स्वर्गीया छोटी बहिन से बातें करने लगती, जो बरसों पहले दुनिया छोड़ चुकी थी। "सविता, मैं आ रही हूँ। मेरी प्यारी बहिन, मैं तेरे पास आ रही हूँ", यह कहते हुए विद्या के मुरझाए चेहरे पर मुस्कान खिल उठती, मानो सचमुच सविता उसकी आँखों के सामने आ गई हो और वह उससे बतियाने लगी हो।

पर जब दौरा समाप्त होता तो वह हैरान-सी दाएँ-बाएँ देखती, अपने बच्चों को

याद करती। कोई बच्चा पास में होता तो उसका सिर सहलाती, "तेरे बाल भी किसी ने नहीं काढ़े हैं, कैसा सूख गया है मेरी बिटिया का चेहरा। ··· मैं चंगी हो जाऊँगी तो उन्हें काढूँगी, उनमें तेल डालूँगी। ···" लगता जैसे भली-चंगी हो जाने पर उसका विश्वास फिर से लौट आता था।

कुछ दिन में ही जयदेव और कुंतो, और शहर से पिताजी और माँ पहुँच गए थे। उनके पहुँचने से पहले ही सहदेव ने विद्या को अस्पताल में दाख़िल करवा दिया था। पर वहाँ भी उसकी हालत गिरती गई थी। वहाँ भी उसे दौरे पड़ते रहे। उस हालत में उसकी दिवंगता बहिन उसकी आँखों के सामने प्रगट हो जाती और दीदी का चेहरा खिल उठता और वह चहक-चहककर उससे बातें करने लगती।

पर दौरे का असर दूर हो जाने पर फिर से उसकी आँखें अपने बच्चों को ढूँढ़ने लगतीं, या फिर वह अपने पति के घर लौटने के दिन गिनने लगती। महीने में सत्ताईस दिन का दौरा कभी एक कस्बे में, कभी दूसरे कस्बे में, और घर-परिवार में रहने के लिए केवल तीन दिन। दीदी से पूछो तो झट से कह दिया करती थी, "उन्हें गए उन्नीस दिन बीत गए हैं।"

लगता जैसे दीदी की आँखों के सामने वह कस्बा और कस्बे की वह दूकान आ गई हो जिस पर बैठा उसका पति दूकानदार से अपनी कंपनी के लिए आर्डर ले रहा था, "पंद्रह डिब्बे कैंची मार्का सिगरेट, बारह डिब्बे पोपट मार्का सिगरेट, दस डिब्बे रेड लैंप ···" दूकानदार बोलता जाता और विद्या दीदी का पति, आड़ी-तिरछी लकीरों से अटे लंबे-लंबे कागजों पर आर्डर दर्ज करता जाता। कहीं एक भी अंक गलत नहीं होता था, कहीं पर भी एक अंक काटकर दूसरा अंक नहीं लिखा जाता था। वह हर काम करीने से करता था। जो काम करो पूरी सफ़ाई से करो, करीने से करो, वफ़ादारी से करो—उसकी ज़िंदगी का उसूल था। वह अपने लिए सिगरेट भी अपनी ज़ेब से ख़रीदकर पीता था। वह किस दिन किस कस्बे में होगा, कहाँ पर उसे ख़त डाला जाए, किसकी मार्फ़त डाला जाए, किसी को कुछ मालूम नहीं था। पर उस दिन विद्या लेटे-लेटे ही उससे भी बातें करने लगी थी, उसे उलाहना देने लगी थी, मानो उसने उसे ढूँढ़ निकाला हो, "जी, आप यहाँ बैठे हो ? आप ठीक हो न जी, आपको खाना ठीक मिल जाता है ? आप कब लौटोगे ? मैं बीमार हूँ। बिस्तर पर पड़ी हूँ। बच्चों की देखभाल नहीं कर सकती। आप तो ऐसे जाते हो कि लौटने का नाम ही नहीं लेते। ···"

बाद में पता चला था कि दीदी के उलाहने के स्वर, जीजाजी के कानों में पड़ गए थे, क्योंकि दिन-भर के काम-काज के बाद जब वह अपने ठिकाने पर पहुँचे थे तो उद्विग्न-सा महसूस करने लगे थे। श्रीनगर से पैंसठ मील की दूरी पर, जहाँ झेलम नदी ठाठें मारती हुई बहती है, वहीं, उसी के किनारे बसे हुए एक गाँव में उस रोज़ उनका ठिकाना था।

उस रात वह बार-बार सोने की कोशिश करते पर नींद उचट जाती। जब भी

झपकी आती तो लगता जैसे चट्टानों से टकराती नदी की लहरों के गर्जन-तर्जन के ऊपर उन्हें क्षीण-सी कोई दूसरी आवाज़ भी सुनाई पड़ रही है, उन्हें संबोधित करती हुई, उन्हें बुलाती हुई—'हैं जी, आप यहाँ बैठे हो ? ··· आप कब लौटोगे ? ··· आप तो ऐसे जाते हो कि लौटने का नाम नहीं लेते। ···"

वह बेचैन हो उठे थे और हड़बड़ाकर उठ बैठे थे और बैठे-बैठे ही निश्चय कर लिया था कि सुबह होते ही पहली बस पकड़कर घर के लिए रवाना हो जाएँगे।

पर सुबह होने पर, दिन के उजाले में, उनका इरादा शिथिल पड़ गया, दुर्भाग्य के पूर्वाभास के साये छिन्न-भिन्न होने लगे, रात का सारा व्यापार दुःस्वप्न-सा लगा, एक वहम-सा, नौकरी पर बने रहना ज़्यादा ज़रूरी जान पड़ा और उन्होंने घर लौटने का इरादा तर्क कर दिया।

ऐसा ही कुछ दिन बाद एक बार फिर हुआ। उस दिन सोने से पहले वह किसी किताब के पन्ने उलटते रहे थे। किताबें पढ़ने का उन्हें व्यसन था, अनगिनत किताबें पढ़ते थे, यहाँ तक कि उन्हें अक्सर भूल जाता कि अमुक किताब वह पहले ही पढ़ चुके हैं। कई बार तो आधी किताब दोबारा पढ़ चुकने पर ही उन्हें भास होता कि इसे पहले कहीं पढ़ा है।

उस दिन वह पन्ने तो पलटते रहे थे, पर उनका मस्तिष्क कुछ भी ग्रहण नहीं कर पा रहा था।

उस रात सोए-सोए ही उन्हें लगा जैसे किसी ने दरवाज़े पर दस्तक दी है। उन्होंने दरवाज़ा खोला तो सामने विद्या, उनकी पत्नी खड़ी थी। "आप आए ही नहीं। मैं हर दिन आपकी राह देखती रही हूँ। अब मैं जा रही हूँ। मैंने सोचा, आपसे खुद ही मिलती जाऊँ ···" और कहती हुई वह मूर्च्छित होकर सेल्समैन साहिब की बाँहों में गिर पड़ी थी।

सेल्समैन साहिब हड़बड़ाकर उठ बैठे थे और लपककर दरवाज़ा खोला था। बाहर कोई नहीं था। पर साँय-साँय करती हवा में उन्हें लगा जैसे विद्या का सफेद मलमल का दुपट्टा, लहराता हुआ-सा, अँधेरे में खो गया है।

अपने संस्कारों के कारण, मरने से पहले, विद्या ने अपनी माँ से वेदमंत्रों और श्लोकों का पाठ करने को कहा था, या स्वयं बुदबुदाने लगी थी जिसे सुनकर उसके सिरहाने बैठी माँ भी बुदबुदाने लगी थी, और माँ को बुदबुदाता देख सभी बुदबुदाने लगे थे। विद्या के पति उस वक़्त पहुँचे थे जब मंत्रोच्चारण चल रहा था। मंत्रोच्चारण में मृतप्राय विद्या को संगीत की लय का सुख मिल रहा था और इसी संगीत की नौका पर तिरती हुई-सी वह इस लोक से प्रस्थान कर रही थी। माँ, गोद में अपने दोनों हाथ जोड़े, तपते ताँबे-जैसा व्याकुल चेहरा लिए, आँखें बंद किए, अपनी बच्ची के अंतिम आग्रह के अनुसार मीठी, मधुर, धीमी आवाज़ में बोले जा रही थी :

तमीश्वराणां परमं महेश्वरं
तम् देवतानाम् परमं च दैवतम् ···

आस-पास खड़े सभी लोग हाथ बाँधे मंत्रोच्चारण किए जा रहे थे जब विद्या की नाव बहुत दूर जा चुकी थी और उसके पति ने घर में प्रवेश किया था।...

विद्या के चले जाने के बाद उसके छोटे-छोटे बच्चे परिवार के जीवन के केंद्र में आ गए थे। वे किसके साथ रहें, अपने पिता के साथ, या बच्चों के नाना-नानी उनका पालन-पोषण करें ? माँ की आँखें विद्या को याद कर-करके डबडबा आतीं, पर विद्या के बच्चे कहाँ इस बात की इजाज़त देते थे कि वह अपनी बेटी की याद में डूबी रहे। ज़िंदगी की किताब का वरक पलटा जा चुका था, और नए वरक पर विद्या का नाम नहीं था। वह कहीं पीछे छूट चुकी थी, मन की आँखों से भी ओझल होती जा रही थी।

परिवार के लोगों के बीच बैठी माँ कह रही थी, "मेरी इस घर में कभी किसी ने नहीं सुनी, पर मैं कहूँगी, विद्या के चारों बच्चे अपने बाप के पास रहें। वही अपने बच्चों की ज़िम्मेवारी ले, वही उन्हें जैसा चाहे पाले।"

कमरे के आर-पार टहलते हुए पिता ठिठककर खड़ हो गए थे, "यह तुम क्या कह रही हो ? छोटी बच्ची एक साल की भी नहीं। इन बच्चों को हम दामाद के सुपुर्द कर दें जिसकी नौकरी दौरे की है ?"

"यही इन बच्चों का बाप है जी, यही इन्हें पालेगा, इसी के साये में ये पलकर बड़े होंगे।"

"अगर दामाद ने दूसरा विवाह करने का सोच लिया तो ?"

"तो करे ब्याह, हम उसे रोक सकते हैं ? जब ब्याह करेगा तब हम भी सोच लेंगे कि बच्चों को सौतेली माँ पाले या उनकी नानी पाले।..."

लग रहा था जैसे हर संकट के बाद नई चुनौतियाँ, उकाबों की तरह अपने डैने फैलाए, हर घर की दीवार पर आ बैठती हैं और घर-परिवार के लोग सबकुछ भूलकर उनसे जूझने लगते हैं।

ज़िंदगी के इस चरण में, बहुत-कुछ था जो पिछले थपेड़ों से छिन्न-भिन्न हो गया था, पर बहुत-कुछ ऐसा भी था जो धीरे-धीरे स्थिरता ग्रहण करने लगा था। लगने लगा था जैसे संकट के बादल छँटने लगे हैं, और कुछ देर के लिए तो ज़रूर ही रोशनी लौट आएगी, जीवन स्थिर गति से चलने लगेगा।

थुलथुल के चले जाने के बाद, संयुक्त परिवार में कोकिला आ गई थी। बस, साल-भर ही बीता होगा। अभी धनराज के कमरे में, यहाँ-वहाँ उसकी यादों के अवशेष बिखरे पड़े थे, कोई चुन्नी, कोई सूट, कोई जूतों का जोड़ा। पर धनराज ने सोचा था कि दूसरी आएगी तो अपने-आप बुहारकर साफ़ कर लेगी। ऐसा ही हुआ।

कोकिला छम-छम करती आई और दो ही दिन में कमरे का रूप बदल गया, मानो थुलथुल यहाँ पर कभी थी ही नहीं। नई-नई तरह के इत्र और पाउडर की खुशबू कमरे में फैल गई। कोकिला नई-नई उत्तेजनाएँ, नई-नई धड़कनें लेकर आई और धनराज फिर से वासना के हिंडोले पर झूलने लगा।

वक़्त रहते कोकिला से उसे एक बालक भी हुआ। सभी ने कहा, कोकिला, धनराज का भाग्य बनकर आई है। प्रोफ़ेस्साब संतुष्ट थे कि सिंगापुरवाली डार्की डार्लिंग सात समंदर पार दूर पीछे छूट चुकी है, और संयुक्त परिवार में दरार नहीं आई। वह पहले की ही भाँति एकबद्ध था; अब जब घर की बहुएँ, सज-धजकर एक साथ बाहर निकलतीं तो उनमें थुलथुल के स्थान पर कोकिला चल रही होती। जहाँ थुलथुल ढीली-ढाली और हँसमुख थी, वहाँ कोकिला चुस्त-दुरुस्त, अपने को विशिष्ट माननेवाली, अकड़ और आत्मविश्वास के साथ चलती थी।

कुछ ही समय बाद संयुक्त परिवार का बड़ा भाई भी विदेश से लौट आया था। वह पूरे सोलह साल तक बाहर रहा था। संभव था वह लौटता ही नहीं क्योंकि विदेश में उसने अपनी दूसरी गृहस्थी बसा ली थी। पर उस देश में कोई हलचल मची, परिस्थितियों में बहुत बड़ा बदलाव आया, तो देश छोड़ने के सिवा उसके लिए कोई चारा नहीं रह गया था।

जिस समय बड़ा भाई लौटा, उसकी अवस्था पचास के आस-पास रही होगी। पर उसमें अभी भी बाँकपन था। स्थूलकाय होने के बावजूद बन-सँवरकर, बन-ठनकर रहता था। उसके आ जाने पर, पाँचों भाई जिस समय सैर-सपाटे को निकलते तो देखते बनता था। पचास की उम्र तक पहुँच जाने पर भी, कैंटोनमेंट की किसी दूकान पर किसी महिला ग्राहक के सामने बेझिझक जा खड़ा होता और अपने ही विदेशी अंदाज़ में मुस्कुराकर, उसकी आँखों में आँखें डालकर दोस्ती का न्योता दे देता। घरवालों को अपने अभिसारों के बड़े किस्से सुनाता था।

"वहाँ लड़की के साथ शाम बिताना हो तो पच्चीस-तीस डालर तो ज़रूर ही निकल जाते हैं। तुम उसे किसी रेस्तराँ में खाना खिलाने ले जाओगे, कहीं डांस पर या थिएटर में ले जाओगे। बीस-पच्चीस डालर तो कहीं नहीं गए", वह कहता। "लड़की के चेहरे पर लगी सुर्खी को देखकर ही पता चल जाता है कि उस पर कितने पैसे खर्च होंगे। उसे किसी बढ़िया होटल में ले जाना होगा या किसी सस्ते होटल से ही काम चल जाएगा।..."

लौटने पर उसकी देसी पत्नी, जो बहुत-कुछ मुरझा चुकी थी, फिर से खिलने लगी, अपनी खरज आवाज़ में बतियाने भी लगी। पहले बरसों तक जो आँगन में बिछे एक तख़्त के कोने में सिकुड़ी बैठी रहती थी, अब चहकने लगी थी, बात-बात पर झगड़ने भी लगी थी, आँखों में काजल और होंठों पर मिस्सी ज़रूरत से ज़्यादा लगाने लगी थी।

संयुक्त परिवार में रहते हुए बड़े भाई को अपनी रोज़ी कमाने के लिए दौड़-धूप

करने की ज़रूरत नहीं पड़ी। कामधाम की ओर शुरू-शुरू में तो उसकी कुछ रुचि भी रही, पर शीघ्र ही बड़ा भाई संयुक्त परिवार की सुविधाओं का आनंद लेने लगा। खूब डटकर भोजन करता और तोंद फैलाकर सोता। रामनाथ का कहना था कि उसका भारतीयकरण हो रहा है। मुफ़्त का खाना और पाँव दबानेवाली पत्नी और घर में बड़ा भाई होने की गरिमा। छः महीने में ही बड़े भाई की तोंद निकल आई थी और ठुड्डी दोहरी होने लगी थी, साँस धौंकनी की तरह चलने लगी थी। भारी-भरकम देह के नीचे छोटी-छोटी टाँगें अभी भी विलायती चाल से चलती थीं, तेज-तेज क़दम उठाती हुईं, जो देखनेवालों को बड़ा अटपटा लगता था। कुर्सी पर बैठे-बैठे ऊँघने लगता, खर्राटे भरने लगता, कई बार तो होंठों में जलता सिगार दबाए हुए, जिसकी राख उसकी छाती पर गिरती रहती। किसी-किसी वक़्त वह अपनी पत्नी की ओर देखकर किसी पहुँचे हुए संत की तरह मुस्कुरा देता था, एक विरक्त-सी मुस्कान।

वक़्त रहते सहदेव के जीवन में भी, प्रोफ़ेस्साब की परिभाषा के अनुसार, 'संतुलन' आ गया था, मतलब कि उसका विवाह हो गया था। कुछ-कुछ जानी-पहचानी, कुछ-कुछ अबूझ, एक सुंदर-सलोनी युवती चुपचाप ही जैसे उसके जीवन में प्रवेश कर गई थी, और मानो उसके क़दम रखते ही प्रेम की कोंपलें फूटने लगी थीं। पर इसके बावजूद, उसके जुनून और भटकन में कोई विशेष कमी आई हो, ऐसा भी नहीं था। कुछ ही दिन वे लोग एक साथ होते कि वह भाग खड़ा होता।

"मेरी दिल-ओ-जान से प्यारी · · ·" उसने कहीं दूर-पार से अपनी पत्नी को ख़त लिखा था, "पत्र लिखना आरंभ ही किया था कि तुम्हारे सुंदर व्यक्तित्व की महक का झोंका सराबोर कर गया। मन व्याकुल हो उठा। मन चाहा सब काम छोड़कर सीधा भागकर तुम्हारे पास पहुँच जाऊँ। यों भी तुमसे दूर, रात हो या दिन, मैं कल्पना ही में कभी तुम्हारे बाल सहलाने लगता हूँ, कभी तुम्हारा कोमल नन्हा हाथ अपने दोनों हाथों में लेकर सहलाने लगता हूँ। 'बताओ तो मेरी मुट्ठी में क्या है ?' तुमने एक बार मुझसे पूछा था, और मैंने कहा था, 'तुम्हारी मुट्ठी में मेरा दिल है।' यह सच था। तुमने फिर से पूछा था तो मैंने कहा था, 'तुम्हारी मुट्ठी में मेरा भाग्य है।' यह उससे भी बड़ा सच था। कभी तुम्हारे होंठों के कोनों में पड़नेवाले छोटे-छोटे गड्ढों को मन-ही-मन बार-बार चूमने लगता हूँ।

"यदि यहाँ काम न होता तो मैं अब तक सब छोड़-छाड़कर तुम्हारे पास पहुँच गया होता, और इस समय सचमुच तुम्हारे सान्निध्य के अपार सुख का आनंद ले रहा होता। तुम्हारे व्यक्तित्व की सारी महक आत्मसात् कर रहा होता। अब तो मुझे तुम्हारी उस छोटी-सी तस्वीर से ही संतोष कर लेना पड़ता है जो मेरे बटुए में रखी रहती है और जिसे मैं दिन में बीसियों बार देख लेता हूँ, और रात को, सोने से

पहले, देर तक निहारता रहता हूँ। यह दो पैसे की तस्वीर जिसमें अकेली तुम ही नहीं हो, तुम्हारी बहिन और भाई भी घुसे बैठे हैं, मेरा एकमात्र अवलंब बन गई है। मेरे लिए तो यह भी बहुत है। इससे तुम्हारा सामीप्य तो मिल जाता है, तुम्हारे होंठों पर खेलती हल्की-सी मुस्कान तो देखने को मिल जाती है जो उस अनुपम, स्निग्ध मुस्कान की याद दिला देती है, जिसे मैं प्रगाढ़ प्रेम के क्षणों में, कभी खिली चाँदनी में तो कभी हमारे कमरे के निरालेपन में, मंत्रमुग्ध-सा देखता रहता था। इससे बड़ा सुख संसार में क्या होगा ?

"अब यहाँ की सुनो। कुछ दिन पहले कानपुर के रेलवे स्टेशन पर मेरी पिटाई हो गई। अंग्रेज़ी फौज़ के किसी बावर्दी कप्तान ने मुझे गले से पकड़ा और पछाड़कर नीचे फेंक दिया, और बड़े आराम से वहाँ से चलता बना। पहले तो मेरी समझ में ही नहीं आया कि क्या हुआ है। रेलवे स्टेशन पर बने पूछताछ के काउंटर पर मैं खड़ा रेलवे के बाबू से पूछ रहा था कि क्या मैं कानपुर में एक दिन के लिए रुक सकता हूँ। मैं इलाहाबाद से आ रहा था जब कानपुर के स्टेशन पर गाड़ी रुकी थी। अभी वह कोई जवाब दे न दे कि पीछे से यह गोरा फौज़ी आया, मुझे धकेलकर एक ओर कर दिया और रेलवे-बाबू से कुछ पूछने लगा। मैंने आपत्ति की। मैंने उससे कहा कि मैं खिड़की पर पहले से खड़ा था, और बाबू से गाड़ी के बारे में पूछ रहा था। मैंने रेलवे-बाबू को भी संबोधित किया। पर गोरे फौज़ी ने न आव देखा न ताव, मुझे गले से पकड़कर जोर से धक्का दिया और मैं प्लेटफ़ार्म पर लुढ़कता हुआ दूर जा गिरा। मैं भौंचक-सा देखता रह गया। वह मेरे पास से गुज़रा, उसने कोई गाली बकी, उसकी पेटी से पिस्तौल लटक रहा था। आस-पास खड़े लोगों में केवल एक भंगी था जिसने मेरे साथ हमदर्दी ज़ाहिर की और गोरे फौज़ी को बुरा-भला कहा, वरना सभी मेरी ज़लालत का तमाशा देख रहे थे। सबसे ज़्यादा क्लेश मुझे इस बात से हुआ कि रेलवे-बाबू मुझको ही दोष दे रहा था, 'चले आते हैं। यह नहीं देखते कि पीछे साहिब बहादुर खड़े हैं।' अब तुम्हें पत्र लिखते समय भी इसके बारे में सोचता हूँ तो रोंगटे खड़े हो जाते हैं। अपमान तो इसमें था ही, साथ में निःसहायता का कड़ुवा आभास भी था। मैं कुछ बोल नहीं सका, अपना गुस्सा निकाल नहीं सका, कुछ कर नहीं सका। चुपचाप उसे जाता देखता रहा था। फिर उठ खड़ा हुआ और कपड़ों पर से मिट्टी झाड़कर अपने डिब्बे की ओर जाने लगा था।

"तुम्हें एक दर्दनाक किस्सा सुनाऊँ। कानपुर से लौटने के बाद, कल दोपहर को मैं अपने साथी हीरालाल के घर गया था, जान जोखिम में डालकर, क्योंकि मुझे ऐसे इलाके को लाँघकर जाना था जहाँ हाल ही में हुए दंगों के दौरान बड़ी लूट-पाट और आगज़नी हुई थी। तुम्हें क्या बताऊँ, सुनसान गलियों को लाँघकर जाना, अपने में एक भयावह अनुभव है। गली में तुम्हें केवल अपनी ही पदचाप सुनाई देती है और वह गूँजती-सी लगती है। बंद किवाड़ों के पीछे तुम्हें लगता है जैसे तुम्हें कितनी

ही जोड़ी आँखें घूर-घूरकर देख रही हैं। केवल आँखें ही आँखें तुम पर लगी हैं। किसी अँधेरी ड्योढ़ी की ओर आँखें उठाओ तो ऐसा भास होता है जैसे वहाँ कुछ हिल रहा है। पर, कल तो अपनी ही गली पार करने के बाद ज्यों ही मैंने मोड़ काटा कि दाएँ हाथ एक ड्योढ़ी में चार-पाँच आदमी बर्छे-भाले लिए, मुँह पर मुश्कें बाँधे चुपचाप बैठे थे। उनकी आँखें मुझे घूरती हुई लगीं। मैं चुपचाप चलता गया। मेरी टाँगों में हल्का-सा कंपन हुआ, पर मैं आगे बढ़ता गया। मुझे ऐसा भास हुआ जैसे उनमें से एक जोड़ी आँखों में, मेरी ओर देखते हुए, पहचान की हल्की-सी चमक आ गई है, हल्की-सी चमक, और मैं निश्चित हो गया था। वह मेरा ही पुराना सहपाठी था जिसकी आँखें मुझे घूर रही थीं।

"पर ऐसी स्थिति हीरालाल की गली में नहीं थी। उस इलाके में गलियाँ और भी सँकरी हैं और टेढ़ी-मेढ़ी। सामान्य दिनों में भी वहाँ जाना साहस का काम है। मैं अकेला ही निकल पड़ा था, यह सोचकर कि हीरालाल की अंधी माँ और घरवाली को कुछ पैसे दे आऊँगा। तुम मानोगी नहीं, मैंने हीरालाल की पत्नी को देखा, उसे पहचाना भी, हमारे बीच कुछ ही क़दम का फ़ासला रहा होगा, पर मैं उसे पुकार तक नहीं पाया। जब मैं सँकरी गली की ढलान उतरकर उनके घर की ओर मुड़ा तो ड्योढ़ी का किवाड़ खुला था। तभी मेरा दिल धक से रह गया था। किवाड़ जो खुला है तो अंदर कोई नहीं होगा। हम अपने को सुरक्षित रख पाने के लिए ही तो किवाड़ों को अंदर से बंद कर लेते हैं। मेरा मन शंकित हो उठा था।

"तभी घर के अंदर से कुछ लोग निकले थे। चार-पाँच आदमी थे, कंधों पर चादरें ओढ़े हुए, बड़ी-बड़ी मूँछोंवाले और बीच में हीरालाल की युवा पत्नी थी, ओढ़नी ओढ़े हुए। वे लोग उसे घेरे हुए थे, और उनके बीच वह बड़ी निरीह, निःसहाय-सी लग रही थी। वे उसे धकेलते हुए घर के अंदर से निकाल लाए थे। न चीख़-पुकार, न 'बचाओ ! बचाओ !' की पुकार। वह डरी-सहमी-सी चलती जा रही थी, और मैं खड़ा-का-खड़ा देखता रह गया। ढलान उतरकर वे लोग बाएँ हाथ को जानेवाली एक तंग अँधेरी गली में घुस गए थे और क्षण-भर में आँखों से ओझल हो गए थे। जैसे कोई कंकड़ नदी के भँवरों में डूब जाता है और फिर दिखाई नहीं देता, वैसे ही हीरालाल की पत्नी मेरी आँखों के सामने किन्हीं भयावह भँवरों में डूब गई थी। न मैं चिल्ला पाया, न मैं जान पर खेलकर किसी से उलझ पाया, न मैं गिड़गिड़ा पाया। बस, खड़ा-का-खड़ा हीरालाल की पत्नी को भँवरों में डूबते, आँखें फाड़े देखता रह गया।

"मैं उस सुनसान गली में थोड़ी देर तक खड़ा रहा। मेरी टाँगों में मन-मन पानी भर गया था और गला बुरी तरह से सूख रहा था। एक मन हुआ वहीं से लौट जाऊँ। हीरालाल की अंधी माँ को खोजने में अब मेरे में शक्ति नहीं रह गई थी। वह ज़िंदा भी हुई तो मैं कुछ नहीं कर पाऊँगा। अंधी औरत और हड्डियों का ढाँचा, न जाने कितने दिन की भूखी होगी, क्या मालूम मर-खप चुकी हो।

"मैं वापस जाने के लिए मुड़ पड़ा, और गली का मोड़ काटकर चढ़ाई चढ़ने लगा। पर फिर सहसा मुझे लगा जैसे हीरालाल ने मुझे पुकारा है। तुम चले जा रहे हो, माँ कब से तुम्हारी बाट जोह रही है, तुम उससे मिले बिना चले जाओगे क्या ? मेरे पाँव ठिठक गए। गली के बीचोबीच मैं ठिठका खड़ा रहा। हीरालाल की माँ ने मुझे दो-एक बार माथे पर चूमा था, दो अखरोटों का प्रसाद भी मैंने उसके हाथ से पाया था। मैं लौट पड़ा। लरज़ते पैरों से ढलान उतरकर मैं सीधा ड्योढ़ी के अंदर चला गया। अँधेरी ड्योढ़ी में से तीखी बू आ रही थी। ड्योढ़ी पार करके मैं आँगन में घुस गया। एक खाट उल्टी पड़ी थी। वहाँ पीछे, ठंडे चूल्हे के पास हीरालाल की माँ उकडूँ-सी बैठी थी। यह जीती है या मर गई ? मैं धीरे-धीरे चलता हुआ उसके पास जा पहुँचा। मैंने झुककर उसके कंधे पर हाथ रखा। मेरे हाथ बढ़ाने की देर थी कि वह जैसे किसी शिकंजे में जकड़ा गया। थरथराता, काँपता हाथ मेरा हाथ छोड़ता ही नहीं था। हीरालाल की माँ के मुँह से एक शब्द भी नहीं निकल रहा था। शायद वह पगला गई थी, पर उसके हाथ की जकड़ लोहे के शिकंजे से भी ज़्यादा मज़बूत थी। वहीं बैठे-बैठे और मेरे देखते ही देखते उसने दम तोड़ दिया।

"लगता है कोई तूफ़ान फटनेवाला है। हवा में एक प्रकार का सूनापन, एक प्रकार की दहशत-सी फैलने लगी है, और उसके नीचे एक दबी-दबी अकुलाहट-सी। आए दिन प्रदर्शन और जुलूस निकलने लगे हैं। गगनभेदी नारों से वायुमंडल गूँजने लगता है, फिर सहसा चुप्पी छा जाती है। आए दिन ही जगह-जगह फ़िसाद और दंगे भी होने लगे हैं। कहीं-कहीं पर आग के शोले उठने लगते हैं, कभी किसी बाज़ार या मंडी की ओर से घरों के दरवाज़े खटाक से बंद होने लगते हैं, तब भागते क़दमों की आवाज़ें आती हैं। कभी सहसा किसी के चिल्लाने की आवाज़ आती है और फिर शून्य में खो जाती है। दूसरे दिन प्रातः कहीं किसी दीवार पर लहू के छींटे, गली-बाज़ार में लहू के चकत्ते—एक दहशत-सी फैलने लगी है। ··· मैं नहीं जानता मेरी चिट्ठियाँ तुम तक पहुँच भी रही हैं या नहीं। कुछ दिन पहले मेरा एक मित्र बता रहा था कि उसके शहर में दंगे के बाद वह अपने शहर के बड़े डाकघर गया, यह पूछने के लिए कि डाक की क्या स्थिति है, कब से बाकायदा बाँटी जाने लगेगी, पर वहाँ पहुँचा तो देखा कि डाकघर के सभी किवाड़ खुले हैं और डाकघर के फ़र्श पर चिट्ठियों के ढेर लगे हैं। पास खड़ा चौकीदार उससे बोला था, ढूँढ़ लो अपनी चिट्ठी, बाबू ! और कहकर हँसने लगा था।

"यह एक ऐसा तूफ़ान है जो किसी एक की ज़िंदगी से न जुड़कर, लाखों-लाख लोगों की ज़िंदगी को अपनी लपेट में ले रहा है। इसके प्रति कोई भी व्यक्ति निर्लिप्त अथवा उदासीन नहीं रह सकेगा। अभी से किसी एक व्यक्ति के बारे में भी सोचो तो पृष्ठभूमि में जलते घर और जान बचाकर भागते लोगों की आकृतियाँ नज़र

आने लगती हैं, इससे कौन अछूता रह पाएगा ? ···"

> रात-भर दर्द की शमा जलती रही
> अश्क-ए-नम मुस्कुराती रही, रात-भर ।

कश्मीर से रवाना होने से पहले प्रोफ़ेसर भइया ने कहा था, "कुंतो, अब वह लड़की तेरे रास्ते से हट गई है, अब अपनी गृहस्थी सँभाल ले । यह तेरे लिए सुनहरी मौक़ा है ।"

"सुनहरी मौक़ा क्या होता है, भइया ?" उसने मन-ही-मन कहा था । सचमुच उसकी समझ में नहीं आया था, सुनहरी मौक़ा क्या होता है । किस बात का मुझे सुनहरी मौक़ा मिला है ? क्या था जो मेरे व्यवहार में पहले नहीं था और अब होना चाहिए ? पर वह कुछ नहीं बोली ।

सोचते हुए कुंतो की आँखों में पानी भर आया था । इसका दिल जीतने के लिए मुझे किसी मौक़े की ज़रूरत थी क्या ? किसी 'सुनहरी' मौक़े की ? इसके लिए मुझे कुछ विशेष करना होगा ? क्या इसके पैर धोया करूँ ? क्या इसका मन रिझाने के लिए तरह-तरह के शृंगार किया करूँ ? क्या इसे अच्छे-अच्छे व्यंजन बनाकर खिलाया करूँ ?

मैं इससे जो प्रेम करती हूँ क्या इसे रिझाने के लिए करती हूँ ? इसका दिल जीतने के लिए ? इसे अपने साथ बाँधे रखने के लिए ? और सोचते-सोचते कुंतो सचमुच रो पड़ी थी । मैं इससे प्रेम करूँ, ताकि यह मुझे ठुकराए नहीं ? अगर मेरा प्रेम इसके दिल को नहीं छूता तो क्या बन-सँवरकर आने पर छूने लगेगा ? ऐसे तो वेश्याएँ ग्राहकों के पास जाती हैं ।

पर फिर भी प्रोफ़ेस्साब की दी हुई सीख कहीं उसके मन में अटक गई थी । उनकी सीख की वह अवहेलना कैसे कर सकती थी ? उस सीख पर आचरण भी कैसे करे ? बार-बार मन में से यह आवाज़ आती, मैं उसे रिझाने के लिए तो प्रेम नहीं करती । रिझाने के लिए तो प्रेम का स्वाँग रचा जाता है । और अपने साथ बाँधने के लिए मैं उससे प्रेम क्यों करूँगी ? मैं तो उससे प्रेम करती हूँ क्योंकि वह मेरा अपना है, मेरा जयदेव है ।

विद्या की मृत्यु के बाद जब श्रीनगरवाला घर मेहमानों से ख़ाली होने लगा था तो जयदेव ने भी श्रीनगर छोड़ जाने की ठान ली थी । वह उस घुटन से छुटकारा पाना चाहता था जो घर में रहते हुए उसे महसूस होने लगी थी । वह कहीं दूर निकल जाना चाहता था ताकि कुछ सोच पाए, अपनी स्थिति को समझ पाए, अपनी ज़िंदगी को तरतीब दे पाए । कुंतो भी उसके साथ निकल आना चाहती थी, वह भी अतीत के बोझ से छुटकारा पाना चाहती थी ।

पर घर छोड़ना आसान नहीं था । घर पहले ही सूना-सूना लगने लगा था, और

विद्या के चले जाने से तो वातावरण बड़ा बोझिल हो चला था। जयदेव के पिता पहले से भी ज़्यादा उदास नज़र आने लगे थे। पहले तो वह बार-बार जयदेव को रोकने की चेष्टा करते रहे, कि घर छोड़कर मत जाओ, परदेस में ठोकरों के सिवा कभी कुछ नहीं मिलता। पहले तुम्हारा भाई चला गया, न जाने कहाँ भटकता फिरता है, अब तुम भी चले जाना चाहते हो। · · · पर जयदेव नहीं माना। वह एक ही बात की रट लगाए रहा, "आप मुझे अपना आशीर्वाद दीजिए और विदा कीजिए।"

केवल माँ उसे रोकना नहीं चाहती थी। वह जयदेव के पिता से कहती, "जयदेव जाने और उसकी घरवाली जाने जी, हम कौन हैं फ़ैसला करनेवाले?" फिर अपने अंदाज़ में समझाती हुई कहती, "पक्षी के जब पंख निकल आते हैं, तो क्या वह घोंसले में ही बना रहता है? वह तो उड़ारी मारकर खुले आकाश में निकल जाता है।" फिर, हाथ जोड़कर, भर्राई-सी आवाज़ में कहती, "जहाँ पर रहें, सुखी रहें! महाराज इन्हें सलामत रखें! हम क्या सदा इनके साथ बैठे रहेंगे?"

और वे दोनों बंबई चले आए थे।

बंबई पहुँचकर कुंतो तो जैसे चकाचौंध हो गई थी। चारों ओर भीड़-ही-भीड़ और एक नई वज़ह का नगर, जिसका सारा डील-डौल ही अलग था, क्षितिज तक फैला हुआ विशाल सागर, उसकी सतह पर तैरती सफेद बादबानी नौकाएँ, जगह-जगह सागर में जाल फैलाते मछियारे, और प्रतिमाओं-जैसी, तराशे हुए शरीरवाली मछियारनें, जिन्हें देखने लगो तो देखते ही जाओ, आँखें ही नहीं भरतीं, और चौबीसों घंटे बहनेवाली हवा! कुंतो के लिए यह सब नया था, उसका दिल स्फूर्ति से भर-भर उठता। कलेजा चाटनेवाली बड़ी-से-बड़ी चिंता को भी इंसान बंबई में भूल जाए। पहली बार, बंबई की सड़कों पर घूमते हुए कुंतो को लगा था, यहाँ पर रहते हुए तो मुझे सोचने का, चिंता करने का मौक़ा ही कहाँ मिलेगा, यह शहर तो किसी मेले-जैसा है, दिन-भर मेले में घूमते रहो, मन भरता ही नहीं। जी चाहता है, घूमो, और घूमो, और देखो, देखते ही जाओ।

जयदेव यहाँ आया तो एक तरह से भागकर ही था। ज़िंदगी का ढर्रा बदलेगा तो कुछ सोच पाऊँगा, कुछ कर पाऊँगा। और बंबई में पहुँचने पर जयदेव के लिए सबसे बड़ा काम तो रोज़गार ढूँढ़ना था। घर से निकलने के बाद उसने आवेश में ही बंबई का रुख़ कर लिया था, बिना सोचे, बिना कोई तैयारी किए। उसका स्वभाव ही ऐसा था। दिन-भर तो वह तरह-तरह के दफ़्तरों के चक्कर काटता कि कहीं कोई छोटा-मोटा काम मिल जाए। पढ़ा-लिखा युवक होने के नाते वह पत्रकार बन सकता था, किसी कार्यालय में अच्छी नौकरी भी कर सकता था, और ऊँचा-लंबा, सुंदर युवक होने के नाते फ़िल्मों में भी काम कर सकता था। पर उसके ज़ेहन में कुछ भी साफ़ नहीं था। इसी दौरान, जब वह दफ़्तरों की सीढ़ियाँ चढ़-उतर रहा था, उसकी भेंट अपने किसी पुराने सहपाठी से हो गई, जो किसी नाटक-मंडली से संबद्ध था। बातों-बातों में उसने उस सहगान नाटक-मंडली की चर्चा की। उसी दिन

उस मंडली की कोई मीटिंग होने जा रही थी और वह मित्र जयदेव को अपने साथ उस मीटिंग में ले गया। जयदेव उस मीटिंग में एक दर्शक के नाते पहुँचा था, कुतूहलवश, पर मीटिंग समाप्त होते न होते, वह उस मंडली के कार्यक्रम और योजनाओं से इतना अधिक प्रभावित हुआ कि सचमुच उसी का होकर रह गया।

एक विचित्र-सी दिनचर्या आरंभ हो गई। दिन-भर तो जयदेव काम की खोज में दफ़्तरों की ख़ाक छानता फिरता, पर शाम होते ही वह सब काम छोड़, सहगान मंडली के कार्यालय में जा पहुँचता जहाँ सहगान रिहर्सलें चल रही होती थीं। विचित्र स्थिति थी। न जयदेव को गान-विद्या की जानकारी, न गायक बनने की महत्वाकांक्षा। पर सहगान मंडली मात्र शौकिया गान मंडली न होकर, सामाजिक ध्येयों से जुड़ी हुई, अनेक निष्ठावान युवक-युवतियों की मंडली थी, उसमें काम करनेवाले, कला के क्षेत्र में नाम कमाने के इच्छुक नहीं थे, जितना सामाजिक चेतना जगा पाने के लिए। जयदेव बड़े उत्साह से इसमें भाग लेने लगा। वह सब काम भावावेश में तो करता ही था, पर कहीं उन दिनों, देशव्यापी स्तर पर घटनेवाली घटनाओं ने, जिनसे उसका अपना परिवार प्रभावित हुआ था, उसे सामाजिक कार्यकलाप के प्रति अधिक संवेदनशील बना दिया था। या क्या, इस आग्रह के पीछे, सुषमा को भुला पाने की कोशिश भी थी ? इस नए कार्यकलाप में कहीं पर तो सुषमा का भी स्थान रहा होगा।

आख़िरी बार जब वह सुषमा से मिला था तो सुषमा ने उसके प्रति बेरुख़ी का व्यवहार किया था। याद करने पर सुषमा का अत्यंत क्षुब्ध चेहरा जयदेव की आँखों के सामने आ जाता था। उसकी आँखों में उसे अपने प्रति तिरस्कार का-सा भाव नज़र आया था। मानो कह रही हो, तुम्हीं ने मुझे इन काँटों में घसीटा है, तुम्हीं मेरी यातना का कारण हो। जयदेव को लगने लगा था जैसे वह सुषमा की नज़र में बाहर का आदमी हो गया है। इस व्यवहार के कारण पहले तो जयदेव ने तिरस्कृत महसूस किया था, पर बाद में उससे भी अधिक तीव्रता से वह अपराध-भाव से ग्रस्त हुआ था। मेरे कारण ही वह यातना भोगती रही है।

पर, अब यह सोचकर कि सुषमा साहस करके, गिरीश को धता बताकर शांतिनिकेतन जा पहुँची है और संगीत में शिक्षा प्राप्त करने लगी है, वह आश्वस्त भी हो जाता और बड़े आग्रह और गर्मजोशी के साथ सहगान मंडली के कार्यक्रमों में भाग लेने लगता।

उधर कुंतो, अपने प्रोफ़ेसर भइया की सीख शिरोधार्य करती हुई, उस सुनहरे अवसर से लाभ उठाने का भरसक प्रयास कर रही थी, जिसे सुषमा की अनुपस्थिति ने जुटाया था। हालाँकि वह जो कुछ भी कर रही थी वह उसके स्वभावानुकूल ही था और उसकी भावनाओं के अनुरूप भी, केवल पहले से भी अधिक आग्रह के साथ कर रही थी। अपने छोटे-से परिवार की सेवा में रत, कभी-कभी सचमुच उसे लगने लगता जैसे जयदेव उसके पास लौट आया है, विशेष रूप से जब वह पूरी

तन्मयता के साथ सहगान मंडली में गा रहा होता, या सहगान मंडली के सदस्यों के बीच, कुंतो के साथ हँसी-मज़ाक करने लगता। तब अक्सर उसकी भाव-भंगिमा में पहले जैसी अल्हड़ता, झोंके की तरह दिला जाता।

कुंतो का सारा संसार जैसे जयदेव में सिमट आया था। जयदेव बड़ी गर्मजोशी के साथ सहगान मंडली में शामिल हो गया था, तो कुंतो ने भी अपना नाम उसमें लिखवा लिया था। घर चला पाने के लिए, जब उसने देखा कि जयदेव को काम नहीं मिल रहा है तो उसने दौड़-भटककर एक थिएटर कंपनी में अपने लिए छोटी-सी नौकरी ले ली थी ताकि घर का ज़रूरी खर्च चलता रहे। शाम के वक़्त, जब रिहर्सल का समय होता तो कुंतो सब काम छोड़कर सहगान मंडली के कार्यालय में जा पहुँचती। यह दिन का सबसे खुशग़वार वक़्त होता जब वह जयदेव और सहगान मंडली के अन्य सदस्यों के साथ पूर्वाभ्यास करती, और उसके बाद दोनों बतियाते हुए घर लौटते। और उसे सचमुच लगने लगा था जैसे वे एक-दूसरे के निकट आने लगे हैं। जयदेव भी मानने लगा था कि, प्रोफ़ेस्साब के शब्दों में, उसके जीवन में संतुलन आने लगा है। वह सचमुच कुंतो को 'पहचानने' भी लगा था और हैरान था कि वह उसके व्यक्तित्व को पहले क्यों नहीं पहचान पाया था। ज़िंदगी में फिर से स्निग्धता आने लगी थी, कभी-कभी हर्षोल्लास की किरणें भी फूट पड़तीं। दोनों छोटे-छोटे बच्चे, जो एक के बाद एक, ऐसे समय में पैदा हुए थे जब पति-पत्नी के बीच खिंचाव पाया जाता था, अब धीरे-धीरे बड़े हो रहे थे, एक से एक सुंदर। फिर से एक साथ घूमने-बतियाने में आनंद आने लगा था, कुंतो के चेहरे पर लाली लौट आई थी। सहगान मंडली में शामिल होने के कुछ ही अरसा बाद, कुंतो की रात को सोए-सोए उठकर चलने की व्याधि भी बहुत-कुछ जाती रही थी। जब दोनों, रिहर्सल के बाद, गहरी शाम गए घर लौट रहे होते, तो बस में बैठी-बैठी वह जयदेव के कंधे पर सिर रखकर सो जाती। बंबई आने पर, जयदेव उसे कुछ दिन तक रात को खाट के साथ बाँध देता रहा था, उसी की किसी साड़ी-धोती को लेकर, ताकि अगर वह सोए-सोए उठने की कोशिश करे तो उठ नहीं पाए। पर एक रात कुंतो ने अजीब हरकत की। सोए-सोए ही उसने खाट से बाँधनेवाली साड़ी की सभी गाँठें खोल दीं और उठकर चलने के बजाय, सोए-सोए ही जयदेव की खाट के पास जा पहुँची और उसकी बग़ल में लेट रही।

जयदेव और कुंतो के बीच अब सुषमा की चर्चा नहीं होती थी। न कुंतो सुषमा के बारे में कुछ पूछती, न वह स्वयं कभी उसकी चर्चा करता। पर दोनों के दिल के अंदर क्या चल रहा था, न एक जानता था, न दूसरा।

वास्तव में तीनों ही अपने-अपने अतीत से नाता तोड़कर चले आए थे।

जितना अधिक कुंतो, जयदेव के साथ जुड़ पाने की चेष्टा करती, उतना ही वह अपने बच्चों के प्रति उदासीन हो जाती—बच्चों की न तो एक को सुधि थी, न दूसरे को। उसके मन में जयदेव ऐसा बसा हुआ था कि और किसी के लिए उसमें

स्थान ही नहीं था। जब कभी जयदेव के चेहरे पर बेचैनी का साया डोलता हुआ देखती, तो अपने को दोषी मानने लगती। अगर मैं इसके जीवन में नहीं आई होती तो यह बेचैन नहीं होता। एक बार, केवल एक बार, मसूरी के उस होटल में, ईर्ष्या के डंक ने उसके दिल को डसा था। पर उसके बाद कुंतो ने जैसे हथियार डाल दिए थे। मेरा जयदेव पर कोई अधिकार नहीं है। यह बेशक जाए, जहाँ इसे सुख मिलता है। यह सुखी रहे। यह जब कहेगा, मैं इसकी ज़िंदगी से निकल जाऊँगी। लोग मर भी तो जाते हैं, धीरे-धीरे वह उस स्थिति को स्वीकार कर लेगा। कुंतो उसे छोड़ गई या दुनिया छोड़ गई, एक ही बात है।

घटना-स्थल बदल जाए, जीवन का सारा कार्यकलाप बदल जाए, परिवेश बदल जाए, फिर भी कोई चीज़, तैरती-सी मन को अंदर-ही-अंदर बेचैन किए रहती है। दोनों हँसते-चहकते थे, मंडली में एक-दूसरे से ठिठोली भी करते, दोस्तों को एक-दूसरे के किस्से भी सुनाते और दोस्तों को भी लगता कि ऐसे आदर्श दंपति कहाँ देखने को मिलेंगे। पर दोनों के दिल को, अंदर-ही-अंदर कुछ-न-कुछ कचोटता रहता था। जयदेव की बेचैनी, कुंतो को कहीं-न-कहीं बेचैन किए रहती, जबकि जयदेव सुषमा की याद से अभी भी उबर नहीं पाया था। कहने को तो जयदेव ऐसी स्थिति में सिर झटककर मन-ही-मन कह देता, 'छोड़ो, मारो गोली, देखा जाएगा।' पर अंदर-ही-अंदर उसके मन में धुकधुकी लगी रहती।

कभी-कभी लगता तो है कि ज़ख़्म भर रहा है, पर सहसा ही वह रिसने लगता है। जयदेव को लगता तो ऐसा ही था कि सुषमावाला अध्याय समाप्त हो चुका है, सुषमा से हुई उसकी अंतिम भेंट ने, उसके प्रति सुषमा के रूखे व्यवहार ने उसे समाप्त कर दिया है, पर फिर जयदेव को अपराध-बोध कचोटने लगता। मैंने उसका विवाह करवाया था, उसके प्रति किए गए गिरीश के दुर्व्यवहार का ज़िम्मेदार मैं ही हूँ, मैंने ही सुषमा को काँटों में घसीटा, मेरे इरादे कुछ भी रहे हों, पर भुगतना तो उसे पड़ा है। अंतिम बार, गली में खुलनेवाले दरवाज़े में खड़ी सुषमा का चेहरा उसकी आँखों के सामने आता तो उसका दिल दहल जाता। उसकी आँखों में तिरस्कार का भाव था—तुम्हीं मेरी यातना का कारण हो। उसने ऐसी नज़र से जयदेव की ओर देखा था मानो जयदेव अब कोई बाहर का आदमी बनकर रह गया हो। सुषमा की बेरुख़ी से पहले तो जयदेव ने स्वयं तिरस्कृत महसूस किया था, पर बाद में उतनी ही ज़्यादा तीव्रता से वह अपराध-बोध से ग्रस्त हुआ था।

जयदेव का दिन तो कट जाता, सहगान मंडली का काम बड़ा प्रेरणाप्रद, बड़ा स्फूर्तिदायक था, पर रात को सुषमा आँखों के सामने आ पहुँचती। भले ही वह गिरीश को छोड़ गई है, और साहस करके शांतिनिकेतन जा पहुँची है, पर है तो निपट अकेली, वहाँ पर न कोई पूछनेवाला, न सहायता करनेवाला। इस पर न ख़त, न ख़बर। कितनी ही चिट्ठियाँ लिखीं, एक का भी जवाब नहीं, मानो सुषमा ने उसे अपने जीवन से काटकर फेंक दिया हो। सहगान मंडली के एक सदस्य का

भाई शांतिनिकेतन में चित्रकला सीख रहा था। जयदेव ने उसके माध्यम से जानकारी हासिल करनी चाही, पर उससे जयदेव को मात्र सुषमा के कुशलक्षेम का ही पता चल पाया, पत्र के लिए किए गए आग्रह पर उसने फिर भी कुछ नहीं कहा।

कभी-कभी सपने में सुषमा आ पहुँचती—कभी तो बचपन की सुषमा के रूप में, सरल, मुस्कुराती हुई, खिली-खिली मुस्कान, बालों में यहाँ-वहाँ चमकते प्रकाश के कण। कितनी मनमोहक थी सुषमा! और कभी उस रूप में जिस रूप में वह जयदेव से, घर की दहलीज़ पर मिली थी, जब वह घर के दरवाज़े का कुंडा खोलने आई थी—मानसिक यातना के कारण ऐंची हो रही आँखें, सूखा-पीला चेहरा, अस्त-व्यस्त-सी, और उसे सपने में भी देखकर जयदेव का दिल बैठ जाता।

जयदेव की नई जीवन-चर्या में एक तरह का उन्माद तो आ गया था, पर ठहराव नहीं आया था, भले ही दोनों को कभी-कभी इसका भ्रम होने लगता था कि पहले जैसे दिन फिर से लौट रहे हैं, ज़िंदगी फिर से पिकनिक जैसी जान पड़ने लगी है।

जयदेव जब अपने बच्चों की ओर देखता तो उसका दिल रोने को होता। दोनों, माँ-बाप के रहते भी जैसे यतीमों की तरह पल रहे थे। बेटा चिथड़े जैसी निक्कर पहने घूमता-फिरता, घुटने चीकट मैले। बेटी के बाल उलझे हुए। दोनों एक-दूसरे का हाथ थामे, कभी किसी पड़ोसी के घर के सामने तो कभी खेलते बच्चों के निकट खड़े मिलते। दोनों का जैसे कोई वली-वारिस ही नहीं हो। लड़का तो पाँच साल का हो चला था, बड़ा समझदार, गुप-चुप रहनेवाला, मसकीन-सा, लड़की छोटी थी, अभी भी भाई का हाथ पकड़कर चलती, और लोगों के चेहरों की ओर बिट-बिट देखती रहती।

एक बार, जब दीपावली निकट आ रही थी और पास-पड़ोस के बच्चे पटाखे और फुलझड़ियाँ ख़रीद-ख़रीदकर दीपावली मनाने लगे थे, और इधर भाई-बहिन उन्हें दूर से देखते रहते, खेलते बच्चों पर से उनकी आँखें हटाए हट नहीं रही होतीं। तभी, दीपावली के ही दिन, जयदेव जब घर लौटा और उसे दोनों भाई-बहिन नंगे पाँव, गर्द-भरे मैदान में घूमते मिले, वैसे ही, पटाखे चलाते बच्चों पर आँखें गाड़े, और जयदेव के साथ-साथ घर की ओर आने लगे तो लड़के ने पिता से कहा, "देखो न पिताजी, ये बच्चे कितने पागल हैं, पटाखों पर पैसे बरबाद करते हैं।"

जयदेव ने सुना तो कटकर रह गया। वह इतना क्षुब्ध हुआ कि उसी समय, उन्हें घर पर छोड़, अपने किसी मित्र के घर गया और कुछ रुपए उधार लेकर बच्चों के लिए आतिशबाजी का सामान ख़रीद लाया।

उधर, दूर शांतिनिकेतन में एक छोटी-सी घटना घटी जिसने इनकी बेचैनी को एक और आयाम दे दिया।

जनवरी महीने के ठिठुरन-भरे दिन थे। सुषमा अपने छोटे-से कमरे में, खुली खिड़की के सामने तानपूरा लेकर रियाज़ करने बैठी ही थी—सुबह की निखरी-निखरी धूप में कमरा, जीवन का एक स्निग्ध कोना-सा बन गया था—जब खिड़की के बाहर

किसी का साया डोल गया। सुषमा ने आँख उठाकर देखा तो खिड़की के बाहर गिरीश खड़ा था, मुस्कुराता हुआ। काले रंग की जाकेट और सफ़ेद कुर्ता-पाजामा पहने हुए था। दोनों हाथ फैलाए, खिड़की की चौखट को थामे हुए था।

"आपको हमने ढूँढ़ ही निकाला !" उसने कहा और हँस दिया। "जिन खोजा तिन पाइयाँ !"

सुषमा को काटो तो खून नहीं, वह बेहद घबड़ा गई। तानपूरे पर रखी उँगलियाँ काँपने लगीं, ऊपर की साँस ऊपर और नीचे की नीचे। उसकी जुबान को जैसे लकवा मार गया था।

"बजाइए, बजाइए, यह तो हमारे लिए विरल अवसर है !"

सुषमा ने तानपूरा रख दिया और साड़ी सँभालकर उठ खड़ी हुई। उसका चेहरा पीला पड़ गया था और साँस की गति तेज हो गई थी। इस अप्रत्याशित साक्षात् से वह इतनी हतप्रभ हुई थी कि उसकी समझ में नहीं आ रहा था कि क्या करे, क्या कहे।

"हमें बैठने को नहीं कहेंगी ?" गिरीश ने स्नेहसिक्त आवाज़ में कहा। "या इसका भी अधिकार हम खो बैठे हैं ?"

सुषमा अभी भी चुप खड़ी थी। न हूँ, न हाँ।

"हमारा चले आना आपको अटपटा लग रहा है। हम चले जाएँगे। केवल आपका कुशल-क्षेम पूछने आए थे। आपको परेशान करने नहीं आए हैं !"

सुषमा ने आँखें उठाकर उसकी ओर देखा, गिरीश अभी भी मुस्कुरा रहा था। सुषमा को क्षण-भर के लिए लगा जैसे गिरीश के इस रूप को वह बहुत दिन बाद देख रही है। गिरीश को छोड़ आने के बाद जब भी कभी गिरीश याद आता तो उसका कठोर, भावनाहीन चेहरा ही सामने आया करता—पत्थर में से तराशी हुई आकृति जैसा, उसका वह रूप जब वह सुषमा को गली में से एक तरह से घसीटता हुआ-सा ले गया था। यह सौम्य, मुस्कुराता चेहरा तो उसे कब का भूल चुका था, जब कभी-कभार उन विरल क्षणों में वह उस पर झुका हुआ, इसी भाँति मुस्कुराता हुआ कहा करता, "युवती की मुस्कान उसके होंठों के कोनों में दबी रहती है। कोनों में से ही खिलकर सामने आती है !"

उसी चेहरे को, जिस पर वह कभी रीझ-रीझ गई थी, आज फिर से अपने सामने देखकर वह विचलित हो उठी थी।

सुषमा अभी भी कुछ नहीं कह पा रही थी।

तभी गिरीश की आवाज़ आई, "हम चले जाएँ ? क्या आप यही चाहती हैं? ··· आप निश्चित रहिए। आपको ढूँढ़ निकाला, हमारे लिए यही बहुत है !" और खिड़की की चौखट पर से हाथ हटाकर, धीरे से, सामने से हट गया। कुछ देर तक सुषमा को उसकी पीठ नज़र आती रही, फिर वह भी पेड़ों के झुरमुट में खो गई।

उसके चले जाने के बाद सुषमा के मन में ऐसी उथल-पुथल मची कि वह सचमुच परेशान हो उठी। सुषमा बहुत दिन बाद अपने मन को शांत कर पाई थी, मन ठिकाने आने लगा था, पर इस साक्षात् ने एक भूचाल की भाँति मन की स्थिरता को भंग कर दिया था।

वह अपने मन को समझाती हुई कहती, "वह आया है, चला जाएगा। मेरा मन फिर से ठिकाने पर आ जाएगा। इसमें घबड़ाने की कोई बात नहीं।"

वह कमरे से बाहर आ गई और कुछ देर तक धूप में टहलती रही। बार-बार उसकी आँखें उस ओर उठ जातीं जिस ओर गिरीश गया था। क्या मैं स्वप्न देखती रही हूँ ? उसका तो कहीं नाम-निशान नहीं है। तरह-तरह के सवाल सुषमा के मन में उठने लगे। यह यहाँ क्यों आया है ? कह रहा था, "आपको हमने ढूँढ़ ही निकाला।" इसका क्या मतलब है ? क्या यह मुझे खोजता रहा है ? क्यों खोजता रहा है ? इसके पीछे कोई अभिप्राय, कोई प्रयोजन तो रहा होगा ? क्या यह मुझे लिवा ले जाने के लिए तो नहीं आया है ?—यह वाक्य सुषमा के मन में उठा ही था कि उसका चेहरा लाल हो गया। वह इस तरह बोल रहा था जैसे हमारे बीच कोई अप्रिय घटना घटी ही न हो। गिरीश का चेहरा वैसा ही खिला-खिला था जैसा पहले हुआ करता था।

गिरीश तो कुछेक वाक्य बोलकर चला गया था, पर सुषमा जल से बाहर फेंकी हुई मछली की भाँति छटपटाने लगी थी। तरह-तरह के विचार उसके मन में उठते रहे—अगर वह मुझसे कहे कि मैं तुम्हें लिवा ले चलने के लिए आया हूँ तो मैं क्या करूँगी ? क्या मैं इसके साथ वापस चली जाऊँगी ? वह लिवा ले चलने के लिए आया है तो रुका क्यों नहीं ? कुछ बोला क्यों नहीं ? क्या वह फिर आएगा ? मैं घबड़ा जो गई थी, इसलिए उसने कुछ भी कहना उचित नहीं समझा। क्या मालूम वह अपने किसी काम से आया हो। पर शांतिनिकेतन में उसका क्या काम ? यहाँ से तो इसे चिढ़ हुआ करती थी, इसे तो वह सर्कस कहा करता था। यहाँ क्यों आएगा ? यह ज़रूर मुझे ही खोजता हुआ आया है। पर कुछ बोला क्यों नहीं ?

सुषमा की मानसिक दृढ़ता बालू की भीत की भाँति भुरभुराने लगी थी। उसकी खिली-खिली मुस्कान का जादू फिर से सुषमा के सिर चढ़ने लगा था। वास्तव में हमारा संबंध-विच्छेद तो नहीं हुआ, हम मात्र एक-दूसरे से अलग हुए थे। वह भी, मैं ही इसे छोड़कर चली आई थी।

बहुत देर बाद उसका विचलित मन कुछ शांत हुआ और उसे उस संबंध के दूसरे पहलू के छिट-पुट अंश याद आने लगे। जूतों में पड़ा काग़ज़ का पुर्जा, उसके तिरस्कार-भरे शब्द 'मुस्कुराती लाश', और जाने क्या-क्या। और वह भयावह दुःस्वप्न-सा दृश्य, ज़ब वह उसे रोक पाने के लिए उसके पीछे घिसटती हुई सड़क तक चली गई थी।

मन की धुकधुकी तो शांत नहीं हुई, पर उसकी मुस्कान का जादू अपना बहुत

कुछ प्रभाव खो बैठा।

गिरीश किसी गोष्ठी में भाग लेने आया था। दिन के समय सुषमा घूमती हुई हिंदी भवन की ओर गई थी और उसे इस आयोजन का पता चला था। इससे भी उसके मन की धुकधुकी कुछ शांत हुई। वह मुझे ढूँढ़ता हुआ नहीं आया, गोष्ठी में भाग लेने के लिए बुलाया गया है और इसीलिए आया है। मुझे खोजता हुआ, मुझसे मिलने, मुझे यहाँ से लिवा ले जाने के लिए नहीं आया है।

उसी दिन शाम को गोष्ठी थी। नियत समय से घंटा-भर पहले तक तो सुषमा अपनी दिनचर्या में मन लगाने की कोशिश करती रही थी और बहुत कुछ संभल भी गई थी। पर जब गोष्ठी की बैठक में घंटे-भर का समय रह गया तो उसके मन में द्विविधा-सी उठने लगी। क्या मालूम गोष्ठी के बहाने मुझसे ही मिलने आया हो। मात्र गोष्ठी के लिए क्यों आएगा, और वह भी शांतिनिकेतन में होनेवाली गोष्ठी में ? अगर गोष्ठी के लिए आया है तो मुझसे मिलने सुबह-सुबह क्यों चला आया था ? उसके चेहरे पर कितना उत्साह झलक रहा था, मानो मुझसे मिलने के लिए उसके मन में बड़ा चाव, बड़ी उत्सुकता रही हो।

गोष्ठी से आधा घंटा पहले तक सुषमा ने अपने को आश्वस्त कर लिया था कि शांतिनिकेतन की यात्रा के पीछे प्रमुख अभिप्राय सुषमा से मिलना ही था, उसकी खोज-ख़बर लेना ही था। तभी उसके मन में विचार उठा—मैं गोष्ठी में चली जाऊँ तो क्या बुरा है ? एक ओर दुबककर बैठी रहूँगी। अगर उसने मुझे देख लिया तो उसके चेहरे के भाव से पता चल जाएगा कि उसके मन में मेरे प्रति कोई आग्रह है या नहीं। लेकिन मैं उसके स्वभाव को जानती हूँ। मन में आग्रह रहते हुए भी वह उसे ज़ाहिर नहीं होने देगा। गंभीरता का मुखौटा पहन लेगा और सारा वक़्त पहने रहेगा। मेरी ओर देखकर भी बुत का बुत बना रहेगा, तनकर खड़ा रहेगा, पहचानेगा भी नहीं। सोचते हुए सुषमा खाट की पाटी पर बैठ गई। उसकी उधेड़-बुन बराबर बनी रही। क्या जानूँ क्यों आया है, मेरे साथ फिर से बिल्ली-चूहे का खेल खेलने आया है। पहले मुझे उकसाएगा, फिर सहसा ही झपट्टा मारकर पंख-पंख नोच डालेगा। नहीं, मुझे कहीं नहीं जाना है। ···

पर पौने पाँच बजते-बजते सुषमा फिर डाँवाँडोल होने लगी। जाने में हर्ज़ ही क्या है ? मेरी भी तो साहित्य में पैठ है। यह भी तो शोभा नहीं देता कि मैं शांतिनिकेतन में रहते हुए गोष्ठी में न जाऊँ, वह भी हिंदी भवन में होनेवाली गोष्ठी में। मैं एक ओर दुबककर बैठी रहूँगी। मैं गोष्ठी में जा रही हूँ, उससे मिलने तो नहीं।

गोष्ठी आरंभ होने में कुछ ही मिनट बाक़ी रह गए थे जब सुषमा खाट पर से उठ खड़ी हुई। मैं तो जाऊँगी। जो होगा, देखा जाएगा। वही मुझसे मिलने आया था, मैं तो उससे मिलने नहीं गई थी। इसमें हेठी की क्या बात है ? और वह जल्दी से उठकर साड़ी बदलने लगी। और कुछ नहीं, इस बात का शायद पता ही चल

जाए कि वह किस आशय से यहाँ आया है। और मैंने अपनी ओर से तो कुछ कहा नहीं। मेरे मुँह से तो एक शब्द भी नहीं निकला।

उसने आलमारी का ताक खोला और पहनने के लिए साड़ी निकालने लगी और साड़ी निकालते हुए ही एक साड़ी नीचे गिर गई। वह झुककर उसे उठा रही थी जब उसकी नज़र हरे बार्डर पर पड़ी। बार्डर एक जगह से फटा हुआ था, घिसकर फट गया था। उस पर नज़र पड़ते ही जैसे एक जोर का झापड़ उसके मुँह पर पड़ा। वह सिहर उठी। यह वही साड़ी थी जिसे सुषमा ने उस दिन पहन रखा था जब वह गिरीश के पीछे गिड़गिड़ाती, घिसटती, उसकी मिन्नतें करती हुई, उसे रोक पाने के लिए गली के नाके तक उसके पीछे-पीछे चली गई थी और बाद में उसके ठुकराए जाने पर, रोती-बिलखती घर लौट आई थी—'नहीं जाओ जी, मत जाओ जी, मैं आपको नहीं जाने दूँगी। ···' उसके कानों में अपने ही शब्द गूँजने लगे थे।

साड़ी हाथ में ही पकड़ी रह गई। सुषमा खाट की पाटी पर बैठ गई। उसमें इतनी हिम्मत ही नहीं हुई कि उसे, उस घिसे हुए बार्डरवाली साड़ी को वापस आलमारी में ही रख सके।

पाँच बज गए, वह नहीं उठी। सवा पाँच, फिर साढ़े पाँच बज गए थे। सुषमा खाट की पाटी पर बैठी, हाथ में फटे हुए बार्डरवाली साड़ी को लिए अपनी ही आवाज़ सुने जा रही थी, 'नहीं जाओ जी, मैं आपको कहीं नहीं जाने दूँगी ··· मैं नहीं जाने दूँगी। ···' उसे अपने गिड़गिड़ाने की आवाज़ साफ़ सुनाई दे रही थी।

वह खाट की पाटी पर से उठी और उस खिड़की को बंद कर दिया जिसके चौखट पर हाथ रखे गिरीश, कुछ ही समय पहले, मुस्कुराता हुआ उसके सामने खड़ा था।

शांतिनिकेतन से लौटने के पहले गिरीश, सुषमा की खिड़की के सामने से दो बार फिर गुज़रा था। एक बार तो ऐन उसी वक़्त जब वह पहली बार खिड़की में आकर खड़ा हो गया था और दूसरी बार ढलती दोपहर के समय। पहली बार उसने खिड़की को बंद पाया था, दूसरी बार खिड़की खुली थी और उसके पीछे दुबककर, एक कोने में खड़ी सुषमा खिड़की के बाहर देखे जा रही थी।

कुछ नहीं हुआ। सुषमा फिर से अपने समतल जीवन में लौट आई। पर यह समतल जीवन अंदर से बुरी तरह से झकझोरा गया था।

समय बीतते-न-बीतते गिरीश की शांतिनिकेतन यात्रा की सूचना जयदेव के कानों तक भी जा पहुँची। उसकी समझ में नहीं आया कि उसका क्या मतलब निकाले, उसे सुषमा के लिए हितकर समझे अथवा अहितकर। पर निश्चय ही उसके अपने मस्तिष्क पर इसका यह असर हुआ कि वह अपना सुख-चैन फिर से खो बैठा। वह अगर एक बार गया है, तो दूसरी बार भी जाएगा, सुषमा को तड़पाएगा, उसे द्विविधा और मानसिक यातना के गर्त में झोंकेगा।

जयदेव बेचैन रहने लगा। उसकी बेचैनी यह सोचकर और भी बढ़ जाती कि वह कुछ भी कर पाने में अपने को असमर्थ पाता था। उधर, कुछ तो घर की स्थिति के कारण और कुछ सुषमा की चुप्पी के कारण—उसने जयदेव को पत्र लिखना बंद कर रखा था—कुंतो और जयदेव के बीच भी तनाव पाया जाने लगा था। अब घर में कलह बढ़ने लगी थी। जयदेव बात-बात पर खीझ उठता, अपने बाल नोचता, किंकर्तव्यविमूढ़-सा घूमता रहता। एक बार कुंतो ने बड़े धैर्य से उसे कहा, "बली, तुम उसे ले आओ। मैं कहीं चली जाऊँगी। तुम मेरी ओर से निश्चित रहो। मैं तुम्हें सुखी देखना चाहती हूँ।" और बड़े आग्रह से उसे कहती रही थी, "मुझसे तुम्हारी परेशानी नहीं देखी जाती।"

इसी तरह से, एक बार जब सहदेव—जयदेव का छोटा भाई—कुछ दिन के लिए बंबई का चक्कर लगाने आया था और लौटते समय कुंतो उसे स्टेशन पर छोड़ने गई थी तो गाड़ी छूटते समय, सहसा ही कुंतो कह बैठी, "सहदेव भइया, अगली बार आओगे तो मेरे पास ठहरना, मेरे पास ठहरोगे ना ?" और कहते हुए उसकी आँखें भर आई थीं।

स्थिति की विडंबना यह थी कि जितना ही अधिक कुंतो, जयदेव को मुक्त करना चाहती थी, उससे कहीं ज़्यादा वह उसके साथ अपने को बँधा हुआ पाती थी। वास्तव में वह दिल के एक-एक तंतु से उसे अपने साथ बाँधे रखना चाहती थी और जितना अधिक उनके बीच तनाव पाया जाता था, उससे कहीं ज़्यादा वे एक-दूसरे के निकट भी आ रहे थे, एक-दूसरे से बँधते, एक-दूसरे के लिए अनिवार्य भी होते जा रहे थे।

सहगान मंडली के कार्यक्रम बराबर चल रहे थे। सब साथियों के बीच रहते, गाते हुए वे अपने निजी संबंधों के सीमित घेरे से निकल आते, तब मंडली के सभी सदस्य अपने से ऊँची, कहीं अधिक विशाल सार्थकता में खो जाते। जिन गीतों को वे गर्मजोशी से गाते, वे लाखों-लाख लोगों की इच्छाओं-आकांक्षाओं को वाणी दे रहे होते, तभी कुंतो निकट आ जाती, मात्र अर्द्धांगिनी न होकर जीवन-संगिनी बन जाती, और दोनों साथ-साथ, किसी महायज्ञ में मिलकर आहुति देते हुए, एक-दूसरे को जान पड़ते।

स्थिति की यही विडंबना थी। मंडली से अलग होते तो लगता कोई सुलगती आग अंदर-ही-अंदर उनके साँझे जीवन को फिर से सालने लगी है—आग जो भड़कती नहीं, जिसमें लपटें नहीं उठतीं, पर जो धीमी आँच की तरह अंदर-ही-अंदर सारा उत्साह सोख डालती है, जैसे आपसी रिश्ते में कहीं घुन लग गया हो। पर जब मंडली में जा पहुँचते, तो किसी सात्विक भावना से अनुप्राणित किसी साँझी उड़ान का-सा अनुभव करने लगते, अपने अंदर विरल स्फूर्ति का, नये उत्साह का, और एक-दूसरे के पूरक बन जाते।

यही सब चल रहा था जब एक दिन सहसा ही कुंतो चल बसी ···

उस रात वे लोग देर तक अपने छोटे-से घर की छत पर बैठे गीत गाते रहे थे। बंबई में आने के बाद कुंतो को महसूस होने लगा था कि जयदेव उसके पास लौट आया है, उसका दिल बल्लियों उछलने लगा था। पिछले दो साल तो जैसे उसका दिल छलनी हो गया था, पर अब ठिकाने पर आने लगा था। इस महानगर में आने के बाद वह आश्वस्त-सी रहने लगी थी, कि जयदेव का मन उचट नहीं रहा है बल्कि अब तो दूसरे ही प्रकार की चिंताएँ उसे घेरे रहती हैं—परिवार के सदस्यों की सलामती की चिंता, रोज़ी कमाने की चिंता, और सर्वोपरि, देश-सेवा का एक नया जुनून, यह सहगान मंडली। और कुंतो मन-ही-मन कहती, "इस समय तो इसे मेरी सबसे ज़्यादा ज़रूरत है। मैं किस काम की, अगर इसका साथ न दूँ ?" और एक अजीब-सा आग्रह उसके मन को उद्वेलित किए रहता था, "एक क्षण के लिए भी जयदेव को अपनी आँखों से ओझल न होने दूँ, सारा वक़्त उसके साथ बनी रहूँ, उसे अपने दिल के साथ लगाए रखूँ।"

कुंतो सोचती, यह जो इतने उत्साह से अपना सबकुछ भूलकर इस सहगान मंडली में शामिल हो गया है, तो इसने सोच-समझकर ही ऐसा किया होगा, इसके इरादे ज़रूर ऊँचे ही रहे होंगे। सहगान मंडली सड़कों पर नाटक खेलती, चौराहों पर, स्कूलों-कालिजों के बाहर, फ़ैक्टरियों के बाहर। सड़क के किनारे। ये लोग वैसे ही राहजाते लोगों को जमा कर लेते जैसे मदारी या जड़ी-बूटी बेचनेवाले नीम-हकीम जमा कर लेते हैं। जयदेव बड़े शहर में आकर इस अनोखे काम में तन-मन से कूद गया था। दिन-भर तो रोज़गार की तलाश में मारा-मारा फिरता, महानगर की सड़कों की ख़ाक छानता, पर शाम होते ही सहगान मंडली के उस छोटे-से हॉल-कमरे में जा पहुँचता जहाँ वे लोग पूर्वाभ्यास किया करते थे। कुंतो भी वहाँ पहुँच जाती। वह सीधा घर से, अपने छोटे-छोटे दोनों बच्चों को हमसायन के सुपुर्द करके, भागती हुई चली आती। नाटक-मंडली में पूर्वाभ्यास का आकर्षण इतना प्रबल नहीं था, जितना जयदेव के साथ शाम बिताने का, उसके साथ ही सहगान मंडली के गीत गाते हुए घर लौटने का। ज़िंदगी कुंतो को फिर से पिकनिक-जैसी लगने लगी थी।

हॉल-कमरे में पूर्वाभ्यास समाप्त हुआ तो मंडली के सदस्य अपने-अपने घर जाने के लिए लोकल रेलगाड़ी के स्टेशन की ओर भाग खड़े हुए। यही रोज़ का क्रम था। तभी एक दिन जयदेव ने ही सुझाव दिया था कि रेलगाड़ी में भी हम लोग गाते हुए क्यों न चलें ? सहगान गाड़ी में भी चलता रहे। उन्हीं दिनों देश-भर के रेल-मज़दूर हड़ताल करनेवाले थे और इस मंडली के ही एक साथी ने हड़ताल को लेकर एक गीत लिखा था। इस तरह रेलगाड़ी में, अन्य गीतों के साथ, रेल-हड़ताल का यह गीत भी मंडली द्वारा गाया जाने लगा था। तब से ही जयदेव और कुंतो, और सहगान मंडली के अन्य साथी खचाखच भरी लोकल रेलगाड़ी में सवार होते ही मुक्तकंठ से गाने लगते। मंडली के अन्य सदस्यों के साथ कुंतो भी, अपनी

पतली, बचकाना आवाज़ में बड़े जोश के साथ गा रही होती :

कब लग गाड़ी के पहियन में
हाड़ हमारे चटखें
कब लग इंजन के धुएँ में
हमरी आहें भटकें
कब लग पीने देंगे तुमको
अपने खून के प्याले
जालिम, अब न गाड़ी चाले !

जून सत्ताईस को बैंश्न का
ऐसा आसन डोले
हर अस्टेशन पर घंटी के
बदले उल्लू बोले
सीस झुके न इक सिगनल का
इक झंडी न हाले
जालिम, अब न गाड़ी चाले !

कभी-कभी आस-पास बैठे मुसाफ़िर भी गीत में शामिल होने लगते, ताली बजा-बजाकर ताल देते हुए, गीत के बोल गुनगुनाने लगते।

इस गीत का दूसरा पद गाते हुए, गानेवालों की आवाज़ ऊँची उठ जाती थी जिसमें ललकार की-सी गूँज सुनाई देने लगती थी, और यह पंक्ति अक्सर जयदेव ही हाथ उठाकर गाया करता था। इसमें मस्ती थी, जुनून था, किसी को ललकारने का संतोष था।

सुर-ताल का ज्ञान न तो जयदेव को था, न ही कुंतो को। पर जयदेव सुर-ताल का अपना अधकचरापन अपने उत्साह और गर्मजोशी से पूरा कर लेता था। उसके उत्साह से ही प्रभावित होकर कुंतो उस सहगान मंडली में शामिल हो गई थी। कुंतो गाती तो अच्छा नहीं थी पर सहगान के समय, जब मंडली के सब लोग मिलकर गाते, तो उसकी आवाज़ सभी की आवाज़ में घुलमिल जाती थी, इसलिए उसका बेसुरापन पता नहीं चलता था। बल्कि उसकी पतली, बचकानी-सी आवाज़ समूहगान में सुनाई पड़ने पर भली लगती थी।

जयदेव इस गर्मजोशी के साथ गाता कि लगता उसकी आँखों के सामने हड़ताल का पूरा का पूरा मंजर उभर आया है—रेलवे स्टेशन सुनसान पड़े हैं, कहीं कोई घंटी, कोई सीटी सुनाई नहीं देती, सभी सिगनल सिर ऊँचा उठाए खड़े हैं, मानो वे भी रेल-मज़दूर हों, सारे वातावरण में संघर्ष की गर्मजोशी पाई जाती है, देश-भर के रेल-मज़दूर हड़ताल पर हैं।···

यह हड़ताल क्या थी, बैंथल कौन था, 27 जून को क्या और क्यों होनेवाला था, कुंतो को इसका कोई इल्म नहीं था, था भी तो बहुत धुँधला-धुँधला। उसे मालूम था तो सिर्फ़ यह कि जयदेव उसे लेकर बड़ा उद्वेलित है, कि जब जयदेव गाता है तो उसकी आँखें चमकने लगती हैं, और आवाज़ में ललकार की-सी गूँज सुनाई पड़ने लगती है। तब कुंतो के दिल में भी हिलोर-सी उठती थी और उसकी आवाज़ में भी ललकार की-सी दृढ़ता आने लगती थी। आस-पास बैठे मुसाफ़िर उन्हें गाते देखकर हतप्रभ भी होते, और प्रभावित भी होते थे।

अगला स्टेशन आने पर गाड़ी रुक गई थी। सहगान मंडली के तीन साथी यहाँ उतर गए। यहाँ उनका घर पड़ता था।

"अच्छा, कल मिलेंगे !" और वे पायदान पर से छलाँग लगाकर नीचे उतर गए थे।

गाड़ी फिर चल दी थी। गीत फिर से शुरू हो गया था। अबकी बार किसी दूसरे गीत के बोल डिब्बे में गूँजने लगे जो हिंदू-मुस्लिम एकता पर था :

सुनो हिंद के रहनेवालो,
सुनो, सुनो !
ये किन बच्चों की चीख़ें हैं,
किस दुखिया माँ की आहें हैं
किस बेवा दुल्हन की फ़रियाद लिए
खामोश निगाहें हैं ?
हम हिंदू हैं, हम मुस्लिम हैं,
हम सब गरीब, सब दुखियारे
सब एक ही बिपता के मारे
बंद करो, बंद करो यह खून की होली,
खून की होली बंद करो !
बस्ती-बस्ती मौत का डेरा
गली-गली श्मशान
धरती लहूलुहान है सारी
धरती लहूलुहान !
सुनो हिंद के रहनेवालो ...

इस गीत को गाते हुए कुंतो का गला भर-भर आता, और आवाज़ लड़खड़ा जाती थी। इसे कौन नहीं गाएगा, इसे तो जयदेव साथ में नहीं भी होता तो भी मैं गाती, गली-गली, कूचे-कूचे में गाती।

अगले स्टेशन पर जयदेव और कुंतो उतर गए थे। उनका स्टेशन आ गया था। गाड़ी फिर से चल दी थी और मंडली के बचे-खुचे सदस्यों ने नया गीत छेड़ दिया था।

जयदेव और कुंतो प्लेटफ़ार्म पर चलते हुए गेट की ओर बढ़ रहे थे जब सहसा ही कुंतो एक बैंच पर बैठ गई थी। जयदेव ने ध्यान नहीं दिया, कुछ क़दम आगे बढ़ जाने पर उसने मुड़कर देखा तो कुंतो बैंच की पीठ पर माथा रखे बैठी थी और उसने एक टाँग बैंच के ऊपर उठा रखी थी। वह भागकर कुंतो के पास गया।

"क्या है कुंतो ? बैठ क्यों गई ?"

कुंतो के चेहरे पर पीलिमा फैली थी और माथे और होंठों पर पसीना छलक आया था।

जयदेव चिंतित हो उठा और उसकी पीठ पीछे बैठकर उसके कंधे दबाने लगा, फिर सहसा ही वह भागकर एक स्टॉल पर से पानी ले आया। उसे भास-सा हो गया था कि कुंतो जैसे बेहोश होनेवाली है।

पानी का घूँट भरने पर फ़ौरन ही कुंतो संभल-सी गई। उसका दिल जो पहले डूबता-सा लग रहा था, सहसा सामान्य गति पर चलने लगा था। मुँह में भी तरावट आ गई थी।

"कुछ नहीं हुआ, मैं ठीक हूँ।"

"दवाई ली थी ? डाक्टर के पास गई थी ?"

"हाँ गई थी, उसने इंजेक्शन लगाया था।"

"तुम्हें आज रिहर्सल के लिए नहीं आना चाहिए था।"

"मुझे कुछ नहीं हुआ। मैं न पहुँचती तो तुम चिंता करने लगते कि क्यों नहीं आई।"

जयदेव को याद आया, "जीजाजी आ गए हैं ?"

"हाँ।"

"तुम उन्हें स्टेशन पर लेने गई थीं ?"

कुंतो ने हाँ में सिर हिलाया।

"क्यों गई थीं, कुंतो ! मैंने मना जो किया था।"

"कैसे न जाती ? वह रास्ता भटक जाते तो ? वह बंबई आएँ और उन्हें कोई लेने भी न जाए ?"

"मैंने तुम्हें मना जो किया था, कुंतो ! डाक्टर ने तुम्हें मना कर रखा है कि जब तक ये इंजेक्शन चल रहे हैं, तुम्हें दौड़-धूप नहीं करना है।"

"मुझे कुछ नहीं होगा। मैं ठीक हूँ।"

"शाम को कुछ खाया था ?"

कुंतो मुस्कुरा दी, "तुम्हें मेरे खाने की बड़ी चिंता होने लगी। ··· चलो, उठो, मैं ठीक हूँ।"

उस दिन दोपहर को, बच्चों को हमसायन के घर छोड़ने के बाद, वह राशन लेने गई थी। लौटकर आई तो ग्यारह बज रहे थे और पूरे साढ़े-ग्यारह बजे गाड़ी बंबई सेंट्रल रेलवे स्टेशन पर पहुँचनेवाली थी। एक गिलास पानी पिया और बस स्टॉप

की ओर भाग निकली। प्लेटफ़ार्म पर भागती हुई पहुँची तो पता चला, गाड़ी आधा घंटा लेट है। यहाँ उसे बरबस जयदेव की याद आई। वह साथ में होता तो इस आधे घंटे में हम मटरगश्ती करते, स्टॉल पर चाय पीते, बैंच पर बैठकर गाने गाते। वह भी साथ में आ जाता तो क्या बुरा था। छोटी-सी पिकनिक हो जाती। पर यह सोचकर कि आज उसे तीन दफ़्तरों के चक्कर काटना है—बसंत स्टूडियो का जो अँधेरी में था, गीता स्टूडियो का जो बंबई सेंट्रल में था और तीसरा, एपालो बंदर जाना था, मेरी नौकरी के बारे में पूछने के लिए, कि मुझे अपनी थिएटर कंपनी में रखेंगे या नहीं। वह इस वक़्त न जाने कहाँ भटक रहा होगा, उसी की भाषा में "दफ़्तरों की सीढ़ियाँ चढ़-उतर" रहा होगा।

फिर गाड़ी आई थी और कुंतो भाग-भागकर, एक-एक डिब्बे में, जीजाजी को ढूँढ़ पाने के लिए झाँकती फिरी थी। जाने कितने डिब्बों में उसने देखा था और लगभग वह हताश हो चुकी थी। उसकी साँस बुरी तरह से फूलने लगी थी, जब उसे जीजाजी की टोपी नज़र आई थी। यमराज का दूत संभवतः उसी वक़्त यमलोक से उतर आया था और कुंतो का पीछा करने लगा था।

शाम को अपने आंतरिक संतोष के लिए वह फिर से, घर से निकल आई थी। शाम को ही तो थोड़ा-सा वक़्त होता है जब वह जयदेव के साथ बिता पाती है, जब दोनों एक साथ होते हैं। एक साथ गाते हुए घर लौटते हैं, जब दोनों की दिन-भर की थकान दूर हो जाती है।

कुछ ही समय पहले, सहगान मंडली अपना कार्यक्रम प्रस्तुत करने के लिए किसी गाँव में गई थी। जयदेव और कुंतो भी बड़े उत्साह से उसमें शामिल हुए थे। वहीं पर निवास के समय, एक बार किसी मैदान को पार करते हुए घाम के कारण उन्हें बड़ी प्यास लगी थी और दोनों अपनी प्यास बुझाने के लिए पानी के ताल की ओर बढ़ गए थे। ताल के किनारे, अंजुलि में पानी भर-भरकर पीने से पहले, कुंतो रुक गई थी। डाक्टरों के घर पैदा होने के कारण इतनी जानकारी तो उसे संस्कार-रूप में ही मिल गई थी कि ताल-तलैया का पानी नहीं पीना चाहिए। जयदेव झुककर अंजुलि में पानी ले ही रहा था कि कुंतो भागकर उसके पास जा पहुँची थी।

"यह पानी नहीं पियो, बली ! ताल-तलैया का पानी कौन पीता है ? देखते नहीं इस पर काई जमी है !"

"कुछ नहीं होगा। मुझे बहुत प्यास लगी है।"

"नहीं-नहीं, बली ! डाक्टर हमेशा मना करते हैं, मैं जानती हूँ। यह पानी पीने लायक नहीं है। चलो, थोड़ा और आगे चलते हैं, वहाँ किसानों के घर हैं, वहाँ साफ़ पानी मिल जाएगा।"

इस पर जयदेव ने सिर झटक दिया था, "यह शहरी लोगों के नखरे हैं। गाँव के लोग सदियों से यही पानी पीते आ रहे हैं।"

"नहीं बली, क्या मालूम वे इसे पीते हैं या नहीं ? वे कुएँ का पानी पीते होंगे।"

"मुझे कुछ नहीं होगा।"

जब से जयदेव ने सहगान मंडली में नाम लिखवाया था, उसकी नज़र में किसान-मज़दूर का दर्ज़ा बहुत ऊँचा उठ गया था, और उसी अनुपात में शहरी लोगों का, मध्यवर्ग के लोगों का दर्ज़ा गिर गया था। किसान-मज़दूर की ज़िंदगी जहाँ अभावों से ग्रस्त है, वहाँ उनका सांस्कृतिक स्तर, उनकी कदरें-कीमतें, उनकी सूझ-बूझ कहीं ज़्यादा ऊँची है। उनमें गहरी मानवीयता पाई जाती है। उनसे जुड़ना, उनके जीवन-यापन को नज़दीक से देख पाना, बल्कि उनके बीच रहते हुए उन्हीं जैसा खाना-पीना, उन्हीं के समान रहना, सच्चे अर्थों में ही भावनात्मक स्तर पर उनसे जुड़ना है।

"ताल का पानी पियोगी तो इन गाँववालों की ज़िंदगी को समझ पाओगी, उन-जैसा महसूस कर पाओगी", और कहते हुए जयदेव, अंजुलि भर-भरकर ताल का पानी पीने लगा था।

जयदेव को गट-गट पानी पीते देखकर कुंतो सिहर उठी थी। फिर कुछ देर तक उसकी ओर देखती रही थी। तभी एक विचित्र से भावावेश ने उसे उद्वेलित कर दिया और दूसरे ही क्षण वह भी ताल के किनारे बैठ गई थी और अंजुलि भर-भरकर पानी पीने लगी थी। और फिर, एक बार नहीं, जितने दिन मंडली अपने खेल प्रस्तुत करती रही थी, वह कई बार इस ताल का पानी पीती रही थी। अनेक साथी पीते रहे थे।

शहर लौटने पर कुंतो के पेट में बल पड़ने लगे थे, और रोग ने जकड़ लिया था। जयदेव को कुछ नहीं हुआ था पर कुंतो पकड़ी गई थी। ताल का पानी पीने से पहले उसका हाथ ठिठका भी था, उसे उबकाई भी आई थी, फिर उसकी आँखें जयदेव की ओर उठ गई थीं जो उस समय अंजुलि भरकर पानी पिए जा रहा था। तभी मानो अपने संकोच के प्रति शर्मसार महसूस करती हुई, अपने को धिक्कारती हुई, अपनी मानसिकता पर लज्जित महसूस करती हुई, फिर इस विचार से कि जो इसके लिए ठीक है, वह मेरे लिए भी ठीक है, वह ताल का जल पीने लगी थी।

बैंच पर से उठकर, जयदेव की बाँह का सहारा लेती हुई, कुंतो उसकी ओर देखकर मुस्कुराई, मानो अपनी इस कमज़ोरी पर शर्मिंदा महसूस कर रही हो, और दोनों रेलवे स्टेशन का प्लेटफ़ार्म लाँघने लगे थे।

जयदेव मन-ही-मन खिन्न-सा महसूस करने लगा था। कहीं छोटा-मोटा काम मिल जाता तो कुंतो को थोड़ी सहूलियत मिलती। मेरे साथ सहगान मंडली में प्रोग्राम भी करती है, उधर घर चलाने के लिए एक थिएटर में चार सौ रुपए की नौकरी भी करती है। मुझे काम मिल जाता तो इसकी यह नौकरी तो छुड़वा देता। यह तो पड़ोसी अच्छे हैं जिनकी आँखों के सामने दोनों बच्चे खेलते रहते हैं। उनकी हमदर्दी पर हमारी गृहस्थी चल रही है। सहसा भावोद्रेक में जयदेव ने कुंतो का हाथ दबा दिया।

कुंतो ने अपना म्लान चेहरा ऊपर उठाया, म्लान-सी ही मुस्कान उसके होंठों पर फैल गई।

"तुमने दिन-भर कुछ खाया-पिया या नहीं ?" वह बड़े आग्रह से बोली, "मैं ठीक हूँ, मेरी चिंता न करो। आज कुछ काम बना ?"

"थोड़ा-सा अनुवाद का काम मिला है।"

"कुछ पेशगी भी मिली है ?"

जयदेव ने अँगूठा दिखा दिया। "फ़िल्मों में पेशगी नहीं देते तो अनुवाद के काम के लिए कौन देगा ?" फिर रुककर बोला, "मुझसे एक अनुवादक कह रहा था, 'अनुवाद से पैसा कमाना उँगलियों के नाखूनों से कुआँ खोदने के बराबर होता है'।"

कुंतो मुस्कुरा दी और जयदेव की बाँह में बाँह डाल दी।

बस पर बैठे घर की ओर जाते हुए भी कुंतो के स्वास्थ्य को लेकर जयदेव चिंतित बना रहा। 'क्या कुछ देर के लिए मैं ही सहगान मंडली में जाना छोड़ दूँ ?' उसने मन-ही-मन कहा, पर झट से अंदर से जवाब आया, "इसमें तो मेरे प्राण हैं, इसे कैसे छोड़ दूँ ? चलने दो जैसे चलता है। कुछ समस्याएँ वक़्त लेकर अपने आप सुलझ जाती हैं।"

"आज देर हो गई," कुंतो बुदबुदाई। "बच्चे सो गए होंगे। मैं जीजाजी के लिए तो खाने का बंदोबस्त कर आई थी, पर बच्चों को तो देखने भी नहीं गई। स्टेशन से लौटी तो थोड़ी ही देर बाद सीधे डाक्टर के पास चली गई। वह भी तो कितना दूर रहता है। वहाँ से इंजेक्शन लगवाकर निकली तो रिहर्सल का वक़्त हो रहा था।" उसका मन हुआ, कहे, इतना मन चाह रहा था कि एक कप चाय पी लूँ, फिर रिहर्सल पर जाऊँ। मुँह इतना सूख रहा था। पर नहीं बोली। मैंने बताया तो यह चिंता करेगा। डाँटेगा। अब तो वह मेरे कारण खीझने भी लगा है। अब कोई बात इसे परेशान करती हो तो अपने सिर के बाल नोचने लगता है। वह धीमे से मुस्कुराई, उसने जयदेव की बाँह फिर से दबा दी और अपना सिर उसके कंधे पर रख दिया।

कुंतो के चले जाने के बाद अक्सर जयदेव सोचा करता, अगर उस दिन कुंतो स्टेशन पर न भटकती फिरती, अगर उस दिन वह रिहर्सल पर नहीं गई होती, अगर उस दिन वह रात देर तक जीजाजी को अपनी सहगान मंडली के गीत सुनाने के लिए हमारे साथ गाती नहीं रहती तो वह बच जाती, यों देखते ही देखते आँखों से ओझल नहीं हो जाती।

खाना खाकर ये लोग उठे ही थे और जीजाजी की भी लंबे सफ़र के कारण पलकें भारी हो रही थीं, तभी सरोज आ गया था। रेल-हड़ताल पर अपना एक नया गीत लिखकर लाया था और उसे सुनाने के लिए बेताब हो रहा था। तभी सब लोग छत पर चढ़ गए थे। सीढ़ियाँ चढ़ते समय कुंतो का शरीर भारी-सा हो रहा था, उसके लिए सीढ़ियाँ चढ़ पाना कठिन हो रहा था। उसका मन चाह रहा

था कि जयदेव की गोद में सिर रखकर सो जाए और घंटों सोई रहे।

सरोज ने अपना गीत सुनाया, कुछ शब्द बदल दिए, धुन की नई तर्ज़ समझाई। देर तक गुनगुनाता रहा। उसे सुनते हुए जयदेव का उत्साह बढ़ने लगा था और वह अपने सुझाव देने लगा था। छत पर ये लोग देर तक बैठे रहे थे। सरोज की प्रस्तुति के बाद ये लोग जीजाजी को सहगान मंडली के लोकप्रिय गीत गा-गाकर सुनाते रहे थे। घर की छत पर खिली चाँदनी, ताड़ के पेड़ों में से छन-छनकर आती हुई दूधिया चाँदनी। कुंतो बार-बार अपना सिर जयदेव के कंधे पर रख रही थी, पर जीजाजी की उपस्थिति के कारण जयदेव उसे सीधा बैठने को कहता रहा था। जीजाजी पर गीतों का कोई विशेष असर नहीं हो रहा था, वह कभी-कभी गुढ़गुढ़ाकर हँसने लगते, मानो गीत हास्यरस का हो। और जीजाजी, दो गीत सुन चुकने के बाद ही जम्हाइयाँ लेते हुए उठ खड़े हुए थे।

"ये गीत गाओगे, जयदेवजी ?" कहते हुए सीढ़ियों की ओर जाने लगे थे। इस पर जयदेव और कुंतो एक-दूसरे की ओर देखकर चुप हो गए थे।

उस वक़्त भी अगर मैं कुंतो से कह देता, कुंतो, तेरे यहाँ बैठने की कोई ज़रूरत नहीं, मैं और सरोज देख लेंगे, तू जाकर सो जा, तो क्या मालूम कुंतो बच जाती। पर नहीं, मुँह पर वाक्य आया भी था, पर मैं नहीं बोला। गाना गाएगी तो थकान दूर होगी, मन बहलेगा, और सरोज के मुँह से उसका नया गीत सुनने की उसे उत्सुकता भी तो थी। और ये गीत तो कितने प्रेरणाप्रद हैं ! इनसे ज़ेहन खुलता है, दृष्टि साफ़ होती है।

रात के साढ़े बारह बज रहे थे जब कुंतो पार्टीशन के पीछे जाकर लेटी थी।

सरोज रात वहीं सो गया था। सुबह-सवेरे उसे सहगान मंडली के शो के लिए अगले स्टेशन जाकर इंतज़ाम करना था। उसने सोचा था, अब घर जाने में क्या तुक है। यहीं रात काट लूँगा, सुबह यहीं से चला जाऊँगा।

"कुंतो बहिन, सुबह छः बजे चाय का प्याला मिल सकेगा ?"

पर उस वक़्त तक कुंतो बार-बार ऊँघने लगी थी।

"मिलेगा, मिलेगा ⋯ " जयदेव ने कहा था और अधसोई कुंतो को अपने बाजुओं का सहारा देकर नीचे ले आया था। उसके शरीर की हल्की-हल्की गर्माइश, अपने कंधे पर कुंतो के सिर का हल्का-सा बोझ, जैसे उसने अपना सर्वस्व उसके हवाले कर दिया हो। उनींदे में, उसके हल्के-हल्के बुदबुदाने की आवाज़—यही कुंतो की विदाई के उपक्रम थे। उसके बाद तो जयदेव उसके निर्जीव शरीर को ही जगाने की चेष्टा करता रहा था। हल्की-हल्की, भीनी-भीनी उसके व्यक्तित्व की महक। ऐसे ही स्पर्श का अनुभव उसे कुछ ही वर्ष पहले उन दिनों भी हुआ करता था जब कुंतो सोए-सोए उठकर चलने लगती थी, तब भी जब उसे गिरने से बचाने के लिए जयदेव हौले से पीछे से आकर, उसकी कमर में हाथ डाल देता था, तब भी कुंतो, सोए-सोए ही अपना सिर जयदेव के कंधे पर रख देती थी और उसकी साँस

की गति सहज हो जाती थी, मानो जयदेव का सहारा मिलते ही वह निश्चिंत हो गई हो।

पर बीच में ऐसा समय भी आया था जब कुंतो सोए-सोए अपना सिर जयदेव के कंधे पर रख देती, तो जयदेव की प्रतिक्रिया अलग-सी होने लगती थी : तब वह उद्विग्न-सा हो जाता था, यह अपने पाँवों पर खड़ी क्यों नहीं होती, यह आत्मनिर्भर क्यों नहीं होती ? मेरे साथ क्यों लटके रहना चाहती है ?

बिस्तर पर लेटे-लेटे कुंतो को किसी-किसी वक़्त लगता जैसे उसकी आँखों के सामने काला-सा पुंज उभरता है और वह बढ़ता जाता है, बढ़ता जाता है, और उसे लगता है जैसे वह किसी गहरे गर्त में गिर रही है। फिर, न जाने कब, वह काला पुंज छनने लगता है और धीरे-धीरे आँखों के सामने से हट जाता है। और फिर से कमरे का खुला दरवाज़ा नज़र आने लगता है। ऐसा दो बार हो चुका था। कनपटियों पर हर बार, काले पुंज के छन जाने के बाद उसे हल्का-हल्का-सा दर्द महसूस होता।

कुंतो का मन हुआ करवट बदल ले। पर नहीं, उसके लिए करवट बदलना कठिन हो रहा था। उसकी आँखें फिर खुले दरवाज़े की ओर चली गईं। वह चाहती भी थी कि खुला दरवाज़ा उसकी आँखों के सामने बना रहे। इसी खुले दरवाज़े में से दोनों बच्चे भागते हुए आ सकते हैं, भले ही वे अंदर न आएँ, दहलीज़ पर ही ठिठके खड़े रहें और फिर भागते हुए सीढ़ियाँ चढ़कर छत पर चले जाएँ, पर मेरी आँखें तो उन्हें एक नज़र देख पाएँगी। जयदेव भी तो आ सकता है। सच तो यह है कि उसकी आँखें जयदेव को ही देख पाने के लिए खुले दरवाज़े पर लगी थीं।

हर बार जब काला पुंज उसकी आँखों के सामने से हटता तो ऊपर छत पर से बोलने-बतियाने की आवाज़ें आने लगतीं। जयदेव कोई क़िस्सा सुना रहा था। लेटे-लेटे ही कुंतो के होंठों पर हल्की-सी मुस्कान काँप गई। जयदेव के मुँह से बीसियों बार सुना हुआ क़िस्सा भी फिर से सुनने को मन चाहता है। वह क़िस्सा सुनाता है तो लगता है छुट्टी का दिन है, उसमें छुट्टी की हिलोर का-सा भास होता है। फिर सहसा ही एक हूक-सी कुंतो के दिल में उठी। जयदेव नीचे क्यों नहीं आता ? क्या उसे मालूम नहीं कि मैं यहाँ पड़ी हूँ ? पर उसे क्या मालूम कि मेरी कनपटियों में दर्द उठने लगा है, और मैं कहीं बहुत नीचे डूबती जा रही हूँ। कहीं नीचे, और नीचे।

किसी के सीढ़ियाँ चढ़ने की आवाज़ आने लगी है। कोई आया है। कौन आया है ? घुमावदार लोहे की सीढ़ियाँ, उन पर एक-एक क़दम कैसे बजता है। जयदेव के मौसेरे भाई होंगे। पर वह तो पहले से ऊपर बैठे हैं। कौन होगा ?

क्या बहनोई हो सकते हैं ? वह अब तक कहाँ थे ? उन्हीं को तो मैं स्टेशन पर से लेने गई थी। सारा वक़्त खोए-खोए-से इधर-उधर देखते रहते हैं। जिस आदमी की पत्नी न रहे वह कितना बेसहारा पड़ जाता है। जैसे ज़िन्दगी की टेक टूट गई हो। कहीं बैठे रह गए होंगे। न किसी ने याद किया, न बुलाया। मैं तंदुरुस्त होती तो इन्हें ढूँढ़ लाती। मैं न रहूँगी तो क्या जयदेव भी इन्हीं की तरह अकेला पड़ जाएगा ? हाय, नहीं। पत्नी का मर जाना घोर पाप है। पर जयदेव किसी दूसरी मिट्टी का बना है। कौन जाने, मेरे चले जाने पर रोएगा भी या नहीं।

कुंतो की आँखों के कोनों में से गर्म-गर्म अश्रुकण लुढ़क पड़े।

कनपटियाँ फिर से गर्माने लगी थीं। काला पुंज दूर से ही अपने आगमन की सूचना देने लगा था, और फैलता हुआ बढ़ता आ रहा था। हाय, मुझे यह क्या हो रहा है ? मैं डूब क्यों रही हूँ ? मेरा दिल क्यों बैठा जा रहा है ?

अब की बार काला पुंज देर तक कुंतो की चेतना पर छाया रहा। फिर जब उसे निढाल छोड़कर धीरे-धीरे छनने लगा, कुंतो की कनपटियों पर के बाल पसीने से तर हो गए थे। ऊपर छत पर बैठे लोग हँस रहे थे। ··· जयदेव नीचे आकर मेरे पास क्यों नहीं बैठता ? वह मेरी सुध तक नहीं लेता। कैसा निष्ठुर है जयदेव, मेरा जयदेव !

न जाने कितनी देर तक कुंतो उस अँधियारे पुंज के गहरे गर्त में पड़ी रहने के बाद ऊपर रोशनी में आई थी। कनपटियाँ फिर से गरमाने लगी थीं, शरीर के अवयव पहले से ज़्यादा शिथिल पड़ गए थे।

यह सामने कौन खड़ा है ? दरवाज़े के ऐन बीचोबीच ? यह तो कोई स्त्री है। धुँधली-धुँधली काया। छरहरे बदन की। क्या मैं सपना देख रही हूँ ?

स्त्री दरवाज़े के बीचोबीच खड़ी है। हाथ में सफ़री बैग उठाए हुए है, उसे पहचान पाने के पहले ही कुंतो का दिल धक् से रह गया। हाँ, हाँ, सुषमा ही तो है !

कुंतो का दिल छटपटा उठा। यह क्यों आई है ? उसे मेरी इस हालत पर भी तरस नहीं आया ? क्या जयदेव ने इसे अभी से बुला लिया है ? कुंतो का रोम-रोम सिहर उठा। ··· ऐसा क्यों होता है, सुषमा घर में क़दम रखती है तो मैं अपने ही घर में परायी-परायी-सी महसूस करने लगती हूँ ?

सुषमा के हाथ में बैग है। उसने साड़ी के ऊपर कोटी पहन रखी है, बालों का जूड़ा बना रखा है। मैं सपना नहीं देख रही हूँ। सुषमा आई है। कुछ समय पहले सीढ़ियों पर चढ़ते क़दमों की आवाज़ उसने सुनी थी। वह जयदेव के मौसेरे भाई नहीं थे। वह सुषमा ही थी। सुषमा के क़दम भी कैसे मर्दों के क़दमों जैसे पड़ते हैं, ढब ··· ढब ··· ढब ··· ढब ··· जैसे किसी

की छाती पर पड़ रहे हों।

सुषमा ही थी, बैग थामे खड़ी थी। यह तो शांतिनिकेतन में थी। यह यहाँ कैसे पहुँच गई ?

जब से गिरीश सुषमा की खिड़की के बाहर प्रगट हुआ था, सुषमा अपना संतुलन खो बैठी थी। बार-बार एक ही विचार उसके मस्तिष्क में घूमता। वह जो मेरी खिड़की के बाहर आकर खड़ा हो गया था, ज़रूर उसे अपने व्यवहार पर पश्चात्ताप हुआ होगा। वह ज़रूर कुछ कहने आया था। मैं उस शाम उसकी गोष्ठी में नहीं गई। उसकी आँखें ज़रूर गोष्ठी में मुझे ढूँढ़ती रही होंगी। वह ज़रूर कोई प्रस्ताव लेकर आया था। और मैं उससे मिलने ही नहीं गई। वह मुझसे ही मिलने दौड़ा आया था, ख़ास मुझसे ही मिलने। गोष्ठी तो एक बहाना था। उसका दिल उसे कचोटता रहा होगा। वरना मेरी खिड़की के बाहर आकर खड़े हो जाने का क्या मतलब था ?

ठुकराए जाने के बाद सुषमा प्रेम की भीख माँगनेवाली स्त्रियों जैसी हो गई थी। गिरीश द्वारा अपमानित किए जाने पर उसका स्वाभिमान नहीं जागा था, उसकी आत्मानुकम्पा जागी थी, दिल उसका अभी भी ललक रहा था कि गिरीश उसके पास लौट आए।

गोष्ठी के बाद उसकी बेचैनी यहाँ तक बढ़ गई थी कि उसने स्वयं गिरीश के पास चले जाने का फ़ैसला कर लिया था। प्रेम में मान-अपमान क्या ? अगर वह मेरी खिड़की के बाहर आकर खड़ा हो सकता है तो मैं भी उसके घर का दरवाज़ा खटखटा सकती हूँ। वह घर भी तो मेरा ही था, मैंने ही उसका एक-एक कमरा सहेजा, सँवारा था।

यहाँ तक कि वह स्टेशन के लिए रवाना हो गई थी।

स्टेशन पर पहुँचकर वह टिकटवाली खिड़की के सामने खड़ी टिकट कटवाने जा रही थी कि उसकी हिम्मत जवाब दे गई। दिल्ली पहुँचकर मैं जाऊँगी कहाँ ? सीधा उसके घर पर जाऊँ ? उसके घर का दरवाज़ा खटखटाऊँ तो क्या मालूम वह दरवाज़ा खोले और फटाक से उसे मेरे मुँह पर बंद कर दे। क्या मालूम उसकी मौसेरी बहिन दरवाज़ा खोले ? तब मेरी क्या रह जाएगी ? मैं कहीं की न रहूँगी।

तभी उसे अपनी हीन स्थिति का भास हुआ। न मैं इधर की न उधर की। क्या मैं घर (शांतिनिकेतन) लौट जाऊँ ? शांतिनिकेतन में मुझे कौन-सा चैन मिलेगा ?

तभी उसके मन में यह विचार कौंध गया कि वह जयदेव के यहाँ चली जाए। जयदेव की नज़र में तो मेरी कोई पहचान है, वह मुझे पलकों पर बिठाता है।

कुंतो को भी तो पता चल जाए कि मेरी कोई हस्ती है। अभी तक तो वह मुझ पर दया ही करती रही है।

सहसा ही गिरीश को अपना बना लेने की लालसा, आत्मोन्मुख होकर अपनी ही नज़र में अपना अस्तित्व स्थापित करने की प्रबल इच्छा में बदल गई। मैं इतनी दयनीय नहीं हूँ जितनी बना दी गई हूँ। कहीं पर तो मेरी माँग है, मेरी क़द्र है।

और सुषमा ने जयदेव के यहाँ का टिकट कटवा लिया। उसके वहाँ जाने से कुंतो के दिल पर क्या बीतेगी, उसका न तो सुषमा को ख़याल आया और न ही उसे इसकी कोई परवाह थी। बल्कि उसे धता बताना, सुषमा के अवचेतन में किसी दबी वासना की तरह कुलबुलाता रहा था।

सुषमा मुझे क्यों ताके जा रही है ? पलँग के पास खड़ी, बस, ताके जा रही है। कुछ बोलती क्यों नहीं? क्या उसे मालूम हो गया है कि मैं बीमार हूँ ? उसे मेरी बीमारी की ख़बर कैसे मिल गई ? सुषमा ही तो है। वह मुझे एकटक क्यों देखे जा रही है ?

तभी खुले दरवाज़े में, सुषमा के ऐन पीछे, एक और आकृति प्रगट हुई, धुँधली-धुँधली-सी पर कुंतो के धड़कते दिल ने उसे पहचान लिया। जयदेव खड़ा था। जयदेव पर नज़र पड़ते ही कुंतो का दिल खिल उठता था, पर सुषमा के चेहरे के पीछे उसका चेहरा देखते ही उसका मन मसोस उठा। यह मुझसे मिलने नहीं आया। यह सुषमा के पीछे-पीछे चला आया है। सुषमा ने ही कहा होगा, मुझे झेंप लगती है, तुम मेरे साथ चलो। यह मुझे देखने आई है कि मैं किस हालत में हूँ।

सुषमा पर नज़र पड़ते ही मेरा मन क्यों छटपटाने लगा है ? मेरा मन शांत था। छत पर से आनेवाली आवाज़ों से मुझे सुख मिल रहा था। जयदेव के कण्ठ से निकले गीत मुझे मेरी विदाई के गीत लग रहे थे। मैं किसी नाव पर बैठी किसी सागर के असीम विस्तार की ओर बढ़ रही थी। क्या यह भी सुषमा को नागवार गुज़रा है ? दोनों मेरे पास चले आए हैं, मुझे तड़पाने के लिए, एक-दूसरे के प्रति अपना अटूट प्यार दिखाने के लिए। मानो कह रहे हैं हम पहले भी एक साथ थे, अब भी एक साथ हैं ··· आग की लपट-सी फिर से कुंतो के दिल को जलाती हुई उठी।

तुम लोग कितने निर्दयी हो, मरते व्यक्ति को यह बताने आए हो कि जीत तुम्हारी हुई है, कि कुंतो जो जयदेव को सुषमा से छीनकर ले गई थी, उसे अब उसका मूल्य चुकाना पड़ रहा है, दो प्रेमियों को एक-दूसरे से अलग करने की सज़ा मौत है।

कुंतो की आँखें उन दोनों पर लगी थीं। किसी-किसी वक़्त उनकी आकृतियाँ धुँधलाने लगतीं, लगता जैसे उससे दूर हो रही हैं। कभी-कभी उसे यह भी लगता कि यह सब उसका भ्रम है, कि वह सपना देख रही है।

पर नहीं, सुषमा कुंतो के पलँग के पास खड़ी थी। पर न हूँ, न हाँ। और उसके दाएँ कंधे के ऐन पीछे जयदेव का चेहरा था।

"सो रही है, लगता है सो रही है। सोई रहने दो। सुबह मिल लेना। आज शाम बहुत थककर आई थी। तुम भी तो थकी होगी ?"

वे दोनों मुड़ गए हैं। उनके मुड़ने की देर थी कि कुंतो के दिल में हूक-सी उठी। जयदेव ने भी क्यों मेरी ओर पीठ मोड़ ली है ? जयदेव, तुम तो घड़ी-दो घड़ी मेरी आँखों के सामने रह सकते हो। तुम पास में रहोगे तो मुझे लगेगा तुम मुझे विदा करने आए हो। ··· मैं पागल थी जो तुमसे अपने अधिकार माँगती रही। मुझसे बहुत बड़ी भूल हुई। पर अब मैं और कोई भूल नही करूँगी। अब तो तुम्हें आज़ाद किए जा रही हूँ। इतना हक़ तो मेरा भी है कि कुछ देर के लिए मेरी आँखों के सामने बने रहो। कुछ देर तक तुम्हें देखती रहना चाहती हूँ। तुम्हारे सामने आ जाने पर लगता है जैसे मेरे ज़ख़्मी दिल पर चन्दन का लेप हो रहा है। और मैं जैसे किसी झूले पर झूलने लगी हूँ। बस, कुछ देर तक तुम्हें देखते रहना चाहती हूँ। मैंने तुम्हारा संग पाया मैं धन्य हुई।

कुंतो को लगा जैसे जयदेव दहलीज़ पर से लौट आया है। जैसे जयदेव ने कुंतो के दिल की आवाज़ सुन ली है।

कुंतो का दिल एक नई स्फूर्ति से सराबोर हो गया। मैं तुम्हें रोकूँगी नहीं मेरे जीते जी, तुम मेरे बंधन में बँधे छटपटाते रहे हो। मैं स्वार्थी थी जो तुम्हें अपने साथ बाँधे रही। पर अब मेरा स्वार्थ, मेरी ही तरह, सूखे पत्ते जैसा झरकर गिर रहा है। अब तो मैं तुमसे कुछ भी नहीं माँगती। अब तो अपने हाथों से तुम्हें सुषमा के हाथ सौंप रही हूँ। ···

मेरे दो बच्चे हैं, जयदेव—तुम्हारी सौगात। तुमने मेरी गोद भर दी, मैं कृत-कृत्य हुई। न जाने वे कहाँ हैं। उन्हें मेरी अमानत समझना। ··· मुझे लगता है मुझे कोई बुला रहा है। ···

कुंतो की आँखों के सामने का दृश्य धुँधलाने लगा। कुछ ही समय पहले दिल को सालती हुई जो टीस उठी थी, वह शान्त हो चुकी थी। उसके स्थान पर, जाने दिल के किन सोतों से अगाध स्नेह की लहरें फूट-फूटकर निकलने लगी थीं। मैं निश्चिन्त हुई। मैं नहीं चाहती मेरे चले जाने के बाद तुम्हें क्षण भर के लिए भी मेरा अभाव खटके। सुषमा को तो भगवान ने भेजा है ताकि मैं निश्चिन्त होकर जा सकूँ। भगवान बड़े कृपालु हैं, उन्होंने सुषमा को मेरे पास भेजा ही इसलिए है कि मेरा दायित्व वह अपने हाथों में ले ले।

अब मैं मुक्त हुई। मैं बड़ा हल्का-हल्का महसूस करने लगी हूँ, मानो मुझे पंख लग गए हों। ऊपर से फिर से आवाज़ें आने लगी हैं। वे लोग फिर से गीत गाने लगे हैं। उनमें सुषमा की आवाज़ भी सुनाई पड़ रही है। उसने वृन्दगान में मेरा स्थान ले लिया है। यहाँ से भी मैं मुक्त हुई · · ·

दूसरे दिन, पहले तो सरोज चाय के इंतज़ार में देर तक लेटा, करवटें बदलता रहा था। फिर जब धूप निकल आई थी और जयदेव जाग गया था तो अपने सामने सरोज को खड़ा देखकर उसे भी चाय की याद आई थी। "कैसी है कुंतो ?"

"घोड़े बेचकर सोई पड़ी है। ठहरो सरोज, मैं तुम्हारे लिए चाय बना लाता हूँ।" और उठकर सीधा रसोईघर में चला गया था। ख़ाली चूल्हा भाँय-भाँय कर रहा था। दूध की दो ख़ाली बोतलें खिड़की के दासे पर रखी थीं—इसका मतलब है, इसने उठकर दूध भी नहीं लिया।

उसने पलटकर देखा तो दोनों बच्चे, दोनों भाई-बहिन, एक-दूसरे का हाथ पकड़े, कुंतो के कमरे की दहलीज़ पर खड़े थे। और फिर उसकी नज़र कुंतो की ओर मुड़ गई थी—कैसे चुपचाप, दबे पाँव चली गई है। ऐसे ही वह कहा भी करती थी, जिन दिनों सुषमा के प्रति प्रेम जयदेव के मस्तिष्क पर छाया था। "तुम उसे ले आओ, बली ! सच ! मैं कहीं चली जाऊँगी। तुम्हें पता भी नहीं चलेगा। तुम सुख से उसके साथ रहना। तुम्हें मेरी आहट भी नहीं आएगी। मैं तुम्हारे सुख में ही सुखी हूँ बली, तुम क्यों नहीं समझते ! · · ·" कहते हुए वह कभी-कभी हँसने भी लगती थी। "मैं छिप-छिपकर तुम्हें कभी-कभी देखने आ जाया करूँगी। इसकी तो इजाज़त दोगे ना ? · · ·"

उसके चले जाने के बहुत दिन बाद तक जयदेव को लगता रहा जैसे कुंतो उसके जीवन से निकल भी गई है, पर किसी सूक्ष्म रूप में उसके आस-पास बनी भी हुई है। कभी सड़क पर चलते हुए उसे लगने लगता जैसे कुंतो उसके साथ-साथ चल रही है, उसकी बाँह में बाँह डाले। कभी कहीं बैठा होता तो क्षण-भर के लिए उसे लगता जैसे कुंतो के शरीर की महक, हवा के झोंके की तरह, उसके पास से निकल गई है। कभी लगता कुंतो हँसती हुई आई है और उसके बाल बिखेरकर हँसती हुई ही चली गई है।

कुंतो के साथ विवाह और उसके बाद का सारा घटनाक्रम केवल आठ-नौ साल तक रहा था, पर लगता था जैसे समूचे जीवन को निगल गया हो। पर जीवन को साल-दिन-महीने के हिसाब से कौन आँकता है, उसे तो केवल घनीभूत पीड़ा ही आँक पाती है।

वक़्त बीतने पर कुंतो के बच्चों के मन में उनकी माँ की आकृति भी धुँधलाने

लगी थी। बेटे को उसकी माँ के घुँघराले बाल याद थे और खिला-खिला-सा चेहरा भी कुछ-कुछ याद पड़ता था। उसकी बहिन को वह भी याद नहीं था। पर उसकी बहिन की आकृति में लोगों को कुंतो के नाक-नक़्श की झलक साफ़ दिखाई दे जाती। उसे इतना-भर याद था कि माँ जब हँसती थी तो उसे बार-बार छाती से लगाने लगती थी।

कुंतो सचमुच दुनिया से ओझल हो गई थी। उसकी आकृति कुछेक लोगों के मस्तिष्क में बनी रही, फिर वह भी धुँधलाने लगी, और वक़्त बीतते न बीतते लुप्त हो गई।

प्रोफ़ेस्साब ने गिलास में से ठंडे जल का घूँट भरा, गिलास को तश्तरी पर रखकर जाली के टुकड़े से ढँक दिया और फिर से काम करने लगे, पर मन था कि उचट-उचट जा रहा था। मन का क्षोभ फिर से बेचैन करने लगा था। बार-बार गले में काँटे-से चुभने लगते, शरीर का अंग-अंग थका-थका महसूस कर रहा था। उन्होंने हाथ बढ़ाकर गिलास को तश्तरी पर से उठाया और फिर दो-तीन घूँट शीतल जल के गले के नीचे उतारे।

कुंतो दाग़ दे गई थी और कुंतो की मृत्यु ने उन्हें झकझोर दिया था। उन्हें पहली बार अपने आदर्शों और परामर्शों और प्रयासों की व्यर्थता का भास होने लगा था। पहले ऐसा नहीं हुआ करता था। वह जब कभी क्षुब्ध और हताश महसूस करते, कहीं-न-कहीं से उन्हें सांत्वना के कण प्राप्त होने लगते, कभी किसी के मुँह से सुने प्रशंसा के शब्द याद हो आते, कभी अपनी किसी उपलब्धि को याद करके अपने अंदर से ही छोटी-छोटी आवाज़ें सुनाई देने लगतीं जिनसे उनके आत्मविश्वास को प्रोत्साहन मिलने लगता। पर आज वह बात न थी, मन में बार-बार क्षोभ उठ रहा था और उनके दिल को कचोट रहा था।

मुझे सभी ने अपना विश्वास दिया, मुझे आदर और सत्कार दिया, पर मुझसे उन्होंने क्या पाया ? क्लेश और यातना ? कुंतो की क्या गति हुई जिसे मैंने अपनी गोद में पाला था ? उसने मेरी हर बात पर फूल चढ़ाए थे। उसने एक बार, केवल एक बार, शादी से पहले मुझसे कहा था, "पर भइया, मुझे मेरी एक सहेली ने बताया है कि जयदेव तो अपनी मौसेरी बहिन को चाहता है, सुषमा को।" बस, इतना ही कहा था और फैली-फैली आँखों से मेरी ओर देखती रही थी, ऐसा भाव लिए जैसे कह रही हो, "पर तुम जो कहोगे, मैं वहीं करूँगी। तुम्हारा कहा सिर-आँखों पर, भइया !" ··· और आज कितनी अधिक मानसिक यातना सहने के बाद कुंतो ने सदा के लिए आँखें बंद कर ली थीं। जितने दिन जीती रही, एक बार भी शिकायत नहीं की, उलाहना नहीं दिया, बल्कि भागते हुए आकर मिलती थी, प्यासी हिरनी की तरह। उस समय भी जब वह सोए-सोए उठकर चलने लगी थी, जब उसकी

आँखों से नींद उड़ गई थी और स्वास्थ्य गिरता जा रहा था, "हाय भइया ! तुम आ गए ! हाय, मैं कितनी खुश हूँ !" · · · उस दिन पतझड़ के कारण पेड़ों से पत्ते झर-झरकर गिर रहे थे और सरसराती हवा के झोंके उन्हें जैसे भगाए लिए जा रहे थे, आँगन पार करते हुए वह मेरी बाँह में बाँह डाले चहकती हुई बोली थी, "हाय, मेरा मन करता है, मैं इन पत्तों के बीच नाचूँ ! मुझे भी हवा उड़ा ले जाए !" पर मैं नहीं समझा, कुछ भी नहीं समझा। पतझड़ की हवा ही सरसराते पत्तों के साथ उसे उड़ा ले गई थी।

जयदेव को याद करके उनका मन क्षुब्ध हो उठता था। उसके हाथों मेरी बहिन ने कितना दुख उठाया। यह ब्याह न हुआ होता तो कुंतो अपनी ज़िंदगी से तो हाथ न धो बैठती। पर मैंने ही सुषमा के प्रति उसकी आसक्ति को दबाने की कोशिश की। मैंने उसे अपनी राह पर क्यों नहीं जाने दिया ? मैं ही तो कुंतो की यातना और क्लेश का निमित्त बना।

तभी उनकी आँखों के सामने थुलथुल का चेहरा घूम गया। थुलथुल की आत्महत्या को भी मैंने दबा दिया। पहले उसे आत्महत्या कहा, फिर उसे आकस्मिक मौत कहा जो अचानक आग लग जाने के कारण हुई। मरते समय भी जब उसका अंग-अंग जल रहा था, वह चिल्लाती हुई मेरे ही कमरे के बाहर आई थी, इस विश्वास के साथ कि मैं उसे बचा लूँगा। जब कभी मेरे पास थुलथुल शिकायत करने आती तो मेरे परामर्श को सुनकर, रोती-बिलखती शांत हो जाती थी, मुस्कुराने लगती थी, हाथ जोड़कर कहती थी, "जैसा आप कहेंगे, मैं बिलकुल वैसा ही करूँगी।" और दुखी और व्याकुल थुलथुल अपने को दोषी मानकर क्षमायाचना करने लगती, "मैंने आपको परेशान किया। माफ़ करना जी, मैं बड़ी जल्दी घबड़ा जाती हूँ। आप ठीक कहते हैं। मैं वचन देती हूँ, मैं वैसा ही करूँगी जैसा आप कहते हैं।" · · · चीत्कार करती हुई, आग की लपटों में झुलसी जा रही थुलथुल, मेरा ही दरवाज़ा खटखटाती रही थी, इस उम्मीद के साथ कि मैं उसे बचा लूँगा, "मुझे बचा लो ! हाय · · · हाय !" और जब तक मैंने लपककर दरवाज़ा खोला था, वह लपलपाती आग में लिपटी, पिघलती मोम के पिंड-सा बन चुकी थी।

मैं समझे बैठा था कि मैंने स्थिति को सँभाल लिया है। अब धनराज सिंगापुर लौटकर नहीं जाएगा। धीरे-धीरे वह सिंगापुरवाली को भूल जाएगा, उसकी गृहस्थी ठिकाने पर आ जाएगी। थुलथुल के बूढ़े माँ-बाप भी आश्वस्त हो गए थे, "जैसा आप ठीक समझो प्रोफ़ेस्साबजी ! आपसे ज़्यादा समझदार कौन होगा ?" थुलथुल के आत्मदाह के बाद भी मेरे समझाने पर वे मान गए थे कि उसे अचानक ही आग लगी होगी, "कर्म खोटे हों तो कोई क्या करे, प्रोफ़ेस्साबजी !" उसके पिता ने कहा था और हाथ जोड़ दिए थे।

बैठे-बैठे प्रोफ़ेस्साब को लगा जैसे रामनाथ खी-खी करता हुआ उनकी आलोचना

करने लगा है, अपने वाक्‌बाण छोड़ने लगा है, 'ज़िंदगी तो पकड़ में आती नहीं प्रोफ़ेस्साब, और उसे अपने फ़लसफ़ों में बाँधते फिरते हो—'संतुलन' और 'गोल्डन मीन' और जाने क्या-क्या। अपनी भलमनसाहत भी बनाए रखना चाहते हो और नई रोशनी के भी कहलाना चाहते हो। आपका देवता भलमनसाहत है प्रोफ़ेस्साब, और कोई नहीं, केवल भलमनसाहत जो परंपरा का ही दूसरा नाम है। ···"

प्रोफ़ेस्साब की आँखों के सामने बड़े भाई की पत्नी का चेहरा उभर आया। बड़ा भाई पूरे सोलह साल तक विदेश में रहा था। इस दौरान उसकी पत्नी, इंतज़ार करती हुई नीमपागल-सी हो गई थी। रोज़ आँखों में काजल और होंठों पर मिस्सी लगाकर बैठ जाती थी। बरस-पर-बरस गुज़रते गए थे, उसने शुरू-शुरू में बहुत बार इसरार किया था कि मुझे मेरे मायके भेज दो। पर मैं उसे यह कहकर रोके रहा कि विवाह के बाद ससुराल ही बहू का घर होता है। मैं सारा वक़्त उसे झूठी ढाढ़स बँधाता रहा, "तू घर में सबसे बड़ी है, तू घर की बड़ी बहू है।" वास्तव में मुझे घर की इज़्ज़त का ज़्यादा ख़याल था कि वह घर से चली गई तो परिवार की जगहँसाई होगी। और वह जल से फेंकी हुई मछली की तरह अपने दिन काटती रही थी। ···

जिन बैसाखियों के सहारे मैं इस परिवार को खड़ा रखे हुए था, वे चरमराने लगी हैं, उनमें से एक भी ज़्यादा देर तक खड़ी नहीं रह पाएगी।

क्षुब्ध और हताश वह उठ खड़े हुए और देर तक अपने कमरे में ऊपर-नीचे टहलते रहे। जो परामर्श वह और लोगों को दिया करते थे, उसकी उन्हें स्वयं ज़रूरत महसूस होने लगी थी। आज उन्हें लग रहा था जैसे वह किसी नीम हकीम की-सी भूमिका निभाते रहे हैं। वह भी पहले लोगों को घेर लेता है, उनका विश्वास प्राप्त करता है, अपनी जड़ी-बूटियों के गुणों का बखान करता है, फिर व्याधियों का ब्योरा देते हुए अपनी एक-एक दवाई के अचूक प्रभाव का बखान करता है। प्रोफ़ेस्साब को लगा जैसे वह भी ऐसा ही नाटक अपने प्रियजनों के साथ खेलते रहे हैं, और ऐसा सोचते हुए वह और भी ज़्यादा हतोत्साह महसूस करने लगे। उन्हें लगने लगा जैसे उनकी समूची भूमिका में एक अजीब-सा बनावटीपन रहा है। जबकि और लोगों का रवैया स्वाभाविक था, वह दिल खोलकर अपनी बात कहते थे, मैं एक-एक शब्द, एक-एक वाक्य तोल-तोलकर, उनका मार्गदर्शन करता था, उन्हें सुनहरा मध्यम मार्ग दिखाता था। मैं अपनी भूमिका पर स्वयं ही मुग्ध हुआ घूमता रहा हूँ।

पर आज वह बेहद लज्जित महसूस करने लगे थे। ऐसा अवसर पहले कभी नहीं आया था कि प्रोफ़ेस्साब को भी अपना मनोबल मज़बूत करने की ज़रूरत महसूस हो रही हो। कुंतो की याद ने उन्हें विचलित कर दिया था। वह अपना सारा संतुलन खो बैठे थे, अपने को निपट अकेला, भटका हुआ और निःसहाय महसूस करने लगे थे।

वह अपने कमरे से बाहर निकल आए। कहाँ जाएँ कि थोड़ा चैन मिले, क्या

करें कि उनका अपना ही मन उन्हें कचोटना बंद कर दे ? पहले सोचा, किसी पार्क में जा बैठूँ, घड़ी-दो घड़ी खुली हवा में रहूँ। पर वहाँ भी तो अकेला ही रहूँगा, मन और ज़्यादा बेचैन होगा। घर जाने के लिए उनमें उत्साह नहीं था।

तभी उन्हें लगा जैसे उनके अशांत मन को यदि कहीं सुख मिलेगा तो किसी महिला के सान्निध्य में, उसके संवेदनशील, सहानुभूतिपूर्ण सान्निध्य में ही वह अपना क्लेश भूल पाएँगे। कष्ट के समय पुरुष, स्त्री के सान्निध्य में ही अपने लिए त्राण खोजता है। उनके पाँव बरबस अपने मित्र के घर की ओर उठ गए जिसकी पत्नी के साथ कुछ देर बैठने में उन्हें बड़ा सुख मिलता था। वह मेरी समस्याओं को जानती है, वह उपदेश नहीं झाड़ेगी, व्यंग्यबाण नहीं छोड़ेगी, मात्र संवेदना के दो शब्द कहेगी, जिनसे निश्चय ही मुझे सहारा मिलेगा, कुछ चैन नसीब होगा।···

ज़िंदगी बराबर करवटें बदलती चली जा रही थी। हर करवट पर परिदृश्य बदल जाता, अपनी नई-नई संभावनाओं के साथ, आशंकाओं और नई-नई समस्याओं के साथ मनुष्य के सामने उपस्थित हो जाता। यहाँ भी ज़िंदगी एक और करवट ले रही थी। घर के लोग पहले की ही भाँति नई-नई स्थितियों से जूझ रहे थे।

फिर एक विस्फोट हुआ, भयानक देशव्यापी विस्फोट। पानी के ताल में फेंके गए पत्थर से जैसे समूचे ताल का जल विक्षुब्ध हो उठता है, वैसा ही यहाँ भी हुआ, देश का समूचा जीवन उद्वेलित और विक्षुब्ध हो उठा।

उन दिनों जगह-जगह घूमते-भटकते सहदेव को तरह-तरह के अनुभव हो रहे थे; दारुण अनुभव जिनकी उसने कभी कल्पना भी नहीं की थी।

जगह-जगह आग के शोलों से आसमान लाल होने लगा था, गली-कूचों में, घरों की दीवारों पर खून के छींटे, और दिल दहला देनेवाला आर्तनाद और क्रंदन और उनके बीच घृणा और द्वेष से भरे नारे। लोग लाशों के ढेर की चर्चा करने लगे थे। फिर उस शोर में देश की आज़ादी के आह्लादपूर्ण स्वर भी गूँजने लगे। इसी क्रंदन के बीच स्वतंत्रता की दुंदुभि भी बज उठी जिसका बरसों से इंतज़ार रहा था। असीम विशाद और असीम आह्लाद, दोनों एक ही वातावरण में घुल-मिल रहे थे।

फिर, सहसा ही जैसे चुप्पी छा गई। अब क्या होगा, आगे क्या होगा ? देश के भविष्य की रूपरेखा कैसी होगी—इसका लोग धड़कते दिलों से अनुमान लगाने लगे।

शीघ्र ही इस प्रश्न का उत्तर उन्हें मिलने लगा। फिर से तरह-तरह की आवाज़ें सुनाई पड़ने लगीं। लोगों के क़दमों की आहटें, घर से बेघर होनेवाले लोगों के क़दमों की आहटें। जगह-जगह लोग अपना घर छोड़कर जाने लगे—गाँवों से शहरों की ओर, फिर शहरों से भारत-पाक सीमा की ओर। लंबे-लंबे काफ़िले खेतों को लाँघते हुए, सड़कों पर, खचाखच रेलगाड़ियों में, गठरियाँ सिर पर रखे, बच्चों को हाथ से पकड़े स्त्रियाँ-पुरुष सिर छिपा पाने के लिए लंबी-लंबी यात्राएँ करने लगे

थे। लोग अपनी-अपनी जगह से उखड़ गए थे। किसी ने किसी को कहीं पर देखा था, क्षण-भर के लिए, इससे अधिक वह कुछ नहीं जानता था। सहदेव ने रामनाथ को एक शरणार्थी शिविर के बाहर बैठे देखा था, वह दोपहर की चिलचिलाती धूप में दीवार के सहारे पीठ लगाए बैठा था।

"तुम यहाँ क्या कर रहे हो, रामनाथ ?" सहदेव सीधा रामनाथ के सामने जा खड़ा हुआ था।

"क्या करूँगा ? शरणार्थी शिविर के बाहर लोग क्या करते हैं ?" उसने अपने मिज़ाज़ के मुताबिक जवाब दिया, "मैं लंगर खुलने का इंतज़ार कर रहा हूँ कि कब लंगर खुले और मैं अंदर जाकर दो रोटियाँ ले सकूँ।"

सहदेव चुप रहा था पर सिर से पाँव तक सिहर उठा था।...

शरणार्थी शिविर के लिए तंबू गाड़े गए थे। तंबुओं की लंबी-लंबी पाँतें और बीच में तंग-सा रास्ता। एक-एक परिवार को एक-एक तंबू दिया गया था। ज्यों-ज्यों शिविर में आनेवाले शरणार्थियों की संख्या बढ़ती जाती, तंबुओं की पाँतें भी लंबी खिंचती चली जातीं। तंबुओं की बस्ती-सी बनती जा रही थी। अपना-अपना घर-बार छोड़कर आए हुए लोग धीरे-धीरे इस बस्ती को ही अपना घर मानने लगे थे। यहाँ पर छीना-झपटी भी होती, कभी कंबलों को लेकर, कभी रसद तो कभी कपड़े को लेकर, कभी शिविर की ओर से दिए जानेवाले भांडे-बर्तनों को लेकर। कभी पुरानी जान-पहचान के लोग मिलते तो गले लगकर, फफक-फफककर रो पड़ते। बीते दिनों को हम याद तो करते हैं, पर ढालते हम अपने को वर्तमान के अनुरूप ही हैं। सहदेव भी शरणार्थी शिविर के तंग रास्तों पर घूमता हुआ कभी-कभी ठगा-ठगा-सा खड़ा रह जाता। शिविर खुले अभी दस दिन भी नहीं हुए थे कि एक जगह दो तंबुओं के बीच, तंबुओं की रस्सियों पर उसने काग़ज़ों की रंग-बिरंगी झंडियाँ टँगी देखीं और ढोलक बजती भी सुनी। वहाँ आमने-सामने के दो तंबुओं में ब्याह की रस्म अदा की जा रही थी। जाने यह ब्याह कैसे हो रहा था। कुछ लोग कहते, पहले से मँगनी हो चुकी थी पर अपने गाँव में ब्याह नहीं हो पाया था, अब ब्याह कर रहे हैं। कोई कहता, लड़का-लड़की की यहाँ पहुँचने पर आशनाई हो गई है, माँ-बाप मजबूर होकर ब्याह कर रहे हैं। कोई तीसरा कहता, उसने लड़की के बूढ़े माँ-बाप को कहते अपने कान से सुना है, जवान लड़की को मैं कहाँ-कहाँ सँभालता फिरूँ ? मुश्किल से इसे यहाँ तक बचाकर ला पाया हूँ। अब लड़का मिल गया है, इसके हाथ पीले करो और चलता करो। भगवान मालिक है। हमें क्या मालूम था कि हम बेघर होंगे ? घर के बाहर पके हुए खेत छोड़कर आ गए हैं। उन्हें काटने तक का मौक़ा नहीं मिला। लड़की के भाग्य में जो होगा उसे मिल जाएगा। हमें भी तो अपना भाग्य ही मिल रहा है।

यहीं पर, कुछ ही क़दम सहदेव आगे बढ़ा होगा कि देखा तंबुओं के ही निवासी बैठे ताश खेल रहे थे, तुरुप की बाज़ी चल रही थी।

और यहीं पर वह कुछ और क़दम आगे बढ़ा था कि ठिठका का ठिठका खड़ा रह गया। सामने हीरालाल, हाथ में कुदाली लिए एक नया तंबू खड़ा कर पाने के लिए ज़मीन में लंबे-लंबे खूंटे गाड़ रहा था। सहदेव को सामने खड़ा देखकर हीरालाल कुदाली फेंक, लपककर सहदेव के पास आ गया था और उसे बाँहों में भरकर फफक-फफककर रोने लगा था। उस भयानक दिन के बाद जब सहदेव शुरू में उसके घर गया था जब उसकी युवा पत्नी को घेरे हुए कुछेक मूँछोंवाले देखते-देखते उसके घर में से निकलकर गली का मोड़ काट गए थे, वह हीरालाल से नहीं मिला था। हीरालाल से आँखें मिलाने की हिम्मत ही नहीं हो पाई थी। दंगे फूट पड़े थे और उन्हीं के दौरान हीरालाल किशनसिंह के घर पर खाट से जुड़ा हुआ था। तभी सहदेव उसकी पत्नी और माँ की सुध लेने उसके घर गया था। वहाँ उसने जो कुछ देखा था वह इतना हैबतनाक था कि हीरालाल के सामने उसका ब्योरा देने की उसकी हिम्मत नहीं हुई थी। न जाने वह क्या सोचकर चुप रह गया था। शायद यह सोचकर कि हीरालाल तो स्वयं मौत से जूझ रहा है, न मालूम बचेगा भी या नहीं। यह दर्दनाक सूचना देने की क्या ज़रूरत है। जीता बच गया तो बता दूँगा। कुछ इस कारण भी कि अगर उसने उस सारी घटना का ब्योरा दे दिया त. हीरालाल पूछेगा, तो भइया, तुमने मेरी घरवाली को बचाने के लिए क्या किया ? कुछ तो किया होगा। अगर उसने यह सवाल पूछा तो मैं क्या जवाब दूँगा ? वह किशन सिंह से तो अनेक बार मिला था, कई बार तो हीरालाल की ख़बर लेने वह किशनसिंह के घर मी गया था, पर बाहर-ही-बाहर किशनसिंह से मिलकर लौट आता रहा था। हाँ, किशनसिंह को उसने सारा ब्योरा दे दिया था। उसे सब बता दिया था।

इधर हीरालाल था कि उससे लिपटा जा रहा था और फफक-फफककर रोए जा रहा था।

देर तक हीरालाल रोता रहा। फिर जब सहदेव से अलग हुआ, तो उसकी ओर देखकर बोला, "किशनसिंह ने मुझे सब बता दिया है।" फिर सहदेव को अपने सामने अपराधी की तरह खड़े देखकर उसे आश्वासन देता हुआ-सा बोला, "तुम जानकी को बचा नहीं सकते थे भइया, मैं जानता हूँ।···" और फिर उसका हाथ दबाते हुए, अपने आस-पास खड़े सैकड़ों तंबुओं की ओर नज़र डालते हुए बोला, "ये लोग जो घर से बेघर होकर यहाँ पड़े हैं, ये भी तो कुछ नहीं कर पाए। ये कितना कुछ खोकर आए हैं, इनके कितने ही सगे-संबंधी इनसे छूट गए हैं, मारे गए हैं। तुम बेहाल क्यों होते हो ? ऐसी हालत में कोई क्या कर सकता है ?"

देर तक हीरालाल सिर हिलाता रहा और यही शब्द बार-बार बुदबुदाता रहा, "कोई कुछ नहीं कर सकता।" फिर कहते-कहते उसे रुलाई आ गयी, "जब किशनसिंह ने मुझे बताया तो सच पूछो, मैं तो पागल हो चला था। मैं कहूँ, मैंने ही अपनी जानकी को उस नर्क में झोंका है, मैंने ही अपनी माँ को मारा है। पर मैं खाट पर पड़ा था भइया, मैं क्या कर सकता था !··· जब खाट पर से उठा तो किशनसिंह

के कंधे का सहारा लेकर मैं अपने घर गया था। सारे रास्ते मैं कहूँ, क्या मालूम जानकी लौट आई हो, उन दरिंदों के चंगुल से निकलकर भाग आई हो, और घर पर मेरी राह देख रही हो। भइया, घर पहुँचकर मैंने उसे पुकारा भी, 'जानकी ! जानकी !' मैं देर तक पुकारता रहा। पर फिर दहलीज़ पर बैठकर रो-धोकर लौट आया।"

सहदेव चुपचाप सुने जा रहा था। हीरालाल कह रहा था, "फिर जब शरणार्थी शिविर खुला तो मैं यहाँ चला आया। किशनसिंह के घर के सामने से लुटे-पिटे, बेघर लोग जाते हुए मुझे नज़र आते। मैंने मन-ही-मन कहा, मैं कहाँ तक अपने दुख को लेकर रोता-बिलखता रहूँगा। मैं अपने से बार-बार कहने लगा, हीरे, तुम पर मुसीबत आई तो तू पगलाने लगा है। इन पर भी तो मुसीबत आई है। क्या ये भी तेरी तरह छाती पीटते रहें ? हाथ पर हाथ रखकर बैठे रहें ?' तब से भइया मैं यहाँ आ गया हूँ।···"

फिर हाथ बढ़ाकर सहदेव के कंधे पर रखते हुए बोला, "दुखी आदमी की जगह दुःखी जनों के बीच ही होती है भइया ! सब एक-दूसरे का दुख बाँटते हैं।··· बाँटेंगे नहीं तो जाएँगे कहाँ ? क्या सारा वक़्त छाती पीटते रहेंगे ?···" कहते हुए वह सहसा अपने स्वभावानुसार हँस दिया, वैसे ही जैसे पहले किसी ज़माने में गंभीर बात कहते-कहते उसी बात का मज़ाक-सा उड़ाने लगता था। पर सहदेव की ओर आँख उठाकर देखा तो वह फिर रो पड़ा, और "हाय मेरी जानकी !" कहकर, उसकी छाती पर अपना सिर रखकर देर तक रोता रहा।

"पर भइया, यह मत समझो कि मैंने अपनी जानकी को बिसरा दिया है। मैं रोज़ शाम को शहर के हर चकले के चक्कर काटता हूँ, उसे खोजता रहता हूँ। किसी-न-किसी दिन मैं उसे ढूँढ़ निकालूँगा। किसी चौबारे में, किसी खिड़की के पीछे मिस्सी-सुर्खी लगाए बैठी होगी और मैं जाकर उसके पाँव पकड़ लूँगा। उसके पैरों पर अपना सिर रख दूँगा।···"

और हीरालाल देर तक रोता, बिलखता रहा था।···

एक फटीचर-सी बस में बैठा सहदेव एक पहाड़ी गाँव की ओर जा रहा था। मुसाफ़िरों से खचाखच भरी बस हिचकोले खाती आगे बढ़ती जा रही थी। बस के अंदर तंग-से गलियारे में भी मुसाफ़िर खड़े थे। उन्हीं में वयोवृद्ध मास्टर रामदयाल भी खड़ा था जिसे सहदेव ने पहचान लिया था। कस्बे के स्कूल में मास्टर रामदयाल दसियों साल तक पढ़ाता रहा था। उसे सारे इलाके में बच्चा-बच्चा जानता था। फ़ासिला लंबा था, सड़कें टेढ़ी-मेढ़ी थीं और बूढ़े मास्टर के लिए, इन हिचकोलों के बीच, डँडहरा पकड़े खड़े रह पाना कठिन हो रहा था। सहदेव स्वयं डँडहरा पकड़े खड़ा था, मास्टर की क्या मदद करता ? बस जब आधा रास्ता तय कर चुकी तो

मास्टर रामदयाल ने बड़ी इल्तज़ा-भरी नज़रों से एक सीट पर बैठे मुसाफ़िरों की ओर देखा और बोला, "अगर थोड़ी-सी जगह मिल जाती तो मैं भी बैठ जाता। मेरे घुटनों में दर्द उठता है।" पर लंबी सीट पर बैठे मुसाफ़िरों ने सुना-अनसुना कर दिया, कोई जवाब नहीं दिया, बल्कि सिर टेढ़ा कर खिड़की के बाहर देखने लगे।

"मैं बूढ़ा आदमी हूँ। ज़्यादा देर तक खड़ा नहीं रह सकता। थोड़ी-सी जगह दे दो, भाई !"

जब फिर भी किसी ने ध्यान नहीं दिया तो उसी सीट पर बैठे एक व्यक्ति को संबोधित करते हुए बूढ़े मास्टर ने कहा, "मीर ज़मान, तुम तो मुझे जानते हो ! तुम तो मुझसे पढ़ते रहे हो।···"

मीर ज़मान ने एक नज़र मास्टर की ओर देखा, फिर बैठे-बैठे ही बोला, "मुफ़्त में तो नहीं पढ़ता रहा, मास्टर। फ़ीस देता था। तुम्हें भी तनख़्वाह मिलती थी···" और कहते हुए मुँह फिर से खिड़की की ओर मोड़ लिया।

और लाचार होकर मास्टर बस के फ़र्श पर बैठ गया था।

किसी बस-अड्डे पर चायखाने में बैठा सहदेव, निकट ही बैठे कुछेक सिक्ख मुसाफ़िरों का वार्तालाप, कान लगाए सुने जा रहा था। सुनानेवाले सरदार के चेहरे पर व्याकुलता की रेखाएँ उभर-उभर आती थीं।

"किस्मत ही खोटी हो तो कोई क्या करे", वह अपने साथी से कह रहा था। "सरदारजी, हमें ख़बर मिली कि जल्दी ही बलवाई गाँव में पहुँच जाएँगे। गाँववालों ने भी, उन मुसलमानों ने भी, जिनके साथ रख-रखाव था, यही मशविरा दिया कि फ़ौरन गाँव से निकल जाओ और जंगल में जाकर छिप जाओ। जब बलवाई लौट जाएँ तो गाँव में लौट आना या अपने रास्ते रातोरात चले जाना।"

दूसरा सरदार दत्तचित्त होकर अपने साथी की व्यथा-कथा सुने जा रहा था। वह बार-बार सिर हिला रहा था, जैसे उस घटना के कारण उसे भी आघात पहुँचा हो, जिसका ब्योरा उसका साथी दे रहा था।

"अक्ल मारी गई सरदारजी, हमारी अक्ल मारी गई ! हम तो 'जट-बूट' ठहरे, पर सरदार मंगलसिंह जो बड़ा आलिम-फ़ाज़िल बना फिरता है, उसकी अक्ल भी मारी गई। हम घर छोड़कर गाँव के बाहर जंगल में जा छिपे—मर्द, औरतें, बच्चे, सभी। भूखे-प्यासे, न कोई बोले, न कोई खाँसे, ताकि किसी को पता नहीं चले कि हम जंगल में छिपे बैठे हैं। औरतें अपने बच्चों तक को रोने नहीं दे रही थीं।"

"फिर ?"

"शाम पड़ गई, कोई बलवाई नहीं आया। हम साँस रोके बैठे रहे, पर कोई नहीं आया। अभी सूरज डूबा नहीं था कि दूर से बलवाइयों के ढोल बजने और नारे लगाने की आवाज़ें आने लगीं, और कुछ ही देर में, पूरा का पूरा गिरोह दूर गाँव

की ओर आता दिखाई दिया। नेज़े, भाले उठाए, ढोल बजाते बलवाइयों का गिरोह हमारी ओर चला आ रहा था। हम सब एक खड्ड में जाकर छिप गए और दम साधे उनके निकल जाने का इंतज़ार करने लगे। पर नहीं, वे तो सीधा हमारे जंगल की ओर आ रहे थे, जिसमें हम छिपे बैठे थे। दूर से ही उनका रुख़ सीधा हमारी ओर था। क्या उन्हें ख़बर लग गई थी कि हम जंगल में आकर छिप गए थे ?

"अब करें तो क्या करें ? हम कहाँ तक उनका मुक़ाबिला कर पाएँगे। हमारे पास दो-चार तलवारें थीं, कुछेक किरपानें थीं, और बस।

"ढोल बजाता गिरोह नज़दीक आता जा रहा था। न जाने उस वक़्त किसको यह बात सूझी थी। यही मंगलसिंह ही कह रहा था, 'अब कोई चारा नहीं। सिंहो, लड़ने-मरने के लिए तैयार हो जाओ। अपनी-अपनी तलवारें, अपनी-अपनी किरपानें निकाल लो !' ढोल बजाता गिरोह अभी पेड़ों के उस झुरमुट से काफ़ी दूर था जहाँ हम छिपे बैठे थे। जब वह और नज़दीक आ गया, हमें लगा जैसे पेड़ों के झुरमुट में भी उसने हमें देख लिया है। सरदारजी, तब ··· तब हम क्या करते ?" और वह फफक-फफककर रोने लगा। "वाह गुरु ! हमारे पाप बख़्शो !" रोते हुए उसने हाथ बाँध दिए। "गुरु महाराज, हमारे पाप बख़्शो। सरदारजी, हम करते भी तो क्या करते ! अपनी आँखों के सामने अपनी लड़कियों, अपनी औरतों की बेहुरमती देखते ! बलवाई हमारी आँखों के सामने उन्हें उठाकर ले जाते ! हम देखते रह जाते! उनकी इज़्ज़त नहीं बचाते तो क्या करते !"

"कुल कितनी औरतें थीं तुम्हारे साथ ?" सुनते हुए सरदार ने पूछा।

"सात", और सुनानेवाला सरदार उनके नाम गिनाने लगा—"गुरुबचनसिंह की घरवाली, सुखदेव की घरवाली, मंगलसिंह की बेटी ··· " और वह फिर कहते-कहते फफक पड़ा—"उसी खड्ड में, बड़ी चट्टान के पीछे हमने एक-एक का सिर कलम कर दिया। ओ सरदारजी, हम नरकों की आग में जलेंगे। हमारा कोई ठिकाना नहीं होगा। ··· " और वह फिर से बिलख-बिलखकर रोने लगा, "वाह गुरु हमें बख़्श दो ! बख़्श दो, गुरु महाराज ! ··· " पगड़ी के रामले से अपनी आँखें पोंछते हुए उसने फिर से कहना शुरू किया, "किसी तीवीं ने सी नहीं की, सरदारजी, सबने गुरु महाराज का नाम लेकर सिर हाज़िर कर दिया। जब हमने अपनी सात औरतों-बच्चियों को तलवार के घाट उतारकर खड्ड के बाहर झाँककर देखा, तो दुश्मन कहीं दिखाई नहीं दे रहे थे। दूर कहीं से उनके ढोल-नगाड़ों की आवाज़ें आ रही थीं। वह कोई दूसरा रास्ता पकड़कर कहीं और जाने लगे थे। उन्होंने हमें नहीं देखा था। ··· "

फिर दोनों चुप हो गए थे। इस यातना के कारण दोनों जैसे नीम पागल हो रहे थे। ··· तभी उनकी बस आ गई थी और वे रोते-बिलखते उस पर चढ़ गए थे। घटना का ब्योरा देनेवाले सरदार की पुत्रवधू मारी गई थी, जो सुननेवाले सरदार की बिटिया थी, और अपने ही पति के हाथों उसका सिर कलम किया गया था। ···

रेलगाड़ी गाँवों-कस्बों-शहरों को पीछे छोड़ती हुई दिल्ली की ओर बढ़ रही थी। इंटर क्लास के डिब्बे की खिड़की के पास बैठा सहदेव झाँक-झाँककर बाहर का दृश्य देखे जा रहा था। इस सफ़र में पड़नेवाले एक-एक कस्बे, एक-एक शहर को वह पहचानता था, उनमें घूम चुका था। पर आज एक ही दृश्य बार-बार आँखों के सामने आ रहा था। सुनसान स्टेशन और स्टेशन के पीछे, थोड़ी दूरी पर जलते नगर अथवा कस्बे में से उठता हुआ धुआँ और आग के शोले। प्लेटफ़ार्म पर कहीं कोई पक्षी तक पंख फड़फड़ाता नज़र नहीं आता था। किसी-किसी स्टेशन पर कोई मुसाफ़िर हाथ में कोई बर्तन उठाए अपने डिब्बे में से निकलता, भागता हुआ स्टेशन पर लगे पानी के नल की ओर बढ़ता, फिर जल से छलछलाता पात्र हाथ में उठाए, भागता हुआ अपने डिब्बे में लौट आता।

लाहौर स्टेशन पर सहसा ही सहदेव को अपनी मौसी की याद आई थी, जिसे अपने साथ लेकर वह अपने शहर से दिल्लीवाली गाड़ी में बैठा था। स्टेशन पर गाड़ी अभी रुकी नहीं थी कि उसे आग के शोलों की लाली नज़र आ गई थी। जिस ओर से गाड़ी आई थी, उसी ओर आग के शोले उठ रहे थे। शोलों के कारण आसमान लाल हो रहा था। अरे, यह इलाक़ा तो शहालमी दरवाज़े का इलाका है। कुछ साल पहले पढ़ाई के दिनों में वह लाहौर में ही रहा करता था। शहालमी दरवाज़े के सामने से चलनेवाले सवारी ताँगे में वह कई बार बैठा था। यहाँ से बाएँ हाथवाली सड़क पकड़ो तो उसका कालिज दूर नहीं पड़ता था, शहालमी के बाहर ही उसका सहपाठी, बिशनसिंह रहा करता था। अब वह कहाँ पर होगा ? पढ़ाई के बाद वह फ़ौज़ में जाना चाहता था। उधर ही पीछे, शहालमी की तंग गलियों में कहीं प्रकाश भी रहता था, प्रकाश जो देश की आज़ादी के लिए काम करना चाहता था। वह इस समय कहाँ होगा ?

तभी उसे फिर से मौसी की याद आई। हवा में बड़ी उमस थी और गला सूख रहा था। वह भागता हुआ, गिलास हाथ में उठाए, नल की ओर गया। दो घूँट पानी पियूँगा और पानी लेकर उस जनाना डिब्बे की ओर जाऊँगा जहाँ मौसी बैठी है। नल पर बीसियों मुसाफ़िर एक-दूसरे पर टूट पड़ रहे थे। पानी ले पाने में ही जाने कितना वक़्त निकल गया। जब पानी लेकर मौसी के पास पहुँचा तो देखा मौसी के चेहरे पर अजीब दहशत छाई है। "बड़ी देर के बाद, बेटा, तुमने मेरी सुधि ली। मैं कितनी देर से प्यासी बैठी हूँ।"

मौसी ने ही किसी के मुँह से सुना था कि पिछली गाड़ी के सभी मुसाफ़िर इसी स्टेशन पर काट डाले गए थे। स्टेशन की दीवार पर भी शहालमी दरवाज़े की आग की परछाइयाँ नाच रही थीं।

गाड़ी को लाहौर के रेलवे स्टेशन पर बीस मिनट के लिए रुकना था, और अब तीन घंटे बीत चुके थे। मुसाफ़िर दम साधे बैठे थे। गाड़ी के चलने का कोई संकेत नहीं मिल रहा था। हवा में उमस थी और सभी मुसाफ़िर चुप थे। स्टेशन की दीवार

पर आग के शोलों की परछाइयाँ नाच रही थीं।

जयदेव-सहदेव के पिता घर के चबूतरे पर ऊपर-नीचे टहल रहे थे। सामनेवाली सड़क सुनसान पड़ी थी। किसी-किसी वक़्त कोई ताँगा सामने से गुज़र जाता, कभी कोई बुर्केवाली स्त्री सामनेवाली गली में से निकलती और तेजी से सड़क पार करके बग़लवाली गली में घुस जाती थी। लेकिन कहीं पर कोई बच्चा गली में खेल नहीं रहा था, न ही कोई खोमचेवाला आवाज़ लगाता हुआ उधर से गुज़र रहा था। चारों ओर चुप्पी छाई थी। पीछे, घर के अंदर भी चुप्पी थी। परिवार का एक भी सदस्य घर में नहीं था, कोई कहाँ तो कोई कहाँ।

बग़लवाली गली में से धीमी-धीमी आवाज़ें सुनाई पड़ने लगीं, क़दमों की आहट भी, साथ में एक और तरह की भी आवाज़ थी जिसे लालाजी समझ नहीं पा रहे थे। ये कौन लोग होंगे ? क्या फिर से स्थिति बिगड़ने लगी है ? अजीब-सी आवाज़ें थीं। अब आए दिन तरह-तरह की नई-नई आवाज़ें कानों में पड़ने लगी थीं।

कुछ ही देर में, गली में से एक छकड़ा निकला, और उसके पीछे-पीछे पूरा का पूरा एक सिख परिवार चला आ रहा था। उसी छकड़े के पहियों की आवाज़ सुनाई देती रही थी। छकड़ा घर के सामान से लदा था। बेअंतसिंह बढ़ई छकड़े को धकेलता हुआ गली में से बाहर निकाल लाया था। लालाजी उसे देखकर ठिठक-से गए। छकड़े पर घर का भांडा-टिंडर, बोरियों में बँधा, लदा हुआ था। छकड़े पर ही एक बुढ़िया, मुँह-सिर लपेटे, चुपचाप बैठी थी, छकड़े के पीछे दरमियानी उम्र की एक स्त्री, एक बच्चा गोद में उठाए, दूसरे को उँगली से लगाए, चलती आ रही थी।

बेअंतसिंह का परिवार शहर छोड़े जा रहा था। इसी गली में वह दसियों साल से रहता आया था, इसका बाप, अरुणसिंह भी यहीं पर रहता रहा था। लालाजी के ही घर में वह कई बार काम कर चुका था।

"क्यों बेअंतसिंह, कहाँ जा रहे हो ?" बेअंतसिंह ने छकड़ा रोक लिया।

"अब यहाँ से दाना-पानी उठ गया है, लालाजी ! शहर छोड़ रहा हूँ।"

"दिल कमज़ोर नहीं करते, बेअंतसिंह, क्यों घर से बेघर होते हो ? जहाँ बैठे हो, बैठे रहो। बड़ी जल्दी फिर से अमन-अमान हो जाएगा।"

"नहीं लालाजी, अब मन उखड़ गया है। नाते-रिश्ते के लोग, जो दंगों के बाद शहर में चले आए थे, अब अपने गाँवों को लौटकर नहीं जाना चाहते।"

लालाजी हँस दिए। इसी भाँति वह दंगों के बाद आज तक, जब कभी किसी मित्र-संबंधी से बात होती तो हँस दिया करते थे।

"यों भी कभी हुआ है, बेअंतसिंह ? हाकिम बदलते हैं, अमलदारियाँ बदलती हैं,

पर रिआया तो अपनी जगह पर ही बनी रहती है।"

और यही वाक्य वह बार-बार दोहराते रहे थे। पाकिस्तान बन भी जाए तो भी अपना घर छोड़कर कौन जाएगा ?

"आप ठीक कहते हो लालाजी, पर मन नहीं मानता।"

"तुम घर छोड़ जाओगे तो तुम्हें देखकर और लोगों के भी हौसले पस्त होंगे। जहाँ बैठे हो, बैठे रहो। अपना वतन छोड़ देने पर तो बाहर ठोकरें ही ठोकरें खाने को मिलती हैं।"

"आप सोलहों आने सही कहते हो लालाजी, पर अब मन नहीं मानता।" बेअंतसिंह ने फिर से वही वाक्य दोहरा दिया। गाँवों से आनेवाले लोग तरह-तरह की कहानियाँ सुनाते रहे थे। अब दंगे थम गए थे, कुछ चैन था, पर दंगे फिर भी तो भड़क सकते हैं। अगर फिर भड़क उठे तो ? यही सोच-सोचकर गृहस्थियों का मन डोल-डोल जाता था।

लंबी, सुनसान सड़क पर बेअंतसिंह फिर से छकड़े को धकेलता आगे बढ़ने लगा था।

'कैसा नासमझ आदमी है, जानते-समझते हुए भी घर से बेघर हो रहा है !' लालाजी ने मन-ही-मन कहा और घर के चबूतरे पर फिर से टहलने लगे।

पर जब बेअंतसिंह का छकड़ा दूर जा पहुँचा और आँखों से ओझल होने लगा तो लालाजी को सड़क बड़ी सुनसान-सी लगी और मन में पहली बार द्विविधा-सी उठने लगी।

क्या सचमुच ही लोग शहर छोड़ने लगे हैं ? कोई अपना घर कैसे छोड़ सकता है ? मैं यहाँ से चला जाऊँ तो उस ज़मीन-जायदाद का क्या होगा, जो ज़िंदगी-भर की कमाई से मैंने खड़ी की है ? इस सब पर पीठ फेर लूँ और यहाँ से चला जाऊँ ? मुझसे बड़ा मूर्ख कौन होगा ? अमलदारियाँ बदलती हैं पर रिआया तो वहीं की वहीं बनी रहती है। न जाने इतिहास के किस संस्कारवश इसी वाक्य को बार-बार दोहराते रहते थे।

पर चबूतरे पर टहलते हुए उनका मन डाँवाँडोल-सा होने लगा। उनका ध्यान अपनी स्थिति पर जाने लगा। यों तो चिंता की कोई बात नहीं, पास-पड़ोस के लोगों के साथ दसियों साल का रख-रखाव है। दंगों के दौरान सामने से कोई भी जान-पहचान का पड़ोसी गुज़रता था तो एक ही बात कहता था, "हमारे रहते आपका कोई बाल भी बाँका नहीं करेगा, लालाजी ! आपके घर की ओर कोई आँख उठाकर तो देख जाए ···"

और यह सही भी था। दंगों के दौरान सचमुच किसी ने आँख तक उठाकर नहीं देखा था। पड़ोसी घर के बाहर पहरा देते रहे थे। पर अगर अपने ही लोग भाग-भागकर जाने लगे तो क्या होगा ?

बरबस उनका ध्यान अपने परिवार के सदस्यों की ओर जाने लगा। न जाने

सहदेव इस वक़्त कहाँ मारा-मारा फिर रहा है। कहकर गया था कि दिल्ली में स्वाधीनता-समारोह देखने जा रहा है, हफ़्ते-भर में लौट आएगा। पर अब महीना होने को आया, कोई ख़बर ही नहीं। उसे दो तार डाले, कोई जवाब ही नहीं। लालाजी के ममेरे भाई ने मिलने पर बताया था कि डाक-तार का सिलसिला टूट गया है, डाक आना बंद हो गई है। पर लालाजी ने यह सोचकर कि ऐसे व्यवधान तो पड़ते ही रहते हैं, डाकिया किसी दिन ढेर सारी चिट्ठियाँ एकसाथ दे जाएगा, सिर झटक दिया था और संतुष्ट हो गए थे। पर अभी तक कोई डाकिया नहीं आया था।

बड़ा बेटा बंबई में जा बैठा था। उसके भी पत्र अब नहीं आते थे। न लिखता है, न जवाब देता है। पर क्या मालूम पत्र लिखता हो और मुझे न मिलते हों ?

कहीं मैं भूल तो नहीं कर रहा हूँ ? पर यह कैसे हो सकता है ? कुछ दिन पहले उनके दो-एक मित्रों ने भी कहा था कि यहाँ से निकल जाने में ही बेहतरी है। उनकी बातें सुनते हुए तो उनके तर्क सही लगते थे, पर घर पहुँचने पर, चारों ओर पड़े घर के साज-सामान, स्थायी निवास के सभी उपकरण देखकर उनके मन में फिर से सवाल उठने लगता था—इस सबका क्या करूँगा ? क्या यह सब फेंककर चला जाऊँ ? और उन्होंने फिर से अपना सिर झटक दिया था। आधा परिवार श्रीनगर में बैठा था—पत्नी, सहदेव की युवा पत्नी, विद्या के बच्चे, उनका बाप। क्या उनसे भी कहूँ कि वहाँ से निकल आओ ?

बहुत सोचने पर उन्होंने फिर से निश्चय किया कि जो जहाँ बैठा है, वहीं बैठा रहे, इसी में बेहतरी है, कभी तो हालात सुधरेंगे।

उन्होंने महसूस किया जैसे उनकी टाँगें थक गई हैं, और वह चबूतरे पर से उतरकर अंदर चले गए।

घर के अंदर, उनके साथ घर का पुराना नौकर रह रहा था। वही उनकी टहल-सेवा कर रहा था, रात को पहरा देता, दिन को भोजन बनाता, झाड़-पोंछ करता।

नौकर उनके लिए दूध गर्म करके लाया ही था कि लालाजी को फिर से बेअंतसिंह याद आ गया।

"पिछली गली में बेअंतसिंह रहता था, जानते हो ना ?"

"जी, जानता हूँ। वही जो बढ़ई का काम करता है।"

"कैसे मूर्ख लोग हैं ! आज वह घर छोड़कर चला गया है। सारे परिवार को साथ ले गया है। धक्के खाएगा, और क्या ! घर का साज-सामान छकड़े पर लादकर ले गया है। इतना सामान सँभालेगा कैसे ?"

नौकर चुप रहा। फिर धीरे से बोला, "जी, बहुत लोग जा रहे हैं। हमारे गाँव के लोग जो यहाँ जगह-जगह घरों में काम करते हैं, वे भी अपने गाँव लौट जाने की सोच रहे हैं।"

"तुम भी चले जाना चाहते हो ?"

"आपको छोड़कर कैसे जा सकता हूँ, लालाजी ?"

लालाजी चुप रहे। क्या सचमुच लोग शहर ख़ाली कर रहे हैं ? यह तो जानबूझकर अपने को बेघर करनेवाली बात है।

तभी किसी ने बाहर का दरवाज़ा खटखटाया। नौकर ने लपककर दरवाज़ा खोला।

सामने एक सरदार युवक खड़ा था। लालाजी ने पहचान लिया। यह उनके ममेरे भाई का ड्राइवर था। वह अपने साथ एक चिट्ठी लाया था। लालाजी ने लिफ़ाफ़ा खोला, "पंद्रह मिनट के अंदर-अंदर तैयार हो जाइए। हमारी मोटर दो जाने-माने व्यक्तियों को कश्मीर ले जा रही है। मैं ड्राइवर के हाथ आपको एक रूमी टोपी भेज रहा हूँ। पंद्रह मिनट में मोटर आपके घर के सामने पहुँच जाएगी। सिर पर रूमी टोपी पहनकर उसमें बैठ जाइए। जो ज़रूरी काग़ज़ात ले जाना चाहें, अपने साथ रख लीजिए। ज़्यादा सामान के लिए जगह नहीं होगी।"

लालाजी ने चिट्ठी पढ़ी। पहले तो सिर झटक दिया, पर शीघ्र ही द्विविधा में पड़ गए। जाऊँ या न जाऊँ ? ऐसे भी कोई अपना घर छोड़ता है ? इस साज-सामान का क्या होगा ? वह अभी सोच ही रहे थे और कभी एक तो कभी दूसरे कमरे में जा रहे थे कि बाहर मोटर के रुकने की आवाज़ आई।

मोटर के पहुँच जाने से उनके लिए कोई विकल्प नहीं रह गया था। उन्होंने सिर पर रूमी टोपी पहनी। एक आलमारी में से अपनी ज़मीन-ज़ायदाद के काग़ज़ात की फाइल उठाई।

"सुनो, दीनू, मैं जा रहा हूँ। जब अमन-अमान होगा, लौट आऊँगा।"

"मेरा क्या होगा लालाजी ?"

"तुम अपने साथियों के पास चले जाओ। यह लो पैसे। तुम कह भी तो रहे थे कि तुम्हारे साथी गाँव लौट जाना चाहते हैं।"

दो मिनट के अंदर ही लालाजी ने घर को ताला लगा दिया था, जेब में कुछ पैसे थे, चेक-बुक थी, ज़मीन-जायदाद के काग़ज़ात की फाइल थी और वह चाभी जेब में डालकर सिर पर रूमी टोपी पहने मोटरकार में आकर बैठ गए थे। चबूतरे पर घर का नौकर अपना बुचका उठाए खड़ा था जब मोटरकार चल दी थी।

मोटर दाएँ हाथ का मोड़ मुड़ गई, नौकर पैदल चलता हुआ, चौक पर पहुँच गया जहाँ उसने बाएँ हाथ का रास्ता पकड़ा और कुछ ही देर में अपने साथियों से जा मिला।

उसी शाम, घर के दरवाज़े पर लगा ताला देखकर, उसी पड़ोसी ने जो लालाजी की हिफ़ाज़त करता रहा था, एक ही ढेला मारकर ताला तोड़ दिया था, फिर न जाने कहाँ से मुहल्ले के हमदर्द भागते हुए पहुँच गए थे, और घंटे-भर के अंदर घर ख़ाली कर दिया गया था, और देखते-ही-देखते एक दाढ़ीवाले सज्जन उसमें अपने दो ट्रंक और परिवार के कुछेक लोगों को लेकर घर में जमकर बैठ भी गए थे।

दो ही दिन में गाँव से आए नौकरों की 'छड़ी' काफ़िले की शक्ल में शहर से निकलकर अपने गाँव की ओर चल पड़ी थी। चालीस के लगभग नौकर रहे होंगे। एक-एक पड़ाव पैदल चलते जा रहे थे। पाँचवें पड़ाव पर पहुँचे ही थे—उनके गाँव तक पहुँचने का बस एक ही और पड़ाव रह गया था—कि किन्हीं लोगों ने धावा बोल दिया और चालीसों के चालीसों नौकर काट डाले गए।

हाँ, लालाजी को रूमी टोपी बचा ले गई, और वह सही-सलामत श्रीनगर जा पहुँचे।

कुंतो को दुनिया छोड़े साल-भर का समय बीत चुका था। घर-परिवार के सभी लोग एक-एक करके बंबई में जयदेव के पास पहुँच चुके थे। तूफ़ान थम चुका था, परिवार के जीवन में कुछ-कुछ स्थिरता आने लगी थी।

एक शाम, जयदेव की माँ, बरसों पहले की ही तरह, बेटे की खाट पर बैठी, उसका हाथ अपने हाथ में लिए कह रही थी, "देख बच्चा, तू सुषमा के साथ ब्याह करना चाहता है तो बेशक उसे बुला ले। मैं उसे छाती से लगाकर रखूँगी। मुझे सब मंजूर है। मुझे तुम्हारी खुशी चाहिए। ···"

माँ वही दूर-पार का वाक्य दोहरा रही थी, जो बरसों पहले अत्यंत क्षुब्ध होकर उसने जयदेव से कहा था।

सुनते हुए जयदेव को लगा जैसे कुंतो अपने घर का आँगन सुषमा के लिए ख़ाली करके चली गई है। वह जो खाट पर बैठकर प्रार्थना किया करती थी, क्या मालूम इस बात के लिए भी प्रार्थना करती रही हो, ऐसी स्थिति भी भगवान से माँगती रही हो। जयदेव का दिल भर-भर आया। उसे लगा जैसे कुंतो सचमुच उसे मुक्त करके चली गई है। जब से कुंतो गई थी, यह बात जयदेव को बार-बार कचोटती रही थी कि कुंतो ने उससे कभी कुछ नहीं माँगा था, किसी बात की अपेक्षा नहीं की थी, कि वह उसके लिए अपना सब कुछ लुटाती रही थी। जीवन की त्रासदी इस बात में नहीं होती कि हम किसी को खो देते हैं, त्रासदी इसमें होती है कि खो चुकने के बाद हम उसे पहचान पाते हैं।

माँ कह रही थी, "सुषमा भी बहुत ठोकरें खा चुकी है। तेरा घर भी सूना हो गया है। छोटे-छोटे बच्चों के साथ कैसे ज़िंदगी गुज़ार पाएगा ? कुंतो अपने छोटे-छोटे बच्चे तेरे हवाले कर गई है। तू जो फ़ैसला करे, मुझे मंजूर है। ···"

●●●